东宁要塞

阮金思 著

内蒙古文化出版社

图书在版编目（CIP）数据

东宁要塞 / 阮金思著 . — 呼伦贝尔：内蒙古文化出版社，2024.3
ISBN 978-7-5521-2455-2

Ⅰ.①东… Ⅱ.①阮… Ⅲ.①长篇小说—中国—当代 Ⅳ.①I247.5

中国国家版本馆 CIP 数据核字 (2024) 第 067905 号

东宁要塞
DONGNINGYAOSAI

阮金思 著

责任编辑	王　春
特约编辑	王　花
书名题字	梁树成
封面摄影	梁树成
封面设计	王宇婷

出版发行	内蒙古文化出版社
地　　址	呼伦贝尔市海拉尔区河东新春街 4 付 3 号
直销热线	0470-8241422　邮编　021008
排版制作	哈尔滨百悦兰棠文化传媒有限公司
印刷装订	河北朗祥印刷有限公司
开　　本	787 毫米 ×1092 毫米　1/16
字　　数	514 千字
印　　张	24
版　　次	2024 年 3 月第 1 版
印　　次	2024 年 8 月第 1 次印刷
书　　号	ISBN 978-7-5521-2455-2
定　　价	98.00 元

版权所有　侵权必究

如出现印装质量问题，请与河北朗祥印刷有限公司联系。联系电话：022-69211638

目 录

引　子 …………………………………………………………………………… 1

01　筑垒秘密　被李淑兰、牛栏和夫妇带入苏联 ………………………… 2
02　濒临绝境　"拉姆扎"小组活动在东京 ………………………………… 4
03　北进计划　日本处于积极备战中 ………………………………………… 6
04　疯狂虐杀　烈士头颅被挂在远东铁路桥下 …………………………… 10
05　重大决定　日本内阁秘密实施猎熊计划 ……………………………… 13
06　东宁要塞　集体暴动 31 人成功逃出魔窟 …………………………… 19
07　间接获悉　日苏之间会有一场恶仗硬仗 ……………………………… 25
08　为了抗日　陈九石决定加入远东谍报组 ……………………………… 31
09　暗夜时分　秘密潜入珲春防川 ………………………………………… 36
10　宪兵冈田　一直秘密监视翻译官金校根 ……………………………… 38
11　国难家仇　朝鲜族翻译官决定弃暗投明 ……………………………… 41
12　秘密师团　已经陆续进驻胜哄山要塞 ………………………………… 44
13　特殊证件　乘军机秘密飞往莫斯科 …………………………………… 49
14　卡查军校　柯林秘密会见瓦西里 ……………………………………… 52
15　8 号计划　内含甲乙两个秘密作战方案 ……………………………… 55
16　卡利洛娃　讲授日本女忍者的杀人方法 ……………………………… 59

17	目标客户	参谋本部濑户美智子小姐……………………	62
18	引蛇出洞	秘密猎杀特务机关长冈田…………………………	66
19	尤里克夫	被塞进海拉尔河的冰窟中…………………………	72
20	情报站点	秘密接头暗号是"只收卢布"…………………	76
21	局势紧迫	有必要去趟莫斯科见最高统帅…………………	80
22	桌球对赌	您很幸运赢了我十个卢布…………………………	84
23	秋子小姐	您是东方国度最美的女人…………………………	88
24	打入新京	成功建立秘密联络情报站点……………………	93
25	冈田活着	已经回到了东宁要塞…………………………………	98
26	肃正计划	抗日联军面临重重危难……………………………	102
27	要塞评估	金校根带出海拉尔绝密情报……………………	106
28	丑陋女人	自然没有男人喜欢与怜爱…………………………	111
29	静谧之夜	俘获了濑户美智子小姐的芳心…………………	114
30	仍需小心	虽然已经征服濑户美智子小姐………………	119
31	叛徒出卖	秘密情报组织是危在旦夕…………………………	126
32	空投德都	重返新京秘密情报战场……………………………	130
33	新婚之夜	成功窃取关东军筑垒计划命令…………………	133
34	草原枯黄	突然响起了激烈的枪炮声…………………………	137
35	很是怀疑	但我不记得是在哪儿见过面的…………………	143
36	马大个子	被特务机关长冈田秘密捕获……………………	151
37	土屋芳雄	波波夫国际间谍案的刽子手……………………	156
38	干掉冈田	确保新京秘密情报员安全………………………	162
39	杀他之前	你要出来一下示意我们……………………………	169
40	情况危急	关东军将秘密围剿抗联残部……………………	176
41	面见柯林	秘密递送虎头要塞的情报………………………	183
42	加入战队	我要到中国去见车夫同志………………………	188

43	身份登记	李秀琴犯下了非常严重的错误	192
44	她懂日语	可以直接翻译日文资料	196
45	特务组织	在虎头森林以打鱼狩猎为掩护	200
46	教堂钟声	很多城市都比不上尘土飞扬的你	205
47	哥里洛夫	讲述马迭尔旅馆的惊悚故事	211
48	神父布道	尼古拉教堂中进行秘密接头	217
49	教堂婚礼	帅气的江边柳与美丽的米莎妮	224
50	浙江宁波	731部队秘密实施了细菌战	229
51	俄国女孩	小日本兵看得两眼闪闪发光	234
52	舞厅幽暗	日本军官在马迭尔旅馆消费女人	238
53	借着醉酒	米莎妮借机歪在碇常重的怀里	243
54	斜率是73	密件肯定是被米莎妮小姐动过的	249
55	你没瞧见	人家都是为了你瘦了一圈嘛	254
56	送他金钱	我们的秘密身份就等于暴露了	259
57	法币造假	由日本登户研究所秘密制造	264
58	谁去北平	卡利洛娃需要一个秘密助手	268
59	放养驯鹿	借机秘密获取黑河要塞的情报	270
60	逃出劳工	陈述黑河与孙吴要塞的秘密	275
61	暗夜过江	突然响起了"三八大盖"的枪声	279
62	暗夜军列	关东军在秘密向南方调动兵力	283
63	巴巴罗萨	德军撕毁协议悍然入侵苏联	287
64	桥本三郎	一直在秘密跟踪和调查刘天一	293
65	身份暴露	"拉姆扎"小组惨遭特高课毁灭	298
66	横道河子	赵家福拔枪怒杀日本特务桥本三郎	303
67	秘密报告	姚德志的身份已经暴露	309
68	巧妙设计	成功躲过了特高课的跟踪与捕杀	315

69	日军布防	悉数被远东谍报组秘密掌握	319
70	战略分析	金校根摸清了日军四大集团	322
71	情报交换	秘密获取国民党特务机构的情报	325
72	狐狸要求	通过"桥"来获得老鼠的踪迹与气味	327
73	军事参谋	熊本岩二被远东谍报组秘密捕获	333
74	间接获悉	日本帝国因为海战失败要血洗美国	337
75	战势逆转	你们情报组织要侧重日军战力分析	342
76	情报综合	为苏军对日毁灭性打击提供秘密资料	347
77	8月15日	日本天皇宣布无条件投降	350
78	东宁要塞	高野定夫举旗劝降日本官兵	358
79	最后时刻	虎头要塞成为二次大战最后战场	361
80	突破障碍	千方百计阻滞国民党接收东北	366
81	四平之战	向民主联军提供敌方增兵东北情报	371
82	骤雨落下	瑚布图河水一直向东奔腾到海	373

引 子

当中国的男人还穿着长袍，梳着辫子，女人裹小脚，陈梦于落后的农业文明时代，日本通过明治维新走上了资本主义道路，成为世界工业强国。

第一次世界大战后期，日本法西斯主义代表人物北一辉与大川周明主张日本取代欧美成为亚洲霸主，鼓吹天皇制，推行国体意识，依靠军队对国家进行改造，建立法西斯独裁政权，从此，日本走上了军国主义道路，将暴虐与罪恶加害于爱好和平的国家和人民头上。

1927年6月27日至7月7日，日本内阁召开"东方会议"，制定先占领中国东北，进而占领全中国，征服亚洲，征服世界的总纲领。20世纪30年代初期，经济危机席卷日本，大批工厂倒闭，失业人数剧增，社会动荡不安，法西斯势力迅速壮大。随即，日军内部出现"一夕会""樱会"等100多个法西斯团体，并且得到军部上层的暗中支持。

1931年6月，日本参谋本部制定了《解决满洲问题方策大纲》，确定武力攻占中国东北的方针。同月，板垣征四郎秘密制定炸毁南满铁路、进攻沈阳并占领中国东北的秘密计划。不久，九一八事变爆发。1932年2月，日本随即占领中国东北全境。

1933年3月，日军攻占热河，迫使中国政府签订《塘沽协定》，要求中央军退出热河省，华北自制。遭到抵制后，1936年8月11日，日本内阁在《第二次处理华北纲要》中提出开发华北战略资源计划。9月，又提出开发华北资源要求，遭到中方拒绝，日本决定武力夺取华北和全中国。

1937年7月，七七事变爆发，日本开始全面侵华战争。同时，关东军在与苏联接壤的边境，秘密实施了军事筑垒计划。在此期间，将关东军秘密筑垒情报带给苏联的是俄裔情报员李淑兰、牛栏和夫妇，这引起了苏方警觉。

不久，陈九石等43人在东宁要塞率众暴动，有31人逃出魔窟并加入苏联远东谍报组。秘密受训后，他们潜回中国东北，搜集军事情报，为苏联红军对关东军实施毁灭性打击作出重要贡献。

01 筑垒秘密
被李淑兰、牛栏和夫妇带入苏联

1936年11月11日,吉林省东宁县三岔口村。

从日本海飘来的温暖的带有咸味的海风,使绥芬河与瑚布图河两岸的杨柳、白桦树、松树、蒙古栎等树木结满晶莹剔透的冰晶。在晨曦中,这些晶莹剔透的冰晶又幻化出了色彩斑斓的美丽景象,仿佛进入了童话的世界。

三岔口村,曾是中东铁路绥芬河火车站的选址地。因为技术问题,铁路无法穿越山峦绵延的张广财岭,不得不北移了60公里。

关东军分遣队进驻三岔口村后,静谧的山林渐渐变得神秘和诡异起来,恐怖与阴森交织,死亡的气息在松林间飘荡。一年来,先后有9名"采山人"死于日军枪口之下。

因为日本海温暖的气流与西伯利亚寒流相互交织,三岔口村的天气会变化无常。早晨,还清亮的天空,但到了晚上,就会飘起鹅毛大雪。

此刻,俄裔情报员李淑兰和牛栏和夫妇看着鹅毛大雪徐徐飘落,心里喜出望外。他们要趁着大雪之夜,秘密过境到苏联那边去。

在一小队日本巡逻兵走过之后,他们快速越过了中苏边境,消失在茂密的森林中。不过,他们用松枝抚平雪中的脚印,很快会被大雪覆盖,以免被日本巡逻兵发现。

在一处秘密的联络点,苏联红军总参谋部情报部的柯林中校与卡洛琳中尉热情地接待了他们。

柯林,秘密档案,绝密

柯林,苏联红军总参谋部情报部中校,苏共党员,对党忠诚,性格坚强。1902年出生于莫斯科,1924年工农红军总参学院毕业,从事秘密军事侦察工作。1933年进入苏军总参情报部,负责远东事务,以及领导活动在东京的"拉姆扎"小组。但满洲情报组织被关东军摧毁之后,他差点被撤职。不过,叶戈罗夫元帅信任他,并为苏联红军毁灭性打击关东军是立下了赫赫战功。妻子,瓦基里安娜·芙希洛娃;女儿,娜佳。

李淑兰与牛栏和所提供的照片显示:一队队头戴钢盔、荷枪实弹的日本兵跑步前进并包围了绥芬河火车站。不一会儿，一列盖车进站了，有成群的衣衫褴褛的战俘被押下火车。在寒光闪闪的刺刀下，这些战俘又被押解到了一辆辆的绿色卡车上。在严密遮挡车篷之后，汽车向山林中开去。

李淑兰说："头儿，这些人都是战俘，其中也有被关东军抓来或骗来的劳工。"

柯林说："他们被押往哪里？"

牛栏和说："绥芬河附近的天长山要塞，也有的是经绥阳镇押往东宁要塞。需要您注意的是，东宁县与海山崴陆路之间的距离是150公里。如果关东军从东宁发动进攻苏联远东地区，两三天就可到达符拉迪沃斯托克。"

柯林问："那么说，关东军想进攻苏联？"

牛栏和说："是的。据情报员小萝卜头秘密报告，关东军在强迫这些战俘秘密构筑军事要塞。每天干活18个小时，不时有人死去，仅东宁要塞一天就会死亡20多人。冬天时，死尸运不过来会被搭成'井'字架。然后，再由马夫慢慢运出去。"

柯林说："那么，关东军构筑要塞的意图呢？"

李淑兰说："头儿，这很明显，既可以进攻苏联，也是预防苏军进攻。"

柯林说："那么，你们去过天长山要塞吗？还有东宁要塞？"

李淑兰说："去过的，但很难贴到跟前，因为日军严密封锁道路。人一旦被抓之后，会严刑拷打、用狼狗咬，战刀砍头，直至枪毙。其间，我们谍报小组成员小萝卜头秘密潜回小乌蛇村后，就再没有出来。"

"那么，小萝卜头在村子里做什么呢？"

牛栏和说："他在给关东军种菜，用石磨推高粱米，包括给日本守军的哨所送些烟酒。"

李淑兰说："小萝卜头除了亲眼看见关东军在构筑军事要塞之外，所掌握的秘密情报，也多是听陈九石的人说的。"

"陈九石？"

牛栏和说："陈九石是一名战俘，负责打隧道，在为关东军构筑要塞。"

柯林说："哦不，这个情报有问题，因为关东军不会让战俘与村民进行接触的。"

李淑兰说："头儿，您说得对。但在推高粱米时，小萝卜头与战俘有接触的条件。据小萝卜头说，陈九石右眼失明了，但他担任作业小组长。因为战俘和劳工很多，粮食供应遇到了问题，关东军就让陈九石等人到小乌蛇村推高粱米。因此，小萝卜头就与陈九石有了接触，并且获得了情报。其间，小萝卜头对战俘陈世文说，前面那座山的山脚下有一条河，越过河就是苏联，你就自由了。否则，待工程完事，你们就要被'点名'了。"

柯林沉思了一会儿说："那么，东宁要塞规模有多大，纵深多少？"

牛栏和说："还搞不清楚。还有，在森林里，我们时常会看到日军的飞机是沿着中苏边境进行侦察。"

柯林说:"这个我知道。不难想象,在靠近苏联边境是有关东军的野战机场。"

牛栏和说:"还不止一个。在绥阳西就有两个野战机场,但飞机的数目没有搞准。"

柯林说:"好吧,你们一路辛苦了。如果没有别的事,就先休息!"

02 濒临绝境
"拉姆扎"小组活动在东京

待李淑兰夫妇走后,柯林对情报部卡洛琳中尉说:"来,我们给东京的'拉姆扎'小组发报。"

随即,柯林口授了电文:

莫斯科,第023号,绝密

在中苏边境绥芬河、东宁一带,发现了大批中国战俘,是为关东军秘密构筑军事要塞。因此,请"拉姆扎小组"速提供日军本部有无进攻苏联的秘密军事计划!

发报人:狐狸　　1936年11月12日

"狐狸"是柯林的秘密代称,"拉姆扎"是指苏联活动在东京的间谍佐尔格领导的小组。同时,佐尔格也在为纳粹德国提供情报。之后,柯林与卡洛琳经哈巴罗夫斯克返回了莫斯科。

两个月后,即1937年1月24日21时,日本东京银座五条街交汇处一座夜店旁,《伦敦金融消息报》记者根特·斯泰因的住所,佐尔格站在阳台上,密切注视着东京银座街面上的细微变化。他犹如一只警觉的狼,目光犀利,机警,沉着。

佐尔格看见,在银座夜店门口,有四位身穿和服的女迎宾员不断弯腰、鞠躬、微笑,向顾客表达着礼敬。

佐尔格看后,独自叨咕道:"东京是礼仪之都,女人彬彬有礼。"之后,他将目光瞟向了远处。

在五条街道汇集之处,车流宛若橘红色的河流缓缓流动。于是,他再次感叹道:"东京的夜色真美,一点儿都看不出这个国家正处于战争状态。"

佐尔格知道,日本是岛国,资源贫乏,只有无偿占有他国的资源,才是经济发展的最快捷径。

不过,东京之夜是美丽的。但对于国际间谍来说,这里并不平静,随时会有被捕的危险。一些秘密警察，特高课组织，从没有停止过对外国情报组织和人员进行追捕。

一年前，他的"拉姆扎"小组，曾经面临绝境。

佐尔格回忆：1936年1月21日的深夜，一名与"拉姆扎"小组有着重要联系的日本人川井定吉，突然被东京特高课逮捕。在川井定吉被逮捕的那天，他住在东京市郊一名右翼冒险分子家中。

不过，川井定吉，虽不是"拉姆扎"小组的成员，却一直给"拉姆扎"小组重要成员宫木和大崎提供情报。因此，川井定吉被捕，还不至于太糟，没有导致"拉姆扎"小组的覆灭。

事后，川井定吉对"拉姆扎"小组成员的宫木和大崎说："那天，一名城市警察署特高课人员摔给我一纸公文，上面写明'满洲国新京日本领事法庭颁发的川井定吉逮捕证'。还说，你待的地方会很冷，要多穿些衣服。被捕后，我被特高课人员押着，慢吞吞地走遍了日本列岛，最后到达九州北部的门司港。其间，一个个警察局往下交，一个个县往下传，押送人员足足换了10次。从东京到川崎、热海、岐阜、京都，然后到神户、福山、岩国、下关，最后到达九州门司港。一路乘公共汽车、电车、火车、小卧车，走了一个多星期的路程。

在门司港，我们等待开往大连的轮船，一待就是3天。上船后，手铐被摘了下来，半个月第一次洗澡，甚至还被允许喝点米酒佐餐。最后，辗转到了大连，又被火速押到新京。

而后，我被控根据'国际共产党'的命令，唆使沈阳的添岛龙规，于1931年10月进入了关东军宪兵队刺探军事情报。审问我的问题是，与共党之间的关系。他说，有关宣传活动的罪行均属实，但我矢口否认了曾秘密向中共传递军事情报的问题。

此后，我被转移到新京警察局，投入冰冷的地窖里。我听到从邻近地窖里不断传出来的日语、朝鲜语、汉语的咒骂声，还有撕心裂肺的尖叫声。

不一会儿，我被警察扒光了衣服，宪兵队的人用钢棍把我打得昏死过去。就这样，大约折磨整整5天，然后作罢。我终于挺过来了。因此，'拉姆扎'小组躲过一劫。"

佐尔格了解到，添岛与川井于1929年春天在北京相识。添岛是日本政府机关职员，和川井以及另外3名日本人颇同情中国的抗日运动，共同研究马克思主义文献在中国的运用。日久天长，由理论探讨转变为实际运用，学习小组变成了中日同盟会。1932年，添岛在满洲国宪兵队做翻译，并奉命参加扫荡热河省，渴望战死疆场。之前，他曾偷了几份宪兵队秘密文件，打算送给同情中国的川井。但此后，添岛受到了特高课秘密监视。被捕后，因为挨不住折磨，添岛向新京警察局交代了这一切。

这件事，让佐尔格知道了日本警察局特高课对从事秘密活动的打击力度，并在东京大范围秘密搜索组织，渴望打掉来自境外的所有的特务组织。此时，东京不仅有苏联情报机关在秘密活动，也有来自中国、美国、德国的情报机构与日本特高课进行暗中较量。

佐尔格清楚，虽然街面上平静如常，但整个东京云谲波诡、水深莫测。之后，他看了看腕上的手表，回到房间去了。他缓慢从衬衫口袋中摸出一张折叠的纸条，上面写着密码电文，交到了"拉姆扎"小组重要成员马科斯·克劳森的手里，说："克劳森，您立即将电文发往远东谍报小组。"

克劳森说："好的，头儿。"随即，房间里发出了嘀嗒声。

在马科斯发报时，佐尔格一直站在厚厚的窗帘旁边，并透过微小缝隙观察着街面的变化。

突然，他转过身来向马科斯·克劳森发出了命令："快，克劳森，外面有特高课无线电台侦测车开过来了。我们得马上离开这里。"

"头儿，知道了，马上就好！"克劳森说后，仍继续发报。

"不，克劳森，情况危急，立即中断发报，赶快离开这里。"

发报结束，克劳森摘下耳机，快速将电台收好，重新置于墙壁夹层中。随即，他伴同微跛的佐尔格急匆匆下楼，各自手上拿着酒瓶，边走边喝，故意摇摇晃晃。步行500余米后，他们发现了一辆无线电侦测车停在了路边。还有两辆军车满载着宪兵，荷枪实弹，虎视眈眈，如同饿狼一般。

03 北进计划
日本处于积极备战中

莫斯科，阿尔巴特大街，红军司令部总参谋部军事情报部、代号44388。无线电操作员、年轻漂亮的卡洛琳中尉，头戴耳机，接收着来自东京"拉姆扎"小组的密电。

之后，她将密码电文交给了译电员波尔斯·塞尔。波尔斯·塞尔回到密室后将密件逐字翻译成文字：

> 东京，第135号电，绝密
> 日本有进攻苏联远东地区的"北进计划"，正积极备战中。在奉天、新京、哈尔滨、朝鲜等地，驻军约100万人，但不包括满洲地方武装。
> 发报人："拉姆扎"　　1937年1月24日

之后，波尔斯·塞尔将译好的电文交给柯林，柯林又呈报给苏联红军军事情报部部长谢苗·别特路维奇·乌利茨基将军。乌利茨基将军阅后，转身向叶戈罗夫元帅办公室走去。值班秘书亚历山大·米哈伊洛维奇·亚尔采夫热情地接待了乌利茨基将军，说："将军，您要见叶戈罗夫同志？"

"是的！"

"您稍等，元帅正在会见总参战役训练处长华西列夫斯基上校。"

当华西列夫斯基从叶戈罗夫办公室出来，看见乌利茨基将军行了军礼。秘书亚尔采夫说："将军，您可以进去了！"

走进红军总参谋长办公室，乌利茨基报告说："元帅，有重要密件报告，需要您的批示。"之后，他将密件送到叶戈罗夫的手上。

"您坐，将军。"之后，叶戈罗夫看着电文，皱起眉头说："将军，'拉姆扎'是谁？""报告元帅，是我们的一个在东京的秘密谍报组织，接受情报部四局柯林中校的领导。"

"那么，我的将军，情报可靠吗？"

"可靠。"

"'拉姆扎'小组负责人是谁？"

"佐尔格，出生在俄国，在德国长大，由情报部四局招募。'拉姆扎'小组的任务是获取日军情报，负责研究判断日本对苏联作战的可能性。"

"那么，将军，根据您所获得的情报，日本不仅侵略中国，也会向苏联发起军事攻击。但将军，您认为会吗？"

"元帅，日本有进攻苏联的军事计划。他们在苏联与中国、苏联与蒙古边境秘密集结部队，对我们构成严重军事威胁。"

叶戈罗夫说："这有必要让最高统帅知道。好吧，将军，您陪同我一起去向最高统帅汇报。"

随即，乌利茨基将军随同叶戈罗夫元帅乘车去了最高统帅的办公室。叶戈罗夫说："报告首长，我们总参谋部军事情报部刚刚收到一份密件，日本有进攻苏联远东地区的军事计划。"

之后，乌利茨基将文件递上去。但首长摆了摆手说："您来宣读吧！"

乌利茨基将军拽了拽衣角，以铜钟般的嗓音，宣读了来自东京的密电：

东京，第135号电，绝密

日本有进攻苏联远东地区的"北进计划"，正积极备战中。在奉天、新京、哈尔滨、朝鲜等地，驻军约100万人，但不包括满洲地方武装。

发报人："拉姆扎"　　1937年1月24日

首长说："将军，我知道了，但不仅如此，关东军还在我们与满洲和蒙古边境秘密构筑军事要塞。现在，您说说'拉姆扎'小组的情况吧。"

乌利茨基说:"'拉姆扎'小组在东京活动,主要任务是分析和评估日本对苏联作战的可能性,负责人佐尔格。"

首长说:"将军,您说说佐尔格的具体情况。"

> 佐尔格,秘密档案,绝密
>
> 理查德·佐尔格,德国人。1895年,佐尔格出生于俄国高加索巴库阿基堪德镇。3岁时,随父亲迁往德国。1914年,第一次世界大战爆发,佐尔格应征入伍。1916年,西线作战身负重伤,榴弹片切断三根手指,伤双腿,终生微跛,获得二级铁十字勋章。1916年10月,就读于柏林大学经济系。1924年,佐尔格逃到莫斯科,加入了共产国际。1928年,被苏军情报部部长别尔津招用。按照别尔津将军的指示,佐尔格加入了纳粹党。1930年1月,被派往中国上海,认识了美国出生的《法兰克福日报》记者艾格尼丝·史沫特莱和日本《朝日新闻》记者尾崎秀实。1932年2月,因身份暴露,经海参崴回到莫斯科。1934年4月,佐尔格奉命来到别尔津办公室,问他今后有什么考虑。佐尔格说,"在东京,我也许能干点事。"之后,佐尔格取道德国到日本。在东京,他首先拜访了德国驻日本大使馆外交官奥特,一见如故。此后,组建"拉姆扎"小组。1941年10月18日,佐尔格被捕,监禁巢鸭监狱。1944年11月7日,被秘密绞死。1939年11月5日,苏联政府因佐尔格准确报告德国进攻苏联的时间和日本不会进攻苏联远东地区的情报,将25万驻守远东地区的部队调往西线作战,取得对德战争胜利,后被追授"苏联英雄",授予金星勋章。

首长说:"尊敬的元帅,如果'拉姆扎'小组情报可靠,那么,日军会进攻苏联吗?如果日军进攻苏联的话,会在什么时候?什么地点?还有战争的规模?"

叶戈罗夫对乌利茨基说:"将军,您向我们的最高统帅报告吧!"

乌利茨基说:"报告首长,早在1936年9月,'拉姆扎'小组就通过秘密交通员阿列克带回一些微型材料,提到日本在中苏边境秘密修筑工事。因此,他们准备进攻苏联。"

"那么,将军,'阿列克'是谁?与佐尔格有怎样的情报交换?我是指1936年9月的情报。"

"首长,鲍罗维奇·阿列克同志是俄共书记处工作人员,为情报部四局提供服务。阿列克和佐尔格先生的会面在中国北平天坛。会面前,由马科斯·克劳森通过无线电台秘密进行安排。不过,在见面前,他们已是老相识了。"

叶戈罗夫说:"首长,日本对我们远东地区觊觎已久。日俄战争以及争夺中国满洲铁路管理权,导致两国关系紧张。此外,在苏中、中蒙边境和朝鲜半岛屯兵百万。在苏中边境,不时有日军零星武装人员越过边境,并发生小规模的军事事件。"

首长沉思良久说："元帅同志，您作为苏联红军总参谋长，要密切注意国际动向，包括德国、日本、意大利。这些国家的领导人都是疯子，是疯狂的法西斯主义者。他们对我们的国家和世界和平构成了严重威胁。元帅同志，您知道的，我们的国家和人民一向是主张和平的，也是热爱和平的。但主张和平、热爱和平，并不能够实现和平，而且也不是以我们的意志为转移的。现在，德国，特别是我们的邻国日本，正在积极从事反和平的勾当。他们侵略中国，占领中国东北地区，进攻中国的上海，制造南京大屠杀惨案。他们烧杀抢掠，无恶不作，屠杀手无寸铁的中国人民。因此，元帅同志，您要特别关注日军动向，关注中苏、中蒙、苏朝边境动态。还有，您要做好军事斗争准备，随时准备同日本帝国主义进行军事斗争。要在中国东北即日本人所称的满洲地区，开展必要的军事情报活动。"

"是，首长，我立即执行您的命令！"

首长对乌利茨基将军说："在满洲的军事情报活动，不得同其他秘密组织进行交换。就像'拉姆扎'小组一样，要独立开展情报活动，不得和中方情报组织有任何联系。此外，如果您认为必要，可以随时向我报告。"

"是，我将抓紧满洲的秘密情报活动，努力使我们的国家和人民处于战略主动地位。"

之后，首长转过身来对叶戈罗夫说："我的元帅，如果关东军进犯我们的边境地区，您要挥起钢铁般的拳头，狠狠地揍他们，要打断他们的脊梁。此外，您要知道，如果希特勒在西线向苏联开战，日本在远东地区武装侵略，我们的国家和人民将腹背受敌。因此，这将是灾难性的。而您，作为苏军总参谋长责任重大，要做好军事斗争的一切准备。"

"是，首长。"

告别后，叶戈罗夫在汽车上对乌利茨基说："将军，在远东地区秘密情报活动，您有什么困难吗？"

"我需要经费和人员。"

叶戈罗夫说："好的，将军，我会做出安排的。"

"元帅，如果您批准，我想把军事情报部无线电收报员卡洛琳中尉调过去，负责与总参谋部情报部无线电联络，由柯林同志直接领导。"

"将军，我完全同意您的意见。不过，您要物色中国同志。因为我们的大鼻子、蓝眼睛，不利于在黄皮肤的族群中开展情报活动。否则，日本特高课会很快抓捕我们的人。"

"是，元帅，感谢您的提示。"

"还有，可以在我们的一些学校物色情报人员，包括您认为需要培训情报人员的话，也可以在学校进行。"

"好的，我立即就办！"

04 疯狂虐杀
烈士头颅被挂在远东铁路桥下

1937年3月，年轻的柯林，蓝色的眼睛炯炯有神。他带着22岁的卡洛琳中尉，以夫妇经商的名义，将哈巴罗夫斯克维尔萨宾馆的一些房间包租了下来，作为"经商"之用。

但新建立的军事情报小组工作进展并不顺利，原有驻守中国的情报组织惨遭破坏。在途经绥芬河时，俄裔情报员李淑兰和牛栏和被特高课秘密捕获。

同年5月28日，李淑兰和牛栏和夫妇被宪兵队处死，关东军将血淋淋的头颅挂在了远东铁路桥下，旁边贴着公告："苏联的侦略员李淑兰、牛栏和，秘密搜集日军和满洲国军事情报，犯有死罪，已经斩首示众。"

一些衣衫褴褛的中国百姓被关东军用刺刀强行逼迫到现场观看。大岛正雄挥舞着军刀喊道："巴嘎呀噜，苏联的侦略员，死了死了的有！"

此后，柯林受到乌利茨基将军的严厉斥责："柯林中校，您究竟是怎么搞的？您说，为什么我们的情报组织会遭受如此严重破坏？而您，应该承担什么样的责任？说！"

"是，将军，我愿意接受组织处分。"

"柯林同志，基于军事情报组织遭受到的严重损失，您是远东谍报小组负责人，我有理由解除您的职务。如果叶戈罗夫元帅同意，我将遣送你到前线去作战。"

"是的，将军，我服从您的命令，立即到前线报到！"

"哦不，要等一等，等待叶戈罗夫元帅作出最终决定，但您要有思想准备。"

"是，将军！"

之后，乌利茨基将军向叶戈罗夫元帅报告了情况。叶戈罗夫说："将军，解除柯林的职务容易。但远东的秘密情报组织怎么办？谁负责？"

乌利茨基说："我会选派其他人。"

"哦不，将军，问题没那么简单。在没有搞清问题前，先不要作决定。"

"是，元帅，我服从您的命令。"

叶戈罗夫说："将军，不排除我们的内部出了严重问题，但可以对柯林同志进行处分。"

不久，苏联高层肃反扩大化，乌利茨基将军受到了怀疑。1937年11月1日，接任别尔津情报部长职务两年的乌利茨基将军被肃反委员会逮捕，被执行枪决。

因为乌利茨基将军的问题，柯林同志被肃反委员会带走，要求他揭发乌利茨基将军的问题。柯林说："我忠诚于组织，但不清楚乌利茨基将军的问题。"

后来，经叶戈罗夫同志请示统帅同意，肃反委员会解除了怀疑，柯林重新领导远东谍报小组的工作。

1938年5月，苏联远东军区情报部长留希科夫少将叛逃日本，导致苏联在中国满洲的情报组织受到严重破坏，李淑兰与牛栏和就是因为留希科夫出卖而被捕和惨遭杀害。

留希科夫的叛逃是因为肃反压力过大，他感觉到了危险正在迫近，于是秘密越过了中苏珲春边境。随即，他被秘密押到东京。因为留希科夫是苏联内务部人民委员会远东地区情报部长，掌握大量苏军秘密情报，包括通信核心密码。

不过，柯林所领导远东谍报小组和东京的"拉姆扎"小组，因为与莫斯科单线联系，没有受到留希科夫叛逃影响。之后，柯林接到莫斯科的指令：

电告"拉姆扎"小组，尽一切可能得到"L"（留希科夫的代号）的情况。

佐尔格按照柯林的密令，原本打算在日本审讯之前把留希科夫干掉。但由于特高课看管很严，"拉姆扎"小组成员无法接近留希科夫。正在佐尔格束手无措之时，德国驻日本大使馆少将武官奥特打来电话说："您立即到我办公室来。"

奥特打电话给佐尔格，是因为佐尔格是纳粹党员，提供秘密情报。佐尔格驱车前往奥特办公室后，奥特说："明天，日本要讯问苏联远东军区情报部长留希科夫，日本方面为了表示德日友好，同意柏林派特别调查组参加讯问。现在，柏林方面指示我们俩参加。"

在观看审讯后，佐尔格向莫斯科发电：

东京，第145号电，绝密
"熊"已被解剖，兽医掌握了它的神经脉络和五脏六腑的位置。
发报人："拉姆扎"　　1938年5月29日

莫斯科接到佐尔格电文后，立即采取了措施，以减少损失。正因留希科夫叛逃，日军从其口中获得了"有关苏联远东集团军的情报"，极大地刺激了日军野心。

日军判断，苏军的战斗力会因为肃反扩大化而受到影响。日本陆军一下子变得蠢蠢欲动起来，尤其是关东军和驻守朝鲜的日军，期待着对苏联"武力解决"问题。

苏联方面立刻对远东边防部队驻防进行大调整。7月6日，统帅派特派员梅赫利斯来到哈巴罗夫斯克，要求远东红军领导层加强边境防务。

1938年7月9日，苏联内务部队首次登上了无人戍守的张鼓峰。15日，将在张鼓峰附近秘密侦察的日军宪兵伍长松岛击毙。随后，日军大本营立即做出了反应。第19师团长尾高龟藏中将把部队集中在图们江西岸，随时出击。

7月底，苏联军人登上了与张鼓峰互为犄角的沙草峰构筑阵地，这让一直寻找借口的尾高龟藏大喜过望。他认为，即使按照苏方主张，沙草峰也属"满洲国"领土。因此，"教训一下俄国人的时机成熟了"。

他命令，驻守图们江边的两个小队，立即向驻守沙草峰的苏军进行试探性进攻。7月31日夜，日军用重炮轰击苏军阵地并接连拿下了张鼓峰和沙草峰。

对此，苏联远东方面军司令布柳赫尔元帅，火速调集两个步兵师和一个机械化旅，紧急赶往哈桑湖地区，红旗太平洋舰队封锁了图们江口。

8月6日，苏军开始大规模反攻；到了10日夜，伤亡惨重的日军溃败下来。同日，日本政府授权驻苏大使重光葵与苏联签订停战协定。历时13天的战役，日苏伤亡5940余人，其中死亡1400余人。

这场战役后，苏联组织国内外新闻记者和作家、诗人，向全世界宣传日军罪恶行径和苏联红军的胜利，并诞生了著名歌曲《喀秋莎》：

正当梨花开遍了天涯，河上飘着柔曼的轻纱，喀秋莎站在那峻峭的岸上……

张鼓峰战役惨败，引起日本昭和天皇的震怒，将陆军相板垣征四郎叫来骂道："张鼓峰战役的失败，说明你们陆军部指挥无能。你，作为陆军相，严重失职，丢尽了我大日本帝国皇军的颜面。板垣君，你知罪否？"

板垣征四郎回道："嗨，臣罪该万死！"

昭和天皇说："板垣君，如果再有此类事件发生，你作为陆军相，应深知其中的利害，应主动去职。否则，你将如何向大日本帝国和国民交代？"

板垣征四郎说："哈依，臣知道！不过，陛下，苏联红军实力特别强大，我们对此次战役准备不足。还有一个原因，就是关东军擅自采取行动并致整个战事失利。"

昭和天皇说："板垣征四郎，你作为陆军相，应深知自己肩上的担子。将要用于心，事要做于细。孙子兵法说，'知己知彼，百战不殆。不知彼，而知己，一胜一负；不知己，不知彼，每战必殆'。在准备不足的情况下，你们陆军部为什么要与苏军开战？而关东军又归谁指挥？另外，苏联不同于中国，你们要特别审慎，绝不可以轻举妄动。现在，你们陆军部胸无大局，目无天皇，该当何罪？嗯，板垣君，你说！"

板垣征四郎说："哈依，天皇陛下，臣罪该万死，一定铭记在心，保证不再发生此类问题。"

昭和天皇说："好吧，板垣君，你好自为之，可以去了！"

板垣征四郎说："哈依，陛下万岁！"

05 重大决定
日本内阁秘密实施猎熊计划

哈巴罗夫斯克维尔萨宾馆，柯林走进"经商"办公室，脑子昏昏发涨。他已经几天没有睡好觉了，因为高层密切关注关东军的"筑垒计划"。

那么，日本到底想干什么？此外，活动在中国东北的情报机构遭遇毁灭打击，让他身心俱焚。

现在，总参谋长叶戈罗夫正期待情报。乌利茨基将军曾告诉他说，最高统帅高度重视关东军的情报。

现在，最让他担心的是，少将留西科夫成功叛逃日本后，远东情报工作将损失巨大。此时，东京特高课正在掏空留希科夫的"嘴巴"，日本总理府内阁作出重大决定：实施"猎熊计划"。

在这之前，柯林接到佐尔格来自东京的情报：

日本参谋本部与"L"共同制定刺杀统帅的"猎熊计划"，猎杀地点为索契马采斯塔温泉疗养院。日本的目的是使日本在武装侵略中国后，免除腹背受敌危险。"猎熊计划"交由关东军负责实施。

柯林清楚，远东谍报小组必须迅速采取行动，保证击碎日本帝国的政治阴谋。

1938年11月，伪满洲国新京。关东军司令部总参谋长东条英机办公室，正面墙上挂着日本膏药旗，下面是世界地图，侧面挂着将军刀。墙的对面是军事进攻图示，并用黑色幕布遮蔽；地图上面用红、蓝箭头标示，标明关东军所控制的区域。

此刻，东条英机在秘密召见特务机关长谷部太郎、日本陆军参谋本部参谋宇多川达。

宇多川达是奉命专程从东京参谋本部赶到新京的。此外，日本陆军参谋本部的武田义雄、江上林正芳大佐也参加了会见，他们都是"猎熊计划"的制定者。

东条英机，秘密档案，绝密

东条英机，1884年12月30日生于东京，狂热的日本法西斯分子。1904年陆军士官学校，参加过日俄战争。1915年，毕业于日本陆军大学第27期

本驻德国大使馆武官、陆军省军务局参谋、步兵第一联队联队长、参谋本部整备局动员课长、陆军少将、军事调查部部长；1935年9月，出任关东军宪兵司令。期间，实施警宪统一政策，将伪满民政部警察、日本领事馆警察和关东厅警察，统统交由宪兵队领导，并亲手制定《治安肃正计划》，疯狂绞杀中国抗日力量。1936年2月26日，日本"黄道派"近1500名少壮派在东京发动军事政变，占领首相府、陆军省、内务省和参谋本部，控制《朝日新闻》社。内务大臣斋藤实、陆军教育总监渡边锭太郎、大藏相高桥是清等人被杀。消息传到新京，关东军一些人声称支持国内兵谏。对此，东条英机列出黑名单，宪兵队迅速出动，逮捕并枪毙了新京的全部"黄道派"高级军官；同时，向昭和天皇发出通电，坚决支持天皇。在日本"统治派"绞杀"黄道派"之后，东条英机被晋升为陆军中将。1937年3月，他接替板垣征四郎的关东军参谋长职位，挥军向察哈尔挺进，攻占南口、居庸关、张家口等国民政府军事要地。此后，又攻占大同、集宁、包头。由于实施"三光"政策，被称为"剃刀将军"，获得日本侵华战争中第一枚二级"金鸱勋章"，升任陆军省次官，陆军大将，陆军大臣、内阁首相。1941年10月18日，发动太平洋战争，1944年被解职。1945年，日本战败后自杀未遂，1948年12月23日，东条英机被远东国际军事法庭处以绞刑。

东条英机说："武田君，您对与江上林正芳大佐制定的'猎熊计划'有什么补充吗？"

武田义雄说："将军，没有。但我们会参与对特别暗杀小组的训练，直至他们'猎熊计划'烂熟于心。"

东条英机说："好的，我同意'猎熊计划'。"又对谷部太郎说："谷部君，您将亲自负责'猎熊计划'的实施。谷部君，我还有必要问您一个问题，因为您是军人，该怎么看待死亡？"说后，东条英机直直盯着谷部太郎的眼睛。他知道，如果谷部太郎惧怕，眼睛会露出破绽。

谷部太郎清楚，东条英机将军在对自己进行心理测试。于是，他镇定地说："将军，我是您的忠诚部下。对于生死，我认为都无比的神圣。就个人而言，我非常讨厌无谓死亡，因为生会比死更有意义。将军，如果有意义地死去，我将毫不犹豫！"

东条英机说："嗯，谷部君，我赞同您的观点，人要有意义地活着，也有意义地赴死。但您认为该怎样的死亡才算更有意义呢？"

谷部太郎说："作为军人，为国家而死，为大日本帝国战胜世界上最强大的敌人去死，最有意义。"

东条英机说："好。作为帝国军人，我相信，您会为大日本帝国的事业将生死置之度外。"谷部太郎的话深得东条英机欢喜。东条英机接着说："谷部君，我非常欣赏您。您是大日本帝国最为骁勇的军人，我很高兴有您这样的部下！"

谷部太郎说："感谢将军赏识，作为战士，我愿意为大日本帝国而战，直至付出生命。"

"好的，谷部君。但因为您即将肩负日本帝国重大使命，我需要再次确认，如果当真面对死亡时，您会不会害怕？"

"不怕，将军，我视死如归！"

"那么，如果大日本帝国需要您去赴死，您真会慷慨赴死吗？"

"是的，将军，我在所不辞！"谷部太郎清楚，东条英机的真正动机是进行最后的考验。如果回答得对，就会得到东条英机的赏识和重用；如果答错，将立即杀头。他知道，东条英机嗜血成性，杀人如麻。

谷部太郎说："将军，我需要补充的是，生为国家效力，死为国家捐躯，无怨无悔。"

东条英机说："好的，谷部君，您对于死亡问题的回答非常好，我非常满意。现在，您为帝国尽忠报国的时刻到了。您知道，苏军远东地区情报部长留希科夫少将已弃暗投明，向我们吐出了全部机密。现在，按照帝国的命令，您将亲自带领秘密暗杀小队去苏联疗养胜地索契，暗杀世界最大的独裁者。这是日本帝国的最高命令，任何人都不得违抗，必须保证完成任务。因此，如果暗杀成功，您将是改变历史的人，将永留青史。"

"是，将军，我坚决服从帝国的命令，保证完成任务。"

东条英机说："谷部君，暗杀统帅是一件困难的事，会有许多意想不到的问题。因此，您要精心准备，只许成功，不许失败！"

谷部太郎明白，这是东条英机对自己下达的死亡命令。东条英机说："从现在起，您不能与任何人接触，不能与任何人联系，能做到吗？"

谷部说："将军，我将严格按照您的命令，严守机密，不再回到原单位工作岗位，但需要合适的说法，让与我接触的人，不会对我的突然消失疑惑不解！"

东条英机说："我已经考虑过了，会给出一个具体的理由，您被日本陆军参谋本部秘密调回东京。"

谷部太郎说："将军，这是个合适的解释。但'因为情报工作不力、谷部太郎被调往华东战场'的说法会更好。"

东条英机说："好的。从今天起，您同家人也不要联系了，这能做到吗？"

谷部说："是，将军。"

"好吧，那就这样。不过，有关'猎熊计划'的行动方案，由参谋本部宇多川达参谋向您进行交代。"

谷部说："好的，将军，我接受并服从宇多君的指令。"

东条英机说："谷部君，我等候您的凯旋！到时候，我会以日本清酒和迷人的歌妓来款待您！"

"将军，我会凯旋的，再见！"

之后，谷部太郎与宇多川达离开了东条英机的办公室。在一间小会议室内，军事参谋宇多川达说："谷部君，您是将军亲自挑选的人，他特别看重您。从今天起，您将亲自领导秘密暗杀小队，执行'猎熊计划'。另外，秘密暗杀小队不可能都是日本军人，会有俄罗斯人参与行动。因为黄头发、大鼻子、蓝眼睛的俄罗斯人，会有助于您完成暗杀务。此外，实施'猎熊计划'的地点是在苏联的疗养胜地索契，即马采斯塔温泉疗养院。"

谷部太郎说："宇多君，那些参与暗杀的俄罗斯人可信吗？我想知道。"

宇多川达说："谷部君，请俄罗斯人参与暗杀行动是大日本帝国的最高命令，这些人都是东条英机将军亲自筛选的，也是经过特高课秘密调查后决定的。这个暗杀小队共8个人，您、留希科夫和一些白俄罗斯人。他们都是政治避难者，躲在哈尔滨，是苏联'大清洗'政策的受害者。还有，实施'猎熊计划'前，由于留希科夫的情报，关东军谍报队在满洲国又秘密逮捕了一百多名苏联情报员，使得苏联在日本东京和满洲国地区的情报网彻底瓦解。对此，帝国秘密指令将这些人处死，但一个叫'莱欧'的头目漏网了。"

这次秘密谈话后，谷部太郎带领秘密暗杀小队在新京模拟马采斯塔温泉疗养院的现场情况，进行了极其严格的训练。之后，谷部又将秘密暗杀小队带到大连，住进大和饭店。就在同一天，一名外国人走进了暗杀小队下榻的大和饭店。在洗手间，这名外国人把纸篓里的一个纸团装进了口袋，两名盯梢的日本特工立刻抓了他，纸团上面写着："请监视我们，莱欧。"

但特高课经过一番详细调查，没有发现可疑证据。日本情报机构决定让留希科夫暗中监视其余6个俄罗斯人，同吃同住，一旦发现可疑人员，就格杀勿论。

根据留希科夫提供的情报：最高统帅的父亲在1890年1月25日去世，安葬在格鲁吉亚的哥里。从1930年起，最高统帅都在那天回到哥里扫墓。而1939年的祭日，我们断定统帅一定会去哥里。

谷部太郎说："可是，您之前不是说要在索契暗杀统帅吗？怎么又是格鲁吉亚的哥里？"

宇多川达说："谷部君，每次扫墓后，他总要到气候宜人的索契住几天，这是老规矩了。今年扫墓后，他会去索契。作息时间是，每天午后2时到5时，他会在温泉专用浴室洗澡或午睡。他在浴室期间，其他12个浴室会关闭。到了晚上，下水道的水只会没到膝盖。因此，暗杀队可以通过下水道进入浴室，进而杀掉我们的目标。"

"哦，知道了。"

但问题是，他有专用浴室，在浴室门前会站着两名贴身警卫，荷枪实弹，只有浴室服务员和按摩师可以进入。另外，在通往专用浴室的通道，还分别站着两名武装警卫。

据曾去过马采斯塔温泉的留希科夫报告，温泉使用过的水，会通过下水道流入附近的河里。在下水道上方的一个角落，有一人宽的铁栅栏，是厨房排掉污水用的。通过铁栅栏，人可以进入下水道。厨房与专用浴室的锅炉房不过咫尺，这为暗杀提供了可能。

"猎熊计划"是由日本陆军参谋本部启动。制定者是陆军参谋本部第二部的对苏谋略专家波斯行雄中佐、日本驻德国武官冈边雄四郎、关东军司令部情报课的宇多川达中佐，其中后者负责"猎熊计划"的执行。

8月，谷部太郎少佐从哈尔滨带来7名俄国人抵达新京，7人中的一人是留希科夫；成员阿列克谢·瓦尔斯基，也是高层叛逃者。在"大清洗"中，他老婆孩子均遭苏情报机关逮捕。其他5人，则来自哈尔滨白俄的俄国爱国主义者同盟会。他们得到承诺是：暗杀成功后，每个人得到一幢别墅、100万美金。

"猎熊计划"的袭击方案是，前一日晚上，暗杀小队陆续爬进下水道，到达上方后，一个人骑在另一个人的肩膀上，将铁栅栏盖打开并进到厨房，再用绳索把其他人拉上来。之后，这些人转入到有专用浴室那幢房子的锅炉房里面隐藏起来。锅炉房是靠最里面的房子，有两名锅炉工。到了早上，这两个人会上班，立刻将其杀死。此后，由2名俄国人扮成锅炉工。其间，只要有热气热水供应，外面的人就不会发觉情况有变。

另外，暗杀的目标会在两点钟进入浴室。3点整，暗杀小队成员换上锅炉工制服，迅速接近站在通道的卫士并迅速干掉他们。另外5名突击手直奔专用浴室。在新京模拟环境里，暗杀小队反复训练，从站在工作人员休息室和通道之间的卫士到浴室的距离约13米，从浴室门口贴身警卫发现前者遇袭，到拔出手枪射击，突击手离浴室尚有8米，这距离足以撂倒他们5个人。因此，前面的活儿，要干得无声无息，才能迟些惊动浴室门口的贴身警卫。但暗杀小队最好的训练成绩是，可以在2米之内对后者进行突袭。此外，从前面大厅通往通道门的地方，也有两名警卫，他们离浴室15米。待他们发现异常并出现在通道拐角时，突击手已经进逼到两三米处，五人中有三人可以在外面应对，留希科夫和列别坚科会破门而入。

但问题是，在柯林秘密安排之下，苏联情报人员已成功混进了暗杀小队。同时，苏联外交部根据苏军情报部意见，专门召开外交使节联谊会。由一名"口风不紧"的苏联外交官，在不经意间口头散布"最高统帅1月下旬不再安排任何外事活动"，使日本相信，这期间，最高统帅会去格鲁吉亚的哥里祭拜父亲，然后去索契疗养。

1938年12月，在谷部少佐带领下，暗杀小队乘"亚洲丸"号离开大连港。"满洲国外交部"的日本顾问西野忠，给他们办理了前往意大利的护照和入境签证。他们使用的是假居住证明和假身份证，由波斯中佐责成登户陆军科学研究所进行伪造。

次年1月14日，暗杀小队抵达意大利那不勒斯港。参谋本部第二部为支持乌克兰独立运动而派到德国的竹中广一少佐和日本驻意大利陆军助理武官大野华少佐到港迎接。在那不勒斯土耳其领事馆，大野华少佐办好了加上竹中在内的9人去往土耳其的签证。

在伊斯坦布尔，迎接他们的是陆军驻土耳其武官有仓道雄少佐。

从地图上看，从土耳其入境苏联是最近距离。几名日本军官商量，在伊斯坦布尔包租船，夜间在索契附近海岸登陆。但行动将不得不暴露给包租船上的土耳其船员，而且，还有被苏、土两国巡逻艇发现的危险，最终决定放弃从海上潜入苏联的方案。

为此，有仓道雄向土耳其参谋总部的朋友探寻，虽然土耳其和苏联之间横亘高加索山脉，但在黑海沿岸有一点平地。苏联方面似乎只是平地部分防守严密，山脉中所设哨所很少。

从伊斯坦布尔乘船到阿尔哈比港，再转乘汽车，就可以到离苏土边境20公里的一个山区小镇博尔加。乔鲁河通过博尔加流向苏联境内，从巴统南面注入黑海。河的两岸是陡峭的悬崖，河床布满巨石。愈接近苏联边境，河床就越平坦，而最难走的只是前面5公里路程。从博尔加沿河岸走到边境步行8个小时。过了边境，就是巴统。从巴统到索契约300公里。有公路，也有铁路直达。

暗杀小队辗转到达博尔加后，镇上有几家小旅店。因此，日本人和苏联人分开住。次日，竹中广一、谷部太郎与7名苏联人在边境分手，但谁都没有料到，刚入苏联境内，还未涉过乔鲁河，就遭遇了苏联边防部队的伏击。

据土耳其参谋部情报，计划潜入地点原本没有岗哨。结果双方开火，乔鲁河里倒下3人。包括留希科夫在内的其他4名苏联人，不得不狼狈逃回土耳其境内。显然，苏联边防军已经获得准确情报。

事后，日本陆军参谋本部认定，一个代号为"莱欧部下"的苏联情报员混在白俄人员中，并向苏联作了密报。因而，"猎熊计划"失败。是年年底，留希科夫又亲自负责引导一支日军破坏分队潜入苏联。在途经中国新疆、窜犯到苏联中亚边境阿拉木图时，均被苏联边防部队打死。

而佐尔格之所以能够获得"猎熊计划"，是通过艺术家与腾了解到了秘密。其间，与腾与东京一个颇有名气的女裁缝北林之间关系暧昧，北林的多数客户是军官妻子。这些女子丈夫到哪里出差，去了多久，都是与腾和情报员北林所关心的问题，因此获得重要情报。

在向北林提供情报的人中，有一个重要人物，即外相私人秘书，他知道"猎熊计划"，不经意间向北林提供了情报。而后，北林将情报报告给了与腾，与腾又将情报报告给了佐尔格。

于是，柯林经过秘密安排，将潜伏在哈尔滨的白俄罗斯人中的一名情报员，安插进了谷部太郎所领导的秘密暗杀小队，彻底粉碎了"猎熊计划"。

06 东宁要塞
集体暴动 31 人成功逃出魔窟

1938 年 9 月 14 日 21 时，中苏边境，苏军 103 哨所，上等兵捷尔任斯卡肩挎步枪站在哨位上，警惕地注视着对面中国吉林省东宁边境的森林，枪上的刺刀寒光闪闪。

这是个静谧之夜，安静，鬼魅，同往日一样。过了一会儿，天空中传来一两声夜猫子的叫声。在暗夜中，夜猫子的叫声瘆人。之后，他听见"嗖嗖嗖"的响声，看了看夜空，有几只野鸭正从中国那边飞向苏联境内。

于是，他想，这些野鸭要比人自由得多，也更有尊严，往返中苏边境是不需要护照的。哦，他为此感叹道："多么自由的鸟儿啊！"

又过了 3 分钟，他突然听到清脆的枪声，且越响越近。不一会儿，又听到有人"哇啦哇啦"地叫着，并渐渐向边境移动。继而，他看见有影影绰绰的人是边打枪边向这边撤退。哦，他看清了，有人在枪声中倒下，有人向边境线进行追击。

随即，捷尔任斯卡拉响了警报，高声喊着："快、上尉，中国那边有情况！"

此时，奥特洛夫上尉也听到了枪声并冲了出来，喊着："捷尔任斯卡，怎么回事？"捷尔任斯卡高喊道："快，上尉，中国那边有情况，有小规模的军事冲突。"奥特洛夫上尉喊道："快，同志们，快上马！"说时迟，那时快，奥特洛夫上尉带着一支马队冲向了出事地段。他发现，一部分人正在与另一部分人对射。

不一会儿，他们果断脱下军服并搭在铁丝网上，快速翻越到了苏联境内。这时，奥特洛夫上尉带领马队对越境人员实施包围。日本兵向边境这边扑来，子弹从奥特洛夫上尉耳边飞过。

于是，他鸣枪警告，阻止日本兵越过边界。但日本兵不予理会，准备翻越铁丝网。奥特洛夫果断下令："开枪，击退他们。"一阵枪响过后，几个日本兵倒在铁丝网前面。之后，奥特洛夫上尉听到一些日本兵的哀号声。之后，关东军军号响起，日本兵退去了。

此后，奥特洛夫上尉又陆续捕获一些人，总计 31 人，都穿得破破烂烂。对于这起突发事件，奥特洛夫上尉用电话向上级报告情况。之后，他连夜进行询问，你们为什么要越过边境？

面对奥特洛夫上尉问话，大家听不懂，面面相觑。这时，24 岁的李云林站起来用生硬的俄语简单地回答问话。他说："我们是中国军人，在对日作战时被俘，后被押到东北做劳役。"

奥特洛夫说:"你们给日本人做什么?"

李云林说:"打山洞,一天要干18个小时的活儿。有的累倒了,人还没死就给活埋了。"

"哦,是修筑军事工事吗?"

"是的,关东军在秘密构筑军事要塞。"

"那么,你们谁是头儿?"李云林说:"陈九石。"说后,他用手指着陈九石说:"他带领我们杀死了一些日本兵就逃了出来。"之后,李云林对陈九石说:"刚才问话的人是苏联边防军上尉奥特洛夫。他要跟你问话。"

听了李云林的介绍,陈九石说:"你告诉奥特洛夫上尉,我们都是中国人,请求苏联政府保护。"

奥特洛夫看着陈九石。他衣衫褴褛,身材不高,年龄不大,脸色沧桑,右眼已然是瞎了,但左眼炯炯有神。奥特洛夫心想,这个人意志坚定。奥特洛夫说:"来,你说说情况,还有你的职务。"

陈九石说:"我原来是河北武装侦察连的排长,其他人虽不是一个部队,但也都是上士。就本人来说,在日军对河北大扫荡时,因作战不利,被炸弹炸昏,一只眼睛失明。其他几个兄弟,情况大致都差不多。"

奥特洛夫上尉说:"你们一共多少人参与暴动?"

陈九石说:"43个人,隶属于一个作业小组,我是组长。在逃亡中,有12个人没有逃出来。现在,我们想回到中国去!"

奥特洛夫看到这些人面容憔悴、身体虚弱。于是,他向二等兵亚历山大·图卡发出命令:"找些衣服来,给他们穿上。告诉厨房,弄些饭菜。统统带到兵营去,要严加看管。"之后,奥特洛夫上尉向上级续报了情况。

第二天,总参谋长叶戈罗夫同志接到了报告并作出批示,命令远东方面军司令布柳赫尔派人派车,将31名中国劳工送往哈巴罗夫斯克,由柯林同志参与调查。同时,请柯林同志立即到苏军总参谋部报到。

走进叶戈罗夫办公室,柯林报告说:"总参谋长同志,柯林奉命前来报到!"

叶戈罗夫说:"坐吧,柯林同志。我请您来是因为苏中边境突发事件,31名中国战俘从东宁县境内跨越边境,请求苏联政治保护。他们都是中国军人,被关东军俘获后,羁押到东宁县境内构筑军事要塞。因此,我请您参与调查,搞清楚关东军在苏中边境构筑军事要塞的秘密。"

"是,首长,明白。"叶戈罗夫说:"那么,您说说看,您想从哪里入手?"柯林说:"首先,我要搞清楚这些人的真实身份。如果这些人是战俘,就会仇恨关东军。因此,我请求您的批准,如果有合适人选,我将吸收一部分人参与远东情报组的工作。说说您的考虑！因为他们是黑头发、黄皮肤，有利于我们在满洲开展对日的情报工作。"

叶戈罗夫说："好的，柯林同志，我赞同。"

柯林回到哈巴罗夫斯克，在办公室内仔细阅读叶戈罗夫给他的报告，将目光停留在了陈九石的名字上：陈九石，暴动事件策划者、组织者、修筑军事要塞小组负责人。被俘前，系河北武装部队侦察连的排长，中共党员。

他想，陈九石是关键人物。之后，他拿起电话说："卡洛琳中尉，您请陈九石到我办公室来。另外，准备好录音设备，以便日后进行分析。""是的，头儿，立即就办。"陈九石被带上来时，头发蓬乱，胡楂儿很长，浑身上下脏兮兮，身上散发着难闻的臭味。看到陈九石衣衫褴褛的样子，柯林说："卡洛琳中尉，您去楼下将浴室门打开，请他们洗个澡，再找些内衣内裤，理个发！"

"是，中校！"

两小时后，柯林说："陈九石同志，我是柯林，负责调查与处理你们跨越中苏边境事件。现在，我想问，您本人的背景，是来自中国哪个省份？为什么会被日军俘虏并押解到东宁？同时想知道，关东军在东宁县境内修筑军事要塞的目的？他们有进攻苏联的企图？"

陈九石看了看柯林说："我是河北新河县人，为打击日本侵略者参加了河北抗日武装。因为打仗有些脑子，我担任了侦察连的排长。"

柯林说："那么，您属于哪个部队？"

陈九石说："我隶属于河北武装部队。在奉天事变后，关东军大肆侵略中国东北。由此，中国人民掀起了轰轰烈烈的抗日武装斗争。"

柯林说："您稍等，说说奉天事变情况。"

陈九石说："1931年9月18日21时，关东军阴谋炸毁南满铁路。继而，关东军武装侵占沈阳。之后，向齐齐哈尔方向发动了军事进攻，遭到黑龙江省省长马占山率队阻击。到1932年2月，东三省全境沦陷。不久，日本在新京建立伪满洲国傀儡政权。"

柯林说："那么，您是怎样落入日本人手中的呢？"

陈九石说："1933年1到5月，日军相继侵占中国热河、察哈尔两省，侵占河北省大部分土地，进逼北平天津，迫使国民党政府签署《塘沽协定》。此后，东条英机、设计并实施'华北分离'政策。收买小部分汉奸、地主、民团组织暴乱，强奸民意，捏造'地方自治'的假象，在刺刀下实现'河北自治'。日本认为，通过这种方式可以掩人耳目，缓和国际干涉压力。"

柯林说："于是，您加入了抗日武装。"

"对的，我带领几个农民兄弟加入了抗日队伍，决心将日本鬼子打回老巢去。在此期间，因为作战勇猛、机警，我担任了排长。在日本天津特务机关长大迫通贞制造'香河事件'后，即1935年10月22日后，我受命带人去香河一带秘密侦察被敌人发现。战斗期间，一颗炮弹落在我的身旁，当即昏死过去。但醒来时，右眼失明，躺在日本人的医院里。此后，日本宪兵对我实施严刑拷打，但都熬了过来。这期间，有十几个战友被日本宪兵队活活打死。"

说到这儿，陈九石脱掉上衣，前胸和后背疤痕累累。又将裤子脱下，屁股、腿上，留着长长的疤痕。

柯林说："看来，您的命是够大的。"

陈九石说："在被日军关押3个月，我们被秘密扔在一列闷罐车上运到了吉林省的东宁，又押送到山里。我们43个人被编在一个作业小组，每天劳动18个小时，挖隧道、修炮塔。啃窝窝头，吃高粱米，菜是盐水泡豆，随时可能死掉，生活不如猪狗！因此，我想过了，绝不能受日本人奴役，并寻找出路逃出去。为此，我们秘密准备了半年时间。另外，这43个人都是怎么想的，我不知道，我就一个人一个人做工作，但又不能说出要干掉日本人的事。期间，日本兵看得很紧，哨卡林立。但在地穴中，我们没有机会。不过，也有到地穴上面干活儿的机会。因为有10多万中国劳工，每天要消耗很多粮食，要去村子里用碾子推高粱米、推棒子面。具体干活儿的地方是小乌蛇村，附近驻守的是570部队，有13个日本兵看着我们。春天，河里面没有冰，岸上没有雪，但天冷。我们要整体到一条沟里去拉沙子。后来拌水泥、修炮台。石头子不是我们打的，也不是我们运，都是之前预备好的。这说明，还有许多劳工在这儿干活儿。"

"那么，你说说碉堡的构造。"

"炮台很大，都修在地下。上面是圆顶，下面是方的，里面像房子，上下有升降通道。水泥墙半米厚。由一个日本工程师负责技术，指挥搭盒子板。搭好盒子板后，再将拌好的水泥往里浇筑，一层一层地往上修筑。里面没有钢筋，都是沙子、水泥和小石子，但会有配比的。"

"在此期间，我希望找到逃跑的机会。除了日本兵在一旁站着，还有一个19岁的高丽人做翻译，叫金校根，懂汉语、会朝鲜语、懂日语。另外，日本翻译官叫松岛省三。不同于朝鲜翻译官的是，日本翻译官看见有人偷懒，就会用小石头子打，嘴里喊着快干活儿。外出干活儿时，常有两个日本兵拿着枪盯得紧，也很难找到逃跑机会。干活儿时，两个人说话都不行，得挨打。我们每天走的路都是一人多深的沟，收工时要把眼睛蒙上，手拉手，后面有日本兵端着枪跟着，草甸子上，也有日本兵。"

柯林说："你们住在哪里？"

陈九石说："我们住的地方是山沟，草顶泥墙的房子，里面搭着对面的火炕。进门要往里面走，还有一个屋子住着日本翻译官。如果天下雨就不用干活儿了。在屋里面待着，但草棚子漏雨，被褥会被淋得湿漉漉的。即便如此，我们没有自由，在日本兵监视下吃饭、睡觉、干活儿，上厕所也得看着。还得请假，得给他们敬礼，不然就不让你站起来，也不让出去。有时候，无缘无故挨打。吃橡子面，肠胃不好，经常拉肚子，不给治，总想上厕所。我们说话，他们听不懂就打人。工棚子有个小伙子，被打得很窝火，再加上想家，病倒了，不能干活儿了。做饭的大师傅给他熬了一碗豆饼粥，他没喝。过了一会儿，来两个人，用两个草袋子，用棍子捅个眼，像担架一样的把他抬走了，扔到万人坑了，被野狼吃了。一般情况下，这个棚子里有病人，要另一个棚子的人抬走。不等人死就抬出去。死了一个人，就跟死了一只鸡、一只狗是一样的！"

　　柯林说："可见，日本兵对你们的压榨极其残酷，他们没有人性。"

　　陈九石说："即便屋子里有火炕，也不准烧火。与我挨着的人身体弱，夜里被冻死了。日本兵让人用两根铁丝拴在他腿上，拖着出去的。类似的死亡，在关东军手里不计其数，太惨了，太惨了。后来，日本兵给发旧毯子，我们弄些草放在炕席上。活着干活儿，死了命短。"

　　柯林说："这么苦，那你们有没有逃跑的？我是说，在你们之前。"

　　"有的，凡属逃跑的劳工被抓回来就往死里打，让我们在旁边站着看着，没有人敢抬头。这不，一个劳工跑了，日本人让我们在雨里淋着，非要找出是谁帮助他逃跑的。实在找不出人，就从我们的组里拉出两人杀死了事。"

　　柯林说："惨无人道！"

　　陈九石说："在日本统治下就是人间地狱。于是，我们下决心逃出去。不然，人就会死在里面。后来，陈世文将小萝卜头说的情况告诉了我。"

　　"什么情况？"

　　"一次，我们到了小乌蛇村压棒子面。小萝卜头说，河的那边就是苏联，你们咋不跑呢？再不跑，干完活儿，就统统被'点名'了。还说，以前，来这儿压棒子面的人，有的已经让机枪给'点名'了。听到这儿，我心里一惊。这时，日本兵听到了谈话声，立即呵斥：'巴嘎呀噜，干活的有。'但此时，我心思活了，每日每夜都盘算着如何逃出去。之后，我找到当过八路军的王坤暗中商量，研究咋个跑法。同时，研究这40多个人中谁当过八路军，干过什么事，谁会打仗。陈世文当过兵，打过仗，不怕死，是暴动骨干。"

　　柯林点点头。陈九石说："经过摸底，大家都有逃跑的愿望。于是，利用干活儿机会，我暗中通知大家，9月14日夜，在日本兵换岗后，采取行动。当时，日本兵一共是13人，都20岁左右，没有什么经验。

　　那天中午，饭在山上吃的。我同翻译官交涉，把一年的白面领出来，说快要到八月十五了。但翻译官不同意，我和其他人就跟他争执。翻译官将情况报告给卫兵司令得到同意。于是，我指令两个负责做饭的劳工去领白面，全都蒸了馒头。我劝大家多吃，吃饱了有劲儿，因为下一顿饭不知道什么时候才能吃上，也许，这是生命中最后的一顿饭了。同时，明确以'谁洗澡'为行动暗号。"

"为什么？"

"因为日本人都喜欢水，但我们不愿意，因为天凉。因此，翻译官负责督办洗澡。但谁洗澡，谁报名，经批准后，可去洗澡。洗澡的地方是在院子里，苇席子围着，由日本兵看着。里面3个大铁桶，一个铁桶允许3个人同时洗。热水要自己烧，但经常是凉水洗澡。其间，我做了秘密分工。谁打翻译官，谁打前门哨兵，谁打后门卫兵。然后，我们一起攻打其他日本兵。这期间，我和王坤负责打日本翻译官。之前，大家准备了尖镐、锤子、菜刀等利器。那天晚上，21时左右，我们到了屋里，有的坐在炕上，有的站在地上。日本兵刚刚换岗，翻译官站在炕前，要求洗澡。我像往常一样。这时，王坤站了起来，摸起事前准备的尖头锤子，击打翻译官头部，他倒下去了。之后，就往门口跑。到了门口，发现日本卫兵还拿着枪站在那里，分工干掉哨兵的人在门口来回走着。我说，怎么不动手？来，看我眼睛行事！之后，我拿起一把铁锹走出门房直奔卫兵。走到跟前，我说：'有烟吗'。卫兵说了声'有'，一手拿枪，一手向衣兜里摸烟。这时，我看着跟上来的人还不敢动手，就急了。说，快，下手。那个人一下子抱住了卫兵，我朝卫兵的脑袋砍了铁锹，好像是砍在了脖子上，然后就奔向房后卫兵。但到房后，卫兵岗没人，我就用铁锹勾住电话线，但勾了几下，没勾断。之后，我们打碎了照明灯，袭击看守司令和哨兵，将他们统统打翻在地。又一起涌向卫兵所，卫兵所是单独的房子，一铺大炕，枪放在墙边。有卫兵往门外跑，前面的人往里面涌，用肩膀扛，把惊醒的卫兵都挤到旮旯里。这样，他们的枪用不上。我们抢了4支九九式步枪，还有人递给我一把枪刺。卫兵所里面有灯。有人喊，'把卫兵扭出来，统统打死'，里边的人摸一个，就扭一个，弄到门口就是一刀。但刚砍倒两个卫兵，远处机枪就响了。不一会儿，又来了一大汽车鬼子。这可能是后门岗哨兵听到动静打了电话，要不鬼子不会来得这么快。这时候，大伙儿慌了，我指挥大家快跑，日本兵在后面追，还不断开枪射击。子弹噗噗响，有人倒下，我们只能不顾一切地往前跑。因为稍有停留，就永远死在那里了。待跑到河边，有些人跑散了，有的鞋子跑丢了。我对大家说，别乱跑，听我的。我看了一下地形，辨认方向，发现河水湍急，但不宽，决定越过河往北跑。

这时，北边响起了汽车声，一个劲地打枪。大家往东跑，又越过一条河。这时，鬼子兵追过来了，还有狼狗，好像五六条狗。我最后过河，日本兵差点把我抓住。待上岸，一边喊快跑，一边开枪击退鬼子。打了一阵枪，我们摆脱了日本兵的追击。之后，再往东跑，被一道铁丝网挡住了，大家脱光衣服，把衣服搭在铁丝网上爬过去。翻过铁丝网，我们听见苏联兵在打枪，就继续往东跑，又遇到一条河流，水挺深，能没到脖子。于是，我们就顺着河边继续往东走。走了一段路，看见河流中有露石头的地方，就踩着石头，一个跟着一个过了河。这时候，苏联边防军的马队冲了过来，我们得救了。"

柯林说："可喜可贺。陈九石同志，你们逃出了日本人的魔窟，这是坚强意志的胜利。"

陈九石说："我们能够得救，要感谢苏联红军官兵。"

柯林说："好吧，陈九石排长，我再同其他人谈谈。"

07　间接获悉
　　日苏之间会有一场恶仗硬仗

夜深了，柯林针对31名越境中国劳工的询问，疲倦至极，就趴在桌子上睡一会儿。这时，卡洛琳唤醒了他："头儿，有两名中国劳工透露出重要信息，您要亲自听一听。"

"好。"

卡洛琳说："这是李云林的录音，他懂俄语。"

李云林在录音中说："我叫李云林，原是中国东北抗日联军战士，隶属于东北人民革命军第三军，李兆麟将军的部下。"

卡洛琳说："我不知道李兆麟是谁？"

柯林说："我想想，对了，李兆麟是中共北满省委主要领导人之一，东北抗日联军主要创建人，第三陆军总指挥。李兆麟原名叫李超兰。曾用过李烈生、孙正宗等别名，乳名小升子。入过私塾、进过讲武学堂。后来，他参加了抗日武装。"

听到这儿，柯林示意卡洛琳中尉停止录音播放键。说："我们有'满洲国'抗日武装负责人的秘密档案。待会儿，您通过苏联红军总参谋部情报部查实李兆麟的情况，进而判断李云林说的情况是否属实。来，继续放录音！"

李云林说："1935年10月，我从莫斯科结束了无线电台操作业务，经阿拉木图回到延安。途中，在阿拉木图休息两天。不久，我被指派负责接收共产国际对中共指示的电文。同年底，又被派往中国东北，负责抗日联军同延安方面的情报交换。"

卡洛琳说："那么，您是怎么被日军俘获的？"

李云林说："1936年初，我同李兆麟同志熟悉。当时，他在汤原县境内召开北满抗日部队和军政领导人联席会议，被选为扩大会议执行主席。同年2月10日，中共中央为建立全东北抗日联军司令部作了决议，决定将东北人民军改为抗联军。根据这一决议，赵尚志为总司令。不久，根据《统一军队建制宣言》要求，将东北人民革命军第六军，改编为东北抗日联军第六军。1936年9月，李兆麟任北满省委委员。1937年，根据中共北满省委的决定，东北抗日联军总司令部被改为北满抗日联军总司令部，其中包括三、四、六、九、十一军，赵尚志为总司令。期间，我仍旧负责抗日联军同延安之间的无线电联系。此时，李兆麟是抗日联军总政治部主任兼第六军政治委员。

七七事变，关东军狂妄地制定了三年内消灭抗日联军的'肃整计划'。在司令长官山田乙三大将率领下，调集了31个步兵师团，10个步兵旅，伪军15个步兵师、15个骑兵旅等十几万人的兵力，凭借两个航空师和两个装甲旅团支援以及汉奸特务警察，对抗日联军和根据地人民实行疯狂围剿。期间，抗日联军损失严重。我在随同首长转移的途中，在黑龙江省方正县境内与关东军小股部队发生遭遇战。为掩护首长转移，我参加了战斗。但在鏖战中，寡不敌众。在弹尽粮绝之后，我和部分战友被捕。但被捕前，我烧毁了密电码，砸坏电台，一些零配件被扔进了松花江。同年8月，我们被押送到东宁县境内，被编入陈九石作业小组。"

卡洛琳说："您在无线电学校学习无线电台操作业务时，这所学校是在莫斯科的什么地方？"

"莫斯科南郊。无线电学校隶属于红军总参谋部情报部，由情报部负责训练，为延安培训无线电台操作人员。"

"那么，您的负责人是谁？"

"是个德国人，叫魏加顿，懂无线电业务。期间，还一个叫马科斯·克劳森的，懂无线电台操作业务。1935年，五一国际劳动节，我们一块儿到莫斯科红场进行游行，克劳森和魏加顿走在队伍前面。那天，我们一小批中国青年男女，以及魏加顿和克劳森，都阔步通过红场的检阅。不过，克劳森当时不管我们业务，魏加顿是具体负责人。"

"李云林同志，具体时间呢？"李云林说："我想想看，那是中国红军开始长征之前，对了，1934年11月之前。"

卡洛琳说："那么，您和您的同学是什么时候离开莫斯科的？现在，您同魏加顿有联系吗？"

"我前边说了，是1935年10月底回到延安的。魏加顿是按照共产国际指示一块儿去的延安。"

卡洛琳说："那么，魏加顿在延安做了些什么？"

"他负责领导无线电台操作人员的业务培训，但后来就不知道情况了。不过，在我被俘后，魏加顿会更改无线电台操作密码，这您懂的，是常识。因此，我现在与魏加顿没了联系。"

"那么，您还会无线电台操作业务吗？"

"会的，但指法生疏。"

"'说说您的指触特点，''在发报时，第一段话，我会连续快速触动2次键；在电文结束时，会快速指触4次。"

"这是魏加顿与我的约定，其他人并不知道其中的秘密。因此，一旦被俘，又被日本特高课强制发报，我会通过减少不必要的指触，延安就会知道情况恶化了。或者说，延安会知道秘密电台已遭破坏，自然就不会有重要机密电文与我进行交换了。"

"那么，您今后有什么想法？"

"回国，同日本人进行斗争。"说到这儿，李云林说："我想向您提出请求。"

"说吧！"

"我好饿，能不能给我面包吃，再找一点儿咸菜！"

"好的，我这就去拿！"

录音到此结束。柯林说："这么说，他是谍报人员，还是苏联红军总参谋部情报部培养出来的人。"

卡洛琳说："嗯，是魏加顿的学生。因此，他会很专业的，这对我们的谍报小组有用。不过，需要进一步核实身份。"柯林说："谍报员必须通过严格的政治审查。"

"头儿，您想怎么审查。"

"通过克劳森和魏加顿来核实李云林的身份。这样，您给东京'拉姆扎'小组发报，请克劳森帮助核实有没有李云林的身份；也请情报部四局给延安发报，通过魏加顿，了解李云林的情况。"

卡洛琳说："头儿，还有一个人的谈话非常重要。他叫陈世文，透露出重要消息，说一名朝鲜族翻译官，给小萝卜头留下一些银圆，因为他说，他要被调往内蒙古边境去参加战斗。还说，这名朝鲜翻译官，家住珲春防川。他考虑，战争很残酷，怕是回不来了。同时，这个人是孝子，将银圆留给了小萝卜头，希望小萝卜头能够帮助把钱带给他父亲。那么，您想，他所在的部队为什么要被调往西部去作战？这很值得您关注。"

"好，我来听听！"卡洛琳中尉按下播放键，里面传出了陈世文的声音：

"参加修建东宁军事要塞的劳工有10多万人。我们31人能够逃出虎口，是幸运的。当然，也有个别劳工逃出去了。但能够集体逃出魔窟，这是东宁要塞唯一的一次。否则，我们都将死在里面，会变成万人坑里面的骷髅，不会有人知道我们的名字。

我是1922年生于河北省新河县寻寨镇寻寨村，念书四年，学了点儿日语。因为穷人家的孩子读不起书，能上四年书就很不容易了。但学了点儿日语，还派上了用场。

我的父亲是叫张海江，在高义镇开饭铺。我辍学后，给父亲当助手。七七事变，饭铺里面来了好多北方人。他们说，日本鬼子来了。要往南走。

这一年，我15岁。他们劝我父亲做好离开的准备。但我们还没有盘算好，日本鬼子就来了。他们不拿中国人当人看，不让中国人吃大米。看到大米白面就抢走，甚至衣服上沾有米粒都会遭毒打。日本鬼子要修炮楼，就到村子里抓劳工。

有一天，饭铺里来了一对日本鬼子，用枪架着，所有青壮年站成一排，我被押在队伍里面很害怕，不知道他们干什么。日本鬼子把我们押到炮楼，要我们给他们站岗放哨。站岗时，身子稍微站得不直，会挨嘴巴子。如果有日本兵路过没敬礼，肚子会挨一枪托子，旁边的日本兵会哈哈大笑。我盯着日本兵，真怀疑他们是不是从娘肚子里面爬出来的。于是忍着，但心里恨恨地想，有一天会报仇的。

机会来了，八路军打来了。我躲在炮楼底下，外面的枪打得很响，这是我第一次经历战斗，心里害怕，也有点兴奋，因为男人生来就是要战斗的。这一天，八路军的人数多于鬼子，很快就把日军打败了，八路军胜利了。

八路军把我们叫去问话，教育我们以后不要给日本鬼子做事，说完就放了我们。

我当时想，过去整天受日本人的气，日本人没准什么时候还会来，不如当八路军。于是，我加入了陈之滨任团长的十团四连，司令员是陈再道，四连连长叫王臣，排长徐士珍。八路军在村子里休整几天，连里面发给我一支捷克式步枪，教我们新兵做射击、拼刺刀。部队休整后，我告别家人奔赴战场，打日本鬼子去。

我们部队主要活动在冀南新河、南宫、枣强一带。刚开始打仗时，心里万分恐惧。有时候，一天要打好几仗。时间长了，也就习惯了。冬天冷，我们在枣强和日本鬼子打了一次仗，日本鬼子1万多人。我们人少，不到3个团的兵力。日本鬼子从南往北横推，我们边打边退，跟鬼子打了一天，死伤很多。

天黑时，我们被鬼子包围了。突围时，我的右胳膊被子弹打透了，痛得拿不起枪。好不容易逃过了追击，就藏在老乡家里。老乡帮我打探战事情况。听说日本鬼子打到冀中，八路军人多，这一招叫诱敌深入，很快把日本鬼子打败了。还打死了一个叫中山的日军司令，八路军大获全胜。

不久，日本鬼子又重新占领我藏匿的村子，变得更加疯狂。有一天，我正躺在炕上，日本鬼子来了，后面是跟着汉奸，我知道被汉奸出卖了。日本鬼子看到我身上有血，二话没说就抓了，关到炮楼里，藏匿我的老乡被他们给杀了。

日本鬼子问话两次，不说话就往死里打。实际上，我当了两年八路军，只说当了3个月八路军，以前是开饭铺的伙计，啥都不知道。日本鬼子拿我没办法，把我关在小屋子里。炮楼很坚固，外面有很多鬼子。我整天琢磨怎么从炮楼子里面跑出去，但门窗很结实。

有一天，我正研究撬开窗子的事，突然门响，我赶紧坐下。鬼子来了，把我和很多人拴在一起，押着走很远的路。不给饭，不给水，一直走到火车站押上闷罐车。闷罐车没窗子，只有一个很小的透气孔，铁门一关，漆黑一片，拉撒都在车里，气味臊臭，搞得头昏昏沉沉。因为没有饭吃，四肢无力，站起来眼睛发黑。我和许多人病倒了，脚被冻伤，疼痛难忍。上车前，有许多人还病着，喝了凉水后拉稀，折腾死了不少人。

到了山海关，日本鬼子把车门打开，把死的和快要死的都扔下火车，又压上来5个女孩子。日本鬼子把闷罐车门又一次重重关上，列车继续向北。

到了哈尔滨，车门又一次打开，又押送来几个人，拖下去几个死的和快要死的。但令我们没有想到的是，那5个女孩子被日本兵强奸了。我们集体反抗，都被打倒。因为没吃饭，一点儿力气没有。还有一个战友冲上前去，被日本兵用刺刀挑了。

闷罐车门重新关上，继续北上，5个女孩子不断哭泣。我病了四天四夜，光喝水。车里面有人爬上气窗，有的摔死了。我想逃跑，但不敢跳车，想等车门开了再跳，但车门关得死死的。不知道走了几天几夜，也不知道是到了什么地方。

列车终于停了。车门打开，强烈的阳光刺得睁不开眼。我是最后一个下的火车，60多人就剩下四十几个，其他的都死了。下车后，日本鬼子给了一点儿饭吃，但没让吃饱。日本鬼子不给吃饱饭是怕我们途中闹事。

翻译官说：'这里是密林深处，你们哪儿都跑不了。'我们不知道东南西北。日本人把我们押到一个地方集中搞训练，我当时还病着，日本人不给治病，得自己硬撑着。我知道，如果撑不下去的话，那就会被扔到一边去等死，但我要活下来。

那5个女孩子被单独关押，送到了慰安所。但不同的是，白天接待日本兵，晚上要擦粉脂，接待日本军官。

我们每天吃豆饼面，橡子面做的窝窝头，又苦又涩。吃的时候得用手捧着，不然掉到地上就捡不起来了，就得挨饿，总吃不饱。不给吃饱的一个因素是防止逃跑。有人衣服破了，没有穿的，就把洋灰袋子用手揉巴揉巴绑在腿上、胳膊上，缠在身上，当衣服穿。天冷时，身上冻得青一块紫一块的。

每天早上，天刚蒙蒙亮，日本鬼子就把我们叫起来操练。有人累得爬不起来，日本兵就用镐把打，大家再难受也得起来。有病的实在起不来了，就把人送到病号棚子里等死，不给医治。时间长了，半死不活的就扔到外面去。人连饿带冻，要不了多长时间就不行了。人死后，用草帘子一裹，埋了。不到一年，我们棚子里死了80多人。

我们作业小组43个人，由陈九石当队长。他暗地里说，你想想我们的处境，还能活着出去吗？

我说是，这儿没有活路。

陈九石说，那你有什么想法，还这样熬下去吗。

我说，人总不能就这么认了，您就带领我们想些办法吧。

嗨，我能有什么办法。

可见，他还不够信任我。我说，实在不行，那就动手！

你什么意思？

我说，干掉几个日本兵也行啊！

那么，你不怕死。

我说怕死，但不能白白等死。

但那又怎么样？

怎么办，杀死一个够本，杀死两个就赚。

也是，但还不是最好的办法。

那你说怎么办？

陈九石说，你都干过什么，我说当过伪军、八路军，会开枪、会甩手榴弹。说着，我将胳膊袖子撸了起来，您瞧，这就是被枪子打的，穿透了。要不是汉奸领着日本鬼子来抓我，我就不会被俘虏，也不会来东宁的。

哦，没想到，你当过八路军。

那么说，你也是八路军喽！

陈九石看了看我说，你看我像吗？我说，像，因为您沉着冷静，遇事有头脑，钢铁般的性格，宁死不屈。

陈九石说，您的想法不可以对别人说。如果日本人知道了，刀砍头的。还有，在我们内部，要小心提防点。

我说，那是，但绝不能等死！再有，那个小萝卜头说了，前面有条河，对面是苏联。以前，有两个中国人跑到那边去了，说苏联人对中国人好，这大概是条生路了。

后来，我偷偷验证了小萝卜头的说法，能够看到苏联的岗楼子，还影影绰绰能够看到苏联哨兵。之后，我将情况告诉了陈九石。陈九石说，那就私下里沟通一下，看谁当过兵，包括国民党兵，但八路军是骨干。

于是，我们秘密准备了半年多的时间，就逃了出来。"

卡洛琳说："那么，您杀死过日本兵吗？"

陈世文说："啊，杀死一个日本兵，在兵房里。他们从里面把日本兵给扭出来后，我抹了他的脖子。此外，在往外逃跑时，我用枪打倒两个日本兵！"

"那么您说，关东军构筑军事要塞的目的是什么？"

"很显然，是防着你们苏联，也想进攻苏联。这是我的分析。"

卡洛琳说："那您看，军事要塞多大的规模？"

"哦，那洞穴可是老大了，里面宽敞得很，可以开汽车、开坦克。还有飞机库、弹药库、组装大炮的仓库、储备粮食仓库。另外，戒备森严，谁都别想进去。再有，关东军正准备同苏联红军打一场恶仗。"

卡洛琳说："哦，是在东宁吗？"

"哦不，不在东宁。因为小萝卜头是听那个19岁的朝鲜族翻译官说的，因为朝鲜族翻译官要他办事，说朝鲜族翻译官父母有病，他在部队服役回不了家，很惦记，要给家里捎钱！因此，小萝卜头问翻译官，你挺孝顺的，很难得。但你怎么来这儿当兵的呀？翻译官说，我是被拉来的劳工。因为懂俄语，懂日语，会说朝鲜话。所以，日本人要我做翻译。这不，我有些银圆想捎给家里，您帮我想个办法，因为你是当地人。小萝卜头说，不行，珲春到这儿太远了，还是您自己想办法吧！翻译官说，小兄弟，这不是要打仗了嘛，我要到中蒙边界去。这打仗的事，人能不能回来都不好说！小萝卜头说，那你们的部队都走吗？

朝鲜翻译官说，哦不，只是一些作战部队要被调往前线，是同苏联人打仗。这不，司令官考虑我懂日语，懂俄语，算是用得着的人。小萝卜头说，为什么呀？翻译官说，因为关东军参谋部判断，苏联人会输掉这场战争，会俘虏一大批苏联人，要我去做翻译！小萝卜头说，你的事，可以通过日本人来帮忙！因为关东军有渠道，可以将钱转到珲春去！翻译官说，哦不，他们不可信。银圆到了他们手里，一个子儿都别想拿回来！好吧，那我帮你想想办法。不过，您对我放心吗？就不怕我裹着您银圆跑了吗？翻译官说，说实话，他也不放心，但没有再好的办法了。但也知道你人好，会帮我的！小萝卜头说，哦，你是这样看我！翻译官说，那样，我不能白让您忙的，一半银圆归你！"

08 为了抗日
陈九石决定加入远东谍报组

听完陈世文的录音，柯林的眼睛亮了。说："如果消息准确，那么，日军会在什么时间同苏联红军开战呢？会在中蒙边境什么地点开战？还有，开战的规模，日军会投入多少兵力？"

柯林知道，这个情报非常重要。但问题是，熟悉并了解谍报小组的苏联红军情报部长乌利茨基将军在"大清洗"中被革职了，红军总参谋长叶戈罗夫元帅也遭逮捕，即便叶戈罗夫曾经参加过苏波战争，与最高统帅和布琼尼建立了良好关系，但也没有躲过"大清洗"的厄运。

柯林想到这些，感觉头疼，因为远东谍报小组已然是没了上级。在刚刚组建特别谍报小组时，乌利茨基将军曾亲口说过："您的秘密军事情报小组，由我直接负责，归总参谋长叶戈罗夫元帅领导。此外，情报小组独立开展活动，不得与任何情报组织有交集，不得与中国方面交换情报。"

那么，陈世文所讲的情况，是应该报给谁呢？

柯林想，那个越过边境的中国劳工陈世文带来的消息是确切的，但只是听小萝卜头说。不过，小萝卜头是被日军杀害的俄裔情报员李淑兰领导下的情报员，但又是听朝鲜翻译官亲口说的，"日军要同苏军打一场恶仗，在中蒙边境"。

柯林想，需要搞清楚这个消息，应该亲自听听小萝卜头怎样说。况且，那个19岁的朝鲜族翻译官很有意思，他说"日本人不可信赖"。这说明，这个朝鲜族翻译官有被策反的可能性。想到这儿，柯林很是兴奋。

经过一周的谈话，柯林认为，这群中国劳工所带来的情报很有价值。因此，应该把这些中国劳工留下来，要他们加入秘密谍报组织。

可是，他们会参加远东谍报组吗？即便是同意的话，那么，苏军情报部又怎么考虑？于是，柯林约陈九石来到哈巴罗夫斯克市郊走走。

柯林说："你们的生活怎么样？"

陈九石说："我们吃得饱，睡得好，能洗上热水澡。连空气都是新鲜的。哦，这要感谢您的，感谢苏联政府！"

柯林说："您客气了，我们有共同的目标，那就是消灭日本法西斯。"

陈九石说："是的，我们要坚决消灭日本法西斯。那么，您和您的战友们，对于今后的生活有怎样的想法？"

陈九石说："我想回到祖国去。"

柯林说："可是，您的祖国正在遭受苦难。那么，您不想留在苏联吗？"

陈九石说："哦不，我在中国有父母。同时，我深爱着我的祖国！"

柯林说："那么，您回国想做些什么呢？种田？还是继续接受日本人的残酷统治？"

陈九石说："不，打鬼子。这不仅是我的愿望，是所有不受屈辱的中国人民的意志！"

柯林说："嗯，我为您的想法而感动。可是，您想回到中国，也是非常困难的事。"

"为什么？"

"第一，您的国家四分五裂，东三省被日本变成了伪满洲国，而伪满洲国的皇帝是原大清帝国的溥仪，他就是个傀儡，所有的事，包括军事，外交，都要听从日本人的指挥。第二，国民党政府软弱无能，对日本侵略中国采取了不抵抗的政策。但西安事变后，蒋介石的政策是有所改变，同意与日本进行武装斗争。"

陈九石说："这是个好消息。不过，柯林同志，我尚不知西安事变的情况，您说说看。"

柯林说："西安事变发生在1936年12月12日，以张学良为首的东北军，以杨虎城为首的第十七路军，为迫使蒋介石停止内战、联共抗日发动了兵谏。期间，通过谈判，蒋介石接受了杨虎城提出的'停止内战，一致抗日'的八项主张。但1937年7月7日，驻华日军在卢沟桥附近演习，借口日本兵'失踪'，要求进入宛平城搜查，遭到中国守军严词拒绝。随后，日军悍然向中国守军开枪，炮轰宛平城，七七事变爆发，日本全面侵华战争开始了。此后，你们的国家处在水深火热之中。"

陈九石说："因此，我要回国打鬼子，恢复国家领土完整和民族独立！"

柯林说："嗯，你的想法是对的，我表示赞同。但你们要回到国统区去，还是回到中共苏区？这二者是不同的。"

陈九石说："只要能够抗日，我回到哪里都行。"

柯林说："对此，我们是有秘密通道的，就是从莫斯科到达中亚的阿拉木图，越过新疆，就可以秘密回到延安了，而延安是你们的革命根据地。但走这条路要吃很多苦，不仅要翻山越岭，甚至要穿越戈壁大漠。"

"这都不是问题。"

柯林说："此外，您和您的战友也可以有新的选择，比如留在苏联。"

"说说看。"

"留在苏联，参加我们的情报组织。只要您同意，我们就可以在一起工作了。"

"那具体是做什么？进行隐蔽战线斗争，对日本展开情报活动。"陈九石想了想说："不，我还是要回到祖国去。"

"那么，说说您的看法？"

"我更喜欢同日本鬼子真刀真枪地较量。因为密谋情报工作不是我的长项，我比较愚笨，鬼道的事做不来。"

柯林说："哦，鬼道，'鬼道'是什么意思？"

陈九石说："所谓的'鬼道'，就是说脑袋瓜得好使，心眼儿多，聪明！"

柯林说："明白了。不过，您已经很聪明了。您仍可以考虑加入远东谍报组，包括您的战友们，一起为苏中两国人民抗击日本军国主义提供情报。这是很有意义的事。"

陈九石说："那么说，我就不能回到祖国了，得留在苏联。"

柯林说："不，您还是要回到您的祖国去。因为情报工作，需要您和您的战友不断地往返于苏中边境。"

"如果是这样，我可以考虑留下来。"

柯林说："谢谢。在此期间，您也会是远东谍报小组的负责人。不过，为了保密需要，我们会独立开展情报活动。在此期间，不得同任何人、任何组织有情报方面的交集，不得同任何组织交换情报。如果必要，这个秘密组织所获取的情报需要与其他组织进行互换，则需要上级批准。对此，您赞同吗？"

陈九石说："这不是问题，只要有利于抗日斗争就行。"柯林说："好吧，陈九石同志，我们谈得很好。回去后，您要尽可能说服你身边的同志，请他们参加秘密情报组织，共同开展对日本帝国主义的斗争。"

"好，我试试看。不过，这些人都没有做过情报工作。"柯林说："是的，但只要心智健全，包括必要的训练，比如如何获取情报、传递情报、书写密件，怎样秘密跟踪，以及如何防身、暗杀等等。"

陈九石说："哦，这么多事！"

柯林说："还要学会开车、骑马，使用枪械、火炮，甚至勾引女人……"

陈九石说："哦，这个事不好。柯林同志，您不知道，中国人不干勾引女人的事，这是我们的优良传统，君子之风，凡事遵守道德，听从内心呼唤。"

柯林看着陈九石沉默了一会儿，说："如果情报需要，需要您去勾引女人，或者勾引男人，进而战胜日本帝国主义，这就不是道德方面的问题了。记住，只要能够获取重要情报，就要不择手段，包括使钱收买情报，乃至秘密窃取情报，派女人勾引男人，或派男人勾引女人，都是可以的。因此，在情报组织内部，每每会有女性间谍参与其中。事实上，她们的工作都很出色，作用非凡。此外，从事秘密情报工作非常重要，往往会决定一场战争的胜利，乃至国家政权的更迭。"

陈九石说："哦，我很乐见您的想法能够实现。如果是这样，日本法西斯灭亡的时间就会不远了。"

柯林说："因此，您要说服您的战友，参加秘密情报组织。可以根据情报工作需要，将不同的人派往东宁、海拉尔、新京，或者哈尔滨、奉天，这其中应该包括女性间谍。"

陈九石说："嗯，知道了。不过，我近期要做什么？"

柯林说："除了说服他们，要跟我摸过苏中边境，即到东宁县境内去。"

陈九石说："做什么？"

柯林说："在同您的战友们谈话时，有个朝鲜翻译官说，近期要被调往中蒙边界，说会同苏联红军有场恶仗。因为这名翻译官有银圆交给了小萝卜头，托付他带往防川，交给他的父母，是防川的一个朝鲜族小村子。可见，他很孝顺，也不想通过渠道将银圆交到日本人手里。因此，我们需要过境到满洲那边去核实相关情报。如果可能，看看能不能争取朝鲜族翻译官为我们服务。"

陈九石说："赞同，我熟悉他。那么，您怎么策反他？"

柯林说："这需要过境到东宁，找到小萝卜头摸摸情况。"

"嗯，可以。成，那就走吧！"

东宁县三岔口对面的苏联哨所。奥特洛夫上尉接到了柯林的命令，亲自站在哨位上观察对面的情况。

事实上，小乌蛇村除了小萝卜头在给关东军种菜外，其他的人家都被关东军给赶走了。

奥特洛夫上尉看到，在小乌蛇村附近没有人活动。因而，他搞不明白，柯林为什么要观察小乌蛇村？但不久，他看到了一队日本巡逻兵从树林里面走了出来，旁边有一只黄毛猎犬，并渐渐向边境这边跑来。

于是，柯林对一个列兵说："用消音步枪把狗打死。"奥特洛夫不知道柯林为何要下达这样的命令。一个列兵去了，在贴近铁丝网附近埋伏下来。半小时后，那只秋田犬来到了苏军哨所附近。突然，秋田犬的两只耳朵竖起来，注视着埋伏的列兵。只听"噗"的一声枪响，秋田犬倒地抽搐死去了。而后，那位列兵悄悄回到了哨所。当日本兵看到了秋田犬躺在地上，立即开枪。

随即，奥特洛夫上尉发出命令："立即还击！"

一阵枪响过后，两个日本兵倒下了。再后来，双方通过旗语停止了交火。而后，一些日本兵抬着两个日本兵和秋田犬回到兵营去了。

薄暮时分，柯林和陈九石走下瞭望哨。柯林说："奥特洛夫上尉，您介绍一下小乌蛇村情况。"

午夜时分，柯林和陈九石摸到小萝卜头的房前。陈九石轻轻地叩了叩窗棂。屋里人问："谁？"

"我，陈九石，小萝卜头。你将门打开，找你有事！"

"哦，这怎么会？"

"小萝卜头，李淑兰，你还记得吧？她死了。但现在，李淑兰的上级来了，是苏联人。"

"哦，稍等。"小萝卜头将门打开，吃惊地看着陈九石，又看看柯林，一脸惊讶！

陈九石说："小萝卜头，我们说会儿话就走！"

"有什么事吗？"

陈九石说："我们这些劳工跑出去后，到了苏联，能够活着要得益于你的帮助，要谢谢你的！"

"客气了！"

陈九石说："来，我介绍一下，这是柯林同志，原情报员李淑兰和牛栏和的直接上级。"说后，柯林与小萝卜头紧紧握手！

小萝卜头说："自打你们逃跑后，这里戒备加强了，每隔两个小时就会有日本巡逻兵。"

陈九石说："我们这次来是关于朝鲜族翻译官的事，您说说朝鲜族翻译官的事。"

"那个翻译官说，他要去打仗了。因为父母年岁大了，在防川，有哮喘病，他很惦记，让我帮助捎点儿银圆过去。"

陈九石说："那么，他说没说是跟谁打仗？在什么地方打仗？"

"翻译官是说同苏联打仗，但不是在绥芬河这边，是中蒙边境。再有一个月，他就要离开这里了。"

"那么，他说是去哪里？"

"海拉尔吧，说坐火车也得三天时间。"

"那你知道他的父亲是叫什么名字？"

"他说了，叫金道羽。"

柯林说："小萝卜头，李淑兰活着的时候，经常夸你，说你很机灵。嗨，她被日军给抓了，严刑拷打，砍头了。还有牛栏和同志，都为革命牺牲了。而我们活着的人，要继续战斗。"

小萝卜头说："嗯，我恨小鬼子，他们杀了我的父母。"

柯林说："小萝卜头，你表现得很好。现在，我们想知道关东军有无进攻苏联的计划。如果可能，还要策反那名翻译官的。"

小萝卜头："嗯，能行，因为翻译官的心里讨厌日本人。"

"还有别的情况吗？"柯林问。小萝卜头说："我想随你们一块走。""不，你还要留下来。因为你的年龄小，不受怀疑。"

小萝卜头看了看柯林说："好吧，我知道这儿重要，能知道里面的一些秘密。"

午夜时分，当一队日本巡逻兵从小萝卜头家门口走过，柯林和陈九石秘密潜回苏联境内。

09 暗夜时分
秘密潜入珲春防川

回到哨所后，柯林说："陈九石同志，您还得去趟珲春的防川。"

陈九石说："好的。"

防川，距离珲春约70公里，海拔仅3米，是吉林省海拔最低点。从防川出发，再往前数公里，便是1886年由清政府钦差大臣吴大澂会同沙俄代表巴拉诺夫监立的"土"字碑。历经风雨，但文字清晰。

在情报员张久峰的秘密帮助下，陈九石了解到金校根的父亲金道羽住在防川的村东头，独门独院。因为整日劳作，冬季寒冷，夫妻俩都患有严重的肺心病，无钱可医。在金校根18岁时，鬼子进村将金校根掳走。金道羽出面拦截，岩上伍长用战刀砍伤了他的右臂，至今右胳膊抬不起来。在金校根被鬼子抓走后，金校根的母亲李金姬哭瞎双眼。因此，金道羽恨透了日本鬼子。不久，金校根给家里捎来口信，说人在绥芬河。因为懂日语、俄语、朝鲜语、汉语，给关东军做翻译。为此，金道羽几次去绥芬河，但都没有见到金校根。这天夜里，金道羽被"当、当"的敲门声惊醒。他问："谁？"

陈九石说："金叔叔，我是你儿子金校根的朋友，从东宁来的，给您老人家送钱来了。"

金道羽将门打开，见是陌生人，一只眼睛失明。不过，另一只眼睛却机警有神。陈九石说："金道羽叔叔，您好！我曾和您儿子金校根一起在东宁。我逃出来了，您儿子还在大山中。他让我给您送钱来了。"说着，陈九石从口袋里掏出31块银圆交给了金道羽。

金道羽老伴儿李金姬说："那么说，我儿子还活着？"

陈九石说："大婶，您的儿子活着，在给日本人做翻译。他惦记您二老，让我捎钱过来。""哦，谢谢！"此时，金道羽的脸上流露出喜色。

"嗨，这孩子，干吗给日本人干事儿！哦，我怎么养了这么个熊孩子！"此时，金道羽额头上青筋暴露，脸上堆积着愤恨。"金叔叔，我看您不能怪他！在东宁，您儿子对我们修筑工事的人不错。不打我们、不骂我们，但小鬼子又打又骂，说杀就杀。金校根胆子小，不敢吱声的！"

"我家小子我知道，没什么胃气，但无论如何都不能给日本人干事儿的！嗨，混蛋啊！"

"叔，这不是他的错。"

"不管怎么说，也不该给日本人做翻译！"

"叔，您查查，看是不是31块银圆？"金道羽说："嗨，不用查，一看您就是实诚人。您冒着生命危险把钱送来，还查什么呀，可是谢谢你了！"

"金叔叔，您不用谢我，这是您儿子孝顺。不过，您想不想去看看儿子？"

"想啊，我也去！"李金姬说，"我儿子是被日本兵抓走的，我的眼睛都哭瞎了！"

金道羽说："那么说，您能帮我看到儿子？"

陈九石说："啊，没问题，他在东宁。"

李金姬说："那我也去！"

金道羽说："嗨，老伴儿，你眼睛都看不见了，不能去的！"

陈九石说："金叔叔，据我知道，您儿子也不愿意给日本人干事儿。在他心里，还装着中国人的良心。"

金道羽说："哦，难得您这么看，原谅他了。我想，他应该不会丧良心。因为日本人用战刀砍我，他亲眼看见过，也会恨日本鬼子的！"

陈九石说："这样，金叔叔，我们今晚就走！"

金道羽说："好吧！"陈九石说："不过，您得先到苏联那边去，因为我们需要躲过关东军封锁，然后从边境线秘密过到绥芬河去。"

金道羽说："好，走吧！"

陈九石说："李阿姨，您有什么话要捎给儿子吗！"

李金姬说："那您告诉他，我想他。也告诉他，不能再给鬼子干事儿了，多丢人啊！否则，我这个当妈的就不认他了，他也就别再回防川了。"

陈九石说："好吧，李阿姨，您是深明大义的母亲，大事不糊涂。我会把话捎给金校根的。我相信，有您的话搁这儿，他知道该怎么做！"

李金姬说："我知道我儿子，他懂事，不会真心给日本鬼子干事儿的！"

金道羽说："老婆子，那我走后，你怎么办啊？"

李金姬说："嗨，看儿子要紧，我咋的都能活！"

当夜，金道羽越过中苏边境，见到了柯林。他说，自打苏军和关东军在张鼓峰交战后，日本人在五家山秘密修筑了军事要塞。

柯林说："金叔叔，您怎么会知道？"

"这不，我有几位猎友，去五家山狩猎，不小心，走进了军事要塞区，有两人被鬼子开枪打死，一人跑了出来。"

柯林说："哦，是这样！"

金道羽说："为了修筑五家山要塞，关东军没少从延边州抓劳工，还从朝鲜那边带过来不少人，包括一些苏联战俘，都被日本鬼子送到五家山要塞做苦力了！"

柯林点点头说："看来，日本人不仅仅是在东宁构筑了军事要塞，整个边界线都在搞。金叔叔，待您从绥芬河回来，要多注意五家山要塞的情况，以便我们知道得详细些。"

金道羽说："好的，只要能够打败鬼子，我做什么都行，哪怕豁出老命又能咋地。"

柯林说："好，金叔叔，那谢谢您了。不过，去绥芬河后，您有个任务，要说服您的儿子继续为日本人做事。"

金道羽说："啊，您在说什么？搞错了吧，别说我被日本兵用刀砍了，就是日本兵没砍我，我儿子也不能给日本人做走狗。这亡国奴的事儿，金家是不做的，你们也不要做。而且，只有赶走了小鬼子，老百姓才有活头。"

陈九石说："金叔叔，您说得对。不过，有个情况您要注意，您儿子是给日本人做事，对我们有用，因为翻译官会知道关东军的很多事。金叔叔，您懂我的意思吗？他明里给日本人做事，但暗里要帮我们打鬼子。"

"哦，明白了，您是说要他做内线。"突然，金道羽又想到了问题，说："如果我儿子不给苏联人干事，你们会杀了他吗？"

"不会的，您老放心。"

10 宪兵冈田
一直秘密监视翻译官金校根

9月下旬的一天，小乌蛇村。小萝卜头按照日本人的指令，给日本兵营送菜。他将白菜、萝卜、土豆还有卜蕾克，都装在马车上。之后，他赶车向日军兵营里走去。

到了兵营门口，有两个新来的哨兵用枪刺对着小萝卜头的胸口，"哇啦哇啦"地叫着。小萝卜头装做听不懂，指指车上的菜品，又指指后面的兵营，那意思是送菜的。

但两个日本兵不让他进。他看了看两个日本兵的面孔很生，又摇了摇头，但没有说话。

这时，一个军曹走了过来，对日本兵"哇啦哇啦"地叫了几声。两个日本兵搜了他的身体，没有"硬"家伙什，于是将兵营的大门打开了。

在伙房门口，小萝卜头将一袋袋白菜、萝卜、土豆、卜蕾克卸到了伙房的地上。伙房里有两名中国劳工，专门给日本兵做饭。

小萝卜头说:"哎,你们的朝鲜族翻译官呢?"

其中的一个衣衫褴褛的年岁较大的人说:"翻译官是在屋里躺着呢,你找他有事儿?"

"啊,我想让他跟日本兵说说,免得他们老是'哇啦哇啦'叫唤。"

"好吧,等一会儿。"说话的劳工去了。

不一会儿,翻译官金校根到了,见是萝卜头,说:"哟,是你呀,有事儿吗?"

小萝卜头说:"翻译官,门口新来两个站岗的,不让我进。"

金校根说:"他们都是些新兵。走,我跟他们说说去。"

他们说着走出了伙房。小萝卜头说:"翻译官,您的父亲右胳膊已经抬不起来,知道吗?"

金校根说:"是日本少佐用战刀砍的,都窝囊死了。"

小萝卜头说:"你妈妈的眼睛瞎了。"

"啊,你是去过了防川?"

"不,是别人去的,钱,已经捎过去了。"这时,小萝卜头回过头来,看了看兵营。他发现,在一扇窗户的后面,有人在盯着他们。

小萝卜头轻声说:"知道吗,是逃出去的陈九石送过去的。"

金校根听后吃惊地说:"啊,是嘛,你跟他有联系?"

"不,我没有联系,我是托了一个人把钱捎走的,但那个人是通过对面(指苏联)的人将钱捎到防川的,而那个人恰好遇到了陈九石,陈九石还愿意帮你办这件事。现在,他捎话说,您的父亲在绥芬河呢,希望见一面。"

"哦,那我怎么联系呢?""那边捎来话说,您到绥芬河火车站东信号房,联系一个叫孟繁晨的扳道员,他就会告诉你去哪儿了,暗语是'急人急病,想找郎中'。"

"好,我记住了。"

"翻译官,那我去了。但你不要回头看,因为玻璃窗后面,有一个鬼在看着我们,小心啊!"

金校根没有回头,说:"我知道他,特务机关长冈田次太郎,这家伙在秘密监视东宁要塞所有的中国人,对我不信任。这不,东宁要塞43个人暴动事件发生后,他也被降职了。"

"那么,他认识逃跑的人吗?"

"不知道。但他经常活动在各工地,应该是见过一些人的。而且,这家伙记忆力惊人。"

"好吧,那我走了。"

这时,冈田从屋子里面走出来高声骂道:"八嘎呀噜,翻译官,你在同小萝卜头谈些什么?我想听听!"

金校根说:"冈田君,是送菜的事。门口那两个新兵蛋子,不让进,他让我跟说说!"

"翻译官,这话当真?"

冈田说后用疑惑的目光上下打量着金校根。金校根则平静地说："冈田君，这没有什么。"

"哦，难道你没有对我撒过谎？"冈田斜斜的眼睛里面放射出了犀利的光芒，这令金校根心里发紧。他看着冈田，矮矮的个子，黝黑的面堂，鼠眼在不停地转着。

金校根说："冈田先生，我怎么会跟您撒谎呢。不信，您去问问那两个新兵蛋子！"冈田向那两个日本兵摆了摆手，说道："你们的，统统地过来，刚才小萝卜头同翻译官说什么了？"一个日本兵说："不知道，我不懂中国话。"

金校根则插话说："以后，你们俩再见到送菜的小萝卜头，要放他进来。"

"哈依！"

冈田说："翻译官，您和小萝卜头只是谈了送菜的事？"

"嗯，就这些，不信您可以问问小萝卜头。"

冈田看了金校根说："好吧，金，我们的一块去。"

冈田和金校根带上两个日本兵一起向小乌蛇村走去，小萝卜头透过窗户已经远远地看见了他们，立马想到自己是不该跟金校根说那么多话的，这引起冈田的怀疑。

于是，他开门迎了出去。"太君，难得你们光临小乌蛇村。快，太君的进屋，太君的进屋。"

冈田走进屋里，看了看房子，家徒四壁，什么都没有。之后，他用鼠眼斜视着小萝卜头，说："你的，兵营的干活？"

"哈依，太君，我从兵营刚刚的回来。"

"你的，死了死了的有，说，你和翻译官都说了些什么？"

小萝卜头看了看冈田，故作慌乱地说："这翻译官都知道的，是给兵营送菜的事，但那两个新兵不让进大门。"

"八嘎呀噜，你的话，实话的有？"

"太君，都是实话。"冈田用怀疑的目光盯着小萝卜头的眼睛吼道："你的，良心是大大的坏了，死了死了的有。"说后，狠狠地给了小萝卜头两个嘴巴，小萝卜头两眼冒金星，人栽到了柴火堆里。

小萝卜头赶紧说："太君，我是不敢欺骗太君的。"

冈田吼道："你的撒谎，我劈了你。"说后，冈田将战刀抽了出来，架在小萝卜头的肩膀上。

金校根看了看冈田说："太君，就这么个事。如果您剁了他，就再没有人给我们送菜的了，包括您的烟酒。"

冈田看了看翻译官，说："你的，对大日本皇军要绝对的忠诚。否则，砍头的有，你的明白？"

"哈依，太君！"说后，冈田是"啪"的一下战刀归鞘，气哼哼地走了。

金校根知道，冈田专门盯着兵营中的中国人。这之前，已有一名中国翻译因为劳工跑到了苏联，被冈田活活劈死。他想，如果自己去绥芬河的话，见了父亲，要是被冈田知道了，那肯定是没命的。

不过，绥芬河还是要去的，因为父母给予了自己的生命，但不能要他们对自己提心吊胆的，只是小心就好！

在得知冈田去了绥芬河向宪兵队队长久井一郎汇报工作的消息后，金校根于是马上给负责修筑东宁要塞的联队长樱井次男打了电话，说："太君，我要去趟绥芬河，要买一点烟土。"而他所以敢给樱井次男打电话，也是因为给樱井次男做过一段时间的翻译。

樱井次男说："好的，你的去，马上地去，绥芬河的好，花姑娘地有！"

撂下了电话，金校根坐上了马车向绥阳镇方向疾驶，并跟马大个子说："你的车，我包天了，要时时跟着我？"

马大个子说："好的，您这是要去哪儿？"

"绥芬河！"

马大个子挥动马鞭甩了一下，"啪"的一声爆响，黑色高头大马发出"嗒嗒"的蹄声，飞快地向绥芬河跑去。

11　国难家仇
朝鲜族翻译官决定弃暗投明

在绥芬河火车站，哈尔滨开来的小票车刚刚进站，人们熙来攘往地涌向了广场。金校根对马大个子说："你要稍等一会儿，我看看能不能搞到一点走私的烟土，因为这儿的烟土便宜。"

之后，金校根绕过了人流，悄悄地来到了东扳道房。他敲了敲门，扳道员把门打开了。金校根见开门人是方脸，同小萝卜头说的长相一致。

金校根说："先生，您贵姓。"

方脸人说："您找谁，我姓孟！"

"哦，我的家人病了，急人急病，想找郎中！"

"哦好，我叫孟繁晨，您是金校根吧？"

金校根说："是的，我想见我的父亲。"

孟繁晨说："这样，您去绥芬河的东街48号，一家大烟零食店，找叫修竹的人。暗语'纯黑的烟土'。"

金校根说:"好的!"

离开绥芬河火车站,金校根对马大个子说:"走,哥们儿,去东街大烟零食店,那儿有烟土。"

马大个子说:"哦,您要吸两口吗?"

"快走,哪来那么多废话!"

"翻译官,我看你太年轻了,吸大烟会短命的。"

金校根说:"我去买点烟土,是送给联队长的。"

马大个子说:"哦,翻译官,你是给日本人打进步?"

"算是吧,因为眼下还得靠日本人的!"

"驾!"马车向前奔去!

金校根说:"我们今晚要回东宁的。"

马大个子说:"不行,再跑100多公里,这马就得累死了!"

"哦,那有点麻烦了。"

马大个子说:"那就住一宿呗儿,也不影响啥,我们第二天起早走!"

"好吧!"

大烟零食店的生意很是兴隆,进进出出的人不少。金校根注意到,招呼生意的人是位中年妇女。金校根说:"老板娘,我这位大哥累了,您这儿有房间吧!"

老板娘说:"有的,请上楼吧!"

金校根对马大个子说:"您先上楼吧,我研究一下烟价,看看便宜不。"

老板娘领马大个子去了楼上。金校根见了男老板,说:"我想要点儿烟土,'纯黑的烟土',您这儿有吗?"

修竹说:"哦,'纯黑的烟土'不多了,但满足您的需求,应该不是问题。那么说,您是金校根?"

"是的,是我,我想见我的父亲。"之后,修竹瞧了瞧大烟零食店外面没有可疑的人。说:"来吧,您的父亲就在后院。"

金校根掀开门帘,看见了父亲金道羽,父子俩是紧紧地拥抱在一起,热泪滚滚。这时,一个人闪身进来了,金校根认出来了,问道:"陈九石,您在这儿?"

陈九石说:"金翻译官,您可好?"

金校根说:"好,都好。您不是逃到苏联了去吗?"

"是的,我们31个人逃到苏联后,又再次潜回了小乌蛇村。因为你向小萝卜头说了家里面的事,我去了防川。"

此时,金校根泪流满面,说:"爸爸,我妈呢,她可好?"

金道羽说："还好，但眼睛哭瞎了！不过，你妈要我给你带话说，不要你给日本人干事儿了，在内地给日本人干事儿，是被叫做汉奸的，多难听啊！还有，如果继续做汉奸的话，抗日的人，也会杀了你！"

金校根说："那我们这就去苏联。"

陈九石说："哦不，您要继续留在这里。"金校根瞅瞅陈九石说："你们逃跑的那天晚上，有2人被打死了，10人受伤，被抓之后，都被刺刀挑了，尸体给野狼吃了，骨头叼得哪儿都是，非常恐怖。此后，凡是偷懒的劳工都往死里打。吃橡子面拉肚子，日本兵就用杠子压肚子；凡是偷跑被抓回来的，往肚子里灌辣椒水，用战刀砍头。"

金道羽说："日本兵都是一些魔鬼！"

陈九石说："所以，我才组织大家逃跑的。否则，都得死在东宁要塞。"

金校根说："你们算是幸运的了。现在，那儿每天都死人的，一天20多个人。因为怕逃跑，不让吃饱，人没体力，病了，残了，日本兵就将人活埋。"

金道羽说："儿子，你怎么能给日本人干这些没良心的活啊！咱家都是本分人啊，可不能做没良心的事啊！"

金校根说："我知道。但我不给日本人做事又怎样？"

金道羽说："儿子，咱是中国人，要干，也得跟小鬼子对着干！"说着，他用左手捅了捅自己的右胳膊，说道："你看，残了，仇，大了。"

金校根看看父，说："爸，您遭罪了。还有我妈，眼睛瞎了，这日子怎么过呀？"说完，金校根再次泪眼模糊。

金道羽说："儿子，你就跟着陈九石他们干吧，他们让你干什么就干什么。对小鬼子的仇，不能不报！"

金校根说："好的，爸，我听您的。今天就不回东宁了。一会儿，我就跟着你们走！"

陈九石说："但你不能离开东宁的，不能离开关东军。现在，你做翻译非常重要，能够获得关东军的情报，要比你拿着真刀真枪去杀鬼子还重要。"

金校根说："那么，您都需要什么样的情报？"

"比如，日军构筑军事要塞的情况，关东军的部署情况，修筑铁路、飞机场的情况，战备物资储备情况，关东军有没有进攻苏联的计划等等。"

金校根说："那今后我怎么与你们联系，怎么把情报递给你？而且，你知道的，我的行动不自由，冈田盯着我。"

陈九石说："至于联系方式嘛，一个是绥芬河火车站东扳道房的孟繁晨，再就是小萝卜头了。第三是这儿。但您不要轻易跟这儿和孟繁晨联系，除非是万不得已。"

金校根说："好，我知道。不过，我跟小萝卜头联系，冈田次太郎会盯着我的，很危险的。"

陈九石说:"那么说,冈田对你是危险人物。"

金校根说:"是的,他是在盯着我,也盯着小萝卜头。如果你们不杀了他的话,我早晚都得暴露。"

陈九石点点头,表示理解,说:"那就做掉他吧。"

金校根说:"据我所知,特高课的人,有一个算一个,对中国人都是不信任的。"

"好,我知道该怎么做了。"

金校根说:"冈田的行动规律是这样的,每周都会到绥芬河来,向宪兵队支队长久井一郎汇报工作。今天,他就在绥芬河。所以,我是偷偷请假出来的,免得被冈田知道我来了绥芬河!"

陈九石说:"那样,我马上派人到宪兵队门口盯着他。"说后,他将修竹找来耳语了一会儿,又对金校根说:"你说,冈田长什么样,具体特征?"

"冈田是小个子,一米六左右,脖子短,鼠眼,手上挂着战刀鞘,脾气暴躁,经常骂人。"

"哦,为什么挂拐?"

"在对东北军作战时,他的左腿受伤,因此微跛。所以,他常挂刀鞘。另外,他一般不穿日本军服。"

"嗯,知道了。"

金校根说:"还有,冈田特别喜欢女人,常常去东宁县的春慧窑子铺。有一个叫铃木樱子的女人,她来自日本的札幌,是隶属于日本特高课的美女间谍。不同的是,她通过美色来获得苏联人和中国人的情报。冈田与铃木樱子见面后,会将获取的情报秘密带走,交给宪兵队支队长久井一郎。

据我所知,冈田和铃木樱子联手之后,已经杀死了很多苏共情报人员,还有对日军不满的伪满官员。因此,在干掉冈田之前,我很难向你们提供秘密情报。"

"好,这不是问题。修竹同志,你马上派人到宪兵队门口盯着冈田,看看有没有机会干掉他。"

12　秘密师团
已经陆续进驻胜哄山要塞

金校根说:"眼下,我手里有一些情报,不知道你们感兴趣不?"

"您说!"

"现在，在国境线附近，日军正在秘密构筑军事战略防御工事。他们的目的是，进，可攻苏联；守，可防苏联。但东宁要塞为最大，东、南宽100多公里，纵深100公里。除了地穴之外，还秘密构筑枪支弹药仓库。有坦克、飞机、大炮等各种零部件，通过铁路运抵这里，再进行秘密组装，形成战斗机器。

此外，在东宁附近，一共有5个战地医院、多个粮食物资储备仓库。如果战争打起来，物资储备支撑一两年都不是问题。"

陈九石说："那么，我参与的要塞是叫什么？"

"胜哄山要塞，属于东宁要塞的一部分。东宁要塞里面，有士兵住所，电话交换所、军官休息室、作战指挥室、野战医院，可通行汽车、坦克，已经驻守两个师团，还有大量作战物资。"

"现在，胜哄山要塞，是不是都修筑完了？"

"还没有，但关东军正在从新京、哈尔滨、大连等地，秘密运来武器弹药，每天都会有两个军列在东宁火车站卸车，还有部分军列停在绥芬河。此外，沿着边境线还修筑了11个野战军用机场。另外，鸡西、密山，也在修筑铁路、公路，是解决战时的运力问题。其中，虎头有军事要塞。近期，我还听说，在绥芬河附近，要修筑天长山要塞。"

"规模呢？"

"据樱井次男说，天长山军事要塞方圆5公里。因为地理位置重要，进，可攻苏联；守，可扼住通往苏联的齐胖子沟、马陵园子山口。但整个军事要塞比东宁要塞小，分地上、地下两个部分，地面修筑的是环形战壕，地下是掏空了的地穴。面对苏联方向，天长山的右面是铁路交通线，紧挨着的是北大营，可以驻守4万兵力。在绥芬河南山、地久山、鸟青山，都是永久性工事。天长山的地下，同胜哄山要塞是一样的，设有通讯室、发电室、指挥所、士兵休息室和粮食弹药储备仓库。此外，有多个秘密观察所、作战连接点、独立作战部、火炮点、重机枪火力配置点，纵横交错，密布成网，易守难攻。期间，因为与马大个子熟悉了，我听马大个子说，民工往天长山要塞补给物资，都要将马车停在天长山的坡下，再由日本人将马车赶到山顶。光铁丝网就修筑了四道，晚上探照灯还不停地照来照去。"

"那么，天长山的主峰有多高呢？"

"听说是900米左右，差不多吧。"

"还有，关东军在绥芬河和东宁的兵力配置情况，你说说看？"

"根据日本军队的配置，以及师团的番号，绥芬河驻军不到5万人，东宁8万多人，总计13万人左右。东宁配属军队多一些，是因为东宁属于对苏的正面战场，故配属兵力要多一些，而兵力主要是部署在胜哄山一带。另外，在天长山、鸟青山、883高地、十八盘、绥芬河的南山、绥阳、寒葱河的北山，各驻守一个旅团。鸡西、密山、虎头，也有相当规模的驻军。这些，都是我日常留心掌握的情况，但肯定是不准确的，你们可以参考。"

"那么，关东军的目的到底是想做什么呢？"

"一个是强化对伪满洲国的统治，把东三省完全归属于日本；再就是为进攻苏联做秘密准备。此外，我还听说，如果日本武装侵略苏联，可动用兵力最高可达120万人，这要加上朝鲜半岛的驻军。另外，从东宁要塞出兵的话，两天就可推进到符拉迪沃斯托克，能够扼住苏联的出海口。"

"还有一个情况，我们听说你要调往中蒙边境，要同苏联红军打仗？"

"是的，一个月左右吧，我就要离开东宁。现在，东宁军事要塞已经秘密调来了大量的作战部队，目的是为中蒙边境的战事做准备。否则，一旦战争爆发，不排除东宁、绥芬河一带，会受到苏军的进攻。"

"可是，为什么要在中蒙边境打仗呢？"

"因为张鼓峰的战役，日军吃亏了。因此，关东军一直想报复苏联红军。"

"那么，据您所知的情况，关东军有多少军事要塞？"

"这个是说不准的，但我知道有东宁要塞、天长山要塞、虎头要塞。听说海拉尔也有，因为那儿同苏联接壤。不过，如果去中蒙边境，我的情报又该怎么传递给你们呢？"

"那么，您是去海拉尔吗？"

"说不准的，但差不多是海拉尔！"

"那我们就在海拉尔设置联络点。"

"可你们又怎么通知我？"

"到时候，我们可能会设立酒吧，但需要您主动接头。"

"嗯，我的身份可以去这种地方。"

"但记住，酒吧门口会有风铃。在接待客人的吧台上，会摆放兰花；吧台后面酒柜玻璃，会贴娃娃放炮仗的剪纸。到时候您同酒吧老板联系就好。"

"那么，暗语呢？"

"老板，您这儿有沃特嘎吗？老板会说，有的，这里的沃特嘎有点贵。您说，多少钱？老板说，那要看品牌的。不过，我这儿不收满洲币，只收卢布。您说，我没有卢布。老板说，可以用满洲币兑换成卢布，但其中的关键词是'我没有满洲币'。"

"好，那就这样。不过，今天我是乘马车来的，路途太远，回不去了，需要住一宿。"

"没问题的，由修竹来安排。"

金校根说："还有，如果冈田发现我来过绥芬河，一定会有怀疑的，我恐怕也会谈到你们这儿。再有，给我准备半斤烟土，我回去送给樱井次男，这也是我来绥芬河的合适解释。"

"好的，没问题。"

夜色中，金校根透过窗口，看到陈九石和父亲金道羽快速钻进附近的树林。这时，他突然感觉胃部不适，眼泪瞬间流了出来。

他想，父亲是太不容易了，胳膊残了，体力大不如从前。他心酸。

第二天早上，金校根从大烟零食店出来，乘着马车向东宁方向驶去，马蹄踏在地面上发出了嗒嗒声。

此时，漫天飞雪，让他感觉到很惬意。因为自己给关东军做翻译以来，还从来未有过这样好的心情。不言而喻，他的生命将有新的开始。想到这儿，金校根的心里充满了激动。

可是，冤家路窄，就在金校根的马车刚刚上了绥宁公路，冈田的汽车就从后面赶到了。金校根突然感觉胃部上涌，"哇"的一下吐出了一堆的污物。

于是，金校根说："马大个子，停车吧，我得收拾一下！"

金校根从马车上下来，冈田也从汽车上下来了。金校根"啪"的立正，说："冈田君，早上好！"

冈田是斜着眼睛看了看金校根，又看了看马大个子，突然大声吼道："你的，什么的干活？"

金校根说："太君，我的，绥芬河的干活。"冈田指着马车上的污物说："你的，怎么回事？"

金校根说："胃部不适！"

马大个子说："太君，他吸食烟土过量。"冈田再次瞪起鼠眼，对金校根吼道："你的，哪里的干活？"

马大个子说："他是去了绥芬河大烟零食店，因为吸食过量，吐了。"冈田用眼睛横了横马大个子说："还有谁的干活？"

"太君，就我们俩！"

"金，你的撒谎。"之后，冈田又对马大个子说："你的说实话，皇军会大大的奖励你！"

马大个子说："太君，我们是一块儿去的绥芬河大烟零食店，一块儿吸的烟土，再没有其他人了。"

冈田转过身来对金校根说："你的，绥芬河的秘密地干活！"

金校根说："没有，太君。您知道，我是大大忠于天皇的。"

冈田说："金，我的不信，你肯定有秘密活动？"说着，他夺过了马鞭，是狠狠地抽了马大个子，说："你的，说实话，不然，死了死了的有！"

马大个子被打了个趔趄，赶紧说："太君，我没有撒谎。如果您不信，可以到绥芬河大烟零食店去调查。太君，我不是坏人，也从没做过对不起皇军的事。"

冈田对金校根说："你的，绥芬河的干活？同红胡子有联系？"

金校根说："哦不，太君，我只是买点儿大烟土！"

"哟西，我的看看，烟土的看看。"

没办法，金校根故作犹豫，冈田看在眼里，抢过了包包，打开看是纯黑的烟土。说："你的，买烟土做什么？"

金校根说："我自己抽，也想送给联队长樱井次男。"

冈田是横了横眼睛说："哟西，哟西。那么，我的有吗？"

金校根说："没有。"

冈田说："你的，良心大大的坏了。樱井次男的有，我的没有？"

金校根静静地看着冈田，冈田将烟土塞进自己的包里，吼道："走，绥芬河的干活。"马大个子拉着马车准备往绥芬河走，被冈田断然制止了，说："不，统统我的车！"

冈田的车是很快就来到了绥芬河大烟零食店门口，两个日本兵冲进屋里将老板娘押了出来。冈田对老板娘吼道："你的认识他们，说实话，否则，杀头的有！"

老板娘说："不，我不认识他们！"

冈田说："你的说，大烟土，他们是这儿买的吗？"

老板娘说："哦，没，没有，我不知道！"

冈田随即抽了金校根一个耳光，说："你的，撒谎？死了死了的有！"

这时，修竹从店里面走了出来。对冈田说："太君，这两个人，昨晚在这儿住的，他们吸食了烟土。今早走的，还买了半斤纯正烟土。"

说后，修竹是指着金校根说："就是他买的烟土！"

冈田看了看修竹，又看了看金校根，吼道："金，你的，良心大大的坏了！"

说后，冈田对两个日本兵一挥手，说："走，东宁的干活！"

冈田走了，也带走了阴霾与死亡之气，却将金校根和马大个子扔在了大烟零食店的门口。不得已，金校根对修竹说："您帮帮忙，找辆马车来吧。"

修竹说："没问题。"他让店里的伙计唤来一辆马车，拉着他们去了绥宁公路。在绥宁公路路口，金校根和马大个子看到了恐怖的场面：那头黑色高头大马横卧在地上，头被砍了下来。

随即，马大个子发出了撕心裂肺的嚎叫声："你给大爷等着，小鬼子！"马大个子的骂声，在山林之间回荡。金校根看着马大个子的眼睛里面流出了鲜血。

金校根说："你就认倒霉吧，我们能拿小鬼子怎么样？"

马大个子说："金翻译官，有小鬼子就没好。如果您敢杀鬼子的话，我就跟着您干！否则，我这脑袋瓜，说不上那天就会被小鬼子搬家的。"

马大个子注视着金校根，金校根面无表情。此时，马大个子不知道金校根心里在想什么。

又过了一会儿，金校根说："马大个子，你想不想去海拉尔，我听说那儿好赚钱的。"

马大个子看了金校根一眼，点了点头说："您去，我就去。"

"好吧,那我们海拉尔见。不过,您现在就去海拉尔,我会后到。"

"好吧!"

13 特殊证件
乘军机秘密飞往莫斯科

陈九石与金道羽从绥芬河返回到哈巴罗夫斯克,向柯林作了汇报。

金道羽说:"柯林同志,按照您的意思,我说服了我的儿子,他同意为消灭日本法西斯而斗争。"

柯林说:"谢谢您,金道羽同志。我相信,只要世界爱好和平的人民觉悟起来了,打败日本法西斯就不是问题了。"

金道羽说:"我就知道,当我儿子看见我被日本少佐砍伤的胳膊,他就永远不会为日本人真心卖命了。"

柯林说:"好,金叔叔,那谢谢您。现在,您就留在哈巴罗夫斯克,这儿比珲春要安全些。"

金道羽说:"哦不,我要回到防川去,因为老伴儿在。而且,那里是我的故土,也是很难离开的!"

柯林送走了金道羽,也给了他一些烟土。实际上,这就等于是钱了,因为烟土是可以变现的。

如果直接拿钱给金道羽,被关东军守备队发现,反而会坑了老人家。之后,陈九石谈到,金校根要去海拉尔了,这是确切的消息。从他谈到的情况看,关东军在中蒙边界正在密谋与苏军开战,我们需要在海拉尔布点,以便与金校根秘密交换情报。

"好吧。那您看谁去海拉尔合适?"

"陈世文吧!"

"为什么?"

"因为他沉着冷静、反应机警,对关东军有刻骨仇恨,是合适人选。"

"嗯,我考虑一下,您休息一会儿,我们找时间再谈。"

在陈九石离开柯林办公室的同时,卡洛琳正在接收来自东京的电报。之后,将译好的电字交给了柯林。

东京,第166号,绝密

李云林，曾在莫斯科南郊无线电学校接受过无线电台操作训练，人精明，身体略高，体态偏瘦，黑头发，双眼皮，脖颈处有颗黑痣。期间，我曾训练过他的指触手法。魏加顿是负责人。

发报人：克劳森

两天后，卡洛琳又收到苏联红军总参谋部情报四局转来的延安密电，证实了李云林的身份。

经魏加顿证实：李云林系苏共为中共培训密码人员。回到延安后，被派往中国东北。在方正县与日军作战时，因掩护部队撤退被俘，特报！

柯林看过密电心中喜悦，因为秘密谍报小组正缺少李云林这样的会操作无线电台的人。如果将李云林派回中国，就可以在满洲建立与远东情报小组的联系。不过，还有问题，就是李云林真的可靠吗？

于是，柯林同卡洛琳进行探讨，说："以您所了解到的情况，您认为，李云林可靠吗？"

卡洛琳说："头儿，我认为是可靠的。第一，李云林被俘后，如果他投降了日本，应该不会被押到东宁构筑军事要塞。第二，在东宁逃亡时，日本兵就不会在后面疯狂追杀。第三，日本实施'苦肉计'的可能性极小，因为东宁要塞军事机密高，不可能因为将一个人打入苏联内部，让那么多的战俘逃亡，还带走军事秘密。第四，即便日本特高课实施秘密计划，将李云林打入我们内部，那么，特高课也未必会知道您现在的心里，是想吸收一些中国人加入我们的秘密谍报组织。因此，您不必犹豫，可以大胆使用陈九石和李云林，还有陈世文。"

"好吧，我认为，您的意见是对的。但我尚没有最终批准他们加入我们的情报组织的决策权。"

"那么，最终决策权是在哪里？"

"应该由总参谋部军事情报部长作出决定，因为这涉及国家安全问题。"

卡洛琳说："但总参谋长叶戈罗夫元帅已经被捕，原军事情报部长乌利茨基将军被执行枪决。那么，领导人均已不在，您该怎么办？"

柯林说："嗯，这是个难题。不过，尽管领导人相继出现问题，但我们的经费并没有中断，提供美元、日元、中国银圆、法币，养活31名中国人是不成问题的。"

"我看，您可以决定吸收这批中国人加入远东谍报小组，无需再请示谁了。"

"哦不，这是政治纪律问题，我们必须得到组织上的批准。此外，您有什么好主意吗？"

卡洛琳说："没有，我只知道自己是被乌利茨基将军点名后，来到远东谍报组的并接受您的领导。不过，除了叶戈罗夫元帅和乌利茨基将军外，我知道还有人了解远东谍报小组的情况。"

"谁？"

"最高统帅同志，是他亲自批准成立的远东情报小组。而且，他说过，远东秘密谍报小组应该由苏军总参谋部军事情报部长直接负责，遇有紧急情况，可以直接向他报告。卡洛琳说，那么，您应该去面见最高统帅。"

"但这怎么可能啊！"

卡洛琳说："头儿，您不是普通人，肩负着国家安全的重大责任。再有，据我所知，您曾在统帅身边工作过，首长认识您的。还有，您熟悉最高统帅的小儿子瓦西里。"

柯林看着卡洛琳，心想，这个女人真聪明。说："好吧，那就试试看。"

柯林说："不过，还有一件事，您可以通过苏军总参谋部情报部四局，请有情报工作经验的人来哈巴罗夫斯克，培训我们的中国朋友。比如，如何采集情报，如何躲过特高课的追踪，如何实施暗杀，等等。"

卡洛琳说："还应该包括如何讨好女人。"卡洛琳说后，尴尬地看着柯林。显然，她还没有结婚，不适宜讨论男女风情方面的问题。

柯林瞧瞧卡洛琳说："是的，秘密情报工作需要不择手段、不惜代价，但重在结果。那么，这个任务就交给您吧！"

"好的，我立即就办！"之后，柯林收拾行囊并赶往了哈巴罗夫斯克军用机场，因为他持有红色特别通行证，可以乘坐任何交通工具。

哈巴罗夫斯克军事机场戒备森严，上等兵卡洛斯维奇伸手示意停车。柯林看了看卫兵，从内衣口袋中掏出特别通行证。说："我要见萨洛诺维奇上校。"

列兵卡洛斯维奇打过电话后对柯林说："首长，您请。"

在萨洛诺维奇上校办公室，柯林说："我有重要事情，需要乘坐军用飞机去莫斯科。"萨洛诺维奇上校刚刚到任不久。看过证件后说："对不起，我从未见过这样特别的通行证，并请您回答我的问题，您是要乘军机前往莫斯科吗？"

"是的！"

萨洛诺维奇上校再次看了看柯林，说："那么，您的职业？"

"总参谋部军官。"

"还有，您干吗要坐军用飞机？"

柯林看了看萨洛诺维奇上校不免心中愠怒，但仍平静地说："上校，您现在应该向远东军区参谋部请示。但注意，一定要提到我的名字。之后，您就知道该怎么做了。"

萨洛诺维奇上校继续用狐疑的目光看着柯林，心想，这个家伙很神秘，也很狂妄。但他还是拿起了电话，并接通了远东军区司令部参谋部，说："我是萨洛诺维奇上校，有位柯林同志持有苏军总参谋部红色特别通行证，要求乘军机前往莫斯科，请指示。"

对方说："萨洛诺维奇上校，请您立即做出安排，并要小心伺候。注意，你别因此丢掉职务！"

"是，明白！"随后，萨洛诺维奇给柯林敬礼，说："对不起，首长，我立即为您准备军机。"

走出办公室，萨洛诺维奇上校亲自用一辆吉普车将柯林送到军机旁边，说："首长，您旅程顺利！"

"谢谢！"柯林登上军机后想，最高统帅会在哪里呢？是莫斯科，还是莫斯科郊区别墅？他不知道，也是不能问的，因为这是苏维埃的最高机密，也仅仅几个核心人物知道。如果不小心泄露秘密，那是会被砍头的。

途中，军机两次加油。在莫斯科郊区伏努科沃机场降落。之后，柯林乘军用吉普车秘密离去。

14　卡查军校
柯林秘密会见瓦西里

在阿尔巴特大街，瓦可堂果夫戏剧院的后身，吉普车在一座没有门牌号码的别墅前面停了下来，这是他的家。

不可想象，在莫斯科没有门牌号的别墅是很罕见的。但这是特例，军情四局为柯林提供了秘密住所。

下车之前，柯林先是静静地观看了周围情况，这是他的职业习惯。别墅同往日一样，没有变化。之后，他从衣兜里掏出钥匙扭开了门，但响声惊醒了夫人瓦基里安娜·芙希洛娃。芙希洛娃问："谁？"

"柯林，亲爱的，我影响你休息了。"

"小声些，你的宝贝女儿刚刚睡着。"芙希洛娃穿着红色低胸的睡衣出现在柯林面前。

"哦，亲爱的，你好漂亮！"随后，他拥抱了芙希洛娃并轻声说："你在想我吗？"

"想，怎么会不想！"随即，他们双双坠入了爱河。在疯狂缠绵之后，芙希洛娃说："亲爱的，你都去哪儿了，心里还有家吗？还有您的宝贝女儿娜佳吗？"

"亲爱的，这不用说！不过，有关我去哪里的事，你不能问，也绝对不可以知道的。"

芙希洛娃说："可是，您不知道，我的心里有多苦。"

"是的，你嫁给我是太辛苦了，我心里知道，将来，我一定会好好报答你的。"

芙希洛娃说:"看来,作为秘密情报人员,你是不该结婚的。而我嫁给你,是不是也错了呢?"

柯林说:"哦不,亲爱的,我们不能说这样的话。"

"可是,我和孩子都太苦了。"这时,女儿娜佳被芙希洛娃的说话声弄醒了。她从自己的房间里走出来,揉着睡眼惺忪的眼睛,看见了柯林,欢喜地喊着爸爸。她扑在柯林的怀里,说:"爸爸,您怎么好长时间都不回家呀!"

"哦,宝贝儿,因为你妈妈不要爸爸回家的。"

"哦不,妈妈希望您早点儿回家!"

"哦,是嘛!"

"是啊!"

"宝贝儿,爸爸没有办法,在外面有重要的事情。等你长大后就知道了。"

芙希洛娃说:"宝贝儿,爸爸所从事的工作不可以对外说的,你要注意为爸爸保密。今后,如果谁问起了爸爸,就说爸爸是在国外做着买卖呢,一时半会儿回不来!"

"好吧,妈妈,我好像听懂了您的话,但又好像不大明白是为什么!"

娜佳究竟是听懂了什么,芙希洛娃不清楚。不过,柯林说:"来吧,我的宝贝儿,跟爸爸一起睡。"

"好啊,爸爸,您真好!"

阿尔巴特大街一直以浓郁的历史氛围,吸引着莫斯科的知识分子和一些贵族、富商和官员在此居住。一些精致、优雅的豪宅和庄园,在阿尔巴特大街两侧一字排开,将这里变成了莫斯科最为著名的和最为昂贵的街区。因此,普希金、莱蒙托夫、叶赛宁等人的著作,也常常提到阿尔巴特大街。

这两天,柯林彻底放松了心情,带领妻子芙希洛娃和女儿娜佳,在阿尔巴特大街游玩。逛商场、听音乐、看电影、喝咖啡、到游泳场游泳、到游乐广场散步、放鸽子,等等。

可是,当芙希洛娃和女儿娜佳不在身边时,柯林每每会陷入沉思:自己所负责的远东秘密谍报小组,原本是在叶戈罗夫元帅和乌利茨基将军领导下开展工作,但他们都不在了。

现在,自己已然是没了上级。不过,他依然记得:在一起谋杀事件后,自己曾在首长身边工作过一段时间。那是1934年12月1日,列宁格勒州委书记谢尔盖·米罗诺维奇·基洛夫在斯莫尔尼宫三层被一名神秘刺客枪击头部身亡了。对此,最高统帅是亲往列宁格勒参与调查,并宣称:"此次暗杀活动,是由托洛茨基极其反对派秘密策划的。"

不久,组织上解除了原内务人民委员部的党中央书记亨利希·格利戈里耶维奇·亚戈达的职务,由尼古拉·伊万诺维奇·叶若夫接替工作,而自己和军情四局的人,奉命抓捕基诺维也夫和加米涅夫。至于后来对他们的审判,以及对"托洛茨基反苏军事组织"的指控、包括处决图哈切夫斯基等红军将领的情况,就说不清了。

还有，1938年8月，内务人民委员副委员长贝利亚，在叶若夫领导下开始组织"大清洗"工作。不久，叶若夫政治失势，因为间谍和叛国罪被法院判处死刑并执行枪决，其内务人民委员的职务，由拉夫连季·贝利亚接任。

无疑，首长同志信任贝利亚。因此，有关首长的秘密居住地，贝利亚会知道。但柯林觉得贝利亚是不可信的，他神秘莫测，也生性多疑，满脑子都是整人的招数。

如果通过贝利亚求见首长的话，则会受到怀疑，搞不好会有杀头的危险。不过，因为自己是秘密情报人员，也曾知道首长有多个住处，就像留希科夫知道首长爱好泡温泉一样，乃至日本有了"猎熊计划"。

目前，首长同志的居住地，最有可能是两个：孔策沃别墅，或者莫斯科地下某处。孔策沃别墅在莫斯科的西郊，有两道围墙守护，其中一道围墙有监视孔，配备最先进的保安系统，负责别墅保安工作的都是军人。如果首长在孔策沃别墅休息和生活，甚至都无法进入其周边地区。

事实上，自己可以通过军情四局的秘密通行证来同警务局进行联系。柯林清楚，自己虽然是秘密军事情报人员，但也无法接近首长住处。

于是，柯林决定去见瓦西里。他记得，瓦西里是首长的小儿子，刚刚19岁就参加了空军。柯林向妻子芙希洛娃告别说："亲爱的，我有特别任务，需要离开家了，您和娜佳多保重！"

芙希洛娃说："那您什么时候回来？"

"说不准的，您照顾好自己，也照顾好孩子，我爱你。"

柯林与芙希洛娃吻别后，含情脉脉地走了。在卡查军事飞行学校的大门口，柯林通报了姓名。不一会儿，他见到了瓦西里说："瓦西里同志，您好！"

"哦，柯林，我记得您，你的俄罗斯方块玩得不错！不过，您是找我有事吗？"

"瓦西里同志，有事的。但在说事之前，我们喝杯咖啡怎么样？"

"好啊，为什么不呢！"

在卡查咖啡店，柯林和瓦西里坐了下来。这时，一位年轻姑娘走过来说："你们喝什么咖啡？"

柯林说："马来西亚产的白色咖啡，两杯！"

"您稍等，就来！"姑娘去了，柯林说："瓦西里，您为什么要来这儿啊？"

"您是说卡查吗？"

"是的，以您的特殊身份，为什么不去莫斯科国际关系学院，或去莫斯科对外贸易学院。知道吗，这两所大学，都是莫斯科最时髦的大学。而且，毕业后前程无量。"

瓦西里说："哦不，柯林同志，您不懂我。我的理想是飞上蓝天。"

"可是，这是您最终的梦想吗？"

"是的，我要做一名军人，为祖国而战。要像我的父亲一样，永远忠诚于我们的国家。"

"哦，懂了！"

"柯林，我的生命已经不属于自己，是属于我们伟大的祖国，属于苏维埃！"

"瓦西里同志，我非常钦佩您的想法。不言而喻，您是有伟大理想的人。不过，开飞机上天毕竟是危险的职业，首长会担心吗？还有您的母亲？"

"哦不，柯林，您想多了，我只是个普通公民，不过是出生在领袖家庭而已。但有关我父母的事，有关职业选择，不需要征求任何人的同意。当然，在这之前，也是向父母汇报过的。他们都很明智，尊重我的决定。"

"瓦西里同志，我赞成您的崇高理想。"

"好吧，我们说正事吧，您找我有什么事？"

"我想去见首长。"

"但我希望您不是因为个人私事。如果是个人私事，我会毫不客气地拒绝您的要求。"

柯林说："我现在服务的机构是苏军总参谋部军事情报部，具体说，我负责远东事务。现在，在我手头上有重要情报。因为乌利茨基将军和叶戈罗夫元帅都离开了原来的岗位，而我就没有了直接上级。"

"那么，您为什么不通过苏军总参谋部情报部，通过贝利亚同志来求见首长呢？"

"因为首长有过明确指示，远东谍报小组的秘密不要任何人知道，也不得同其他情报组织交换情报。所以，我不好向他们说起这件事。"

"嗯，明白。"

"那好，我们立即去克里姆林宫！"

"好的。不过，您的汇报需要多长时间？半小时，或者5分钟？差不多！但问题是，您不能携带任何东西。"

"明白。"

15 8号计划
内含甲乙两个秘密作战方案

晚21时，莫斯科克里姆林宫，首长秘密召见了柯林。

柯林注意到，首长办公室特别宽大，地面铺着木地板，墙板是精致的橡木板，办公桌铺着绿色的呢布，棚顶挂着白灯罩挂灯，沙发套着白色布罩，墙体上方挂着苏联元帅苏沃洛夫和库图佐夫的画像。

首长秘书波斯克·布亚科夫给柯林倒了一杯热咖啡，并面无表情地看着他，既不热情，也不冷漠，不温不火。

然而，柯林是认识布亚科夫的，他1924年进入克里姆林宫。1928年，在统帅身边做秘书，大智若愚，负责苏共中央委员会特别处工作，非常神秘。

15分钟后，首长走进了办公室。布亚科夫迎上前去并接过了灰色薄呢子大衣挂在衣帽钩上。之后，布亚科夫说："首长，这是柯林同志，负责远东事务，有重要事情报告。"

首长说："说吧，柯林同志。"

柯林看了看布亚科夫，犹豫了一下。首长说："布亚科夫同志长期在我的身边工作，处理过大量的与国家有关的机密事务。也就是说，苏维埃共和国的秘密，不仅我知道，而且他会先于我知道。"

柯林说："好吧，首长。我要汇报的是关东军一直都想报复苏联，近期有交战的可能性，因此迫切来向您汇报。"

"说具体情况。"

"据东京'拉姆扎'小组报告，日本参谋本部有8号作战计划，即'北进计划'。包括甲、乙两个方案。甲方案是通过中国珲春进攻，直取哈巴罗夫斯克和符拉迪沃斯托克；乙方案是通过中蒙边境进攻西伯利亚，达到占领苏联远东地区的目的。"

首长说："这个我是记得的。布亚科夫同志，您请机要秘书找到那封密电。"不一会儿，机要秘书将东京"拉姆扎"小组的绝密电报送来，首长看着：

东京，第167号电报，绝密

日本帝国认为苏军不堪一击，秘密制定8号作战计划，即"北进计划"。包括两个方案，甲方案是通过中国珲春地区进攻苏联哈巴罗夫斯克和符拉迪沃斯托克；乙方案是通过中蒙边境进攻西伯利亚。

发报人："拉姆扎"小组　　1938年10月7日

之后，首长抬起头说："柯林同志，您怎样看日本的'北进计划'，它可信吗？"

柯林说："报告首长，日本一直对我远东地区垂涎三尺。在张鼓峰战役之后，日军一直向中国东北地区秘密增兵，号召年轻人参军。目前，'满洲国'军队，已由40万人增加到了70万人。如果日本不是为了进攻苏联，他们增兵干什么。"

统帅说："嗯，您的推理是有道理的。不过，日本的军队正在同中国开战，因而，他们增加兵力也是有道理的。因此，我认为，日本不可能同时与两个大国开战，东京'拉姆扎'小组的情报，可信度不高。此外，您还有什么要谈的？"

无疑，这是终止谈话的信号，柯林明白。他接着说道："在前一段时间，在苏中边境的东宁要塞，有31名中国劳工越过了边境。经查，他们都是战俘。在日军的严密监视之下，在秘密构筑军事要塞。现在,一个朝鲜族的翻译官提供了重要情报,非常重要。说在东宁县境内,关东军秘密构筑了胜哄山要塞;在绥芬河附近,秘密构筑了天长山要塞;在密山、虎头,秘密构筑了虎头地穴。经了解,关东军构筑要塞目的有两个:一个是防止苏联红军的进攻,另一个是为了进攻苏联。此外,在张鼓峰战役之后,关东军又构筑了五家山要塞,是在中国珲春地区。"

"嗯,这是个新的情况!"

"另外,这名朝鲜族翻译官要被调往中蒙边境,因为他懂俄语,懂日语,主要任务是处置苏军战俘。他们相信,日军会取得战争的胜利。"

"那么,柯林同志,关东军会在什么时间同苏军开战?还有开战的地点、投入的兵力?由谁来指挥战役?"

柯林说:"因为刚刚获得的情报,我还不清楚您问的问题,但后续的情报会接续上报!"

"好吧,我需要知道更多的细节,包括朝鲜族翻译官的情况!"

柯林说:"他叫金校根,19岁。因为要去中蒙边境,又惦记父母,想通过我们的情报员小萝卜头往珲春的家里捎钱。事后,我们了解到,他的父亲是叫金道羽,被日军一名少佐砍伤了右胳膊。通过工作,这名朝鲜族翻译官愿意为我们服务。"

"那么,您认为这名翻译官的情报可信吗?"

"报告首长,可信。"说后,柯林将陈九石获得的最新情报递给了首长,说:"这是刚刚转来的密报。"

哈巴罗夫斯克,第003号电报,绝密

关东军正准备与苏联红军在中蒙边境开战,战役规模不详。日军在继续构筑胜哄山要塞,可驻守两个师团在绥芬河构筑天长山要塞,方圆5公里。进,可攻苏联;守,可扼住通往苏联的齐胖子沟、马陵园子两个山口。军事要塞分地上、地下两个部分,地面部分为环形战壕,地下为地穴。从苏联方面看,天长山左面是铁路交通线,连接北大营,驻守4万兵力,包括绥芬河南山、地久山、鸟青山,为永久性工事。在天长山地下,设有通讯室、发电室、指挥所、士兵休息室和粮食弹药储备仓库,多个观察哨所。地面有十个作战连接点、五个独立作战部、火炮点7个、四十多个重机枪火力配置点。另外,每天有两个军列从哈尔滨开来,在东宁或绥芬河火车站卸车,多是军火配件。之后,在军事要塞内秘密完成组装。

发报人:红隼　　1938年9月27日

首长说:"那么说,日军的目标是直指苏联远东地区?"

柯林说:"是的。"

"那么，天长山主峰海拔多高？"之后，首长对秘书布亚科夫说："来，别光站着，把军事地图拿来。"

柯林说："首长，这里是绥芬河火车站。在绥芬河火车站前边两公里左右就是天长山要塞，海拔900米。日军意图明显，意在苏联远东地区。据了解，东宁是对苏作战正面战场，兵力配属要多些，大部分兵力部署在胜哄山要塞，纵深80至100公里左右。此外，天长山、鸟青山、883高地、十八盘、绥芬河南山、绥阳、寒葱河北山，驻守多个旅团。另外，沿中苏边境线的鸡西、密山、虎头，都有相当规模的驻军。在镜泊湖附近也有日军屯兵，还设有监狱，一个宪兵联队，两个加强师团，两个野战机场。"

首长听后，从宽大的座椅上站了起来，拿着烟斗慢慢地踱步，吐出了一口烟说："如果以您掌握的情报，说明日本帝国主义亡我之心不死。但我依旧怀疑日本参谋本部的8号'北进计划'。难道他们的脑子昏了，要与两个大国同时开战。"

柯林说："这种情况是有可能的。因为日本帝国主义一直与我们争夺中国东北利益，由此结下了积怨。

1904年2月8日夜，东乡平八郎司令官率领日本联合舰队偷袭了中国旅顺港。不久，日军强攻旅顺203高地，又在对马海峡伏击了俄国波罗的黑海舰队。在整个日俄战争期间，俄国付出了40万人的代价，日本付出了30万人的血肉之躯，但日本却铺平了通往世界强国的道路。另外，在日俄战争中，日本之所以能够战胜俄国，皆因为有强大的谍报机关。在偷袭旅顺港之前，日本间谍机关就派出了一个个'青木特殊任务班'，在满洲和西伯利亚，秘密切断了连接彼得堡和远东地区的通信电缆，使得俄国驻旅顺港俄军司令部的通信联络彻底中断了。1904年2月8日，日本海军突然在朝鲜仁川外海，袭击了两艘俄国战舰。次日夜，日本联合舰队司令官东乡平八郎，派出了10余艘鱼雷艇，秘密驶进旅顺口基地。发射18枚鱼雷，俄国两艘最好的战列舰和一艘重巡洋舰被击沉。后来，俄国不得不经美国斡旋，于1905年9月5日，签订了日俄条约。此后，九一八事变后，日军占领了中国东北，从我国手中夺走了中长铁路的经营权。"

之后，首长静静地看着柯林，说："好吧，如果没有别的事，您一会儿同布亚科夫同志谈一下，以便你们之间建立起新的联系。"

"好的，首长！"

首长说："布亚科夫同志，一会儿，您与柯林同志再谈一谈，请他帮助我打理远东方面事务。"

柯林离开首长办公室感觉很兴奋，远东秘密谍报小组与首长之间有了直接的联系。

16 卡利洛娃
讲授日本女忍者的杀人方法

10月中旬的一天,哈巴罗夫斯克已经开始落雪。一阵微风吹过,树上的雪花降落在柯林的脸上、脖子上,因彻夜思考问题,昏昏的脑子有了一些凉爽、柔和与惬意的感觉。

上午10时整,柯林踏着薄薄的积雪,走进了远东军区一间不大的会议室,这里正在培训从东宁要塞逃出来的中国人。情报员卡利洛娃正在讲授日本女忍者64种杀人术。柯林知道,这对受训的情报人员来说是必要的。

柯林走进课堂悄悄坐在了教室的后面。卡利洛娃发现了他,想打招呼。但柯林指了指嘴唇,示意继续授课。

卡利洛娃年轻、漂亮、性感,刚刚受雇于远东情报机构,并隶属于柯林直接领导。

她出生在白俄罗斯的一个中产家庭,19岁时被叶若夫所领导的内卫部队秘密选中,送到莫斯科接受优秀妇科医生和精神病医生检查与严格审核,并且接受莫斯科卢比扬卡计划的培训。

卢比扬卡培训计划的任务,就是专门负责秘密训练美女特工。卡利洛娃妖艳无比,聪明绝伦,极具个人魅力。她的秘密武器就是美丽的容颜,通过美貌来俘获一个个要员并进而获取情报。

柯林知道,类似卡利洛娃的美女特工很多,她们被编成一个个数字代码,统称为"燕子",而原有的名字被秘密换掉了,都有新的护照。

卡利洛娃性格开朗、活泼、温顺、可爱,眼睛一眨一眨的十分迷人。之前,她曾在哈尔滨混迹一年多的时间,成就非凡,俘获了10多名关东军要员,包括宪兵司令部驻哈尔滨联队长冈村中正。

在苏联红军情报官留希科夫少将叛逃日本之后,日本参谋本部秘密制定了"猎熊计划"并组成秘密暗杀小队,卡利洛娃获知特高课要在哈尔滨居住的白俄罗斯人中挑选暗杀小组成员,并及时将情报报告给了柯林,由苏联内卫部队秘密安排情报员打入暗杀小队,使得"猎熊计划"以失败告终。

但因为留希科夫的叛变,日本特高课开始在满洲大规模追捕苏联情报人员,使得卡利洛娃不得不潜回了莫斯科。

现在,卡利洛娃对这些中国劳工说,情报人员实施秘密暗杀活动是特工最愚蠢的行为方式。就是说，只有在极其紧急的情况之下，秘密情报人员出于自保，或保全秘密组织而不得已才会杀人。显然，这是最后的某种"求生"的需要。那么，问题来了，秘密情报人员应该怎样应对突发的复杂局面呢，掌握必要的杀人方法是极其重要的。

卡利洛娃说："这里，我们要借鉴日本女忍者的杀人方法，非常实用。包括用纯可卡因毒酒毒死对方，或用发卡，突然刺破对方颈动脉，使之因大量失血死亡；再就是将身体的重要器官抹上带毒的草药汁液、使之在快乐中渐渐沉迷并迅速死去；最为直接的杀人方法，就是突然用力扭断对方的脖子；或在接吻时，突然咬断对方的舌头，使之因为血液吸进肺部而活活憋死；用雨伞尖突然刺中对方要害部位，可令对方毙命，等等。"

之后，卡利洛娃说："如果你不想杀死对方，又想制服对方，那就需要实施秘密技巧了。比如徒手格斗时，突然猛踢男人裆部，在他疼痛难忍时，再制服他；或用手腕内掰的方法，封住内关节，使之失去攻击你的能力；如果你没有利器的话，那么，可以脱掉鞋子，再用高跟鞋的根部猛击对方头部，可使其失去能力；另外，在两眼中间有重要神经中枢，直接攻击此处，可使对方顿时丧失战斗力；如果在制服对方时，他大喊大叫怎么办，而你又不想杀死他，那么，要用力按住他的气管凹陷处，会瞬间失声。"

柯林知道，卡利洛娃所传授的杀人方法都是有效的，这对特工来说，非常重要。不过，她严重忽略了一个事实，就是所讲授的杀人方法，都是日本女忍者如何对付男人的办法，但对于男人来说，就不一定适用了。比如，用带毒的草药汁液抹在皮肤上，使对方在亲吻肌肤之时瞬间死亡的方法，只有在女人身上才会发生效果。

可见，卡利洛娃忽略了培训对象都是男人，但并没有说明该如何对付女人。不过，他没必要纠正卡利洛娃的授课。况且，这些中国人也都听得痴迷。而且，他们知道日本女忍者64种杀人方法之后，对从事情报工作来说是有好处的。而这，也会让他们在将来与日本女人交往时会有预防心理。

柯林知道，卡利洛娃心理稳定、性格外向，是有坚韧精神的优秀情报工作者。而且，最为可贵的是，她胸中有一颗无比强悍的心，酷爱情报工作，对祖国爱得深沉，时刻不忘自己肩负的重大职责。此外，她会讲流利的俄语、汉语和英语。但令柯林绝没有想到的是，在他走神的瞬间，卡利洛娃话锋一转提出了新的问题。

卡利洛娃说："亲爱的学员们，现在，我要对你们讲授一个新的问题了，就是如何利用你们美妙无比的身体来获取秘密情报的问题。"

她说："在讲述这个问题之前，我很想通过身体的实践活动，来让你们直接感受用特殊手段获取情报的重要性。现在，我想征服你们每一个人，在征服你们身体的同时，也征服你们意志力。不管你们多么英俊，也不管是多么丑陋，我都会饱含激情。"

此时，柯林发现，这些中国人都面面相觑。卡利洛娃说："来吧，你们谁到前面来，与我张开双臂拥抱。"

卡利洛娃说："当你们的身体跟我的肌肤接触或碰撞的瞬间，你们就再也不会忘记我了。因此，在以后的生活中，你们会对我思念深深，饱含深情。或者，你们会对我思念不已。在饥渴难耐的同时，会成为我情感方面的俘虏，会不由自主地向我吐出心中的秘密。当然，我也会采取一系列迷走你们神经的柔情攻势，让你或者他的思想上再在设防，进而说出内心的秘密。"

可是，柯林发现，这些人统统都被卡利洛娃给镇住了，但没有一个人敢于做出响应。因而，这让卡利洛娃很扫兴。不过，她依旧深情款款地勾引着她的授课对象，并发出灿烂而迷人的微笑，极具杀伤力。

"来吧，你们谁来，前来与我试试，我们现在可以进行热烈的拥抱。知道吗？这没有什么，只要你牢记祖国的需要！"

她看着大家，大家看着她。她说道："你们在意什么呢，这只是男女之间相互欣赏而已，或者相互玩玩，仅此而已。此刻，我必须向你们讲述清楚，只要心中有爱，有对祖国深沉的爱，对自己民族的爱，就是与敌人发生了关系又有什么呢？到此，请同志们记住，只要能够获取情报，你们完全可以采用各种手段来获取情报！"

这时，陈九石站了起来，说道："卡利洛娃同志，我看授课就到这儿吧，我们都是中国人，观念保守。"说后，他独自走出了教室，其他人也跟了出来。

授课就这样结束了，卡利洛娃感觉兴趣索然，再次看了看柯林，耸了耸肩说："亲爱的头儿，您都看见了，我好像没有办法来教会他们什么。"

柯林说："卡利洛娃，你需要耐心一些，慢慢来！"

"哦，头儿，您看我该怎么办，还继续授课吗？"

"是的，卡利洛娃同志，你必须充满信心。我了解他们，每个人都非常优秀。在这之前，您所不知的是，他们都饱受关东军的屈辱，并同野蛮的日本兵进行过顽强的抗争。此外，在他们被日军捕获之前，都是作战勇猛的军人，性格坚强，都深深地热爱自己的祖国。还有，他们与您，包括我在内，有着不同的道德观念。不过，您的课程应该充分肯定，已经讲授得很好了。期间，我注意到，你的授课已经打动了他们。最起码，他们知道了日本女忍者64种杀人方法，这对他们来说是有用的。"

卡利洛娃说："可是，头儿，我与您的看法不同，他们很难成为秘密战线上的英雄。现在，您要我怎么办？"

柯林说："卡利洛娃，你只要耐心就好。"

卡利洛娃耸了耸肩，意味没有办法。柯林说："卡利洛娃，我们要想在'满洲国'获得情报，乃至在全中国对日开展情报工作，我们不能没有这些人。他们黑头发、黑眼珠、黄皮肤、是东亚蒙古人种，都是不可缺少的重要条件。"

卡利洛娃再次耸了耸肩说："好吧，柯林同志。我明白您的意思了，听从您的安排就是。"之后，卡利洛娃脸上又依旧挂着无比灿烂的笑容走出了教室。

17 目标客户
参谋本部濑户美智子小姐

从礼堂走出来，柯林看到陈九石站在一棵高大挺直的红松树下。无疑，他在等着自己。于是，他满心欢喜地迎上前去，说："陈九石同志，我们需要研究下一步情报工作。"

陈九石说："是的，有些事需要同您商量。不过，类似于卡利洛娃所讲授的内容是不是可以调整一下。"

"哦，您说，调整什么？"

陈九石用他那只独眼看了看柯林的脸。显然，他知道自己的意思，说："卡利洛娃还需要改进教学方式。"

"哦，您是这样想，其实也没有什么。"柯林说，"为了您的国家和民族，无论男人女人，如果能够用特殊手段获取情报，这是必要的，也是光荣的！而且，您知道，用必要的方式获取情报，也是隐蔽战线的秘密手段之一。另外，我想强调的是，好多国家都是这样做。"

"我给您讲一位苏联元帅的故事。"柯林是轻咳了一下说，"1937年初，我们的情报机构发现苏联著名元帅米哈伊尔·图哈切夫斯基有了新欢，受到德国美女间谍约瑟夫·亨奇的引诱，与之发生了婚外情。在秘密审讯后，图哈切夫斯基承认了被德国间谍招募的事。而约瑟夫·亨奇是个美丽歌手，身材高挑，脸蛋漂亮，歌唱得美极了。在军官俱乐部里唱歌时，她与米哈伊尔·图哈切夫斯基元帅相识并勾搭成奸。不过，经过秘密侦查，发现约瑟夫·亨奇是一名德国间谍，是德国情报头目海军上将卡纳里斯的得意门生。她的秘密计划是招募图哈切夫斯基元帅与德国情报机构秘密合作。这位高权重的元帅，最终落入美女亨奇的桃色陷阱。但令亨奇万万没有想到的是，她刚刚开始获得成效就暴露了身份，并没有套出多少有用情报。最后，图哈切夫斯基元帅被军事法庭以叛国罪执行枪决。"

"那么，日本呢，他们也会使用美女间谍吗？"

"这不用说。日本的美女间谍一点都不逊色于德国和美国，甚至超越德国。现在，日本的美女间谍充斥满洲，已经大规模进入苏联腹地，并俘获了许多党和国家、军队要员，使我们国家遭受严重政治、经济和军事损失。"

"嗯，我听过那名朝鲜族翻译官金校根说过这方面故事。在东宁县春慧窑子馆，一个日本女间谍叫铃木樱子，通过漂亮的脸蛋和美妙的身体俘获了一些抗日联军武装人员以及苏联情报员，导致好多中国人和苏联人被捕，并且被秘密处死。同时，铃木樱子和特务机关长冈田联手对付武装人员。而且，冈田对翻译官金校根盯得很紧。因此，金校根提出要求：不干掉冈田，就难以为我们提供情报。"

柯林点了一支烟深深地吸了一口。之后，他用手指轻轻弹掉烟灰，说："我们必须保护好我们的'线人'。"

陈九石说："那您说怎么办？是不是我率队到东宁干掉冈田？"

"这是必须的，但还是派别人去吧。"

"您看派谁去？"

"陈世文。"

"嗯，可以！"

"同时，指令绥芬河的修竹同志配合行动！"

"明白！"

柯林说："还有，有关远东地区的军事情报，最重要的是来自于日本的军事部门。而且，获取情报，关键要从关东军司令部下手。因此，在新京建立秘密联络点是很重要的。我想，您去新京怎么样？开展情报活动。"

"头儿，没问题，我服从组织决定。"

"不过，要获得关东军秘密军事情报非常困难。在关东军的高层，我们没有找到裂隙。因为关东军高层军官都是一些疯狂的法西斯主义者。因此，很难撕开口子。但在您去新京后，又必须从关东军司令部内部来想办法。"

"可是，该从何处下手呢？"

柯林说："根据我们原有的情报，有个叫濑户美智子的人很重要，今年38岁，但长相十分丑陋，性格古怪，至今未婚，对日本天皇绝对忠诚。她相信，日本对中国的战争是正义的。还有，因为长得丑陋，关东军司令官植田谦吉曾亲自指定濑户美智子来负责参谋部最为重要的军事机密，包括一系列的作战计划与军力部署情况。这些军事秘密，都被她锁在保险柜里。"

"嗯，这个女人对我们很有用。"

"据我所知，她非常敬业，对外几乎没有任何交往。无疑，她的生活是孤独的、寂寞的。因此，她常常会去军官俱乐部。因为长相丑陋，没有人请她喝咖啡、跳舞，没有人与她约会，甚至都没有人愿意正眼瞅她的脸。因此，她的生活很乏味，缺少爱，也没有爱。"

"可是，头儿，那我们该怎么办啊？"

"这对我们来说是太重要了。像濑户美智子这样的目标人员，我们没有理由不好好款待她。"

"但又很难接近。而且，您说过了，她长相丑陋，性格古怪，对日本天皇绝对忠诚，因此是很难策反的。"

"不过，也不是没有希望。现在，38岁的濑户美智子，可能都没有行过房事，如果她不作剧烈运动的话，我判断，她的处女膜都完好无损。因此，她太需要爱了，太需要享受生活美好了。而这，也恰恰是关东军司令官植田谦吉所严重忽略的问题。因此，我们会有机可乘。只要我们的人能够混进关东军司令部内部，或者混进军人俱乐部，机会就来了。"

"您的意思是？"

"征服她，用男人的身体。我相信，只要她享受到生活的快乐，我们就有了希望。而洗脑之后，她会死心塌地为我们所用。"

"但怎么征服他呢？您的意思会是我吗？"

"哦不，您不合适。一旦您出现在了军人俱乐部的话，特高课就会认出你来。"柯林说："征服濑户美智子的芳心，只能是卡利洛娃所说的办法，利用男人健壮的身体。如果成功了，我们在关东军内部就会撕开一个口子，那就永远都不会合上了。"

"嗯，我完全同意您的看法，但这很难做到。"

"不，只要有合适的角色就不难。因此，您需要给濑户美智子小姐物色一个合适的男人。一旦濑户美智子落入情网，关东军的军事秘密大门就会向我们洞开了。而您，就会为您的国家解放、领土完整、民族独立，为苏联国家安全立下汗马功劳。因此，我要把这个艰巨任务交给您来完成。"

陈九石看了看柯林，没有说话，他慢慢踱着步，在一棵高大的红松树旁停下来。说："头儿，派陈世文去吧，让他来征服濑户美智子！"

柯林想了一会儿说："嗯，可以，但我的意见与您的意见是不同的，我觉得，姚德志会更合适？"

"谁，姚德志？"

"哦，您还不知道姚德志是谁。实际上，姚德胜的真名叫姚德志，原是北洋法政学堂的学生，学过日语，文化修养要高一些。九一八事变后，他毅然决然参加了国民党的第五十一军，渴望抗日救国，驱除倭寇。但在1933年初，日军发动热河战役。当时，他是曲子才团长的上尉排长。很不幸，作战中被俘并羁押于天津。"

"不过，他跟我说过的，他是八路军战士啊！"

"哦，不，他是北洋法政学堂的学生。之后，我们通过天津组织进行核实，证实了他的说法。"

"那么说，他对我没有说实话，撒了谎。可是，他没有必要对我撒谎啊？"

"哦，这不难理解。其中原因是国民党有的人对日军采取不抵抗政策，而共产党积极主张抗日。因此，他担心您是武装排长，会认为国民党军人都是孬种，怕被瞧不起。"

"所以，他没有向我说出实情。"

"因此，我认为，他更是合适人选。因为不善于撒谎的人，也绝不会成为优秀的特工，更不会成为优秀的政治家，以及叱咤风云的领袖人物。"

"可是，您不该用他。"

"为什么？"

"因为一旦遇到什么突发情况，以他国民党军人的身份，是不是会叛变呢？"

"嗯，您的担心是有道理的。不过，他不会叛变。"

"哦，明白了，您是这样想问题的。还有，更为重要的是，他出生在牡丹江横道河子，熟悉那里的情况。最近，我们通过潜伏在横道河子警察署的情报员赵家福获知消息，1935年8月，姚德志被羁押于天津，后被押到东宁修筑军事要塞。这期间，日本特务大野泰治指挥手下人在横道河子扫荡，逮捕了20多名抗日联军官兵，其中包括姚德志的哥哥姚德山。他们将这些人羁押在横道河子警察署，大野泰治指令手下人严刑拷打，采用捆、吊、灌凉水等方法残酷审问，最终将这些人全部杀害，都割了头，将头颅用火烧焦，说吃了营养价值极高。之后，用脑浆配药送到了哈尔滨警察厅。因此，姚德志基于哥哥被杀的问题，他会极度仇恨关东军，不会背叛。另外，据我了解，您的国家有共产党，有国民党。他们在思想信仰、道德观念以及价值取向方面都是不同的，其中，国民党官兵不会把性的问题看得很重，共产党人则相反，会认为道德问题极其严重。因此，姚德志是可用的，会有助于我们接近濑户美智子。"

　　大野泰治，秘密档案，绝密

　　大野泰治，疯狂的日本法西斯主义者，对日本帝国忠诚。1902年出生于日本高知县。1934年志愿充任满洲国警务指导官。1938年10月被派遣到晋北自治政府。1945年8月日军投降后，投靠国民党阎锡山部，任太原绥靖公署炮兵训练团上校教官。1950年12月12日，在山西被捕。大野泰治心黑手辣，大规模屠杀抗日人员，奸淫妇女，杀害抗日英雄赵一曼女士。

陈九石说："那么，我们又该怎样将姚德志同志打入关东军内部呢？"

"我们可以通过东京'拉姆扎'小组帮助运作这件事。"

"好办法，但很难！"柯林说："不过，我们可以借助友人的力量来实现目标，帮助姚德志打入伪满洲国内部或打入关东军司令部内部。"

"嗯，好思路！"

"那就谈到这儿吧。"之后，柯林回到了办公室找来卡洛琳中尉，并拟好电文：

　　哈巴罗夫斯克，第007号，绝密

请"拉姆扎"小组协助联系上海德国《法兰克福日报》记者史沫特莱，通过她或联系德国驻上海领事馆，为姚德志同志在新京伪满洲国内部或关东军内部找份工作。

姚德志，男，28岁，黑龙江省牡丹江横道河子人，曾在北洋法政学堂读书。此人意志坚定，性格坚强，思维缜密，会讲一口流利的日本话。

发报人：狐狸　　1938年10月21日

"狐狸"是柯林的化名。电报发出后，柯林带领陈九石和姚德志去了军医院做了整容术。

不久，东京"拉姆扎"小组来电：

请陈九石、姚德志，经新加坡秘密去上海。

到达上海后，姚德志做了《法兰克福日报》记者史沫特莱助手，接受其指导并学习如何撰写新闻稿件。之后，姚德志再伺机去往满洲。

陈九石在上海待了几天，又按照柯林的指示，只身经北平、奉天到达了新京，即便路过河北新河，也没有回家看看。

他在到达新京之后，在宝石街，上田面包店附近租了铺面，开了一家规模不大的风华裁缝店，旁边则是"亚洲圣女贞德"之称的川岛芳子承租的地产。实际上，这里是川岛芳子秘密活动的据点之一。

其间，陈九石通过地下组织的帮助，按照日本保甲制度规定，由"保人"帮助办理了良民证。风华裁缝店月租房费5日元，运营费用，由远东谍报小组支付，并且秘密完成了布点。

18　引蛇出洞
　　秘密猎杀特务机关长冈田

此时，陈世文正奉命赶往东宁县春慧窑子铺，这是一座不大的青砖黑瓦的两层小楼，看上去普普通通，却有着不为人知的秘密——这里是日本特高课的秘密活动据点。负责人叫松山笋子，来自日本九州。

松山笋子，25岁，身材矮小，明眸如水的眼睛会不时透露出对异性的强烈兴致，闪光的眼睛很会勾人。

日本特高课选中松山笋子做情报员，因为她性格坚强，对天皇忠诚，愿意以美妙的身体获取情报。此外，松山笋子能说一口流利的汉语和俄语，这是特高课对苏开展情报工作的必要条件。

为了招嫖需要，松山笋子按照中国人的习俗，在春慧园的门口挂了一排排的红灯笼。在微风的吹拂之下，红灯笼于夜色中不停摇曳。远远望去，犹如坟茔上的鬼火。

这期间，陈世文在大烟零食店老板修竹同志的协助下，骑着一头黑色的快马，于夜半时分出现在了春慧窑子铺。他将自己打扮成了山里的伐木人，有着十足的野性，头戴一顶破旧的狗皮帽子，穿着白茬羊皮袄和高腰棉裤，脚上蹬着一双乌拉鞋。

对于陈世文的到来，门童赵小春是赶紧迎上前去，将马匹牵在手上说："先生，春慧园欢迎您。"

陈世文则对门童喊道："来，小兔崽子，快给爷把马喂好。明儿早上，你爷要赶路哪！"

"好嘞，爷，我办事您就放心吧，妥妥的！"之后，门童将黑马牵到了马厩里拴好，喂上上等草料。

陈世文对门童说："喂，小兔崽子，爷来这儿很不容易，想找两个日本娘们儿玩玩儿，有'鲜货'吗？"

门童明白，"鲜货"是指那些没有开苞的女孩子。门童说："吆，爷，您还真挺懂行的。不过，这里小姑娘是没有的。但我觉得，您有些贪吃了，一般的爷们儿只要一个娘们儿就够了，可您却要两个娘们儿，还是要日本的，就不怕累坏了身子呀？"

"小兔崽子，贫嘴，啰唆什么，我不就是想玩玩儿嘛。来，爷有钱，是想怎么玩儿就怎么玩，怎么得劲儿就怎么玩儿！去吧，快去找日本娘们儿来。"

"好嘞，爷，我包您玩儿得开心就是！"

"小兔崽子，你懂个屁，还玩儿得开心，你屁大个年龄。"

"不过，爷，我看您玩一个日本娘们儿就够了，用不着两个日本娘们儿。"

"滚，说妥了，就两个日本娘们儿。知道嘛，钱，对爷来说，都不是事儿。"说着，陈世文从兜里掏出一张嘎嘎新的日元金票，"啪啪"拍了两下。"来，孙子，你偷偷地跟爷说，是哪个日本娘们儿好？然后，这钱就归你了！"

门童将钱紧紧抓在手上，弹了弹，又吹了一口，再用耳朵听听，看有没有清脆的声响，之后说："爷，您还别说，这是日元金票。不过，我还从来没有见过这样的金票。"

"小兔崽子，我告诉你，爷是从来不使用假票，也从来不使用旧票！来，告诉爷，这儿到底有没有新来的日本娘们儿？"

"嗨，爷，您是真的没必要两个日本娘们儿，一个娘们儿就够你用的了！"

"我就是想玩儿个刺激。说，有没有'鲜货'吧？"

"爷，这儿有日本娘们儿，但都被人睡过的，只是没有'鲜货'了。不过，爷，这儿的日本女人都好着呢！说来，也就两个人。一个是铃木樱子，另一个松山笋子。要说漂亮嘛，都没说的。不过，松山笋子是这儿的老板娘，一般是不接客的。爷，您要是点了松山笋子，除非您的身份够棒。否则，您'啃'不到嘴的。"

"小兔崽子，你还满口行话，还'啃'到嘴，说，你是不是学坏了？"

"嗨，爷，我在这儿待的时间长，耳濡目染的，怎么也得受点儿教育吧。再说了，我说的话，也都是你们嫖客常说的话呀，又不是我胡诌扒扯的。"

"去吧，找你们老板娘来，我要她陪着我玩玩儿。还有铃木樱子，也要来，爷有钱。"说后，陈世文再次从兜里掏出厚厚一沓日元金票，在手掌上摔得"啪啪"山响。骂道："快把你们老板娘找来，我要当着你的面睡了她，谁让他们日本兵在中国糟蹋妇女呢！"

"爷，我看你是找死呢，怎么敢说日本兵坏话！"

"咋的了，你害怕了？"

"爷，咱们都是中国人，说话可得注意点儿，绝不能干掉脑袋的事儿。"不过，门童赵小春知道客人说话的意思，所谓"睡了"，就是强奸的意思，而且还要当着他的面前做。

陈世文说这个话，也是陈九石在离开哈巴罗夫斯克之前，与柯林等人共同设计好的，就是想通过这些不堪入耳的话，来使日本女间谍向冈田报告，进而达到引蛇出洞的目的。

于是，门童高声喊道："好嘞，爷，您就赌好吧！"之后，他又喊道："先生，请您到201房间等候。"

陈世文说："不，我不去201房间，我就在楼下。"他想，一旦遇有什么突发情况，楼下脱身会更方便些。

门童说："哦，爷，这不行的，您必须去201房间。看来，您还不知道这儿的规矩。"

"说吧，小兔崽子，有什么情况？"

"爷，我家的老板娘松山笋子，还有美女铃木樱子，只在楼上接客，从不在楼下接客。再说，201房间是日式装修，要比楼下好得多。"说后，门童转身找人去了。

于是，陈世文决定去楼上看看。而这一幕，早就被躲在窗子后面的老板娘松山笋子看到了。她顺着窗缝瞄了一眼陈世文，大胡楂子，山人模样，来者不善，是不好惹的茬口。

这时，门童破门进来说："娘，您来活儿了，山爷们儿，亲自点名要您接客。同时，还点了铃木樱子，要同你们俩一起玩儿花活儿。"

"好，娘知道了。"

这时，门童转身要走，却被松山笋子喊住："来，小子，你将兜里的金票拿出来我看看。"不得已，门童将金票从兜里掏出来并递给松山笋子。松山笋子将金票拿在手上，仔细观察着辨认着。赵小春看到，松山笋子的嘴角不经意间轻撇了一下。之后，她将金票掖在了内衣里。

门童忐忑不安地说："娘，那金票是山爷们儿送我的，您是要先替我保存吗？"

"屁！"说后，松山笋子一挥手说："你怎么会有资格使用日元金票，脸蛋都跟煤球似的！"

门童听后，很沮丧，到手的钱突然飞了。之后，松山笋子找来铃木樱子说："樱子小姐，我们这儿来了一位神秘的人物，手上有成沓的日元金票。知道吗，这些日元金票不是一般人能够用的。现在，他去了201房间。我想，你先上楼，一会儿我就过去，因为他点了我们两个人。对此，你要小心。如果确信他的身份可疑，就想办法缠住他，再偷偷地给冈田君打电话。"

"好的，姐，妹子小心就是！"说后，身着和服、穿着木屐的铃木樱子就飞进了201房间。

在铃木樱子走后，松山笋子琢磨着，要不要先给冈田打个电话，但想来想去，还是决定确认此人的身份再说。因为曾经发生过这样的事，因为情报不准，冈田白跑了一趟，并大为光火，不仅扇了她两个耳光，还蛮横地糟践了自己的身子。尽管自己已不是完璧之身了，但那种被糟蹋的感觉，心里很是不好，很不得劲。想到这儿，松山笋子决定上楼去，见一见神秘客人。

于是，她描了蛾眉，涂了唇红，脸蛋扑粉，又前前后后地整了整很是板正的和服。然后，她喜形于色地轻轻地走到了楼上。此时，她看见铃木樱子和客人都光着身子挤在木桶中，并相互吻着。期间，客人的手还很不老实，铃木樱子在往客人身上撩着热水，打上香皂，殷勤地帮助客人沐浴。

陈世文看见松山笋子来了，说道："来吧，小娘们儿，到木桶里面来，我们共同洗个澡儿，之后，我再一个个地宠幸你们。"

松山笋子说："先生，这木桶小嘛，怎么会挤进三个人！"

陈世文说："不，小娘们儿，这东宁的地方还小呢，可你们日本人不也都挤进来了嘛！"

显然，陈世文的话中带刺，令松山笋子听了耳硬、心惊。不过，松山笋子是见过世面的人，善于左右逢源，她说："嗨，看您这话说的，这都是哪儿跟哪儿的事儿呀！哥，也别说，您挺幽默的，还真会开玩笑，不是故意逗妹子乐吧！"

陈世文说："少啰唆，我花钱就是想玩玩儿你，也要玩玩儿铃木樱子。怎么样，樱子，你说呢？"铃木樱子说："瞧您说的，还拿我说事儿，我都高兴死了。"

"不，老子可不是说开玩笑的。你们日本人侵略中国，烧杀抢掠，奸淫妇女，无恶不作。因此，我要睡了你们两个日本娘们儿，出口恶气。这不，前不久，我带人袭击了你们的小票车，特意弄俩钱儿玩玩儿你们这些日本娘们儿。否则，我就不是中国男人，也不会有金票。怎么样，你们看，我先玩儿你们谁？"

"哥，您是花钱的，想怎么玩儿，就怎么玩儿。但您清楚，在这儿玩儿日本的女人，得要付双倍的钱，知道不？"

"此话怎讲？"

铃木樱子说:"哥,您可能是第一次来到春慧园,不知道我们这里面的规矩。您玩儿日本女人,要付双倍的钱。现在,我是两个人。因此,你得付四个人的费用。"

"你们是金身呀!"

"哟,看来,您是真的不懂规矩。知道吗?日本人是一等人。"

"你们日本女人不也是娘们儿么,还什么双倍的钱!"

"哥,这您知道,没钱,您就别玩儿呀!"

"住嘴吧!"

樱子说:"哥,您可能是真的不知道规矩,这在世界上,大和民族的女人是最优雅最高贵的女人,而朝鲜女人是二等人。"

"那么,三等女人呢?"

"这我跟您说,那也轮不到你们中国女人,三等女人是斯拉夫女人。"

"哦,汉民族的女人是怎么了,为嘛要排在你们的后面?"

铃木樱子说:"大和民族是世界上最优等的民族。而你们中国人,要分两大类,一类是四等人,一类五等人。"

"具体说?"

"满洲的女人是四等人,关内的汉民女人是五等人。这是行规呀,您怎么会不知道呀!"

"屁!纯是你们日本人在胡说八道。"

"先生,这里是高雅场所,不管是谁,都不得耍皮哟!"

陈世文说:"去你妈的一等女人、二等女人的,还不都是钱的事嘛!说吧,爷兜里有的是钱,全是嘎嘎新的金票,怎么样?"

"先生,那您能不能把日元金票拿出来给我看看,会不会是假的金票?"铃木樱子说。

陈世文对樱子说:"你去,把钱褡子给我拿来。"说后,缨子迈着碎步去了沙发,将钱褡子拿来递给了陈世文。陈世文掏出一沓日元金票,说:"怎么样,这是不是日元金票?老子有的是钱。"

铃木樱子说:"那是。不过,这种钱票,我还真没见过。那么,您是怎么会有日元金票呢?"

陈世文说:"妈的,老子不是跟你们说了嘛,老子是打了你们的小票车后搞到手的。"这时,松山笋子偷偷地给铃木樱子使了眼色,但被陈世文用眼睛的余光瞄到了,但故作不知。

铃木樱子则会意地说:"先生,我要核实一下您的金票是不是真的,去去就来,您不介意吧?"

"去吧,如果不是真货,我绝不会碰你!"

"哥,您别多想,没有别的意思,我们只是看看这日元金票,是不是可以流通的那种,因为我们从没见过这样的日元金票。""好吧,你尽管去。不过,我再说一遍,都是你们日本货。如果不流通，那你们日本人带金票干什么？"

"是，我们信你的，但需要核实。否则，您玩了我们两人，又给了不能流通的票子，那我们可亏大了。"说后，松山笋子微微一笑。

"也是，但你要马上回来。"

"好的，先生，一会儿，就一小会儿。"

这让陈世文暗喜不已。他知道，她肯定会给冈田打电话的。之后，陈世文对樱子说："来，小娘们儿，给老子擦干了身子。"

樱子说："哥，我们是要上床吗？"

"不，要等一会儿，等她回来后，我要当着她的面做。"

"随意，您想怎么玩儿就怎么玩儿！"

无疑，樱子是想通过性来转移客人的注意力，以便给松山笋子打电话争取时间。此刻，松山笋子正在楼下的秘密房间里给冈田打着电话。她说："冈田君，春慧园来了一位神秘的客人，手上持有大量日元金票，很可疑。""哦，是吗？冈田君，我验证过了，那是不可流通的金票。据我所知，这种金票印制，只是日本帝国从俄国人手中购买北满铁路时所用的货币。能够拿到日元金票的人，不排除是苏联特务。因为我知道，俄国情报组织在满洲国搞情报需支付大量费用，而苏联情报机关很可能是动用了那笔款项。冈田君，您为大日本帝国立功的机会到了。"

冈田说："哟西，哟西，你的回去，好好地稳住他，我这就带人马过去，马上就到。抓到人后，我会大大的奖励。"

松山笋子回来，陈世文说："小娘们儿，你怎么去这么长的时间？妈的，老子花钱又玩儿不了你怎么行？"

松山笋子说："哦，先生，我拿了您的金票与旧票对照了，稍稍耽误了一点时间。"

"怎么样，没问题吧？"

"但您知道，我们是要两倍的钱哟！"这时，陈世文的脑袋被硬邦邦的东西给顶住了。

于是，他回过头来，看见松山笋子正用一支微型象牙手枪顶着自己的后脑勺，还笑盈盈地说："先生，您觉得怎么样，还要命不？"

陈世文表情木讷地看着松山笋子。松山笋子说："别动，如果你敢动，子弹就会击碎你的脑袋。"

陈世文感觉脑袋很大，并瞬间想起了日本女忍者的杀人方法。于是，他说："你想干什么？我又不是不给你们钱。再说了，我手头的大把金票，可以全都归你！"

"哦不，我已经查明，这日元金票是来路不明。据了解，你手上的日元金票都是不可以流通的，是大日本帝国收购北满铁路时付给苏联的专项支付。说吧，这日元金票，怎么会落到你的手上？怎么回事？"

"啊，我都说了，是刚刚袭击你们的小票车，从你们日本人手中抢来的，这不可能是假的。"

"说吧，你究竟是怎么拿到这些日元金票的？老实说，你是不是从苏联人手里搞到的？"陈世文知道有了麻烦，因为放松警惕而面临生死危险。无疑，日本人付给俄国的日元金票是不能流通的，但柯林却将这些金票交给了自己。

"说，你是不是抗日武装人员？"

"不，我不是。我是山里的马贼，或者说是山贼、红胡子。没事儿，我会在山林中闲逛；有事儿时，就下山抢点儿钱，或者逛逛窑子。"

松山笋子说："那么说，你是土匪？""算是吧，但你们日本人叫我们马贼。从甲午战争前，你们就这么叫。但我不认为自己是马贼，我是山贼。"

之后，樱子从衣柜后面取出绳索。这时，外面突然枪声大作，松山笋子一惊，陈世文反手将笋子手中的枪打掉，瞬间用力扭断了松山笋子的脖子，这是卡利洛娃交给他的杀人方法之一。

铃木樱子吓得"啊"的一声，撒腿逃跑。陈世文快速冲上去用掌猛击她的脖子，使其瘫倒在地，之后按住其气管凹陷处，她就不再发声了。然后，他捡起手枪，对着她的头部勾动了扳机，"嘣"的一下，她就停止了呼吸。

陈世文穿好衣服，并对女人们喊道："赶紧跑啊，快跑！否则，关东军会砍了你们的头！"听到陈世文的喊声，妓女们都趁着夜色逃离了春慧园。

之前，修竹带人埋伏在春慧园的附近，对冈田的军车进行袭击。冈田和他的卫兵被修竹等人用长枪击倒在地，汽车燃起熊熊大火。

可是，当他们乘快马离去后，两队日本兵包围了春慧园。之后，将死去的五个日本兵拉走，两个受重伤的被送进日军战地医院。其中之一是冈田，他死里逃生。

19 尤里克夫
被塞进海拉尔河的冰窟中

内蒙古东北部的海拉尔犹如一颗璀璨的明珠，在呼伦贝尔广袤的大草原上闪闪发光。在海拉尔北面，是绵延不断的山体，长满了落叶松、蒙古栎，还有一些低矮的灌木丛，周边则是广袤的原野。山脚下，海拉尔河，在蜿蜒曲折中伸向远方。

海拉尔距中苏边境小城满洲里约180公里。在满洲里对面就是苏联远东地区的后贝加尔，向后延伸，则是苏联的赤塔，再向北，就是世界上最大的淡水湖——贝加尔湖，以及苏联第三大城市新西伯利亚。

为了防御苏联红军进攻以及进攻苏联远东地区的需要，关东军在海拉尔北山秘密构筑了庞大的军事要塞群，戒备森严，即便翻译官金校根这样的内部人，不经长官批准，也不得走近。

金校根在冈田被击伤后的一周，来到海拉尔，但对于冈田的死活，他是一概不知。

到了海拉尔，金校根获知消息，日本参谋本部与苏联开战的推演结果非常乐观。他们相信，关东军会取得对苏战役的胜利，会俘获众多苏联军人。因此，为了稳妥处置苏联俘虏，秘密准备翻译人员，金校根是其中之一。

金校根了解到，关东军司令植田谦吉，非常关注中蒙与中苏边境的军备情况，对于战胜苏联信心满满。

不过，在金校根到达海拉尔之前，马大个子已先期到达了海拉尔。这是金校根的考虑，没有征得组织上的意见。他认为，这是传递秘密情报的需要，而自己不能没有交通工具与合适人选。

马大个子因为在回东宁县的路上，他心爱的马匹是被冈田用枪无端射杀了，并砍下了头颅，因而，他对关东军有着刻骨的仇恨，并铁心要干掉冈田次太郎，哪怕是杀死一个日本兵也是好的。于是，他听命于金校根的指令，提前来到了海拉尔。

11月的冷风，嗖嗖刮个不停。一天晚上，金校根因为无事可做，到军官俱乐部喝酒，恰好军事参谋小笠原根正是坐在他的对面。于是，他们之间开始拉话，但没有想到小笠原根正口无遮拦，从中获知了重要军事情报。

小笠原根正说："您是满洲人？"

"算是吧！"

"什么算是？是就是，不是就不是！"小笠原根正有些不快，斜了金校根一眼。

"太君，我是吉林省珲春人，朝鲜族。不过，满洲国成立，我也算是满洲人了。"

"对，满洲人，你们大大的好！"

"太君，喝一杯吧！"

"那么，你是从哪儿来的？"

"东宁，对面就是老毛子。太君，我不喜欢毛子。你的知道，毛子，就是苏联人。"

"哦，东宁是军事要地。"

"对，但不知道为什么，为嘛要我来这儿。"

"那我的告诉你，这儿打仗的干活。"

"那会死人的呀！"

"怎么，你的害怕？"

"有一点！"

"你的，什么的干活？"

"翻译官。"

"那么说，你懂语言？"

"日语，俄语，汉语，再加上朝鲜语，四种语言。"

"哦，你的，人才大大的。不过，海拉尔，还要懂蒙古语。知道吗，很重要的。"

"哦不，我不会说蒙古话。"

"你的，要懂蒙古语，大大的好。"

金校根摇了摇头，但没有说话。小笠原根正说："因为战后的事，麻烦大大的有，俘虏多多的。哼，反正你的事儿多着呢！"

"俘虏？"

"是的，好多的俘虏！"

"太君，那您是什么职业？会上前线吗？"

"要的，前线的干活，我会立功的，特别的兴奋。"

"哦，您是这样想。可是，太君，我与您不同，我胆小。"

"你的怕死？""哦不，不能那么说，只是觉得活着比死要好。因此，我恐惧死亡。但感觉您和我不一样，很有精气神。"

"金，这是信仰，大日本帝国的信仰。知道吗，我们是世界上最先进的国家，应该征服那些落后的国家。"

"是，太君，说得对。不过，您是哪个部队的？"

"第23师团。"

"做啥的？"

"参谋，军事参谋！"

"哦，那您也是刚来海拉尔吧？"

"不，第23师团是7月份开进来的。不久，这里就要有战争了。"

"哦，那您肯定会参加战斗吗？"

"是的，作为军人，我要为大日本帝国而战。"

"可是，我不愿意打仗。"

"你的，怕死鬼的是！"

"太君，战场上说不准会发生什么事。"

"你惧怕死亡，军人的不是。还有，我们师团长小松原道太郎中将，大大的厉害，科班出身，善于军事谋略。"

"哦，我听说过小松原师团长的情况，好像是日本陆军士官学校毕业？"

"哦不，那是早前的事。日本陆军大学毕业，人才大大的。在陆军总部做过参谋，陆军大学武官，当过联队长，旅团长，守备司令官，第23师团长。知道嘛，现在是陆军大佐，中将。"小笠原说后，竖起了大拇指。

"他很会打仗。"

"我的，大大的崇拜小松原道太郎中将。"

"那您说，如果对苏开战，大日本帝国会赢吗？"

"混蛋，这不容置疑！不过，我问你，处置俘虏，你经验的有？"

"算是吧。在我们联队驻守东宁时，曾组织过一些战俘修筑军事工事，包括修建兵工厂、飞机跑道，那些俘虏还算听话，但也有偷偷逃跑的。"

"逃跑的，你的，怎么办？"

"好办，抓回来就是！"

"死了死了的有。"

"必须的，否则，你根本管不住他们！"

"哟西、哟西，你的军人！"

"太君，您以前杀过人吗？"

"哈哈，我的，新兵时，就拿中国人当活靶子，开枪射击，啪，啪，知道吗，活靶子，你的懂？"

"懂，就是向活人开枪呗！"

"还有，用活体练习刺杀。但我的喜欢枪，'砰'，人就死掉了，用你们的中国话说，哈哈，好玩！"

"来，抽支烟吧！也不知道您是不是喜欢烟土，我这儿有上等的烟土，在绥芬河买的。"

"哦，你的吸？"

"哦不，不能说吸，是享受！你的，钞票大大的有？太君，要钱有用吗？对于上战场的人，钱没用。所以，趁活着，就抽吧！"说着，金校根深深地吸了一口烟，并闭着眼睛吐着烟圈，"你的，说得对。反正，我现在已经想开了，这一仗下来，谁死谁活都说不上，该享受，就享受吧，什么吸烟啊，女人啊，喝酒啊，统统的可以，乐呵一天，是一天。"

"金，你的好有意思，对的，乐呵一天，是一天。来，给我烟土，我的吸。"

"太君，那您不怕上瘾吗？"

"不怕，我的吸，死的不怕。""好吧，那我给您一点，就一点点。知道吗，这可是最上等的烟土，没有提纯的黑烟土，非常有劲儿！"

说后，金校根将烟土倒给了小笠原一点点，也注意不让他人看见。小笠原将烟土卷在烟里，像模像样地抽着。吸食后，小笠原倍感精神，眼睛贼亮，说："你的，烟土的，统统的给我。"

"可是，太君，不多呀。我来这儿后，都不让上街，憋得够呛！"

"你的，不如我的自由。知道吗，蒙古姑娘力气大得很。哦，那感觉，好好的，好好的。"

"太君，我是真的好羡慕您！"

"你的，可以去外面蒙古姑娘的干活！"说着，小笠原朝着自己胸脯比画了一下，那意思是说姑娘胸大。

"不行的，长官，不要我离开兵营。"

"我的，可以带你出去。"

"哦，可以吗？"

"我的，军事参谋，要经常到边境去侦察。你的，哈哈，我说得太多，不会是苏联探子吧？"

"您看呢？我像吗？"

小笠原用狡黠的目光看着金校根的眼睛，之后摇了摇头，那意思是"你不是苏联探子"。

金校根说："太君，我感觉您是大大地好，我们交个朋友吧？"

"哟西，朋友的干活。"

"那好，从现在起，我们就是好朋友了。来，太君，您将这些烟土全都带上，留着自己抽。如果可能，我想出去逛逛窑子，玩玩姑娘。"

"可以的，我来帮你！"

一周后，小笠原开着车将金校根带上，离开了兵营。在哈拉哈河下游抓了一名苏军列兵，要金校根参与审问。

苏联列兵叫亚历山大·尤里克夫，在捕猎黄羊时被抓。因为经不住小笠原的严刑拷打，他交代说，在诺门罕地区，有少量苏联边防军驻守，大部分都是蒙古骑兵师，军力很弱。

在审讯后，金校根眼看着小笠原狞笑着用手枪向尤里克夫的心脏开了一枪，殷红的血液渐渐染透了军装。

之后，他命令金校根用麻袋将尤里克夫的尸体裹了，再用汽车拉到海拉尔河边，塞进了冰窟窿中。

20 情报站点
秘密接头暗号是"只收卢布"

在熬过了漫长之夜后，金校根伸伸懒腰并带着诡秘的神态对小笠原说："太君，我想出去转转，您批准吗？"

"哦？"小笠原警觉地看着金校根，说道："你的，什么的干活？"

金校根用手在自己的胸前是比画了一下，那意思是说，姑娘的胸大。他说道："姑娘的干活！如果方便的话，我再弄点烟土回来！"

"哦，哟西、哟西，蒙古姑娘，大大的好，大大的好！烟土的好，你的去，你的去！"

在海拉尔火车站，金校根看见了马大个子在等待拉客，于是挥手上车说："走，我们沿着站前大街转一转，看看有什么好吃的。"

"头儿，您是想去那里？"

"找个烟馆子，或者窑子铺、酒吧什么的，我来请客！"

"好嘞！"

金校根坐在马车上，回忆着陈九石的话：我们会在海拉尔设置秘密联络点。可能是酒吧，因为这些地方适合您的身份，不会受到特高课的怀疑。不过，不管是烟馆，酒吧，窑子铺，门口会有风铃。在接待客人的吧台上，会摆放兰花；在吧台后面的酒柜玻璃上，会贴着娃娃放爆竹的剪纸。在辨别准确之后，您就可以同店主人进行暗号联系了，暗语是"有沃特嘎吗"。

一小时后，在海拉尔火车站北街街口，金校根突然听到了丁零、丁零的风铃声，这令他喜出望外。

于是，他顺着风铃发出的声响望去，一栋东正教建筑风格的木屋矗立在街口处，别有特色。此外，门前还挂着一块牌牌，上面写着4种文字——日文、蒙古文、汉文和俄文。俄语的意思是阿穆尔酒吧。

金校根说："大个子，停车，我要下去瞧瞧这个酒吧，看看有没有沃特嘎！"

"好嘞，我在这里等您！"金校根走下马车向周边看了看，没有人注意到他。走进去后，他看见了风铃、兰花、娃娃放炮仗的剪纸，一个满脸络腮胡子的男人似曾熟悉，但又难说是谁。

于是，金校根问道："先生，您是老板？""哦是，我是，您里面坐。"

"好，谢谢。不过，您的这盆兰花很不错。"

"嗯，上等品种。"

"老板，您这儿有好酒吗？""什么酒？""沃特嘎。"

老板说："有，就是有点贵。"

"要多少钱啊？"

老板说："那要看您的口味，要什么牌子的了。不过，我这儿是不收满洲币的，也不收日元，只收卢布。"

"哦，那是为什么呢？"

"因为沃特嘎酒是从海关进口来的。所以，我只收卢布，以便于我从苏联再进口商品。"

"哦，很遗憾，老板，我手头上没有卢布。"

老板说："不过，您可以用满洲币兑换卢布，但比价要低一些。"

暗号对上了。老板说："您是金校根？""是的，我是金校根。"

"您呢？""陈世文，但在这儿的名字是巴音，蒙古族名字。"

"哦，知道了，你是东宁要塞逃出去的劳工。"

"对，您坐！"

因为金校根要比巴音的年龄小很多。所以，金校根说："老哥，我这儿有重要情报，需要立即报告给组织。"

"好的！"

金校根说："最近，日苏会在中蒙边境有战争。7月份，关东军第23师团已经进入海拉尔，约25000人。另外，小笠原根正是军事参谋，他在密切关注哈拉哈河一带。因而，哈拉哈河交战的可能性很大。再有，关东军23师团长是小松原道太郎，中将，善于战略谋划。此外，如果关东军与苏联红军开战的话，伪满洲国兴安师会参战。还有，在海拉尔的北山，关东军秘密构筑军事要塞已经完成，但规模不详，应不亚于东宁要塞。第三，在哈拉哈河的下游，关东军抓获了一名苏军列兵，叫亚历山大·尤里克夫。据他交代，在哈拉哈河对岸有少量的苏军边防部队，还有蒙古的骑兵师。现在，日军已经搞清楚了苏军在哈拉哈河一带的布防。因此，这些情报要抓紧报告给组织。"

"好，您放心吧。"

"还有，我需要一些烟土！"

"多少？"

"半斤怎么样，多不？"

"有的，没问题，我已经为您准备好了。"

"好，那我就带上！"

说后，金校根走出了阿穆尔酒吧，向兵营走去。在见到小笠原根正之后，他将半斤烟土和一瓶沃特嘎酒送给了他。

小笠原说："哟西，你的，大大的好，对皇军大大的忠诚！今天，我们要开车走走，到哈拉哈河看看。"

"好的，太君，我都快憋死了。今后，我要好好地孝敬您。"

"你的，上车，我们出发！"

此时，巴音在接到金校根的密报之后，将情报拟成了密码，又派人送到了陈巴尔虎右旗的一个秘密地点，由李云林将情报发给了远东谍报组。

柯林接报之后，甚喜甚慰。随即，他请卡洛琳中尉将情报转发给了莫斯科并口授了电文。

不久，陈九石从新京返回哈巴罗夫斯克，柯林热情地接待了陈九石。柯林说："我们海拉尔情报站，已经开始活动并有情报递送，他们的预判是关东军会在哈拉哈河一带与苏军开战。不过，您的意见呢，这样的情报可信吗？"

陈九石沉思了一会儿，说："金校根的情报是可信的，因为他与日军内部有接触，会掌握一些秘密。"

"嗯，我赞同您的意见。那么，有关下一步的情报工作，您还有什么具体的建议吗？您结合满洲的情况谈谈。"

"有的，我想，我们近期的情报工作重点，应该放在日本在满洲的军事动态上。第一，这关系到日本的战略布局。第二，关东军在中苏边境秘密构筑军事要塞的规模，还要继续关注。第三，关东军的近期军事调动，特别是关东军对苏联远东地区的预判。此外，我还有新的考虑，就是我们的情报工作不能再独自搞了，因为我们的情报来源有限，这不利于我们对日本的军事动向的掌握和战略预判。"

"哦，此话怎讲？是与哪些组织交换情报吗？"

"对的，您应该尽快作出决定了，我们要同满洲抗日武装力量的团体应该有情报交换，这对我们的谍报工作非常有利。"

"嗯，说得是。"

"再有，如果关东军在中蒙边境同苏军开战的话，苏军的兵力调动会有上千公里的路程，会存在诸多困难。而关东军则是不同的，因为交通发达，他们会很快从齐齐哈尔、哈尔滨、新京、奉天、安东等地调动武装力量，因为中国东北有发达的铁路网，日军补给不是问题。"

"嗯，我同意您的判断，那么具体该怎么办呢？"

"如果我们能够同中国东北抗日武装团体交换情报的话，我们就会拓宽情报来源。同时，据我了解，中国的抗联对日武装斗争打得很艰苦。如果苏联政府能够武装中国的抗日武装力量，并借助他们的力量，破坏关东军的交通线，骚扰他们的兵力调动，切断他们的后勤补给，会有助于苏军的胜势。"

"好，您的意见非常好。"

"如果能够武装中国东北抗日武装，并相互交换情报，与李兆麟的抗日联军、周保中的第五军建立联系，会有助于苏联与日军的局部战争。否则，我们的情报工作会成为无源之水、无本之木。"

"嗯，我赞同您的观点。但您的想法能够说服我，却很难说服苏联高层。因为上级组织有明确规定，远东谍报组不得与任何组织交换情报。"

"我理解，因为您是军人。不过，我的想法与您不同，要尽快与抗日联军建立起情报联系，这是您的权力，您可以做主。"

"不，在没有得到上级批准之前，我们还不能与抗日联军进行情报交换。同时，需要明确的是，在没有得到上级批准之前，我们必须严守纪律。"

"好的，我理解。但需要您理解的是，如果不能同抗日联军建立起情报交换的话，那么，您就批准我回到我的祖国去，真刀真枪地与日本小鬼子进行武装斗争！"

"哦不，您现在还不要这样想。"

"柯林同志，我不可能不这样想问题，因为我们的情报来源有限，会严重影响我们与日本进行斗争。此外，我感谢您和苏联边防部队的帮助，我们能够脱离虎口。但现在，我活着的目的只有一个，就是为了祖国统一和中华民族的独立。其他的事，对我都没有任何意义。您知道的，我不想看着日军在中国大地烧杀抢掠，奸淫妇女。现在，我向您讲出了我的全部想法，您来作决定吧。如果上级同意与抗日联军进行交换情报，我会继续留下来的。如果您确实有困难的话，那我就回到我的祖国去，参加对日本的武装斗争。"

"好吧，陈九石，我理解您的心情。不过，在向上级请示之后，没有得到批复之前，我不能同意您离开谍报小组。"

"嗯，我同意。不过，我担心，如果没有中国东北地方武装对日军的牵制，苏军在应对关东军的挑战时，结果难料。而您，也有责任完善我们的谍报工作，扩大情报来源，进而有利于我们的情报工作。"

"是的，您说得非常好，也非常同意您的意见。但我们都是在组织的人，要绝对服从组织上的决定。还有一点，您要坚信，就是强大的苏军不可战胜。"

"是的，我坚信这一点，因为中国有句话叫'得道多助，失道寡助'，邪恶终究战胜不了正义。"

21 局势紧迫
有必要去趟莫斯科见最高统帅

莫斯科，最高统帅办公室。布亚科夫拿着柯林发来的密电说："远东谍报小组来电，事关重大，需要您的批示！"

首长说："布亚科夫同志，您就宣读吧！"

布亚科夫道："哈巴罗夫斯克，第004号电，绝密。据海拉尔报，关东军在向呼伦贝尔草原集结兵力。1938年7月，第23师团约25000人，已经进驻海拉尔，师团长小松原道太郎中将。在中蒙边境的哈拉哈河一带，日军正在秘密准备与苏军开战，但开战时间、投入兵力、规模不详。不过，伪满洲国兴安师会参战。另，关东军秘密捕获了我们的一些列兵，严刑拷打，已经详细掌握苏军和蒙军的布防情况。之前，关东军在海拉尔北山秘密构筑了要塞群，但规模不详，建议实施空中侦察。"

"那么，您的意见呢？"

布亚科夫说："根据日军动向，您应该考虑适度增加中蒙边境的武装力量。"

"好吧，您把电报拿过来吧，就按照您的意见办！"

布亚科夫赶紧说："不，首长，这是您的意志。在您的英明领导下，我们党和国家、苏联红军会战无不胜。"

"那是因为，我们的军队无敌于天下！"

之后，统帅在密电上写道：请伏罗希洛夫元帅阅并立即作出安排。考虑关东军在苏中边境、中蒙边境秘密构筑军事要塞，由您组织实施空中侦察，掌握关东军构筑军事要塞的地理方位、规模及纵深。同时，请您调动苏蒙远东军第57军开进蒙古驻防，以应对日本可能的军事威胁。

"不过，布亚科夫同志，我们希望日苏之间能够和平共处。同时，远东特别谍报小组工作出色，应该向柯林同志表达问候。同时，转告柯林同志，速报小松原道太郎的情况。"

"好的，立即就办！"

"去吧，我有点儿累了，想休息一会儿。"布亚科夫转身回到办公室，用铅笔在纸上快速拟了电文。

不久，柯林接到了莫斯科的电文，很高兴，因为远东谍报小组受到了首长的表扬：

莫斯科，第1439号，绝密

你们的工作卓有成效，最高首长特致电并表扬你们的工作。同时，速报关东军第23师团长小松原道太郎情况。另，前电已批准苏军总参谋部实施空中侦察。

发报人：秃鹫　1938年10月28日

之后，柯林将密码电报交给了卡洛琳中尉。他说："请您立即将此电转发给海拉尔情报组，速报小松原情况。"

卡洛琳说："是，头儿！"

不久，金校根密报了关东军第23师团长小松原道太郎的情况：

小松原道太郎，秘密档案，绝密

小松原道太郎，陆军中将，疯狂的法西斯主义者，有强烈的武士道精神，意志坚定，对日本天皇忠诚。明治十九年7月20日，小松原道太郎出生于日本神奈川县，做过陆军本部参谋，第57联队长，第8旅团长，第1旅团长，第二独立守备司令官，关东军第 23 师团长。指挥战役特点：善于谋划、突袭、大迂回包抄，能够指挥多兵种联合作战，每每取得意想不到的胜利。

不久，特别谍报组又接到了金校根的续报，关东军继续向海拉尔一带集结兵力，派出十几个情报小组，军事参谋小笠原小组是其中之一。他们在中蒙边境、中苏边境活动猖狂，刺探军事、社会政治、经济和人文情报。期间，各情报小组均配置马匹、手枪、中俄两种文字的军用地图、调查手记、寒暑表、指北针、测绘仪器、望远镜等专用工具。此外，各地有接应人员。

其中，调查手记会详细记载各地区的雨量、气候、村落、居民、水井、土质、人文社情、军事实力及部署，包括山脉走向、河流宽度、水深、流速、桥涵承载能力等等。无疑，关东军已做足功课，准备与苏军鏖战。

此外，金校根报告说："关东军参谋本部精心策划了内蒙古自治，企图通过实施'北进计划'，长期控制中国东北和内蒙古地区。如果哈拉哈河一带开战，内蒙古军队就会参战，这对苏军不利。"

金校根还报告说："日本实施内蒙古自治，关东军参谋板垣征四郎和土肥原贤二是幕后主使。现在，板垣征四郎已于 1938 年 6 月 4 日，接替了杉山元并成为日本陆相。"

柯林看到金校根的秘密电文沉思着：如果内蒙古独立势力参与日苏之间的交战，这会对战争结果有直接的影响。因为关东军实力强大，加之内蒙古独立势力熟悉当地的情况，会加大日军的优势。相反，苏联远东地区军力薄弱。如果发生战争的话，需要从几千公里之外的欧洲方向调集部队，远不如关东军的集结兵力优势。

柯林回忆着，那是 1933 年 7 月，关东军提出"在内蒙古西部建立排斥苏联和中国两国势力的自治政权"，以期对抗中国政府和苏维埃政权，进而获得战略资源优势。为此，1935 年 7 月 4 日，关东军参谋本部制定了《对内蒙措施要领》。之后，进一步策划内蒙古自治，人选为德王。德王，原名德穆楚克栋鲁普，内蒙古苏尼特右旗札萨克兼锡林郭勒盟副盟长。德王乘国家危难之际，大肆进行非法独立活动，妄图独霸内蒙古地区，并脱离国民政府。

期间，苏联红军总参谋部情报部还掌握了土肥原贤二的活动。柯林记得，土肥原贤二让部下松室孝良少佐给德王发了密电，原文如下：

当年，成吉思汗挥兵西进，直捣欧洲心脏，建立跨越欧亚、威震全球的赫赫战功；相反，在中国的历史上，只要向东发展，就必定经历辛酸，元朝东征日本时全军覆没。你应当以史为鉴，向西拓展，我们大日本帝国愿意大力帮助你们收复长城以北的固有疆土，进而联合西部各盟旗加入满洲，或组织自治政府与满洲合作。只要你们扛起大旗，皇军做你们的坚强后盾。

之后，即1935年的冬天，土肥原贤二秘密安排了德王前往伪满洲国新京会见了关东军司令官南次郎、参谋长西尾寿造、副参谋长板垣征四郎，并商洽内蒙古自治问题。

转过年的秋天，土肥原贤二受到了德王的邀请，接待场面盛大。在蒙古大帐的中央，摆着烤熟的全羊，火锅沸腾，蒙古酒香气扑鼻。当音乐响起，舞女翩翩起舞，她们妖艳，性感。土肥原贤二注视着姑娘们纤细的腰肢、性感的臀部，内心是无比的躁动，并完全沉迷于音乐和舞蹈之中。

土肥原贤二，秘密档案，绝密

土肥原贤二，日本陆军大将，甲级战犯。疯狂的法西斯主义者，日本驻华间谍机关首脑。1883年8月8日，生于日本冈山，1913年起在中国从事间谍活动，1931年策划九一八事变，扶持溥仪建立伪满洲国。1935年10月，策划华北自治。1936年策划蒙古军政府自制。1937年七七事变，率日军第14师团侵入中国。1948年12月12日，被远东国际军事法庭判处绞刑，羁押东京巢鸭监狱。

1948年12月23日，土肥原贤二抽签，抽到第一个接受绞刑。

德王说："尊敬的土肥原先生，您是我们最尊贵的客人，我代表蒙古人民热烈欢迎您的光临。现在，我需要郑重阐明，建立蒙古自治国家，是我们的意愿。"

土肥原贤二说："尊敬的德王，支那的孙文主张五族共和，我们大日本帝国与其有着不同的立场，是主张民族自决的。我们日本帝国希望你们蒙古完全自治，也愿意帮助你们实现自治。同时，我们支持你们收复长城以北的固有疆土，也请你们与西部各盟、旗，联合加入满洲，或者说，由你们组织共同政府来与满洲进行友好合作。"

听了土肥原的话，德王很是不悦地说："土肥君，我希望，蒙古成为独立的国家。但摆在我面前的是，蒋介石两股势力难以对付——宋哲元，傅作义。因此，贵国关东军能不能帮一把，把蒋介石的势力驱逐到长城以南？"

土肥原说："您的想法是大大的好。但日本帝国的目标与您的想法是有所不同的，把蒋介石的势力赶到黄河以南，而非长城以南。而当务之急，要在您的势力范围内建立日本情报机构，以便协调一致，共同推动内蒙古自治。"

德王说："好的，我同意。但您看，谁来负责这方面的事务？"

"田中隆吉，他是合适人选。"

"好的，土肥君，我同意您的意见。"

"德王，既然我们的想法相同，已经建立友好关系，除了赶走蒋介石的两股势力外，您还需要大日本再做些什么？"

德王说："内蒙古自治，需要建立强大的独立的军队。"

土肥原说："一个独立的国家没有军队，就难说是独立的国家。现在，我代表关东军参谋长赠送您50万日元，5000支步枪。"

德王大悦："这要大谢您了！"之后，德王举起了金樽说道："来，为感谢土肥君，大家干杯！"

看见有人喝酒时犹豫，德王又大喊一声："大家给我听清楚，谁不干了这杯酒，谁就是孙子！""啪"一声响，金樽被摔在地面上，以示威权。

回想这些往事，柯林认为，近期若苏日开战的话，苏军获胜的概率是很低的，难免心情抑郁。

这时，他又想起陈九石的话："我们的情报工作的目的，是抗击日本军国主义，并最终消灭他们。与此有关的一切，我们秘密谍报小组都可以做。"

可见，陈九石说到了点子上。因此，在日苏交战之前，有必要去莫斯科汇报当前的紧迫局势。

22 桌球对赌
您很幸运赢了我十个卢布

柯林一身便装、搭乘民用飞机直飞索契。索契在苏联的南部，位于黑海旁边，风光绮丽，绿色丛林别墅就在黑海岸边的山上，刚落成不久。这里距市中心约12公里。

在见到布亚科夫后，柯林说："根据掌握的情报，日军正在紧锣密鼓地实施'北进计划'。他们在中苏边境已经做足了功课，会随时开战。"

"那么，您认为，这个情报确切吗？"

"确切，是由'俄罗斯蓝猫'密报的，他就在海拉尔，距离中苏边境不远，而且以翻译官的身份，能够接触并获取机密情报。"

"不过，我们已经在做迎战准备了，关东军自不量力，会吃败仗的。"

柯林说："考虑战争需要，我建议，远东谍报小组可以与中国抗日联军交换情报。否则，我们的情报来源有限，渠道窄。另外，中国的抗日武装力量会帮我们对日军进行反击作战，会有助于降低日军的胜率。"

布亚科夫说："您是说远东谍报小组想进一步扩大情报来源，并且借助中国抗日联军来干扰日军的战争行动？"

"是的。如果日军与苏军开战，我们需要从欧洲方向集结兵力，这有上千公里的运输，会遇到种种困难。但关东军则不同，可以快速从齐齐哈尔、哈尔滨、奉天乃至临近朝鲜的吉林、安东等地集结兵力，也会有多个集团军与我们作战。此外，'满洲国'的兵力，也都会参战，而这对我们是不利的。"

听后，布亚科夫沉默了一会儿说："柯林同志，您的意见是正确的，但您应该面见首长。"

柯林来到首长面前说："据远东谍报组掌握的情报，关东军已经做好了与苏联红军开战的一切准备。"

"您真的确认吗？"

"确认。如果日苏在中国的内蒙古哈拉哈河一带开战，关东军会借助满洲国军队的力量，借助内蒙古自治军的力量，而这不利于苏联红军的胜利。如果我们与中国抗日联军交换情报，并借助他们的武装力量来切断日军的补给线，骚扰他们的兵力集结，我们与日军的战争就会主动一些。"

"柯林同志，您的意见是正确的，我赞同您的分析与推理。而只要有利于红军的胜利，你们可以同抗日联军秘密交换情报，进而来打败我们与中国抗日武装力量的共同敌人。"

柯林说："此外，我们应该秘密武装抗日联军。现在，他们装备落后，对日军作战很被动。"

首长说："这个问题可以考虑，但要慎重，不宜公开去做，因为我们与日本有协定。除非日本已经公开向苏联进行宣战，我们才可以公开地武装中国东北的抗日联军。"

柯林说："向抗日联军提供武器和炸药，可以炸毁中东铁路，进而阻滞日军兵力集结；焚烧他们的战争储备仓库，迟延他们的后勤保障能力；袭扰他们的驻军基地，让日军不得安宁，这对即将发生的日苏战争有好处。"

"好吧，但仅限于向抗日联军提供必要的武器支援，应该不包括那些隐居深山老林中的土匪。同时，要务必慎重，保守秘密，免得日本有侵略我们远东地区的口实。"

柯林说："眼下，我们考虑，可以通过绥芬河交通员来偷运武器给牡丹江一带的抗日联军，也可以考虑其他交货地点，比如大兴安岭漠河，或者沙哈梁（黑河）地区、珲春地区。"

"那么，您要向我保证，秘密武装中国东北的抗日联军的行动，日本绝不会知道？"

"是的，我们注意就是。另外，根据我们的掌握，大兴安岭山高林密，关东军的兵力部署薄弱，这里有李兆麟的部队，而长白山林区有杨靖宇的部队，小兴安岭有周保中的部队。如果关东军与苏联开战，这些武装力量进行扰动，并且摧毁关东军的军列，炸毁关键地段的桥梁，进而迟滞关东军的调动，这对可能发生的苏日战争是有好处的。"

"好吧，我们苏联边防部队，可以通过秘密渠道来武装中国东北的抗日联军。"之后，首长对布亚科夫说："那么，您来通知我们的边防部队，秘密运送武器和保障物资给中国东北抗日联军，但不要以苏联政府和苏联军队名义，要以民间志愿者的名义来秘密进行，不可留下文件、文电记录。"

"是，我立即执行您的命令。"

"那么，柯林同志，还有别的事吗？"

"首长，没有了。"

"那么，您会打台球吗？"

"会一点，但很不专业。"

"如果那样的话，我们就可以活动活动。您看，我们打比赛怎么样？"

"可以呀！"

"您说吧，筹码多少卢布？"

"首长，以我的经济能力，最多一个卢布。"

"哦，少了点。要我看，应不少于十个卢布，您看怎么样？如果赢了，您可以从我这里带走十个卢布；如果输了，您就留下一个卢布。"

柯林说："哦，这不公平。"

"中校同志，那么您说是多少个卢布？"

"尊敬的首长，那就赌十个卢布吧！"

"好，就这样！"

这时，警卫们已将台球摆好。统帅非常喜欢打台球，柯林知道，但他左臂有残疾。因此，和统帅打台球一般会故意输球给他，但统帅不高兴。

一个半小时后，柯林三比二赢了。统帅很高兴，说："柯林同志，我们这是真正的比赛。"

"但首长，您输了，我要带走十个卢布！"

"好吧，您从我的警卫那儿领走十个卢布。"

"好吧，首长！"

之后，首长又请服务员拿葡萄酒、水果、点心，说："您尽管品尝，都是新鲜的水果。"之后，柯林请首长在卢布上签字，说："如果有机会，还要比赛。而您，可以将卢布赢回去，但肯定不会是这个卢布了。"

首长说："那是，来，我们共同品尝格鲁吉亚冰葡萄酒。"

柯林抿了抿嘴说："嗯，好酒。"

首长说："看来，您很喜欢格鲁吉亚的葡萄酒。"

"嗯，口感很好！"

"那好吧，我送您几箱葡萄酒。"

"首长，谢谢！"

"小伙子，我喜欢你。您的工作非常出色。上次，我请布亚科夫同志向您致电，您和同事们收到了吗？因为布亚科夫同志没有向我反馈信息。"

"首长，谢谢您的关爱。"

"还有，柯林同志，说说小松原的情况。"

"首长，据我掌握的情报，小松原是极端法西斯主义者，深得关东军司令官植田谦吉的赏识。他毕业于日本陆军大学，军事参谋出身，指挥作战特点善于谋划和大迂回用兵，以及多兵种联合作战。因此，他有可能是指挥者。"

"柯林同志，尽管您是优秀情报工作者，但要汲取教训，因为您曾经败在一位日本女间谍手下，她叫什么名字来了？"

"小野秋子，石原莞尔的情妇。"

"哦，对了，她在日本情报机构内部，有'东亚之花'的美誉，但您败在了她的手下，也败在了板垣征四郎和石原莞尔的手下。日军之所以能够成功获得梅赛德斯发动机，是因为他们骗过了我们的情报组织。"

"是的，我深知自己的错误，也难以原谅。首长，我辜负了您的期望，会加倍努力工作，进而减少工作失误。"

"不过，日本能够从德国获得飞机发动机，也不完全是您的错。但我们要少犯错误，甚至不犯错误。"

"是，首长。"

"但您记着，今天是我输球了，您是赢了我十个卢布。不过，总有一天，我还会赢回来的，而且，会赢得更多。因为，您知道，我是不服输的人。"

"是，首长，只是我今天幸运指数高。但愿您不是故意输球给我，让年轻人有希望，有信心。"

"哦不，我没那么高尚。您知道，我做事认真。至于输赢嘛，都属正常。而且，我反对在比赛中故意让球给我。比赛同战场是一样的，至于胜率嘛，是取决于各种因素的集合。从某种程度上讲，谁掌握的情报多一些，赢得战争的概率就大一些。"

"是的，首长，我们要用我们的铁拳，狠狠地打击我们的敌人！"

"好吧，小伙子，我欣赏你，要用我们的铁拳，狠狠地打击我们的敌人。不过，您应该回家看看了，因为我知道您的家是在莫斯科。"

"哦不，首长。"

"小伙子，还是回家看看吧，因为我们苏联军人不是清教徒，我们不仅热爱和平，也深情地热爱生活，热爱我们的祖国和人民，还有我们的家人和孩子们。"

"首长，谢谢您！"

"再见！"

临别时，首长与柯林握手，他感到首长的手很温热，也很有力量。

23　秋子小姐
您是东方国度最美的女人

从索契回到哈巴罗夫斯克，柯林一路上思考着首长的话："柯林同志，您应该吸取教训，您不应该败在小野秋子的手下。"而有关与小野秋子暗战的问题，是自己过于疏忽，过于轻敌了。

柯林想，在与小野秋子的较量中，有些细节没有考虑周全。小野秋子是为了梅赛德斯发动机而去的德国，但在装箱的问题上，自己的人没有做到全方位的监视。另外，石原莞尔派出的女间谍小野秋子也是太过狡猾，她骗过了所有情报人员的眼睛，用"札幌号"货船作为烟幕弹，最终将发动机偷偷地装在了"大山丸号"上。

柯林记得，那是6月初的一天，卡洛琳接到东京"拉姆扎"小组情报：日本要获得梅赛德斯远程发动机，我们应炸毁运输发动机的货船。

1938年6月4日，东京近卫内阁召开会议，正面的墙上挂着日本帝国的太阳旗，下面是军事地图，侧面墙上是日本与中国开战的战况示意图，而图上标注红色与黑色的箭头。图例显示：中国东北、天津、华北、上海，都处于日军的控制之下，并被涂成了黄色。

日本近卫内阁五相（首、外、陆、海、藏）会议，重申"以华治华"政策和"分化瓦解"对策。

板垣征四郎说："1937年7月7日，中日战争全面爆发。日本帝国对形势的估计过于乐观，认为中国是'东亚病夫'，3个月内会结束战争。但近一年了，中国并没有被击败。可见，我们的预判出现了严重的问题。目前，中国政府、中国军队、中国人民，采取了抵抗到底的政策，使得我们日本帝国陷入了战争泥潭之中。而这不利于日本帝国长远目标的实现，不仅会消耗掉我们的有限资源，也会使兵力来源难以得到补充。"

板垣征四郎，秘密档案，绝密

板垣征四郎，陆军大将，1885年生于日本岩手县，历任陆军大臣、中国派遣军总参谋长、朝鲜军总司令官、第七方面军总司令，是九一八事变的主要策划者，与土肥原贤二阴谋建立伪满洲国。1937年，他以半个师团的兵力击败了中国军30多个师，并攻占了山西。1938年6月任陆军大臣。1939年任支那派遣军总参谋长，1943年任最高军事参议官，1945年在马来西亚、新加坡同英荷军队作战，直至日本战败。

1948年12月23日，板垣征四郎被执行绞刑。

板垣征四郎讲话后，刚刚接替广田弘毅出任日本外相的宇恒一成说："我们日本帝国必须重申'以华治华'的方针，与蒋介石政权进行'和谈'。"

宇恒一成主张的"和谈"，实际上，就是对蒋介石政权进行宣战。板垣征四郎说："宇恒君，我赞成您的意见。我们大日本帝国对华政策，应作出彻底改变，对亲日派力量进行扶持，采取《适应时局的对中国的谋略》，起用一流人物，削弱中国政府统治地位，削弱中国民众抗日力量，促进中国杂牌军的拉拢与归顺工作，设法分化、削弱中国军队的战斗力。"

首相、外相、海相、藏相，均表示同意板垣征四郎的意见，会议通过了"以华治华"和"分化瓦解"的对华策略。

会后，板垣征四郎驱车秘密前往日军参谋本部会见了第一副部长石原莞尔。板垣征四郎说："石原君，近卫内阁会议刚刚作出决定，我们对华要采取'以华治华'的方针，对蒋介石政权采取'分化瓦解'的政策。同时，我们对云南作战计划作出相应的调整：轰炸云南昆明，拉拢龙云，使其尽快在昆明竖起反对蒋介石的旗帜。"

石原莞尔说："拉拢'云南王'的方案可行，但轰炸云南昆明是有问题的，因为我们的空军没这个能力。如果要做，必须对战斗机进行改装，但需要航空专家们认可。"

板垣征四郎说："石原君，我已征求过航空专家的意见，只有德国梅赛德斯公司能够生产远程飞机发动机，但又不允许出口日本。不过，为了大日本帝国的利益，就是再难，也要办到。"说完，板垣征四郎咬了咬牙齿，而石原莞尔明白这是日本帝国的坚定意志。

石原莞尔说："板垣君，这事，我来办吧。"

之后，石原莞尔找来秘书小野秋子，也是他的情妇。他说道："美丽的秋子小姐，我们有一项特殊任务，且时间紧迫，需要您即刻动身去瑞士洛桑，与我们驻德国武官特使笠原少将联系，要秘密搞到德国梅赛德斯公司生产的远程飞机发动机。而你知道，装备远程轰炸机，事关日本帝国的作战计划，事关大日本帝国的前途与命运！"

"哈依，我保证完成任务！"

小野秋子是日本情报机构中的出色的女间谍，曾混迹于中国的上海，协助川岛芳子拿到了国民党第十九路军的秘密布防图，并为日军击溃国民党蔡廷锴19路军立下赫赫战功。因此，小野秋子在日本间谍内部有"东亚之花"的美称。

10天后，小野秋子出现在了瑞士的洛桑日内瓦湖畔一家小咖啡馆内。她戴着墨镜，要了一杯山地葡萄酒，手上拿着一份当地报纸并随意地浏览着，姿态优雅。这时，身着便衣的日本驻德国武官特使笠原少将走了进来。他们之前就认识，相互感觉也都是不错的。

这时，一位男服务生端着一盘点心走了过来，说："小姐、先生，请慢慢品尝。"但不为人知的是，那个高盘子的下面，粘着一个微型的监听器。

小野秋子说："笠原少将，您不觉得吗，您是世界上最幸福的人。"

"哦，您为什么这么说？"

"您看，这日内瓦湖水，多么清澈，而这湖畔多么美丽，而身边又有美女做伴，难道，您就没有什么感觉吗？"

"噢，我很惬意。秋子小姐，您以前来过瑞士的洛桑吗？"

"没有，这是第一次。您看，这日内瓦湖的风景是多么秀丽，湖水湛蓝，群山环抱，驰名世界，真是旅游者度假的天堂。"

"不过，秋子小姐，日内瓦湖虽然美丽，但也是无法与您的美貌相比的。"

"哦，笠原君，您可真是会说话。嗯，也别说，我还真是喜欢嘴巴甜、心里鬼魅的男人，至少，我会感觉到心里舒服！"

说后，小野秋子将头转过来并警觉地注视着周边的情况，但没有人注意到他们，没有谁在他们身边，但他们的交谈都被秘密监听了。

笠原说："秋子小姐，我是从不说假话的人。就我看来，您是我们大日本帝国最美的女人，也是全世界最美的东方女人！"

小野秋子说："将军，您这话过誉了，说来，我勉勉强强算个美人，但绝不是最美的东方女人。"

"比如说。"

"比如川岛芳子。"

"哦不，秋子小姐，您是最美的东方女人。您看，您的眼睛，宛若秋水，就像这日内瓦湖水一样的清澈，还有长长的睫毛，非常可爱。还有，您的鼻梁棱角分明，弯弯的柳叶眉会令所有男人心动，也甘愿为您折腰。"

"哦，谢谢，谢谢将军的夸奖！好吧，那我们就谈正事吧。我这次来洛桑有重要使命。而您，为大日本帝国立功的机会到了。现在，我们大日本帝国急需装备远程发动机，而德国梅赛德斯公司能够生产。阁下的任务就是请我们驻德国大使出面来说服我们的德国朋友，为大日本帝国提供远程发动机，以装备我们强大的空军。"

"据我所知，德国梅赛德斯公司生产的远程飞机发动机是不允许出口的。因此，这不是一件容易的事！是的，将军，因为这是大日本帝国的军机大事，关乎大日本帝国的繁荣昌盛。换句话说，您的前途与命运在此一举，甚至息息相关。"

"哈依，秋子小姐，我立即启动我们在德国的关系。"

"哟西，将军，大日本帝国的希望都在您的肩上了。事成之后，石原莞尔将军会提出重要建议。而您，将会出任日本驻德国大使馆武官。"

"那么，大岛武官不是在职吗？"

"这还用说嘛，大岛武官会升任日本驻德国大使。"

"谢谢，谢谢秋子小姐的关照！哦，我是多么希望能够与您共度这美好的时光啊。而且，因为您的帮助，我会前程无限的！"

小野秋子说："将军，听您的话，我很高兴，非常感谢您喜欢我，那我们还坐着干吗？走吧！"之后，小野秋子和笠原将军在阿尔卑斯山环抱的宾馆内度过了美妙的夜晚。

第二天早晨，笠原说："秋子小姐，您的下一个目标应该是德国的朗尔茨将军，他主管德国军工生产，是最重要的人物。他为德国工业发展以及纳粹党壮大，立下了赫赫战功。此外，这个美男子是很喜欢东方美人的。"

"是嘛，那我很幸运。如果朗尔茨将军喜欢东方美人，我们就有希望。"

一天晚上，朗尔茨将军坐车走在回家的路上，看见路旁停着一辆红色小轿车，旁边一位东方美人频频向他招手。

他命令司机停车。秋子小姐走上前来说："先生，我的车发生了故障，求您帮帮我，我将感激不尽！"

朗尔茨将军是好色之徒。随即，他吩咐司机说："您一会儿找人来将车拖到修理厂去，我现在送这位小姐回家。"

秋子小姐说："我是日本留学生，在柏林大学学习。今天能够认识您很高兴，非常感谢您的帮助。"

朗尔茨将军说："日本和德国是友好国家，您是我们帝国元首的朋友。如果您不介意，为什么不去吃点什么？"

当夜，朗尔茨将军与小野秋子小姐走进一家小旅馆，他们鏖战一夜。小野秋子说："朗尔茨先生，您帮我个忙，我想赚点儿钱交纳学费。"

"亲爱的，但说就是！"

"贵国梅赛德斯公司生产的发动机，在市面上是抢手货。而您，无论如何要帮我一把，我想把梅赛德斯发动机卖到日本去，会有很大赚头。而您，也会发一笔大财的。"

"哦，这个嘛，麻烦，需要帝国外交部的同意！"

"但将军，只要您不反对，我会托人做外交部的工作。我相信，外交部也会同意的。而您，也要帮我来说服他们。"

"好吧，我的美人，但愿梦想成真！"

三天后，德国外长里宾特洛甫同朗尔茨将军会面，相互之间说起了要为日本提供远程飞机发动机的事。

朗尔茨将军故作惊愕地说："这怎么可以呀？"

里宾特洛甫说："有什么问题吗？朗尔茨将军，难道您什么都不知道？什么都没有做吗？"

朗尔茨将军说:"哦不,外长先生,我好像知道这件事。只是一时找不到反对的理由,因为日本是我们的盟友。"

"那就是说,您同意了?"

里宾特洛甫外长听后,发出了响亮的笑声。朗尔茨将军听了心里发颤,又疑惑不解,难道外长什么都知道了?可见,小野秋子有着非凡的公关能力。

一周后,德国共产党的施戈尔森等5名情报人员,在大西洋秘密炸毁了"札幌号"货船。但他们上当了,小野秋子大摇大摆地组织装上去的那些木头箱子,全都漂浮在海面上,里面什么都没有。可见,小野秋子成功地骗过了苏联情报机构,躲过了德国共产党武装人员的秘密跟踪。

两周之后,"大山丸"号货船出现在台湾的基隆港,60台梅赛德斯公司生产的1200马力发动机,被吊车从货船上吊下来并立即运走,安装在了日本战斗机上。由此,日本空军对云南昆明进行轰炸的计划得以实现,成千上万的人死于轰炸。

对于上述回忆,柯林感觉教训深刻。特别是统帅同志知道这件事,并没有否定自己,他很感动。包括产自格鲁吉亚冰葡萄酒运到哈巴罗夫斯克,就是首长的信任。想到这儿,柯林更加踌躇满志,觉得自己很幸福。

于是,他打电话给卡洛琳说:"中尉,请您马上到我办公室来。"不一会儿,卡洛琳到了。柯林说:"中尉,您将这箱格鲁吉亚冰葡萄酒打开吧,我们共同庆祝一下。"

"哦,庆贺什么?"

"卡洛琳中尉,您不知道,这酒产自格鲁吉亚,是最高首长送给我们的,是对我们的特殊奖赏。"

"哦,是嘛!"卡洛琳惊讶得嘴巴张得老大,在吸气时,还发出了很响的回声。

"但您要保密,是绝不能对别人说的。而且,这是首长的指示,这酒不能与人分享。"

"哦,好的,我记住了。"卡洛琳说,"嗯,这酒口感很好。"

"来,您看,我兜里面还有卢布。一会儿,您到市里找一家画社,将其装裱好,我要挂在办公室里。"

"哦,为什么呀?"

"赢的呀,我与首长台球比赛赢的。"

"哦,您的胆子忒大了,怎么可以赢首长的卢布呀!"

"现在,我们来起草电报吧,因为首长同意远东谍报小组与中国东北抗日联军交换情报。"

"哦,这是好消息!"

24 打入新京
成功建立秘密联络情报站点

此时，伪满洲国新京宝石街39号，风华裁缝店。陈九石和"妻子"李秀琴正在忙活接待客人。有的取走定制的衣服，有的下了新的订单。

此时，陈九石已经有了新的名字：荆楚天，是风华裁缝店的掌门人；李秀琴要小荆楚天3岁，是新京当地人。

晚上9时，荆楚天打开了收音机，对好1205频道，以最小的音量收听来自苏联的广播。不一会儿，广播里传来一位女广播员清亮的声音："符拉迪沃斯托克的渔民请注意，符拉迪沃斯托克的渔民请注意，今天日本海有强降雪，7级大风，请出海捕鱼的0001号渔船、6081号渔船、7356号渔船、6082号渔船、7103号渔船、6084号渔船和5348号渔船，速速回港避风，你们的亲人，正在家里面焦急地等待你们的归来。"

"再播送一遍，请……"荆楚天将收到的数字代码一一写在了纸上，又依照密码本进行翻译，0001号是他的身份代码。无疑，这份电文发给他的，电文如下：

哈巴罗夫斯克，第039号电，绝密

0001号，首长同意您与抗日联军秘密交换情报，并以民间形式秘密武装他们。同时，如果与关东军作战不利，可到苏联境内休整。此前，共产国际已下令解散满洲省委，改由共产国际领导，组建新的东北抗联，并提供武器军饷，连以上建制均按红军标准设党代表，团级设政治委员。另外，请你们协调海拉尔和绥芬河等地情报组织，有效获得关东军情报。

发报人：狐狸　　1938年12月7日

收到柯林的密电，荆楚天内心欢喜：远东秘密谍报小组可以与东北抗日联军秘密交换情报。而荆楚天和李秀琴创办的风华裁缝店，得益于李秀琴曾在苏联学习和工作过，并且经柯林运作，他们成为秘密夫妻。

李秀琴的真实身份颇为神秘，原是中共延和县委秘密工作人员。之前，按照中共延安"建立游击队"的指示，在王德林举义成立"中国国民救国军"时，李秀琴随同与王德林有旧交的李延禄一起来到了该部，并且协助周保中建立进步青年"补充团"。

在王德林部被日军彻底击败之后，"补充团"改编为抗日游击总队，又改编为救国游击军，李延禄出任司令。周保中则凭借能征善战的威望，秘密成立"反日同盟军办事处"，发展党组织，创建游击队。

李秀琴因为懂俄语，被组织上选送到莫斯科南郊无线电学校学习无线电操作业务。之后，她被秘密派到新京。而荆楚天的到来，让李秀琴欣喜万分。组织上决定，荆楚天与李秀琴要以"夫妻"名义生活，有助于掩护身份。令荆楚天感到高兴的是，李秀琴能够同东北抗日联军李延禄部、周保中部、赵尚志部和李兆麟部取得联系。

但建立秘密电台，却费了好大的周折。柯林派人将无线电台从苏联哈巴罗夫斯克偷运到珲春。再由金道羽秘密对无线电台进行分解，有些零部件被塞进了掏空的木材里，再将树皮按原样用胶粘牢，反复在地面上拖拽。

之后，金道羽将木材装上了马车，将电台零部件秘密运到新京郊区，再由李秀琴多次坐公共汽车偷运市内。期间，要躲过多个关口检查。

现在，荆楚天最期待的是姚德志能够来到新京。现在，姚德志留在了《法兰克福日报》记者史沫特莱身边工作，而柯林同志的意见是借助史沫特莱的影响力，会有利于应对特高课的调查。不过，姚德志有了新名字：刘天一。刘天一在上海《法兰克福日报》记者艾格尼丝·史沫特莱的身边工作，主要陪同史沫特莱会见各方客人。通过不断公开露面，社会知名度不断提高，这为他到新京开展工作提供了合理的解释。

因为德国与日本是友好国家，刘天一特意随同史沫特莱到达满洲采访日本"大东亚共荣"计划。他们到达奉天后，由关东军驻奉天军事人员介绍了杨靖宇在辽宁磐石县农村创建"赤卫队"的情况。日军认为，杨靖宇和他的"赤卫队"员都是土匪，散兵游勇，不堪一击。7个人的"赤卫队"，仅靠一支"土公鸡"手枪打天下，这怎么能够战胜强大的关东军呢！

史沫特莱手里拿着那支"土公鸡"手枪摆弄着，简直就像一件儿童玩具。史沫特莱说："仅凭七八个人，土造的手枪，是绝不可以与日本军队进行较量的。"

刘天一插话说："这真是天大的笑话，他们不识时务！"之后，刘天一写了一篇《杨靖宇的"赤卫队"成不了大气候》的文章，刊登在《盛京日报》的头版头条。文中极力贬低"赤卫队"的土匪生活，认为"赤卫队"与关东军较量是蚂蚁撼树，自不量力。文章认为，大日本帝国是世界最先进国家，是不可战胜的国际和平力量。而"大东亚共荣圈"计划，不仅仅有益中国，也有益于亚洲，有益于世界。而有关杨靖宇"赤卫队"土匪生活的报道，在关东军内部产生了不小影响。因而，刘天一在满洲有了一定的知名度。

一周之后，史沫特莱与关东军司令官植田谦吉通了电话，说："尊敬的植田司令官，过两天，我会安排我的助手与您见面，采访您。我们《法兰克福日报》渴望报道有关您的事迹，广泛传播'大东亚共荣圈'计划，传播关东军在满洲稳定局面的情况，还有您的丰功伟业。"

植田谦吉说:"哟西,但希望您能够来新京,我会大大的感激不尽。"

史沫特莱说:"植田司令官,我知道您的心情,也非常想去新京,并建立起我们之间的友谊。但很遗憾,我需要回到上海,因为那边有事。所以,植田君,我抱歉了,万望理解。"

植田谦吉说:"这是大大的遗憾,但您有机会再来满洲,我会隆重地接待您的。"

"谢谢植田君,再见!"

"哟西,再见!"

刘天一到达新京时,已经是午夜时分了。第二天一早,他按照史沫特莱的指令,去了关东军司令部,见到了司令官植田谦吉。

植田谦吉,秘密档案,绝密

植田谦吉,陆军大将,1875年生于大阪,陆军士官学校和陆军大学毕业。1923年任第一骑兵旅团长,少将。1928年中将,翌年任中国驻屯军司令。1930年任第九师团长。1932年一·二八事变时,指挥第九师团侵略上海,1933年任参谋次长。1934年日本驻朝鲜军司令,大将。1935年军事参议官。1936年关东军司令官兼驻满洲国大使。1939年诺门罕战役失败被撤职,同年12月转预备役。1962年9月11日去世,曾获三级金鵄勋章。

在关东军司令部大楼前,刘天一看见皇室菊形纹章挂在大楼的上面,心里不是滋味,心想,日本鬼子想长期霸占中国东北并把这里看作是他们的领土。他走进司令官办公室,看见一瘸一拐的植田谦吉暗吃一惊。

刘天一知道,植田谦吉在一次战后祝捷大会上,被义士尹奉吉投掷炸弹炸掉左脚掌,左小腿被迫截肢。他的上级,白川义则大将不治身亡。

植田谦吉的办公室宽大,正面是昭和天皇裕仁画像,下面是日本国旗。裕仁是日本帝国皇帝兼大元帅,法西斯主义者,在制定日本战争战略方面发挥了决定性作用,指挥了对中国的所有军事行动。因此,植田谦吉非常崇拜裕仁天皇。就任关东军司令官一个月就亲自面见溥仪,通知他,关东军以"反满抗日"和"通苏"罪名,已经逮捕满洲国兴安北省省长凌升,并说道:"陛下,这是杀一儆百。"

采访中,刘天一说:"我一直在跟随史沫特莱学习新闻编采业务,为世界正义力量发声。"

植田谦吉说:"我的看过了您的文章,大大的好。您能够跟随世界著名记者史沫特莱报道满洲事务,绝非等闲之辈。"

其间,刘天一与植田谦吉司令官合影。不久,他凭借这张照片,可以自由出入关东军司令部，"采访"关东军相关机构。同时，还采访了伪满洲国国务总理大臣张景惠。

　　张景惠，秘密档案，绝密

　　张景惠，伪满洲国总理大臣。1872年生于台安，深得张作霖信任，出任师长，兼任奉天副司令。1932年3月，任（伪满洲国）参议府议长，深得关东军司令官本庄繁信任，率10万伪军打击东北军和抗日武装。1934年3月，升任满洲军政部大臣。1935年，接替郑孝胥任国务总理大臣。1945年8月30日被捕，1950年从苏联引渡回国，监禁抚顺战犯管理所。1959年，死在狱中，终年85岁。

　　在土肥原贤二的眼中，张景惠"在满洲有一定声望，但毫无学问，无大志远谋，手下尽是阿谀之辈，全无人才之所言。"因此，土肥原贤二向日本报告说："臣为我国一贯政策速达目的计，必使张景惠等人物为图利可也。"

　　在刘天一采访时，张景惠说："日本与德国是友好国家。满洲国与日本是友好国家，故满洲与德国同为友好国家。现在，日本帝国能够帮助满洲实现社会稳定、经济发展，是日本帝国'大东亚共荣圈'计划的一部分。因此，没有日本帝国对满洲国的帮助，满洲不可能兴盛，不可能发展。关东军驻守满洲，是满洲人民的幸福，是社会稳定的重要力量。"

　　之后，刘天一撰写了赞美满洲国国务总理大臣张景惠的文章，通过伪满洲国"国通社"审查，进而迎合了日本对中国东北长期占有的意愿。

　　至此，刘天一在满洲和关东军司令部有了名气。植田谦吉认为，这个中国出生的刘天一，其观点与思想主张，通过媒体传播，有助于关东军在满洲展开军事行动和"大东亚共荣圈"的战略计划。

　　在刘天一结束满洲采访前，按照商定好的计划，再次与植田谦吉见面。刘天一说："植田司令官，我要感谢您的大力支持，已经顺利完成采访任务。今天，我特意前来向您表达感谢。"说完，向植田谦吉司令官深深鞠躬。

　　植田谦吉说："哟西，您是好好的记者。您的文章，我统统地看了，是大大的好。另外，满洲国的稳定与祥和，与大日本帝国紧密相关。大日本与满洲和平相处，相互友好，老百姓统统的拥护我们。满洲的问题，只是山里匪患，不断扰乱社会秩序。他们打家劫舍，杀人放火，老百姓不得安宁。所以，我们正在实施'三年治安肃正计划'，今年是第三年。在南北满地区，以及吉东省地区，我们正在包围他们。"

　　刘天一说："将军，这会牵扯您的很多精力。"

　　"不，关东军会很快剿灭杨靖宇的部队，周保中的部队、李兆麟的部队。"说完，植田谦吉做了合围的手势，说道："你的明白，包饺子的干活。"

　　刘天一竖起大拇指说："将军，最终的胜利会属于您的。"

"到时候，你的，要写更好的文章，歌颂大日本帝国，歌颂大日本皇军！"

"是，将军，我要好好地歌颂大日本帝国！"

植田谦吉说："我希望，你的，再来新京，哈尔滨的看看。苏联姑娘的有，大大的好。"

"好的，将军，我希望早一点去哈尔滨，看看那座美丽的城市，还有外国风情，也非常地喜欢苏联姑娘！"

"刘记者，你的好人，哈尔滨的看看。我的，对你的报道满洲的现实，揭露杨靖宇的土匪生活，对满洲国总理大臣张景惠的访谈，都统统的好，我要大大的谢你。"

刘天一说："将军，作为第三方的见证者，我在奉天，在新京，在城市和乡村，亲眼看见关东军为满洲人民做了大量好事。而您，作为司令官，深得当地官民欢迎。因此，我希望有机会上海见面，我将隆重接待您。"

"哟西，我的，上海打过胜仗，击败了蔡廷锴19路军，他们不是大日本帝国军队的对手。今后，您在满洲有什么事情，统统的办好。"

"谢谢司令官。不过，我还真有件事，希望司令官帮忙。"

"你的说，刘记者。"

"我的家是在牡丹江横道河子，有位上年纪的老母亲。"

"哦，你有什么要求！"

"我在上海工作，照顾家不方便。希望司令官跟满洲国沟通一下，我想在这儿谋生，小小的职位，好照顾年迈的母亲，为关东军效力。"

"哟西，你的，不要去满洲国政府工作，就在关东军司令部，好好的写文章，薪水会高高的。"

刘天一说："哦，谢谢司令官。我能够在您的麾下做事，三生有幸，绝对忠诚于您。"

植田谦吉说："哟西。你的，妈妈的接来，房子的有。"

"哦，我是太高兴了，只是我妈妈不愿意离开故土，要不早就接到上海去了。"

"你的，大大的好人，就到参谋本部宣传课，负责传播工作。好好地写文章，歌颂关东军，歌颂大日本帝国，歌颂'大东亚共荣圈'和平计划，为关东军今后采取军事行动创造条件。您的，明白？"

"明白，司令官，我要像您一样，为大日本帝国效力。哪怕是肝脑涂地，也无怨无悔，并永远牢记您的恩泽。"

"刘记者，我的，大大地喜欢你。"

之后，刘天一拿出一块瑞士手表，说："司令官，我的一点心意，礼物微薄，不成敬意，万望司令官接受，感恩不尽，再次谢谢您。"

"哟西，我的，有礼物送你。"说后，植田谦吉站起身来，一瘸一拐地从木柜里面拿出了一支山参，说道："野山参，长白山的，名贵的中药材，你的，好好地留下，带给你的母亲，我的意思。"

"哦不，司令官，我怎么好收您的礼物。"

"不，你的拿着，带给你的母亲。"

"好吧，司令官，那我就收下了，谢谢您，您真是恩重如山！"刘天一说完，就告别了植田谦吉。

25 冈田活着
已经回到了东宁要塞

此刻，荆楚天通过报纸，知道了刘天一已到新京，但无法联系。在一切安排妥当之后，他给《法兰克福日报》记者史沫特莱打了长途电话，而这是之前的约定。

荆楚天说："尊敬的史沫特莱女士，我是满洲国新京宝石街39号风华裁缝店的荆楚天。现在，我给您打电话，是因为您的美国朋友沙拉·保森向我推荐了您，而您认识上海服装界的朋友。我想请您帮忙，介绍会做和服的友人，因为新京这儿有做和服的需求，我流失了好多生意。"

史沫特莱说："好的，我试试看。史沫特莱记下了地址：新京宝石街39号，风华裁缝店。"

第二天，刘天一穿着日军军服出现在风华裁缝店门口，店内一些顾客见来了日本军官唯恐避之不及。刘天一说："先生，您这儿做和服吗？"

荆楚天说："哦，太君，我们做不了和服，因为没有这方面人才。不过，太君，您请坐！"

在客人走了后，荆楚天将李秀琴拉过来说："秀琴，这是刘天一。"又对刘天一说："这是你的'嫂子'。"

"哦，嫂子好。"

李秀琴说："欢迎你，早就听说你要到了。"说完，李秀琴到门口望风去了。

刘天一说："哥，我这几天写了一些报道关东军的文章，得到了植田谦吉司令官的赏识。同时，我谈了老母亲的情况，植田谦吉安排我到参谋本部宣传课工作，负责对外宣传报道。现在，特高课对中国人盯得很紧。"

"哦，知道，那么，你见到过濑户美智子吗？"

"没有，我不知道这个神秘女人在哪里？"

"那么，参谋本部是不是没有这个女人？"

"也许有，但我没有敢问其他人。不过，司令官植田谦吉倒口无遮拦，也可能考虑我是记者。他说，关东军正在满洲实施'三年治安肃正计划'，今年是最后一年。因此，关东军会加大对东北抗联的围剿力度。主要作战区在东南满地区、北满地区和吉东省地区，已经集结了兵力，正在秘密包围抗日武装。"

"哦，这是个重要情报，应迅速通知抗日联军。"

刘天一说："还有，我下步的工作重点是什么？"

"设法找到濑户美智子，搞定她，获得更多情报。同时，要注意关东军的兵力调动情报。"

"好，我记住了。那么，以后怎么联系？显然，我不能常来风华裁缝店，因为没有合适的理由。"

"但暂时只能在这儿。如有特殊情况，我会在外面的墙上挂一串干辣椒。在干辣椒的旁边，会有一串苞米棒子。如果苞米棒子不在，就说明这有紧急情况需要见面；如果干辣椒串和苞米棒子都不在墙上了，则说明这里有问题。这是暗号，要记住。"

"好的，那就这样。"

就在刘天一与荆楚天会面的当天晚上，海拉尔阿穆尔酒吧里面有日本军人和伪军在吃酒，秘密交通员占柱梅晃着膀子走进来，高声喊道："来，给老娘弄碗酒，再来一碗手扒肉！"

一些日伪军官们听到了占柱梅的喊叫声，都纷纷回过头来看她。占柱梅并不在意他们的存在。她个子不高，但身板很结实，面部颧骨较高，因而不怎么受看，一些日伪军人就不再注意她。

占柱梅是秘密交通员，由苏军总参谋部军情四局秘密推荐。占柱梅的父亲叫盖山，鄂伦春族首领。在抗日联军进入呼伦贝尔后，盖山与抗日联军的将领结拜金兰。

那是在大兴安岭树林中的一块空地，抗日联军将领王明贵等人与盖山燃起熊熊篝火，由抗日将领陈雷写了金兰谱并歃血为盟，他们庄严宣誓："我们将同生死，共患难，不投降，不叛变，为了抗日救国而结拜为弟兄，我们将勇往直前，奋勇杀敌！"

柯林指派巴音找到盖山说，受苏联情报机构秘密指派，他要在海拉尔开展工作，急需一位交通员，要求性格坚强、反应机敏、对组织忠诚。

于是，盖山说："女同志可以吗？"

巴音说："最好是男同志，因为需要骑马在草原上驰骋，很辛苦，但有合适的女交通员也是可以的。"

"那就让我的女儿送信吧，她叫占柱梅，是共产党员，绝对忠诚。"

巴音说："好吧，就这样。"

为了躲避关东军监测车对秘密电台的测定，巴音将秘密电台设在陈巴尔虎右旗的一个偏僻牧场内。因此，占柱梅需要经常骑马往返于海拉尔和陈巴尔虎右旗之间。

在占柱梅落座后，巴音过来说："姑娘，您想喝点什么？"

占柱梅说:"老板,您知道老娘的脾气,就喝烈酒,再加一盘花生米吧。"

巴音说:"好嘞,姑娘,您稍等!"

之后,占柱梅注视着酒吧里面的情况。有苏联人、日本人、蒙古人,还有四五个伪军军官。但眼下没有人注意她。三两小酒下肚后,占柱梅对店老板喝道:"来,把盘子收走,再送一壶奶茶来!"

说后,她用一张纸擦了擦嘴巴,揉成了纸团,扔在了地上。

巴音走过来收起盘子,对占柱梅说:"姑娘,注意保持环境卫生,垃圾放在桌子上就好,我会随时收走的。"

说后,他弯腰将纸团捡了起来,扔在了油腻腻的盘子里。

占柱梅说:"怎么的,老娘就这个习惯!"

巴音说:"哦好,姑娘,没事儿,没事儿,您宽心就是!"之后,他对跑堂的喊道:"给姑娘来一壶奶茶。"

奶茶上来了,占柱梅在慢慢地品着。不一会儿,她又在微醉的状态下,学起了百灵鸟的叫声。

当巴音回到吧台,偷偷地将纸团展开,再涂上显影剂,纸面上出现了几行小字:

新京,第003号电,绝密

可与抗日联军交换情报。同时,注意关东军的近期动向,报告海拉尔要塞情况。转告金校根,特务机关长冈田次太郎活着,已经回到了东宁。

发报人:红隼   1939年1月10日

巴音想,冈田次太郎活着并回到了东宁,一定是给日本人种菜的小萝卜头报告的情况。之后,他将纸条放进炉子里烧掉。

在酒吧打烊之后,巴音将一盆兰花摆在了窗台上,又将一根木头摆在了木架子上。他这样做是与金校根约定见面的信号。兰花摆在窗台上,是指联络点很安全;而一截木头摆在锯木头的木架子上,指上级有秘密指令,需要接头了。而这种秘密接头的土办法,日本特高课再狡猾也是猜不到的。

按照巴音的指令,金校根第二天晚上来到了阿穆尔酒吧,是同日军参谋小笠原一起来的。在将小笠原灌醉之后,金校根来到了巴音面前说:"老板,给上壶奶茶。"

巴音说:"是,长官!"之后,巴音看看周边没有人注意到他们,则低头小声说道:"上级要求注意关东军动向,设法搞到海拉尔要塞的情报。"

金校根说:"好。"但又高声说道:"老板,收账。"

巴音说:"好的,您稍等。"说后,巴音将算盘打得噼啪作响。金校根则小声说:"近期关东军没什么动向,但对中蒙边境的侦察没有停止,军事运输越发地繁忙。"

"长官,钱数出来了,25个满洲币。"

金校根说:"哎,给老子打打折,我做翻译的,也赚不来几个钱!"之后,又悄悄说:"铁路运输有坦克、装甲车、弹药、马匹、医药等军需品。"

巴音说:"冈田次太郎还活着,已经回到东宁。"

金校根听后深深地吸了一口烟,但没有再说话。之后,他和小笠原乘着马大个子的马车离开了酒吧,但手上多了两瓶沃特嘎酒,这是送给军事参谋小笠原的。因为金校根知道,海拉尔要塞的情报和关东军的动向,小笠原都会知道。

在到达军营后,金校根说:"马夫,您稍等,我把太君送回营房,再回来给你结账。"

马大个子说:"好嘞,等着您。"

站岗的日本哨兵傻乎乎地看着他们。将醉酒的小笠原送回到营房,金校根返身回来对马大个子说:"冈田还活着。"

"啊,是嘛!"

金校根说:"要小心啦。"

"那我去东宁?"

"做什么?"

"我去杀了他。"

"不,你杀不了他。上次袭击之后,冈田已经变得聪明了。"

从1938年底到1939年,东北抗联的游击战争转入了极端艰苦的斗争阶段。日军不断围剿、分割和缠斗,使东北大地狼烟四起,尸横遍野,处处建关卡,铁丝网密布,炮楼林立。

因为中央红军长征,东北抗联与党中央失去了联系。在抗日最艰苦阶段,抗联孤悬敌后,失去了党组织的领导,也得不到国民党政府的支持。加之,南满抗日联军几次西征也都没有打到关内去,抗联部队遭受了严重的损失,逐渐失去了战斗力。

其间,老谋深算的关东军司令官植田谦吉推出了"三年治安肃正计划",使得关东军不断增兵中国东北。由1936年的20万人,猛增到40万人。到1938年底,日本在东北新增兵力已达8个师团,还有数十万伪军和警察。

日伪当局以强大兵力,对抗联部队进行讨伐,极力强化城乡法西斯统治。在城镇,关东军疯狂屠杀共产党人和爱国者,摧毁抗日救国组织,严密控制人员活动;在农村,推行"集团部落"政策,把分散居住的农户,强行迁到控制部落,实行保甲制、连坐法,一人有事,多个人头落地;在游击区,实行惨无人道的烧光、杀光、抢光政策,制造无人区,割断抗联部队与人民群众的血肉联系。

26 肃正计划
抗日联军面临重重危难

1937底,日军第四师团、第十师团全部,以及第八师团一部共25000余人,配以伪军20000余人,浩浩荡荡对松花江下游地区(伪三江省)的三江平原抗联第二路军进行"讨伐"。

为此,中共吉东、北满两省委分别作出决定:除部分队伍原地活动、坚持斗争,主力部队冲破敌人包围,到外线作战,开辟新的游击区。

1938年7月,第二路军主力部队开始西征,向五常、舒兰一带突围。7月31日,时任5军政治部主任宋一夫在西征途中携款叛变投敌,供出了我军西征全部计划。第二路军虽打乱了敌人重点讨伐部署,但部队损失严重,未能实现预定目标。

与此同时,北满抗联部队第3、第6、第9、第11军,即第三路军开始远征,向位于小兴安岭西麓以及大兴安岭南麓嫩江流域、黑龙江流域挺进,彻底粉碎了敌人"聚歼"抗联部队于松花江下游的图谋,较好地保存了实力。

因为日军大规模围剿,抗日联军和地方党组织均遭到毁灭性破坏。山上的"密营"损失殆尽。粮食、药品、盐等给养中断了,许多优秀的指战员壮烈牺牲。抗日联军由1937年的11个军、30000多人,只剩不到1000人。东南满、吉东、北满3大游击区和一些小规模根据地,也全部丢掉了。

在抗联极度艰苦困难时,经李秀琴秘密联系,荆楚天坐火车到达延吉,又骑马赶到汪清密林中与周保中秘密会面,时至1939年春天。

为保证周保中、荆楚天和李秀琴等人会面,抗联在周边50公里内秘密设置了多个暗哨。李秀琴说:"这是荆楚天,原名陈九石,河北武装人员、任职过排长。作战中被日军俘获后,羁押于东宁县修筑军事要塞。出逃后,到了苏联哈巴罗夫斯克,是远东特别谍报组负责人之一。现在,我们获取重要情报,需要向您汇报。"

周保中说:"好,谢谢。"

荆楚天说:"经莫斯科批准,远东特别谍报小组可以与东北抗日联军秘密交换情报,并且同意以民间的形式来武装我们的抗联组织。如果对关东军作战不力,你们可以越境到苏联境内。这是最新的情况。"

周保中说:"这太好了,谢谢,你们是给我们带来了最好的消息。这样,苏联就成了我们抗联的大后方。"

荆楚天说："现在，您需要什么支持？"

周保中说："我们需要枪支弹药，最好是莫辛·纳甘步枪。因为小鬼子有'二八大盖'，打得远，我们的步枪射程短，远了够不着。"

"那么，您需要多少？"

"300支，不，500支吧，还有手榴弹，子弹越多越好。此外，还需要山炮、重机枪、无线电台。"

"好的，我会通知远东特别谍报小组并及时提供武器支持。此外，我们还掌握关东军的一些动态，对你们非常重要。现在，关东军正在秘密推行'三年治安肃正计划'，实行大规模围剿。他们新增8个师团，东北的总兵力增加到了40万人。而主要战区是在三个地区，即东南满地区、北满地区以及吉东省地区，他们企图彻底聚歼抗联武装。因此，你们会遭遇前所未有的困难。

但更大的问题是，我们与延安失去了联系。这不，我们刚刚召开过中共吉东省委扩大会议，针对日伪军的讨伐、经济封锁、政治诱降等严峻形势，决定全力抗击关东军。如果临到革命者牺牲关头，那就慷慨就义。不久，我们将整顿部队，调整部署，指挥各军突破关东军重重包围。"

李秀琴说："周将军，还有一件事，需要您将荆楚天带来的情报秘密转达给杨靖宇将军，还有李兆麟、赵尚志将军，以便他们有效应对关东军的'三年治安肃正计划'。"

"好的，我会想办法通知到他们的。不过，据我了解，赵尚志将军已经过境到苏联了，联系党组织去了。但他受到苏联方面的怀疑，人被扣在了伯力。"

"哦，为什么？"

"说赵尚志反对共产国际王明的路线，认为他有'左倾'关门主义路线错误，被撤销北满临时省委执行委员职务，给予了严重警告处分。同时，还撤销了他抗联总司令及三军军长职务。"

"哦，这个问题很严重。那么，周将军，您的具体意见是什么？"

"应该设法向共产国际说清情况，解救赵尚志同志，让他回国继续领导武装抗日斗争。"

"好吧，我们看看情况。"

荆楚天和李秀琴秘密回到新京后，立即给远东谍报组发报：

新京，第007号电，绝密

根据抗日联军的意见，认为赵尚志同志是坚定的爱国者，民族英雄，对党忠诚，建议共产国际解除对他的怀疑。

发报人：红隼　　1939年4月17日

柯林接到新京密电后，立即向莫斯科进行汇报，并将情况转达给共产国际。不久，共产国际作出了批示：同意解除对赵尚志同志的怀疑，恢复赵尚志同志中国东北抗日联军总司令职务，继续领导中共东北抗日联军对日本法西斯的武装斗争！

1939年6月27日，赵尚志率领百余名抗联人员，秘密跨过黑龙江返回了东北抗日战场。28日，突袭了日本位于密林深处的乌拉嘎金矿，杀死日伪军十多人。不久，又在大兴安岭等地袭击了两支日本测量队，缴获地图、测量器材和武器装备等。从此，赵尚志同志所领导的东北抗日联军转战于松花江两岸，对关东军开始了新的武装斗争。

1939年3月23日，小松原师团长办公室。正面墙上挂着裕仁天皇的画像。办公桌上摆着3台红、黑、黄颜色的电话。侧面墙体上是中蒙和中苏边界作战计划图。由传令兵爱之边雄负责标注日、蒙、苏三方军队布防情况，包括飞机场、火炮阵地、兵营和机械化部队位置，以及中蒙边界、中苏边界的道路、河流、桥梁等等。

小松原走进办公室，爱之边雄殷勤地接过军大衣并挂在衣帽架上。小松原说："请小笠原到我的办公室来。"

"是，将军！"

不一会儿，小笠原气喘吁吁地跑来了，帽子上还带着雪花："报告，小笠原奉命报到！"

小松原师团长从椅子上站起来说："笠原君，请看这张作战计划图。这是我方部队，这是苏军部队，这是蒙军部队。现在，如果我们与苏军开战，您看谁的胜率大？"

"将军，在您的指挥下，我们日军所向披靡，会无往而不胜。"

"哟西！不过，笠原君，战争会像天气一样变幻莫测，我们的准备工作需要做细。"

"是，将军！"

"那么，海拉尔要塞布防情况如何？您是这么看？如果战争遭遇不测，海拉尔要塞究竟能够阻滞苏军多长时间？"

"陆军参谋本部认为，在孤立无援的情况下，以及弹药、粮食等物资储备充足的条件下，海拉尔要塞最多可坚守20天。"

小松原听后，脸上生出愠怒喝道："不，笠原君，我不相信参谋本部的意见。你的知道，参谋本部的人，并不了解苏军的情况。他们大大地低估了对手。你的知道，苏军有重型装备、大口径的火炮、航空炸弹，你的明白！"

"是，将军，据我所知，苏军连续三年整肃内部的'大清洗'，已经严重削弱了苏军的战斗力。因此，苏军不可能战胜大日本皇军。"

"哦不，笠原君，此事关系重大。因此，战争准备不得有丝毫的马虎，你的明白。之前，我的对海拉尔要塞的考察，需要你重新论证，要做到万无一失，百战不殆！"

"是，将军，但我对于要塞布防业务不熟，需要其他人手参与论证？"

"哦不，不，不可以的。"

"将军，我是说，有实践经验的人参与评估会更好一些。而且，我们这里就有人懂得这方面的业务，并且完全可以信赖。"

"谁？你的说！"这时，小松原两眼圆睁并射出了犀利的光芒，让小笠原感到随时有被杀头的可能。

但小笠原并不惧怕威严，说："将军，我以您部下的名义，向您保证，金校根非常可靠。"

"金校根，什么的干活？"

"朝鲜族翻译官。为日苏战争爆发做准备，他是从东宁要塞调到海拉尔的。前段时间，他还帮助我审问了苏军俘虏亚历山大·尤里克夫，给您有过专报的。我们从其嘴里掏出了蒙军和苏军在哈拉哈河一带的布防情况。因此，金校根是可靠的。"

"笠原君，既然你信任他，我信任你，那么，可以批准金校根参与海拉尔要塞的论证，但你要拿人头来担保。"

"是，将军，我愿意以脑袋进行担保。"

"哟西、哟西。"之后，小松原弯下腰来，把嘴巴贴到小笠原的耳旁说："评估结束后，你的，要秘密杀掉金！"

小松原说后直勾勾地盯着小笠原，目光中杀气腾腾。

小笠原听后是急切地说："哦不，将军，金校根，我的朋友，不可以杀头的。现在，我给您作揖了。"

"原君，你的不懂，大日本利益高于一切。"

"但将军，我不同意杀了金校根。"

听了小笠原的话，小松原师团长沉思了一会说："好吧，笠原君，时间急迫，你的知道？一旦有了机会，日苏就会这个，你的明白？"

说后，小松原将两手握成拳头并且对撞了一下。

"啊，将军，是要打仗了吗？"

"哦不，笠原君，只可意会，不可言传。否则，你的死了死了的有！"

"是，将军！"

"哟西。"小松原说后，头颅向外摆了一下，那意思是说，你可以走了。

离开了小松原的办公室，军事参谋小笠原紧张的心情缓和了下来，但确信战争就要爆发了。尽管小松原师团长没有直接说，但他感觉到了，战争已经迫在眉睫。

之后，小笠原向金校根的驻地走去。他在见到了金校根后说："你的，大大的任务，我们走！"

"哦，做什么去？"

"我们评估海拉尔要塞的布防能力，你的知道，大日本帝国就要同苏联红军开战了。"

"啊，是嘛！"

"是的，战争会随时爆发。你的，不许对外讲，明白，大大的军事秘密，死了死了的有。"

"是，笠原君。可是，我不想参加对海拉尔要塞布防能力的评估，您还是另找别的人吧。"

"什么，你的说？"

"原君，评估海拉尔要塞的防御能力，不关我的事。再有，因为这事关重大，我不想知道其中的秘密。"

"为什么，你的说？"

"我是不想掉脑袋。再说了，对军事要塞的抵抗能力评估，我们还不如到街里喝酒去，吸烟土。而且，我建议您也别去。即便关东军与苏军作战不利，苏军也未必会进攻海拉尔要塞。这用中国人的话说，纯是脱裤子放屁，没啥意思的。"

"哦不，金，这是上级的命令。你的不去，那我就强迫你去。"

"不，笠原君，我真的不去。因为我们是朋友，实话说，我不想早死。"

"你的说，什么的早死？"

"笠原君，以我的经历看，知道秘密越多的人会先死。"

金校根的话，让小笠原很是扫兴。之后，他去见了小松原师团长说明情况："将军，金翻译官不参加要塞评估。"

"为什么？"

"说了，不如去玩儿姑娘。"听了小笠原的话，小松原师团长暗暗高兴，这说明金校根不愿涉猎军事机密，也不会是苏军的探子。

"既然如此，小松原道太郎师团长现在发出了命令，笠原君，你的，传达我的命令，要金立即参与海拉尔要塞布防的评估。否则，死了死了的有。"

"是，将军！"

27 要塞评估
金校根带出海拉尔绝密情报

呼伦贝尔大草原的冬天极其寒冷，朔风呼啸，大雪纷飞。狂风不断地将草地上的积雪裹挟起来，再狠狠地摔打在山坡之上；冒着烟的雪雾，风驰电掣般地向山上疾驰而去。

此刻，海拉尔北山的落叶松林、蒙古栎、还有一些低矮的灌木丛发出了"呜呜"的尖厉的叫声。这种狂风裹着大雪的极端天气，被当地人称为"大烟泡"。如遇有"大烟泡"的恶劣天气，牛羊会被冻死。驻守海拉尔北山的日本哨兵裹着厚厚的棉衣，戴着厚厚的狗皮帽子和手套，笔直地站在哨位上，并且冷眼注视着周边的情况。

因为有3道铁丝网，岗哨林立，任何人都不得走进海拉尔北山附近，这里警备森严，也极其的神秘。

小笠原向金校根下达了小松原的指令，在狂风暴雪中考察海拉尔要塞群的布防能力。他们乘坐吉普车穿过了三道铁丝网，穿过一些明哨和暗哨后，渐渐进入了要塞的核心区。

负责向小笠原等人介绍情况的是关东军第80独立混成旅的军事参谋小村野植。他说："1932年9月，日军第14师团奉关东军司令官武藤信义之命令，由齐齐哈尔经嫩江流域，向呼伦贝尔进攻。在占领了昂昂溪和扎兰屯两个重镇之后，在海拉尔和满洲里彻底击败了东北边防步兵第二旅旅长苏炳文中将的部队。随即，日军在满洲里地区建立了领事馆。"

这一时期，相继发生了一些事件。我们的侦略员和日本浪人被中国人绑在了海拉尔的电线杆子上示众；渡边少佐等8人乘飞机到海拉尔上空进行侦察，因为油料耗尽，迫降在七棵树，被东北民众救国军第六团歼灭；在进攻大兴安岭隧道时，我们的装甲车被撞翻了，大尉荒木克业被撞死。

1932年12月，日军全面占领了海拉尔、满洲里。在海满战斗失利之后，苏炳文和马占山等4000余人，乘坐7列火车，经满洲里进入苏联境内。为此，我们派出5架战斗机，在大尉广岛和兵库率领下，对火车狂轰滥炸，但遭到了苏军5架飞机拦截，苏炳文等人逃脱了。

为了巩固军防，日本帝国制定了"北进计划"。按照关东军司令部的指令，我们在海拉尔北山构筑了军事要塞群。1934年修建，到1937末完工，大体用了四年时间。修筑海拉尔大型军事要塞群，主要是考虑海拉尔三面环山、一水中流，其中的一水，就是海拉尔河。这在军事上属于易守难攻的兵家必争之地。此外，海拉尔是呼伦贝尔地区的政治、经济、文化中心。而海拉尔地处蒙古高原东部，扼守中蒙、中苏通道。这里是中、苏、蒙三国交界处，以海拉尔为轴心，向西有滨洲铁路与苏联接壤，边城是满洲里；北上，通往中苏边界重镇三河和黑山头；南下，有公路通往中蒙边境地区的城镇阿木古郎。三地距海拉尔均为150公里。另外，海拉尔市有八大商号，非常繁华。因此，依托交通便利和生活保障条件，我们在海拉尔市区周围的三个高地，构筑了5个阵地、10个辅助阵地。海拉尔要塞群占地21平方公里。5个阵地都居高临下，将海拉尔街区、铁路、公路都纳入封锁线，形成了五角形的火力网，也称之为"军都五芒星"。

金校根听了介绍，暗暗记住了海拉尔要塞的规模，他认为小村野植是一个狂躁的法西斯主义者。小村野植说："如果这里爆发了战争，海拉尔要塞固守一个月都不是问题。"

但金校根认为，小村野植太过自信了，完全低估了苏军情况。而且找出要塞的问题，才是小松原师团长所重视的。在考察整个海拉尔要塞布防情况后，小笠原问："野植君，你的认为,海拉尔要塞的布防能力如何?"

小村野植说:"海拉尔要塞是坚不可摧的。如果日苏爆发战争,物资储备充足,日军坚守一个月不是问题。"

小笠原说:"是的,大大的对头,我同意你的看法。"

小村野植说:"笠原君,我的看法,要比参谋本部的看法更乐观。因为他们的结论,只是考虑了军事要塞的布防情况,而大日本皇军武士道精神是不可低估的。"

"野植君,我的赞同你的意见,大日本皇军是不可战胜的。"之后,小笠原又对金校根说:"金,你的说?"

金校根看了看小笠原和小村野植,但沉默不语。小笠原急切地说:"金,你的说,说出你的意见?"

金校根说:"笠原君,我的意见是与你们不同的。如果没有外力的配合,海拉尔要塞只能坚守一星期,顶多十天。"

"不,"小村野植说,"你的,不是我们日本人,完全不了解我们大日本皇军的战斗力,死了死了的有。"小村野植说着,愤怒地拔出了手枪,这让金校根胆战心惊。

小笠原说:"野植君,你的不要这样对待金。金,你的还不了解要塞的坚固程度。我的,与你们的意见是大大的不同。"说着,小笠原的火气也上来了,把手中的钢笔"啪"的一下捏断并摔在了地上。

金校根说:"笠原君,我只是谈了自己的看法,仅供参考。尽管我的意见与你们的意见是不同的,但您也不要生气,我们是好朋友的。"

一周后,小笠原参谋将写好的《海拉尔要塞布防能力报告》送达小松原师团长,结论是:海拉尔要塞可固守一个月的时间。

小松原看了宝贵说:"笠原君,这是你的意见?"

"是的,将军。"

"此外,还有谁的意见?小村野植参谋同我的意见是一致的,即使没有外力的支持,坚守一个月不是问题。"

"那么说,笠原君,你们的意见,要比参谋本部的意见是大大的乐观。"

"是的,海拉尔要塞堪比法国马其诺防线,可以阻挡苏军进攻。"

"不,笠原君,一个孤立的要塞怎么可以堪比马其诺防线。"

"你的,军事的不懂,我的失望。还有,金翻译官怎么看?是不是同你们的意见一致?"

"哦不,将军,他是悲观主义者。他认为,在没有外力支援的情况下,能够独立抵抗一周的时间,他大大低估了大日本皇军的战斗力。"

"笠原君,这份报告你没有载明金的看法。你的,把金找来,我的问话!"

"是,将军!"走出师团长的办公室,小笠原去了金校根的驻地。因为金校根不在,他很是恼火，于是乘车带两个日本兵去街里寻找。

小笠原知道金校根的爱好不是烟土，就是女人。因此，从烟馆又找到窑子铺，都没有发现金校根。当他来到阿穆尔酒吧后，看见金校根正在跟酒吧老板嘀咕着什么。于是，他上前拉住金校根的脖领子："金，你的走！"

说着，小笠原将金校根拉到了汽车上。面对这突然的变故，让金校根很紧张，首先想到的是身份暴露了。因为随同小笠原参谋前来的两位日本兵都荷枪实弹。还有，更令他心惊的是，海拉尔要塞的秘密情报就在自己的裤兜里，还没有来得及交给巴音，如果被小笠原发现了，自己就会被枪毙。

马大个子看到金校根被三个日本兵拉上汽车，心急如焚。于是，他赶着马车悄悄跟在后面。马大个子看着汽车渐行渐远。

而此时的巴音，也是一头雾水，担心金校根的身份暴露，但又不像。因为小笠原参谋没有带走其他人，也没有查封阿穆尔酒吧。

晚上，秘密联络员占柱梅到了。巴音讲了白天发生的事——金校根已被小笠原参谋带走。因此，要马上转告李云林把秘密电台藏好，随时准备撤离。听后，占柱梅马上离开了阿穆尔酒吧，策马向陈巴尔虎右旗草原深处奔驰而去。

小笠原带着金校根走进了小松原师团长的办公室，小松原铁青着脸对小笠原吼道："巴嘎呀噜，你的死了死了的有！"说后，"啪"的一个嘴巴。

小笠原被打了嘴巴，"嗨"的一声，并且更挺直了身子，一动不动，准备接受第二个嘴巴。

"你的说，什么的干活？将军，我是去找金校根的干活。他在阿穆尔酒吧，所以时间长了。"

小松原听后，围着金校根身边转了一圈又一圈，说道："你的，违反军纪。军人不许喝酒，"

"你的知道？""是！"小松原随后"啪"的一个嘴巴，金校根眼冒金星，脸上火辣辣的疼，也"啪"的立正："嗨，将军，我错了。因为写完报告很累，我到阿穆尔酒吧放松一下。"

小松原听后，骂道："你的，死了死了的有，应该统统枪毙！"

"是，将军，我保证不再重犯军纪。"金校根说。

小松原吼道："金，你的说，海拉尔要塞的布防能力到底如何？我的，听听你的意见。"

"是，将军！"听了小松原师团长的话，金校根悬着的心放了下来。

金校根说："我认为，海拉尔要塞最多可抵抗一周的时间。"

"哦，你的说！"

"第一，海拉尔要塞的空防能力不足。一旦战争爆发，海拉尔东西两个机场会被摧毁。

如果苏军使用航空炸弹，要塞会被摧毁，会失去防御能力。第二，海拉尔要塞相对孤立，缺少后方支援，而要塞被摧毁的时间，会大大缩短。第三，要塞有5个阵地、10个辅助阵地，火炮配置并不科学。将军，苏军重型火炮射程远，威力大，这是海拉尔要塞的致命弱点。而东宁要塞与海拉尔要塞相比，东宁要塞的工事更坚固，纵深100公里，山高林密，有强大的后勤支援和防空能力，配有重炮部队。"

"金，海拉尔要塞不是没有空中防御能力，除海拉尔两个军用机场外，在博克图、齐齐哈尔，均可以提供空中支援。但我很赞成你的分析，海拉尔要塞孤悬在外，缺少战略纵深，如果苏军围着打，那就难以固守；另外，缺少重炮部队是个大大的缺陷。因此，金，我完全同意你的意见，海拉尔要塞能够抵抗攻击能力有限，顶多5到7天。笠原君，你的，给关东军司令部打报告，请求增加重炮部队。"

"是，将军！"

"好吧，你们可以去了。"离开小松原师团长的办公室，金校根感觉自己的脸火辣辣的疼，后背湿漉漉的。如果那份有关海拉尔要塞的布防图被小松原师团长搜去，也就彻底完蛋了。

第二天午夜，陈巴尔虎右旗草原的一座蒙古包里传出了嘀嗒声，携带着海拉尔要塞的机密情报飞向了天空，飞向了哈巴罗夫斯克。

海拉尔，第009号，绝密

海拉尔要塞群距中苏边界150公里，位于海拉尔市周边三个高地，总面积21平方公里。5个主阵地，10个辅助阵地。

1号敖包山阵地，海拔743米，前沿阵地；2号河南台阵地，要塞中最复杂、规模最大、设施最全的环形防御阵地，要塞指挥中心；日军第80独立旅负责驻守，司令部设在这里。地下工事是东西走向，由钢筋混凝土浇筑，约10000平方米。同1号阵地形成"钳形攻势"，可阻击三河方向和满洲里方向的进攻；3号松山阵地，位于海拉尔西山，可阻止满洲里方向进攻；4号东南山阵地，日军所称"东樱台"。有关东军石井部队的支队，研究人员200余人，番号第543支队，从事鼠疫和伤寒细菌研究实验；5号东山阵地，也称"伊东台"，即伊敏河东岸台地。

此外，海拉尔有东山、西山两个军用机场。后方有博克图、齐齐哈尔机场。海拉尔要塞属二线内陆防御性阵地，是对苏战略西部的正面支撑点，为前线进攻兵力集结地和前期进攻基地，也是后期防御苏军的重要依托。各地区间5到10公里，均在炮火射程之内。据可靠消息，关东军对苏作战准备完毕，正寻找战机，开战地点哈拉哈河一带，随时有战争爆发。

发报人：草原苍狼　　1939年4月5日

28 丑陋女人
自然没有男人喜欢与怜爱

1939年3月5日夜,农历正月十五,元宵节。早春的新京依然寒冷,但军官俱乐部内却异常热闹。一些参与"讨伐"抗日联军归来的军官们在欢聚畅饮,因为围剿抗击抗日联军的战斗几乎取得了彻底的胜利。

在这些日伪军官们看来,剿灭东北抗日联军、实现满洲社会稳定指日可待。在欢庆南满、北满、东满等战场上取得重要辉煌战果的同时,也都喜极而泣,因为能够活着回到新京。

在此期间,抗日联军作战勇猛,仅参谋本部就有两位军事参谋战死在了抗日联军的"密营"前面。

欢庆期间,一些日伪军官都自编自演了小节目,歌颂"日满互助共荣",歌颂司令官植田谦吉的"丰功伟业",歌颂关东军"三年治安肃正计划"取得了"重大的胜利"。

刘天一是应邀出席欢聚晚会的,上台演出了小节目。他声情并茂地朗诵了北宋著名文学家欧阳修的词《元夕》。

"去年元宵时,花市灯如昼。月到柳梢头,人约黄昏后。今到元夜时,月与灯依旧。不见去年人,泪湿春衫袖。"

这是一首相思的词,经刘天一声情并茂的带有忧伤情感的语调吟诵,充分表达了作者去年与情人相会时的甜蜜以及今日不见的思念和痛苦,把物是人非、旧情难续的感伤表现得淋漓尽致。

朗诵结束后,刘天一获得了日伪军官雷鸣般的掌声。一些日本军官还是很了解中国文化的,知道上元节是汉族和部分少数民族的传统节日。当刘天一落座,一些日伪军官们纷纷过来向他敬酒。他注意到自己的目标濑户美智子仍然不为所动的样子,孤傲而安静地坐在3号桌的旁边,不屑地横扫了他一眼,并且嘴角轻撇,这让他印象深刻。

他感觉到了,濑户美智子的目光是冷酷的、无情的,是有着凛然不可侵犯的神情。他还惊讶地发现,远东谍报组的信息存在严重问题:

就是濑户美智子在横扫他时,那个丑陋的眼睛还略有点斜视。而这让他感到惊诧,但也是惊喜万分,因为濑户美智子小姐终于注意到了自己——一位文笔流畅的效力于关东军的中国人。但在濑户美智子小姐看来,这些中国人是大日本皇军的奴仆,根本用不上正眼瞧他们。

为了尊重他人，刘天一对于前来敬酒的人统统不加推辞，一杯接一杯地喝酒。这表明，他的性格豪放，也很受欢迎。

酒过三巡，刘天一渐渐进入了"微醉"的状态，但宴会还远没有结束，日伪军官们都兴致勃勃，有着一醉卧千年的渴望，也是不想再延续随时会死去的惊恐，并且希望战争能够早一点结束。

不过，刘天一清楚自己要猎取的目标，知道该怎样讨得濑户美智子小姐的欢心，但一时还找不到接近濑户美智子的机会。整个宴会期间，濑户美智子都没有表现出对他感兴趣。

她没有喝酒，也没有人给她敬酒。因而，濑户美智子显得非常孤独，也非常孤傲，对任何人都不屑一顾。

无疑，她是丑陋的女人，也自然就没有男人的怜爱。不，确切地说，没有谁会爱上她。丑压低了人的颜值，也没有人愿意看她。

刘天一心想，一旦貌丑的女人以身相许之后，她就会对你托付终身，会愿意说出心中的秘密，而这是他所需要的。不过，凡事不能太急，而过急之后会走向反面。

与濑户美智子截然不同的是，宴会中的其他女人都打扮得花枝招展，并且不时有人向她们表达热情与殷勤。在刘天一看来，万种风情的女人会千姿百媚，也万分可爱，十足的性感，会撩人心动。

可是，濑户美智子实在是太丑了。她的头发虽然经过悉心的打理，但看上去还是乱蓬蓬的。脸上虽然扑了粉，但依旧是难以遮挡住那黝黑与粗糙的皮肤。特别是那两道眉，短绌蛮横，还在使劲地拧巴着，向上挣扎着，犹如两撮猪毛被错粘到了眉峰之上。另外，她的单眼皮也很是不好看，鼻子矮趴趴地贴在了脏兮兮的面部，一张饼子脸无论正面看还是侧面看，都很不禁看。

不过，濑户美智子的小眼睛却异常的犀利，所射出的目光犹如穿越时空的子弹而令人胆寒。因为她用眼睛横扫宴会大厅时，刘天一看到了她目光中的冷酷无情，是那般的令人厌恶，而那微微斜视的眼睛里会令人感觉极其的不舒服。仅凭那双微微斜视的眼睛，刘天一就作出了断定，柯林的情报是多么的不准确啊！

因为在哈巴罗夫斯克期间，柯林没有跟自己指出濑户美智子的眼睛略有斜视的问题。他知道，女人是需要爱的，而一个丑女人更是渴望得到男人的抚爱或者宠爱，这是情报员卡利洛娃授课时说的。但卡利洛娃可是有名的美人啊，男人眼中的尤物。

可是，刘天一知道自己使命在身，但也依旧找不到该如何接近濑户美智子的合适理由。而这让他万分苦恼，因为任务在肩。

现在，他只能是傻傻地坐着、并小口嚼着一粒粒爆口的花生米。不过，他没有忘记自己的使命——要千方百计接近与讨好濑户美智子，要殷勤地而又不失分寸地讨她心里欢喜。

时间在一分一秒地过去。不过，机会来了。就在刘天一正端着酒杯喝酒的瞬间，再次用眼睛的余光扫了 3 号桌。他看见，一个喝得醉醺醺的少佐正在笑嘻嘻地向一位穿着低胸衬衫的女军官大献殷勤，而那个年轻女人的胸部是半裸露着，散发出迷人的诱惑之气。这时，濑户美智子突然愤怒了，抬手"啪"的一下给了那个少佐一个耳光，而那名少佐因为喝酒过多的关系，歪歪斜斜地栽倒在了桌子上，酒和盘子哗啦一下掉到了地上。但濑户美智子还没有住手的意思，用脚踢向了少佐，并用日语恶狠狠地骂着："你个猪！"

少佐从地上挣扎着爬起来，突然向濑户美智子发起了猛攻，一拳打在了濑户美智子的脸上，顿时口鼻蹿血。少佐骂道："你个丑八怪，竟然还敢管闲事！"

这时，刘天一冲了过去，挥拳打倒了少佐，又转身将濑户美智子拉起来。但少佐从地面上爬起来，顺手操起凳子砸在了刘天一的右手臂上。而后，那名少佐又用日语恶骂："巴嘎呀噜，你的，死了死了的有！"

之后，有人将濑户美智子和刘天一送到了军医院。刘天一手臂肌腱受伤缝了 7 针，而濑户美智子鼻子流血，但没有大碍。

司令官植田谦吉了解情况后，将那名少佐革去职务派到蒙江县"讨伐"抗日联军去了。之后，濑户美智子受到了植田谦吉司令官的通令嘉奖，但刘天一因为出手打了少佐而受到参谋本部的通报批评。

这件事，使刘天一与濑户美智子之间走得近了一些。一天，濑户美智子主动去了刘天一办公室说："我的，非常感谢你！"

"哦不，濑户美智子小姐，您客气了。不要感谢我，您令我敬佩，维护了女军官的尊严。"

"哟西，您是这样看问题，我的满意。不过，您不该打那个家伙，也没有权力打日本人，这是你的大大的错误。"

"哦，为什么呀？"

"因为大和民族是优等民族，你的不可以侵犯。"

刘天一看了看濑户美智子小姐，她不但丑，却又很自信，即便谈话时，也高傲得不可一世。刘天一说："不，小姐，我与您的看法是不同的，因为人生而平等。在世界上，没有什么优等民族，也没有什么劣等民族。每个人都有尊严，也都是平等的。包括您，还有其他女人，以及所有人。"

"不，刘天一，你的大大的错了，我们大和民族是世界上的优等民族。"

"哦，很遗憾。小姐，我不能同意您的观点。我再说一遍，人不能以等级来划分，因为没有科学依据。而那名少佐，他生在日本，却往年轻女士胸部里面看，他很猥琐，这不是一个优等民族应有的行为。因此，您抽了耳光，很解气，您令我尊敬。"

"好吧，天一君，我无法说服你，但你要坚信，大和民族是这个世界上最优秀的民族，大日本帝国是世界上最先进的国家。大日本皇军是不可战胜的，你的不容怀疑。"

"濑户美智子小姐，对此，我只能部分同意您的观点。作为忠诚于日本帝国的中国人来说，我承认，日本是世界强国。因而《日满协定》有益于亚洲，也有益于世界和平。因此，我选择为日本帝国服务，不再为《法兰克福日报》效力。这其中的原因有我个人因素，因为我的家在牡丹江横道河子，也是为了孝敬我的母亲。"

"但我提示你，不管什么情况，你都不可以打日本人。这个，你的懂？"

"懂，但那名少佐打了您，我不能容忍他对您无礼，对女人无礼。这个，你的明白？"

"即便如此，你的，都不能打他。如果你打了他，就是你的错。你们中国人是没有资格打日本人的，但日本人是可以打中国人的。虽然那名少佐粗鲁，打了我，但也不允许你打日本人。你的明白，这是规矩，不能违反。"

"哦不，濑户美智子小姐，只要您受到了他人的非理，我就会毫不犹豫地出手，我不管他是什么人。而您说的规矩，对我是不管用的。"

"不，你的，大大的错了！"

"不，我没错。美智子小姐，我不能理解您的观点。现在，您可以走了，因为您的话伤了我的自尊。"

说后，刘天一抚摸手背上的伤口，很疼。他心里希望濑户美智子能够注意到这一点，我是为了您而受伤的。

"好吧，天一君，就这样。但在临走之前，我不得不说，您绝不可以打日本人，这是大大的错误。记住，这不是我的观点，是所有日本人的观点。"说后，濑户美智子冷酷地转身离去了，脸上明显带着不快。

29 静谧之夜
俘获了濑户美智子小姐的芳心

1939年3月上旬的一天，荆楚天登上了由新京去往北安的小票车，随身带了一些布料。车上挤满了逃荒者，他们衣衫褴褛，骨瘦如柴，脸上满是灰样的菜色。车内臭气熏天。负责验票的日本兵稍不顺意就非打即骂。一个日本兵走到了荆楚天跟前说："你的，良民证的看看。"

荆楚天站起身来，从行李架上面的钱褡子里面掏出了证件。日本兵看过后问："你的，新京人？"

"对，老家是在河北。"因为荆楚天带有浓重的河北口音，也不得不说明自己是河北人。日本兵说："你的，新京什么的干活？"

"裁缝。"说后，他还扯了扯自己的衣服给日本兵看。

"哪里的干活？"

"北安。"

"什么的干活？"

"开店。"

"不，开店什么的干活？"

"裁缝，是开家新店。"

"你的，眼睛怎么回事？"

"手术失败，失明了。"

"枪伤？说。"

"哦不，是棍子碰的。"

"哦，手术，那肯定不是日本的医生。"

"太君，您的大大的聪明。"

"所以，你失明了。"日本兵注视着荆楚天，又说："你的良民？抗日的不是？"说后，他拉起荆楚天的手看了看，没有膙子。

"太君，我的，大大的良民。"这时，列车驶过了大满洲站。日本兵看了看站台，有大批旅客要挤上车来。

日本兵说："你的知道，小小的哈尔滨，大大的北安省？"

"哦，听说过。所以，我要去北安看看。"

"哟西。"之后，日本兵再次看了看荆楚天的眼睛，没有再说什么，又继续向前验票去了。

黄昏时分，火车开进了北安站。荆楚天看见，血色的残阳正在渐渐沉落到五大连池里面去。下了火车后，按着李秀琴事前的指引，左拐右拐来到了福寿街福寿堂药店，看见店老板是位六十多岁的人，正踉踉跄跄地把一张张木板合到窗户上。无疑，福寿堂药店已经打烊了。

荆楚天问："老板，您这儿有白鲜皮吗？"

店老板叫葛天，听客人这样说，就回了话："嗯，有的，您要多少？"

"我家里有出血病人，急找郎中。"

"哦，您找对了，我就是郎中。"这其中的对话，是应了事前的约定。"白鲜皮""出血病人""郎中"，是暗语中的关键词，而且顺序是不能颠倒的。

于是，荆楚天说："这么说，您是葛天？"

"是的，我是葛天，您是荆楚天？"

"对，老哥，我是荆楚天。"

"哦，终于等到您了。快，进屋吧。来，吃点儿东西吧，好好睡一觉，我们明早出发。"

"不，我们今晚就走，希望早一点儿见到李兆麟将军。"

"好吧，那你吃碗面再走。"

当夜，荆楚天骑着马去了德都。在德都附近的山林中，荆楚天与李兆麟会面了。李兆麟说："自打红军长征后，我们与党中央失去了联系。关东军不断围剿，我们西征到了黑河与嫩江流域，可谓千辛万苦。现在，同志们缺吃少穿的，不得不以草根树皮为生。但我们的精神不倒，不打败日本鬼子决不罢休。"

"那么，同志们还扛得住吗？"

"扛得住，所有抗联人都是铁打的汉子，都很乐观，天当被，地当床；面对蚊虫叮咬，就用手挠挠。哪怕掉脑袋，就当风吹帽，没什么大不了的。"

"哦，你们的事迹好感人啊。前不久，我在吉林汪清密林中与周保中将军见了面。他们与关东军死缠烂打，令日军头疼，深受老百姓爱戴。"

李兆麟说："周保中将军都好吧？"

"很好。我向周保中将军转达了一些意见，就是苏联远东谍报组可以同抗日联军交换情报，并通过民间组织形式秘密武装抗日联军。另外，如果你们作战不力，可以越境到苏联，以便休养生息，保存实力。"

"好，这是好消息。现在，我们急需武器弹药。"

"将军，您说明需求数量，苏联边防军会满足你们的要求。"

李兆麟说："我需要步枪300支。轻、重机枪各5挺，再配备山炮、榴弹炮，包括炸药。"

"那么，交货地点呢？你看是黑河，还是孙吴？"

"不，黑河和孙吴都有关东军重兵把守，那儿有飞机场、军事要塞，看得很紧。就选在漠河吧，那里关东军兵力薄弱，便于找到交货地点。"

"好，那就这样。此外，根据我们掌握的情报，关东军在中蒙边界与苏联红军会有开战的可能。因此，苏联红军需要你们的配合。"

李兆麟说："那该怎么做？"

"如果战争爆发，你们要炸毁中东铁路，使关东军不能顺利调兵。"

"好的，但没有炸药不行。另外，我这儿有军事情报，需要苏方知道。日本正在加大向中国东北移民，武装移民，亦兵亦民。打仗时，这些人会拿起枪杆子。平时，他们开荒种田。"

"这是不是屯兵？"

"是的，屯兵有利于日本的战争需要。他们想长期占领中国东北。根据掌握的情况，1932年10月，日本就制定了移民中国的计划，我们抓了他们的一些人，进而了解到，日本移民已经完成了 9 个批次、45000 户、135000 人。而且，他们还在继续移民。这些'开拓团'分布在松花江流域、嫩江流域、黑龙江流域，以及铁路沿线。在大连、盘锦、吉林、绥化、海伦、宾州、方正、桦林、佳木斯、虎林、密山、宁安、齐齐哈尔、讷河、嫩江等地，都有日本的'开拓团'。他们采取强占或以极低价格强迫收购中国人的土地，然后再租给农民耕作。因此，几百万中国农民失去了土地，不得不四处流离。还有，在'集团部落'中，我们的农民忍饥挨饿，冻死、饿死的人很多。"

这次会面，远东谍报小组与李兆麟部建立起了秘密联系。同时，为后期中蒙边界爆发诺门罕战役时阻止关东军向中蒙边界调兵创造了条件。

1939 年 3 月 24 日，星期五，新京，关东军参谋本部军官俱乐部，刘天一和濑户美智子相约聚餐。

刘天一说："美智子小姐，我们喝杯郁闷酒吧！"

"为什么？"

"因为上次您跟我说的中国人不准打日本人。我一直都想不明白，面对猥琐的日本人，我为什么不能揍他？"

"你的明白，在满洲，大日本帝国说了算，你是奴才。如果你打日本人，要吃苦头的。你的，明白；我的，对你好。如果你的不信，试试看。另外，中国有一句话'人在屋檐下，不得不低头'，你的，明白吗？"

"这不用说，我也不跟您犟。但您也没有理由不赞同我的观点，人是生而平等的，不分等级。在这个世界上，没有什么高贵的人种，也没有生来就是低贱的人。比方说，你我之间是平等的，而那名少佐就是人渣，欠揍。所以，您揍了他，我也揍了他。在我看来，他和您没法儿比的，一个是在天上，一个是在地上；他是无赖，而您是仙女。"

"哦不，天一君，所有大和民族的人都是高贵的人。这个，你的，不容置疑，不允许质疑。"

"因此，我心情郁闷。来吧，美智子小姐，干杯酒吧！"说后，刘天是将酒喝了下去。此刻，他内心里面为找不到攻克濑户美智子的防线而苦恼。于是，他不说话了，脸上满是抑郁、愁眉不展。

濑户美智子仅仅是用嘴抿了一点点的酒，看着刘天一说："天一君，您怎么不说话？"

"没什么。"

"难道，您跟我在一起是不高兴？"

"哦不，不是因为您。"

"那你为什么不快乐？"

刘天一说："因为我是下等人。因此，我苦恼。但您是好人，有正义感，不畏衣冠禽兽，狠狠地揍了那小子。对此，我非常欣赏您，也是佩服得五体投地。"

"哦，您是这样看我，那我向您表示感谢。哦，对了，您的手臂怎么样，好些了吗？"

"好些了。"刘天一说后，抬起手臂是送到了濑户美智子面前，说："已经快好了，但会留下光荣疤的。"

"哦，我好心疼。"

"没什么，因为我是下等人，应该受罪。"说后，刘天一微微一笑，用迷人的眼睛看着濑户美智子，说道："您别介意我的话。"

"嗯，你很幽默。我的，喜欢幽默的男人，也是总想把幽默的话，说给亲近的人。今天，算是个玩笑吧，因为您人好。"

"来，我们再干一杯！"

"好，那就喝吧！"这一次，濑户美智子一饮而尽。

刘天一说："美智子小姐，我可以向您说句心里话吗？"

"说吧！"

"如果说了，您会介意吗？""好啊，你的说，我的不介意。""不知道为什么，美智子小姐，您好漂亮，我好像是爱上您了，因为您的正义感。但我知道，我是没有资格爱您的，因为我是下等人。"

"天一君，我的年岁大，大你近十岁，我们是不可以谈情说爱的。"

"可是，美智子小姐，爱情可以超越年龄的。只要相爱，年岁不是问题，只是？"

"只是什么，您说？"

"我不是大和民族。但您好可爱。因为您关心我，不要我打日本人，也是不想让我吃亏。"

"是的，我的，就是那个意思。可是，您真的爱我吗？"

"是啊，我认为您是好人。"

"可是，我很丑。"

"美智子小姐，是这样，人心好就不丑了。另外，您知道吗，在中国历史上的诸葛亮，是一代伟才，就娶了一位丑的媳妇，他们的生活很幸福。"

"哦，我的知道，诸葛亮，满腹经纶，但取了一个年岁大的媳妇，丑媳妇。但中国有说法的，丑妻、近地、家中宝。"

"何况，美智子小姐，您好看，但可惜，我不是大和民族出身。"

"哦，天一君，既然您爱我，那我们为什么不走呢？既然相爱了，您就到我家里来坐坐吧！"

"好啊，走！"

濑户美智子的家很小，32平方米。一个卫生间，一张床，一个厨房，屋内干净。一夜过后，刘天一说："小姐，我该回去了，您多保重，做个好梦！"

濑户美智子说："不，天一君，您就住在我的家里！"

"亲爱的，我是怕被别人撞见，这对您来说不好。"

"哦不，不，天一君，我还想要。你的知道，我从没有过这么好的感觉。您呢，不也是很幸福嘛！"

"嗯，得劲儿。亲爱的，您给了我许多爱。此刻，要不是担心什么，我渴望住在这里。"刘天一万般无奈，但想起了卡利洛娃的话：为了情报。于是，他再次紧紧地搂住了濑户美智子。这个静谧之夜，刘天一把从卡利洛娃那里学到的本事，全部用到了濑户美智子的身上，而濑户美智子享受到了从没有过的快乐。

濑户美智子说："天一君，你的，大大的好人，我要大大地感谢你，会爱你一辈子的！"

"谢谢，我很幸福！"这一夜，他们相拥而睡。

30 仍需小心
虽然已经征服濑户美智子小姐

1939年3月31日，午后，刘天一闲来无事，信马由缰地走进了宝石街50号的香茗茶馆。香茗茶馆是荆楚天和刘天一秘密接头的新地点。开办茶馆的老板叫穆望钢，是抗日联军地下工作人员。从面相上看，穆望钢憨厚愚钝，但内心有货，极其精明。

穆望钢是东北抗日联军秘密驻新京办事处主任，负责与远东谍报小组秘密联系。他的下家有5名"茶客"即秘密交通员，分别联系杨靖宇部、周保中部、李兆麟部、赵尚志部，还有远东谍报小组。

此外，荆楚天和刘天一还有一个秘密联络点，就是新京宝石街樱花会馆。这是波兰人开办的窑子铺，顾客也多是欧洲白人，但有日本艺伎。卡利洛娃是这里的主角，伪满洲国官员、关东军军官，都喜欢在这里作乐。

柯林要求，只有万分紧急情况才可以到樱花会馆与卡利洛娃秘密接头。事实上，卡利洛娃还有重要使命，就是暗中监视风华裁缝店，这是应对新京复杂多变形势的保全措施。一旦风吹草动，出现紧急情况，卡利洛娃会先知道。

为了保护荆楚天和刘天一的安全，远东谍报小组还秘密设立了两条安全通道，可迅速撤离新京。一个是快速到达抗日联军在东部山区的"密营"，另一个是通过秘密交通渠道到达黑河，即沙哈梁地区，越过黑龙江前往苏联。不过，卡利洛娃秘密到达樱花会馆，只有荆楚天和刘天一知道。

这天，刘天一走进3号单间，穆望钢随即将门关上。荆楚天说："兄弟，怎么样，说说近期情况。"

刘天一说:"头儿,我已经搞定了她。估计要不了多久,濑户美智子就会听从我的指挥,会心甘情愿地为远东谍报组做事。"

"你要小心,要时刻保持头脑清醒。但记住,在我们的肩上,不仅仅是自己的脑袋,还肩负国家的重大责任。"

"嗯,我记住了。还有,征服濑户美智子的灵魂,使其转变政治立场,才是根本问题。现在,有两份情报是抗联转来的,有助于你说服濑户美智子。一个是赵一曼被捕了,日本特务机关对她严刑拷打,惨无人道。另一个是关东军'讨伐'牡丹江刁翎地区时抓捕了20多名抗日联军,关押在横道河子警署,被折磨致死。"

"妈的,小日本鬼子都是魔鬼。"

"来,你收好这两份材料。在火候成熟时,让濑户美智子过目。如果她问你是怎么搞到手的,就说德国《法兰克福日报》转来,让你写一份揭露日本特高课实施非人道手段的秘密报告。"

"是。"

"同时,组织上从安全考虑,如果濑户美智子顽固不化,为了不暴露你的身份,可以秘密杀了她。然后,你立即脱身。"

"不,这是下策,我们不走这步棋。"

"当下的任务是继续关注关东军动向,重点是中苏边境、中蒙边境的军事行动。现在看,有些零打碎敲的消息证明,西部边境情况比较复杂。"

"嗯,关东军在继续增兵海拉尔。从铁路运输方面看,频繁有军列开往海拉尔,主要是弹药、火炮、药品、粮食、医务人员,都向海拉尔集结,说不准要打仗了。"

"既然如此,那你就抓紧对濑户美智子的攻势,以便获得重要情报。"

"明白。"

刘天一回到办公室,认真研究了赵一曼被捕和日本警署在横道河子杀死20多名抗日联军战士的情况。下班前,濑户美智子打来了电话说:"天一君,如果没有别的事,我邀请你到家里做客,为您做点日本料理,我们喝杯清酒。"

"哦,不了,因为我这儿还有点事。之后,我想到军官俱乐部坐坐,因为心情苦闷。"

"哦,你的怎么了?"

"不,没什么。亲爱的,我只是心情不好,因为业务上的事。"

"不,天一君,我想知道你的问题,统统地说给我。"

"哦,没什么,亲爱的,你千万不要为我担心。"

"不,你的问题,就是我的问题。"

"谢谢,那先这样,我再忙活点事。"放下了电话,刘天一回味着濑户美智子那极度失望并带有微微颤抖的声音，这正是他所期望的。他目标明确，希望濑户美智子完全依赖自己，最终离不开自己。他要吊着她的胃口，拉近他们之间的情感距离，最终是思想观念一致。现在看，濑户美智子已经离不开自己了，但保持距离是必要的。是的，他要让她神不守舍。

晚上8点钟，刘天一出现在军官俱乐部，濑户美智子躲在暗处盯着他。在一个角落里，刘天一要了一盘油炸花生米、辣椒炒白菜、咸鸭蛋，还有一碟腊肉、一壶老酒。那壶老酒由锡壶装着。刘天一谁都没看，故作心情压抑的状态自顾自地喝着闷酒。

他知道濑户美智子会来找他，会变得焦躁，会寻觅他的踪影。但他要以退为进，和濑户美智子进行心理较量。他相信，主动权握在自己的手中，胜率会向自己倾斜。刘天一想到这，大口喝干了杯中的酒，又摇了摇锡壶，里面空空如也。

"来，再来一壶酒。"

"好嘞。"不一会儿，一壶热乎乎的烧酒落在餐桌上。

"谢谢！"

"不客气，天一君。"刘天一抬起头来，看见濑户美智子。"哦，亲爱的，你来了，快坐。"刘天一故作迷茫，又要了一盘生鱼片，一盘小炒牛肉。他小声说："亲爱的，您陪我喝杯闷酒，我的心情不怎么好。不，是坏极了。"说后，刘天一泪眼汪汪，又将一大杯白酒灌进了肚子里。

"天一君，你的，为什么不快活？昨天不是好好的嘛！"

"嗯，亲爱的，我是遇到了问题，满腹愁肠。"

"你的说，到底什么问题。你的，我们特别的关系，统统的不是问题。"

"是的，我知道。但我掌握的情况，对大日本帝国形象很不好。同时，我担心会被治罪。如果我被治罪，也会牵连到您。因此，我没法儿向您说。"

"你的说，到底怎么回事。还有，我们虽不是同一个民族，但都在为大日本效力，可以谈谈的。"

"亲爱的，听了你的话我很感动。但说了真实情况，你会理解吗？"

"你的，我的好朋友。走，我们家里的去。"

"好吧，我愿意跟您说心里话。"说后，刘天一将包打开，说："你看，这是赵一曼受审的材料，是《法兰克福日报》转过来的，要我写新闻稿件，揭露关东军秘密警察野蛮对待中国人的罪行。"

"赵一曼，我的知道，女共产党员，顽固不化分子，她极端仇视我们大日本帝国，已经被枪毙了。"

"那么，你看看这份报告。"

报告上面写着：赵一曼，原名李坤泰，四川宜宾人，曾在苏联莫斯科大学学习。

九一八事变后，回到中国东北。1935年11月，在一次战斗中因腿部受伤被俘。滨江省警务厅特务科外事股长大野泰治参与审讯，还有特务科长山浦公久、警佐大黑。赵一曼作为道北区委书记，拒不交代问题。审讯期间，她大腿骨粉碎性骨折，有20多片碎骨在肉里，伤口感染化脓，不得不到市立医院治疗。

"警署大大的失败了。"濑户美智子说。

"亲爱的，您不知道，南岗警察署的特务系主任是鹿井，还有警尉泉屋利吉都直接审问了赵一曼。他们把赵一曼揪到地上，用皮带抽，皮鞋踢，抓住她的头发往墙上撞，用烟头烧她的脸，成绺成绺地揪下她的头发。"

"你的说，这会是真的吗？"

"真的，材料中是这样说的。"

"不会，不可能这么残忍！你的，不可以道听途说，不可以污蔑大日本帝国。我的，必须对你进行警告。"

"不，亲爱的，你可以将大野泰治等人从哈尔滨调到新京，亲自问问。"

"那么，后来呢？"

"赵一曼几次昏迷，伤口感染，不得不住院治疗。其间，她做通了看守的工作，还有一位女护士。他们俩帮助赵一曼逃出哈尔滨。先落脚阿城，之后准备逃往游击区，但途中被抓，再由经验丰富的警佐林宽重亲自审问。当赵一曼被架进审讯室时，林宽重说：'欢迎，大大的欢迎。本人能够与赵女士这样有名的女人相见，感到非常荣幸，快，请坐！'但赵一曼没有理睬林宽重。林宽重说：'我的想不明白，你这样年轻的女人，不在家里好好过日子，为什么到处奔走抗日呢？'赵一曼说：'你是日本人，为什么不在岛国待着，却横渡大洋侵略中国呢？少说废话，快收起你的鬼花招吧，你想怎么样就说吧！'对此，林宽重大大地不高兴了，喊道：'那好，比你嘴硬的人我统统的见过，不给你点滋味尝尝，你是不会老实的。'于是，他猛地拉开门，喊道：'来人！'

两个满脸横肉的打手扑了进来，用皮带、皮鞭抽，用钢条刺她的伤口，赵一曼疼得昏死过去。用冷水浇醒，烧红铁棍，烙她后背，往嘴里、鼻子里灌煤油、辣椒水。赵一曼被呛得吐血沫子，昏死过去。林宽重说：'这女人简直就是一块铁。'其间，省警务厅长涩谷三郎看了赵一曼的受审材料说：'赵一曼，人才大大的，满洲不多的啊，可她不能为大日本所用，真是可惜啊！'"

"那后来呢？"

"1936年8月2日，赵一曼被押到珠河处死了。但她说：'我作为一个共产党员，一个爱国者，为一个我一生所追求的目标共产主义去牺牲，我感到无上光荣。'押解她的警佐大黑插话说：'赵女士，你很爱国，很佩服你，可你看不见你祖国的今后了。'

赵一曼说：'我坚信祖国会光复的。'并突然问大黑，'警官先生，你真的爱日本吗？'

大黑说：'我是日本人，当然爱日本。'

赵一曼又追问：'如果外敌入侵你们日本，你投降，还是反抗？'

大黑顿时语塞。林宽重说：'赵女士，我们上路吧！'在珠河小北门外的刑场，赵一曼下了马车，两个警察要架着她，但被甩开了。她移动着艰难的步子，昂首挺胸，向阳光中走去。

随即，枪响！所有在场的人都流泪了，这其中也包括日本警署人员。"

"那么，那两位帮助赵一曼的人是怎么样了？"

"您看资料吧，男的叫董宪勋，惨死在狱中。其间，受到严刑拷打，被实施各种酷刑。法医检查，发现身上已没有一块好肉，全被打烂了。女的叫韩勇义，受尽毒刑。林宽重给她上了大挂，用烟头、炭火烧她的脸和背部，上电刑，折磨得死去活来，满身伤痕。但她很万幸，没有死，被判刑四个月。1937年7月，韩勇义被释放。所以，秘密资料就流出来了。"

"哦，怎么会这样。即便赵一曼大大地反对日本帝国，可以处死，但不必折磨她。"

"是的，德国《法兰克福日报》通过秘密关系搞到了这份资料，也肯定是警署内部流出去的。不过，您可以将林宽重叫来，亲自问问。"

濑户美智子高声说道："这根本不把人当人，大大的法西斯！"

刘天一是赶紧捂住濑户美智子的嘴巴说："我的大小姐，小声点儿。张扬出去后，你我就都完了。走，我们赶紧回家！"

到家后，濑户美智子又拿出一些酒，说道："天一君，你想怎么办？"

"你指什么？"

"这些材料啊，赵一曼的材料啊！""你说呢，我能怎么办。《法兰克福日报》要我写文章，要我去冒险。另外，植田谦吉司令官对我很不错；你又给了我很多爱。况且，关东军还给我开着薪水。再有，大和民族是优等民族，可这又是日本特务干的。因此，我只能把这些材料烧掉，绝不做不利于大日本帝国的事。但问题是，国外一些报业都说日本帝国在侵略中国，犯下了滔天罪行。"

"是的，天一君，我必须提示您，大日本帝国是不会错的，只是一些日本人很坏，但他们代表不了大日本帝国。"

"来吧，亲爱的，喝杯酒。我已经伤心至极。一会儿，我再给您讲一讲我哥哥的事，一些日本警察惨无人道。"

濑户美智子只喝了一小口酒。说："你说！"

"我们家四口人，我的父亲母亲，还有哥哥。现在，日本人进入中国东北后，我们家变得支离破碎了。现在，家里只剩下我，还有老母亲。我父亲被关东军抓了劳工，修筑东宁要塞。5年了，杳无音信。有人说早就死在里面了。这不，前两年，哥哥在山里伐木材，被关东军抓了，后来被活活折磨死。"

"那么，你哥哥抗联的干活？"

"不，他是采山人。但很不幸，在山里被抓了，被日本警署折磨死了。"

"天一君，你的哥哥肯定抗联的干活。"

"不，我哥哥是老实人。被抓时，一共20多人，是在山上采伐木头。最近有亲属来新京，偷偷将照片拿给我看，说你哥哥被押在横道河子警署，捆在老虎凳上，实施酷刑。皮带抽，电烙铁烙，灌凉水，人装在铁笼子里在地上滚。铁笼子由钢筋制成，每根钢筋里面上焊上一颗颗尖刺。人在里面滚，体无完肤，满身是血，被折磨死了。"

"大大的残忍。"

"是大野泰治干的。"

"他在哪儿？"

"滨江省警务厅，外事特务。"

"他该枪毙。"

"哦不，不可以这样说。他也没办法，上指下派。因此，《法兰克福日报》希望我能够揭露这件事，有我哥哥被折磨致死的因素。如果新闻传播出去，日本会受到舆论谴责，会受到世界各国政府谴责。"

"是的，天一君。不过，我知道，日本帝国不许这样干。你的说，大野泰治是法西斯主义者，惨无人道。"

"其实，这还不是最惨的。"

"你的说！"

"来，您看这几张照片。看，这就是我的哥哥，他人被五花大绑。"

"你的，照片都是哪儿来的？"

"是'笔部队'记者拍的，题目是《快死摄影》。他为《支那事编画报》《历史写真》和《朝日新闻》摄影采写。"

"哦，是吗？"

"您看，这些照片中的人都被战刀砍了头。来，您看，人头摆在炭火上，其中有我哥哥的头。"

"亲爱的，你知道就算了，这些人头都被烤熟吃了。而且，有些烤焦的人脑作为礼物捎到滨江省警署，其中大野泰治吃了一个人脑。"

"哦，好恐怖！"

"濑户美智子小姐，这些情况都是真实的。我的家人来新京找我，转告我妈妈，让我赶紧脱离关东军，揭露日本法西斯的罪恶。"

"那么，你的态度？"

"我当然是要揭露这件事啊，可您该怎么办啊？我不能一个离开您说走就走啊！在你看来，我虽是'劣等民族'出身，但肩上有正义。此刻，我的心情非常矛盾，很纠结，不知道该怎么好。"

"天一君，你容我想想，该怎么办。"

"亲爱的，现在的满洲是日本人说了算，你曾经提示我不要打日本人，怕我吃亏。对此，我都铭记在心，也感恩不尽。但我不能再沉默了，因为我哥哥被残酷打死的现实。"

此刻，濑户美智子已经泪流满面，是良心未泯。于是，刘天一轻轻说道："亲爱的，你看我怎么办？我们是不是一起离开关东军？"

"哦不，不知道。"

"亲爱的，这关系到您的性命，我要慎重考虑。"

此刻，濑户美智子的眼睛满是柔情，犀利的目光不见了。她说："天一君，你的，容我好好想想。或许，大日本帝国真的是法西斯国家。也或许，大野泰治是坏坏的人。"

刘天一说："大野泰治是法西斯分子，他们对中国人犯下了滔天罪行。但这不都是他们的罪，因为日本帝国的军队踏上了异邦的土地。否则，他就不会实施法西斯暴行，不会有大批中国人受到压迫并死于战火。显然，还是日本国家政策出了问题。而你和我都效忠于日本帝国，也是不是效忠了法西斯？"说到这儿，刘天一不再说话了。

此刻，濑户美智子眼睛里又放射出犀利的目光，她说："你的，抗联的干活？"

"亲爱的，你怀疑我，可以理解。因为你是日本人，我是中国人，所以你怀疑我。不过，这两份材料都是活生生的事实。现在，我什么都不说。来，喝酒吧，我们解除心中的郁闷。"

此刻，刘天一的眼睛满含泪水，接着说："我父亲死了，哥哥死了。唯有母亲活着，但很艰难。还有你，给了我许多爱，我要谢谢你。来，喝酒！"

说完，刘天一没有碰杯就干了酒。又说："现在，你可以把我交给关东军宪兵司令部，让我接受帝国的审判。"说后，刘天一走出房间来到新京大街上，濑户美智子跟在后面。

但刘天一没有忘记荆楚天的话，如果濑户美智子选择效忠日本帝国，那就杀了她。然后，逃之夭夭。来到宪兵司令部大门口，濑户美智子停住脚步说："天一君，你的，可以进去。"说后，她注视着刘天一，目光依旧犀利。

刘天一看着濑户美智子，足足有一分钟。他说道："你就不要进去了，因为我不会影响你的未来。不过，你记住，我爱你，以后也是。"说后，他转身并以坚定的步伐向关东军宪兵部队司令部大门口走去。

此时，夜色中的宪兵司令部大门口灯火闪亮，卫兵注意到了他们，把枪端了起来。当刘天一快要走到大门时，突然听到声嘶力竭的叫声："天一君，你的回来！"

刘天一停下了脚步，回望着濑户美智子。此刻，宪兵司令部卫兵疑惑不解，傻傻地看着他们。

濑户美智子说："天一君，你的，大大的好人，我的，不能没有你。"

濑户美智子的话，让刘天一悬着的心落地了。他拥抱了濑户美智子。

这一夜，他们持续做爱，濑户美智子一直流泪。做爱过后，濑户美智子说："天一君，我好爱你，也爱大日本帝国。通过你，我知道了满洲是中国土地。大日本帝国不该侵略中国，更不该杀戮中国人。赵一曼女士爱国，她是对的。作为日本人，如果他国军队侵略日本，我的，也像赵一曼一样，为国捐躯。"

"亲爱的，你好可爱，因为您的正义，我更加地爱你。"

她说："天一君，你要好好的爱我。知道嘛，我可以为你做任何事情，就是掉脑袋，我统统地不后悔。我的知道，你抗日的干活，但大日本帝国的军队不该踏上中国的土地。"

天色微明，劳累了一夜的濑户美智子终于沉沉地睡去。刘天一侧在她身旁，静静地看着她的脸。此刻，濑户美智子面部红润，粗糙的毛孔里盈满了润泽的光亮。

哦，他想，濑户美智子很可爱。只要濑户美智子有新的开始，自己将为她负责到底。

现在，这对于远东谍报组来说是重大利好，而关东军将为此付出沉重代价。但问题是，司令官植田谦吉选择丑女人来从事秘密军事资料的管理，也将彻底败给远东特别谍报小组。濑户美智子会因为爱，将彻底抛弃她所钟爱的日本法西斯。

此刻，刘天一感觉自己完成了重大使命。不，艰巨的任务还在后面，有更远的路要走，仍需小心翼翼。

31 叛徒出卖
秘密情报组织是危在旦夕

1939年4月1日抗日联军周保中部秘密交通员李英俊，在途经密山向吉林方向行进时，被日本森林守备队发现并逮捕。

在这个乍暖还寒的时节，日本兵扒光了他身上的衣服、鞋子，只剩下一个裤头，双手被反绑在身后，赤着脚行走在山林中，两条"三八大盖"枪顶在后腰处。

之后，李英俊被日本警备队交给了特高课，冈田对李英俊进行突审，严刑拷打，将其装进铁笼子，里面有一颗颗向内的钢钉焊在钢筋上。

当铁笼子在地面滚动时，李英俊的身体就被一棵棵小手指粗细的铁钉刺破，顿时体无完肤，李英俊大呼小叫、几次昏死过去。最后，李英俊叛变。

冈田命令，将李英俊从铁笼子里拉出来。李英俊说："在我鞋跟处有秘密情报，那是虎头要塞的情报。"冈田敲开了李英俊的鞋后跟，找到了有关情报，是一张手工绘制的虎头要塞的微型地图。

冈田看了说："你的，小小年纪，什么的干活？"

李英俊说："我是秘密交通员，是抗日联军周保中部队的秘密交通员。"

"情报的干活？"

"是的，太君。"

"你的，虎头要塞的情报要交给谁？"

"交给抗日联军秘密联络处。"

"哪里的干活？"

"新京，交给穆望钢。"

"你的说，穆望钢是什么的干活？"

"他在新京宝石街开着香茗茶馆，是老板，也是抗日联军驻新京秘密联络处主任。同时，他与苏联情报机构有秘密联系。最终，这份情报会落入苏联人手中。"

"哦，苏联人？"

"因为我的上级告诉我，要务必将虎林要塞情报交给穆望钢，这是抗联将军周保中的指示。所以，我怀疑，穆望钢可能与延安有联系，或与苏联情报机构有联系。"

冈田咆哮着说："你的，死了死了的干活。说，穆望钢是怎么与苏联情报机构联系？联系人是谁？在哪里？"

"哦，我不知道。"

"你的知道，不说死了死了的有。"

"太君，我是真的不知道。"

"打！"

随即，两个手持皮带和弹簧鞭的家伙猛扑过来，钢鞭打在李英俊的背上带下一块块肉来，李英俊哇啦哇啦乱叫："哦，太君，饶了我吧，饶了我吧，我真的不知道啊！"

"说，情报来源，哪里搞到的情报？"

"是抗日联军从要塞跑出来的劳工手里得到的。"

"谁？"

"于怀胜。"

"什么的干活？"

"修筑虎头要塞的劳工。"

"人，哪里的干活？"

"不知道，我不认识他，是抗联首长交给我的。"

1939年4月2日夜，关东军宪兵司令部嘀嘀嗒嗒地吹响了军号，两队日本宪兵战队集合。冈田发出命令：修八字、修八字（出发）！

21时，两辆日本军车开到香茗茶馆，荷枪实弹的日本宪兵跳下车并包围了茶馆，带走了茶馆里的所有人。经李英俊指认，穆望钢被特高课逮捕。

　　这一突发的情况，被负责暗中监视风华裁缝店和香茗茶馆动态的线人王德兵发现了，立即报告给了卡利洛娃。随即，卡利洛娃向荆楚天、李秀琴发出了命令：立即撤离新京，回到苏联哈巴罗夫斯克去；同时，责成荆楚天通知刘天一也一并撤离新京。

　　之后，卡利洛娃又通过秘密电台，向哈巴罗夫斯克报告情况：

新京，第012号，绝密
抗日联军驻新京秘密联络处遭受破坏。已通知红隼撤离。
发报人：松鸭　　1939年4月3日

　　"松鸭"是卡利洛娃的代称。荆楚天接到了卡利洛娃的指令后，连夜给刘天一的住处打了电话。

　　他说："是刘记者吧？""对，你是哪位？""我是茶馆工作人员。您虽不认识我，但我知道您是一位大名鼎鼎的记者。现在，有好消息了，您可以写报道。宪兵队突然包围了香茗茶馆，并带走了所有人。对此，您要付钱给我的，因为我不能白做事。"

　　"好吧，您说多少钱？"

　　"至少30日元。"

　　"哦，太多了，20吧。"

　　"好，成交，但我要事前声明，我只要旧票，不要新票。"

　　"哦，为什么？"

　　"您知道的，'新票'里面有假币，旧票好花。""好吧！"荆楚天和刘天一这样通话，是应对突发事件的备选方案。在香茗茶馆中的穆望钢被带走后，距离荆楚天与刘天一约定香茗茶馆的会面的时间还有22个小时。所以，荆楚天不得已打了紧急电话，考虑到会有监听，所以提出索要金钱的问题，但实质上是托词，也是报界不成文的约定。不同的是，他们所谈到的"新票"一词，则暗含着不为人知的秘密。

　　"新票"即指出现了紧急情况，非常危险。而"旧票"也有不同的含义，是说当事人要将情报资料销毁，以防不测。

　　当刘天一来到香茗茶馆附近时，香茗茶馆的灯还亮着。宪兵已经撤离，但几位便衣特务将门关好，准备继续经营这家店，希望抓捕更多的人。

　　荆楚天对刘天一说："情况万分危急。我接到了上级指令，要你立即撤离新京，马上走。"

　　"头儿，有问题的。"

　　"你说！"

"濑户美智子怎么办？你知道的，我刚刚俘获她的心，已经有了新的进展。"

"你是什么意思？"

"头儿，我不能离开新京。"

"但这是命令。"

"头儿，我知道。但我愿意以牺牲生命为代价，也不能失去对濑户美智子的掌控。"

"不，这是命令，只能服从，没有选择余地。如果穆望钢受不住特高课的折腾，你就非常危险。"

"不，我还是不能撤离。你知道的，我们没能死在东宁要塞已是万幸，而再死一次又如何。"

"我理解，但这是组织的命令，不可违抗。"

"但放弃对濑户美智子的掌控，我们就再没有机会了。何况，通过她，我可以搞到更多的情报。所以，在穆望钢没有叛变前，我必须留下来，而你，要想办法除掉穆望钢。"

"不，绝不可以，我们不能这样对待自己的同志。"

"但穆望钢叛变了，局面是不可收拾的。"

"所以，组织上命令你马上撤离新京。""头儿，我还是要留下来，因为秘密情报工作需要。在关键时刻，我不能只考虑自己的安全。即便穆望钢叛变了，特高课逮捕了我，我也会笑对死亡，永不叛变，不会给组织上带来任何损失。"

"不，如果你陷入特高课的魔窟，那将是组织上的重大损失。""头儿，这仅是一个人的问题，你赶紧走！"

暗夜中，荆楚天注意到刘天一非常平静。"好吧，但你要小心。另外，风华裁缝店会照常营业，有人在这里看守，也会有人秘密监视这里的情况。如果穆望钢能够挺得住，我还会回来。"但临行前，荆楚天向周保中部发了密电：

新京，第017号，绝密

据确切消息，你部交通员李英俊被关东军逮捕，已叛变。新京秘密联络处遭受严重破坏，穆望钢被捕，建议你部迅速转移部队，远离李英俊所知道的密营。

发报人：红隼　　1939年4月3日

32 空投德都
重返新京秘密情报战场

1939年4月15日，哈巴罗夫斯克，柯林办公室，他在焦急等待陈九石的到来。他获知，抗日联军驻新京秘密联络处已遭破坏，不得不终止了陈九石和他所领导的情报小组在新京的活动。

但卡利洛娃的身份没有暴露，也无须撤离新京，这多少有些安慰。此外，他接到了陈九石密报，刘天一擅自滞留新京。而秘密战线这样严重的擅自行动的违纪行为，还是第一次，也似乎觉得刘天一难以理解。

不过，生气归生气，担心归担心，柯林反而更加欣赏刘天一，这是情报界难得的人才。一个渴望以牺牲自己的性命来换取关东军秘密军事情报的人，其勇气是巨大的。

但他忧心，抗日联军秘密联络处主任穆望钢的被捕会是致命的，一旦他经受不住特高课的折磨，那麻烦可就大了。如果刘天一的身份暴露，特别谍报小组在满洲的事务就此终结，而苏联政府也会被牵扯进去，因为穆望钢知道这些情报会交到苏联人手中。一个国家对另外一个国家开展秘密的军事情报活动，会严重恶化两国关系，甚至会因此而引发战争。

想到这儿，柯林觉得，自己担待不起国家与国家之间的政治责任。于是，他站起来，点燃了一支香烟，忧虑中注视着窗外。他想着、思考着，但不知道下一步该怎么办。

可见，一个秘密交通员的叛变，所带来的问题实在是太多了。这时，陈九石同志快步从楼角处拐上台阶。柯林想，陈九石和化名刘天一的姚德志都是秘密战线上的好同志，他们热爱祖国，热爱情报工作，对日本帝国主义有着刻骨的仇恨。

于是，柯林将烟头摁在了烟灰缸里，将办公室门的打开，等候着陈九石的到来。当陈九石出现时，他快步迎了上去，并拥抱了陈九石。

柯林说："陈九石同志，你辛苦了。"

"头儿，不辛苦的！不过，我应该向您检讨，姚德志（化名刘天一）同志拒绝执行命令。我没能够说服他，这是我的失职，我请求组织处分。"

"不，现在看，刘天一选择滞留新京，也是有道理的，因为穆望钢同志还处于受审中，刘天一留守新京，是一种敢赌必胜的心理。"

陈九石说："一旦穆望钢受不住折腾，刘天一就会束手就擒。但我相信，即便刘天一被捕了，他也绝不会承认自己是情报员，不会给组织上带来任何麻烦。"

"嗯，我相信您的判断。刘天一同志对组织忠诚，难能可贵。不过，他也是有问题的，对情报工作在认识上有局限性。而他应该清楚，情报工作是为政治服务的，应坚决服从组织决定，否则，会影响到政治问题，会影响到国家之间的关系，那就不是情报本身的事了。"

"是的，我同意你的看法，但刘天一不想失去对濑户美智子的掌控。此外，他觉得性命轻如鸿毛，获取情报更有意义。"

"是的，我非常欣赏他的勇气。一个出身于国民党部队的军人，能够成为优秀情报工作者，是我所乐见的。"

这时，门外响起了敲门声。柯林说："谁？"

"卡洛琳，我有重要事情报告！"

"请进！"

卡洛琳说："新京，刚刚发来的密电！"

"好，您就直接宣读吧！"卡洛琳以柔美的声音宣读了电文：

新京，第019号，绝密

据刘天一报，特高课给穆望钢坐老虎凳，上了大挂，灌辣椒水，还掰断手指，肋骨打断三根，几次昏死过去，但他都没有吐露秘密。在新京郊区北街，穆望钢被砍掉头颅后，躯体才缓缓倒下。可见，他是钢铁战士。随即，刚到新京不久的机关特务长冈田，请所有在场的官兵脱帽，集体向天上鸣枪，为穆望钢举行了英雄祭。

发报人：松鸭　　1939年4月15日

柯林说："穆望钢同志是一位好同志，他死得光荣。这是民族之恨，国家之恨，法西斯是人类的最大公敌！"

陈九石说："穆望钢同志是抗日联军秘密工作人员，中华民族的脊梁，人民优秀的儿子。一个穆望钢倒下去，会有千千万万个穆望钢站起来，这是中华民族的希望。"

柯林说："中国有句话说，野火烧不尽，春风吹又生。因此，这也应了毛泽东主席的话，最终胜利是属于中国人民的。"

陈九石说："是的，小鬼子必败，中苏两国人民必胜！头儿，威胁是不是已经解除了，那我马上返回新京去。"

"可以，但您稍等！来，卡洛琳，您负责记录，我来口授，给'松鸭'发报！"柯林口授了电文：

哈巴罗夫斯克，第137号，绝密

松鸭，红隼要南迁了，注意生态系统变化，便于鸟儿生存。

发报人：狐狸　　1939年4月15日

之后，柯林说："陈九石同志，您要不要再休息些日子呢，然后再回到新京去。"

"哦不，我要连夜走。因为濑户美智子掌握很多机密，我们需要尽快将秘密情报传递过来。"

"好吧，不过，您准备从哪儿越境呢？"

"您看呢？"

"现在有三个秘密越境地点：一个是越过乌苏里江，对岸就是虎头，再经密山、鸡西、牡丹江，到达哈尔滨，再去新京。如果顺利的话，可能需半个月时间就到新京了。而且，沿途还得骑马。第二，从东宁秘密过境，转到吉林再到新京，但关东军森林守备队戒备森严，危险性很高，交通员李英俊就是走山路时被捕的。"

"第三条路呢？"

"经珲春过境，再经延吉、吉林到达新京。这条路最近，也多是山地与森林，途中也得骑马，但相对安全。"

"头儿，这3条路都存在共性问题，就是不能速到新京。现在，我们能不能开辟一条新的路径，您用飞机将我空投到德都，这里距离北安近。之后，转乘小票车，3天就可到达新京。"

"可是，您为什么选择这条路线呢？"

"因为上次与李兆麟将军见面时，我去过北安。为了开展情报工作，我在北安建立了裁缝店，由李兆麟同志派人负责管理与经营。因此，一旦路上遇有新情况，也便于解释。"

"好，那就这样。"

是夜，柯林派出一架小型飞机，将陈九石空投到了德都附近。之后，陈九石将降落伞烧掉，并敲开了一家农户的门，购买了马匹。第二天傍晚，就到达北安福寿街福寿堂药店，店老板葛天热情接待了他。葛天说："荆楚天同志，您来得正好，我这里有重要情报，北大营的关东军已经秘密调往海拉尔。"

"哦，这是个新情况。"

"据我们在火车站的情报员报告，从北安开出3个专列，经齐齐哈尔开往了海拉尔。两列车运兵，一列是弹药车。""那么说，海拉尔的形势很紧张。"当夜，陈九石同志在葛天的住处住了一宿。第二天，乘小票车到达了新京。

陈九石走进裁缝店，看见李秀琴正在忙活着。李秀琴当着人们的面拥抱了他。这让陈九石感觉有些羞涩，因为不为人知的是，他们之间只是名义上的夫妻。

不过，他能够理解，李秀琴是做给他人看的。当客人走后，李秀琴说："穆望钢被特高课杀害后，我们与抗日联军周保中部又重新取得了联系，同时送来两份情报。"

说完，李秀琴掀起炕席并挖开土炕，从炕洞里拿出两张包裹严密的纸递给了荆楚天。午夜时分，李秀琴将电报发了出去。

新京，第018号，绝密

据周保中部报，1938年以后，关东军把虎林划为特别国境，军事机密特别地区。这里有铁道守备队、满洲第四国境守备队，兵力12000人；满洲第十五守备队，总兵力1400人；善通寺第11师团下辖6个联队；关东军宪兵队虎林分遣队；日本陆军特务机关虎林分机关等。此外，驻守虎林的伪吉林省军警备骑兵第四旅、混成21旅以及伪江防舰队虎林办事所，总兵力数万人。

另外，在农村实行"集团部落制"，近200个村合并为30个部落，周围筑高墙、安铁丝网、挖围沟，警察把门，村民出入持《居民证明书》，企图割断村民与抗日联军的联系。

在虎林县西岗，有大批劳工修筑兵营。虎林有军事要塞，南北走向。有通道、弹药库、发电所、粮菜库、厨房、士兵休息室、浴室，设1号碉堡、2号碉堡、3号碉堡和竖井观察所，配置了大口径重型火炮，可直接轰击远东铁路大桥。此外，有高射炮、高射机枪阵地，还有列车炮。日军利用山地、丘陵，还构筑了环绕山体的战斗掩体和交通战壕。此外，通过出入口、观察所、射击孔及通信联络设施，将地下地上的军事设施连成整体。各野战阵地外围设有鹿砦、铁丝网障碍，以阻止攻击；用钢筋混凝土和铁轨设置坦克障碍和战车战壕，以防坦克攻击。

虎头要塞阵地周围是一望无际的沼泽，对面的苏联萨里斯军事区、西伯利亚铁路、伊曼市、伊曼铁路桥等，均一览无余。日军守备队长是早柳四郎少将，还有田中中佐和舟木少佐。

据李兆麟部报，关东军继续向海拉尔增兵。从北安开出三列军列，近期不排除海拉尔地区会有战事。

发报人：红隼　　1939年4月29日

33 新婚之夜
成功窃取关东军筑垒计划命令

为了掩人耳目和获取秘密情报，刘天一提议，经远东谍报小组批准，刘天一与濑户美智子正式结婚了。

婚礼在军官俱乐部举行。大堂内悬挂着日满和谐旗，挂有"日满和谐、一心一德""大东亚共荣"等标语。司令官植田谦吉专门写来了贺信。

新婚之夜，濑户美智子说："天一君，如果不是因为情报的话，你会认识我吗？"

刘天一说："可能不会。"

"为什么？"

"不为情报，我就不会来到新京，也就不会认识你了。"

"嗯，你的话是可信的。可是，你与我结婚，也是因为情报吗？"

"是的，但你为什么要问这个问题呢？"

"我想知道你的内心想法。除了情报，你对我有没有真爱？"

刘天一坚定地说："亲爱的，我开始的确是为了情报。但现在不同了，我们之间产生了爱情。"

"天一君，你的，都是实话吗？"

刘天一拍了拍胸脯说："天地良心。"

"那我信你，大大的信你。"

"现在，你说，需要什么情报？"

刘天一知道濑户美智子是认真的，说："我需要关东军各方面的情报，包括修筑军事要塞的情报，兵力布防的情报。"

"好吧，我这就去参谋本部搞点情报来，也是新婚礼物，送给我的丈夫。"

"哦不，亲爱的，我们不急。因为新婚之夜，我们要好好的相爱。"

"那么，你认为，爱情比情报重要吗？"

"二者同等重要，不可偏废。好，那我就去了。"

"好吧，宝贝儿，快去快回，时间长了不好。"

"怎么不好？我等不及呀！"

"那您就耐着点性子。"说后，濑户美智子拥抱了刘天一。在参谋本部档案室里，濑户美智子从档案里查阅到了关东军构筑军事要塞的相关资料。21时，她急匆匆地离开参谋本部档案室，肩上挎着小包，里面有些糖果。在皮包的夹层里面，有菱刈隆大将第589号命令。

可是，刚走到司令部门口，突然看到了司令官植田谦吉在送客，她想避开已来不及了。于是，她径直走向了植田谦吉司令官，而植田谦吉也看到了她说："濑户美智子小姐，今天是您结婚的大喜日子，怎么不在家里待着，来司令部做什么？"

"这不，我来给您送糖果来了，因为您没有参加我的婚礼。也因为您的办公室有客人，我不好意思进去。给，将军！"濑户美智子将一包糖果送给了植田谦吉司令官。

"哟西，哟西，我的收下。"之后，植田谦吉转过身来对冈田说："您也尝尝喜糖！

这是濑户美智子，这位是特务机关长冈田次太郎先生，冈田是刚刚调到宪兵司令部不久并负责情报工作。"又对冈田介绍说，濑户美智子小姐是参谋本部的机要员。

濑户美智子说："哟西，冈田先生，认识您很高兴，望先生多多关照！"

冈田看了看濑户美智子说："祝您新婚幸福！谢谢！"

植田谦吉说："濑户美智子小姐，您马上回家，可不要刘天一独守空房哟！"

"谢谢将军，那我走了！"

在濑户美智子走后，冈田次太郎说："将军，刘天一是谁？"

"一个中国人，在参谋本部工作，负责对外军事宣传，他们刚刚结婚。"

"哦，中国人与日本女人结婚，又怎么会在参谋本部工作？"

"冈田君，这没什么，关东军司令部也有不少参谋都是中国人，他们熟悉情况。刘天一嘛，原来是《法兰克福日报》记者，因为采访大东亚共荣计划，访谈满洲国总理府大臣张景惠，提出要在满洲国政府谋个职业时，我的，将他留在了参谋本部，他是孝子，母亲在牡丹江横道河子。"

"哦，将军，您的善良，心肠蛮好。我能够在您的麾下工作，大大的幸福！"

植田谦吉说："冈田君，您来宪兵司令部要好好工作，加紧摧毁苏联和抗日联军在满洲的情报工作。"

"是，将军，我的，竭尽全力！"

"哟西，冈田先生，我忠实的部下，您可以走了。"

离开了关东军司令部，濑户美智子的心怦怦乱跳。她第一次窃取情报，所以很紧张。不过，她是幸运的，也为自己能够随机应变暗暗庆幸。

回到家里，濑户美智子将关东军司令官菱刈隆大将的589号命令拿给刘天一看，说："这就是修筑军事要塞的命令，把东宁、绥芬河及海拉尔作为军事要塞。你看，这份命令签署时间是1934年5月12日。"

"嗯，宝贝儿，你立大功了。不过，你知道589号命令的背景吗？"

"知道，那是黑河特务机关发现黑龙江对岸苏联红军在修筑军事工程。经过侦察获知，苏联红军在1932年夏季就开始修建军事工程了，1933年春，再度构筑了沿岸碉堡，还有部分工程在向纵深发展。这一情报引起日本军部的高度关注，迅即开会拟定了筑垒计划。1933年10月，日军参谋本部作战课长铃木率道大佐秘密飞抵新京，随即远藤三郎参与其中，这就是589号命令的背景。"

"那么，铃木率道大佐是什么人？"

"他的，号称'战争幽灵'，主导了整个秘密军事要塞的构筑。从我看到的资料，他们以东部牡丹江为中心，相继侦察了东宁、绥芬河、密山、虎林等地。接着，又经佳木斯、富锦到哈尔滨，再经由北正面的奇克、霍尔莫津、黑河到海拉尔，并在海拉尔就国境地带修筑军事要塞问题进行最后论证。铃木率道大佐回到日本后，在全军调配了人员，1934年编入关东军，并成为关东军筑城部的核心力量。还有，1934年5月12日，关东军司令部通过了铃木率道大佐主导的《满苏国境阵地军事筑城方案》。此后，预算资金到位，加快了东宁等要塞的工程进度。不久，又扩大了国境要塞的施工范围。"

"那么，总计多少个要塞？"

"原来是14个，现在是17个要塞群。从乌苏里江、黑龙江的满洲一侧开始，并且沿大兴安岭分布，有珲春、东宁、鹿鸣台、绥芬河、观月台、半截河、庙岭、虎头、富锦、凤翔、霍尔莫津、瑷珲、黑河、法别拉、乌奴耳、海拉尔、阿尔山。而珲春要塞被称为五家山要塞，霍尔莫津要塞称胜山要塞。当时，我看过这些秘密资料，也就记住了。要塞大体上是三个正面：即东正面、北正面、西正面。东正面包括东宁、绥芬河、半截河、虎头，北正面包括霍尔莫津、瑷珲、黑河，西正面是海拉尔、乌奴耳、阿尔山等8个要塞；其中，乌奴耳要塞得到了扩大，可容纳三个师团兵力。除了海拉尔要塞属防御性质，其余要塞部队出击时，可以是战术支撑点。就是说，日军可以随时进攻苏联远东地区。"

"那么，守卫部队呢？"

"一共是8个守备队，第一至第八国境守备队，负责守卫第一到第八国境阵地，从东到西有东宁、绥芬河、半截河、虎头、霍尔莫津、瑷珲、黑河、海拉尔国境阵地。这些官兵，主要从驻东北三省的各师团、日本国内留守部队、独立守备队、炮兵、工兵各队中抽调，总兵力27000人。此外，还有步兵中队162个、炮兵中队55个。"

"好吧，亲爱的，我们睡一会儿！"

第二天，情报转到哈巴罗夫斯克，柯林决定乘坐飞机去莫斯科报告情况。在布亚科夫办公室，柯林说："我需要向您报告新的进展。"

"您说。"

"我们的人打入了关东军参谋本部，已经获得重要情报。原关东军司令官菱刘隆大将亲自签发的589号命令，我们拿到手了，绝密件，是有关日军在中苏边境、中蒙边界秘密构筑军事要塞的命令。"

"哦，好，非常好，那您就直接向首长报告吧！"

走进首长办公室，柯林说："我们拿到了原关东军司令官菱刘隆大将的第589号命令。在中苏3000公里边境线上，关东军役使数十万中国劳工，秘密构筑17处军事要塞群。除海拉尔要塞属于防御工事，其他都是防御与出击时的战术支撑点。因此，我们有理由得出结论，东京'拉姆扎'小组早前秘密获得的日本'北进计划'完全真实，关东军可随时进攻苏联远东地区。虎头要塞犹如一把尖刀，可直插远东大铁路。另外，东宁、虎头、乌奴耳、海拉尔要塞规模较大；17个要塞群又分为东正面、北正面、西正面。目前，关东军已经完成对苏进攻准备。"

首长说:"这是日本的战略企图。"

"现在,关东军继续秘密向海拉尔集结兵力。据抗日联军李兆麟部提供的情报,持续有军列从北安开往海拉尔方向,有运兵列车、弹药列车、粮食军需品专列等等。另据抗日联军周保中部提供的虎头要塞情报,关东军为修筑军事要塞,在牡丹江地区建设了小野田株式会社牡丹江水泥厂,年产水泥高达5万吨,旋窑,亚洲最大,是世界上最先进的水泥厂。同时,他们在镜泊湖修建了水电站。在水电站修好后,让劳工等着领工资,结果放水将大批劳工冲走。当天,牡丹江下游飘着一具具尸体。另外,还有数十万中国劳工被秘密处死。"

首长说:"面对日军的武装侵略,这个国民政府采取了不抵抗的政策,这纵容了关东军屠戮中国人的罪恶行为。可见,这是中华民族的灾难,也是世界和平的灾难。"

布亚科夫说:"不同的是,中国共产党主张对日进行武装斗争。他们的抗日联军在密林深处,冰天雪地,饥寒交迫,遭遇零下30多度的严寒。特别是中国红军长征后,抗联与延安失去联系,武装斗争变得极其艰难。"

首长说:"中国共产党是中国人民的希望。因此,我必须重申,如果抗日联军作战不力,要为他们创造条件。抗日联军越境后,您挑选一些同志秘密训练他们,包括怎样获取情报。还有,在哈巴罗夫斯克、符拉迪沃斯托克以及其他地方,为中国同志提供物质基础和建立秘密训练营地。"

"是,首长。"

"如果没有别的事,您去吧。"

34 草原枯黄
突然响起了激烈的枪炮声

1939年5月初,蒙古草原上的积雪渐渐退去,春风在枯黄的草原上轻轻地掠过。这是万物复苏的季节,冰凌花已经谢去了。而陈巴尔虎左旗境内诺门罕布日德地区,蒙古国哈拉哈河的中下游两岸,突然响起枪炮声,震惊世界的日苏诺门罕战争就此爆发。

1938年秋,日军制定"8号"行动方案,即侵略苏联的"北进计划"。为此,日军做了积极战争准备。到1939年夏季,日军在伪满洲国的军队已达45万人,火炮1052门,飞机350架,还有大量的坦克和装甲运兵车。

1939年5月4日,蒙军第24国境警备队由西岸涉水到哈拉哈河以东地区放牧,伪兴安师警备骑兵第三连驻锡林陶拉盖哨所一班士兵开枪并上马追赶,将蒙军牧马人赶回到西岸。为此,蒙军第七国境哨所50余名骑兵进行反击,攻占锡林陶拉盖哨所。诺门罕战役的序幕就此拉开。

在诺门罕战争中，苏蒙军与日满军地面部队在151公里正面、120公里纵深范围内展开。日军关东军驻海拉尔第23师团长小松原道太郎接到伪满洲国兴安北警备军骑兵七团郭文通上校报告：蒙军已经占领锡林陶拉盖哨所。小松原听后欣喜若狂，认为进攻苏蒙的愿望就要实现了，并指示满蒙边境前沿部队立即采取行动。

5月13日21时，关东军第二十三师团搜索队长东八百藏中佐率领104名骑兵、90名装甲兵，到达甘珠尔庙，派出侦察兵进行作战准备。同日，关东军司令部将驻守齐齐哈尔飞行侦察第十战队、海拉尔飞行第二十四战队、100辆汽车等划归第二十三师团统一指挥。

5月14日至15日，东八百藏部队在5架飞机配合下，率领第23师团骑兵联队和伪满洲国警备军第七团1000余人，向哈拉哈河以东蒙军第742高地发起进攻，很快占领锡林陶拉盖哨所，蒙军死亡30人，退回到哈拉哈河西岸。5月17日，东八百藏部队返回了海拉尔。

苏联政府依据《苏蒙互助协定》进行介入，立即将第11坦克旅开往哈拉哈河西岸地区。命令驻乌兰乌德的摩托化步兵第36师一部向哈拉哈河地区秘密集结，将第57特别军司令部从乌兰巴托迁到距哈拉哈河125公里的塔木察格布拉格。苏联飞机不断在战事地区集结。蒙骑兵师第六师奉命渡过哈拉哈河。

5月21日，蒙军最高统帅部乔巴山元帅下达命令："为了保卫祖国，我军将士要奋起反击，将入侵的敌人消灭在哈拉哈河东岸。"

5月22日至24日，苏联远东空军与关东军第二飞行集团发生空战。双方出动200多架飞机，苏军空军完败。其间，日军小树五熊大尉，发现塔木察格布拉格机场停放66架飞机。此外，在乔巴山地区苏军有空军部队。于是，他电告关东军司令部，必须增调空军部队。

5月23日晚，关东军司令部将驻守哈尔滨第十二飞行队、驻哈尔滨孙家机场的第11战队的两个中队以及长战航空情报站一部迅速进驻海拉尔，由空军团长东永志少将统一指挥。

5月23日的空战，苏军一个歼击机大队被日军彻底歼灭。3架伊尔16战机，2架伊尔15战机，遭到日军5架战机成功偷袭。

24日，斯科·巴里钦率领伊尔16飞行大队与伊尔15歼击机大队协同作战。由于伊尔15飞行速度慢，巴里钦到达预定上空，伊尔15飞行大队已被日军全部击落。这次空战，苏军共有150架战机，日军120架战机，但苏军战败。战斗机飞行员斯科·巴里钦，在诺门罕空战中迎面撞向敌机并粘着日机碎片安全返航，成为苏联英雄。

经过此次战役失利，苏联远东空军基本退出了5月的序幕战，直到6月中旬才得以出击。

伏罗希洛夫元帅要求苏军情报部参与行动，迅速搞清5月22日到24日空战失利原因，包括日军空军指挥人员和飞机种类、型号和战术特点。

柯林上校接到指令后,要求所有情报人员为诺门罕战争服务。其间,刘天一在关东军参谋本部编写战况,大肆赞扬"关东军空军勇猛无敌"的同时,顺势掌握了指挥空军作战的指挥员、飞机型号、特性,在第一时间将情报报告给荆楚天,荆楚天又发给远东谍报组:

> 新京,第 058 号,绝密
> 诺门罕战役,日军空战由团长东永志少将负责指挥,空战联队为哈尔滨第十二飞行队,驻守孙家机场第 11 战队中的两个中队以及长战航空情报站一部。日军主战飞机是中岛陆攻战机 K22 以及 97 式战机。97 式战机为单翼、单发、四挺机枪、没有机关炮,上下翻飞、俯冲灵活。此外,日军空军擅长偷袭战术。
> 发报人:红隼　　1939 年 5 月 30 日

5 月 28 日,山县五光大佐负责指挥第六十四联队一部 1058 人、东八百藏中佐联队 200 人及伪满兴安骑兵师第一、第二、第八团各一部,总计 2520 人,在 12 辆装甲车掩护下,从三个方向围攻苏蒙联军,结果被击败。

1939 年 6 月 1 日,统帅通知白俄罗斯特别司令部副司令员朱可夫同志次日向国防人民委员会报到,朱可夫大吃一惊。两年来,自己的上级、同事,很多人都以叛逃、内奸等罪名被捕。他感觉,厄运终于轮到自己身上,怀着极其不安的心情登上了去往莫斯科的列车。

第二天,朱可夫来到伏罗希洛夫元帅办公室,但元帅的脸上挂着亲切的笑容。他说:"远东地区局势已经十分紧张,很可能要爆发一场大战。首长亲自点了你的名字,要求必须打赢打胜。为此,你可以要一切想要的支持!"

朱可夫知道,这一仗对自己的命运太重要了,当即回答:"元帅,我现在就可以起飞。"6 月 5 日上午,朱可夫的飞机降落在了塔木察格布拉格机场。

6 月 8 日,朱可夫将作战指挥部迁到哈拉哈河西岸的哈玛尔达瓦山下,集结兵力,储运军需,调动空军部队进入各机场,并根据军情四局的情报,调来新型伊尔 16 战机,以应对日军中岛陆攻战机 K22 和 97 式战机,还调来曾经参加过西班牙内战的飞行员。

6 月 22 日,苏军 95 架飞机对日军 120 架战机,一举击落日机 30 架,日军王牌飞行员筱原弘道战死。

苏联空军的胜利,得益于新型战机伊尔 16,它比日军战机灵活,装有四挺机关炮,射程更远,火力更猛。另外,驾驶员后面装有高 1 米的钢板,日机打不透钢板。此外,伊尔 16 战机可急速下降,俯冲更快,伪装坠毁,能骗过日机飞行员。

6 月 19 日,苏联空军轰炸阿尔山、甘珠尔庙、阿木古郎日军集结地,500 桶汽油被炸起火。6 月 21 日,日军调来 4 个飞行团,17 个战斗、轰炸、侦察机中队。

6 月 22 日,苏军出动 150 架战机空袭甘珠尔庙、阿木古郎、将军庙一带日军集结地和野战机场，随即空中大战三天，近60架飞机被打落在草原上。

1939年6月27日，137架日机在海拉尔机场起飞。6时20分，日军机群到达塔木察格布拉格机场上空进行狂轰滥炸，机场顿时浓烟滚滚。日军作战部队向关东军司令部报告：击落苏军飞机99架，击毁地面飞机25架。

6月下旬，关东军司令植田谦吉命令第23师团尽快发动地面进攻。兵力已达36000人，坦克182辆，火炮112门，飞机180架和汽车400辆。

7月1日，日军在小林少将指挥下，15000人的部队向哈拉哈河西岸攻击，中午时分，攻占河东岸锡林陶拉盖高地。朱可夫组织150辆坦克、154辆装甲车、90门大炮和多架飞机及其他部队，分三路反击。

7月3日上午7时，第一批苏军轰炸机和歼击机对日军轰炸扫射。此次战役，关东军损失3000人，40多名军官阵亡。午后，在空战失去优势后，安冈坦克师团秘密向诺门罕地区集结，被"苍狼"情报小组成员马大个子化装成牧民发现并迅速上报。

朱可夫决定，除预备队，全部坦克、装甲车部队与日军坦克大战。7月4日，苏军投入近百辆坦克和300余辆装甲车，把日军87辆坦克、37辆装甲车团团围住。苏军坦克吨位大、射程远、速度快，日军被动挨打，几乎损失一半坦克和全部装甲战车。

日军在诺门罕战役中一次次的失败，引起关东军司令部一些人对小松原道太郎的不满，认为他无能，丢尽了大日本帝国战无不胜的英名。

此时，在新京樱花会馆，卡利洛娃也捕捉到了情报。7月4日下午，卡利洛娃正在睡觉，冈田打来电话说："玛嘉（卡利洛娃在樱花会馆的化名），今晚有重要客人，你的亲自陪同。"

卡利洛娃说："哟西，但要四倍的钱。"

冈田说："巴嘎呀噜！"

卡利洛娃说："太君，从午后到整个晚上，我能接待4个客人。按理说，都是老朋友了，你会照顾我的。"

冈田说："你的，良心大大的坏了！"

卡利洛娃说："哦不，冈田君，我这不也是为了您嘛！"

晚上八点钟，穿着便服的冈田陪同石井部队的碇常重少佐来到樱花会馆，点名玛嘉作陪，还有一个明斯克女孩儿。

冈田说："玛嘉，你的，要好好地接待我的客人。"

卡利洛娃说："哟西。"当碇常重少佐出现时，她几乎是惊呆了："哦，碇常重先生！"

碇常重说："哦，我的美人，没想到会在这儿相见！"

冈田说："哦，你们的认识？"

碇常重说："冈田君，这是罗佳，哈尔滨的认识，我的美人。"

冈田疑惑地说："不，她是玛嘉。"

卡利洛娃接话说:"不,冈田君,我在哈尔滨待过,艺名罗佳。来新京后,我改名为玛嘉。"

碇常重少佐的出现,令卡利洛娃暗暗吃惊。她帮助碇常重宽衣、沐浴。云雨过后,卡利洛娃说:"您和冈田先生熟悉?"

碇常重说:"是的,我的朋友。"

卡利洛娃说:"我没想到会在新京见到您。"

碇常重说:"罗佳,你的,为什么来新京?"

卡利洛娃说:"新京钱多。我做服侍的,还不是为了钱嘛!"

碇常重说:"哦,哟西。"

卡利洛娃说:"太君,您来新京是玩玩儿,还是有事?"

碇常重静静地看着卡利洛娃,那俊俏的脸上堆着迷人的微笑,一副不谙世事的样子。说:"宝贝儿,你听说过蒙古的诺门罕吗?"

卡利洛娃说:"哦,不知道,我没有去过。"

碇常重说:"我们的诺门罕战役是大大的不顺利。司令部找我们谈,要解决前方的战斗。"

卡利洛娃说:"那么说,您是要上战场。"

碇常重说:"细菌的干活。"

卡利洛娃说:"哦,不明白。"

碇常重说:"鼠疫的干活,统统的死亡。"

这时,冈田来敲门了,说:"咪西,咪西。玛嘉,清酒的干活。"

卡利洛娃搞来了清酒、朝鲜凉拌菜、辣白菜、香肠,陪同冈田与碇常重少佐一直喝酒到天亮。

当冈田与碇常重离开后,卡利洛娃赶紧回到住处,将密电发了出去。

新京,第008号,绝密

诺门罕战役失利,日军司令部决定动用哈尔滨石井部队参与战役。在此期间,会使用细菌战,投放鼠疫细菌等。

发报人:松鸭　　1939年7月5日

7月11日,关东军司令部发出了命令,停止前线攻势,继续向诺门罕调集兵力和重炮。濑户美智子获知情报后,由刘天一报告给了荆楚天:

新京,第059号,绝密

关东军继续增兵海拉尔。从旅顺要塞,调野战重炮第三旅团,从其他地方调来独立野战重炮部队，从奉天、北安、齐齐哈尔等地，调来反坦克速射炮中队，为第23师团补充武器和兵员，增加飞机和车辆。

发报人：红隼　　1939年7月10日22时5分

朱可夫在接到情报后，命令储备用水，停止饮用哈拉哈河水。同时，准备迎战关东军主力部队。

7月13日，石井部队的碇常重少佐带领22名敢死队员，在哈拉哈河上游将22.5公斤伤寒、霍乱、鼠疫、鼻疽等细菌撒入河中，对苏蒙联军发起细菌战。

但关东军后续部队事前没有接到哈拉哈河水不得饮用的通知，直接从哈拉哈河取水饮用，有1340人染上伤寒、赤痢和霍乱病。军医和敢死队员被细菌传染致死多达40人。

在诺门罕战役开战初期，荆楚天收到远东谍报小组转来莫斯科指令：

莫斯科，第089号，绝密

请你们速与抗日联军取得联系，出击并骚扰我们共同的敌人，炸毁滨洲铁路、公路桥梁、备用军火库，切断敌军通向哈拉哈河的运输线，阻止关东军将其部队调往海拉尔一带，以缓解诺门罕战役的军事压力。

发报人：秃鹫　　1939年7月11日

荆楚天接到指令后，对李秀琴说："将密电转发到杨靖宇部、周保中部、李兆麟部，设法阻止关东军向海拉尔方向集结兵力。"

李兆麟部在接到密电后，立即展开行动。抗日联军第六军炸毁了卧龙镇的紫霞宫野战机场，成功偷袭了嫩江野战机场。游击队员用炸药炸毁飞机时，也用松明子点燃了机身上的汽油，引爆塔楼，机场上空燃起熊熊火光。一些野战机场被炸，直接影响了关东军空军向海拉尔方向兵力集结。此后，游击队员又秘密潜入铁路和公路沿线，炸毁线路、桥梁、涵洞，偷袭军列，气得关东军司令官植田谦吉大发雷霆，要不惜一切讨伐北满抗日联军。

7月23日，在诺门罕前线，日军集中8万兵力，近200门各种大炮以及大量对付坦克的速射炮，全线发动总攻击。

24日，苏军发动反攻，日军退回原地。25日，关东军司令部下达命令："停止进攻，构筑工事。"

8月4日，日本大本营命令，在海拉尔建立第六军司令部，荻州立兵中将任司令官，直接指挥诺门罕战役。

朱可夫决定在塔木察格布拉格第57特别军扩编成第一集团军。这是临时组织的具有独立作战职能的多兵种合成兵团，朱可夫任集团军总司令。

8月20日凌晨，苏蒙联军发起总攻。此时，日军第六军前线部队不少将校级军官到海拉尔休假。早晨5时45分，苏蒙军开始炮击日军阵地，150架轰炸机和100架战斗机向日军阵地轮番轰炸。日军绵延40公里的前沿阵地笼罩在浓烈烟火中。日军观察所、通信联系和炮兵阵地全被摧毁。8时45分，苏蒙联军分为3个集群，从南路、北路和中路3个方向，向日军阵地发起猛攻。

8月23日，日军第六军组织反攻，在苏联蒙军强大攻势下日军全线溃败。

9月15日，日本驻苏大使东乡茂德与苏联外长莫洛托夫签订停战协定；9月16日凌晨2时，双方停止实际军事行动。

诺门罕之战，历时135天，双方投入20余万人，死亡6万余人，成为日本陆军史上第一次大败仗，也彻底放弃了北进意图。

1939年12月1日，关东军司令官植田谦吉被解除职务，转为预备役。退出军界后，他担任了战友团体联合会会长、日本乡友联盟会长，1962年去世。

第23师团长小松原道太郎，经历了诺门罕战役全过程。在战争初期，从包抄失败到中期炮战、石井四郎部队的失败，"肉弹"战术失败，小松原被改为预备役。昭和15年10月6日，他在郁闷中切腹自尽。

朱可夫因在诺门罕战役中的杰出指挥，荣获苏联英雄称号。不久，他被授予大将军衔，任命为苏军总参谋长。

李兆麟因带领抗日联军阻止关东军向海拉尔集结兵力，立下赫赫战功，被苏联授予红旗勋章。

35　很是怀疑
　　但我不记得是在哪儿见过面的

1939年12月初，刚刚上任的关东军司令官梅津美治郎大将，约谈了宪兵司令官城仓义卫中将。梅津美治郎说："城仓君，诺门罕战役的失败，情报战的失败，你的知道？"

城仓义卫说："是，知道。"

"因此，要快快地将满洲形势稳定下来，剿灭苏联情报人员。要使您的秘密情报工作，为剿灭抗日联军服务。"

城仓义卫，秘密档案，绝密

城仓义卫，长野县人，对日本忠诚，性格坚强，疯狂的法西斯主义者，大日本特务。

任职关东军宪兵司令官期间，多次签署"特别输送"文件，使抗日秘密情报人员成为石井部队的实验活体。1907年，城仓义卫毕业于东京大学法律系，后进入陆军士官学校，次年5月毕业。1934年8月，累升至大佐，担任日本宪兵司令部警务部长。1936年8月，调任东京宪兵队队长。1937年3月赴中国东北，任关东军宪兵队总务部部长。1938年3月，晋升陆军少将。同年7月，担任关东军宪兵司令官。1940年3月，调任宪兵学校校长。同年12月，晋升陆军中将，担任宪兵司令部本部部长。1941年7月，华北方面军宪兵队司令官。1943年8月离职。1945年9月13日，日本宣布无条件投降，在天津自杀。

城仓义卫说："哈依，将军！"

梅津美治郎说："城仓君，您作为宪兵司令官，是怎样看待大日本帝国在诺门罕战役失败的？"

城仓义卫是深知梅津美治郎话中有话。说："以城仓的浅见，诺门罕战役失败是用兵失败。我作为宪兵司令，也是有责任的。"

"嗯，城仓君，难得您这样看问题。作为情报战线上的领导者，您的头脑是清醒的，也是我乐见的。"

城仓说："谢谢将军。不过，诺门罕战役初期，第23师团长小松原道太郎中将的指挥无可挑剔，大日本帝国空军采用中岛K22飞机和97式战斗机，成功突袭了塔木察格布拉格军用机场，苏军一架架战机成为废铁。但随着战争深入，特别是朱可夫的到来，日本帝国失去了空战优势。由此，战况逆转，日本帝国败给苏联。这是关东军的耻辱，也是情报工作的耻辱。我作为宪兵司令官脸上无光。"

"现在，朱可夫赢了，苏联赢了，大日本帝国不该输的战争输掉了。因而，所有帝国军人都脸上无光。"

城仓说："将军，诺门罕战役失败，不意味着大日本帝国最终失败。将军，1904年的日俄战争中，日本联合舰队在东乡平八郎大将的指挥下，成功击毁了俄国太平洋舰队和波罗的海舰队，使俄国人不得不坐下来乖乖签订朴次茅斯合约，将长春至旅顺口铁路及支线，附属一切权力、财产和煤矿，转让给日本。俄国将在辽东半岛（包括旅顺和大连）的租借权转让予日本，俄国割让库页岛南部给日本。这是日本帝国的辉煌胜利。因此，将军，我相信，在您的领导下，关东军会像东乡平八郎大将一样捷报频传，并抹去这个历史性耻辱。"

"不，城仓君，时代不同了，情况不同了。现在，日本帝国失去了最宝贵的北进机会。为此，小松原切腹自杀了，他罪有应得。"

"将军，在诺门罕战役中，苏联空军能够战胜帝国空军是先期获得了重要情报，并使用了更为先进的伊尔16战机，进而击溃了帝国中岛K22战机和97式战机。不过，这之前，苏联伊尔15战机联队根本不是我们的对手，被打得落花流水，一架架伊尔15战机摔在草原上。哈，那场面，真是壮观啊！"

"城仓君，但那只是瞬间的辉煌，不是最终的胜利。现在，诺门罕战役结束了，战争有了历史性结论，苏联人赢了。那么，我想知道，苏联人为什么会知道我们的飞机型号，还有飞机性能，甚至都知道安冈坦克师团参战。可见，这都是谜了。"

"是，将军。"

"还有，城仓君，诺门罕战役失败，该由谁来对战争败局负责的问题已经有了结论。因此，司令官植田谦吉去职了。现在看，他是个糊涂人，不该一再坚持小松原道太郎的指挥，甚至说了非常经典的话：'还是第23师团上吧，换了第七师团，小松原的面子会不好看。'您瞧，这是诺门罕战役失败的根本原因，是植田谦吉用人不当，他败在了朱可夫的手下！"

"是，将军，您的分析非常精辟，我完全赞同。不过，小松原已经切腹自尽了，付出了生命的代价。"

"还有，在诺门罕战役期间，抗日联军对关东军部队不断骚扰，也是诺门罕战役失败的原因之一，他们严重影响我们部队集结。铁路桥梁被炸、隧道被炸、涵洞被炸、线路被炸，公路多地中断，一些野战机场遭遇偷袭，军需仓库狼烟滚滚，这同抗日联军是有关的。因此，城仓君，您要认真整肃内部，对抗日联军进行围剿。对中国、对中国军队、对中国人必须强硬起来。知道吗，只要一强硬起来，他们中国人就害怕。城仓君，这是我约谈你的目的，要立即采取强硬行动。"

"哈依，城仓明白。"

城仓义卫很清楚，这是关东军司令官对自己的严正警告。如果内部整肃不力、剿灭抗日联军不能取得成效，自己宪兵司令官的职务就不保了。

随即，城仓义卫在向梅津美治郎告别后，回到宪兵司令部立即召开了特务部工作会议，对整肃内部、围剿抗日联军残部问题进行部署，关东军情报总长伊藤中将、特务机关长冈田次太郎参加了会议。

城仓说："刚才，我非常荣幸受到司令官梅津美治郎大将的亲自约谈。将军说，诺门罕战役失败是用兵失败，是情报工作失败。因此，帝国不得不终止了'北进计划'。将军要求，要整肃内部，要全面配合各地守备队大规模围剿抗日联军，取得满洲社会治安稳定。而且说，对中国、对中国军队、对中国人要强硬起来，一强硬中国人就害怕。"

城仓说："第一，要肃清隐藏内部的敌人。最重要的问题是，在诺门罕战役中，我们的飞机型号、性能，朱可夫一清二楚，用伊16战机应对我们的97式战机，导致日本帝国失去了空战优势。还有，朱可夫的情报是来自哪里？会不会是内部流出去的？如果不是，苏联人为什么知道飞机型号？第二，诺门罕战役，我们是秘密动用的安冈坦克师团，这是绝密，但朱可夫一清二楚，他们动用全部坦克集群和装甲车集群，成功围剿了安冈坦克师团。而且，他们的坦克射程远，命中率高，装甲厚，安冈坦克师团损失殆尽。但我相信，朱可夫的情报不会完全是从战场上获得的。在苏蒙边境，有苏军情报人员秘密活动。因此，我们要彻底打掉他们。第三，苏联情报机关在满洲活动十分猖獗，必须予以强力侦破。对于剿灭抗日联军问题，各个宪兵队，要密切配合各地区守备队开展军事行动。下面，请情报总长伊藤中将讲话。"

矮个子的伊藤中将清了清嗓子说："城仓将军的讲话，我是坚决拥护的。大家知道，这是关东军情报本部的特别会议。除加快侦破苏联情报机关的秘密活动外，对反满抗日分子要铁壁合围，要斩尽杀绝，因为中国人是一文不值的。梅津美治郎大将命令，对中国、中国军队、中国人就是要狠，要强硬，是大大的强硬。之前，我对形势判断出现过问题，认为满洲各地中国军人、商贾、学生和市民都是自发组织，旗帜各异。他们起事的动机也各不相同。而热血青年书生意气，商贾豪绅只为保护一己之利，东北军是残兵败将。但现在的情况不同了，抗日联军依旧顽强，还在与我们进行较量。梅津美治郎大将如此高度重视围剿抗日联军问题，重视满洲社会治安，以及对情报工作直接提出了行动意见，既是强大压力，也是动力。因此，我们要强化对苏的情报工作，强化对抗日武装的情报工作，确保大日本帝国在满洲的统治地位。否则，各位拿头来见。"

会议结束后，冈田踌躇满志地走出了特务部会议室。他的脑子里一直响着城仓司令官传达梅津美治郎大将的讲话：对中国、对中国军队、对中国人，就是要狠，要强硬。情报总长伊藤中将说得太好了，要对抗日联军实行铁壁合围并斩尽杀绝。

此刻，冈田突然想起了一件事：在植田谦吉司令官办公室门口遇见过军事参谋濑户美智子小姐。当时，植田谦吉说了，冈田君，这是我们的濑户美智子小姐，今天刚刚完婚，她的丈夫是中国人。曾采访过满洲国的国务总理大臣张景惠，撰写的访谈录发表在《满洲日报》上。

此后，冈田千方百计找到了那份报纸。他看到：刘天一的访谈录写得很精彩，张景惠和记者刘天一的照片也很有风采。这让他如获至宝，因为刘天一的照片看上去很眼熟。像刘天一这么帅气的中国小伙子，又为什么会同濑户美智子这样丑的日本女人结婚呢？

他想，他们之间会有真爱吗？不，肯定有着不可告人的秘密。可是，他们之间的秘密又会是什么呢？

这时，冈田又想到了宪兵司令官城仓的话，如果朱可夫能够了解我们日本空军中岛K22战机和97式战机的性能，那么，关东军参谋本部的人会知道，负责部队装备的人会知道。苏军通过战场上被击落日本飞机的残骸也会知道。因此，濑户美智子和她的中国丈夫很值得怀疑。

于是，冈田决定去参谋本部走走看看，希望能见到濑户美智子小姐，还有她的中国丈夫。

那么，他们都在忙些什么呢？

在见到濑户美智子之后，冈田说："濑户美智子小姐，您还记得我吗？"

"哦，不记得了。"

冈田说："濑户美智子小姐，我们是见过面的，是在植田谦吉司令官办公室的门口。"

"哦，想起来了，您是冈田先生。"

"看看，我们的濑户美智子小姐的记忆力是惊人的。我记得，那是一个美妙的夜晚，您非常美丽。"

"不，冈田君，您过奖了，我是丑女人。"

冈田说："不，濑户美智子小姐，您自谦了。否则，那个中国人为什么要跟一位丑女人结婚呢？"

冈田说这话，让濑户美智子心里吃惊，他显然是在怀疑自己的丈夫。于是说："冈田君，您怀疑什么？"

"哦不，小姐，我的，想认识一下您的丈夫。"此时，濑户美智子做出了正确的判断，冈田另有阴谋。她说："冈田君，我的丈夫只是普通人。因为战争时期，苦出身，缺少温暖，所以，我们就在一起了。"

"哦，我在中国的朋友不多，不利于展开工作。另外，在诺门罕之战中，我们失败了，苏联人很高兴，蒙古人也高兴，那么，中国人呢？我想知道。"

听了冈田的话，濑户美智子就越发清楚他的心思了。说："冈田君，您是什么意思呢，是不是说诺门罕战役失败，我丈夫会高兴，因为他是中国人。"

"哦不，小姐，您是误解了我的意思。我只是想请您和您的丈夫吃顿饭，同我的职业无关。因为我们都是日本人，都漂泊在满洲这个地方。不过，因为您丈夫是中国人，我想知道中国人对诺门罕战役的看法，其他没有别的什么。"

"冈田君，我需要说清楚的是，我丈夫自打离开《法兰克福日报》后，就踏踏实实为日本帝国效力了。他忠诚日本帝国。否则，我不会嫁给他。诺门罕战役中失利，我丈夫作为满洲人，觉得脸上无光，整天阴郁着脸。没有像您说的那样，他会高兴的。"

"哦，是嘛！小姐，我应该完全相信您的话，但我还是想见他。"说后，冈田是紧紧盯着濑户美智子的眼睛，渴望能够看到她的内心深处。

濑户美智子发现，冈田的脸很丑陋，并且堆积着邪恶的笑，很令人讨厌。她心想，应该将冈田的脸撕碎。不过，她马上就恢复了笑容，应该冷静地对待眼前这个日本大特务。说："冈田君，我丈夫与其他中国人没有接触，也不会知道其他中国人是怎么想。在诺门罕战役后，我还没见他高兴过。您知道，他是热爱满洲的，并且为日满协定的签署感到高兴。这不，在采访满洲国总理大臣张景惠时，他在文章中阐明了政治立场，心甘情愿服务于日本帝国。甚至私下里对我说过，渴望有一天能够到日本生活。"

冈田说:"哦,是吗?是的。"

"那么,他作为中国人,他真的热爱日本吗?"

"这不容置疑,冈田君,我丈夫热爱日本,因为他有了日本妻子。"

"哟西,哟西,濑户美智子小姐,我知道,您是植田谦吉司令官的得意门生,但他去职了,您会失望吗?包括您的丈夫,他是不是也很失望?"

濑户美智子说:"是的,因为植田谦吉司令官是日本帝国的忠臣,我们都是他忠实的部下。不过,您的话是什么意思?是怀疑我什么吗?还有,您怀疑我的丈夫吗?"

"哦不,小姐,您想多了。"

"冈田君,您的职业特质就是怀疑一切。因此,您会怀疑所有人,怀疑眼见的事实,也推测无端的事实。不过,我和我丈夫都忠诚于大日本帝国,这令您失望了。"

"不,濑户美智子小姐,我是从不怀疑别人的,不怀疑朋友。濑户美智子小姐,您是朋友,还有您的丈夫,我们都是朋友。但我应该提示您,植田谦吉司令官曾亲自指令您负责关东军作战计划等秘密档案,这是大日本帝国的核心机密。可是,在诺门罕战役中,苏联人好像是什么都知道,包括安冈师团参与作战的绝密计划。对此,您是怎么看呢?"

"冈田君,您的意思该不是说我泄密的吧?那么,您究竟是怀疑我什么呢?"

"哦不,您可能还不知道,关东军司令官梅津美治郎大将对情报工作是很不满意的。因此,我们需要沟通一下,注意保密,这对我们有好处。同时,您不要误会!"

"好吧,冈田君,谢谢您的提醒。现在,我记住了你的话。但对于关东军秘密作战计划泄密问题,我不清楚。因此,您究竟在怀疑我什么?"

冈田说:"哦不,我的,不怀疑您!但问题是,苏联人的确掌握了我们的情报。还有,您看看这张照片。"说后,冈田从包包里取出报纸,那上面是刊登着刘天一采访总理大臣张景惠的访谈录。冈田说:"濑户美智子小姐,您看,这是您的丈夫刘天一吗?"

"是的,是我的丈夫。"

"嗯,我对他好像面熟呢,也许是在哪儿见过。因此,我希望您提醒他,要小心做事。知道吗,小心做事有好处。"

说后,冈田头也不回地去了,这让濑户美智子莫名其妙、满腹狐疑,难道冈田这个特务头子知道刘天一的秘密?她怔怔地看着冈田的背影,矮矮的个子,左腿微跛,右手拄着拐杖,他是愤然离去的,神秘而诡异。那么,冈田想干什么呢?濑户美智子心想,植田谦吉司令官的去职对自己很不利,因为信任自己的长官已经去职了。

冈田回到宪兵司令部后,在仔细琢磨着濑户美智子的表情与说的话。他希望自己阴阳怪气和不着边际的话能够激怒濑户美智子,起到旁敲侧击效果,或者打草惊蛇,促使濑户美智子和刘天一慌中出错。而且,他认为,自己已经有了某种收获,就是濑户美智子脸上的愠怒。他想,这其中一定有故事,因为刘天一与丑女人结婚是不正常的婚配。同时,濑户美智子还是参谋本部涉及核心机密的人。

那么，下一步又该怎么办呢？冈田相信，因为激怒了濑户美智子，他们会采取行动的。只要他们采取行动，暗探桥本三郎就会发现问题。还有，刘天一这人眼熟，好像是在哪儿见过，但无论如何都想不起来了。

那么，到底是在哪儿见过刘天一的呢？冈田陷入了深深的苦恼与思考。因此，他感觉头疼。或许，因为在东宁受伤抢救时麻药剂量用得过大，影响了记忆力。无论怎么回忆，都没有记起是在哪儿见过刘天一的。

当晚，濑户美智子回到家，与刘天一说起冈田到自己办公室的事："他说好像在哪儿见过你，手中还有报纸，是刊登你采访满洲国总理府大臣张景惠的报纸，上面有你的照片。亲爱的，你说，你怎么会认识冈田的？他可是日本大特务啊？我知道，结婚那天晚上，在植田谦吉司令官办公室门口，我见到了冈田。司令官植田谦吉向他介绍了我，说你是中国人，家在牡丹江横道河子。因此，冈田次太郎记住了我，也记住了你。"

"哦，那很麻烦！"

"冈田还说，他好像认识你，觉得你面熟，但又说不上是在哪儿见过。他说，日本帝国在诺门罕战役中失败，苏联人高兴，蒙古人高兴，不知道中国人会怎样想，并渴望通过您来知道中国人的看法。"

"这么说，问题复杂了。"

"嗯，我感觉也是，但冈田究竟想干什么呢？可是，冈田是在东宁啊，他为什么会出现在新京呢？"

"这个我知道，植田谦吉说，东宁守备队抓捕了抗日联军交通员李英俊，冈田负责这个案子，破获了抗日联军驻新京秘密联络处。在办案后，植田谦吉司令官就将冈田留在了宪兵司令部，负责情报工作。"

"现在，我们应该设法干掉冈田。否则，你我都有危险。"

"那怎么办？"

"现在，我们需要暂停一切情报活动。"

第二天上午，宪兵司令官城仓义卫，传令特务机关长冈田到办公室谈话。城仓说："你的，海拉尔的干活。"

冈田听后，一头雾水。城仓义卫说："你的知道，司令官梅津美治郎大将指示，安冈坦克师团参战的秘密泄露了，需要立即调查。同时，梅津美治郎认为，秘密泄露的地点在海拉尔，那儿有许多苏联情报人员。因此，你要立即动身去海拉尔，为大日本帝国建功立业。"

冈田说："是，将军。不过，在整肃内部问题上，司令部机关会不会有我们可供怀疑的人呢？因此，我希望留下来，对内部进行秘密调查。"说后，冈田从包里拿出了那份报纸，上面印有满洲国国务总理大臣张景惠和刘天一的合照。

城仓说："你的，什么意思？是怀疑张景惠吗？"

"哦不，这个人胸无大志，我是怀疑刘天一，他是参谋本部濑户美智子小姐的丈夫，一个神秘的中国人。我对他很眼熟，好像在哪儿见过，但一直都没有回忆起来。"

"可是，据我所知，濑户美智子是最忠实的参谋，你没有理由怀疑她。至于她的丈夫刘天一嘛，也是植田谦吉司令官看好的人，我知道，他对日本帝国是忠诚的。我看过他的文章，他赞扬关东军剿灭抗日联军，赞美《日满协定》。"

"将军，我的，大大地怀疑他们。在诺门罕战役期间，日本帝国作战计划泄露了，濑户美智子小姐负责管理秘密档案。因此，这里面会不会有什么问题呢？"

"那么，冈田君，你的证据？"

"没有，将军，我没有证据。不过，以我的职业敏感，我感觉，关东军司令部内部会有问题，有隐藏很深的敌人。"

"冈田君，我很赞赏你的职业敏感性，但绝不允许您擅自怀疑我们的人。因此，你的，海拉尔的干活，着手秘密调查安冈坦克师团参战泄密问题。因为朱可夫突然围剿了我们的安冈坦克师团，这里面是有问题的，也是当前最为重要的任务。你的，要服从命令，快快地调查。尔后，我好向梅津美治郎将军有个交代。"

"是，将军，那刘天一的事怎么办？他的很值得怀疑，包括濑户美智子小姐。"

"刘天一的事，交给情报课桥本三郎。"

"哈依，将军，我的服从命令！"

中午时分，刘天一和濑户美智子出现在了新京中央通的街道上。之后，他们进入"新京银座"，即秋林公司，相互挽着胳膊，看着和服布料。此时，刘天一注意到，后面有两个矮个子的年轻日本人，鬼鬼祟祟的样子。

刘天一说："亲爱的，你不要往后瞅，我们身后有'贼'，我们被跟踪了。"

"哦，那怎么办？"濑户美智子有些紧张。

"放松心情，宝贝儿，一会儿，我们分开走，你来引开他们。之后，我会乘机从后门溜掉，但记住，你不要离开'新京银座'。我办完事情再回来接你。你要拖一点时间，慢慢看，并买下做和服的布料。"

说后，刘天一向前走去，趁跟踪人不注意，突然钻进了试衣间，待跟踪人过去后，他向反方向快速溜走，出门打了双轮马车，去了宝石街39号风华裁缝店。

刘天一说："冈田在新京。他找了濑户美智子，向她展示了我在报纸上发的文章和照片。而且冈田说，他觉得我很面熟。现在，濑户美智子就在'新京银座'，有特务跟踪她。一会儿，我得回到'新京银座'去。"

荆楚天说："看来，不管怎么整容，冈田还是记得我们过去的面容。因此，你和濑户美智子要小心了。"

"怎么办，是不是找机会做掉冈田？"

"必须的。不过，在干掉冈田之前，你和濑户美智子不可以再来风华裁缝店，也停止一切情报活动。"

"是的，我知道！"

"之后，我会立即向远东谍报小组汇报。下一步的联系地点，可放在樱花会馆。"

"嗯，我记住了！"

"好吧，那就这样！"

刘天一是悄悄离开风华裁缝店的，手上拿着冰点，突然出现在了濑户美智子的面前。随即，他们又去了"新京银座"的一家小吃店。一个小时后，他们乘坐双人马车回到了家里。

36 马大个子
被特务机关长冈田秘密捕获

1940 年初的海拉尔，天气异常的寒冷。有鸟儿因为找不到食物，在空中飞着飞着就掉到了地面上。

马大个子看到冻死街头的鸟儿跳下马车，将鸟儿扔到车厢里。而这一幕被躲在汽车里的冈田看得清清楚楚。

哦，这个人很面熟。突然，他想起来了，这个人是马大个子，原来是在东宁赶马车的。那么，他怎么会来了海拉尔，他顿时生疑。

冈田对司机和卫兵悄悄发出了命令，秘密尾随着马车缓缓前行。

此刻，那辆马车在站前的街道上是悠闲地行进着，慢慢腾腾，不时还伴有"丁零"声。一直到了阿穆尔酒吧，马大个子将马车停了下来，还警觉地回头张望了一下，但没有发现什么。可是，他太粗心了，在一辆小轿车里，冈田正警觉地注视着马大个子的一举一动。

不一会儿，马大个子从酒吧里面出来了，手上提着两瓶沃特嘎，并且同巴音挥手道别。冈田用高倍望远镜看到，送马大个子出来的那个人是大胡子，但他决定继续跟踪马车。一直跟到关东军在海拉尔驻军北大营的门口，金校根突然出现了。他们站着说了一会儿话，然后，金校根接过两瓶沃特嘎酒慢慢悠悠地回到兵营了。

冈田叨咕着："马大个子，金校根，什么的干活？还有阿穆尔酒吧，他们之间一定有神秘的链条。"

"那么，阿穆尔酒吧的经营者会是谁呢？那个大胡子会认识金校根吗？"他想着这其中可能的秘密，心情好极了。哦，有撕开口子的可能了。

晚上7点钟，化了妆的冈田戴着一副墨镜，出现在了阿穆尔酒吧。同时，他还特意约了几个日本军官一起来吃酒。当冈田大特务突然出现在阿穆尔酒吧时，巴音一眼就认出了他。冈田走路微跛、手上挂着刀鞘。

哦，这家伙怎么会出现在海拉尔呢？又为什么来到阿穆尔酒吧？那么，金校根和马大个子是不是知道了冈田就在海拉尔？如果不知道的话，自己应该设法通知到他们。

但现在，因为脱不了身，自己只能热情地应酬冈田。令他欣慰的是，自己的大胡子模样会是很好的掩护，但愿冈田认不出自己。

可是，冈田说话了："你的，酒吧老板的干活？""是的，太君，我高兴为您服务。太君，您有什么需求，尽管吩咐，保您满意。"

"你的，我的面熟。说，哪里的干活？"

"哦，太君，我是第一次见到您。不过，我非常荣幸，愿意为太君服务。"

"哦不，你的说，什么的干活？""太君，我在海拉尔草原长大，苦力的干活。打过草，放过羊，贩过烟土，猎杀过苍狼。这不，有了点积蓄，就开了这间阿穆尔酒吧！"

"哦不，你的，说实话，我们的见过面。你的，东宁的干活？"

"哦不，太君，您认错人了。东宁，什么地方，我的不知道。太君，您想吃点什么？"

"牛排的有？"

"有的，新鲜的牛排，草原牛！"

"好的，牛排的上来，手扒羊肉，排骨，统统地上来。还有，苏泊汤，西红柿炒蛋，炒花生米，酒的咪西咪西。"

这时，占柱梅到了，而且是高声喊道："店老板，快给本姑娘点菜，要一壶土酒。"

"好的，姑娘，您先坐，等太君忙完了，我再来招待您。"

"好的，但要快。"占柱梅说："啊，这天气是嘎嘎的冷啊，都快把本姑娘给冻僵了。"

给冈田下过单后，巴音过来照顾占柱梅。说："姑娘，您想吃点什么？"

"您都有什么？""这儿有新到的狼肉，还有羊排、鹿肉！"而"狼肉"是指危险暗号，有日本特务。占柱梅说："来一碗土酒，土豆炖牛肉，碗扣羊肉，一碟卜蕾克咸菜，狼肉嘛，就不要了。"

说后，占柱梅用眼角的余光扫了一下酒吧内的客人。她看见，窗口旁边坐着一堆日本人。虽然身穿便服，但从其与巴音说话生硬方面判断，巴音说的"狼肉"，大概就是指他们了。

于是，占柱梅思考着，下一步该怎么办？是不是得马上离开这里？可又一想，也完全没有必要，因为日本特务并不认识自己。

于是喊道："店老板，快给本姑娘上酒上菜。"

"好嘞。"巴音说着，用托盘端着酒菜送来了。同时，又将一张单子摺在了占柱梅面前，说："姑娘，菜上齐了，18个卢布。"

占柱梅仔细看过菜单，上面写着：日本特务冈田，从东宁来到海拉尔，已经认出我，速通知马大个子和金校根。之后，占柱梅掏出一沓卢布，随手递给了巴音说："钱，不用找了。"

说后，巴音拿着钱走了。冈田在注视着占柱梅。占柱梅将酒倒进盘子，之后，她划着了一根火柴，点燃了那张菜单，又将盘中酒点燃，再将酒碗放到盘子里热酒，这看上去很自然，而那张写有机密的纸条随着酒的燃烧渐渐化作了灰烬。无疑，这也太危险了，也是情报人员在危机的情况之下的随机应变。

此刻，一个意想不到的事情突然发生了，一些日本兵包围了酒吧，并将巴音押到外面的军车上带走了。

随即，阿穆尔酒吧被查封了。20分钟后，经过简单审查，占柱梅被放走了。当她骑马赶到马大个子的住处时，看见20多个鬼子兵正将马大个子押到汽车上去，向北大营开去。

占柱梅远远望着这突然的事变，心急如焚。但她只能策马向陈巴尔虎右旗一路狂奔。当她赶到谍报员李云林所住的蒙古包时，已经午夜时分。之后，李云林发出了最后一封密电。

海拉尔，第031号，绝密
冈田突然出现在海拉尔，阿穆尔酒吧已遭破坏，情报员巴音和马大个子突然被捕，蓝猫联系不上，"老虎"回到密林中觅食了。
发报人：老虎　1940年1月4日

"老虎"是李云林的代称。发完电报之后，占柱梅和李云林赶紧收拾好无线电台，策马向大兴安岭森林中奔去。四天后，他们到达阿里河，这里是鄂伦春人的居住地。

当马大个子和巴音被捕时，金校根正与军事参谋小笠原在一起吃酒。冈田突然出现，一瓶沃特嘎酒，已经被他们俩喝光了。

冈田说："金，你的，马上，跟我们走！"

"哎呀，冈田君，您是什么时候到的呀？"

"翻译官，你的，被捕了。"

"哦不，太君，这是怎么回事呀。哎，小笠原参谋，您能够证明我清白。这几个月，我们一直都在一起的呀！所以，冈田君，您搞错了！"

冈田骂道："巴嘎呀噜，统统地带走。"冈田一挥手，几个日本兵将金校根和小笠原参谋都捆了。

小笠原说："不，你没有权力抓捕我？"

冈田说："巴嘎呀噜，我，宪兵的干活，你的，明白？"不久，荆楚天接到了远东谍报小组的指令：

哈巴罗夫斯克，第117号，绝密
冬天了，硕鼠屯仓。红隼到北方放飞，注意苍狼与蓝猫的踪迹！
发报人：狐狸　　1940年1月6日

"硕鼠"是指刘天一，"屯仓"指停止一切情报活动；"红隼"是指荆楚天，"北方"是指北安，"到北方放飞"，是指荆楚天到北安；注意"苍狼"与"蓝猫"的踪迹，是指注意巴音（陈世文）和金校根被捕的消息。接报之后，荆楚天与李秀琴迅速撤离了新京。

在抓捕金校根、小笠原、马大个子和巴音之后，冈田将人临时羁押在了海拉尔日军驻地"北大营"，并立即向关东军宪兵司令官城仓密报。

冈田说："将军，冈田遵照您的指令来到海拉尔，发现重要线索，已抓捕四人。"

城仓说："哦，你的说！"

冈田说："经过秘密调查，一个叫马大个子家伙出现在海拉尔。"

城仓说："马大个子，什么的干活？"

冈田说："车夫。因为个子高，叫马大个子。原来是在东宁一带用马车拉客。我来海拉尔后，突然发现了他，这很不正常。"

"冈田君，那么，结果呢？"

"将军，马大个子与金校根秘密地联系。"

"金校根，什么的干活？"

"金校根，朝鲜族，家住尖岛（吉林省延边）地区，原来是在东宁要塞做翻译。因为诺门罕战役，需要处置苏军俘虏，他懂俄语，懂日语，他来到了海拉尔。但马大个子也来到了海拉尔，这很值得怀疑。"

"那么，冈田君，他们都有什么秘密活动？"

"将军，马大个子与金校根的有联系，还与一个叫巴音的蒙古人，他们之间有联系。"

"巴音，什么的干活？"

"巴音，原名是叫陈世文，从东宁要塞逃跑43个人之一，其中有31人越境到了苏联。现在，他突然出现在了海拉尔。因此，我决定抓捕他。"

"嗯，很好，冈田君，你的工作，我大大的满意！"

"将军，在抓捕金校根的同时，一位叫小笠原的军事参谋也抓了。当时，他正和金校根一起喝酒。"

"谁，叫什么名字？"

"小笠原参谋。将军，小笠原、金校根，马大个子，他们之间联系大大的紧密。我的怀疑，他们都和陈世文有关？"

"哦，你的，搞准了吗？"

"是的，将军。我的职业敏感性告诉我，陈世文既然是逃离东宁要塞的战俘，而金校根也在东宁要塞做过翻译，包括马大个子，也是从东宁来的。现在，他们同时出现在了海拉尔，这很值得怀疑，绝不是巧合。因此，我的，统统地抓捕了他们。"

"巴嘎呀噜，冈田君，你的，做事没有脑子，太仓促了，这会惊动整个苏联情报组织。知道嘛，放长线钓大鱼。你的，懂吗？"

"是，将军，您说得对。不过，陈世文从东宁要塞逃脱后，金校根的知道，他认识陈世文。而且，抓捕之前，他都没有向大日本皇军进行报告，这是对大日本帝国的大大的不忠。"

"冈田君，我很赞同你的推理，但你的，动手早了。"

"不，将军，这里面有些情况。因为我去阿穆尔酒吧时，我认出了陈世文，他也认出了我。如果不采取行动，那他，就可能跑掉。所以，我的，必须采取行动。"

"哦，好吧，我的理解。但问题是，你为什么要去阿穆尔酒吧？蠢嘛，完全可以躲在幕后进行指挥，通过偷拍照片，再进行辨认，然后，再确定下一步该怎么办，懂吗！"

"是的，将军。但我没想到这一点，没有想到阿穆尔酒吧会有东宁要塞出逃来的要犯。"

"好吧，冈田君，既然你采取了行动，那就突审，以免夜长梦多。"

"是的，将军，我要用钳子撬开他们的嘴巴，搞清所有问题，再向您报告情况。"

"冈田君，人都关押在了哪里？"

"北大营，将军。"

"不，要连夜羁押到齐齐哈尔。"

"哦，为什么？我的不懂！"

"你的，请齐齐哈尔宪兵队土屋芳雄参与审讯，知道吗，他是我们'特高课之神'。在审查苏联特务'波波夫案'时，他有卓越表现，有审查苏联特务的实战经验。因此，你的，与土屋芳雄联系，将金校根、陈世文、马大个子，小笠原参谋，统统地押到齐齐哈尔。"

"是，但关在哪里？"

"关在齐齐哈尔陆军监狱，冈田君，你的，听清楚了吗？"

"是，将军，我立即执行您的命令。"随后，冈田与土屋芳雄进行了电话联系，连夜将人押解到齐齐哈尔。

土屋芳雄，秘密档案，绝密

土屋芳雄，1911年10月1日出生在日本山形县。日本宪兵，性格坚强，对日本天皇忠诚。从小就梦想有一枚军功章的土屋芳雄，随日军侵华被编入满洲独立守备队。两年后，考入日本宪兵队，任齐齐哈尔宪兵队少尉副官。在1933年至1945年的13年间，土屋芳雄双手沾满中国人的鲜血,曾参与逮捕中国抗日人员1917名,直接和间接杀害328人,并从上等兵被晋升为曹长、特高课班长,多次被授予勋章。1937年1月5日下午4时,日本齐齐哈尔宪兵对"波波夫案"中(即张永兴、张克兴)的8名苏联情报人员,以及1936年12月31日,从日本陆军监狱越狱的105人中抓回55人,一块枪杀于齐齐哈尔市北郊的白塔附近。土屋芳雄侦破"波波夫案"有功,受到东条英机特别嘉奖。东条英机认为,土屋芳雄"为关东军防谍谋略工作作出了划时代的贡献"。此后,土屋芳雄有了"特高课之神"的美称。1945年8月19日,土屋芳雄在齐齐哈尔被苏军俘虏。之后,在苏联远东地区服劳役5年。1950年7月,土屋芳雄和969日本战犯一道,由苏联政府移交给了中国政府,被关押在抚顺战犯管理所,度过了近6年的牢狱生活。1956年7月20日,他被中国最高人民检察院免予起诉释放。回到日本后,参加了日本中国归还者联合会、中日友好协会,接连出版四本书,《战犯实录》《我对侵略中国的悔悟与谢罪》《关东军对中国东北的侵略》《访中谢罪纪录》等书籍,对在中国的暴行感到悔悟,并致力于告诉世人当初日本在中国东北的残暴罪行。土屋芳雄心黑手辣,为了进入日本宪兵队,曾用战刀刺杀抗日人员。

37　土屋芳雄
波波夫国际间谍案的刽子手

为了营救金校根、陈世文和交通员马大个子,一周后,远东谍报小组负责人柯林,以商人的名义专程来到了哈尔滨,并与荆楚天和卡利洛娃相约在马迭尔旅馆见面。

柯林说:"我们要不惜一切代价找到金校根和陈世文的秘密羁押地点,要设法营救他们,不计代价,全力营救。"

荆楚天说:"我们还不知道羁押地点,这就很难营救了。"

柯林说:"营救方案可以分两步走,一个是秘密斗争。由您领导的情报小组设法搞清金校根和陈世文的秘密羁押地点,再把关东军无故抓捕陈世文等人的事件公布于众,这就等于抓住了关东军的软肋。另一个是公开斗争。由蒙古和苏联联合提出公开抗议,因为巴音是蒙古族。之后,再由鄂伦春首领盖山组织蒙古族、鄂伦春等少数民族举行民众抗议,向关东军公开施压。"

荆楚天说:"目前,据情报员占柱梅的秘密报告,她亲眼看见了巴音和马大个子被押到了海拉尔日军驻地北大营,但没有看到金校根被捕。现在,他们很可能是羁押在那里。"

卡利洛娃说:"柯林同志,我这儿有个情况。"

"您说。"

卡利洛娃说:"在来哈尔滨的头天晚上,关东军宪兵司令官城仓约通化警务厅厅长岸谷隆一郎谈话,就有关围剿抗日联军第一路军杨靖宇将军的问题,他们进行了秘密交谈。"

岸谷隆一郎,秘密档案,绝密

岸谷隆一郎,伪满洲国通化省警务厅长。1924年毕业于日露协会学校。1940年2月23日,将东北抗联军第一路军总指挥杨靖宇杀害。因围剿抗联有功被提拔为伪满洲国热河省省长。1945年8月15日,日本投降;19日,全家四口在承德自杀。

卡利洛娃说:"岸谷隆一郎被城仓司令官约谈后,与一个人一起来到了新京的樱花会馆,点名要我来陪。另一个人叫涩谷。他们原以为我不懂日语,并没有防备我。岸谷隆一郎说:'涩谷君,您的报告写得大大的好。城仓司令官能够约谈我,除了对通化警务厅的重视,也因为您的报告得到城仓司令官肯定。因此,涩谷君,我要大大地谢你!'

涩谷说:'哦不、长官。城仓司令官能够亲自与您谈话,是对您的工作认可,因为您的卓越领导能力。此外,您搞清楚了杨靖宇的活动规律,城仓司令官认为,杨靖宇是瓮中之鳖,插翅难逃了。'"

荆楚天说:"哦,那么说,杨靖宇将军处于危险中?"

卡利洛娃说:"是的,但不仅仅杨靖宇将军一个人是处于危险中,还有其他的抗日联军。但头儿,我无法知道岸谷隆一郎同宪兵队司令官城仓义卫都说了些什么。当时,岸谷隆一郎与涩谷说,土屋芳雄又有立功机会了。"

"哦,那么说,土屋芳雄会不会参与对陈世文的审讯?这人是不是还在齐齐哈尔?"柯林问。

"是的,土屋芳雄是在齐齐哈尔。"卡利洛娃说,"但不确定土屋芳雄的立功机会是不是指金校根。"

柯林说:"嗯,这是个重要信息。如果金校根等人被日本宪兵队羁押到了齐齐哈尔,那他们就凶多吉少了。"

"为什么?"卡利洛娃问。

柯林说:"土屋芳雄这人手段毒辣,曾参与破坏我们在齐齐哈尔的秘密情报组织,即关东军所说的'波波夫案',我们秘密情报组织负责人叫张新生,他们是8个人,都惨死在土屋芳雄的手中。"

荆楚天说:"哦,我不知道张新生是谁?"

柯林说:"张新生的真名叫张永兴,曾用名王立川、张惠民,早期参加过共产国际,是齐齐哈尔情报站秘密负责人,与远东情报组单线联系。张永兴原籍山东省蓬莱。1915

年考入南开中学，1922年加入国民党。九一八事变，他对国民党失去信心，脱离了国民党，投身抗日救国的伟大斗争中，1932年12月加入中国共产党。1937年1月5日，张新生等8人，在齐齐哈尔北郊被日军杀害。1925至1931年间，张永兴化名张新生，是安东《新安东日报》编辑，组织过安东学生对公安局长鲍竹苏镇压学生爱国游行示威活动。1931年4月3日，安东20多家2万多缫丝厂工人举行大罢工，他是组织者，因此在缫丝厂的工人中极受尊敬，有很高的威望。九一八事变，日军侵占沈阳、鞍山、抚顺、新京等18个重要城市。"

卡利洛娃说："那么，张新生后来呢？"

柯林说："9月19日，关东军侵占了安东，立即下令逮捕张新生，几次派兵查抄他家。但此时，张新生已经潜入奉天幸免于难。不久，他化装成难民登上火车来到北平。起初，他对当局心存幻想，认为能够抗日。但'政府方面除报告国联外，别的办法一点都没有。'为此，他彻底失望了。9月27日，张新生在北平西单会馆参加'东北民众抗日联合会。'大会决定'发动东北民团、散兵、土匪，组成抗日游击力量，打击日本侵略者'。于是，张新生又潜回到沈阳，在黑山县组建'东北国民救国军'。当时，救国军与日军周旋，抓住机会，痛击日军小队和黑山驻屯日军。在黑山五台子一带，击毙日军不破之治大尉等46人，使得日军惶惶不可终日，惊叹辽西是'匪世界'。1932年春，张新生奉命调回到北平救国会工作。9月，经安东教育界老友李毓馥介绍，张新生认识了北平安东茂兴园老板的儿子王兴让。此时，王兴让在北平西郊区委任青年团书记、中共党员。此后，张新生认识到，'只有共产党才能雪我国耻民辱'，并表示愿意为共产党工作。同年12月，经王兴让介绍，张新生在北平加入了中国共产党。不久，中国共产党把张新生的组织关系转入到了河北省军委。1933年4月27日，北平颁布《整顿河北省境内义勇军办法四项》，对退到河北省境内的东北义勇军采取取缔措施，救国会被迫停止活动。此后，张新生投入了隐秘战线。"

卡利洛娃说："那么说，张新生是在1933年就加入了我们的情报组织。"

柯林说："不，是1932年的春天，张新生加入了共产国际。当时，他还是国民党党员。从辽西救国军返回北平救国会工作期间，奉命到南京向国民党政府汇报抗日工作，适逢南京国民党改组经济学研究会开会，他顺便到会。在会议期间，意外与天津南开中学同窗刘进中相遇了，从而引发了他人生道路上的又一段奇遇。"

刘进中，秘密档案，绝密

刘进中，又名张放、方文，1922年考入燕大政治系。1926年经李大钊和苏联驻华大使加拉军介绍为共产国际工作，成为苏联红军总参谋部情报特工佐尔格在上海期间的主要助手，化名王如卿。在上海期间，佐尔格谍报小组发回莫斯科597份急电，其中335份直接报给中国工农红军和中华苏维埃政府。1931年6月，共产国际信使约瑟夫在新加坡被英国警方捕获，英国人在其携带的文件中发现"牛栏夫妇"在上海的电报挂号和信箱号，随即"牛栏夫妇"被捕。"牛栏夫妇"真实姓名为亚克夫·马特耶维奇·鲁德尼克。在营救时，佐尔格和王如卿的身份暴露了，撤离了中国。1946年，刘进中改名陈翰生，成为中国早期马克思主义的农村经济学家、社会学家、历史学家、社会活动家。

柯林说："刘进中是共产国际在上海情报网的负责人，佐尔格的助手。期间佐尔格指示刘进中，多方联络国民党内部朋友。于是，刘进中应国民党河南省党部主任、国民党左派领导人之一邓飞黄之邀，参加'中国经济学会'成立大会。之后，张新生来到刘进中的住处，叙谈了两天。刘进中借机给张新生讲了苏联十月革命运动，并强调，只有中国共产党才是领导人民抗日救国的组织。于是，张新生表示脱离国民党，听从共产党安排。不久，刘进中向佐尔格汇报情况，佐尔格决定接纳张新生为情报员。1932年11月，佐尔格应调回国。1933年春，肖项平同志接替刘进中在上海的工作。8月，张新生接受肖项平委派，与张树棣一道到了哈巴罗夫斯克，接受远东军区司令部谍报部第四情报科受训。1934年4月，张新生偷越国境潜回北平，把家眷从北平接到齐齐哈尔，以'张惠民为名，在齐齐哈尔建立秘密情报站，搜集齐齐哈尔、海拉尔、讷河、洮南、公主岭、白城子一带日军第十六师团、第一师团、飞行队、关东军仓库齐齐哈尔分库以及医院的军事情报。其间，张新生接受我的领导，在齐齐哈尔等地发展骨干20多人。"

卡利洛娃问道："那张新生怎么暴露的？"

柯林说："您清楚，在我们情报组织内部有严格的规定，一个情报人员只能知道上线，也会知道下线，其他情报组织和人员不可以知道。因此，张新生主要活动在齐齐哈尔，只有他的上级和下级知道他是秘密情报员，主要任务是搜集关东军秘密情报。为了长期隐蔽，张新生等情报人员均以社会化、合法化的职业进行掩护。当时，张新生在齐齐哈尔市北门外开了卖鲜果的商店。其下属情报人员都各有职业，比如闻汉章是齐齐哈尔市《民生晚报》社长，扩大社会交往，团结进步知识分子。许志岚是安东人，在齐齐哈尔办养鸡场，经常按照张新生指令，秘密深入日伪军营卖鸡卖蛋。关奎群在瑷珲县三道沟开设了小旅店，掩护情报人员秘密过江。他们根据各自的职业特点，确定具体的侦察目标、联系人、联系暗号和联系地点。通过苦力李景春、兰岳宣等人，利用给日本人送货、清扫、修路、烧水、清理仓库、搬运货物的机会，他们经常出入日本飞行队、步兵东大营、步兵南大营、骑兵队、陆军医院、工兵队等地，侦察日军飞机种类、机号、往来架数和演习状况以及货物运送数量，步、工、骑兵装备情况。情报员赵云溪还打入龙江公署做职员，长期潜伏，秘密获取了'县长及参事官会议内容'和'取缔反满抗日分子情况'及'龙江县内满军情报、日军军官数及阶级'等重要情报。利用谭继恕、于心元、魏世芳在铁路工作之便，搜集铁路运输及特别军事情报。让鲁子仲同志在野炮联队附近开鞋店并监视敌情。逢贵、蔡秀林通过开粉坊、摆小摊，对军火库、陆军医院、步兵东大营、火车站进行观察。除了搜集齐齐哈尔日伪军情报外，张新生还经常安排人深入到沦陷区搜集情报。1935年10月至1936年5月，曾先后派蔡秀林、闻汉章分别到海拉尔、讷河、昂昂溪搜集情报；到公主岭、白城子、王爷庙等地搜集日军机械化部队和铁路铺设的情报。"

荆楚天说："那么说，张新生的情报组织活动范围很大，也获得了关东军的大量军事机密。"

柯林说："在张新生的情报活动中，日伪档案也是有记载的。其中说，'张惠民（张新生）布置同党分子搜集驻屯齐齐哈尔市的日军第十六师团、第一师团司令部及所属部队航空队，关东军仓库齐齐哈尔分库等军事资料。除直接搜集情报外，还收买了出入驻地部队的买废纸的商贩，以及利用满人儿童在部队营房附近拾取散落的纸外，还将集团成员打入部队充当佣人，乘工作中看管松懈之机窃取情报。其活动都有周密计划，方法甚为巧妙，逐次搜集起来的资料一并交给张惠民，由张惠民整理上报'。"

"为了加紧情报传递工作，张新生搬入了东二道街仁惠胡同1号，按事先约定指令，遣返马亚夫斯卡亚回到苏联领取短波无线电台，安放在仓库里。每隔3至5天，张新生就会同上级情报部门联络一次。"

"由于情报工作的特殊性、隐蔽性，张新生常常在夜深人静的时候工作，数九隆冬，天寒地冻，气温常常零下30多度，在毫无取暖设备的仓库里，会冻伤鼻尖、耳朵、嘴唇，都直脱皮。"

卡利洛娃说："嗯，张新生的工作条件要远比我们辛苦得多。"

柯林说："当时，张新生还患有严重的肺结核病，经常咳嗽吐血、低烧，但都没有影响工作。从1935年到1936年10月，发报多达86次。当时，日军无线电所，满洲电信局，经常能够探测到齐齐哈尔市有异常电波，但都没有发现电台位置。开始时，电台由闻汉章同志负责收发。1935年底，由在苏联受无线电台操作的张新生胞弟张克兴接替工作。"

"除了电台发送情报外，张新生也会派人直接向上级送达情报。1935年5月以后，张新生多次化装成商贩，经瑷珲县三道沟交通点过境。后来，张新生的女儿晓玲和慧园，也开始帮助父亲工作。1936年8月，张新生带着她们与许志岚一道携带大量机密情报，经瑷珲县三道沟赴苏，把情报送到了伯力远东军事情报部，而他的两个女儿留在苏联。"

荆楚天说："那么，这期间，齐齐哈尔发生了什么事？"

柯林说："不，不是齐齐哈尔发生了问题，而是我们交通站点出了问题。1936年9月25日，日本特务组织逮捕了三道沟交通点的蔡秀林。10月，齐齐哈尔宪兵队接到'通苏案件'。称：该年秋，由苏联偷渡黑龙江回来的交通员王海曼和船夫关奎群在边境小镇孙吴被捕。据二人供认，张惠民是潜伏在齐齐哈尔的重要'苏联间谍'，望尽快捕获。"

"因此，土屋芳雄曹长一面派出在寿光小学当教员的密探任长龄探听张家的动态，一方面派出大批特务对张家和所开的店铺进行搜索和监视。同时，分三路包围《民生晚报》、养鸡场、鸿发园，除闻汉章、逢贵、鲁子仲等情报员外，其他成员均被捕。"

"那么说，张新生还没有被抓？"卡利洛娃说。

柯林说："案发时，张新生在苏联，我们尚不知道情报组织已遭破坏。1936年11月4日，张新生由苏联回国，经洮南潜回齐齐哈尔。走到仁惠胡同时，发现有敌特在周边活动，遂不动声色地转移到了中央路工作点隐蔽起来。"

"到此，我们的情报人员应该意识到，情报站点是出了问题的，应该立马停止一切情报活动，并返回到哈巴罗夫斯克向组织上汇报。但他们因为警觉性不够，累积成低级错误，导致情报组织损失巨大。"

"17日晚，为了不使家中隐藏的情报落入敌手，他利用特务交接班空隙，冒险回到家中。刚进门，日本特务任长龄和范亚雄，便以租房为名进屋与他纠缠。他不得不从角门出走。当晚，张克兴为取走电台和情报来到仁惠胡同附近，不幸被敌特捕获。紧接着，土屋芳雄带人对张新生的家进行搜查。缴获无线电收发报机各一台，德国照相机两架，微型相机两架，照片冲洗设备一套，化装用具皮箱两个，工作经费3500日元，从日军内部搜集的绝密文件1000件，其中，重要绝密文件5套，还有散装在罐头盒里的用蝇头小字抄写的'简报'。

18日，张新生等5人在中央路被捕。破获这么大的苏联间谍案，还是关东军宪兵司令部组建以来的第一次。齐齐哈尔宪兵队将此事电报给关东军宪兵司令官东条英机，当即，他派参谋长乘飞机来到齐齐哈尔。

土屋芳雄等人对张新生进行突审。开始时，宪兵队试图以'逆用'、即劝降张新生兄弟做'秘密工作人员'，被张新生严词拒绝。张新生说：'你们侵略了我们的国家，我还能投降你们？休想。'敌人想从他们俩口中得到第三国际情报组织系统和具体任务情况，张新生坚定地回答：'我们的组织规定，凡是在苏联听到的话和认识的人，不准对外人议论。'

敌人见利诱不成，便严刑逼供。他们剥光了张新生的衣服，将他绑在长凳上灌凉水，灌满后，再骑上人将水压出来，用尽了酷刑。张新生几次昏死过去。当他被凉水浇醒后，两眼怒视土屋芳雄：'我告诉你们，我是中国人，中国正在遭受你们的侵略，我不能坐视不管。现在，中国人不能马上把你们赶出中国，但我们要同你们血战到底。我们要解放自己的国家，需要苏联的帮助。我为苏联工作，就是为了挽救我们的祖国。我坚信，这是一条正确的道路。'

因此，土屋芳雄又采取了新的手段，把张新生的妻子儿子带到宪兵队，企图利用亲情瓦解他的意志。张新生识破了敌人的阴谋诡计，抓住最后时机，镇定自若地对妻子说：'日本宪兵队让你来的目的,我清楚。我们与日本侵略者的斗争是你死我活的斗争。他们侵占了我国国土,我们的人民正在受苦,我是绝不能坐视不管的。敌人抓到了我,想收买我,但我不会被收买。他们一定会杀死我的。我死后,你要带着孩子坚强地生活下去,而我唯一遗憾的是,我从事的事业尚未完成。现在,我死后,你要把我的血衣留下来教育后代。等孩子们长大后,你要告诉他们,我是为什么死的,要他们继续完成我没有完成的事业。你要坚强,要有信心,日本帝国主义一定会被消灭和被驱逐出去的!'

对此,土屋芳雄一面制止张新生说下去,一面令人在屋外疯狂地抽打张新生年仅3岁的儿子。孩子的惨叫声,声声刺痛张新生的心。但他紧闭双眼,面色苍白地坐在那里。

在张新生受审期间,日本宪兵队将所有的酷刑都用了,所有招法都使了,但他坚决不吐露秘密,而土屋芳雄对此束手无措。不巧,1936年12月31日夜,齐齐哈尔陆军监狱发生越狱事件,有105人脱逃。但3天之内,除了被饿死、冻死、枪杀的人外,有55人被抓了回来。

鉴于张新生不屈不挠的情况以及严重的越狱事件影响,关东军宪兵司令官东条英机作出决定:将张新生等8人苏联情报人员以及越狱事件中的55人一起处死。

1937年1月5日下午4时,土屋芳雄带领宪兵队将张新生、张克兴等8人,以及越狱被抓回来的55人,一起枪杀于齐齐哈尔北大营的草原上,即齐齐哈尔市北郊的白塔附近。"

38 干掉冈田
确保新京秘密情报员安全

听了柯林的介绍,荆楚天忧虑地说:"如果金校根、陈世文和马大个子落入土屋芳雄手中,他们的生命会不保的。"

"是的,"柯林说,"土屋芳雄这个家伙一定会杀害我们的情报人员。因此,要尽快想办法营救他们。但他们是否被羁押在齐齐哈尔,需要进一步核实。"

荆楚天说:"有了,如果能够找到冈田,我们就会知道陈世文和金校根的羁押地点。因为冈田左腿微跛,挂着刀鞘,很好辨认。"

卡利洛娃说:"嗯,这是好的思路。那么,如果杀掉冈田,也会保证刘天一和濑户美智子的安全。"

柯林说:"是的,我们要立即干掉冈田,进而保证我们在新京的情报人员能够安全。"

荆楚天说:"头儿,那我到齐齐哈尔去吧,争取找到冈田,再寻机做掉他。"

柯林说："哦不，还是将李云林从大兴安岭秘密调过来，再配上两个人。如果找到冈田，就果断将其除掉。"

"嗯，可以。"

卡利洛娃说："我有个好主意，就是冈田喜欢女人，尤其喜欢年轻漂亮的白种女人。因此，我们是不是有必要利用他的弱点？"

"嗯，好主意。那样，荆楚天同志，您派人给李云林发电，请他速到齐齐哈尔并盯住宪兵队和陆军监狱人员的进出情况，设法找到冈田。如果他在齐齐哈尔，由卡利洛娃物色女人设计干掉冈田。"

荆楚天说："头儿，那就由我来吧，我来直接干掉冈田。"

柯林说："哦不，你不能暴露，因为还要同刘天一保持联系。同时，由你转告刘天一，还有濑户美智子，随时准备撤离新京。"

"好吧，头儿，我服从您的命令。"荆楚天说，"卡利洛娃同志，您回到新京后，要立即物色合适人选。"

卡利洛娃说："有一个人，你们看看是否合适。谁，您说？菲季斯卡娅，20岁，来自明斯克。她长相漂亮，一双褐色的眼睛非常迷人。特别是那微微翘起的鼻子，很有特点。在日常生活中，她常常会将金黄色的头发挽在头顶，是那种'丸子'头型，因而变得十分高傲和性感。最早，她因为容颜美丽，身材纤瘦、笔直，开始练习芭蕾舞，但在追梦芭蕾舞的活动中，遭遇了挫折。她16岁那年，一名男教练奸污了她。为此，菲季斯卡娅几次寻死都不成。但最后，她寻机用刀子刺死了那个奸污她的男人。此后，为躲避明斯克警方追捕，她流浪到了莫斯科，又辗转来到中国。现在，她孤苦无助，只能靠自己的身体来赚钱并养活自己。因为生活充满忧愁，菲季斯卡娅的性格乖戾，会时不时地将脚反抵在门框上，轻蔑地看着人来人往。而那种指尖夹着香烟的姿态，也别有一番风味，是道美丽风景。在樱花会馆，菲季斯卡娅的名字很热，是上客率最高的女人。但她恨日本人。说日本人太坏，没有人性，糟蹋妇女，还肆无忌惮地屠杀中国人。而这，也是我看好菲季斯卡娅的原因。"

柯林问："那么，菲季斯卡娅的性格足够坚强吗？"

卡利洛娃说："是的，但她不善言语。"

柯林说："那么，她的胆量呢？"

卡利洛娃说："这不是问题。因为我说过，在明斯克，她亲手杀了那个糟蹋了她的男教练！"

柯林说："嗯，好吧，那就是她了。荆楚天同志，您看呢？"

荆楚天说："好，我同意。不过，在谋杀冈田之后，我们应该怎样保护菲季斯卡娅的安全呢？"

卡利洛娃说："还有报酬，我们总不能让她白干。"

柯林说:"是的,如果菲季斯卡娅愿意除掉冈田,我们可以给她一大笔钱,保证她一辈子生活都不成问题。"

卡利洛娃说:"在刺杀冈田之后,我们应该将菲季斯卡娅护送到哈巴罗夫斯克去。如果她愿意,可以留在莫斯科。如果她想回明斯克,我们也可以安排她返回祖国,并保证她不再被追究刑事责任。"

柯林说:"那么,您回到新京后,务必做通菲季斯卡娅的工作,要她为杀奸除害做些事情。"

这时,荆楚天从兜里掏出了冈田的照片说:"卡利洛娃,这个给您,请菲季斯卡娅过目。之后,要将冈田的照片秘密烧掉,以免遗失了引发新的问题。"

"好的,放心吧!"

不久,卡利洛娃传来了好消息,菲季斯卡娅同意秘密干掉冈田,但开价是1万美金,或者3万日元。

考虑营救金校根和陈世文意义重大,柯林同意支付费用,同时答应菲季斯卡娅可以提出更多要求。

菲季斯卡娅接到了命令后,乘坐早班小票车去了哈尔滨。在走出"大满洲国"火车站后,在马迭尔旅馆住了一宿。第二天,又乘小票车去了齐齐哈尔。

在列车上,她回忆着,冈田贼眉鼠眼的模样,一个极其丑陋的日本男人,小眼睛,塌鼻子,嘴角处微微的歪斜。此后,她还被告知,在做掉冈田之后,她的生活将有重大改变,会结束逃亡生活,可以落脚到莫斯科,会有稳定的工作和收入,而这是她的梦,不再流亡了。

是的,菲季斯卡娅已经厌倦漂浮不定的生活,也不想再做妓女了。而且,她渴望有个家,有人爱着自己。

可是,她不敢再往下去想了,因为世事多变。在她的记忆中,那些嫖客们都不是什么好东西。尤其那些喝得醉醺醺的日本军官,令她百般讨厌。但为了活着,菲季斯卡娅每天都要强装笑脸,只能饱受践踏与侮辱。想到这儿,她的眼睛里流出了咸咸的泪水。

于是,她赶紧用手帕沾了沾脸颊,并再次闭上了眼睛。不过,她不是为杀了那个糟蹋自己的家伙而悔恨,尽管因此而有了漂泊不定的生活。她想,复仇是一种快意的事情,也值得去做。

不过,漂泊在动荡不定的满洲,也终不是个事。如果卡利洛娃能够改变自己的命运,再次杀人,特别是杀掉那个邪恶的特务机关长冈田,也是值得一干的。

现在,她意志坚定,信心满满,渴望东边日出西边雨。然后,自己就有了新的开始。

在以往的生活中,她很相信卡利洛娃,因为都是外国女人。能够在日本人统治的新京相依为命,彼此照应,很值得庆幸。但她也说不清楚,总是感觉到卡利洛娃的身上有着某种不对劲的方面。她不仅仅是靠美色出卖身体来赚钱养活自己,还有着某种不一样的价值观。而且，这种价值观也支配着卡利洛娃的心理和行为。因而，卡利洛娃很神秘，但自己又说不清楚她为什么会神秘，会与自己不同。

反正，卡利洛娃同自己是不一样的人，她想。因为卡利洛娃好像很喜欢冒险，尽管她没有看到她杀过人。而且，她好像是有着某种目的，也好像很喜欢钱，但也不是怎么感兴趣的。因此，她断定，卡利洛娃不是妓女，可能是有某种目的与不知的未来。

现在，她的这种疑虑，好像得到了某种印证，并且是越来越坚定了自己的看法。不过，卡利洛娃好像不怎么讨厌日本宪兵，也好像很喜欢日本的高级军官。

但现在，她又为什么要自己去做掉特务机关长冈田呢？这是个谜，但自己很愿意干，因为有着某种交换的条件和对未来生活的期盼。

在去往齐齐哈尔的小票车上，菲季斯卡娅回忆着与卡利洛娃的对话。"菲季斯卡娅，您怎么看待日本人，尤其是那些宪兵。"

菲季斯卡娅说："姐，您要我说实话吗？"

"是啊，我们姐妹之间没必要说虚话啊！"

"姐，他们都是些畜生，都是屠夫。在他们的身上，我看不到人性，他们都是牲口。"

"哦，你恨他们？"

"姐，那些日本兵在大街上任意挥刀砍杀中国人，不仅屠杀中国男人，还有好多妇女和儿童，他们都惨无人道！"

此时，菲季斯卡娅注意到，在卡利洛娃的脸上，已经变得冷峻而坚毅起来。她说："妹子，你也是杀过人的呀？"

"哦不，姐，那可是不一样的。我之所以杀人，是那个家伙糟蹋我。但日本兵杀人，是一个民族对另一个民族的野蛮杀戮，而且被杀者都是些手无寸铁的中国人。可见，日本兵都是一些野蛮人，他们对人的生命有蔑视态度。不，是生灵涂炭。还有，姐，日本军队侵犯中国土地，这是非正义的。"

"嗯，说对了，妹子，我好像没有办法不同意你的看法。"

"什么是好像，就应该是！"

卡利洛娃说："妹子，其实日本宪兵要更坏，也远比强奸你的男人坏上百倍。对此，你同意我的看法吗？"

"姐，他们都是一样的禽兽。和特高课的人一样，都坏透了。此外，据我所知，中国人还特别恨那些来自朝鲜的'二鬼子'。他们说朝鲜话，说日本话，还说汉话。在统治中国时，他们执行日本人的意志。日本人让他们去杀人，他们就杀人；同时，他们还给日本人出一些坏主意，也都是杀人不眨眼的刽子手！"

"那么，你认为'二鬼子'这样干，其中的原因是什么？还不是在体现日本人的意志吗？"

"姐，我知道，因为朝鲜是先被日本人统治的。而后，一些朝鲜人就死心塌地地为日本人效力了。因此，关东军将他们训练成奴仆，又带到中国来。因而，日本人是借助他们的手，进而实施对中国老百姓的统治。"

"嗯，妹子，你的看法非常对。不过，你的看法同满洲的老百姓的看法是差不多的。据我所知，满洲老百姓都恨关东军，也恨来自朝鲜的'二鬼子'。这不，我听说了，在关东军统治的绥化地区，就三个日本人，安达县只有两个日本人，其他都是些'二鬼子'、汉奸什么的。"

"哦，姐，您怎么会知道得这么具体？一定是有什么渠道来源吧？说说看！"

菲季斯卡娅注意到，卡利洛娃的眼睛中滑过了一道狡黠的目光。卡利洛娃说："妹子，这都是人们在暗地里议论的。只要你留心，就能够听到。"

"哦，姐，我好像明白了。"说后，菲季斯卡娅狡黠地笑着并沉默不语了。此时，她的右手夹在腋窝下，高跟鞋蹬在身后的门框上；左手夹着香烟，姿态优雅，性感，美丽。

"菲季斯卡娅，那你都明白了什么？"

"姐，一些参与抗日的人，好像都像你这么想。因此，我看，您与我是不同的，有不同的立场。还有——"

"还有什么？"

"民族仇恨。"

"哦不，菲季斯卡娅，不可以这样说。现在，我们都是妓女，也都是靠出卖色相来赚钱养活自己。"

"哦不，姐，我是靠身子赚钱的人。而您，好像又不是，不仅仅是靠身子赚钱来养活自己的。"

"菲季斯卡娅，我们都是一样的人啊！"

"姐，我看您活着有自己的目的，有自己的主张。而我，是一个漂浮不定的女人，但您与我不同。"

"妹子，我们都是一样的妓女，没有什么不同。"

"姐，我肯定您不是的。因为我观察过您，您和别人不一样。"

"哦，为什么这样说？"

"因为您不愿意同普通的中国人睡觉。相反，您更喜欢和日本军官在一起腻着。不过，姐，您既然那么恨日本人，又干吗要跟日本军官睡觉呢？"

"哦不，菲季斯卡娅，你搞错了。知道不，在新京，最有钱的人是谁，是日本军官！"

"那是，这我知道！"卡利洛娃看着菲季斯卡娅的眼睛沉默了一会儿，又表情凝重地说："日本军官的兜里不仅有钱，手上还有中国人的血债！所以，我和您一样，也是恨日本人的。因此，我不想再做下去了，很想回到苏联去。"

"哦，姐，这太突然了。"菲季斯卡娅听了卡利洛娃的话，立马变得若有所思起来，明媚的眼眸中，也渐渐地堆积着忧伤，说："那我怎么办啊？姐，您不能不管我啊！"

"嗨，妹子，你在说什么呢？"

"姐，您回到苏联去，那我该怎么办啊？"

"妹子，你可以回到明斯克去啊，回到祖国去！"

"可是，姐，您知道的呀，我回不了明斯克。实话都跟您说了，我现在是假护照，黑市买来的。如果回到明斯克去，我等同于自投罗网，要坐牢的。"

"哦，那你该怎么办啊？"

"姐，您要帮帮我，帮我找个落脚的地方。"

"这个嘛，我好像没什么办法！"

"不，姐，您是有办法的人，我也去苏联。"

"可是，妹子，你没有护照啊，又不是苏联公民。因此，你去不了苏联！"说后，卡利洛娃耸了耸肩，摊摊手，一副无可奈何的样子！

"姐，您一定要想办法帮我，我都快愁死了！"

"不过，我倒是认识一个人。如果她同意，那恐怕您得付出点钱，或者其他什么的。"

"他是男人吗？我可以跟他睡觉！"

"哦不，她是一个女人。但我知道，她好像是与苏联方面有些联系。""那我可以跟她见面，好好谈谈这件事。不过，姐，除了杀人，做什么都行。"

"那么，如果真的是杀人呢？"

"哦不，我不想做那样的事了。"

"那么，你还见她吗？"

"见！"第二天的午后，卡利洛娃与菲季斯卡娅去了香茗茶馆。不一会儿，一个中国女人走了进来，土里土气的样子。卡利洛娃说："菲季斯卡娅，这是我的好朋友，但她不希望您知道她的名字。"

菲季斯卡娅说："您好！"

中国姑娘说："菲季斯卡娅小姐，我听说了您的情况，希望得到帮助。"

"是的，我需要帮助。"

"那么，您是想留在中国，还是去苏联？"

"我想去苏联，但您能够做到吗？"

"这都不是事儿。"

"那么，您需要我做什么事？"

那个中国姑娘看了看菲季斯卡娅，眼睛里透露坚毅的目光，说："我的事是在齐齐哈尔，您需要同特务机关长冈田睡觉。"

"哦，可以，这不是问题。"

"还有，您要杀了他！"

"不，这不可以！"

"您害怕了吗？"

"哦不，我不想杀人。"

"但他是畜生，手上沾满中国人的鲜血。"

"妹子，我不想做！"

"好吧，知道了。"之后，她站起身来，并将长头发很优雅地向后甩了一下，并对卡利洛娃说："那我走了。"

"哦不，您不能走。"菲季斯卡娅突然按住了姑娘，说："那么，您能帮助我去莫斯科吗？"

"小姐，这不是问题。但不仅如此，您还会有稳定的生活！"

"可是，我好像不大相信您，因为您太年轻了。"

"那么，您是在怀疑我做不到吗？"

"以您的年龄，我担心您的话靠不住。"

"小姐，这是您的看法了，而卡利洛娃不是这样看的。"

"可是，你们为什么要杀死冈田？"

"因为我们有3个人在他的手上，关押在齐齐哈尔日本陆军监狱。"

"那么我如果杀了冈田会有什么好处？"

"您想要什么好处？"

"1万美金。"

"成交，但首付是30%，3000美金；事成后，再付7000美金。"

"不，首付50%，5000美金！"

"可以！"随即，中国姑娘拉开了钱包，将5000美金递给了菲季斯卡娅，说："给，其他的钱，在您完成任务后，会立即付清的！"

"哦，好吧！"

39 杀他之前
你要出来一下示意我们

菲季斯卡娅在闭目养神的时候，一个日本军官捅了捅菲季斯卡娅的胳膊说："小姐，检票了，你的护照的看看。"

于是，她将自己的假护照递给了日本军官，很担心出了破绽。但那个日本人看了看菲季斯卡娅的脸说："您是德国人吗？"

"是的，您在怀疑我什么吗？"

"哦不，因为您的护照是德文，我在柏林读过书的。"

"哦，是嘛，很亲切，我是德国人！"

"可是，您有点不像德国人呢？"

"那您说吧，我是哪国人？如果不是德国人，我怎么会持有德国护照？"

"小姐，这是您的事了。"

"不过，生活中会有许多怪现象的，而不一定像德国人的，往往持有德国的护照。"

"那您的意思是什么？"

"我是说，好多不是德国人，手里却拿着德国护照，背地里做着别的事情。"

"哦，您指什么？"

"没什么！"

"那么，小姐，您真的是德国人吗？"菲季斯卡娅站起来说："您看看吧，看看我哪儿不像？你睡过德国姑娘嘛，感觉到了嘛，我是纯种的德国姑娘。"

"小姐，您别生气。请坐，我相信您是雅利安人，叫梅根·克鲁格。"

"对吗？"

"对的，梅根·克鲁格。"

"不，您应该叫我克鲁格小姐。"

"哦，打扰您了。"

"不客气，据我所知，德国与大日本帝国是相互友好国家。我们的元首是你们日本帝国的朋友。"

"哟西，哟西，希特勒，伟大的领袖，日本帝国的朋友。"

"您请坐，梅根·克鲁格小姐。不好意思，打扰您了。不过，我希望您能够谅解，梅根·克鲁格小姐，我能够问问您要去哪里？"

"齐齐哈尔。"

"哦，哟西。那么，您去齐齐哈尔哪里？"

"您猜？""我猜不出来，您需要我帮忙吗？我是说，您到了齐齐哈尔。"

"哦不，不需要，但我们可以哈尔滨见！"

"哦，谢谢！克鲁格小姐，祝您旅途愉快！"

之后，那位日本军官微笑了一下，并礼貌地向前验票去了。

再之后，菲季斯卡娅继续回忆着，令自己没有想到的是，只一周的工夫那位中国姑娘就为自己做好了假护照，摇身一变成了德国人。不过，还有一本假护照是藏在皮包的夹层中，还好，那位日本军官没有检查自己的包包。

小票车慢悠悠地向前开着。直到黄昏时分，火车才抵达齐齐哈尔火车站。走下火车，她看见，落成不久的火车站新颖别致壮观。之后，她收紧了貂皮袄上的带子，头上戴着圣诞老人的红色帽子并向下拉了拉，之后镇定地向出口走去。

她记住了卡利洛娃的话：在火车站的右侧，有一辆23号双轮马车会等着您。之后，他会将您送到迎恩门内大街，而那儿距离日本陆军第二师团司令部很近。您住的宾馆，是一座青砖瓦房的福圣旅馆。记住，车夫衣服后背上的号码是23号，而他是您的上司。在齐齐哈尔，您要听从他的命令。

到了福圣旅馆，车夫跳下了马车，搀扶着菲季斯卡娅下车，并将旅行包送到了房间里。车夫说："菲季斯卡娅小姐，我已经到齐齐哈尔十多天了。"

"那么，冈田在吗？"

"是的，他住在日本领事馆。"

"哦，那我怎么能够见到他？"

"不急，我们正在做秘密安排。现在，有些情况，您需要知道，就是说，我们有几个人羁押在这里。不过，在您到来前，蒙古已经向日本提出了抗议，说没有依据就抓捕蒙古人，要求给出合适的理由。同时，苏联政府也坚决支持蒙古的抗议，要求日本立即给出答复。此外，鄂伦春族首领盖山同志，组织了近300名蒙古人到日本驻齐齐哈尔领事馆抗议，要求立即放人。"

"哦，那样的话，我们还有必要杀死冈田吗？"

"不，要杀了他，因为这家伙已经认出了巴音，我们的同志。冈田说，他叫陈世文，是东宁要塞逃出来的战俘。"

"那么，巴音承认了吗？"

"还没有，他咬定自己是陈巴尔虎旗的牧民，蒙古族。现在，我们通过组织关系，陈巴尔虎旗的一些牧民已经证实，巴音是牧民身份。此外，在陈世文到达海拉尔前，由鄂伦春族首领盖山疏通关系，为陈世文取名巴音，还办理了良民证。但问题是，特务机关长冈田不会相信，因为他知道巴音就是东宁要塞的陈世文。同时，被抓的日本军事参谋小笠原向土屋芳雄说，金校根知道海拉尔要塞的布防情况。因此，关东军也很难放过金校根。"

"那么，金校根又怎么说？"

"金校根说，是小笠原参谋要他参与论证海拉尔要塞布防情况的，也是23师团长小松原道太郎中将批准的，而自己是不愿意参加的。为此，小笠原参谋证实了金校根的说法。"

"那么，我怎么才能够杀死冈田呢？""这样，您来做'鱼饵'，因为他喜欢漂亮的女人，尤其是俄罗斯女人。这是冈田的致命弱点，贪婪女色。"

"所以，您要我引诱他上钩。那么，我怎么接近他呢？"

"齐齐哈尔永安里胡同是红灯区，有许多暗娼都躲在青砖瓦房内。为此，我们在那儿租了房子。当冈田知道齐齐哈尔来了外国美女，他一定会扑到那里去的。到那时，我们就有暗杀他的机会。"

"但那儿的人是不是很多，不好下手吧？"

"问题不大，因为那儿经常有日本军官光顾，也肯定会有机会有杀掉冈田的。"

"那么，具体是什么时间？"

"我们的安排是明天子夜，您等我通知。因为每天晚上，冈田会到陆军监狱提审陈世文和金校根。一般情况下，在夜半时分结束审问。之后，冈田会回到日本领事馆休息。在此期间，我们会通过翻译官将您到达齐齐哈尔的消息提前通报给他。我相信，冈田获知您的消息，会如饿狼一样扑到红灯区去。"

"好吧，那我就到永安里胡同等他好嘞？"

"之前，我们在永安里胡同租好了房子。房间墙上有幅画，这幅画的后面会藏一把无声手枪。"

"嗯，但然后呢？"

"此外，我们备好了麻醉药。冈田做爱后会口渴，而您要借机将麻醉药偷偷地加到水里面去。在他熟睡后，您就动手。不过，在您动手之前，要出来示意我们，之后，我们会在外屋解决冈田的卫兵，还有司机。"

"好的，我记住了。不过，那我们又怎样走掉呢？"

"到时候，我们会借助冈田的汽车将你送出城。不过，在迎恩门那儿，会有汉奸和日本兵把守并检查车辆。而您将被全副武装押在车内，要装作很害怕的样子。我们的人会穿着日本宪兵的军服，来应对日本兵检查。出了迎恩门，我们将一路向北，一直到达讷河地界，有抗日联军的同志负责接应。而您到达瑷珲县后，会有人安排您过江。再之后，由马骁骁同志陪同您到苏联境内去。"

"马骁骁是谁？"

"是一名翻译官，他的父亲曾给齐齐哈尔大汉奸赵仲仁当过佣人。赵仲仁的外号叫'赵半城'，死心塌地为关东军卖命，而马骁骁就降生在'赵半城'的马棚里。此后，他毕业于齐齐哈尔师范学院，并借助'赵半城'的关系，到日本早稻田大学进修。回来后，马骁骁做了齐齐哈尔《民生晚报》的编辑。我们的同志闻汉章将马骁骁秘密发展成为情报员。考虑对日开展情报的需要，经闻汉章提议，借助大汉奸'赵半城'的关系，使其打入了日本驻齐齐哈尔领事馆做了资料翻译员。"

"好，知道了！"

"您在杀了冈田之后，要从后窗跳到屋外去。记住，向左走，不能向右。否则，您就完蛋了。另外，我们的人会在房子后面的路口拐角处接应您。再之后，冈田的汽车会转过街角接上您，经过街面向迎恩门方向出城。"

"嗯，记住了。""此后，在您离开房间时，要将冈田的包带出来。里面有份报纸，报纸上有我们的人的照片，也是冈田追查我们的人的线索之一。"

"放心吧，我保证完成任务。"

李云林注意到，菲季斯卡娅说话时很沉静，让他感觉心里安稳，就接着说："再有，明天晚上会有一辆双轮马车停在福圣旅馆门口，接您的是一位中年女人。"

"她是谁？"

"我们情报员的姐姐。之后，她会将您送到永安里54号。在此期间，您在出门前要将脸挡住。懂吗，这很重要。"

"明白。"

"我们的意思是很清楚，暗杀冈田的事，不能让关东军知道有外国人参与行动。"

"嗯，明白！"

晚上5点，翻译官马骁骁在吃过饭后，乘汽车陪同冈田去了日本陆军监狱，室内的老虎凳等刑具一应俱全。而奄奄一息的金校根，如一摊肉泥歪在老虎凳上，手和脚都被铐着。

土屋芳雄走过来，揪着金校根的头发说："你的，苏联侦察员的干活？"

金校根微微地睁开血肉模糊的眼睛，沉默不语。土屋芳雄说："你的说，陈世文逃出东宁要塞后，你的，为什么不向大日本皇军报告？"

金校根说："太君，我是忠诚于大日本帝国的，而您不信任我，我是非常的伤心。"

土屋芳雄说："哦不，你的，良心的大大的坏了。陈世文逃出东宁要塞，你的，统统地知道，但为什么不报告。还有，马大个子，你的，什么关系？"

金校根说："马大个子，我在东宁就认识他，就是一个赶马车的。在我来海拉尔后，也是巧了，遇到他了。但太君，我们之间没有问题。不过，对于你们说的陈世文，我根本不认识他，也不知道他是谁。而且，东宁要塞逃出的劳工，我都不认识。这之前，我只知道他是开店的，叫巴音。而马大个子认识巴音，他在那儿喝过酒。但你们抓捕他的那天，他还为我取了两瓶沃特嘎,让我和小笠原参谋一块儿喝掉了一瓶。"

"不对,你的,不老实,不说实话。"

"但我和他们没有什么关系!而且,买酒的钱,也是我出的。我同小笠原参谋走得是近了一些,那是因为我们之间谈得来,都忠诚于大日本帝国,而小笠原参谋是知道的。"

冈田说:"金校根,你的,良心大大的坏了。陈世文已经招了,他承认自己是俘虏,是从东宁要塞逃出来的。你的说,金,这怎么解释?"

金校根说:"不,我不需要解释。现在,不管你们怎么折磨我,但我对皇军是忠诚不变的。另外,巴音是陈巴尔虎旗的人,因为他本人说过。至于你说他招了,那是他的事了,同我没有关系。我想,他肯定是受不住折腾。"

冈田用狰狞的面孔看着金校根,随即"啪"的一个耳光,说:"小笠原同你在海拉尔要塞里都什么的干活?"

"太君,我们什么都没有干,哦,对了,他要我按照小松原中将的要求论证海拉尔要塞的防御能力。对此,我不想干,因为这不关我的事。但小笠原说他不懂,非要我参与,还说是小松原中将批准的,不参与不行。我相信,这应该是有批准手续的。而且,小笠原参谋是知道的。"

"巴嘎呀噜,你的,不说实话。"冈田咆哮着。随即,冈田拿起烧红了的烙铁烙在了金校根的胸脯上,只听"啊"的一声惨叫,金校根昏了过去。土屋芳雄拿来水桶,浇在金校根的头上。金校根再次苏醒过来,疼得浑身颤抖。

"说吧,皇军统统地知道,你的,苏联的侦察员。说,情报的干活?诺门罕战役统统是你们搞的鬼。"

"哦不,我不是苏联的侦察员。太君,我完全忠诚于大日本帝国,你不要折磨自己人。"

冈田一挥手,巴音被带了上来。土屋芳雄说:"你的明白,东宁要塞逃脱的战俘,叫陈世文。"

"不,我是巴音,不是陈世文。"

听后,土屋芳雄狠狠地揪着巴音的耳朵说:"来,你的瞧瞧,这是谁?现在,他认出了你。说吧,你为什么要和金校根共同对付大日本皇军?为什么要给苏联人干事?"

"哦不,我不是东宁要塞逃出来的。太君,我的家是在陈巴尔虎旗,我是蒙古人,纯游牧人的儿子。另外,我不是侦察员,从没有给苏联干过事。"

冈田说:"招了吧,陈世文,光天化日之下,你还敢对大日本皇军撒谎,死了死了的有!"

"太君,我真的不是陈世文,也不是侦察员。"

冈田说:"你的说,逃出东宁后,又为什么来到海拉尔?而且,你同马大个子和金校根有秘密联系?现在,马大个子和金校根都招了。说吧,你不要再执迷不悟了!"

"不，你说的问题，我统统不知道。因为我不是东宁要塞逃出来的，也不是苏联侦察员。至于太君说马大个子和金校根，那是他们的事，与我没有关系。"

冈田骂道："巴嘎呀噜，上刑！"

这时，进来两个肌肉发达、面相凶狠的家伙，架起巴音并绑在老虎凳上，用螺丝刀撬开他的嘴巴，插上橡皮管子，往肚子里面灌辣椒水。灌满后，又把巴音放倒在凳子上，一个人骑上去将辣椒水压出来，弄得鼻口蹿血。巴音几次昏死过去，再用冷水浇在头上。

23时了，马骁骁看看手表，偷偷地向冈田说："冈田君，您该歇歇了。"

"哦不，我的，要撬开陈世文的嘴巴，要他说出秘密。不然，我的没办法向城仓司令官交代。"

说着，冈田从他的包包里拿出了一张照片，马骁骁看了，这是一张饱经风霜的脸，一只眼睛瞎了。冈田说："看看，你们的头头陈九石，共产党军队的排长。说吧，他哪里的干活？"

巴音有气无力地说："我不认识他。太君，我是蒙古人，我不知道东宁在哪儿。太君，我这一生都没有什么追求，只是不想在草原上游荡了，就到海拉尔开了酒吧！"

冈田忽然举起刀鞘狠狠地抽打在巴音的头上，瞬间，巴音头皮裂开了一道口子，血流了出来。

巴音喊道："太君，你搞错了，我是普通牧民，不是侦察员。"

这时，马骁骁趁土屋芳雄走出审讯厅，紧贴着冈田的耳朵说："太君，永安里来了一位美人，俄罗斯的，还嫩着呢！"

"什么？"

"是美女，年龄小小的，白白嫩嫩，丹凤眼，玉指纤纤，双腿修长，胸脯大大的好。"马骁骁说着，用手在胸前比画了一下，意思是俄罗斯女孩儿的胸很大。

"哦？"

"是的！"

"巴嘎呀噜，你的死啦死啦的有，为什么不早说？"

"太君，我之前是不敢告诉您，是怕耽误正事。这不，我通过关系已经预订好了，不许她接客。现在，美人正在房间里等着您！"

"哟西，哟西！"

待土屋方雄从外面回来，冈田说："芳雄君，你的，继续的审问，搞清楚他从东宁要塞逃出来后，到了什么地方？为什么来海拉尔？秘密大大的。"

"哈依，长官，您尽管放心。不管他的骨头多硬，休想滑过去。"

随即，冈田对马骁骁一挥手道："休八字，休八字！"

夜深了，齐齐哈尔永安里红灯区依旧灯光闪亮，一户户低矮的土坯房门口都挂着红红的灯笼，粉饰脸蛋的年轻女人会不时地出现门口并招揽客人。可是，在见到冈田的军车开过来后，都唯恐避之不及，立马躲到了低矮的青砖房子里去了。

军车一直开到永安里54号，2个卫兵下车后，持枪守在门口。马骁骁则随同冈田走进房子里面，一位老鸨笑盈盈地迎了出来说："欢迎太君，欢迎太君光临寒舍，一位外国漂亮美人，已经等候您多时了。"

冈田说："你的去吧，洋姑娘的好，洋姑娘的好！"

老鸨说："太君，美人就在屋里呢！快，桃儿，快出来迎接太君，贵客到了。"

这时，菲季斯卡娅早已听得清楚，并赶紧打开小包将毒药水抹在自己的乳房上。然后，她轻挑门帘，微微一笑，百媚浮现。

老鸨说："太君，您看这女孩儿，就是一朵鲜花，刚刚18岁，还嫩着呢，脸蛋掐一把就会出水的！"

冈田笑不拢嘴，流着口水说："哟西，哟西，花姑娘的干活，花姑娘的干活。"并一瘸一拐拉着菲季斯卡娅向屋里面走去。

马骁骁说："快，老妈，赶紧上热茶，还有小吃什么的！"

老鸨说："太君，您请，您上座。来，桃儿，要好好地伺候太君，好好地快活，好好地快活。"

冈田说："哟西，哟西，真是大大的美人，我的喜欢，我的喜欢。"说后，他就扑到了菲季斯卡娅的身上。

菲季斯卡娅说："太君，不急的，不急的。我能够为太君服务，真是不胜荣幸，不胜荣幸。"

冈田是挥了挥手说："你们的，统统地去。"马骁骁刚要转身走开，却又被冈田给喊了回来："翻译官，你的，好好地招待我的警卫，我的，马上休息。"

马骁骁来到外间，对老者说："快快地，上小菜，我要和这3位太君喝酒。"随即，又对两个站岗的卫兵说："你们都过来，好好地吃酒，好好地吃酒。知道吗，太君休息了，时间长着呢，我们难得休息。"

老鸨将桌子摆好，三下五除二地弄来2只烧鸡，几个小菜，还有一壶地产的老酒。马骁骁同3个日本兵吃喝起来。而几壶老酒下肚之后，两个卫兵的眼皮渐渐发沉。司机因为不喝酒，但老鸨给他备了奶茶。在喝了奶茶之后，他也歪在床上呼呼大睡了。

半小时后，菲季斯卡娅挑开门帘示意马骁骁后，又回到屋里去了。她移开墙体上的画，撕开糊在墙上的纸，拿出了一把微型无声手枪，对准昏睡的冈田的头颅和心脏连开两枪。冈田抽搐了一下，就没了气息。

菲季斯卡娅说："睡吧，太君，您多睡一会儿。"之后，她将冈田的包打开了，将那张刊载刘天一关于满洲国务总理大臣张景惠的访谈录的报纸烧掉。

这时，已被麻醉的3个日本兵已经失去知觉，李云林和马骁骁将冈田等人扔到地窖里面用土埋了。

之后，菲季斯卡娅从后窗跳了出去，而李云林穿着日本军服开车离开了永安里54号。30分钟后，老鸨清理完现场，用汽油点燃了房子。不一会儿，永安里一带燃起了熊熊大火。

汽车转过永安里的街口，接上了菲季斯卡娅向迎恩门的方向开去。在车上菲季斯卡娅被马骁骁用绳子捆绑。汽车到了迎恩门的检查站，马骁骁主动出示证件说："这是紧急押送外国间谍，哈尔滨的干活。"日本兵看了看车内的外国女人，她被捆绑着，还堵着嘴。

卫兵问："达利嘎？"

马骁骁说："苏联间谍，需要紧急押送新京宪兵司令部。"

日本兵看了看证件，说："哟西，休八字！"

出了城门，汽车是突然调转方向，向讷河疾驶。两小时后，汽车接近讷河地界时停了下来。

按照约定，汽车向前方的夜色连闪了两下灯。之后，树林中走出了5个年轻人，手上都牵着马匹，同李云林交谈了几句。李云林对马骁骁说："这几位同志是李兆麟部二团士兵，他们负责护送你们到苏联。之后，你们要经过嫩江地界，穿过大兴安岭森林，到达瑷珲县，再越过黑龙江就是苏联了。"

菲季斯卡娅有些恋恋不舍地说："车夫同志，再见！"

随后，李云林调转车头并向大家摆手，微笑了一下，将车向齐齐哈尔方向开去。拐上去往哈尔滨方向的道路后，他将汽车烧毁在树林中，之后换马匹，与一名抗联同志向北安方向奔去。

陈世文、金校根、马大个子等人，最终没有被定罪。因为蒙古提出严正交涉，苏联政府全力支持。其间，鄂伦春族首领盖山同志组织一批蒙古人到了齐齐哈尔日本陆军监狱、日本驻齐齐哈尔领事馆聚众抗议，宪兵司令城仓不得不作出让步。同时，因为冈田的神秘失踪，最终没有拿出有罪的证据，所以将人释放了。

陈世文等人走出日本陆军监狱，远东谍报组考虑他们身份已经暴露，会受到特高课的谋害，于是秘密将他们撤离满洲过境到了苏联。

40 情况危急
关东军将秘密围剿抗联残部

暗杀冈田之后，秘密活动在新京的情报员刘天一和濑户美智子大大地减轻了压力，但特高课一直在暗中核实刘天一的身份。

宪兵司令城仓获知，刘天一所说"史沫特莱住在上海市霞飞路一处别墅内"的信息，经与日本驻上海特高课秘密核实，情况是吻合的。此外，刘天一在苏联进行的面部整容术，也骗过了特高课的眼睛。他们认为，刘天一不是东宁要塞脱逃的31个人之一。

不过，按照宪兵司令官城仓的命令，对刘天一的秘密调查没有终止。同时，荆楚天在秘密暗杀冈田之后又陷入了新的困惑。他得到密报，关东军将进一步围剿抗日联军残部，情况危急。

在1938年和1939年期间，关东军曾抽调主力部队，对抗日联军实行大规模的围剿，使得抗联部队遭遇了自九一八事变以来最为严峻和最为艰难困苦的时期。

在森林中，抗日联军的密营大部遭受破坏。几经交战，抗日联军减员很大并渐渐失去了战斗力。除了少部分抗日联军人转入到苏联境内，有好多仁人志士战死在白山黑水之间。

根据濑户美智子密报，关东军新制定的围剿抗日联军的秘密作战计划，已经准备完毕，企图一举消灭抗日联军的残部。同时，通过各地秘密情报组织获知，杨靖宇活动在长白山南麓，周保中部活动在完达山一带。因此，关东军秘密集结部队，准备集中三个师团的兵力再次进行合围。一旦合围形成，抗日联军就插翅难逃了。

在十万火急的情况下，荆楚天与刘天一、李秀琴在新京银座旁边泰富小酒馆秘密商量对策，该怎么把情报送到抗日联军手中。荆楚天说："现在，抗联组织已遭到严重破坏。我们与抗日联军的无线电联系，除李兆麟部外，与杨靖宇部、周保中部的联系全部中断。"

刘天一说："关东军全面封锁通往山林的道路，所有进出人员都将受到严格盘查。因此，一些抗联地下交通员不是被打死，就是遭遇逮捕。即使没有被捕的交通员，也都不能及时到达新京。秘密传送情报问题变得越加困难了。"

荆楚天说："真是急死人啊！"

李秀琴说："头儿，不行的话，我去山里转转。没准儿，我能够找到抗日联军，并将情报送出去。"

荆楚天说："不行，你不能去。再说，无论是完达山脉，还是长白山，都是广袤的原始森林，你一个女人去了，太危险。再说了，你该去哪儿寻找抗日联军啊？"

"头儿，我曾是周保中将军的部下，我熟悉张广财岭的地形地貌，还有完达山脉，知道抗日联军的活动规律以及一些密营设置。此外，在虎林，我知道抗日联军的秘密联络点、接头人。如果秘密联络点没有遭到破坏，那就有办法找到周保中的部队。"

荆楚天说："嗯，这是个办法，但你怎么行啊？"

"行的，情况危急，我没有其他办法了！"

刘天一说："头儿，要不我去吧！"

"不，不可以。现在，只有你和濑户美智子能够接近关东军的核心机密。再说了，我们的秘密情报组织是不能没有你们的。"

李秀琴说："头儿，既然这样，那就我去了。之后，你将李云林调来，他懂无线电操作业务。"

荆楚天说："这山高路远的，我太不放心。"

"放心吧，我先坐火车到达牡丹江，再经林口去虎林。之后，我设法找到组织秘密联络点，再骑马进入完达山脉。"

"好吧，秀琴同志，要千万小心啊！"

"我知道，我有应对关东军盘查的经验。"出发前，李秀琴做了准备，用锅底灰和上尘土，揉了揉头发和脸，使自己脏兮兮的。之后，又用破旧的方巾揉了些碎草沫子，将方巾包在头上。

这时，荆楚天将一只破破的篮子交给了她，说："你将篮子跨在胳膊上，记住，这只篮子比生命重要。篮子边沿处，由两块竹皮子粘在一起，夹层中有用密码书写的情报。在你渡过乌苏里江后，要亲手将情报交到柯林同志手中。"

李秀琴看了看篮子，里面有皱巴巴的几块布料和几块苞米面饼子，说："头儿，那我走了。"

"还有，你到二部落旁边三班找一个叫丰大江的人。他是负责人，会设法帮助您的，如果他在的话。"

"嗯，我记住了。"

当晚，小票车从新京开出，经大满洲国（哈尔滨）火车站时，上来几个日本人并坐在李秀琴对面。一个日本军官说："你的，什么的干活？"

"做小买卖的。"

"去什么地方？"

李秀琴说："虎林，回娘家。一路，一路。"

"你的，居住证的有？"

"有，太君，我是良民。"说后，李秀琴从篮子底下将良民证拿出来递给日本人看过，又将玉米面饼子递给日本人说："太君，咪西咪西的有。"

"巴嘎呀噜，你的，新京的干活？"

"是，太君！"

"你的，虎林什么地方？"

"太君，俺回娘家！"

"说，虎林什么地方？"

"太君，我家在一部落。"

"你的知道，'红胡子'的有，难道不怕'红胡子'？"

"太君，俺是见过'胡子'的。"

"那么，你的，抗日分子？"

"哦不，但俺亲眼见过'胡子'，他们抢掠老百姓钱财。因此，太君，我讨厌'红胡子'，特喜欢住在满洲。太君，满洲大大的好。"

"哦，为什么，你的说？"

"因为'日满一德一心'，老百姓吃得饱，消停，都好好的！"

"你的，良民大大的。"

"是的，太君。"

"好吧，你的，良民证押在这儿。待会下车，你的，过来取。"随即，他用日语对一位日本军官说："这女人的家是虎林一部落，抗日分子的不是。"

"哟西。"

小票车开得很慢，轮对与铁轨接头处撞击会发出铿锵声。李秀琴看见，日本兵军官都闭上了眼睛。于是，她悄悄掀开窗帘向列车外面看去。突然，"啪"的一巴掌打在了她的后脑勺上，日本兵暴怒地骂道："巴嘎呀噜！"

李秀琴故作惊恐地说："太君，怎么了！"

"你的，不许偷看！"

"好，太君，我知道了！"

火车到达牡丹江站，李秀琴又换乘开往虎头方向的小票车。之后，小票车经林口、鸡西、密山，到达虎头火车站时，已经是第三天的上午。虎林地处兴凯湖和穆棱河下游、乌苏里江右岸的冲积平原。1936年以后，日军把这里划为沿江国境军事区、匪患活动军事区和军事要塞征用区。虎头镇地处乌苏里江畔，原是虎林县城所在地，有下通哈尔滨和上通密山龙王庙的客货轮船。虎林县和宝清、密山的部分农副产品，由陆路集中这里，再运往哈埠，因此这里是水路要冲之地，往来此地收山货、割大烟、卖东西、演剧目的人络绎不绝。客栈饭馆天天客满，京剧院、评剧院，也场场爆满。镇内商店林立，一直向十字大街延伸展开，生意兴隆。

李秀琴走下了火车，又受到特高课的盘查。一个矮个子日本人问："你的哪里人？"

"一部落的，现住新京。"

"来虎头做什么？"

"回娘家，也给关帝庙上香，顺便收购点儿烟土。"

"收烟土？是的，因为新京烟土价格要好。"

"你的，关帝庙的上香？"

"对的，太君。在大日本帝国领导下，满洲国欣欣向荣，国泰民安。所以，我要为大日本帝国和满洲国祈福。"

说后，李秀琴将 10 个满洲币塞到他手上，说："太君，小意思的有，您的多多关照。"

"哟西，哟西。你的，良民大大的，多多地发财！"

"谢谢太君！"

走出火车站，李秀琴并没有直接去关帝庙，而是向十字街口走去。现在，这里已经彻底凋敝，原有 40 多家商户，现在只剩下三五家了。县衙门和镇内的伪军 21 旅旅部，也随同迁至虎林县城，替代统治虎头镇治安守卫虎头要塞的是关东军第四守备队。

李秀琴知道，在北门外西大沟有农户是秘密联络人，叫苏介臣。当敲开门时，迎面是一位家庭妇女。李秀琴说："您是苏介臣家的嫂子吧？"

"我是张英子，你？"

"嫂子，我从新京来，探望苏介臣大哥。"

"嫂子，苏介臣大哥在吗？"

"不，他不在。"张英子怀着警觉的目光注视着面前的李秀琴。毫无疑问，她怀疑眼前这个陌生女人。

"那嫂子，苏介臣大哥什么时候回来呀？"

"他永远都回不来了。不过，你是谁？我怎么不认识你？"

"嫂子，我是苏介臣表妹，一部落的人。"

"可我从没听苏介臣说过有表妹。你找苏介臣有事儿？"

"嫂子，是这样的，我找苏介臣是想让他带路到'山里'去，想看看山里有没有便宜的山货。"所谓的"山里"，表面上是指虎头镇周边的大山，但这是寻找抗联组织的暗语。

显然，张英子听懂了李秀琴的话，于是说："妹子，你屋里坐。"

李秀琴落座后，张英子说："你想去'山里'哪儿？"

"嫂子，我想去'山里'转转，没有特别的事儿！不过，苏介臣大哥不在，我就没法儿跟您细说了。这样吧，嫂子，您务必让我见一见苏介臣大哥，我找他有急事儿。"

"可是，他被守备队开枪打伤后带走了。"

"哦，什么时候的事？"

"一个多月前的事。"

"人在哪儿呢？"

"我问过守备队，但他们把我赶了出来，至今杳无音信。"

"那是为什么呀？"

"特高课的人说，苏介臣是抗日分子。但我知道，他不是。这不，一天早上他拿着镰刀打猪草，不小心越过了'红线'，守备队突然开枪又把人带走了。之后，还抄了家，但什么都没有得到。"

"嫂子，'红线'指什么呀？"

"'红线'是指第四守备队士兵坐着汽车,从虎头火车站经北大门外到西大沟这边,边开车,边撒红土。这样,车后面留下了红线。之后,红线以北划为军事禁区。这不,苏介臣去'红线'内打猪草,他们就开枪了。"说到这儿,张英子干涩的眼睛流出了泪水。

张英子又说:"妹子,你找你大哥什么事儿?"

"嫂子,我是想请大哥带我去山里收点儿山货。"

张英子说:"妹子,我虽然不知道'山里人'在哪儿,但我可以带您去关帝庙看看,那儿有人知道哪儿有山货。"

"好吧,那谢谢嫂子!"李秀琴和张英子一块儿来到关帝庙。她看见在临江关帝庙前贴着第四国境线司令部告示:日落后,居民不准到江边去,违者打死勿论。

她看见,在江沿边上钉着一排排的等距相间的木桩,上面拉着几层铁刺线,铁刺线上面挂着一个个空罐头盒子。告示规定,凡打鱼人要穿红色的坎肩,上面印有号码。下江之前,要到警察队去领钥匙,然后去江边开船,但日落前必须归岸。而归岸后,要将船上锁,钥匙交给警察队。

第四国境守备队在江边设有监视哨,用望远镜瞭望,机枪对着江面。江面上有炮艇往来游弋。街面上,有日军巡视。关帝庙附近的旅店、饭店,则张贴有"莫谈国政"的布告,气氛异常紧张恐怖。

李秀琴和张英子走进关帝庙,张英子购买了两炷高香,并在关帝像前叩头膜拜。然后,她趁香客不注意来到打扫卫生的人面前。

张英子说:"李文顺大哥,苏介臣被抓了,您知道吗?"

"知道。"

"这不,我这儿来了一位妹子,她想去山里看看山货。"

"她一个人吗?"

"是的,但您指指路,我陪她去山里转转。如果不是好人,我也有办法对付她的。"李文顺注视着远处的李秀琴说:"但你要小心。"之后,李文顺向李秀琴这边走来。说:"你是哪儿的人?""一部落的,在新京做裁缝。现在,我要去'山里'采购山货。因此,我来见苏介臣大哥。但没想到,苏介臣大哥出事儿了。"

"那么说,你的家是在'山里'?"

李文顺问:"不,我的家不在山里。只是想通过苏介臣大哥引路,到山里采购点儿山货。"

"那好吧,你去二部落三班找丰大江,张英子认识他,他也常去山里打猎的,知道那儿有山货。"

"那好,谢谢你!"

张英子说:"李大哥,那我们去了。""张英子,一路小心。"

"放心吧，大哥！"

夜晚时分，张英子同李秀琴偷偷绕过第四国境警备队防区向二部落方向奔去。她们翻山越岭，穿过层层密林。两天后，她们来到三班所在地。经过严密盘查，张英子见到了丰大江并说明了来意。

第二天午后，丰大江来到一片小树林与李秀琴会面，说："你是从新京来的吗？"

"嗯，"李秀琴说，"天太冷了，我准备去山里收点儿山货。"

丰大江说："这样，我派一个人带你们去山里。他叫张学东，熟悉山路，知道哪儿有山货。"

当夜，李秀琴、张英子，在张学东的带领下，又走了两天一夜的山路。早上5点钟，在一处密营前，他们突然被暗哨给抓了，并被蒙上眼睛又走了大半天的路程。令李秀琴没有想到的是，她被撤掉蒙眼布后见到了周保中。此时，周保中将军正在二部落北营（村民伐木窝棚）内主持召开七军党代会和改编七军的会议。

周保中说："秀琴同志，没想到，你会来到这里。"

"我是来送情报的。这不，鬼子要再次围剿抗日联军残部。因此，荆楚天同志急需将情报送到您的手上。但因为无线电台联系不上，情报绝密。所以，组织上派我来见您。"

周保中说："我们无线电台联系不上，是因为操作员李爱农在战斗中牺牲，电台被枪弹击毁。所以，我们与延安、与秘密谍报小组失去了联系。来吧，你说说情况。"

李秀琴说："关东军正在秘密调动三个师团的部队，包括驻守虎林的第四国境线守备队，准备围剿东满、东南满和北满地区的抗联残余部队。"

"那你看，关东军最快什么时间采取行动？"

"就现在，已经开始了。"

"不过，秀琴同志，从1936年开始，关东军一直在围剿抗日联军，但都没有达到目的。不过，他们几乎破坏掉了我们的全部密营。这不，好多抗联战士冬天里还穿着单衣，忍饥挨饿，但官兵们宁愿在完达山脉风雪中与敌人周旋，也决不投降。有时为了吃饭，都需要付出生命代价。行军途中，一旦有人倒下就再也站不起来了。"

李秀琴说："同志们太苦了，也太难了。"

周保中说："不仅仅是苦的问题，还要随时准备牺牲。这不，1939年8月末，补充团长李一平同志受伤了，在阿布沁河口养病时被搜山的敌人发现。他和一位曹副连长击毙12名敌人后壮烈牺牲。"

李秀琴说："哦，我认识李一平同志，他是抗击日寇的英雄。"说到这儿，李秀琴的眼睛里涌满了泪水。

周保中说："好多抗联官兵都战死在完达山脉，甚至姓名都没有留下。他们是为国家而死、为民族而死的，永远值得我们爱戴！"

李秀琴说:"据可靠消息,这次关东军下决心要在东满、东南满和北满地区彻底剿灭抗日联军的残部。他们的作战方案是派出小股部队试探性攻击。一旦发现抗联大部队,就会大范围合围。另外,因为叛徒出卖,关东军已经获知杨靖宇将军活动在长白山南麓,也知道您活动在虎林二部落,李兆麟部活动在大兴安岭南麓。对此,关东军要实施大范围的围剿。"

"哦,这个情报太重要了,我们马上撤离这一带,但你怎么办啊?"

李秀琴说:"我要过境到苏联去。"

"那好吧,我们一块儿撤离这里。"

"但杨靖宇部怎么办?"

周保中说:"我立即派人赶往长白山区南麓,设法将情报送到杨靖宇将军手中。"

"好吧,也只有这样了!"

周保中说:"秀琴同志,你和张英子吃点儿东西吧。然后休息一会儿,明天早上离开这里,向七虎林河和阿布沁河口一带进发,那儿有隐秘营地,东边是乌苏里江,过江就是苏联。"

"那么,你们同苏联有联系吗?"

"有的。苏方除支持武器弹药外,还帮助照顾老弱病残和伤员。这样,我们就有了后方基地。"当晚,李秀琴和张英子吃了点儿东西,就在密营休息了。

可是早上6点钟,李秀琴和张英子突然被叫醒。周保中说:"前方传来消息,外围部队已经同关东军先遣队接上火了。"李秀琴和张英子赶紧收拾东西,并随部队快速向七虎林河方向撤退。

41 面见柯林
秘密递送虎头要塞的情报

七虎林河位于虎林县一个遥远的小山脚下,那里人烟稀少,是抗联与关东军周旋的地方。为保存实力,反击关东军的大讨伐、大围剿、大追捕,抗联七军向密林中进行转移。他们爬山越岭、涉水蹚河,千辛万苦。

副团长李德胜的爱人徐洪青怀孕9个月,不得不随着部队转移。几经折腾婴儿在野地里降生。周保中说:"这是抗联的种子,革命的希望。"

婴儿落草,仅仅用草木灰消毒,找块破布将孩子包了。徐洪青没有奶水,就给小孩喂点水,吃点儿炒面。可是,孩子根本吃不下去,饿得哇哇哭。这时,突然有岗哨报告,说敌人追了上来，大家只好背着孩子，搀扶着徐洪青继续行军。

一路上，小孩儿饿得直哭。徐洪青怕敌人听到，就对着小孩儿口鼻处喷鸦片烟，强迫孩子睡觉。但敌人离部队越来越近，晚间能够看到敌人篝火。走在部队后面的同志，甚至能够听到敌人的动静。

为了保证藏匿在密林深处的200多人的安全，徐洪青说："把孩子处理掉！"

李秀琴说："不行，只要我们在，孩子就在！"

徐洪青说："为了一个孩子的生命，会送掉200名抗联战士的生命，这不值得啊！"

李秀琴说："不，不能处理掉孩子！"

这天夜间，又发现了敌人的火光。一般情况下，敌人不会在夜间采取行动。部队决定好好休息，第二天转移。在静谧之夜，又听到了孩子的哭声，李德胜说："为了200多名战士生命，我们要扔掉孩子！"

徐洪青说："我同意，但我当母亲的下不了手！"

说完，徐洪青哭了。李德胜说："不许哭，别让同志们听见！"说完，他抱着孩子向河边走去，一狠心，将孩子塞进冰窟窿里。瞬间，李德胜的泪水滴落在七虎林河的冰面上。

河水无语东流，苍天黑暗低垂。李德胜在岸边垂泪，徐洪青在草棚子里哭泣。李秀琴听到了哭声："便问，孩子呢？"

不一会儿，所有战士聚拢过来，说："李团长，你怎么能这么做？"

李德胜说："我多么希望孩子活下去，但这是战争时期。一个孩子死去了，我们200多名抗联战士就安全了！好了，大家继续前行！"

战士们纷纷矗立岸边，默默无语，泪眼望着涓涓流淌的七虎林河，心中升腾着对日本军国主义的愤恨。不久，抗联七军突破了围剿，并踏着乌苏里江面的冰雪到了苏联境内的伊曼城。后来，这支部队成为苏联红军第88旅的主力。

此外，李兆麟的部队，也因为提早接到远东谍报小组的情报而避开了关东军的围剿，经过黑龙江流域和内蒙古东部草原，到达苏联境内。

从1939年10月开始，关东军司令部共调集75000名官兵，对东南满地区杨靖宇领导部队实行重点"讨伐"。而杨靖宇所领导的第一路军，在缺衣少食的条件下，渴了吃一把的雪，饿了吃草根树皮，与超过十几倍的敌人频繁作战，苦苦周旋。但终因关东军重重围剿，部队减员过大，遭受严重挫折。但也因为接到远东谍报小组的情报，部分部队转入到苏联境内，但杨靖宇坚持留下来继续武装斗争。

1940年2月23日，已经六天没有吃东西的杨靖宇丧失了行动能力，加之叛徒出卖，被关东军包围在小河边。当时，日军已获得死命令，4挺机枪一起向杨靖宇所在的大树旁射击，一颗子弹打穿了杨靖宇的左胸。

两小时后，日军官兵围着杨靖宇的遗体流下了泪水。可见，民族英雄不仅会得到人民的爱戴，也会得到敌人的尊重。之后，关东军将杨靖宇被击毙的消息刊登在报纸上，用飞机散发到东三省各个角落。

在密林深处，到处都有关东军对抗日联军喊话："你们的军长杨靖宇叫我们打死了。你们没有出路了，快快投降吧！"但抗联将士不相信杨靖宇被打死并继续在茫茫林海中战斗。

在蒙江县，杨靖宇壮烈牺牲后，关东军残忍地割下头颅，送往日本本土邀功请赏。通化警务厅长岸谷隆一郎很诧异，杨靖宇靠吃什么坚持这么久时间？

于是，岸谷隆一郎下令，蒙江县民众医院剖开杨靖宇的胃，但没有一粒粮食，只有少部分树皮、草根，但更多的是棉絮。医院院长金源以及所有在场的日军官兵都极为震惊，认为中华民族是不可战胜的。

几天后，日军破例为杨靖宇将军举行了慰灵祭，集体列队朝天鸣枪。之后，一位日本军官感叹，如果中国有100个杨靖宇，日本就破产了。因为追击杨靖宇，关东军所耗费经费是日本当年国民生产总值的百分之一。

李秀琴同周保中过境到了伊曼城，又辗转来到了哈巴罗夫斯克，与李兆麟等领导人相遇。但令她心伤的是，东北抗联一度发展到11个军，目前只剩下了1000余人。

周保中说："自打伊藤制定的《保甲连坐法》后，关东军对抗联实施大讨伐，围剿封山，并屯16000多个，杀害无辜百姓30000多人，切断了抗联与百姓的联系。"

李兆麟说："冬天是抗联部队最为艰难的时期。要吃没吃，要穿没穿，甚至连盐巴都搞不到。此时，也正是关东军最疯狂时期。因此，我们的部队急剧减员，损失巨大。"

周保中说："但关东军是摧不垮我们的意志。这不，1938年11月，我率领警卫营120多人实施突围，转战到黑龙江宝清一带，部队断粮七八天了。战士们将皮鞋、皮带煮熟吃，最后只好用刺刀挖雪地里的草根。我让副官陶雨峰带领两名战士下山找吃的，周边村庄早已化成了焦土。两个战士饿得直不起腰来，不得已，陶雨峰流着泪说，'你们把枪留下吧，自己去找一条活路！'小战士说：'我们不会投降的，还要回来找部队的。'说后，小战士一步一回头地走远了。"

等陶副官回到营地后，周保中把大家集中起来，说："'草根没有了，棉衣没有了，我们可能都会饿死、会冻死。如其饿死、冻死，还不如自己找一条活路。来，请大家选择，想走的把枪留下，自己去找活路，就是剩下我周保中一个人，也要抗日到底。'"

话音刚落，100多人都齐刷刷地站了起来说："无论生死，我们都要跟着周司令在一起！"

这就是革命的星火，早一天晚一天都要形成燎原之势，小鬼子必败！

李兆麟说："形势还在恶化，坏消息不断传来。这不，抗联一军3师政委周建华牺牲在西征途中。抗联4军2师师长王毓峰、9军政治部主任魏长魁，在遭遇战中牺牲。抗联

4军副军长王光宇战死在五常。还有3军1师师长常有君被叛徒杀害在通北的密林中。"

周保中说:"4军军长李延平被叛徒杀害在一面坡,6军1师政治部主任兼富锦县委书记徐光海,在遭遇战中为国捐躯。"

李秀琴说:"还有5军1师的妇女团指导员冷云等8名女战士,在日军围追堵截下,为了掩护部队转移,演绎出'八女投江'的悲壮一幕。"

李兆麟说:"在关东军连年大讨伐中,抗日联军由10余万人,锐减到1000余人。虽然抗日武装斗争陷入低潮,但我们要保护好革命的种子。"

周保中说:"抗联的火种是不能熄灭的,也不会熄灭,我们同日本法西斯的斗争必须进行下去。不过,我还想起一件事,你们还记得吧,在牡丹江虹云商行召开的秘密会议。"

李兆麟说:"记得,那是1939年初冬的一天下午,您先到虹云商行,还有中共满洲省委、宣传部长兼第六军政治部主任冯仲云,中共南满省委委员、抗联第3方面军指挥陈翰章,北满省委执委委员、第三方面军军长许亨植,都参加了会议。"

周保中说:"那天是商行老板刘长军的父亲七十大寿。在祝寿后,我们在商行后院的小仓库里,就当前形势和今后方向问题进行了紧急磋商。"

李兆麟说:"当时您强调,我们必须以毛泽东《论持久战》来指导东北抗联的武装斗争。此外,您还提出,'保存力量,越界过江,到苏联远东地区野营整训的计划'。对此,大家都一致赞同。您说,尽管暂时与党中央联系不上,但共产党的宗旨信仰和奋斗目标是主宰我们的灵魂!"

李秀琴说:"两位将军,现在我们都过江了,应该向苏联红军提出建立营地,整训队伍。"

周保中说:"嗯,可以向苏联红军远东军区提出要求。"

李秀琴说:"根据远东谍报组的指示,苏联可以为抗日联军提供支持。"

周保中说:"秀琴同志,那你怎么办?会留在苏联吗?"

李秀琴说:"我还要回到新京去!"

李兆麟说:"那么,你什么时候回去?"

李秀琴说:"我见到负责人后就回去。"

1940年3月19日,苏军远东军区司令部迎来3位面目冷峻的中国人:周保中,李兆麟,冯仲云,与远东边疆区党委和远东军区讨论整训问题。远东边疆区区委书记兼军区政委伊万诺夫、远东军代理总司令那尔马西、远东军内务部长瓦西里接待了他们。

周保中说:"考虑抗联大部分军人转移到苏联境内的情况,我们需要建立营地并进行整训。"

年近六旬、肥硕、略显驼背、头发灰白的伊万诺夫叼着烟斗,静静地倾听周保中的述说,他明白其中的分量,内心反复斟酌。伊万诺夫说:"按照首长同志的指示,苏方同意为中国东北抗联官兵休整提供条件,请远东军内务部长瓦西里同志负责这方面事务。"

周保中说:"我们感谢苏联政府。同时,还有一位女同志,请求面见柯林同志。"

伊万诺夫说:"好的,由瓦西里同志负责联系。"第二天,在瓦西里的引荐下,李秀琴与柯林以及卡洛琳见面了。柯林说:"李秀琴同志,您说说情况。"

李秀琴说:"荆楚天同志要我亲手将情报交给您。"之后,她将篮子的厚竹皮子拆了下来,请柯林同志拿来一把刀破开,里面露出两张小纸条。一张是虎头要塞示意图,另一张是用秘药写的情报。

卡洛琳取来显影剂,很快,纸张上面出现了密密麻麻的数字,她用高速相机拍了下来,冲洗之后,密码员按照密码本进行翻译。

虎头要塞情报,绝密

1933年初,日军攻占虎头,屯兵10万人,新编第十一师团,也称牛岛部队,驻扎虎林、太和、宝东一带。同时,虎林筑军用机场3个。在虎林石头河子修水库,可直抵兴凯湖的穆兴大堤,是为进攻苏联需要。战争爆发时,将石头河子水库炸毁,库水倾泻于穆棱河,顺堤南下直奔兴凯湖,可使隐蔽的日本炮艇从兴凯湖水上进攻苏联。按照作战计划,日军秘密构筑虎头要塞。要塞南起虎北山,西起火石山,东至乌苏里江。正面宽12公里,纵深6公里。主要集中在虎头山、猛虎山、虎北山、虎西山和虎啸山,标高100至150米。猛虎山是主阵地,虎东山和虎北山为两翼前沿阵地,以南北两线为卫护阵地。要塞形成三道防线,乌苏里江舰队为沿江第一道防线。要塞规模庞大,地面、地下联网配套。地上军事设施有火石山列车炮阵地、巨型炮阵地、榴弹炮、加农炮、高炮、野炮阵地、军用机场、野战医院、兵舍。各阵地外围有战斗掩体、暗堡、交通壕、电网。地下有指挥所、粮秣库、燃料库、弹药库、发电所、将校舍、士兵舍、通讯室、医务所、伙房、浴池、厕所、蓄水井、陷阱。通往地面的设施有观察所、竖井、通风口、反击口、射击口等。由猛虎山向四面八方伸延的地下隧道,隧道宽高各3至4米,正面全长8公里,工事上覆被用2至3米厚的钢筋水泥浇筑。工事外自然植被完好,不见人工修饰迹象。驻守虎头要塞部队是第四守备队,也称满洲第918部队。下设3个中队、1个炮兵队、12个步兵中队、12个炮兵队和4个工兵中队,12000人。为了战时摧毁苏军军事设施、远东大铁路、补给线,要塞配备40厘米巨型电动炮。有从法国巴黎购买的24厘米口径列车炮,隐蔽在距虎头要塞30多公里的水克火车站附近,即火石山山洞内,最大射程50公里,远远超过日本战列舰大和号主炮射程。以便在开战初期,击毁伊曼铁路大桥和伊曼城、佐拉给水塔以及军事基地。在虎林、虎头、密山囤积粮食、食品、军装等物资。另外,关东军司令部拟订了对苏战争的第一个战役是"乌苏里战役",由虎头作掩护,用一个军向符拉迪沃斯托克进攻,以支援绥芬河、东宁正面战场，并阻止从哈巴罗夫斯克南下增援的苏军。以上情报，由"家雀"提供！

  松鸭 1940年1月18日

  柯林知道，"家雀"是濑户美智子化名。随即，他对卡洛琳说："您负责向'秃鹫'报告情况。"

  "是，头儿！"

  "还有，打电话给白桦林西餐厅，留个边角的位置，我们宴请李秀琴同志。"

  "是！"

  "还有，叫上菲季斯卡娅，她与李秀琴同志是旧识！"

  "好的！"

42 加入战队
我要到中国去见车夫同志

  晚上，天空中纷纷扬扬地飘着硕大的雪花，空气十分清新，哈巴罗夫斯克仿佛进入了童话的世界。

  白桦林西餐厅是东正教建筑风格，在落雪中显得美丽、静谧、安详。当卡洛琳陪同李秀琴走进西餐厅时，她发现菲季斯卡娅已经坐在那里了。菲季斯卡娅欢喜地跳了起来，抱住李秀琴，说："中国姑娘，谢谢您，是您改变了我的生活。"

  "哦不，菲季斯卡娅同志，我应该谢谢您，是您为正义的事业作出了突出的贡献。"

  "坐吧，李秀琴同志。"柯林说，"今天晚上，我们三个人为您接风，谢谢您带来了重要情报。"

  李秀琴说："哦不，头儿，菲季斯卡娅的贡献更大，是她秘密做掉了特务机关长冈田。因此，我们要谢谢菲季斯卡娅同志。"

  菲季斯卡娅说："不，我不值得说。能够做掉冈田，我是为了拿到1万美金，也是为了结束漂泊流浪的生活。"

  柯林说："您已经自由了，菲季斯卡娅小姐。现在，您可以加入苏联国籍，可以到莫斯科去生活。"

  菲季斯卡娅说："哦，谢谢！不过，我想加入您的组织。"

  "不，这不适合您。"

  "不，我可以做的，也是要报答您的。"

卡洛琳说:"头儿,我们需要菲季斯卡娅这样的同志,并且急需菲季斯卡娅同志到哈尔滨开展情报工作。"

柯林说:"在哈尔滨我们有秘密情报组织。"

卡洛琳说:"但哈尔滨的情报工作尚不如意。"

"比如说。"

"比如对石井部队的秘密一无所知。"

这时,餐厅服务员端来了苏泊汤、面包餐点、烤牛排、土豆炖牛肉、烤大马哈鱼片,还有鱼子酱等等。

柯林打开一瓶沃特嘎酒,每人倒上一小杯。说:"来,我们欢迎李秀琴同志回家,大家干杯!"

卡洛琳说:"秀琴同志,您吃,还有菲季斯卡娅,这是俄罗斯大餐。"

"嗯,很好吃!"李秀琴说。

"我非常喜欢!"菲季斯卡娅说,"柯林同志,我希望加入您的组织。而且,我要去满洲。""不,您不合适。"柯林说。

卡洛琳说:"头儿,像菲季斯卡娅这样有胆有识的女孩子,正是我们情报部门难得的人选。而且,她亲手杀了冈田,也说明她有胆有识。"

柯林说:"卡洛琳同志,您真的同意菲季斯卡娅加入我们的情报组织?"

卡洛琳说:"是的,我同意,因为她愿意献身于正义的事业,也极具天赋,是不可多得的情报人才!"

"那么,菲季斯卡娅同志,加入情报组织是很危险的工作,您不怕死吗?"

"不,我怕。"

"因此,您不合适。因为特高课的缉捕和严刑拷问,您会受不住。"

不过,菲季斯卡娅表情严肃地说:"我非常感谢卡利洛娃,在新京的樱花会馆,她给予我自由的机会。同时,也要感谢李秀琴同志,感谢柯林同志,还有卡洛琳同志,在哈巴罗夫斯克,你们给我提供住处。但现在,我想说的是,人仅有自由是不够的。即便是怕死,但我也必须为正义的事业进行斗争。此外在中国东北,我亲眼看见那些无辜的中国百姓遭受日本兵杀戮,女人被糟蹋,甚至日本兵要用刺刀杀掉她们,惨无人道。因此,参加情报组织即便死了,我也无怨无悔。何况,我还亲手杀过两个人:一个是教练,他糟蹋了我;一个是冈田,他手上沾满了中国人的鲜血。因此,我请求组织上考虑,我要求到中国去从事情报活动。"

"好吧,我想想再说。"

菲季斯卡娅说:"我还想补充的是,在齐齐哈尔时,我遇到了车夫。他机敏干练,沉着冷静。在送我出城时,他给我留下深刻印象。因此,我渴望能够再见到他,希望能够跟他在一起，并且嫁给他。"

卡洛琳说："哦，那他会怎么想啊？"

菲季斯卡娅说："卡洛琳同志，这会是问题吗？"

卡洛琳说："是的，据我所知，中国人都很保守。"

菲季斯卡娅说："您是说，我做过妓女？可是，我有理由表达爱，这是我的权利。否则，我难以面对我的内心，难以抗拒源自于内心的爱。不管如何，我都要向他表达爱情。"

李秀琴说："可是，您确信您真的爱他吗？"

"是的，我心里是这样想的。在哈巴罗夫斯克，我每每做梦都会想起他驾驶汽车时的英俊的面容，沉着，冷静。也许，我就是一见钟情吧！"

李秀琴说："是的，您是一见钟情。"

"嗯，我是真的来电了。现在，我很想念他，但不确定他是不是爱我。但为了正义的事业，为了爱情，我没有理由不去中国。而且，自打那次离别后，我都不知道他的情况。那天夜里，他是一个人开车走的，我为他担心！"

李秀琴说："他没事，很安全。"

"柯林同志，那您就批准我的请求，我要去见车夫同志。"

"可是，菲季斯卡娅，如果他不喜欢您又该怎么办啊？您想过吗？"

"没有，我没有想过他爱不爱我的问题。但我必须去尝试，向他表达爱，表达我的内心想法。知道吗，柯林同志，我爱他，就爱他。我还记得，那个漆黑之夜，他将我们送到了讷河。之后，他是一个人开着车走的。而且，他还很优雅地跟我摆了摆手，说再见。因此，我得去找他，哪怕去死，我都要找他。"

卡洛琳说："头儿，您应该考虑菲季斯卡娅的想法。这不仅是情报工作的需要，也是菲季斯卡娅对爱情的渴望。而且，我们需要菲季斯卡娅去哈尔滨搞清楚石井部队的秘密。"

柯林说："我考虑考虑再说。"

菲季斯卡娅说："那不行的话，我自己去中国东北，去齐齐哈尔找车夫同志。"

"哦不，这绝不可以。"柯林表情凝重地说，"菲季斯卡娅同志，我们不能感情冲动，而这不仅仅是您自己的问题。"

"那、那，那我该怎么办啊？"菲季斯卡娅显得急迫而又惆怅。

"没办法，您只能等待。"卡洛琳说。

柯林说："菲季斯卡娅，您知道吗，因为您的突然消失，我怀疑特高课会继续追捕您。同时，也是对情报组织的威胁。"

"哦不，"菲季斯卡娅大声说道："特高课不会怀疑我，也不会认出我。因为我去齐齐哈尔时，只是列车上的例行检查。刺杀冈田后，离开齐齐哈尔时，都没有大的麻烦。另外，在去齐齐哈尔的小票车上，我用的是德国护照。现在，如果我用苏联护照，那就更没有问题了。"

"哦不，没有如果。"柯林说。

这在卡洛琳看来，菲季斯卡娅的请求被柯林同志否定了。于是，卡洛琳说："头儿，我们需要菲季斯卡娅这样的同志。"

"好吧，再说吧。"

菲季斯卡娅说："哦，那谢谢您了，柯林同志！"

离开白桦树西餐厅时，雪已经停了，空气洁净清新，苍穹上星斗满天。此时，菲季斯卡娅非常兴奋，也许，是因为沃特嘎酒的关系，再次拥抱了李秀琴。她说："要不了多久的，我就可以去中国了，将和您一起战斗。"显然，菲季斯卡娅还不够懂得秘密情报组织的规定，还处于亢奋中。

听了菲季斯卡娅的话，柯林眉头紧皱，脸上出现了忧虑的神情。李秀琴和卡洛琳都清楚，因为角色的不同，各自思考问题的角度也是不同的。

1940年3月26日，柯林再次会晤了李秀琴。说："鉴于中国抗日联军与关东军的斗争形势极为严峻，苏方同意对东北抗联进行休整，在哈巴罗夫斯克建立驻屯所。北驻屯所是雅斯克村，位于伯力东北75公里。南驻屯所在符拉迪沃斯托克与沃罗斯诺夫之间的一个小火车站附近。之后，抗联部队会被编入苏军正式序列，列入正规编制，武器和生活供应都有保障。因此，我们的秘密情报组织近期的任务，就是配合抗日联军进行战略转移。此外，您回去后，要告诉荆楚天同志，密切注意抗联组织的动态，不排除一些人思想行为发生变化，如果有人变节，对抗联组织就是灾难。"

李秀琴说："明白，但我们可不可以接管抗联的秘密组织？"

"不，不可以，我们不能向抗联组织提出这样的要求，不仅抗联领导人会有不同的想法，而且涉及国家与国家关系问题。"

"好，待我回去后，向荆楚天同志汇报。"

"还有一件事，也非常重要，我决定起用菲季斯卡娅到哈尔滨工作，你要跟荆楚天同志报告一下，归属他的领导。问题是，菲季斯卡娅同志聪明，机敏，有胆识，性格坚强，仇恨日本帝国主义，但缺乏情报活动的经验。因此，我责成卡洛琳同志近期做出安排，一对一进行培训，包括如何窃取情报，如何躲避追踪，以及实施暗杀等等。"

"那她的具体任务是？"

"不，李秀琴同志，你问多了。记住，秘密情报工作是该知道的知道，不该知道的不要知道。我想，菲季斯卡娅去满洲后，你得迅速离开新京，因为她知道你的情况。这样做，不是不相信菲季斯卡娅同志，而是为了预防万一。"

"哦，为什么呀？"

"因为菲季斯卡娅熟悉你。所以，你必须离开满洲。"

"好，明白，那我到哪里去？"

"等候新的命令，到时候，我会通过密电将命令发给你们。另外，卡利洛娃也必须离开新京，因为菲季斯卡娅也知道她。所以，秀琴同志，我们要预防不测。一旦菲季斯卡娅不慎暴露了，遭到了关东军缉捕，又顶不住折磨，那将是灾难。因此，你需要尽快回到满洲，将情况向荆楚天说清楚并等候命令。也就是说，荆楚天同志会有新的任用，你们俩要分开了。"

"嗯，我知道了。"

"那么，您还有别的事吗？"

"没有了。"

"好吧，您明天随同周保中、李兆麟将军一块儿回到中国东北。为了您回途的安全，我给您准备了一斤半的烟土，还有面值不等的满洲纸币、日元，但都不多。如果钱多了，您会受到日本宪兵的怀疑。一旦您遇到关东军的检查，您就说在收购烟土，满洲纸币和日元都是收购烟土的本金。另外，有了钱，您可以进行打点。还有，您知道新京的烟土价格吗？"

"知道，一清二楚。"

"那么，烟土在虎林与新京的差价是多少？知道吗？"

"25个满洲币。"

"准确吗？"

"差不多！"

"还有，杨靖宇将军牺牲的消息，您知道吗？"

"这是悲剧，抗联的重大损失。"

"我之所以说到杨靖宇将军，这是满洲的动态，您要了然于胸。否则，您回程时说不上会遇到什么风险。"

"嗯，我知道，您放心，我有对付日伪特务检查的经验。"

"好吧，祝您回程顺利！"

43 身份登记
李秀琴犯下了非常严重的错误

1940年3月27日，抗联领导人乘车离开了哈巴罗夫斯克。在夜色的掩护下，周保中率领10余名警卫员，踏着冰封的江面向乌苏里江南岸进发。拂晓时分，周保中回到了虎林地区的密林中。抗联第二路军总参谋长崔镛健和第七军政治部主任王效明赶过来接应他们。按照抗联党委的统一部署,抗联部队向苏联战略转移开始了。

在牡丹江地区活动的第一路军,从吉林珲春防川越界,顺利进入苏联。在佳木斯地区活动的第二路军第2支队,从饶河越过了乌苏里江。第三路军的战士们从逊克、孙吴越过了黑龙江。

在过江时,抗联战士忍饥挨饿,昼夜兼程,李兆麟将军的警卫员李桂林在到达黑龙江边时,脚和鞋冻在一起,成了一个大大的冰坨。过境后,采用雪水化开,双脚拔出时,已经失去了知觉,险些成为残疾。

此后,抗联部队接受苏军的改编。苏联远东军边疆区区委书记兼军区政委伊万诺夫约见了抗联党委全体领导。

伊万诺夫说:"为了加强反法西斯的斗争,苏联赞同中国同志关于抗联部队整编的意见,把抗联部队列入苏军序列,这样就有了可靠的后勤保障。"

周保中说:"好,我们感谢苏联红军的大力支持。"

伊万诺夫说:"我们的意见是,你们不再公开使用东北抗联的名称,要授予苏军番号,作为苏军在费克士的驻军。这样,你们就有了合法依据,日本政府抓不到口实。同时,我们也会派军官到部队担任各级副职,负责军事训练、翻译联络和后勤供应,部队领导权,由抗联党委独立行使。"

周保中说:"那么,抗联部队是什么编制?"

伊万诺夫说:"根据苏方的意见改编成教导旅。因为一个团的供应标准太低了。而抗联部队可以把远东地区的华侨青年都动员起来,苏军可以把边区奈丝族(赫哲族)应征的士兵,补充到抗联部队中来。"

1940年7月16日,周保中同苏联远东军司令员阿巴那申克大将达成了一致意见,决定将留在苏联远东境内的东北抗联部队扩充为步兵特别旅,下辖4个步兵营、1个无线电营、1个迫击炮营、一个教导大队。每营2个连,每连3个排。每营装备重机枪6挺,每连轻机枪9挺,每排冲锋枪15支。

旅长为中校,副旅长、参谋长、旅司令部的各部部长为少校,营长、副营长为大尉,连长、指导员为上尉,排长为中尉、少尉。战士一律授予士兵军衔。

周保中为旅长,李兆麟为教导旅少校政治委员。王效明、柴世荣、金日成、许亨植为大尉营长。

这时,国际形势发生了很大变化。1940年6月9日,日本军部大本营与政府联席会议通过了《时局处理要纲》,欲乘纳粹德国横扫欧洲、英法败退之机,武力南进。但为了避免南北两线作战,日本希望改善日苏关系。

1940年12月,日本驻苏大使建川美次,奉命向苏联政府表明订立日苏互不侵犯条约意图，但苏联只同意了订立《日苏中立条约》。

1941年3月，日本外务大臣松冈洋右访问德国，4月归国途经莫斯科。7日，松冈洋右与苏联外交部长莫洛托夫缔约谈判。13日，订立《日苏中立条约》。

条约规定：相互尊重领土完整，互不侵犯；缔约一方若受到第三国攻击，另一方保持中立；条约有效期5年。作为条约附件，附加日苏分别承认蒙古与满洲国领土完整、不可侵犯的共同声明。《日苏中立条约》签订，解除了日本大举南进的后顾之忧，也加快了发动太平洋战争步伐，但严重出卖了中国利益。

此后，苏联考虑《日苏中立条约》已经缔结，怕影响日苏两国关系，就再没有同意抗日联军返回中国东北。

李秀琴是随同周保中返回到虎林的。在此期间，她看见一列列的装载落叶松、红松、樟子松、杉树、白蜡树的列车，正穿越森林密布的崇山峻岭隆隆驶往了朝鲜。同时，森林深处，也在升腾着一缕缕的烟雾。她知道，那是关东军森林采伐队点燃的篝火。

李秀琴感觉到满腹伤痛，祖国正在饱受日本铁蹄的践踏与资源掠夺。日本掠夺中国东北资源，是日本侵华战争的图谋。这些木材会通过日本海运到日本本土。之后，大批木材会被沉入海底，以备日本未来建设之需。

当夜，李秀琴在张英子的家住下。第二天，又在张英子陪同下，坐着双轮马车去见丰大江村长，希望能够获得关东军的最新情报。李秀琴时刻不忘肩负的使命，驱除倭寇，为国家领土完整和民族独立而战。

但她没有意识到，她这样做正在犯下严重的错误，也因此差点断送新京秘密谍报小组的命运，但这是后面的事。

当李秀琴和张英子出现在部落时，两个身穿绿黄色军服、全副武装的日伪警察挡住了她们的去路，并对她们进行了搜身，连李秀琴篮子中的3个烟饼子都被一一掰开了。之后，一个日伪警察问："你们要见丰大江是什么事？"

张英子说："没什么大事，就是想收购点儿烟土。"

警察说："你买烟土做什么？"

张英子说："把烟土带到新京去，赚点儿差价。这不，我妹子是生意人，曾从丰大江村长手上拿过货。这次她来，也是想再拿点儿货，其他没别的事儿。"

"是真的吗？"

"是的。"张英子说。而另一个日伪警察用邪恶的眼睛上下打量着李秀琴，并生硬地说："你叫什么名字？"

李秀琴说："大哥，我是一部落的人，小买卖人，想贩些烟土到新京去，小的溜地赚点儿差价。"

"那你的良民证上怎么是新京？"

李秀琴说："是这样的，我在新京宝石街 39 号住，店名是风华裁缝店，原来家是一部落的。"

"那么，你结婚了没有？"

"结了，大哥，你看我都多大岁数了，怎么会不结婚啊！"

那个日伪警察用鼠眼横了横李秀琴的身体说："你的男人叫什么名字？"

"荆楚天。"

"做什么的？"

"裁缝，土裁缝，手艺不怎么样。"此时，李秀琴只能实话实说。因为警察署会随时打电话给新京的。如果撒了谎，后果将非常严重。

到此，李秀琴感觉到自己犯了严重的错误，留下了严重隐患。这时，另一个日伪警察对张英子说："还有你，叫什么名字？家住什么地方？统统都登记在本子上。"

张英子说："我的家是在虎头镇西大沟村。"

"那么，你男人哪，是做什么的？"

张英子因为没有见到过这样的阵势，有些紧张。只能说了实话："我男人是苏介臣，农民。"

"知道了，这小子是苏联的侦察员，因为刺探虎头守备队情报被抓。你说，这对不对？"

"不，他是农民。在打猪草时，不小心走进了'红线'里面，因此他被抓走了。"

这时，一个身穿灰白色且带着陶土调黄色军装的日本人看了过来，因为张英子的表情非常紧张。于是，他对那两个日伪警察破口怒骂："巴嘎呀噜。她的'哈呀苦'？她的'哈呀苦'？"

"哈呀苦"是日语，指慌张什么。

那个挨骂的日伪警察立马向日本军官点头哈腰，哆哆嗦嗦地说："嗨，太君。"随即，这家伙又色厉内荏地骂，说："你究竟慌张什么？"

张英子说："不，我没有慌张。只是担心，我丈夫被抓了，你们又怀疑我什么的。再说了，我一个女人家胆小怕事，怕受牵连。另外，你们太不讲道理了。"

"胡说，你竟敢说太君不讲道理？是不是找死啊？"

"哦不，我没那么说，没那么说，我只是担心你们不讲道理。现在，我想顺便问问，你们什么时候把我丈夫放回来呀？现在，您替我向太君求求情，行行好，高抬贵手，让我们夫妇俩能够早一点儿团聚吧！"

那个日本军官抬手就给张英子一个嘴巴，张英子嘴角流血。日本军官怒骂道："你的，哈呀苦，态度大大的不好。"之后，又对那两个伪警署人骂道："浑蛋，她是中国人，对中国人就得强硬。只要强硬，他们就大大的害怕，也就大大的老实。"

两个日伪警察署的人立马卑微地说："是，太君，对中国人就得强硬，大大的强硬！"

随后，两个日伪警察拽着张英子的头发破口大骂："你爷们儿是抗日分子，你是不是地下党？"

"哦不，不是地下党，我就是家庭妇女，是规规矩矩的女人。"

"你说，你们找丰大江村长到底做什么？"

"就是拿点儿烟土，带回到新京赚点儿差价，别的没有什么！"

这时，工作在警署内的组织成员方志祥从玻璃窗后面看到了这一幕，悄悄溜出了警署后，将丰大江找来了。张英子见了丰大江说："大哥，你可是来了，我和表妹来见你，是想从你这儿拿点烟土。可没想到啊，我们都挨揍了。"

李秀琴说："大哥，警署的人反复盘查，就是不要我们去见你！"

丰大江说："妹子，你稍等。"之后，他对日本军官说："张英子是虎头镇的良民，不是抗日分子。李秀琴是她表妹，想换点儿烟土，带到新京去卖。太君，您就让她们到我家里来坐坐吧，拿点儿烟土就走。"

随即，丰大江将兜里的一沓日元递给了日本军官。那名日本军官见了钱立马眼睛发亮，说："哟西，哟西，丰大江，你的，大大的好人，对日本帝国绝对忠诚。"

之后，他挥了挥手说："休八字，休八字！""休八字"是日语，意思是指出发，也译作"去吧"。

随即，丰大江谢过了日本军官，将李秀琴和张英子领到了自己家中。

44 她懂日语
可以直接翻译日文资料

1940年2月底的新京，依旧是酷寒阵阵；出行的人们，依旧需要裹着厚厚的棉衣。在宽阔的街面上，荆楚天看到人们都在低头快步走路，心情十分压抑。就在他向远处张望之时，一辆辆的军车开了过来。

此时，邻家的一位裹着脚的老太太出现在了街面上，并以碎步向街的对面小卖铺走去，因为是小脚，走路时会一步三摇，而且手上还拿着一个打酱油的空瓶子。

这时，突然传来一阵急促的汽车喇叭声。荆楚天寻声望去，一辆接着一辆的日本军车疾驰而来，街面上的人们见了立马惊散。但裹着小脚的老太太因为躲避不及，被一辆飞驰的汽车重重地撞飞出去十多米远，栽在了道路旁边的壕沟里，一动不动。

随即，车上全副武装的日本兵发出了"哈哈"的狂笑声，但汽车并没有停下来，继续向黄昏中的远方驶去。

荆楚天见状后，立即狂奔过去，将老太太抱在怀里，摇着、喊着："大妈，你醒醒啊，大妈，你醒醒啊。"但大妈口吐鲜血，永远地闭上了眼睛。

这时，又过来了一队荷枪实弹的日本兵，他们迈着整齐的步伐，唱着《开拓团之春》毫不在意地从荆楚天与老太太的尸体旁边走过。

这些日本兵满身尘土，刚刚从长白山森林中围剿抗联残部归来。他们穿着的皮鞋将地面踏得砰砰作响。此时，荆楚天感觉撕心裂肺的疼痛。突然，他丧失了理性，对着小日本鬼子怒骂道："你们都是畜生，都不得好死！"

这时，一个日本军官懂汉语，站住了，凶狠狠地看着他，命令一个日本兵袭击了荆楚天。那个日本兵给了荆楚天两枪托子，荆楚天被打倒在地。此刻，他忽然想起自己的身份是不可以冲动行事的，只得躺在地上怒视着日本兵。

老太太的女儿郁芳萍是受过日本文化熏陶的人，对日本也是极力效忠，并在新开路高小讲授日本语课程，曾经一心传授"满日一德一心"和"大东亚共荣"的价值观念。

但当她见证了母亲惨死之后，疯狂地从屋里面冲了出来，并向日本兵怒骂道："小鬼子们，你们都不得好死！"

这是有教养的、效忠于日本帝国的郁芳萍平生第一次骂人，也第一次骂粗话。突然，她捡起了一块石头，恶狠狠地向行进中的日军队伍砸去，并导致一阵骚乱。几声"三八大盖"枪响，郁芳萍倒在了血泊中。

还好，荆楚天及时救了她。因为郁芳萍腹部被子弹洞穿，但体内重要器官无碍。在伤愈后，郁芳萍专程来到风华裁缝店向荆楚天表达感谢，并流着泪水哭诉说："大哥，您是我的救命恩人，我要嫁给您。"

荆楚天说："哦，丫头，这使不得、使不得！"

郁芳萍说："大哥，我的未来就靠您了。现在，我想到山里面去，去找抗联打鬼子，为我妈妈报仇。"

荆楚天说："妹子，山里是很苦的，那儿不适合女孩子。"

"不，大哥，我要为我妈妈报仇，同日本鬼子斗争到底。"郁芳萍说完，眼睛里放射出愤怒的目光，两眼是直勾勾的。

荆楚天说："再说吧，如果有朋友能够帮你，我会告诉你的。"

"大哥，我是非你不嫁了，因为你救了我，还埋葬了我的母亲。"

"郁芳萍老师，我知道您的心情，但我已经结婚了。而且，再过几天，我媳妇就回来了。"

"哥，不管怎么说，我就嫁给您了。如果您家嫂子不同意，我会和她谈的。"

"不，郁芳萍老师，你是个文化人，救人是我应该做的，这与结婚是没有关系的，您不可以这样想问题！"

"大哥，我想过了，我说话是认真的，没有你，我就没命了。我虽然有文化，但迷雾障眼，曾经甘愿为日本效力，真是糊涂啊！"说着，郁芳萍已经哭成了泪人。

"我理解，妹子，你也都是为了养家糊口嘛！"

"大哥，我终于明白了，像我这样的人给日本人卖命，也都是没有什么好结果的。日本就是法西斯，日本兵就是暴徒！什么'大东亚共荣'，什么'日满一德一心'啊，那都是欺骗中国老百姓的鬼话。现在，日本鬼子在践踏中国领土，拿中国人不当人。大哥，我虽讲授日本语课程，但没有见过日本兵杀人，可我妈妈是被日本军车撞死的，这是眼见的事啊，而且日本兵还哈哈大笑，他们罪恶滔天啊！"

"好了，妹子，你别上火。"

"不，大哥，我气满胸膛。如果我妈妈没有被日本军车撞死，如果我的肚皮不是被'三八大盖'的子弹洞穿了，我还不会醒悟！"

"嗯，我理解你。"

"因此，哥，我要抗日，要把倭寇赶出中国去，哪怕是死了，也是值得的。"

荆楚天说："但妹子，小鬼子视抗日分子为眼中钉肉中刺，你难道真的不怕死吗？"

"大哥，事儿就摆在这儿了。您说，我老妈是招谁惹谁了，就被日本汽车活活给撞死了；还有我，小鬼子开枪射杀我，这不是拿生命当儿戏吗？"

"是的，日本鬼子不把中国人当人。"

"大哥，要不是你救了我，我还能活着吗？生命固然重要，可像我这样的女人甘当亡国奴，又有什么意思呐？大哥，我必须以血肉之躯，跟小鬼子斗争到底！"

"可是，郁芳萍老师，你说话要注意了，因为我们的话不能被日本人知道，无谓地掉脑袋是不值得的。"

"但我不怕，大哥，既然我妈妈都被日本军车给撞死了，那我活着还有什么意义。"

"妹子，即便如此，也要注意，我们不能做无谓的牺牲。"

"哥，我明白，但我对你说的都是心里话。"

"好吧，妹子，也难得你这么看重我。"之后，他又说了一句没脑子的话："我的一只眼睛已经失明了，也是没有理由娶你的。"

"不，大哥，这不是问题的。大哥，您就娶了我吧。哪天选个好日子，我们就光明正大地结婚。"说后，郁芳萍突然抱住了荆楚天，并呜呜地哭着说："哥，我们要向日本鬼子报仇啊！"

郁芳萍的悲苦，让荆楚天感到心酸。而且平生以来，他还是第一次与女人这么亲近过。此刻，荆楚天只能傻傻地站着，双手不敢触碰到郁芳萍的身体。而郁芳萍的头上戴着纸花。透过那小小的白花，他那流泪的一只眼睛模模糊糊地看到了这样的景象：

小脚老太婆踮着脚走路，突然被日本的汽车撞飞了，倒在血泊中，口吐鲜血，上气不接下气,最后头一歪,就再也不动了。

而后,他听到了鬼子兵哈哈的狂笑声。再接续下来,郁芳萍向日本兵扔石头,只听"砰"一声枪响,郁芳萍倒在了血泊中。

远处,祖国领土沦陷,山河破碎,火光四起,生灵涂炭,一幅幅民不聊生的模模糊糊的景象,出现在了荆楚天的脑海中。

此后,一个多月过去了,郁芳萍日渐憔悴,并且一再地催婚,但荆楚天的回答是"不行"。

郁芳萍说:"大哥,我非你不嫁。"

不得已,荆楚天说:"妹子,等我老婆回来再说吧。"无疑,这是托词,但郁芳萍却牢牢记在心里。

郁芳萍说:"嗯,大哥,我听你的!但嫂子去哪儿了呀,都这么长时间了,怎么还不回来呀?"

"她回娘家了,快了,快回来了。"

"好吧,大哥,我等你的消息!"

第二天,荆楚天接到了远东谍报组密电。

哈巴罗夫斯克,第321号,绝密

李秀琴经虎头回新京。考虑变化:"红隼"到哈尔滨开展活动,直接联系人李云林,李云林的下家是菲季斯卡娅。为预防万一,李秀琴和卡利洛娃立即撤离新京,到北平开展活动。

发报人:狐狸　　1940年4月5日

接到密电,荆楚天知道分量很重,远东谍报小组对满洲谍报人员进行了重大调整,但李秀琴还没有回到新京,这让他心焦。

还有,组织要自己去哈尔滨的任务没有明示,而如何安排刘天一和濑户美智子的情报接转,也没有明说。但撤离新京的指令是明确的,须立即执行。

还有,前不久通过地下关系将13岁小男孩儿安排到关东军宪兵司令部做"博役"的事,也需做好安排。而小"博役"只知道接头地点是宝石街39号的丰华服装店,也只是认识自己。

之后,他想到了郁芳萍。如果能够发展郁芳萍为秘密情报员的话,会有助于情报业务的接转。因为郁芳萍是新开路小学教师,蛮不错的职业,而特高课一般不会怀疑小学教师。另外,她懂日语,可直接将日文资料翻译成汉文。

此外,安插在关东军宪兵司令部的小男孩儿所提供的情报业务,可以由郁芳萍接转并翻译。但问题是,郁芳萍还没有受过情报专业的训练,也不懂无线电台操作业务。

但他想,郁芳萍有文化,思维机敏,不惧死亡。因为她敢于向日军扔石头是冒着被枪杀的危险。最为重要的是，郁芳萍对日军有深仇大恨。

于是，荆楚天决定给远东谍报小组发报，拟发展郁芳萍为情报员。荆楚天对李云林说："来吧，我们向哈巴罗夫斯克发报。"

新京，第51号，绝密

前电收悉，李秀琴尚未回到新京，撤离新京的事会有拖延。同时，拟发展郁芳萍为情报员，23岁，新开路小学教员，讲授日语，东京大学日语专业，曾效忠于日本，极力宣传"日满一德一心"和"大东亚共荣"等日本的伪善文化。但她母亲被日军汽车撞死之后，她愤怒地向日军队伍扔石头，并被日本兵开枪击伤。其间，我救了她，而她执意要嫁给我，但我没有同意。考虑其对日本帝国主义的刻骨仇恨，可发展为情报员，并负责"硕鼠"和"家雀"的情报接转工作。如同意，请郁芳萍到苏联受训。此外，一名13岁小男孩儿已经安插到宪兵司令部做"傅役"。

发报人：红隼　　1940年4月10日

45　特务组织
在虎头森林以打鱼狩猎为掩护

4月10日晚，李秀琴秘密回到了新京，而荆楚天悬着的心也落地了。李秀琴说："我们提供的关东军围剿抗联的情报得到了周保中等领导同志的重视，并且立即采取了措施，成功地躲过了关东军的秘密围剿，但杨靖宇将军已经壮烈牺牲。"

荆楚天悲痛地说："这是抗联组织的巨大损失，东北人民心中的一杆大旗倒下去了！"

李秀琴说："现在，抗联领导人大多都已过境到了苏联，并由苏联红军远东军区为抗联部队提供野营基地。我随同周保中、李兆麟将军等领导人回到虎头。之后，在苏介臣爱人张英子的陪同下去了三班村，并受到了警察署严加盘查，但最终见到了丰大江同志。"

"他怎么说？"

"丰大江说，关东军围剿抗联残部，还疯狂掠夺资源。完达山的木材，双鸭山、鸡西等煤炭，用火车运往朝鲜港口，再通过海运转到日本，将木材和煤炭储存到海底。从铁路方面获悉，日本帝国主义为了进攻苏联，他们对火车头的轮轴进行了改造。一旦战争爆发，窄轨铁道的火车头车就可以开到宽轨铁道上去。再有，虎头宪兵分队有特务组织，一共100多人，以打鱼、狩猎为掩护，暗中刺探苏军情报，秘密抓捕抗日人员。特务头子是夏长志，他对苏联侦察员和抗联人员常常进行毒打；如果觉得被抓捕的人很重要，会秘密送到虎头宪兵分遣队施以毒刑，灌汽油，点天灯，人塞进麻袋往地上摔，用钢筋夹手指，烙铁烫屁股，坐老虎凳。而日军虎头分遣队队长是桦泽静茂，更阴损狠毒，会直接用战刀砍头，有数十人被塞进冰窟中。

另外，从要塞里面逃出来的人说，日军对劳工实施密杀。完工后，将劳工引到山谷中，假意摆酒宴吃喝，突然开枪将劳工全部杀死，再用推土机将人埋掉。一个工地有劳工12000人，统统枪毙，也有'打毒针'致死的！"

说话间有人敲门，李秀琴见是男孩儿。荆楚天认出了是做"博役"的韩志臣。韩志臣说："叔，我想单独跟您说个事儿。"

荆楚天说："这是你李阿姨，没关系的。"

韩志臣说："不好了，张国奎叔叔叛变了！"

韩志臣13岁，虎林三班村人，是地下情报员韩江生的亲侄子。在濑户美智子处获知日本宪兵司令部准备召用一些小男孩儿做"博役"的消息后，荆楚天便借机将其安排到了宪兵司令部。宪兵司令部要求的条件是不识字、10岁左右、身体健康。

因此，荆楚天通过抗联七军情报人员的秘密推荐，由濑户美智子介绍，韩志臣被安插到了日本宪兵司令部做"博役"，负责打扫特高课会议室和城仓司令官的办公室。但特高课不知道，韩志臣略懂一些日语。这之前，他是抗联七军秘密交通员。

韩志臣说："早上6点钟，我负责打扫宪兵司令官城仓的办公室，偷看了一份密件，是审问张国奎叔叔的讯问笔录。"

"张国奎是谁？"

"张国奎叔叔是高玉山大队长的通讯员，在我叔叔韩江生的家里住过。所以，我认识他，他也认识我！"

"那么，高玉山是谁？"

"他是东北国民救国军第九大队长李杜的部下。"

"李杜是谁？"

"李杜原来是东北军驻守虎林九班的镇守使。为抗击日本侵略者，他发动老百姓成立东北国民救国军。当时，张国奎叔叔给高玉山做通讯员。现在，张国奎叔叔已被带离了虎头，那份笔录是密山宪兵本队专程报来的。因此，宪兵司令官城仓义卫很重视，派虎林宪兵先遣队将三班警察署内参加地下抗日组织的王福禄、方志祥、王占林等人，调到了虎林警察本队进行监控。由宪兵司令部安介横二少佐到东安省省会密山负责督办，指挥东安宪兵本队参与行动。"

这时，韩志臣因为感冒流着鼻涕，他用袄袖子抹了一下鼻子，鼻涕就擦掉了。

"好，接着说。"

"在此期间，张国奎叔叔交代说，1933年1月，日本皇军进入虎林县城后，共产党在虎林县、饶河县、嘉荫县等地秘密成立组织。周保中部、崔石泉（崔镛健）为首的饶河县游击队，在合江、虎林、鸡东、绥芬河一带活动。张国奎供出了丰大江是共党分子。还说，丰大江原来在山东，人豪爽，有号召力。在关东军到来之前，就向老百姓宣传抗日。后来，日本皇军闯入他家，发现10多个男人。丰大江向日本人说了谎，都是逃荒的。因此，日本人不信，审问时打了他，丰大江有点脾气，日本人骂'你的，巴嘎呀噜，莫古尤那（还敢顶嘴）'！此后，丰大江对皇军刻骨仇恨，帮助抗联七军在饶河击毙了大穗参事和日野少将，又在虎林袭击了日本山林采伐队，获得枪支粮食，释放所有劳工。丰大江还秘密发展了王福禄、韩江生以及警察署中的方志祥。

张国奎说，王福禄是警察署署长。而且都有分工，丰大江利用保长的公开身份，负责搜集日军情报；王福禄利用警察署长身份，同警察署内的方志祥负责搜集兵运情报，韩江生懂俄语，与苏联人进行联络。"

荆楚天说："看来，丰大江、王福禄、方志祥等人面临被捕的危险。"

"还有呐，我叔叔韩江生也会被抓的。"此时，韩志臣急得脑门子出汗！

李秀琴说："头儿，虎林县距离新京太远了，我们没有直接联系的渠道。而且，抗日联军都到苏联了。看来，没有办法营救他们了，急人啊。"

突然，荆楚天眼睛一亮，说道："有了，抗日联军在苏联，我们通过远东谍报小组与抗联组织联系，由他们想办法，说不上会有希望。"

此时，远在哈巴罗夫斯克的柯林正在思考荆楚天要发展郁芳萍做情报员的事，他有些犹豫。一个曾就读于东京大学并甘心效忠日本的人，能够彻底转变立场吗？会成为坚定的抗日成员吗？

不过，一个前置条件是很重要的，郁芳萍的母亲是被日本军车撞死在街头的，对此，任何人都不会宽容。因此，荆楚天同志的判断是可信的，郁芳萍"对日本帝国主义有刻骨仇恨"。

但郁芳萍执意嫁给荆楚天的事，倒是件好事，因为荆楚天需要爱情，需要家庭，但这又触及了核心秘密，因为荆楚天与李秀琴是假扮夫妻，郁芳萍嫁给荆楚天后，就会知道其中的秘密。不过，荆楚天强调"我没有同意"。这也反映了荆楚天的人生态度，是全力献身于秘密情报工作，说明其政治立场坚定。显然，荆楚天没有因为爱情而迷失自己。因此，他很欣赏荆楚天，欣赏他严守组织纪律。

于是，柯林作出了决定：同意郁芳萍加入秘密情报组织，并马上到远东军区受训，负责新京情报的接转业务。之后，他拿起电话对卡洛琳说："您到办公室来！"

卡洛琳说："头儿，就到！"当卡洛琳出现在柯林办公室时，手上拿着新来的密电："头儿，新京密电。"

柯林说："好，您就宣读吧！"

新京，第52号，绝密

李秀琴已回新京。据丰大江报：虎头九班村秘密特务组织100多人，刺探苏联情报，以打鱼、狩猎为掩护。特务头子是夏长志，向虎头宪兵分遣队移送苏联情报员，通过灌汽油、点天灯，把人折磨致死。虎头宪兵分遣队长桦泽静茂用战刀砍掉10多人的头颅，将情报员塞进冰窟窿。应歼灭之。据"博役"报告，张国奎叛变，供出丰大江、警察署长王福禄、警尉方志祥和韩江生等人。宪兵司令官城仓义卫指令虎头宪兵分遣队，将王福禄等人调到警察署进行控制，派宪兵司令部安介横二少佐前往密山指挥查获行动，现在急需抗联组织采取措施，解救丰大江等人。考虑到叛徒张国奎认识秘密情报员韩志臣，因此"博役"终止了情报工作。

发报人：红隼　　1940年4月18日

听后，柯林说："知道了。"

新京的黄昏，残阳在渐渐地沉落，荆楚天和李秀琴在忙活着收摊，郁芳萍突然出现了，说："嫂子，您可回来了。"

李秀琴知道郁芳萍是新开路的高小教员，效忠于日本，并且极力鼓吹"大东亚共荣""做满洲模范市民"等歪理邪说。但她对郁芳萍也不乏热情，说："妹子，你快坐！"

之后，李秀琴拿过板凳放到了郁芳萍跟前，还倒了一杯开水，说："妹子，你喝点水！"

"谢谢。不过，嫂子，我来您这儿就直说吧。在您回娘家期间，我妈妈被日本军车撞死了。"

"哦，荆楚天已经跟我说了这件事，太悲惨了。"

"多亏荆楚天大哥把老太太给抱了回来。结果，他也被日本兵给打了。我向日军投石头，他们开枪打穿了我的肚子，多亏荆楚天大哥救了我。"

"那是他应该做的。"

"因此，荆楚天大哥是我的救命恩人。现在，我想嫁给他。但大哥说他结婚了。因此，我想跟您商量，同意他纳妾。"

"不行，"李秀琴说，"我不允许荆楚天娶小老婆，除非我死了再说。"

"姐，就行行好吧，同意我做小吧！嫁过来之后，什么都您说了算，这还不行吗？"

"不行，我不会答应的。"李秀琴这样说，是考虑会暴露假扮夫妻的秘密。

"姐，您可能还是不大了解我。我也是不愿意做小的。但现在，我愿意嫁给大哥，就是要报答荆楚天大哥的救命恩情。因此，我也会恭敬您的。"

"不行！"

荆楚天说："妹子，这事不说了。"

郁芳萍说："大哥，您已经同意的呀。因为您说过，等你嫂子回来再商量！"

"啊，荆楚天，你怎么回事？"李秀琴喊道。

荆楚天赶紧说："秀琴，可不是那么回事。"他又对郁芳萍说："妹子，你是理解错了。我只是说，待你嫂子回来再说吧，实际上那是托词。您看看，这事儿搞的，多不好。"

"哦，大哥，您可不能这样说话的，让我太失望了。再说，我妈妈被日本军车撞死，我被日本兵开枪打伤。要不是您，我的命就没了。因此，这不管怎么说，我就是要嫁给您。不然，您帮我找到抗联，我去打鬼子。"

"这个问题嘛，容我想想再说吧。今天，你先回去，我和你嫂子还有别的事要做。"

"那好吧，嫂子，我先回去，但还会再来的。"说后，郁芳萍微微笑了一下挑开门帘去了。

李秀琴再次看着荆楚天说："我们是秘密夫妻，不能暴露身份。不过，我看这个女孩子不错，你要不要考虑呢？"

荆楚天看看李秀琴，诡异地笑了一下："那你说呢？"

"头儿，这是你自己的事，我能说什么。"

"你知道，这是不行的，我们是秘密情报人员，有组织纪律。何况，我们对外称是'夫妻'。再说，娶小媳妇，你怎么摆啊？因此，在原则问题上，我们必须共同遵守秘密。"

李秀琴仔细看着眼前的荆楚天，他很有魅力。尽管一只眼睛失明了，但性格坚定，魅力依旧。于是，她说不上哪儿来的勇气，突然拥抱了荆楚天，而且浑身颤抖。

荆楚天说："哎，哎，你是怎么了，这不行的，我们不是夫妻！"

李秀琴抬起头来说："我们已经是'夫妻'了，而且外边人都知道！"

"但我们是假夫妻，不可以拥抱的！"

李秀琴说："我好像爱上你了。而您，有权力在我和郁芳萍之间作出选择。现在，你有两个女人都在爱着你。"

"算了，不说这个了。不过，有个事，我们要商量，就是发展郁芳萍为情报员的事。而且，在你回来之前，我已经向组织报告过来，但一直都没有明确的指示。另外，我们都将离开新京，因为组织上启用了菲季斯卡娅。她熟悉你和卡利洛娃。所以，为了预防万一。"

"嗯，这是个重大决策。在哈巴罗夫斯克时，柯林同志说起过这件事。但现在，我爱上你了，不想离开你。"

"这是组织决定，怎么办？"

"我服从组织决定，但不影响我爱你。"

荆楚天听后，有些不好意思。他岔开话说："你对菲季斯卡娅怎么评价？"

"据我看，她很合适做情报员，有胆识，有头脑，不惧死亡。在去齐齐哈尔谋杀日本特务冈田时，她沉着冷静。在那时，她对李云林产生了好感。"

"哦，是嘛，这我不知道。"

李秀琴说:"就像郁芳萍强烈追求你一样,菲季斯卡娅在强烈地追求李云林。因为在哈巴罗夫斯克,我亲眼看见菲季斯卡娅要求加入远东谍报小组,一个原因就是为了追求李云林。"

"那么,菲季斯卡娅会在什么时候到满洲呢?还有,菲季斯卡娅的具体任务是什么?"

"哦,我不知道,但卡洛琳说,希望菲季斯卡娅在破获石井部队方面能够有所作为。"

"知道了。另外,我接到了命令,你和卡利洛娃要去北平。此外,你要将红辣椒串挂到房墙上,刘天一见到后就会来接头了,我好安排后续事宜。"

将红辣椒串挂在墙上,是荆楚天与刘天一见面以及与卡利洛娃秘密接头的信号。会面的地点在新京银座旁边喝二两小酒馆。店老板叫于涛,是抗联部队驻新京的秘密负责人。即原抗联秘密联络处主任穆望钢被特高课杀害后,喝二两小酒馆就成了荆楚天与情报人员接头的秘密地点。

这天中午,喝二两小酒馆内的一个单间里,李秀琴和卡利洛娃相约见面了。李秀琴说:"组织已经决定,你我马上离开新京。"

卡利洛娃说:"哦,然后呢?"

"我们去北平开展情报活动,要马上收拾东西,不要和任何人打招呼。之后,您就悄悄离开樱花会馆。"

"好吧。"说后,卡利洛娃起身离开了。

晚上10点,李云林接到远东谍报小组密电,敲开了宝石街39号,说:"头儿,急电。"

哈巴罗夫斯克,第325号,绝密

同意接收郁芳萍为情报员,立即到哈巴罗夫斯克受训。此后,郁芳萍负责刘天一和濑户美智子的情报接转工作,韩志臣做郁芳萍秘密通讯员。

发报人:狐狸　1940年4月23日

荆楚天看后说:"好,知道了!"

46 教堂钟声
很多城市都比不上尘土飞扬的你

当郁芳萍老师再来时,荆楚天与李秀琴共同参加了面谈。荆楚天说:"郁芳萍老师,你真的想抗日吗?"

"嗯，我希望找到抗联，去杀鬼子。"

"可是，你能够上战场吗？就你这单薄的身材？"

"没问题的，我什么苦都能吃。只要能报仇，我就去打鬼子，死也不怕。"

"可是，你真的这样想吗？"

"是啊，就是啊！另外，我嫁给您的目的，除了报答您的恩德，也渴望为我的母亲复仇。"

"好，我知道了。你复仇的机会可能是来了。"

"那您的意思是？"

"我想，你不妨做秘密情报工作吧。"

"比如说……"

"就是通过获取情报，再交给抗联组织。这比你直接杀鬼子还重要。"

"好，大哥，我听您的。"

"那你填张表吧，就算加入了秘密组织。"李秀琴说后，将一张印有"我愿意为苏联秘密情报组织服务"的表格递给了郁芳萍。

郁芳萍看了看表格，说："谢谢！"

这时，荆楚天将外面的韩志臣叫来说："他叫韩志臣，负责你和组织之间的情报往来。如果遇有什么问题，你可以解释为师生关系。"

韩志臣说："郁芳萍老师，您好！"

郁芳萍说："好吧，韩志臣同学。"

荆楚天说："以后，韩志臣会在喝二两小酒馆做徒工，算是糊口的职业。但没事的时候，可以到新开路高小读书。知道吗，做情报工作，要有合适的职业作掩护。"

"嗯，大哥，听您的！"

荆楚天说："明天，你准备动身，离开新京，到北安后，会有抗联组织将您送到苏联去。"

"哦，太好了。但我的教师职业怎么办啊？要辞职吗？"

"不，你不能辞职，说休假了，时间要长一些。"

"但培训回来呢，我该怎么办？"

"之后，你找韩志臣，就同秘密组织有了联系。"

"那您还在这儿不？"

"不会了，这里的生意会卖掉。"

"好吧，但你们去哪里？"

荆楚天说："郁芳萍同志，做情报工作有纪律，不该知道的不要知道。从今天起，你要严守秘密组织规定，不该问的不问，不该说的不说，不该知道的不要知道。还有，你只有一个上级,下面只有一个联系人。否则,如果你不小心,会影响到整个秘密组织,懂吗?"

"明白!"

"那就说到这儿吧!"第二天,郁芳萍乘小票车离开的新京,经过"小小的哈尔滨",去了"大大的北安省"。再后来,郁芳萍经瑷珲过境到了苏联,辗转来到哈巴罗夫斯克。

在郁芳萍走后,荆楚天与刘天一在喝二两小酒馆见面了。荆楚天说:"我接到了组织命令,要撤离新京,李秀琴、卡利洛娃也一并撤离。"

"为什么,难道我们的秘密组织暴露了?"

"没有,因为远东谍报小组决定启用菲季斯卡娅,她认识卡利洛娃和李秀琴。为了预防万一,将菲季斯卡娅在新京所熟悉的人要统统调离。"

"好,那我和濑户美智子该怎么办?"

"组织决定,你们继续留在这里,但停止一切情报活动,避免特高课对你们的怀疑。"

"那以后哪,我们与谁联系?"荆楚天用警惕的目光看看周围,没有谁注意到他们。他接着说:"郁芳萍,新开路高小教师,23岁,懂日语,会翻译日文资料。给,这是她的照片。"

刘天一接过照片:这是一个清秀的姑娘,戴着金边眼镜。刘天一说:"头儿,这有问题,因为我不能直接去新开路高小找郁芳萍老师。"

"在小酒馆内,会有个小男孩儿做徒工,13岁,头上有两个发际旋,你与他联系。"

"好吧,他在吗?"

"不,他还没有来上班。联络暗号是:你说,来,跑堂的,要杯酒!小男孩儿说,先生,您要什么酒?你说,烧锅酒。小男孩儿说,先生,稻米酒可以吗?你说,不,红高粱酒。小男孩儿会说,先生,这儿没有红高粱酒,只有一元糠麸。你说,好吧,那就糠麸酒!之后,你要叨咕着,抽烟抽金乌,喝酒喝糠麸,娶媳妇娶寡妇。这其中的金乌、糠麸、寡妇,都是关键词。小男孩儿听后就知道你是自己人。"

"小男孩儿叫什么名字?"

"韩志臣,联络员,人小鬼大。"

"嗯,知道了。"

"然后,你可以将情报交给他,他就会转到我的手上。"

"那以后呢?我还能见到你吗?"

"暂时说不准,但会有见面的机会。没准儿,我们还会在小酒馆喝糠麸酒、抽金乌烟呢!"

"嗯,明白了!"

1940年5月1日夜,荆楚天接到了柯林发来的电报。

哈巴罗夫斯克，第329号，绝密

据密报，关东军宪兵司令部安介横二少佐到达密山后，抽掉东安宪兵队、半截河宪兵分遣队、驻虎林县牛岛师团下士官近百人。4月16日，逮捕了韩江生。接着，又逮捕了丰大江、王福禄、陆晓东、方志祥等73人。但在抓捕尚东辉时，他脱逃到了苏联。之后，由尚东辉做向导，陈世文带领部分抗联战士将"狩猎队"团团围住，夏长志等40多人被打死，其他人被活捉。经突审，叛徒张国奎出卖的人员，现被羁押密山日本宪兵本队。但早期被捕的苏介臣，已被特别遣送至哈尔滨石井部队做了实验活体。一些与丰大江有联系的人，也相继被捕，包括虎头西大沟村的张英子。考虑李秀琴和张英子去过三班村，与丰大江见过面，警察署有登记记录，请你们迅速撤离宝石街39号，以防新京宪兵本部对你们的追踪。切切！

发报人：狐狸　1940年5月1日夜

荆楚天看看表，已夜半时分，决定立即撤离，躲到抗联秘密联络处负责人于涛提供的新京银座旁的一处秘密地点。

早上6点钟，秘密监视宝石街39号的李云林看到，一大批荷枪实弹的日本宪兵，突然包围风华裁缝店。同时，汽车警报声惊醒了附近居住的日本高级女特务川岛芳子，她注视着眼前发生的一切。但宪兵队发现，已经人去楼空，荆楚天和李秀琴成功躲过了一劫。

此后，李云林发现，经常有便衣人员出入宝石街39号，日本特务在守株待兔，等候接头人。但安介横二少佐什么都没有得到，竹篮打水一场空。特高课忽视了重要的细节：他们没有注意到外墙挂着的红辣椒串和玉米串已经摘掉了，是说明这里已经暴露了。但稍加思考，将室内的红辣椒串和玉米串挂到外面的墙上去，就有可能捕获抗联人员，甚至捕获刘天一和濑户美智子，因为他们还不知道风华服装店的突发情况。

3个月后，荆楚天接到了远东谍报小组密报：为从被捕人员嘴里掏出抗联情报，安介横二少佐亲自组织突审，连续10多个昼夜残酷审讯，吊打、烙铁烙、上电刑，有10多人的肋骨被打断。

在酷刑面前，这些同志都守口如瓶，宁死不屈。审问丰大江时，安介横二少佐问："你们为什么要反满抗日？"丰大江义正词严地回答："我们是中国人，不当亡国奴。"没办法，安介横二命令，将丰大江拖到狼狗圈，让狼狗活活咬死。历经一个月的酷刑审讯，敌人除掌握叛徒张国奎所提供的材料外，在被捕的人身上什么都没有得到。

无奈，5月28日，特高课释放了43人，但全部致残。7月26日，丰大江、王福禄、陆晓东、韩江生、方志祥等被定为领导人；其余20多人被定为骨干分子。丰大江等24人被杀害，其中包括张英子。

叛徒张国奎因告密有功被委以重任，常驻二部落。东北解放时，他成功潜逃了，最后混入了解放军部队，1958年转业到牡丹江地方工作，"四清"时被举报而畏罪自杀。

不久，李云林接到了远东谍报小组密电：

哈巴罗夫斯克，第329号，绝密

卡利洛娃和李秀琴立即到北平对国民党开展情报活动，陈世文、李久龙、赵全科到沈阳、吉林、牡丹江等地实施秘密侦察。荆楚天、李云林到哈尔滨组建新的情报组织，重点是石井部队情况。6月15日，请李云林准时到哈尔滨秦家岗圣·尼古拉教堂与菲季斯卡娅秘密接头。

提示：圣·尼古拉教堂属东正教建筑，哈尔滨最高建筑，以沙俄末代皇帝圣·尼古拉名字命名，建筑形式采用希腊十字八角形布局。教堂每天会响起三次钟声。当弥撒钟声响起时，李云林要及时出现在教堂内圣母像前，并祈求圣母的护佑。此后，李云林要轻声朗诵诗人叶琳娜·涅捷尔斯卡娅的诗句：哈尔滨的钟声。这首诗是涅捷尔斯卡娅专门为情报机构秘密接头而作。诗的原文是三个段落，但只选用前后两段，即"我经常从梦中惊醒，一切往事如云烟再现，哈尔滨教堂的钟声响起；城市裹着洁白的外衣，无情岁月悄然逝去，异国的晚霞染红了天边。我到过多少美丽的城市，都比不上尘土飞扬的你！"这时，会有一位带十字架的牧师搭话，确定身份后，进入内室与菲季斯卡娅会面。但考虑李云林与菲季斯卡娅熟悉，不再设联络暗语。

发报人：狐狸　　1940年6月3日

荆楚天按照李云林要到哈尔滨接头的时间推算，仅剩下12天了。于是，他决定动身前往哈尔滨，并派李云林到火车站去购票。

当李云林来到新京火车站时发现，特高课对往来的旅客是严加盘查。在候车厅的告示栏内，张贴着荆楚天和李秀琴的头像。

不得已，李云林转身去了出城口，气氛也是异常的紧张。一些荷枪实弹的关东军士兵站在道路中间，用亮闪闪的刺刀逼迫过往行人，一个个打开包裹接受检查。一对男女走过来了，动作稍迟疑一些，一名日本军曹冲上来就是一枪托子，把男人打倒在地。女人过来救助时，又被刺刀扎了屁股，鲜血流出来滴落在地上。随后，这对夫妇被押上军车带走。

回到秘密藏身处所，李云林说："头儿，在新京火车站和出城口，关东军检查很紧，我们难以出城。此外，你和李秀琴的通缉照片到处张贴。而丰大江案后，特高课正在搜捕你，我们怎么办好？"

荆楚天听后吃惊，但苦于无计。第二天黄昏，他突然看到一辆马车拉着尸首从门前缓慢走过，一股恶臭飘进他的鼻子。他说："快去，将那辆马车拦住，我们跟他谈笔交易！"

李云林说："头儿，你要做什么？"

荆楚天说："快，叫住马车夫！"

李云林叫住了车老板，是位上了年纪的老人，头发已经灰白，满脸都是褶子。

荆楚天说："老人家，您这是做什么？拉'死倒'啊！"老人家说："我是被关东军秘密警察厅从新京郊区雇用的，他们将一些人拷打致死后，就用高粱席子一裹，再运到荒郊野外埋掉。"

"噢，老爷子，那我给您几块大洋，买了这两具尸首，您看怎么样？"

"噢，小伙子，你要做甚，找死吗？"

荆楚天看了看老人家，一副诚实的面孔，决定讲出实情。说："我想出城，但身上没有良民证。如果我躺在这车上，旁边都是尸首，是不是就可以蒙混过关了！老人家，您就帮个忙吧！另外，活儿不会白干的，我会报答您的。"

老人家看了看荆楚天，似乎明白了什么。说："小子，我看您也不是一般人，应该帮你的。但这恶臭的气味谁受得了啊，会熏死人的！再说了，即使你能够扛住臭气，但要一动不动的，你个大活人会受得了吗？只要稍微动弹一下，小鬼子就会用刺刀挑了你，也会挑了我。不过，我都这把年纪了，无所谓。但你不行啊，你年轻啊，不值得啊！"

荆楚天说："老人家，别担心。我哪，试试看！"说完，他就真的躺在了两具尸体的旁边，仅几秒钟工夫，就猛烈地咳嗽起来，差点把肠子都吐出来。

老人家说："怎么样，不行吧？"

荆楚天说："老人家，那您还有什么好办法吗？"老人家说："办法倒是有。如果弄些烟土喝了，人迷糊了，什么都不知道了，就跟死人一样。但问题是，大烟土一旦喝多了，人就'殡故'了。一旦喝少了，不管用，在检查站又咳嗽起来，那可就坏了大事。还有，大烟土会上瘾。一旦上瘾了，家破人亡，那多坑人啊！"

荆楚天说："老人家，我试试吧。今天就这样，明天您再过来。"

老人家说："小子，只要你敢试，我就敢用高粱席子将你裹了，再拉你出城。""好吧，老人家，那就这样！"

第二天，老人家再次进城。临近黄昏，荆楚天喝了一些大烟土并渐渐昏迷。李云林和老人家将恶臭的血水抹在荆楚天的嘴上、脸上、脖子上，就跟真的尸首一样。之后，老人家赶着马车吱吱扭扭地上路了。

在出城口，负责检查的关东军士兵看到马车尸首，闻了恶臭气体，都捂着嘴和鼻子草草检查了事。李云林看到马车顺利过了检查站，出示了良民证，通过了检查。在一处无人的地方，李云林和老人家给荆楚天灌了一些解药，荆楚天渐渐苏醒过来后，呕吐了一阵子。

老人家说："小伙子，怎么样，没事儿吧！"

"老人家，谢谢您啦！"

"去吧，要狠狠地揍小鬼子，替咱老百姓报仇！"

荆楚天说:"老人家,谢了!我会永远记住您的大恩大德的。"说后,他将兜里的大洋统统送给了老人家。

可老人家说:"小伙子,我都土埋脖子了,要钱没用的。你们把钱拿着,用在打日本鬼子上,让咱中国老百姓早点儿翻身吧!"

荆楚天和李云林离开新京之后,直奔哈尔滨附近的宾县。宾县距哈尔滨约70公里,是抗联秘密活动地区之一,有良好的群众基础。

47 哥里洛夫
讲述马迭尔旅馆的惊悚故事

不久,卡利洛娃和李秀琴也秘密离开了新京。卡利洛娃化装成了俄罗斯阔太,李秀琴的新名字改叫侯秋萍了,以仆人的身份为卡利洛娃服务,而身份资料由苏联大使馆秘密提供。

之后,她们乘坐濑户美智子提供的汽车直接进入了新京火车站内,成功躲过了特高课的巡视检查,经奉天去了北平。

1940年的夏天,哈尔滨洋气十足,但又污秽不堪,空气中弥漫着难闻的马粪味。一些坚硬的石子路上,处处可见一堆堆的马粪球。马粪球被汽车和马车碾压过后,又形成了一堆堆的深褐色的碎末,使路面变得肮脏不堪。

在一阵阵风吹过之后,这些马粪碎末会随风飞舞。因此,哈尔滨的建筑虽然很洋气,充满西方式的建筑格调,但这里也是满洲最脏的城市。不过,除了奉天,哈尔滨也是满洲唯一的大城市。

在荆楚天和李云林的眼中,"满洲国"哈尔滨火车站拥挤不堪,来自四面八方的人们,时不时地表现出过分的夸张,以及不加约束的举止与情绪。而荆楚天和李云林则绕道双城上的火车。一个小时后,蒸汽机车才"吭哧吭哧"地如牛负重般驶进了大满洲国火车站。

走出了检票口,荆楚天感觉轻松。他看见,一座座洋葱头式穹顶的东正教建筑矗立在街道两旁,别有特色。圣·尼古拉教堂的尖顶直指苍穹,显得威武雄壮。

此外,这里有基督教堂、天主堂、伊斯兰清真寺、犹太教堂、天理教堂,德国和荷兰教堂,遍布在街道两旁。这些教堂的存在,使得哈尔滨成了各国冒险家、流亡者、远征军和各色侨民的精神庇护所。

荆楚天和李云林分前后向尼古拉教堂走去。街面上,可以看到各色的人群,有白皮肤的、高鼻梁的、蓝眼睛的俄罗斯人;也有穿着破衣露嗖的、土里土气的中国人;关东军大兵则是列队并趾高气扬地从马路中间走过，整齐划一的"铁蹄"落下时，会发出"咚咚"响声。一些白皮肤、高个子的俄罗斯人的身上穿着绿黄色的日本军服，头上戴着普通布制的军帽，与穿着陶士调黄色军服、头上戴着亮光闪闪的钢盔的日本兵很不搭调。

荆楚天知道，这些俄罗斯人多是大革命的流亡者。他们加入"满洲"之后又被"满洲"政府征召入伍，对苏联政府恨之入骨，也甘心情愿地为日本帝国服务。他们希望，日本兵的"铁蹄"能够踏进莫斯科，踏进圣彼得堡，并重新燃起帝王之梦。

荆楚天想，这些白俄人也都是自己的敌人。"唉，来，小子，你给我站住喽，良民证的看看。"

这突然的吆喝声吓了荆楚天一跳，一个身穿制服的人当街拦住了荆楚天的去路。这个人很诧异，其制服上的徽章闪闪发光。荆楚天暗想，这人可能就是伪满警察了，在当街随机抽查路人的证件，也是典型的日本走狗，专门欺负中国人。

荆楚天慢慢地将良民证从一个破兜子里摸出来，并递给身穿制服的人。那人看过后犹豫了一下，并在随身携带的文件中翻着什么。荆楚天立马警觉起来了。他感觉不对劲，向李云林偷偷递了眼色。李云林一个突然转身，紧紧地薅住了一个穿土布衣服的年轻人，喊道："快，先生，快，我可是逮住他了。"

那个身穿制服的人寻声看去，见两个人扭打一起，继而把良民证给了荆楚天，说："你们是怎么回事？为什么打架？"荆楚天则趁机溜掉了。

"先生，这个小子偷了我的东西。"

"哦不，先生，我可不是小偷，他在诬陷好人！"

那个身穿制服的人对李云林说："来，你说说，丢什么了？"

"4块大洋，不，是5块大洋！"

"来，小子，把你兜里的东西掏出来看看。"那个农民模样的年轻人气呼呼地说："先生，我可没偷钱，兜里什么东西都没有！"之后，他将兜里的东西统统掏了出来，将仅有的一张满洲币牢牢抓在手上，还有一块掉渣的玉米面饼子。

"说，先生，您看，我哪有什么大洋啊！"

之后，身穿制服的人又搜了他的身体，也没有搜出大洋来。于是问李云林："你他妈的是真丢钱了吗？"

"啊，是啊，五块大洋说没就没了呀！这不，就这小子站在我的身边了，最值得怀疑的啊！"

"可是，他身上没有大洋。你即使丢了大洋，那肯定不是他偷的，知道不？"

"但先生，那你说，我这钱怎么说没就没了呢？不是他，又会是谁？"

"你娘个腿，这话你问谁呢？"说后，那个身穿制服的人抬手就打李云林。李云林一个弹跳就远远地跑掉了。

10点钟，尼古拉教堂敲响了弥撒的钟声。随即，整个哈尔滨市所有教堂的钟声都响了起来，整个城市笼罩在了此起彼伏的钟声里，悠远、肃穆、苍凉。而这空灵的声音像是来自苍穹，不断地敲打着人们的灵魂，安抚着期望生活美好的信众。

荆楚天和李云林站在尼古拉教堂的门口，一些做过弥撒的人们从教堂里面走出来，又消失在了城市中。之后，他们俩向东大直街走去。路过圣母帡幪教堂、基督教大礼拜教堂、天主教波兰圣斯坦尼斯拉夫教堂之后，来到了东正教的圣母安息教堂。按照秘密指示：荆楚天将是教堂中的守夜人。

圣母安息教堂位于东大直街的尽头，矗立在俄侨民墓地的旁边，也是东正教徒祭放死者的地方。

圣母安息教堂平面呈希腊十字形，集中对称布局，圆木井干式结构。教堂顶中为高耸的八面形的帐篷顶，再上就是洋葱形小穹顶，造型别具匠心，古朴厚重，极力造成一种向上无限升华、天国无限神秘、神权至高无上的幻觉。

钟楼与主体是相互分离的，但又和谐一体。祭坛整体向外突出，入口有两个形体各异的柱墩，支撑着十字相交的两个坡顶。礼拜堂的两面开子母窗，里面小窗被做成了罗马式风格的连续拱形，屋顶为两层鼓楼。教堂的檐口、门廊、栏杆、台阶，都处理得十分精美别致，充分表现了俄罗斯木结构的绚丽多彩与技术特色。整个教堂占地为圆形，与周边转盘道和周围建筑融为一体。圣母安息教堂是哈尔滨标志性建筑之一。

荆楚天敲开了圣母安息教堂的大门，一位俄罗斯老人接待了他，说："先生，您来这里有事吗？""嗯，我找哥里洛夫牧师。"

"好吧，您跟我来。"在哥里洛夫牧师的办公室，荆楚天说："我听说圣母安息教堂招聘守夜人。"哥里洛夫牧师说："您的名字是？"

"荆楚天，来自新京。"之后，他拉过荆楚天的手说："你是我的至亲，你们来自新京，跟我来。"

在一处密室中。哥里洛夫牧师说："我接到了教会的指示，热烈欢迎你们的到来。从今天起，您就是圣母安息教堂的守夜人了。另外，这里有密件，需要您自己打开！"

荆楚天打开密件后，发现是两张良民证，纸面已经发黄、陈旧，褶皱处还微微破损，就跟当下使用的良民证是一模一样的。荆楚天的新名字是夏阳，李云林的新名字是江边柳。哥里洛夫牧师说："夏阳先生，您做圣母安息教堂的守夜人，不用坐班，也就是说，您是自由的人。而您的活动经费，教堂都会予以保证的。"

"好，那谢谢神父！"

在安顿好之后，哥里洛夫牧师走了。李云林说："大哥，尼古拉教堂敲钟的时间我搞清了，是每天3次。那您看，我们什么时间去接头？"

"上午10点钟，因为组织上安排这个时间段，是考虑教堂作弥撒的人多，不会被人注意到。"

"嗯。"说着,李云林大声地朗诵起了叶琳娜·涅捷尔斯卡娅诗句:"我经常从梦中惊醒,一切往事如云烟再现,哈尔滨教堂的钟声响起;城市裹着洁白的外衣,无情岁月悄然逝去,异国的晚霞染红了天边。我到过多少美丽的城市,都比不上尘土飞扬的你!"

"嗯,像模像样,你朗诵得很好,有才,就是声音有些大,要再轻些,再轻些,要体现诗的意境和韵味,要有忧伤而无比眷恋的情调!此外,你还要用眼睛的余光注意到牧师的位置,只要他能够听到就可以了。"

"嗯,也是。"

"什么也是,就是!"

"好吧,夏阳先生!"

晚上,哥里洛夫牧师请夏阳和江边柳吃饭。哥里洛夫牧师坐在一张长条桌的端头,夏阳和江边柳是分坐两边。仆人将面包、乳酪、草莓果酱、鱼子酱端来,还有土豆烧牛肉、洋葱炒西红柿、松花江烤鱼、苏泊汤、红酒和格瓦斯汽水。

哥里洛夫说:"来,夏阳先生,圣母安息教堂欢迎您,能够与您共同品尝俄罗斯大餐,我感觉很愉快!"

"牧师,谢谢您!"

"我想知道,你们之前来过哈尔滨吗?"

"没有。"夏阳说,"我去北安时,坐火车路过大满洲国火车站,虽然车窗被红窗帘挡着,但我还是见到了哈尔滨的尊容。"

哥里洛夫说:"哈尔滨很美。但您说的北安,我还没有去过。不过,日本人说'小小的哈尔滨,大大的北安省'。"

江边柳说:"小鬼子想长期霸占中国的东北,也想为进攻苏联远东地区做准备。因此,他们在孙吴筑有军事要塞。"

哥里洛夫说:"日本曾秘密制定了'北进计划'。但随着诺门罕战役的失败,他们的企图破灭了。但他们仍旧贼心不死,也从没有停止过构筑军事要塞的秘密计划。"

夏阳说:"牧师,您知道石井部队在哪儿吗?"

哥里洛夫说:"在平房镇,石井部队在1938年6月搬到了平房镇。"

"那里怎么走?"江边柳说。

"这样,沿着西大直街一路向西,走到尽头之后,再拐向西南方向,约80公里就是平房镇了。"

"那么,您介绍一下石井部队的情况。"夏阳说。

"石井部队驻地占地面积很大,周边筑有高墙,上面是电网,昼夜有日本兵巡逻,壁垒森严。此外,院内养着狼狗。那儿的烟筒冒出的烟雾刺鼻难闻。"

"那么，我们该怎么下手？"江边柳说。

哥里洛夫看了看江边柳，耸耸肩，那意思是没有办法，又过了一会儿说："在礼拜天，石井部队的军官会休息，一般会乘车到马迭尔旅馆取乐，他们跳舞看电影，吃俄罗斯大餐。"

夏阳说："马迭尔旅馆在哪儿？"

哥里洛夫说："道里的中央大街，原是'中国大街'，1925年改称中央大街并沿袭至今。中央大街很美，也是哈尔滨最繁华的商业街了。路面是由长方形的条石铺成的，以纵向冲上铺满。街道两旁的建筑很有特色，有文艺复兴式、巴洛克式，折中主义特色的建筑，足见西方建筑的精华。因此，中央大街也是一条建筑艺术的长廊。"

夏阳说："那么，牧师，您再介绍一下马迭尔旅馆。"

哥里洛夫说："马迭尔旅馆是俄裔犹太人凯斯普创办的，由中东铁路管理局工务处技术科著名建筑师C.A.文萨恩设计。旅馆内设有客房、影院、舞厅、咖啡厅、会客厅、西餐厅、冷饮厅、珠宝店。建筑风格属新艺术运动建筑，兼有文艺复兴建筑风格。宾馆的主体是三层，局部带阁楼层，地下一层。一、二层门窗洞口为矩形，三层门窗上部为曲线形；门窗划分和组合主次分明，富有韵律感。各入口处雨篷和上部阳台合二为一。因此，马迭尔旅馆的造型很美，是中央大街主干建筑。在哈尔滨，在全中国，马迭尔旅馆都是很有名的。另外，这里的俄式大餐闻名遐迩，马迭尔影院也是哈尔滨重要的文化活动场所。所以，不少洋人、达官贵人，为了显示高贵身份，来到哈尔滨必住马迭尔旅馆，以至启程之前，就电话订好了房间。因此，马迭尔旅馆的生意兴隆，也是日本官员必住的宾馆。而且，这里的大厨也大多来自圣彼得堡和莫斯科王公贵族的家厨，其制作的苹果饼、烤羊排、奶油鳜鱼和红菜汤，不仅洋人喜欢，日本人也很喜欢。至于原汁原味的俄式家常饭，也会使人流连忘返。此外，这儿有年轻貌美的俄罗斯姑娘、歌唱家、身轻如燕的舞娘，都是日本军官痴迷的女人。"

"那么，马迭尔旅馆的主人是谁？"夏阳说。

"是约瑟夫·凯斯普，一位俄裔犹太人，但他已经死了。"

"为什么？"江边柳问。

"凯斯普原来是俄国的骑兵，在1904年日俄战争期间，他被调往大连去增援旅顺口，但走到途中，获得消息俄国战败了，又退回到了哈尔滨。这时，哈尔滨刚刚通火车，商贸兴旺，他决定留在这里，开了钟表修理铺。有了一定积蓄之后，他开始经营珠宝。因为这里有一些旧俄贵族，他们破落了，将金银珠宝送到他的小店寄卖，他因此获利丰厚，成为著名的珠宝商。当时，中国大街刚刚建成。凯斯普以其精明和眼光看准了市场，决定大笔投资马迭尔旅馆，旅馆1921年开业。"

"嗯，凯斯普是很有头脑的人！"江边柳说。

"但到了1932年2月5日，日本人进入了哈尔滨。一些白俄势力认为，日本人是他们的希望，能够帮助他们消灭苏维埃政权。因此，有上万的白俄人举着日本旗子涌到大街上，欢迎关东军进城，甚至有白俄姑娘手捧着鲜花拥抱日本兵。但两天后，大街上出现了中国姑娘的尸体，珊里门夫人被日本兵扒光衣服当街羞辱。但一些白俄势力认为，虽然白俄女人受辱，但他们对苏维埃政权有着深仇大恨，仍然指望日本人为他们报仇。因此，在哈尔滨的白俄人有参加关东军、参加宪兵队、做秘密警察的，为日本服务。"

"那么，白俄人还痛恨犹太人吗？"江边柳问。

"恨，他们恨犹太人。现在，哈尔滨的犹太人约25000人，包括凯斯普在内，他们生活富足。但日本人进驻后，犹太人的灾难来了。关东军大规模征用房屋，又不想花钱，也盯上了马迭尔宾馆。而一个叫万斯白的多国特务提示过凯斯普要当心了。

1933年8月24日夜，凯斯普的小儿子西蒙和女朋友莉迪娅遭到绑架，震惊世界。那天午夜，他们从马迭尔旅馆出来，接他们的司机是希腊人，叫桑达尔。车到面包街109号，一个白俄绑匪用枪顶住了桑达尔和西蒙的脑袋，说动就打死你们。

之后，西蒙说，你们要放掉我的女朋友，她跟这事没关系。但绑匪要求莉迪娅捎信，交付赎金30万日元，还不能报警。如果凯斯普选择报警，西蒙的生命就结束了；如果不按期缴纳赎金，就砍掉西蒙的手指。西蒙是钢琴家，如果没了手指，这非常可怕！"

"后来呢？"江边柳说。

"西蒙被杀害了。他是凯斯普小儿子，出生在哈尔滨，到法国巴黎音乐学院学习钢琴，获得了法国国籍。1933年，从巴黎音乐学院毕业后，西蒙回到哈尔滨并与莉迪娅爱恋。

当得知小儿子被绑架后，凯斯普选择了报警，还通知了法国领事馆。副领事沙邦先生觉得这事蹊跷，肯定有某种势力。他告诉凯斯普要侦破案件。

不久，凯斯普收到了西蒙的耳朵，他吓坏了，准备付钱。但沙邦说已找到线索，是日本人干的，还有白俄人，但没有拿到证据。后来，沙邦抓到绑匪科米萨连科，交代了绑架西蒙的过程，但要求保命。

实际上，在1933年7月，日本翻译中村就开始策划绑架凯斯普。他20年代初来到哈尔滨，秘密从事情报活动。绑架西蒙时，他找了白俄的罗扎耶夫斯基，是俄罗斯党人。说凯斯普靠贩卖俄罗斯皇家珠宝起家。此外，中村还召集马蒂诺夫，是哈尔滨警署巡官，心黑手辣。"

夏阳说："那么说，中村是绑架西蒙的主谋。"

"是的。他们租好了房子，多次密谋。初始绑架目标是凯斯普，但有保镖，改为绑架西蒙。

在沙邦逮住科米萨连科后，将他送到了哈尔滨市警署，审讯副本也交给了他们。但哈尔滨警署却把材料交给了宪兵队。中村得到材料后，立刻把科米萨连科要了过去，要求他指认英国侦探。一星期后，英国侦探被逮捕，侦察工作就此中断。一气之下，沙邦将审问科米萨连科的副本材料向全世界公开报道，矛头直指日本。"

"因此，那西蒙的生命危险了。"夏阳说。

"之后，中村决定杀掉西蒙。当时，西蒙给父亲凯斯普写信，答应绑匪要求，说自己还有技能，很快就能把钱挣回来。凯斯普给儿子西蒙回信说，一时拿不到钱。因此，绑匪决定杀掉西蒙。但此时，有绑匪在跟西蒙暗中交易。说，你给你爸爸写信，我只要1万日元。然后，西蒙用法语写了信交给绑匪。但被发现，中村把那个人杀了。然后，命令基里钦科干掉西蒙。1933年11月24日，基里钦科押着西蒙来到小岭，将西蒙杀了。之后，沙邦找到了西蒙的尸体，并把尸体运到了哈尔滨。

在西蒙的葬礼上，有成千上万的人向日本进行抗议。于是，日本希望平息事件。一年后，日本利用媒体公布案情，说绑匪是爱国者。为此，引起全世界公愤。因为顶不住压力，日本政府责令哈尔滨法院重审。

半年后，哈尔滨法院判处4名绑匪死刑，但没有枪毙。1936年6月，'满洲国'最高法院重审，绑匪被释放。

西蒙案件后，凯斯普回到了法国，1938年抑郁而死。现在，西蒙被埋在哈尔滨的皇山墓地。

而后，凯斯普在马迭尔的资产，由莉迪娅的父亲的朋友果尔达·梅伊帮助打理。果尔达·梅伊是我们的人，会暗中支持我们。"

48 神父布道
尼古拉教堂中进行秘密接头

1940年6月15日，上午9时，哈尔滨，尼古拉教堂的弥撒仪式开始了。在身披白色长袍的神父的引领下，门徒们集体朗诵了《圣经》，之后，神父开始布道。

早上9点钟的弥撒，要持续一个小时结束，这是哈尔滨尼古拉教堂一天中最为重要的仪式。按照神父的引导，门徒们要集体向天主表示钦敬、感恩、祈求和赎罪。

江边柳同志按照哥里洛夫神父的秘密指引，与门徒一起重温了耶稣的教诲。之后，他参加了分饼仪式。整个弥撒仪式，神父面无表情庄严肃穆。在弥撒仪式结束后，神父说："祝圣后的葡萄酒与面饼，已经变成了耶稣的'圣血'和'圣体'，请门徒们分食吧。你们分食了耶稣的'圣血'和'圣体'后，将得到天主的恩宠，会收到永生的赎罪。"

10点整了，弥撒的钟声响起，宣告感恩祭仪式结束了。信徒们纷纷走出教堂，逐渐散落在了城市的角落中。

此时，江边柳来到圣母像前，请求圣母护佑。之后，他用眼睛的余光扫视周边，一位佩戴十字架的牧师向他走来。他轻声朗诵了叶琳娜·涅捷尔斯卡娅的诗句——《哈尔滨的钟声》：

"我经常从梦中惊醒，一切往事如云烟再现，哈尔滨教堂的钟声响起；城市裹着洁白的外衣，无情的岁月悄然逝去，异国的晚霞染红了天边。我到过多少美丽的城市，都比不上尘土飞扬的你！"

牧师听了江边柳的朗诵，说道："先生，您朗诵的诗很美。我想知道，这是叶琳娜·涅捷尔斯卡娅的诗吗？"

"是的，牧师，叶琳娜·涅捷尔斯卡娅的诗很美，有着淡淡的忧伤。而我，尤其是喜欢这首《哈尔滨的钟声》。"

"嗯，我也知道这首诗，还知道这首诗是诗人涅捷尔斯卡娅在澳大利亚写的。"

"那么说，您也是涅捷尔斯卡娅诗歌的拜读者？"

"是的，我不仅喜欢她的诗，还特别喜欢收藏她的诗。据我知道，诗人涅捷尔斯卡娅的这首《哈尔滨的钟声》尚没有公开发表。"

"那么说，牧师，您还是很了解诗人涅捷尔斯卡娅的近况。"

"是的，我对诗人涅捷尔斯卡娅的情况很了解。因为她在哈尔滨待过，后来随丈夫一起去了澳大利亚。因而，诗人涅捷尔斯卡娅，对哈尔滨一直魂牵梦绕。在诗人看来，哈尔滨是她第二故乡，充满了眷恋之情。"

"嗯，哈尔滨不仅美，而且这里充满了风情，也难得诗人涅捷尔斯卡娅热爱生活，并特别喜欢哈尔滨。"

"那么，先生，您也喜欢哈尔滨吗？"

"喜欢，这是一座美丽的城市，充满了异国的情调。"

"那么，您都喜欢哈尔滨什么呢？是这里的建筑，哈尔滨的钟楼，还是令人魂牵梦绕的钟声，以及空气中飘着的淡淡的马粪的味道。"

"因为这里有别于新京，但也有别于哈巴罗夫斯克。"

牧师说："哦，先生，看来您到过很多的地方，也有着诗人的情怀，而这是很难得的。因为战争岁月，一个热爱诗的人，往往会比普通人更挚爱生活，也会有莫名其妙的惆怅与忧伤。"

"比如说……"

"比如您会更懂得人世间的风情，会更关注人的情怀，会对国家与民族有着深深的眷恋与忧虑，包括莫名的哀愁。"

"嗯，牧师，您说得对。因为喜欢诗的人，往往会对祖国、对故乡爱得更加深沉。这大概就是希望，民族的希望。"

"那么说，牧师，您深谙读心术。""不，是诗歌让我变得眼明心亮，有了更多思考。

因此，我要感谢诗，感谢伟大的诗人，感谢涅捷尔斯卡娅。这不，因为喜欢她的诗，也喜欢收藏她的诗。就在我住宿的地方，还有一本《边界》杂志，那上面，就常常发表涅捷尔斯卡娅的诗。"

"哦，是嘛，可以将《边界》杂志借给我看看吗？"

"好啊，那您随我来。我这儿不仅有《边界》杂志，还有涅捷尔斯卡娅刚刚发表的诗集《门旁》，一本很美的诗集。"

"好吧，牧师，我能有幸拜读涅捷尔斯卡娅的诗集，这是意外的收获！"

"就在二楼的一间密室里面，您随我来。"

突然，江边柳见到了菲季斯卡娅，她"腾"的一下从椅子上跳了起来，紧紧地拥抱着江边柳，说道："车夫同志，我可是见到你了！"江边柳对菲季斯卡娅的热情拥抱没有思想准备，只能呆呆地站着，不知道怎么好。

他木讷地说道："菲季斯卡娅同志，都好吧！"

"是的，我还好。但车夫同志，我们告别之后，不知道什么原因，当我独处的日子里，总是想起你送我出城的夜晚，你沉着，冷静，我印象深刻。"

"那么，你为什么会这样？"

"我想过了，是爱，一种圣洁的爱！"

"哦，你是指我吗？"

"是啊，你以为我会说谁。"

"可是，我一点儿思想准备都没有啊！"

"车夫同志，爱不需要准备，一见钟情是最好的爱。车夫同志，你应该知道我的心思，就是那个夜黑风高的晚上，我突然爱上了你！"

"现在，来，你摸摸我的心脏，它一直都在怦怦乱跳！"说着，菲季斯卡娅抓起江边柳的手，放在自己高高的胸脯上。

"哦，你到底怎么了，菲季斯卡娅同志，你的心脏怎么了，怦怦乱跳。"

"懂嘛，车夫同志，这就是爱，是爱让我的心狂跳不已。车夫同志，我好爱你，非常爱你。"

"现在，我想知道你的心思了，你是怎么想的了。"

"那么，您爱我吗？此外，您是怎么看我的，我们可以相爱吗？"

"菲季斯卡娅同志，我还没有考虑过这方面的事，因为战争。"

"车夫同志，在我看来，战争年代更需要爱情。在我看来，战争中会随时失去生命，因而爱是精神的慰藉。而且，爱是属于感性的，不需要准备。而爱的本身，就是两颗心久久的思念。车夫同志，我好喜欢你，也就决定爱着你了。现在，只要你接受我的爱就好了。"

"哦不，菲季斯卡娅同志，对于你的爱，我感觉来得太突然，太猛烈，我真的没有什么思想准备。"

"车夫同志，我已经说过了，您只要接受我的爱就好了。因为自打上次离别之后，我就觉得您是我的人。知道吗，我喜欢您，冷静沉着。在哈巴罗夫斯克期间，一旦静下心来，我就渴望见到您。在那个月黑风高的夜晚，危险与机会同在。而您临危不惧，冷静乐观，还微微地笑着。因此，您是我唯一喜欢的人了，最爱的人了。"

"哦，也难得您会这样想！"

"啊，就是啊，这就是爱啊！"

"但菲季斯卡娅同志，我只能是表示理解，因为爱需要头脑清醒。现在，在你我之间，我们好像还没有相爱的理由。"

"可是，这为什么呀？车夫同志，难道，您就对我没有什么想法？"

"有，我们是同志，是一起杀掉特务机关长冈田的同志。"

"可是，在那个逃离齐齐哈尔的夜晚，我明明是看见您对我特别的热情，而且眼睛里有着特别的亮光。"

说到这儿，菲季斯卡娅睁着疑惑的眼睛在看着江边柳，又说道："车夫同志，你该不是对我有什么看法吧？"

"啊，没有。我只是说，我还没有爱的感觉。"

"那么，现在，你没有感觉到我是爱你的嘛！"

"菲季斯卡娅同志，我是说，我还没有爱的冲动。"

"车夫同志，难道你不爱我吗？那么，我问你，你为什么不爱我呢？是不是说我的身份不同？是不是因为我有妓女的经历，而影响了你对我的爱？而我，已经没有了爱的权利，对吗？"

"是吧，或许是吧，但我说不准。菲季斯卡娅同志，反正你我之间没有相爱的理由。"这时，菲季斯卡娅的眼睛里立马涌出了泪水。继而，她的眼睛里又流露出了迷茫与忧伤的神情。

她说："车夫同志，我知道我自己已经失去了爱的权利。"

"哦不，菲季斯卡娅同志，你有爱的权利。"

"可是，我明白了您的看法，妓女不该有爱，也没有资格去爱。而且，我更不该爱上一个没结过婚的男人。"

说着，菲季斯卡娅泪水涌流，浑身颤抖。江边柳只能是傻傻站着，也不知道该怎么做是好。菲季斯卡娅说："车夫同志，我不该回到中国来。"之后，她眼眸中疯狂地生长着忧郁，就像洁净的没有云彩的天际突然风云激变，在快速地生长着乌云。现在，她满腹心事地转过身去，以泪洗面，并注视着尼古拉教堂外面的天空。

于是，江边柳也顺着菲季斯卡娅所注目的窗口望去。这时，有两辆载着关东军士兵的巡逻摩托从中央寺院旁边开过来，又开了过去，之后，他们拐向了西大直街的方向，而摩托车的后面发出了"突突突"的响声。

江边柳知道，菲季斯卡娅现在很伤心，因为自己的话太过直接，让她太过失望了。他想，当菲季斯卡娅说出"是不是因为我的妓女身份而不该有爱"的话后，而自己说了"是吧，也许是吧"的话。于是，他狠狠地咬了咬自己的嘴唇，心里暗暗地说："蠢嘛，蠢啊，不该伤了菲季斯卡娅的心。"

那么，妓女可以有爱吗？妓女是真的没有爱的权利吗？

哦不，这个问题很复杂，让江边柳觉得头疼，不知道该怎么对待眼前的菲季斯卡娅，尽管她非常美丽。是的，这个问题实在太难，要远比学习操作无线电台难得多。

这时，菲季斯卡娅突然转过身来了，让江边柳感觉到欣喜，并突然觉得菲季斯卡娅应该有爱的权利，也应该有被爱的万千理由。是的，任何人都不能否定妓女对爱的追求，也没有谁能够无情地剥夺妓女爱的权利。

他说："菲季斯卡娅同志，对不起，我现在向你道歉，因为我刚才不该那样说话。我很笨，我愚蠢，我该自责，请求你的原谅与谅解。"

"车夫同志，你在说什么呢？"

"我是说，我刚才的话太直接，说的不妥，很愚蠢，可能伤了你的自尊心，也因为你过去的生活经历，我不该那样说话。为此，我要向你道歉，不该那样说蠢话，请求你务必原谅我的错话。"

"车夫同志，这没有什么，因为你刚才说的话，都是源自内心的话。我有过妓女的经历，是不该有爱的，不应该去爱别人的。但现在，车夫同志，你不必向我道歉什么，因为这不是你的错。但有一点你应该清楚，我虽然做过妓女，但我的心灵是干净的，有对真爱的正确理解。知道吗，妓女也是人，也是有血有肉有灵魂的。而你知道，我做妓女是因为生活所迫，是命运不济。在我的人生梦想中，还从没有愿意做妓女的想法。而我，之所以选择做妓女，那都是不得已的事啊。知道吗，我曾经有过芭蕾舞的梦想，但教练却强奸我。因此，我心中是有苦的，有恨的，而且最后杀了他。此后，为了躲避明斯克警察的追捕，我不得已逃到了莫斯科，又逃到了满洲的新京，流着泪水做了妓女。同时，为了活着，我决定接受卡利洛娃的建议，到齐齐哈尔杀了冈田。但令我难以忘怀的是，我干吗要遇到你呀。就是在那天晚上，你帮助我逃离齐齐哈尔时，夜色中，你是那样的英俊，那样的勇敢，那样的从容不迫，那样的胆识过人。还记得吗，我们微笑着告别。而且，你还使劲地挥了挥手，没有一点慌张。由此，我好像爱上你了。此后，我经常彻夜难眠，会时时梦见你。每次梦见你的时候，你总是站在夜色中，那样的刚毅，那样的英俊，那样的帅气。特别是你驾车一路狂奔时，你身手不凡。在我的心中，你激起了我爱的涟漪，从没有过的这样的一种深沉的爱。为此，我向柯林提出参加远东谍报组，回到中国去，见我的车夫同志。知道吗，我因为爱才来到哈尔滨，才加入谍报组织。但此刻，我已经大失所望，初始的想法和现实的碰撞如此惨烈。现在，我的心在流血。我多么可笑啊，在你看来！"

"哦不，对不起，菲季斯卡娅同志，我不值得你去爱。我就是一个普普通通的傻小子，不是你说的那样的英俊，那样的胆识过人。不过，我的确是一个爱国者，也曾在日本鬼子的刺刀下劳作过，那是在东宁要塞，日本鬼子不把我们当人。他们杀死我们中的一个人，就等同于杀死了一只老鼠。还有，日本鬼子看我们中国人都是下等人。他们说：'对待中国人就得强硬，一强硬中国人就软了。因此，对中国人就得无情杀戮'。于是，我决定与小鬼子进行斗争，也就将生死置之度外了。所以，我是不怕死的人，在处置一些紧迫的有关生死的问题时，我会更从容一些。由此，你觉得我很可爱，并从苏联回到中国。但真的，我不值得你去爱，我要谢谢你！"

"好吧，车夫同志，你这样说，我能够理解，但你不是傻小子。你是不怕死的人，也因为你是优秀的情报员。你爱你的国家。因此，我想想自己，一个妓女不该有爱，不该爱上未婚的男人。但你不知道，女孩子的内心敏感，也是脆弱的。因为爱的魔力，我有了许多期许，甚至对你望眼欲穿。但现在，我知道你的想法了，能够理解你的想法。一个英俊的男人，一个优秀的情报人员，为什么要爱上妓女呢，这没有道理。而你，也没有理由爱上妓女！但这之前，我不是这样想问题的，而是听从内心的呼唤，从哈巴罗夫斯克奔到哈尔滨，向你表达爱。现在，既然你已经拒绝了我，那我就不再遗憾了。"

"好吧，我理解您，菲季斯卡娅同志。此外，你还有其他的问题吗？也就是说，上级组织还有什么具体指示没有？"

"好吧，我们谈谈工作吧！"

此时，夏阳正在中央寺院的窗口前密切注目着尼古拉教堂的门口，他在等待江边柳的接头消息。

菲季斯卡娅说："我的新的名字叫米莎妮。按照远东谍报组的指示，我在哈尔滨期间接受你的领导，负债获取石井部队的秘密。你的公开身份是华俄道胜银行留守处工作人员，地址在车站街23号。记住，华俄道胜银行已于1926年撤销，原因是苏联爆发十月革命。因为华俄道胜银行曾是原中东铁路股东，但这里还有留守人员，负责处理遗留问题。为了掩护身份，秘密情报组织已经让华俄道胜银行将另一名留守人员调回了莫斯科。同时，因为苏联以一亿七千万日元将铁路卖给了满洲（实际上是卖给了日本），华俄道胜银行在中东铁路的利益丧失殆尽，也因为你是华人而留在了哈尔滨，这就是你的身份和身份的背景。还有，在华俄道胜银行留守处附近，有中东铁道管理局电报所。因此，你在那里接发电报会很安全，即便关东军无线电侦测车能够侦测到无线电信号，也不会轻易怀疑那里。"

江边柳说："那么，我什么时间去华俄道胜银行留守处？"

"给，这是华俄道胜银行留守处办公室的钥匙。我已经去过那里，有一间办公室，一间休息室。因此，你什么时候去华俄道胜银行留守处都可以。不过，你需要记住一些人的名字，这是原华俄道胜银行行长加布里埃尔的照片，犹太人，1926年华俄道胜银行撤销时，他离开了哈尔滨。这是原俄罗斯帝国在中东铁路管理局局长霍尔瓦特的照片，他在苏联十月革命时期处于风雨飘摇之中。此外，还要记住，华俄道胜银行在俄国1917年大革命后，应中华民国交通部要求，签订过《管理东省铁路续订合同》。1924年10月，苏联派来中东铁路管理局局长伊万诺夫。1935年3月23日，苏联将中东铁路卖给满洲国时，中东铁路管理局局长是鲁德义。给，这是中东铁路的相关资料，要烂熟于心。"

"好的。"

"还有，日本株式会社接管中东铁路之后，中东铁路管理局局长是佐原。"

"嗯，知道了。"

"米莎妮说，另外，从今天起，我们要生活在一起，以夫妻名义。"

"哦，这是你的意思吗？"

"是的，但也是远东谍报组的命令，秘密情报工作的需要。还有，我们要公开举行婚礼，婚礼地点是在圣·尼古拉大教堂。对此，你要有思想准备。"

"嗯，我知道！"

"不过，你现在住在哪儿？"

"道里面包街109号。这幢房子原来是马迭尔旅馆老板凯斯普的儿子、钢琴家西蒙女朋友莉迪娅的家，现在是由远东谍报小组租用，由我们居住，也是秘密情报工作站点之一。"

"好吧，我服从组织决定。"

"从今天起，车夫同志，我将听从你的指挥！"

"好吧，那你就不要再叫我车夫同志了，因为我的名字已改为江边柳。""记住，我的新名字是维塔·米莎妮。"

"好吧，维塔·米莎妮小姐，请你听清楚我的命令，你今后的任务是要秘密获取石井部队的秘密。但需要注意的是，石井部队的人会到马迭尔舞厅跳舞，到电影院看电影，到冷饮店吃冰糕，会在马迭尔旅馆开房。因此，你要时刻注意他们的行踪，尤其是注意礼拜日休息时间，他们常常在马迭尔旅馆活动。"

"嗯，记住了，头儿。"

"在此期间，你要千方百计地引起他们的注意，进而把握住时机引诱他们，设法让他们在情迷之中，吐出心中的秘密。还有，一个叫碇常重的人很值得你的关注，少佐军衔。"

"好，我记住了。"

"还有一个情况，需要你知道。在诺门罕战役中，碇常重少佐受到关东军司令部的指派，带人在蒙古的哈拉哈河上游秘密实施了细菌战，但他们的阴谋并没有得逞。""头儿，你说说详细情况。"

"因为我们有人熟悉碇常重少佐的情况，他无意间透露了细菌战的秘密。之后，我们的远东谍报小组报告了情况，朱可夫同志采取措施，使苏联前线部队在诺门罕战役中避免了一场细菌战的灾难。"

"不过，头儿，你是要我去勾引碇常重少佐吗？那么，你还会爱上我吗？"

"米莎妮，我们只是秘密情报工作需要。现在，你不该问这样的问题。"江边柳说这话时，明显流露出了不快。

"头儿，你千万别生气，我也只是随便说说。"说完，米莎妮羞涩地笑了一下。

"好了，我们以后不说这个了。现在，我可以走了吗？"

"是的，我也马上离开这里。但你拿好护照，同时记住，从今天起，你是华俄道胜银行留守处的职员。不过，这只是借口。因此，你是有身份的人，而出门办事时，要习惯坐小轿车，住豪华宾馆，穿名牌衣服。要风流，身边要经常陪着女人。"

"可是，我不喜欢漂亮的女孩子，也不稀罕西方女人！"

"但你要慢慢习惯的，要学会和女孩子缠绵、调情，甚至公开地与女孩子打情骂俏，出入高档宾馆。否则，你会受到特高课的怀疑。如果你被特高课盯上了，那我们会有麻烦的。"

"好，明白。"

说完，江边柳匆匆地离开了尼古拉教堂。

49 教堂婚礼
帅气的江边柳与美丽的米莎妮

此时，夏阳一直在焦急地注视着尼古拉教堂附近的情况，直到江边柳从尼古拉教堂门口出来，他才彻底放心了。见面后，江边柳说："头儿，米莎妮同志转达了柯林同志的最新指示。"

"谁，米莎妮？"

"就是菲季斯卡娅同志，她的新名字是米莎妮，归我直接领导。我的新职业是华俄道胜银行留守处工作人员，不用坐班的那种。那么，夏阳先生，你需要贷款吗？华俄道胜银行办事处可以支持你的发展。"说完，江边柳快意地哈哈大笑起来。

夏阳说："得，少贫嘴。来，说正事。"

"此外，组织上命令我和菲季斯卡娅住在一起。不过，这之前，菲季斯卡娅也向我表达了爱意，弄得我好尴尬啊。"

"那么，你会爱她吗？"

"当然不会。头儿，你知道的，我的目标是同小鬼子作斗争，是哪有时间去搞什么对象啊！"

"可是，这是情报工作需要，你也要慢慢学会爱。"

"是嘛！"

"是啊，不要老想着菲季斯卡娅曾是妓女。"李云林惊讶地看着夏阳，说道："那么，我要像你爱李秀琴一样地去爱菲季斯卡娅吗？"

"也许吧，或许是，因为爱情各有不同，但也都差不多！只要心动，灵魂就跟着走了，爱情就产生了。不过，要注意，要像西洋人那样，走路时要挽着女人的胳膊，就像真夫妻一样。你们住在哪里？"

"道里面包街109号，原钢琴家西蒙的女朋友莉迪娅的房子。"

"好，那你就抓紧搬过去！这是组织决定，必须绝对服从。""此外，我向米莎妮转达了你的指示，要盯住马迭尔旅馆，盯住那儿的舞厅和电影院，最终目标是731部队，盯住石井四郎、碇常重少佐。"

"那么，菲季斯卡娅的舞技如何，她会成马迭尔宾馆的舞台皇后吗？"

"你说呢？她有跳舞的天赋，因为从小就学过芭蕾。但可惜呀，因为一个男人的卑劣行为，毁了她一生。"

"是啊，可惜呀，一个坏男人，毁了一个好女人"。"但女人也是呀，头儿，一个坏女人，也会毁掉好多好男人的。"

"我是说，那个坏男人毁了菲季斯卡娅的芭蕾舞之梦。想想看，一个清纯的小女孩儿，也够可怜的。她在杀了那个坏男人之后，又不得不亡命天涯做了妓女。"

"嗯，米莎妮是怪可怜的。不过，我相信，米莎妮会坚强起来的，会成为一个优秀的秘密情报员。还有，日本军官以及他们身边的翻译，都会喜欢她的。如果米莎妮真的成了马迭尔旅馆的舞台皇后，一定会引起日本军官注意，包括731部队的军官。"

"但问题是，你还会爱上米莎妮吗？"

"头儿，我们不说这个了，因为我从来就没有说爱过她！"

"那么，以后呢？以后，你会不会爱上米莎妮？而且，这也是从事秘密情报工作的需要啊。"

"不知道，也都说不准的事。不过，在这兵荒马乱的年月，什么事都不要看得太远，也别想那么多。"

"但我们还是要看得远一些。"

"头儿，你是指什么？"

"比如小鬼子呀，他们早晚都得完蛋，因为他们的战争是非正义的。因此，日本失败是早晚的事。"

"是的，头儿，我同意你的看法。小鬼子强迫中国战俘秘密构筑东宁要塞的事，根本不把我们当人看。他们的殖民政策是不得人心的。现在，道理是摆在那儿了，有压迫就有斗争，有杀戮就有反抗，有倭寇对中华民族的压迫，就会激起千千万万中国人民的强烈反抗。"

"还有，我从报纸上了解到，在1937年12月13日，侵华日军在中国南京实施了长达40多天的大屠杀，30多万人惨遭杀戮。小鬼子纵火焚城，强奸妇女，震惊中外。不难想象啊，一个如此生性残忍的民族怎么能统治中国？他妈的！小鬼子的毁灭是必然的事。"

"是啊，我们无时不期望这一天的到来！但问题是，还必须做好长期斗争准备，因为斗争形势严峻，目前小鬼子的军队还很强大。"

"即便如此，也因为我们一些人太懦弱，贪生怕死，甘心情愿做小日本的汉奸。这些人甘当亡国奴，是民族败类，也因此影响了中华民族获得解放与独立的进程。"

"好吧，休息吧，今天就到这儿吧！"

6月28日，江边柳和米莎妮的婚礼在圣尼古拉大教堂举行，一些社会名流参加了婚礼，包括哥里洛夫牧师，但夏阳没有参加。一支男女混搭的小乐队演奏了《婚礼进行曲》，江边柳一身白色的西装，风流倜傥，英俊潇洒；米莎妮一袭白色婚纱，年轻漂亮，格外娇美，款款动人。

牧师对江边柳说："江边柳先生，你愿意娶米莎妮小姐做你的新娘吗？""我愿意。""你愿意爱她，忠诚于她，无论她贫困、患病或者残疾，直至死亡吗？"江边柳说："我愿意！"之后，牧师又对米莎妮说："你愿意嫁给江边先生吗？""我愿意。""你愿意爱他，忠诚于他，无论他贫困、患病或者残疾，直至死亡吗？"菲季斯卡娅说："我愿意！"牧师说："从今天起，你们正式结为夫妻，愿万能的上帝保佑你们，愿你们幸福平安！"随即，教堂内再次响起了轻音乐。

12点整，尼古拉教堂的钟声响起，以示对江边柳先生和米莎妮小姐婚礼的祝福。之后，一辆凯迪拉克轿车载着江边柳和米莎妮回到了他们的住处——面包街109号，街面上的路人分列两旁，在欣赏他们的同时，也投来了羡慕的目光。

到了晚上，米莎妮说："江边柳同志，你今天风流倜傥，英俊潇洒，很有味道呢！"

"嗯，尽管不是真的结婚，但毕竟也是婚礼嘛！"

"但问题是，你的面目表情多少有些呆板，尤其是举行典礼的时候。可见，你在假戏真做时，还不那么够格。犹如一个毛头小子，尽管你的年龄比我要大一些。"

"可是，你为什么要这么说？"

"其实，也没什么，尽管你不爱我，但也不该表现得如此明显。知道吗？你婚礼中的呆板，说明你情报工作的历练还是不够的。懂吗，要学会假戏真做，我们的秘密是不能让外人看透的。"

江边柳说："可是，我今天的表现已经非常好了呀，或者说，已经是很好了呀。而且，我还当着牧师和众人的面说了，我愿意娶米莎妮小姐为妻。同时，还说了，我爱你，永远忠诚于你，无论你贫困、患病或者残疾，直至死亡，我都爱着你的呀！"

"可是，那是一种'例行公事'，是敷衍，不得不应付，因为我们是假夫妻。同时，因为你本人看不上我，所以，在整个婚礼中，你的表现，有着淡淡的冷漠，甚至都没有舍得瞟我一眼。知道吗，哪怕是对我微笑一下，我都会很满意呢！"

"不，我笑了，不是没有微笑。"

"江边柳同志，你真的没有笑。而你，太吝啬，也真不像男子汉。"

"这怎么会呀，我是微笑了的呀！"

"不，你没有向我微笑。在我看来，在整个婚礼中，你对我几乎是冷若冰霜的。"

"哦不，你应该换个合适的说法，应该说我冷静。不过，我好像是做得也很不错。而且，当牧师问我时，我一点都不含糊，说我爱你。只是在主持人要我们接吻时，由于羞涩，我表现得不那么自然罢了，这倒是真实的。而你，也应该理解我的，毕竟我们不是真正的夫妻嘛！换句话说，我对你，还没有找到那种感觉。"

"不过，在婚礼上，你是不该那样做的。知道吗？你已经伤了我的自尊。一个女孩子结婚了，是她人生中最重要的事。因此，在婚礼上，如果女孩子过于主动地亲吻丈夫，那会让参加婚礼的人看出我是不是轻浮了。因此，你应该主动一些，何况我们是假戏真做。而每每想到这儿，我就会伤心的，心里面会很不是滋味儿！"

"不，你是想多了。""可是，我想不明白。在哈尔滨，不管怎么说，我也是洋妞啊，而干吗要死皮赖脸地追求你呀。"

"是啊，这是何故的呢！"

"我是热脸贴在了你的冷屁股上，心里有些酸楚。"

"米莎妮同志，你大可不必这么看问题，婚礼无足轻重，获取情报才是我们最重要的事。"

"可是，我好伤心啊，因为我没有得到你的充分尊重。我虽有过妓女的经历，这不假，但也是有脸有皮的人啊！"

说着，米莎妮的眼睛里流出了泪水。江边柳看了，方知道米莎妮对自己的爱是认真的，于是说："米莎妮同志，你没必要为我伤心，因为我还没有做好恋爱的准备。而且，我们所做的工作是很危险的。一旦有什么问题，我会连带你的。而我，是愿意为我的祖国而牺牲的人。因此，你必须理解我。因为国家危亡，我不想恋爱，也不想结婚。"

"可是，这都不是理由。你还是因为我的不良的生活过往而永远都不会爱上我。但你要知道，我参加情报组织也是随时准备牺牲生命的，但更是因为爱你而来。现在，组织上已经批准我们是以'夫妻'的名义生活在一起了，尽管这是假夫妻，但你也没必要对我那么冷漠嘛。起码，你应该做做样子的要我下个台阶。知道嘛，你要学会保全女孩子的面子，那样的话，你就是一个优秀的男人了。"

"嗯，我同意你的话，但也一定会做优秀的男人。好吧，我知道啦，以后注意就是，尽量做足面子给你。"

"嗯，我希望你能够做得好一些。"

"好的，这不是问题。"

"那么，我们今晚怎么住？"

"你东屋，我西屋，分开住。"

"这不行！"

"为什么？"

"因为我们要住在一起。否则，一旦有秘密警察和特高课的人，知道我们并没有住在一起，他们会怀疑的。"

"不会吧，这事有这么严重吗？"

"不容置疑，我们必须住在一张床上。而你，只能选择床的左边，或者床的右边。"

"可是，有问题呀！"

"怎么讲？"

"我一伸胳膊、腿的话，说不上会碰着你的呀！"

"不过，江边柳同志，我不介意这些。甚至，我希望你对我有所非礼，尽管你并不爱我。"

"可是，我介意呀！"

"那不重要，因为情报工作高于一切。"

"可是？"

"可是什么？"

"组织上有过这样的细节要求吗？没有，但以你的缜密思维，对情报工作的了解，包括历练，我们必须要这样做。我们都不能让秘密警察和特高课的人看出我们是假夫妻！"

"其实，问题没那么严重，不会有人到家里来。"

"但要时时注意，事事注意，因为情报工作成在细节。"

"可是，我有很多毛病，不大注意卫生，脚臭，会熏着你的；睡觉打呼噜，会影响你的休息。"

"那么，你说的是实话吗？"

"我从不撒谎。"

"我表示厌恶。你现在故意拒绝我的爱情，还找了各种借口；如果你脚臭的话，我有技术解决方案。"

"说吧，你的技术解决方案是什么。"

"勤洗脚。"

"那打鼾呢？""去医院做个手术。否则，你就是不道德。"

"好吧，我拿你是没办法了。那么，你先睡吧，待你睡着后，我再睡。"菲季斯卡娅耸了耸肩，表示无可奈何。

50 浙江宁波
731部队秘密实施了细菌战

马迭尔旅馆位于中央大街89号，造型精美，豪华典雅，属于典型的法国文艺复兴时期路易十四新艺术运动建筑风格，在20世纪30年代有东方"凡尔赛宫"之称，而这里曾演绎了出无数浪漫与迷人故事。

自1930年起，这里每年都要进行选美赛事，会产生多个"舞会皇后"，以及"舞会王妃"和"摩登美女"，在世界上都有重要影响。

此外，还有许多世界著名的画家、音乐家、钢琴家、舞蹈家，都曾下榻于此。俄国皇家宫廷画家老巴代夫的《天使》就挂在一层楼梯间缓台上的墙上，它取材于但丁《神曲》，表现了在天使的帮助下，山神救出了被爬虫和魔鬼囚禁的美丽少女，经过地狱磨难的少女正要升天时的场景。

1940年的最后一天，米莎妮的芭蕾舞之梦绽放出绚丽光彩。她成为马迭尔最走红的芭蕾舞王后。无论是她的相貌，还是她的身材、柔韧性，舞姿唯美，米莎妮都堪称是顶级舞女。

《满洲日报》这样评论说，米莎妮是上帝赐予芭蕾的珍贵礼物，是为芭蕾而生的仙女。她美丽夺目，光彩照人，无与伦比。其舞台照片被刊登在各大报纸的头版头条，成为媒体记者追逐的明星。

在马迭尔西餐厅、中东铁路俱乐部西餐厅、塔道斯西餐厅、米尼阿久尔茶食店，米莎妮吃饭时，都会有记者追踪，使得她生出许多烦恼。

但石井部队的军官们，一直都没有人到马迭尔舞厅来，这令江边柳和米莎妮深感疑惑。

不过，1941年春天，夏阳和江边柳在一时不能获取石井部队秘密的情况之下，决定去平房镇进行秘密侦察。而哥里洛夫神父为他们推荐了平房镇村民钟延平。钟延平是神父的忠实门徒。通过他，哥里洛夫神父已经掌握了石井部队的一些秘密情况，但仍然无法解读 731 部队的核心秘密。

钟延平说:"1933 年,小日本开始修筑拉滨铁路,在平房镇设立火车站。此后,又在火车站以北的四公里范围内进行勘测并大兴土木。到了1938年的时候,关东军设立了'特别军事区',包括平房镇、关东军防疫给水部、日空军 8372 部队。在平房镇,石井部队设有中心本部,还有一栋神秘的四方楼。四方楼外面贴有瓷砖,旁边有高耸入云的大烟筒,昼夜冒着滚滚黑烟,气味刺鼻难闻。"

"哦,为什么?"

钟延平说:"不知道。此外,四方楼里面经常有日本绿色的军用卡车进出。我曾试图潜入进去,但没有成功。小鬼子除了看得紧,里面还养着好多狼狗。"

在初步摸清石井部队的具体位置后,夏阳和江边柳决定围绕四方楼周边走走。他们看见,四方楼有高墙围绕,3层铁丝网。在铁丝网外面是无边的旷野和茂密的杨树林。一些田地已经荒芜,村民们被统统赶走了。之后,夏阳决定去双城火车站,再转道去新京。他要与抗联秘密联络处主任于涛碰头,想看看交通员韩志臣、刘天一,还有濑户美智子。

另外,郁芳萍老师去哈巴罗夫斯克培训后已经回到新京了。而更为重要的是,他要与李秀琴秘密见面。同时,他还要对李秀琴和卡利洛娃下达新的秘密指示。

在新京银座旁边的喝二两小酒馆,夏阳见到了于涛、跑堂的韩志臣。韩志臣说:"郁芳萍老师回到新京,继续在新开路高小讲授日语,期待你的指示。同时,远东谍报组通过抗联组织的努力,已经将两部新型无线电台从哈巴罗夫斯克秘密运抵新京。"这时,小店里面来了三三两两的客人,于涛忙着接待。夏阳对韩志臣说:"我怎么能够见到刘天一?"

韩志臣听后,把一盆萝卜花摆到了窗台上。红萝卜栽在水里,生长出了鲜亮的萝卜缨子。韩志臣说:"这是我与刘天一紧急联络的秘密信号。当他从这里走过时,会看到萝卜花,会走进来,要上两个小菜,秘密完成接头任务。"

"嗯,好主意,这不会引起日本特高课的注意。那么,遇有危险情况时又怎么办呢?"

"那就再摆上一盆萝卜花。也就是说,当窗台上同时出现两盆萝卜花,就说明这里有危险了。"

夏阳说:"哦,小尕豆子,你好聪明啊。我想,就是日本特高课再狡猾,再阴毒,也是斗不过中国人的,也绝不会想到萝卜花就是秘密联络信号。"

韩志臣说:"和日本鬼子进行斗争,土办法会更好用。"

夏阳说:"小家伙,有一件事,你要知道,我的新工作是哈尔滨圣母教堂守夜人,在哈尔滨东大直街的尽头。如有紧急情况,你到那儿去找我。"

"那么,怎样联系呢?"

"我也可以在住处的窗台上摆上萝卜花,按你这儿的规矩办。另外,仅限于你本人知道,不要对任何人讲,包括我们内部的同志,都是单线联系。而有关刘天一的秘密身份,也不要同郁芳萍老师说。"

"好的,我照做就是。"

到了晚上,刘天一过到小酒馆里面来。夏阳说:"怎么样,老弟,都顺利吧?"

"嗯,都好。不过,这期间,濑户美智子回了一趟日本。通过京都帝国大学一位朋友介绍,掌握了石井四郎的情况,我将情况交给你。"

  石井四郎,秘密档案,绝密

  石井四郎大佐军衔,性格坚强,对日本忠诚,但生活放荡毫无人性。1920年毕业于京都帝国大学医学部,1927年获微生物专业博士学位,留学德国,曾到法国、英国、意大利、苏联考察。在日本发动战争时,提出"日本资源贫乏,钢材年产量不过450万吨,矿产和焦炭都来自满洲和东南亚,一旦运输线被破坏,日本将手无寸铁。因此,日本要想取得战争胜利,要依靠取之不尽、用之不竭的资源,就是细菌。细菌武器杀伤力大,传染性强,死亡率高,投资少,节省钢铁,是强有力的进攻武器"。为此,日本陆军省军医属课长梶塚隆二向陆军总部推荐由石井四郎在东京若松町秘密筹建细菌研究所。1933年,细菌研究所扩建,对外称"防疫研究所"。同年八月,在哈尔滨南岗区背荫河设实验场,化名"加茂部队"。1938年6月,石井部队搬迁到哈尔滨平房区,亲手创立731部队,研究某种细菌武器效能的报告,视情况或呈报给帝国大本营、陆军省、军医研究院。其部队建立、迁移、人员编制,由天皇裕仁赦令实施。

在刘天一走后,夏阳与抗联秘密联络处主任于涛商议:"您帮忙给我找一处房子。"

"好的,没问题,是不是嫂子回来了?"

"嗯!"

"好吧,需要租用多长时间?"

"半年。"

3天后,李秀琴到达新京,带来了重要情报——日军在浙江宁波、衢县、金华等地秘密实施了细菌战,并带来了报纸。1940年12月3日,据宁波《时事公报》报道,日本军机在宁波、衢县等地投放毒药,这些地区发生鼠疫。据衢县军政部第四防疫分队报告,患者头疼、呕吐、畏寒、发热,三四日即死亡。1940年10月27日,日军单翼飞机在宁波5千米上空,撒下鼠疫杆菌跳蚤、麦粒、面粉。两日后,宁波市区死亡106人,包括40名儿童,赖福生等12户居民暴死绝门。为彻底消灭传染源,国民党当局忍痛烧毁了疫区300多户房屋。

夏阳说:"那么,情报来源呢?"

李秀琴说:"报纸上刊登了消息,但多数消息都是卡利洛娃通过董祥明处获得的,以及从北平旧报纸摊上得到的。说完,李秀琴将垫在篮子里的一张旧报纸递给了夏阳。李秀琴说:"我们到达北平后,卡利洛娃到了天桥的妓院,以掩护身份。其间,她被董祥明看中,并做了秘密情妇。"

"这个人是做什么的?"

"董祥明是古董商人。但卡利洛娃判定,他是以商人身份做掩护的国民党特务,消息通灵。他向卡利洛娃透露,日本陆军给荣字第1644部队长、长太田诚大佐,还有山本吉郎中佐等人下达了命令,对江浙地区实施了鼠疫战。而石井部队根据'大陆指'的意见,组织100多人,对宁波、衢县、金华等地施放鼠疫细菌。"

"哦,'大陆指'是什么?"

"'大陆指'是简称,就是日军本部对中国大陆的作战指挥命令。就宁波鼠疫来说,石井部队向浙东沿海一带城市实施细菌武器,攻击方法是用飞机空中投毒。按照东京陆军本部命令,飞机从杭州笕桥机场起飞。据董祥明说,在义乌崇山村有一家14口人,一夜之间暴死12人。而活着的人,也都生不如死。"

夏阳说:"小鬼子都是魔鬼。"

"头儿,根据掌握的情报,国民党所采取的预防措施是有效的。他们向疫区派出医疗防疫队,巡回医疗。在县医院设立隔离区,收诊病人。在农村,用中药救治患者。对鼠疫区,实行交通管制;对鼠疫患者的房屋及附近房舍,统统烧毁。此外,还开展大规模灭鼠灭蚤活动,有效控制了鼠疫传播。实施疫苗注射,也取得了很好的效果。"

"嗯,你和卡利洛娃获得的情报很重要,但你不该千里迢迢赶来新京。知道吗,可以用无线电台把情报发过来。"

"哥,我这还不是为了见你嘛!"

"但妹子,太危险了。一些秘密警察和特高课的人,无时不在抓捕我们的人。"

"但,哥,我很幸运,终于见到您了!"

午夜时分,韩志臣来敲门了。夏阳答道:"这就来!"

李秀琴睡眼惺忪地说:"哥,你去哪儿?"

夏阳说:"我去见一下郁芳萍老师,和韩志臣一块去。"

李秀琴说:"那我也去!"

"走吧!"

夜色中,夏阳和李秀琴匆匆路过宝石街39号,看见屋内有微弱的灯光是从窗帘的缝隙中透露出来。此刻,他们知道,自从上次逃离后,秘密警察就住了进来。还有,上田面包店的生意兴隆,牌匾照旧挂在那里。而日本高级女特务川岛芳子所住的那栋房子,也依然灯光闪亮,不时有人影映在窗帘上。夏阳想,这个神秘的女人,一定有着不可告人的秘密。

他们走进郁芳萍老师的家，郁芳萍说："哥，嫂子，我们终于见面了。"

夏阳说："在哈巴罗夫斯克那儿怎么样，都好吧？"

郁芳萍说："在哪儿接受了情报业务培训，学会了无线电台操作业务。"

李秀琴说："哦，好，那我们可以用无线电台交换情报了。"

"嗯，嫂子，在无线电台操作方面，您是师父，我是徒弟，得跟您学。这不，从哈巴罗夫斯克回来后，我一直都没有发过电报呢！"

夏阳看了看墙上的挂钟说："现在是零时30分，可以与哈巴罗夫斯克交换情报。来，郁芳萍老师，您将石井部队在浙江沿海地区实施细菌战的情报发出去。"郁芳萍从炕洞里取出无线电台。不一会儿，远东谍报小组接到了情报，并回了信息。

这时，郁芳萍脸上变得红润起来，鼻子上渗出细密的汗珠，美丽可爱而迷人。夏阳说："郁芳萍老师，您今天表现不错。"

"头儿，能够得到您的夸奖很骄傲。"

李秀琴说："我看到了，您的指触很有特点，轻快、清晰、间隔很短。如果对方熟知您的指触，就会知道发报人是你了！"

"这要感谢卡洛琳中尉，是她教我的指触。"

夏阳说："真没想到，您的进步好大啊，我祝贺您！"

"谢谢您，也谢谢嫂子。"

夏阳说："不要谢，我们都是自己人。"

郁芳萍说："也不仅仅是同志。"

"还有什么？"

"您是我的恩人，每每想到这儿，我就会感激不尽，也一直想嫁给您。"

夏阳说："不，我已经有了妻子。而且，共产党是提倡一夫一妻制的，不准纳妾。所以，您以后就不要再提起这件事了。如果有好的小伙子，您再考虑终身大事吧。"

"嗯，大哥，我听您的。"

夏阳拉过韩志臣说："别看这个孩子小，但他对组织忠诚。现在，他是您的秘密交通员。在工作中，您要小心做事，任何时候都不要丧失警惕。"

"嗯，知道了。"

"好吧，那我们就离开这里了。"说完，夏阳和李秀琴消失在了夜色中；韩志臣则在郁芳萍老师的家里住下了。

远东谍报小组的卡洛琳中尉在接到郁芳萍的密电后，叫醒了柯林。她说："柯林大校，我们的'莺'发来重要情报。"然后，她将电报递给柯林。

新京，第001号，绝密

据"雪鹞"报：1940年10月27日，石井部队根据"大陆指"对浙江沿海宁波、衢县、金华实施了细菌战。患者头疼、呕吐、畏寒、发热，三四日即死亡。宁波市区死亡106人，包括40名儿童。赖福生等12户居民暴死绝户。为消灭传染源，宁波忍痛烧毁300多房屋。另报，卡利洛娃到达北平后，做了董祥明的情妇。据卡利洛娃判断，此人是国民党特务。

发报人：鸳　1941年3月5日

柯林说："卡洛琳中尉，我们在北平的情报工作有了新进展。这样，你明天与'鸳'交换情报时，通电嘉奖夏阳和卡利洛娃。同时，要活动在满洲的情报小组提供关东军北正面要塞的情报，请陈九石同志到索契疗养两个月，以减轻心理压力。"

51　俄国女孩
　　小日本兵看得两眼闪闪发光

3个月后的一天夜里，新京火车站，夏阳目送着李秀琴登上了南去的列车。在李秀琴的篮子里，有两块烟土被一块皱巴巴的报纸包裹着，这表明她是做烟土买卖的女人。

在李秀琴离开新京后，夏阳坐小票车从新京去了哈尔滨。上车时，在硬座车厢的一头，一个小日本兵挎着枪坐在那里。夏阳故意坐在了他对面，并拿出一盒老巴夺香烟殷勤地递上说："太君，您功劳大大的，抽烟！"

那个小日本兵用眼睛横了横他，但把烟接了，用生硬的汉语说："你的，哪里的干活？"

"跑小买卖的，小生意人，从新京去哈尔滨，做点儿烟土生意。太君，我来给您点上。老巴夺牌子，这烟好抽。"

小日本兵说："你的坐，买卖的怎么样？"

"马马虎虎，马马虎虎，就是倒腾点儿烟土，赚点儿小钱。""好的，好的。你的，哈尔滨的住？"

"哦不，我不住在哈尔滨，但常常路过哈尔滨，在宾州乡下收购点儿烟土，因为那儿的烟土便宜。之后，到新京或奉天卖掉。"

"你的，钞票大大的有。"

"哪里，太君，就几个小钱。再说了，有时候烟土被抢，白花花的钱也就没了。另外，哈尔滨花花世界，很费钱的。"说后，他将两张日元票子塞进了小日本兵的兜里。

"你的，花姑娘的喜欢？"

"是的，但花钱多。""哦，花姑娘玩玩的好。"

这时，夏阳故意将一张报纸从兜子里拿出来，那上面刊登米莎妮翩翩起舞的照片，说："太君，您的看，洋妞，美啊！可是，妈妈的，我想拿500日元玩玩儿她，但不成。""哦，洋姑娘的，钱少了的不行。""因此，我大大地赚钱，一定要玩玩儿她的。"

那个小日本兵拿着报纸看着米莎妮的迷人照片，眼睛闪闪发光。由于过度贪婪看洋妞的照片，几个日本军官上车后，小日本兵都没有注意到。夏阳看见几个日本军官上车，立马就躲到前边去了。

这时，一个日本军官对小日本兵骂道："巴嘎呀噜，长官的上车，你的没看见，嗯？"

"嗨！"小日本兵站起来打了立正！

"我们是石井部队的，刚刚向司令部汇报过工作，哈尔滨的干活。你的，把那几个穷鬼统统赶到一边去。"

"嗨，太君！"这时，小日本兵的手上还拿着《满洲日报》，那上面的米莎妮的舞台剧照光彩照人。她年轻，惊艳，性感。

突然，那名日本军官是把报纸抢了过去，看了看说："哟西，洋妞儿，大大的美，大大的漂亮！"

于是，这张刊载米莎妮美丽照片的《满洲日报》在石井部队的几名军官手上传来传去，并为米莎妮的美丽而赞叹！

这时，夏阳偷偷看了看他们，但无法知道他们是什么人。不过，他能够听懂一些日语。从他们断断续续的谈话中，知道了大致情况。他们是石井部队的军官，刚刚向关东军司令部汇报归来。言语中，司令部认为，宁波细菌战达到了预期效果，司令官很满意。那么，这些军官中会不会有碇常重少佐呢？

十天后，有两个消息令夏阳既惊又喜。喜的是，江边柳告诉他，石井部队几名日本军官突然出现在了马迭尔旅馆，点名要求米莎妮献舞，其中包括矮个子碇常重少佐。他戴着一副金边眼镜，看上去慈祥儒雅，但不那么健谈，无疑是文化人。在米莎妮表演芭蕾舞时，碇常重面无表情。不过，他内心波澜起伏。因为卡利洛娃说过，碇常重少佐最喜欢西方美女。而米莎妮的惊艳与风情万种的神态，让碇常重看得两眼痴迷！

另一件事，让夏阳吃了一惊。一天黄昏时分，韩志臣突然来到了圣母安息教堂。韩志臣说："不好了，你家婶子给日本人抓了！"

"啊，怎么会，真的吗？"

"千真万确，郁芳萍老师告诉我的，让我立即向您报告。"

"那她怎么说？"

"昨天晚上，郁芳萍老师说，有十几个日本兵突然押着李秀琴出现在了宝石街39号。她看见，李秀琴满头是血、伤痕累累。大腿根部的血都流到了地面上，人被折磨得不成样子。脚上锁着脚镣。之后，郁芳萍老师让我赶紧把消息告诉您。"

"那么说，郁芳萍是亲眼看到的吗？"

韩志臣说："是的，特高课的人全副武装押着李秀琴来到了宝石街39号。同时，让所有邻居进行确认，包括郁芳萍老师在场。当时，安介横二少佐用手薅着李秀琴婶子的头发说：'你的，说，认不认识这些人？'李秀琴婶子说：'我不认识。'

安介横二少佐突然骂道：'巴嘎呀噜，你的邻居，统统认识你！'

李秀琴婶子说：'不，我不认识他们。'这时，安介横二少佐松开了婶子的头发，在20多人面前咆哮着说：'你们的，谁的认识，风华裁缝店的女裁缝。你们的说，奖励大大的有！'但没有人吱声。这时，安介横二少佐突然将一位头发花白的70多岁的寒川老人从人群中拉了出来。你的说：'她是不是李秀琴？风华裁缝店的女裁缝？'寒川看了看安介横二说：'她不是这儿的人。''巴嘎呀噜？''因为原来的那个女裁缝比较年轻，也更漂亮，尽管有点像，但她不是。''巴嘎呀噜，你的，说实话？''太君，我说的是实话，老汉已经78岁，土埋到脖儿了，没必要撒谎的。'安介横二少佐听后，脸涨得通红，一挥手，一个日本兵端着刺刀逼到了老者面前。安介横二少佐怒吼道：'你的，说实话！'老者再次看了看安介横二，又看了看胸前的刺刀，说：'太君，她不是这儿的女裁缝，你们抓错人了。'

安介横二暴怒，对所有人喊话：'他的，死了死了的有。'同时喊道：'预备，刺！'那个日本兵猛地突刺了寒川的肚子，鲜血涌出，肠子流了一地，吓得小女孩儿哇哇哭叫。一个老奶奶摸着小女孩的头说：'孩子，别看！'这时，安介横二又挨个儿在每个人的面前来来回回走着。突然，他将郁芳萍老师从队伍中拉了出来说：'你的，新开路高小的老师，说，这女人是谁？'郁芳萍看着安介横二，心脏怦怦直跳，也急剧思考着对策。她知道，如果不能够指认李秀琴的话，自己也会被刺死。这时，安介横二喊道：'实话的说，对你，大大的好处。'郁芳萍看了安介横二少佐一会儿，沉着说道：'那位老者说得对，她不是女裁缝。'安介横二少佐吼道：'巴嘎呀噜。'又一挥手，一个日本兵端着刺刀逼上前来，做着骑马蹲裆式，刺刀抵在了郁芳萍老师的胸前。安介横二少佐说：'你的，年轻，生命的可贵！'这时，郁芳萍又说话了：'她不是风华裁缝店的女裁缝。因为我知道，原来的女裁缝脖子右侧有痦子，但她没有。另外，比她年轻，个子要高。''你的，胡说！''太君，我说的统统是实话。'郁芳萍之所以这样说，是因为看见李秀琴刻意在脖子上画过痦子。所以，她坚定地说，这女人不是女裁缝。

安介横二少佐听后，从包里翻出了李秀琴的照片，那脖子上的确是有颗痦子。而照相时，因为特意画过眼睫毛，眼睛也比本人要大得多。之后，他将照片放回了兜里，看了看李秀琴的脖子，也的确没有痦子。之后，他又突然对郁芳萍吼道：'你的，撒谎，良心大大的坏了！'

郁芳萍说：'太君，我说的都是实话。如果您认为我撒谎，可以杀我，但她不是女裁缝。'安介横二少佐骂道：'巴嘎呀噜，预备！'听到口令，那个日本兵拉开弓步，将刺刀顶在郁芳萍的胸前。但郁芳萍语气坚定地说：'太君，她真的不是裁缝。'时间在一分一秒地过去，所有人都注视着郁芳萍。安介横二听到这儿一摆手，那个日本兵退去了。郁芳萍长出了一口气。安介横二核实过，郁芳萍是新开路小学老师，讲授日本语课程，也很受人尊重。但安介横二抬手给了郁芳萍一个嘴巴，她的嘴角立马出血。之后，安介横二少佐来到李秀琴面前问：'你的说，是不是女裁缝？'李秀琴婶子说：'不，我叫侯秋萍。我和这儿的人不认识。我的家在北平的右安门附近，你们可以核实的。另外，我没有到过东安省，也没有去过虎头。至于你说的张英子，我不认识。你们将我从火车上带下来，没有一点道理。'安介横二说：'不，我认识你。在办理丰大江的案子时，我查过三班村的记录，你和张英子的名字都写在上面。说吧，你丈夫荆楚天在哪里？''我不知道谁是荆楚天。太君，我还是个黄花闺女，从没有嫁过人。''巴嘎呀噜，死了死了的有。来人，把她带走！'随即，安介横二回手又抽了郁芳萍一个耳光，眼镜被打掉在了地上，碎掉了。"

"然后呢？"韩志臣说："当夜，婶子遇害后被割了头。"听到这儿，夏阳哭了，韩志臣哭了。韩志臣说："叔，婶子被抓是在火车上，被安介横二认出来的。"

"嗨，这都是因为她和张英子从哈巴罗夫斯克回来时去过三班村，并见到了丰大江村长。现在，张英子和李秀琴都牺牲了。"

韩志臣说："叔，这都是张国奎叛变的恶果，包括我叔叔，丰大江，都相继失去了生命。"

"是的，因为叛徒的出卖，我们的秘密组织损失严重。"

韩志臣说："那我回去吗？"

"回去吧，路上小心。"

在韩志臣走后，夏阳要了一辆马车去了面包街109号，趁人不注意，将丁香枝条别在了门框边上。这是紧急接头的暗号。

第二天，江边柳以参加一位教徒葬礼的名义来到了圣母安息教堂，与夏阳秘密接头。夏阳说："李秀琴同志被特高课杀害了。"

"啊，是吗！""就在去往北平的火车上，被关东军宪兵司令部的安介横二认出来了。""但李秀琴始终都没有暴露身份，只说是小生意人。"

"哥，那我们该怎么办？""我们需要将李秀琴被害的消息，报告给远东谍报小组。""头儿，我立即就办！"子夜，江边柳给远东谍报小组发了密电。

哈尔滨，第001号，绝密

据"鸳"密报，李秀琴在返回北平的火车上被特高课安介横二认出并杀害。其间，李秀琴表现坚强。此案，与丰大江案件有关，张英子与李秀琴都相继牺牲！特报！

发报人：家猫　　1940 年 5 月 19 日

52　舞厅幽暗
日本军官在马迭尔旅馆消费女人

　　夜幕下的马迭尔旅馆是梦幻迷人，红色的霓虹灯管组成的灯框闪闪发亮。光框内的蓝色字母代表着马迭尔宾馆各自不同的功能："马迭尔舞厅""马迭尔冷饮店""马迭尔西餐厅""马迭尔电影院"等等。

　　马迭尔旅馆是名人、商贾、豪客集聚地，也是各国密探喜欢光顾的情报场，不乏喝得摇摇晃晃的酒鬼，但一些人的欲望是在这里消费女人。

　　此时，马迭尔舞厅光线幽暗，也极为安静。就在灯光突然闪亮的一刻，惊艳哈尔滨整个夏天的芭蕾舞皇后米莎妮小姐出现在舞台的中央，台下欢呼声一片。米莎妮美丽、惊艳、性感，身材苗条。

　　此刻，身穿白色的芭蕾舞舞裙的米莎妮在音乐的伴奏下，动作轻盈，深情款款，十分动人。舞伴伴随她左右，姿态优美。随之，他们展示了力与美的乐章。一曲舒缓的天鹅湖舞曲飘过之后，他们赢得了公众们的经久不息的雷鸣般的掌声。米莎妮身段优美、那种柔软度、延伸感、旋转的技巧、手位的舒展度精准到位，是给人以唯美的舞感和一种极其高贵的气质，令在座的人们欢欣鼓舞，顷刻间，全体观众站起来了，为他们的精彩表演而鼓掌。这是个美妙之夜，米莎妮小姐的芭蕾舞表演皆是序章。

　　谢幕时，米莎妮和男舞伴是不断地向宾客们鞠躬，表达他们的谢意。这时，米莎妮小姐注意到，她的目标客户碇常重少佐并没有着军装，也在使劲地为自己鼓掌。此刻，他将眼睛紧紧锁定在米莎妮的身上。

　　可见，米莎妮小姐与碇常重少佐是熟悉的，因为前些时日，曾在新京陪过他的。而来到马迭尔旅馆，也是受邀跳过舞的。当时，碇常重少佐曾百般殷勤地邀请米莎妮小姐出去坐坐，但被她婉言拒绝了。

　　米莎妮之所以不接受邀请，也是出于情报机关受训时的某种技巧。情报部门告诉她，对待"馋猫"的最好办法，就是不要让他轻易得手。而女人要学会勾住男人，其中的关键要素是勾住他的魂魄。在他没有得手之前，一定要尽可能地保持着距离，不断地折磨他的精神与心灵，让他感到饥渴难耐。

　　她清晰地记得卡利洛娃的话："那些对于女人心焦而又魂牵梦绕的男人们来说，您最好的办法就是实施欲擒故纵。"

　　米莎妮心想，如果碰常重是一个人来马迭尔旅馆的，那今晚有可能达到"合奏"的目的，序曲总是令人期待。另外，她已经接到远东谍报小组的指示：要用美妙的身体和迷人的气质，快速地获取石井部队的最高秘密。而她清楚自己的分量，知道该怎么做，而性是最强大的武器，是获取情报的最有效的手段。一旦男人或女人被俘获后，就很难逃出手心了。因此，米莎妮要吊着碰常重的胃口，让他欲罢不能，又想入非非，神魂颠倒，最终实现完美的融合与猎杀。

　　芭蕾舞是非常典雅的高贵的舞种，不仅会带给人以美感、美的享受，也是米莎妮的童年梦想——极度渴望成为著名的芭蕾舞演员。

　　现在，在马迭尔舞厅，米莎妮是芭蕾舞皇后。因为米莎妮的存在与优雅的舞蹈，也使马迭尔舞厅不断地爆棚，在哈尔滨极具人气。因此，马迭尔旅馆的舞厅每晚都人满为患。但米莎妮头脑清醒：猎取碰常重的心才是她的终极目标，但这需要耐心，不能有任何微小的瑕疵。

　　现在，马迭尔旅馆的主理人果尔达·梅伊，钢琴家西蒙的父亲凯斯普的朋友已经接到苏联情报部门的秘密指令：要尽一切可能为米莎妮在马迭尔旅馆工作创造条件，包括免费提供房间、膳食，所有消费都由情报机关负责清算。为此，梅伊曾愚昧地探问："米莎妮小姐在马迭尔旅馆到底想做什么？"

　　"请您把嘴巴闭上，话多了不好。而且说，话多的人会死得快！"无疑，这是冷冷的警告。此后，梅伊不敢再问米莎妮的情况，而米莎妮也就索性不再回家了，时不时地住在最好的房间——315房间。这间房不仅装修精美，而且，俄国皇家宫廷画家老巴代夫临摹的《最后的晚餐》，就挂在正面墙上。一些达官贵人、社会名流和商贾人士来哈尔滨时，也多是指定住在315房间。

　　舞厅打烊了，人们陆续走出了舞厅并消失在暗夜中。米莎妮来到后台化妆间准备卸妆。这时，碰常重突然出现在她面前，说："尊敬的米莎妮小姐，您今晚美极了。"

　　"哦，谢谢，谢谢您的夸奖。不过，碰常重少佐，我只是今晚才美吗？以前不美吗？"

　　"哦不，美，米莎妮小姐，您美极了，什么时候都美。据我所知，您是芭蕾舞皇后，哈尔滨最美的'女神'。因此，我非常欣赏您、尊崇您。"

　　"哦，谢谢。不过，您说的都是心里话吗？"

　　"是啊，心里话，我对您的崇敬难以言表！"

　　"哦，也难得您这样说。不过，您过奖了。"

　　"不，您就是美若天仙。"

　　"哦，真的吗，我有那么美吗？"

　　"真的，米莎妮小姐，没有谁比您更美了。"

"不过，碇常重少佐，您到底是欣赏我什么？应该不仅仅是我的美貌吧？是不是还有别的什么想法？"

"除了您的美貌，我还特别欣赏您的优雅，您的舞蹈。知道吗，在哈尔滨没有谁能够与您比肩。此外，还有您的睿智，都是少见的，人才大大的。"

"哦，是嘛！"

"是的，米莎妮小姐，如果您肯给我机会，我们为什么不到酒吧喝杯酒呢？谈谈生活中的见解，而我，非常愿意听您说话，欣赏您的美貌。"

"哦，对不起了，我家里有事。不过，我应该向您表达谢意，谢谢您的盛情邀请。"

"米莎妮小姐，给个面子吧，我们就小坐一会儿。"

"哦不，我今晚有点儿累，该回家了！还有，您都不知道，我丈夫是个小肚鸡肠的男人，他会误解的，看得很紧，会跟我叽歪的，脸子很难看。另外，他今晚想跟我做点那个事。"

"什么，那个事，指什么？"

"这不用说，您懂的。"

"哦，知道了。"碇常重说后，眼睛贼光闪亮但马上说："米莎妮小姐，您就给个机会吧，我们交个朋友。知道吗，我是专门为您来哈尔滨的，从平房镇来到城里也是不容易的。我们能够说说心里话，将是一生的荣幸。再有，我明天外地的干活，说不上什么时候回来。怎么样，米莎妮小姐，给个面子吧！"

"那么说，您要出差了，是公干的活计，去哪儿？"

碇常重少佐听后犹豫了一下说："部队的事，不宜说的。我们只坐一小会儿，不会耽搁太久，怎么样，米莎妮小姐？"

"好吧，就一小会，也算是为您送行吧。那么，该去哪儿呢？"说后，米莎妮耸了一下那迷人的肩膀。灯光打在米莎妮小姐的脖子和裸露的肩膀上是闪闪发光，令碇常重无比心动。

"American Bar."

"哦，美国酒吧，我以前去过那儿。"

"那走吧，尊敬的米莎妮小姐！"

美国酒吧是在道里区一个人迹稀少的侧巷之内，偏僻沉寂，毫无生气。在酒吧门口，米莎妮看见几个俄罗斯酒鬼在号叫着、斥骂着，渐渐地走远了。

显然，他们喝醉了，也赌输了，心情不快活。米莎妮知道，他们神情沮丧是因为哈尔滨不再是俄国人的天下了。日本已经取代了俄国，这里由日本人说了算。

走进酒吧，米莎妮看见中东铁路几名公务员蹲在酒吧凳子上喝酒，并掷骰子。他知道，自打中东铁路卖给"满洲政府"，铁路局公务员都得到了经济补偿。但从此无事可做，日复一日到酒吧借酒消愁，钱大部分赌掉了。

碇常重和米莎妮小姐走进美国酒吧，一个年纪较大的俄罗斯女人对他们说："尊敬的小姐、先生，对不起，我们这里打烊了。"

碇常重看了看俄罗斯女人，还有米莎妮，但没有说话，从兜里掏出军官证递给俄罗斯女人看。那女人赶紧说："哦，太君，美国酒吧欢迎您。"之后，那名俄罗斯女人殷勤地接过他们的衣服并挂在了衣架上。

美国酒吧是普通日本人最喜欢光顾的地方，这里也有朝鲜人、美国人、波兰人，甚至还有一名印度人在这里谋生。但不同的是，很少见到中国人。因为有日本人光顾的地方，中国人都会刻意回避。

衣帽间左边有一个通向餐厅的门。餐厅内有桌子、椅子，中间是舞池，舞池地板被打磨得锃光发亮。一个正宗的马尼拉小乐队在这里伴奏。现在，他们正在收拾乐器准备离开。但俄罗斯女人却蛮横地说："快，你们这些杂种，还不赶紧给太君和小姐演奏。"于是，一支优美的《小夜曲》飘起来了。那个拉大提琴的家伙小声说道："悲哀的姑娘，美丽的生活！"

碇常重向那个俄罗斯女人要了一瓶沃特嘎酒，要了盘烤牛肉、鱼子酱、下酒小菜。他们吃着、喝着、聊着，听着美妙而舒缓的乐曲，慢慢品尝红酒，气氛温馨，爱意绵长。但不同的是，米莎妮和碇常重都各自想着心事。碇常重少佐用色眯眯的眼睛看着米莎妮迷人的脸蛋和丰满的胸部，说道："米莎妮小姐，您好美，太美了，您是世界上最美的女人。"

"哦，我真的有您说的那么美吗？"

"美，非常美，是大大的美！"

"可是，我感觉并没有那么美。要我说，我是普通的白俄罗斯女人。"

"哦不，米莎妮小姐，您很美，实在太美了，我的喜欢！"

"哦，您这话是什么意思呢？"

"您看，小姐，您的身材比例，多么匀称啊，多么美啊！还有，您的容貌漂亮至极，皮肤白皙粉嫩，细腻光滑，如果苍蝇落上去了，不小心的话，都会站不稳的。"

"哦，碇常重少佐，您的话太夸张了吧，但好幽默，不过，我喜欢！嗯，我感觉您是可爱的男人，是最会说话的男人了！"

"不，米莎妮小姐，我的话都是由衷而发的。特别是您在舞台上，那可是好美呀，光彩照人，身体轻盈，那柔软度，那舒展度，都是极好的，真美啊！"

"碇常重少佐，您过奖了。之前，我说过的，我就是芭蕾舞舞者，普通的外国女人。"

"哦不，米莎妮小姐，您不能太谦虚了。您知道我是日本男人。算一算，我来哈尔滨时间不短了，而您是我见过的最美的女人！"

"哦不，碇常重少佐，我不是最美的女人。另外，您的话说错了，您不该叫我女人，应该叫我姑娘，明白吗，姑娘！"

"哦，哟西，言行得体、举止高雅的姑娘，有那种纯净之美的女人！"

"哦不，姑娘和女人是有差别的。"

"哦对，对，是我说错了。米莎妮小姐，亲爱的姑娘，我们干杯！"

"OK！"

酒喝掉了一瓶，再要一瓶。一个小时过去了，两个小时又悄悄溜走了。米莎妮说："还喝吗？我的头晕了，感觉身子累得不行！"

"哦，喝，亲爱的，我们没有理由不喝酒！"说后，他对俄罗斯女人喊道："来，玛达姆，再拿瓶酒来。"之后，又笑眯眯地向米莎妮伸出手说："来，米莎妮小姐，我们为什么不跳舞呢！"

"好呀，为什么不呢！"

在舒缓的音乐中，他们紧紧搂在一起。米莎妮那坚挺的乳房重重地压迫着碇常重的脸颊，因为他太矮了。米莎妮感觉到了，碇常重的心脏在怦怦地狂跳不止。随着舒缓的音乐，舒缓的舞步，他们各自想着心事。

碇常重渴望有机会和米莎妮小姐发生点什么，而米莎妮心想，碇常重的密码包里究竟有什么秘密呢？又该怎样打开密码包呢？想到这儿，她一时有些心慌，因为之前没有考虑过这一点。远东谍报小组在训练她时，也没有教过这一手。她知道，要想打开那个密码包，需要有专门的技能。还有，江边柳应该早就将密码相机藏在衣柜中了，这是他们的事前约定。如果碇常重的密码包里有石井部队的秘密资料，那会用得着的，但需要用相机拍下来。而今晚窃取碇常重密码包里的资料，应该是绝好的机会。想到这儿，米莎妮故意栽歪了身子，碇常重则顺势将米莎妮抱在怀里。

米莎妮说："哦，好疼，您硌了我的乳房。"

碇常重则欢喜地说："哦，对不起，您说，硌哪儿不好，偏偏硌了乳房。不过，也不能怪您，因为我的酒喝多了，脑袋大，跟筐似的。身子不稳，差点摔倒，多亏您扶住我。"

"米莎妮小姐，您喝点水，一会儿就好的。"

"不，我该回家了。哦，今晚喝多了，该回家了，您能送我回家吗？我已经走不动了。"

"那么，您丈夫在家吗？"

"在吧，应该是在的，但不关他的事。"

"那您的家住在哪儿？哦，我都想不起来了。"

"那样吧，您送我去马迭尔旅馆吧，我在那儿有房间的，是317号。哦不，我想想看，是315号，对了，是315号。嘻嘻，我这儿还有钥匙呢！"

"哟西，哟西，大大的好。米莎妮小姐，来，您站起来，站起来，我送您去马迭尔旅馆！"

53 借着醉酒
米莎妮借机歪在碇常重的怀里

此刻，碇常重心中窃喜，觉得机会来啦。米莎妮说："您将那瓶没喝完的酒也拿着吧，一会儿还要喝酒的。还有，再要点花生米吧，我们做下酒菜！"

"好嘞！"碇常重扶着摇摇晃晃的米莎妮来到了酒吧门口。之后，他吆喝了一辆马车停了下来，又将米莎妮抱到车上，说："马迭尔旅馆的干活！"

米莎妮借着"醉酒"的机会，故意将身子歪在碇常重的怀里。她闭着眼睛，静听着马蹄踏在石子路上发出的嗒嗒声，很有节律，很有动感，听来是那么的悦耳。

她估摸着，江边柳应该是离开315房间了，已经藏好了蒙汗药，还有微型照相机。到了马迭尔旅馆，碇常重唤来服务生："你的，将米莎妮扶到315房间。"

米莎妮说："哦，谢谢，您走吧，我，我该休息了！"

"哦不，我们不是说好的嘛，还要喝酒的。来，宝贝儿，您今天喝醉了，我的陪陪您，来，喝杯水吧！"

"哦好，我的喝！"米莎妮喝了一小口水，又将身子栽歪在了床上说："哦，我该休息了！"

"哦，亲爱的，米莎妮小姐，我要陪着你。"说着，他将身体压在了米莎妮的身上，吻着，并用力甩掉了脚上的鞋子，粗鲁地脱掉了米莎妮的裤子，一阵阵狂喜，心中波涛汹涌！

"哦，疼，好疼。您的手太重了，弄疼了我的屁股。""哦好，我的知道，慢慢来的，宝贝儿，我们慢慢地来。"

"哦，您太过分了，不能违背我的意志。我不能背叛我的丈夫。哦，我想吐！"

"来，我给您敲敲背，您是喝多了。米莎妮小姐，我爱你，好爱你呀，大大的美人！"

"哦不，我丈夫是不允许我有婚外情的。""妈的，他是中国佬。""您，快快地回去！""哦不，米莎妮小姐，我看出来了，您是喜欢我的。"

"哦，是嘛！那么，您喜欢我吗？"

"喜欢，我大大地喜欢。"

"哦不，你不能这样对我！走吧，您走吧！我喝多了，我该歇息了。"

这时，碇常重已经脱光了衣服，不能自制，他将米莎妮紧紧压在身下。突然，米莎妮睁开了眼睛，吓得碇常重顿时怔住。

米莎妮微笑着说:"亲爱的,您身上有味儿,洗干净后再来吧!""来,我给您敲敲背。""不,你去好好地洗洗,把身子洗得干干净净的,别让我感觉不好受!"

"哟西,哟西,我的美人,听您的。"说着,碇常重欢欢喜喜地去了澡间,甚至还吹起了北海道小调。

这时,米莎妮悄悄从立柜门左边,将纸包的蒙汗药倒在杯子里,又加了酒,摇了摇,以消除山茄子的药味。同时,又将另一只杯子倒了酒,并与加了药的杯子放在一起,以免碇常重产生怀疑。待碇常重洗完澡,从卫生间出来,米莎妮说:"您洗干净了吗?身上还有味儿没有?我来闻闻。"

碇常重说:"亲爱的,大大的干净。"米莎妮说:"嗯,我们再喝杯酒。去,你把花生米拿过来。""哦,宝贝儿,我来了。"

"好,给我一点点,就一点点。"碇常重捏起几粒花生米,放到米莎妮的嘴里。而米莎妮嚼着花生米说:"亲爱的,您也吃一点。然后,我们喝了这杯酒。"说后,米莎妮将那杯没有加药的酒一口干了。

"哟西,哟西,米莎妮小姐,您大大的爽快,一口将酒干了。"

米莎妮说:"哦,亲爱的,我都等不及了……"

"哟西,哟西。"碇常重欢喜地说着。正性起时,碇常重突然栽倒在床上,昏睡过去。米莎妮知道,他至少一个半小时不会醒来。

于是,她从床上爬起来,轻轻拍了拍碇常重少佐的脸,但没有反应。她拿起碇常重的密码包想打开,却不知道该怎么打开。这时,江边柳从床下爬了出来,米莎妮"啊"的惊叫一声,骂道:"你,都快吓死我了。"

江边柳狡黠地一笑,并学着碇常重的话:"米莎妮小姐,你太美了,快快地干活!"

莎妮骂道:"浑蛋,你好坏啊!不过,我要正告你。作为女人,你要尊重我的人格。之前,我虽然向你求过婚,但你拒绝了我。即便如此,也不准你笑话我!否则,我会撕开你的嘴巴!"

"好吧,米莎妮,别生气,赶紧工作吧!"

"少废话,你快把密码包打开,这里面有'货'。"米莎妮说后,看了看碇常重,他依旧昏睡不醒。

接过密码包,江边柳只三下五除二就将其打开了,里面有密封的纸袋,还有些日元。然后,江边柳用毛巾沾水,将纸袋上的封条润湿。等了一会儿,他将封条启开。而细心的江边柳看见,在封条的下面,有一根不足一厘米的头发丝。他对此困惑不解。随后,他将头发丝捏起来,放到了一边。他发现,纸袋里是日文资料,落款处盖有红色印章。但很遗憾,江边柳不懂日语。米莎妮虽然会说一些日本话,也不懂日语。米莎妮用微型相机快速拍照。拍照结束后,江边柳又将封条抹上胶水,将头发丝按照原样封好。

5分钟后，江边柳带着资料消失在暗夜中。到了第二天上午9点钟，碇常重渐渐醒来，这几乎吓坏了米莎妮。因为江边柳告诉她，为碇常重的配药能够维持一个小时左右，之后，他会醒来。但没想到，他竟然昏睡了一夜。也许，因为酒喝得太多。

9点半，碇常重动了一下，米莎妮赶紧假装睡去。当碇常重呼唤米莎妮的时候，已经是上午10点钟。米莎妮听后，则嗲声嗲气地说："哎呀，你要干什么！我困，我好困，还想再睡一会儿嘛！"

"亲爱的，醒醒，我的头大大的疼，嘴里苦，身子无力，不知道怎么了。"

米莎妮听后，顿时想到了问题症结，苦，是山茄子的味道。于是赶紧说："嗨，你是喝酒喝的。但都怪你自己，干吗要喝那么多酒啊！这不，我也头疼，浑身无力。"说后，她从床上爬了起来说："来，喝杯水就好了。"

"米莎妮，你的，美人，大大的美人，我离不开你了，为了你，我什么事都愿意做。这不，我都误了早上7点钟的火车了。"

"您要去哪儿？" "大连的干活。"

"哦，但你没有跟我说嘛。不过，你去大连干吗？该没多大事吧！"

"哦，重要的事。但没关系，午后2点钟有火车，我可以随时上车。" "那你去大连干吗呀，去玩儿吗？"

"哦不，要通过大连港乘船到门司港，东京的干活。" "哦，知道了，你是想家了，想回家看看。" "是，算是。但米莎妮小姐，我舍不得离开你了。快，米莎妮，来抱我。"

"那么，东京还有别的事吗？"

"是的，日本陆军本部的干活。" "哦，知道了，您是回去汇报工作。"

"是的，评估报告的干活。"

"军事机密？"

"是的，大大的机密。" "但我担心你会跟其他女人一块儿走的，我会嫉妒的，我不许你爱着别的女人。"

"哦，宝贝儿，我只爱你。您这样说话，我大大的高兴。" "那么，我可以跟您去东京吗？"

"哦，您不想在哈尔滨了？"

"不，我想陪伴你，行吗？"

"谢谢，但您还是等我回来！"

"好吧！"

"不过，你可以跟我说说你的爱人吗？"

"说什么！"

"比如，他叫什么名字，什么的干活？"

"哦，你没必要知道他是做什么的，只要你爱着我就好了。"

"可是，因为我爱你，所以，也想知道与你有关的一切。"

"好吧，我爱人是叫江边柳，普普通通的道胜银行职员，他没法儿跟您比。而且，还长了封建脑袋，不愿意让我与日本人接触。"

"哦，为什么？他的，害怕日本人的干活？"

"是吧，也许是吧！" "米莎妮小姐，这是他的不对了。我们大和民族是世界上最优秀的民族，是主张和平友善的。大东亚共荣，对中国人的好，对世界的好！" 碇常重说这话时，还紧紧地抱着米莎妮。

"但我知道，中国人可不这么看。中国人说，日本发动侵华战争，说杀人就杀人。而我这样说话，您介意吗？"

"哦不，不介意，但这话不对。日本主张和平，我们是友善的军队。但对于一些破坏社会秩序的人、顽固不化的抗日分子，绝不手软。因为中国人软弱贪生怕死。所以，他们是怕横的。只要你强硬，该杀就杀，那他们就会老老实实的。"

"哦，你是这样想的，但中国人可能不大认同。因此，包括我的丈夫，都是躲着你们日本人的。"

"因此，他们害怕日本人。不过，你的意思是说，你的丈夫恨日本人吗？"

"哦不，我的丈夫不恨日本人。但他胆小怕事，不敢得罪你们。另外，也因为黄皮肤，改变不了身份，他的心里很苦闷。"

"那么，他还说了什么？"

"你的意思是指什么，是想要拿他怎么样吗？"

"哦不，我只是随便问问。"

"碇常重少佐，我丈夫没说什么。不，他说了，在满洲，都是你们日本人说了算。他说，即便是为满洲政府工作的中国人，都得老老实实听日本人的话。"

"那是，这是日本帝国的骄傲。我们是现代工业强国。中国是东亚病夫，如果不听日本的，那就没有希望。"

"因此，我丈夫是中国人，没什么地位。日常生活中什么都不敢说。但鉴于你和我的关系，所以，我对你说了这些，中国人的想法。"

"我的理解，亲爱的。"

"知道吗？因为你爱我，所以，我不能不跟您说实话。"

"哟西，亲爱的，你大大的诚实。不过，你的明白，如果你丈夫恨日本人，即使不是我杀了他，也会有人杀了他。"

"哦，我好后悔，不该跟你说这些。"

"不，你实话的说。"

"嗯，我就是这样想的。但我丈夫害怕日本人，而你是大军官。因此，我怕他担心什么。"

"不，米莎妮小姐，这不能由他怎么想。亲爱的，考虑你我的关系，我向你保证，我不会拿你丈夫怎么样的。甚至，我会暗中保护他的，这都是为了你！"

"那么说，你还真不错，不同于其他的日本人。"

"米莎妮小姐，这不用说的。另外，记住，我们大和民族是世界上最高等的民族。"

"嗯，我相信你的话。这不，前些日子，就在马迭尔旅馆墙上，我看到过传单，说去年底，你们日本兵在宁波焚烧老百姓房屋，这事准吗？"

"哦不。"

"但传单上是那样说的。"

"亲爱的，宁波市区烧房子的事，统统的不是日本干的，是国民党政府干的。宁波的鼠疫。"

"哦，鼠疫？我不懂。"

"鼠疫嘛，就是一种烈性传染病，通过老鼠传染给人。人得鼠疫病统统的死，三四天的事儿。"

"哦，妈呀，那可太可怕了。"

"不过，满洲这儿还好，没有鼠疫，用不着担心，因为满洲没有战事。"

"那么说，鼠疫同战事有关？"

"不，也不能那么说。"

"但我感觉你说的就是这个意思。也许吧，但不都是。反正战争会死人的，即使不被枪炮打死，也会饿死，甚至会被传染病致死。"

"嗨，这兵荒马乱的年月，人不得活啊，尤其老百姓，难啊！"

"放心吧，亲爱的，我保你没事。""哦不，还有我的丈夫，也要没事。"

"是的。"

"不过，我想知道，你怎么保证我没事，不仅平安，也要有钱呀？"

"但我是军人，钱的不多。""可是，我认为钱是好东西，而我丈夫也是这么想的。他说，只要有了钱，心里就踏实。"

"嗯，他说得对！"

"亲爱的，为了钱，我和我丈夫可能要离开满洲。"

"哦，你们去哪儿？"

"说不定的，但我想去美国。可我丈夫说澳洲好。"

"那么，你们为什么要去美国和澳洲啊？"

"因为那儿没有战争！"

"米莎妮，我听了你的话心里不舒服，千万不要去美国。"

"为什么呀？"

"因为美国是日本帝国的敌人。另外，我爱你，不要离开哈尔滨。"

"但我丈夫说，这里不赚钱。现在，华俄道胜银行留守处已经没有多少业务。另外，在澳洲，他有好多朋友。"

"不过，亲爱的，在我从东京返回前，你的，不要离开哈尔滨！"

"可是，为什么呀？"

"待我回来，看看有没有赚钱的办法。如果有，你的，就有钱赚了。"

"哦，这好像很难，因为你作为军人，没有赚钱的机会，一些军人能够活着就不错了！"

"不，米莎妮小姐，为了你，我愿意想想办法。"

"哦，你是这样想，好吧，我等你回来！"

"那么，您还爱你的丈夫吗？"

"是啊，我非常爱他。"

"但你跟着我，又大大的爱他，不可思议。"

"嗨，这没什么，就像渴了喝水、饿了吃东西一样。"

"宝贝儿，你就是我的水，渴了就喝！"

"哼，你好坏，是故意借酒灌醉我。"

"米莎妮小姐，难得你爱我。时间如梭，转眼百年，人生说过就过去了。"

"因为你，我感觉活着有意义！"

"嗯，活着就是享受，要吃好、喝好、玩好，大大的有道理。米莎妮小姐，我们要好好的相爱，一辈子都不分开！"

"嗯，我也希望是这样。"

"亲爱的，我们都统统的幸福。"

米莎妮说："碇常君，我们今后永远都不分开！"

"是的，宝贝儿。"

此时，江边柳带着洗过的照片，已经沿着东大直街急促地向圣母安息教堂走去。他想，能够从碇常重少佐的密码包里获取重要情报，已是不小的胜利。他相信，这会有助于揭开石井部队的神秘面纱，也完全得益于米莎妮对情报事业的献身精神。

在圣母安息教堂，江边柳假装来参加东正教徒的葬礼，趁人不注意溜到了夏阳的住处。他说："头儿，这些情报是从碇常重的文件包中搞到的，都是日文。我看不懂，怎么办？"

夏阳说："那么，米莎妮呢，她能看懂吗？"

"不，她虽然会说日本话，但也看不懂日文。"

"不要紧，我们有人能看懂日文。"

"谁？"

"郁芳萍，她能够翻译资料。"

"哦对了，她是学日语的，但她在新京啊！"

"不过，我们可以带着这些资料去新京。"

"但那很危险，很难藏匿这些资料。""那你说该怎么办？""不知道，反正我和米莎妮已经完成了任务。"

夏阳想了想说："这样吧，你给远东谍报小组发报，请金校根马上到哈尔滨来，他懂日文。而且，金校根对组织忠诚，即便特高课严刑拷打，也没有吐露情报组织的秘密。""嗯，好主意！"

54 斜率是73
密件肯定是被米莎妮小姐动过的

"中岛号"豪华客轮于黄昏时分从大连港出发，经过一夜的航行出现在了日本海，客船的最终目的地是日本的门司港。

船上有日本军人、商人、旅游者，还有一对对的情侣。而身穿普通人的衣服，杀人如麻的碇常重，也在这艘客轮上。

中午时分，在客轮的观光区，一群如燕子般的女人欢聚在一起。她们的心情好极了，叽叽喳喳地叫个不停。一些无忧无虑的儿童们，在甲板上跑来跑去，脸上洋溢着欢乐。

碇常重看到这些女人和孩子，一对对的情侣，心中别有一番滋味。但他很得意，因为无比惊艳的米莎妮小姐在爱着她，这是她亲口对他说的。

但现在，他又感觉到了孤独。如果米莎妮小姐能够陪伴在自己身边那就好了，旅途中就不会这么孤单了。

现在，只有他一个人形单影只。在客轮的尾端，他注视着涡轮机打出的白色浪花很美。他想，能够消磨时间的唯一办法，就是到客轮餐厅喝点米酒，要不就是看这茫茫大海的无边无际的景色。

他看到一群海鸥在跟随着客轮缓慢的前行并上下翻飞，不时会猛然扎向海面，在浪花中啄食一些小鱼小虾。同时，也有聪明的海鸥与客轮伴飞，一旦客轮上的大厨将一些鱼杂抛到海中，它们会快速完成空中接力，衔起鱼杂向远处飞去，以避免其他海鸥争夺。

现在，这无风而浩瀚的海面宛若一面巨大的镜子，波光粼粼，也清澈明亮。此刻，巨大的客轮宛如一叶扁舟，缓慢而优雅地在海面上犁出了一道道的波纹，并向远方荡去。随即,大海又很快地恢复了平静。

在海天相接之处,大海与蓝天融为一体,景色迷人。但黄昏时分海面上出现了落日的美景,眼见着橘红色的太阳渐渐沉落,不一会儿就消失在了茫茫的大海中。

随即,黑暗渐渐降临,在升腾着并逐步控制了整个海面。而这,让他无比的伤感,如同前面就是世界的末日一样。

其实,碇常重内心的伤感与些许的幽怨,也都是源于对米莎妮小姐的沉迷与痴恋,内心波动起伏,一会儿是喜,一会儿是忧。而令他最难以忘怀的是米莎妮小姐的那性感而迷人的身体,肚皮如天鹅绒般的完美,而面部棱角分明,尤其是那无比生动的眼睛,明眸如水。

现在,他刚刚同米莎妮小姐分离不久,屈指数来,也就不到48小时,但在情感上却有无比的纠缠,内心深处有着撕裂般又难以割舍的疼痛。

米莎妮小姐的脸庞不时浮现在他的眼前,无时无刻不牵动着他那不安分的心,也让他内心无法控制地牵挂。

碇常重心想,在他以往所接触的女人中,没有哪个女人可以与米莎妮相提并论的,又是绝对的惊艳无比。而米莎妮小姐会令自己的筋骨酥麻,也是终生难以忘怀的。

在碇常重看来,米莎妮小姐是这个世界上最标致的最艳丽的最性感的女人了。她美丽漂亮,身材高挑,是属于那种要型有型、要样有样,高贵又优雅极致的女人了。

碇常重回忆着,想象着,米莎妮小姐的身体是远远胜于任何一个貌美如花的日本女人。而在那雪白的如牛奶色的床单之上,米莎妮小姐的肤色几乎和白色的床单一模一样,肤如凝脂。

随之,他开始闭目养神,体悟着和米莎妮小姐相处时的美妙时光。现在,在他的耳边,已经彻底没有了女人与孩子们的嬉闹之声。是的,他们都回到船舱里面去了。回首过往,在这个世界上是再也没有比米莎妮小姐更美丽动人的女孩儿了。他想着,自己今后的生活里面不能没有美人米莎妮小姐。

可是,米莎妮说了,她马上就要离开哈尔滨去美国了,或去澳洲了,但去澳洲是她丈夫的想法。因为美国和澳洲没有战争,没有鼠疫,且有钱赚。但他不经意间警告了米莎妮小姐,"您就不要去美国了,因为美国是日本帝国的敌人"。

无疑,这是个重大的军事机密,也是他决意透露给米莎妮小姐的。但米莎妮听后,好像心不在焉,就当什么都没有听到一样。

每每想起米莎妮小姐,碇常重的内心就激情澎湃,就痴迷不已,就不可控制,就神魂颠倒。因此,盘算着,该什么时候回到大连,该什么时候回到哈尔滨,什么时候回到米莎妮小姐身边。这令他苦楚,无比痛苦,也无比幽怨。他刚刚踏上去往东京的旅程,却又急迫地想回到哈尔滨去,回到马迭尔旅馆去,回到米莎妮小姐身边去。

米莎妮小姐美貌有型,如神造的尤物,是上帝送给自己最美的仙女。

碇常重这样独自叨咕着："米莎妮小姐，我不会离开你，也绝不会让你离开，我愿意为你付出一切，牺牲一切，哪怕是去死，也都是值得的。"

现在，他对米莎妮小姐有一种不舍的牵挂，一种深情的梦幻与回味。他下定了决心，不能让米莎妮离开哈尔滨，离开自己，他对现实与未来有着梦幻与期许。

那么，不让米莎妮小姐离开哈尔滨的办法与途径又是什么呢？他想着，很简单，就是千方百计搞钱。只有搞到钱了，搞到更多的钱，才能够稳定住米莎妮小姐的心，而使她死心塌地跟自己腻在一起。

之后，他想起了米莎妮小姐的话，也是米莎妮丈夫说给米莎妮的话。他说"中国人要少跟日本人接触"，因为"日本人出手太重"。他们"在满洲烧杀抢掠"。"就是满洲国政府，也全都是日本人说了算"。

米莎妮还说，"我丈夫深知自己是中国人，黄皮肤，黑头发，在社会中没有地位。在日常生活中，他什么都不敢说，什么都不敢做。但鉴于我们之间的亲密关系，我对您说了这些，说了我丈夫的想法，也是想让您知道中国人的心理。"

那么，米莎妮说这番话的意思究竟是什么呢？或许，仅仅是一种交流，也是一种真实。哦，对了，她说中国人胆小。在满洲，有那么多中国人是围着日本人屁股转。他们低眉哈腰，这在中国人的眼里就是汉奸。

碇常重少佐知道，"汉奸"就是民族的败类。但问题是，这些汉奸都是日本帝国的朋友，也是以夷制夷的基础。如果没有这些汉奸，那么，日本帝国怎么会征服中国。

可是，大和民族就真的那么优秀吗？不，从731部队情况看，拿活人做着实验，没有人性。此外，在米莎妮的话中，还透露出了关东军在中国大地上的烧杀抢掠的信息。

米莎妮说，日本军队在中国不受欢迎，烧杀抢掠，强奸妇女。但米莎妮说这些话时，也是知道自己是日本人，但并不知道自己的真实身份：是将细菌作为战争秘密武器的人，也远比那些烧杀抢掠、强奸妇女的人更加罪恶。

为此，石井四郎是细菌部队的策划者，也是押上了全部赌注。但想想自己用活人做实验的场景，也的确恶心。

他回忆着拿活人做实验的一幕幕情景，当初很害怕。但被教官恶骂与胁迫之后，也就渐渐漠然，渐渐无所谓了。而不打麻醉药就解剖活人的场面令人作呕。而那种深夜的惨叫声，令人恐怖。

他清晰地记得，那是一个阴雨天的午后，自己拿着解剖刀站在了手术台的旁边，活体解剖了一位年轻的俄罗斯母亲，就像米莎妮小姐一样漂亮，美丽动人。她虽然生了孩子，但却有着如米莎妮一样的胴体。在解剖时，那位俄罗斯女人的目光万分惊恐，而且声嘶力竭地号叫，那种号叫声几乎刺穿自己的耳膜。在切割掉她的心脏后，那个俄罗斯女人还活了一会儿才死掉的。

而后，他记得，一位医生助理又将那个俄罗斯女人的 3 岁女儿推进手术室，也进行了活体解剖。至今，那个小女孩儿恐惧的眼神，也都留在了自己的记忆中。在解剖的同时，自己还向一群年轻的实习医生们讲解了《人体解剖学》的原理、注意事项，而这些都是米莎妮小姐不知道的。

那么，如果米莎妮小姐知道自己拿活人做实验的话又会怎样想呢？她会恨自己，还是继续爱着自己？不会，应该是不会的，因为女人是凭直觉而做出爱的选择，也会因为感性而超越理性的。何况，自己是个地地道道的魔鬼，相对于米莎妮小姐来说。

不过，米莎妮小姐的丈夫想去澳洲的事很令自己心里不安，因为米莎妮小姐太过迷人了，是世界间最美的尤物。因此，无论如何都不能让米莎妮小姐走的。但能够说服米莎妮小姐的不是口舌，而是实实在在的物质利益，因而她才会服从自己的意志，并且选择留在哈尔滨。

不过，迫使她同其丈夫离婚也是个好办法，但这几乎是不可能的。因为米莎妮小姐说了，她深爱着自己的丈夫。那么，杀了米莎妮小姐的丈夫，也是能够促使她留下来的办法，但这么做是有问题的。因为马迭尔旅馆已经发生过钢琴家西蒙的绑架案件，甚至影响和震惊了整个世界。如果自己再干蠢事的话岂不是火上浇油。

哦，这事想来头疼。索性，碇常重就不再往下想了。于是，他放下了手中米酒的杯子，向自己住的头等舱走去，决定好好地睡上一觉，然后再谋划后面的事，反正不能让米莎妮小姐脱离自己的控制，这是坚定的意志。

在头等舱里，他将被子铺好，又将密码包打开，准备拿出头疼药服下去好美美地睡一会儿。突然，他发现了问题，那个装有机密材料的纸袋的密封条出现了褶皱，这是水浸润过后的结果。

再仔细一看，那根头发丝不见了。他仔细用手触摸后，感觉头发丝还在里面。经过确认，他发现了问题，是头发丝的位置发生了变化，其斜率不到 30 度。

他知道，自己封存秘密资料的时候，会将一根头发丝做标记，而加进头发丝的斜率数值是 73 度。之后，会将头发丝用胶水压在封条下，用卡尺测量为标准的 73 度，也是借用了 731 部队的番号的前两个阿拉伯数字，即数字 73。

为此，他曾经为自己的这个想法欢喜过好一阵子，因为用头发丝参与秘密情报资料的传递会有效防止窃取或被他人偷看。而一旦这根头发丝的斜率发现变化，那就说明资料泄密了。

为此，他马上警觉起来，怀疑起米莎妮小姐的一举一动。难道，她是秘密间谍？苏联特务？趁自己昏睡时偷偷看了密码包的机密资料？

如果这是真实的泄密事件，那么，美丽的米莎妮小姐就肯定是苏联间谍。哦，这很危险。另外，米莎妮应该是懂日文的，因为米莎妮会说一口流利的日本话，而且用语准确。

想到这儿，他的心是再次地骤然紧张起来，浑身瞬间出汗，而头却很奇妙地不那么疼了。他明白，这是脑部供血状况得到改善的结果，也是垃圾物质从头脑中排掉的结果。

可是，如果秘密资料被窃的话，要向石井四郎报告。同时，也要向特高课报告。毫无疑问，米莎妮小姐就是间谍，就是苏联特务，而自己上当受骗了，这让他惊恐万分。

他想着自己与米莎妮小姐交往的整个过程，其中的一个细节让他感觉安慰，因为不是米莎妮小姐主动勾引的自己，而是自己主动要和米莎妮小姐上床的。这个细节重要，不，是非常的重要，因为这说明米莎妮小姐不是秘密间谍，可又无法解释那份秘密资料封条下面的头发丝的斜率问题，由73度，变成了30度。而且，封条有水浸润的痕迹。哦，这让他头疼。

再有，如果这事向石井四郎作了报告，或者向特高课报告了情况，那么，自己会不会有麻烦呢？

会的，至少自己与米莎妮小姐有染的事暴露了，也会引起媒体关注。那样的话，自己的前途就毁了，不，会丢掉性命的。当然，米莎妮小姐也就深陷其中了，也就不可能活在世上了，还有她的丈夫。

哦，这个后果是太严重了。如果假装不知道，就是对日本帝国的不忠。显然，这是一个两难的选择。那么，是向石井四郎报告呢，还是不报告呢？

难题就摆在面前了，碇常重的内心很焦虑。他再次回忆起一个个与米莎妮小姐交往的细节，而那根头发丝是先埋在封条的下面，预留的头发丝的长度是一厘米，其头发丝与纸袋端头相交的斜率也恰好73度，而后自己还用卡尺量过的。再之后，是用手术刀轻轻切去了头发丝裸露在外面的多余部分。

那么，这该怎么办啊？

是的，日本帝国的利益高于一切，远比自己性命更加重要。按照以往的训练和职业操守，应该立即向石井四郎进行报告，也要向特高课报告，应该缉捕米莎妮小姐。但这个后果很惨，自己的性命不保，而心爱的米莎妮会被折磨致死。

想到米莎妮小姐会被折磨致死的问题，碇常重感到后果可怕。因为米莎妮小姐美丽动人，而且她是深爱着自己的。

为此，他在内心中反复权衡着、想象着。而最终的结论是，不管已经发生了什么事，自己都不能失去米莎妮小姐。他似乎明白了，应该有更为明智的选择，就是假装什么都没有发生过，这不是更好嘛。

但要小心了，小心米莎妮小姐。她可能就是苏联间谍。对，她是苏联的间谍。因为纸袋上的封条明显有被动过痕迹。而那时，只有米莎妮和自己在一起。哦，她是最可疑的人。但自己喝多了，自己不该喝那么多的酒，不该忘记自己的责任。之后，碇常重忧虑地倒在床上并于不安中渐渐地睡去了。

55 你没瞧见人家都是为了你瘦了一圈嘛

金校根被从齐齐哈尔日本陆军监狱释放后，秘密地过境到了苏联，并受训于苏军第88旅，这是抗日联军的残部。

他学会了跳伞、无线电台操作、枪械使用以及军事侦察、驾驶各种车辆。他期盼着祖国早一天解放，也将朝鲜半岛的日本人赶走，能够与父母过上好日子。

在接到柯林的指令后，他化名周道九，秘密潜回了哈尔滨，掩护身份是哈尔滨双合盛面粉厂的技师，负责修理德国设备。他在道外傅家甸码头旁一处平房内秘密住了下来。

哈尔滨双合盛面粉厂的老板是叫张廷革，山东掖县人，生意做得很大，并且娶了一位俄罗斯女人。在办面粉厂期间，张廷革暗地里同情抗日联军，也为周道九提供了秘密支持。双合盛面粉厂所生产的金鸡牌沙子粉名誉国内外。

在周道九到哈尔滨后，夏阳将江边柳与米莎妮秘密获取的日文资料交给了他。

这期间，秘密活动在新京的抗联联络处主任于涛转告夏阳，李秀琴同志被秘密杀害于依兰的日本陆军监狱。于是，夏阳赶到了依兰，找一块山地埋葬了李秀琴，尽到了丈夫与革命同志的责任和义务。

待夏阳回到了哈尔滨，周道九说："头儿，活儿干完了，这是一份细菌战后的秘密评估报告，由731部队负责起草，经关东军司令部批准，是呈报给日本陆军本部的秘密评估报告。

具体内容是关东军在浙江宁波、衢县、金华等地秘密实施细菌战，总指挥是石井四郎大佐。细菌战由日军参谋本部策划。1940年6月5日，参谋本部作战参谋荒尾兴功中佐、支那派遣军参谋井本熊男少佐、中支那防疫给水部代理增田知贞中佐，共同参与策划。作战时间是7月中旬；原定飞机起飞机场是句容；细菌战目标是浙赣沿线城市；由总司令部直属部队实施；飞行高度是4000米。7月22日，井本熊男视察杭州，最终指定杭州机场。8月16日，井本熊男向奈良部队传达命令。所谓'奈良部队'，就是哈尔滨和南京飞来的细菌作战部队，细菌战的最后目标锁定了宁波、衢县、金华。按照关东军总司令梅津美治郎1940年7月25颁发的，丙字第659号命令，将731部队和特种'秘密物质'运往华中。此后，铁道司令官草场中将，于1940年7月26日，发出了第178号运输命令，强调这批货物极端秘密，不要把货物名称写在运输表内。同时指明，由平房站开出直达专列，经哈尔滨、沈阳、天津，到达上海。

奈良部队一共进行6次细菌战攻击。其间，石井四郎带领远征军，于1940年7月到达宁波，用飞机投撒器将70公斤的伤寒菌、50公斤的霍乱菌，散布在居民区和河流、蓄水池中。数日后，石井带领100余名医务工作者、摄影人员，去实地取样观察。结论是对浙江沿海细菌战取得了巨大成功，日本陆军有了秘密制胜武器。"

"哦，那么说，我们初步搞清了石井部队的秘密，所谓的731部队，就是细菌战部队。"

周道九说："是的，从1940年6月份起，石井部队已被正式编入了关东军序列，编号为731部队。"

夏阳说："嗯，你小子没有白忙活，立功了，我们终于弄明白了731部队的情况。"

"头儿，对于731部队的情况，还需要进一步侦察。"

夏阳说："嗯，我同意。那么，你就留在哈尔滨吧。"

"头儿，我听你的。只要能够打败小鬼子，做什么都成。"

2个月后，碇常重再次出现在马迭尔旅馆，并对米莎妮说："亲爱的，我大大地想你！"

"是嘛，你没瞧见么？人家都为你瘦了一圈。"

碇常重听后，狡黠地说道："你不仅美丽，而且幽默睿智。"

这时，米莎妮来了一个优雅的转身，而碇常重则顺手将米莎妮搂在了怀里。

米莎妮说："你一去两个月没有音讯，是真的想我吗？"

"因为你，我的，夜不能寐，焦躁不安！"

"可是，碇常君，你要真的想我，那你为什么不早点回来呀？"

"嗨，没有办法，东京去是公干，要不早就回来了！"

"亲爱的，我信你！"

"现在，好消息的有！"

米莎妮故作狐疑地说："你说！"

"有些机密的资料可以换钱。"说后，碇常重静静地看着米莎妮，想知道米莎妮的反应，进而确定米莎妮小姐是不是苏联间谍。

"比如说——"

"比如大大的军事秘密，都可以换钱。"

"哦，不行，你不要命了？"说后，米莎妮故意摇了摇头。而碇常重透过米莎妮的目光得出了最终推断：米莎妮的话言不由衷。

他说："我们的，要大大地赚钱。"

"我当然是想赚钱啊，但用秘密资料换钱，这太冒险了。"

"宝贝儿，我本身就是大大的秘密，马上地做。"

"哦不，亲爱的，我胆小。再说了，我们没必要冒风险啊！"

"可是，不赚钱的话，您就离开哈尔滨了。"

"哦，您这样想，我感觉到温暖。"米莎妮说后吻了碇常重，又说："赚钱的事，都是你们男人的事！"

"哦不，我们要共同地做，因为我大大地爱你！"

"嗯，你的好人！"

之后，米莎妮向李云林进行了汇报。李云林说："我们不主动提出，但可以秘密配合他。因为主动提出秘密资料换钱的话，他会对你的身份产生怀疑，所以我们不能相信他。"

两周后，碇常重再次来到了马迭尔旅馆，也再次谈到了情报换钱的事项。他说："你的，有没有合适的人？"

"哦，没有。不过，马迭尔旅馆这里有一位神秘房客，万斯白，很神秘。您可以和他联系。"米莎妮这样说，是意在自己不是情报人员。

"那么，你的认识？"碇常重心想，米莎妮的确有情报活动。

但米莎妮说："哦不，我不认识他，但你可以通过其他人与万斯白接触，如果您想赚钱的话。"

"那么，你丈夫和他的有联系吗？"

"哦不，他也不认识。另外，我跟你说过，他胆小，从来不做越格的事。再说了，这是你的主意嘛！"

"好吧，宝贝儿，我们不说这个事了。现在，我送给你一个小小的礼物，金项链，你的喜欢！"

说后，碇常重将密码包拿过来，又故作打不开的样子。"哦，密码的忘了。来，宝贝儿，你帮帮忙。"

米莎妮接过密码包看了看说："这好办，马迭尔旅馆旁边有修理部，他们可以打开的。"说着，她拿起密码包就往外走。

但碇常重少佐喊住了她："不，没必要的。来，我的，再试试看。"又故意鼓捣了一会儿，并将密码包打开了，拿出了金项链："你的，戴上！"

"哦，我好喜欢。但亲爱的，我不想要你为我花钱，只要你爱着我就好了。"说着，米莎妮已将金项链戴上。说："好看吗？"

"嗯，大大地好看。米莎妮，你是大大的美，我只爱你。"

"嗯，这话我愿意听。亲爱的，我也只爱你。"

碇常重欢喜地说："为了你，我要大大地改变。"

"此话怎讲？"

"我们在一起，一辈子都不分开。"

"这不行的。亲爱的，我不想离婚。"

"我的，理解。宝贝儿，你的，还去美国吗？"

"不知道，说不清楚。不过，我丈夫是想赚钱的，他要去澳洲。但我觉得马迭尔旅馆也是挺好的，跳舞赚钱，而且你爱着我。但我丈夫不这么想，他已经心动了，想离开这儿。"

"不，赚钱机会大大的有。我的军事机密，你丈夫的销售渠道，我们赚钱的有。"

米莎妮听后，内心警觉起来，疑惑地看着碇常重说："你说的渠道是什么？"

"你的懂，不要我的说。机密资料大大的有。为了你，要大大的搞钱。"

"嗯，这说明，你是真心爱我的。"

"但战争很残酷，明天统统说不上怎么样。所以，要大大地赚钱，但你不要跟别人提到我的名字。"

"哦，为什么呀？"米莎妮故作不知地说。

"就是说，机密的干活。有人会对军事机密感兴趣的，而你找渠道。"

米莎妮用诧异的目光看着碇常重，猜测他心里到底是怎么想的。说："亲爱的，你在开玩笑吧。"

"哦不，米莎妮，为了你，我要大大的冒险，但我的条件，就是为我保密。另外，我知道，哈尔滨的探子有。只要心眼活泛，赚钱大大的。"

米莎妮心想，碇常重可能在试探自己。因此，她再次强调说："万斯白可能是有些渠道，你去问问他吧。"

听后，碇常重摇了摇头说："米莎妮小姐，你的，也很神秘。你的，要想一想办法，找到赚钱的渠道，不要你丈夫去澳洲了，我们在一起。现在，我的手头上有资料。"说着碇常重从包包里将资料拿了出来，"宝贝儿，你的看看。"

米莎妮接过后看了看，说："这都是些什么呀，随即将资料仍在床上，你翻译给我听吧！"

就此，碇常重知道了，米莎妮不懂日语。他于是说："这是731部队的绝密材料，请求增加科研经费和办公费用的报告。"

"哦，知道了。"

"宝贝儿，钱的赚！"

"嗯，你是聪明人。"

碇常重说："731细菌部队，很神秘，是细菌研究、生产、实验为一体。没有关东军司令部批准，不得入内。那儿有'口'字楼，有发电所、电报所、病毒研究室、鼠疫研究室、解剖室、焚尸炉、结核研究室、细菌工厂、细菌武器高、低温实验室，灭菌室，菌苗及以疫苗贮藏室、细菌弹装配室、毒气地下发生室、毒气实验室等等，还设了监狱、冷冻实验室、兵器库、卫兵宿舍、游泳池、铁路专用线，而且地下有通道连接实验室、解剖室、焚尸炉等。"

"哦，你在那儿工作？"

"是的。现在，我将资料留给你，你办法大大的有，但要价要高一些。"

"哦不，您不要把命搭上。"

"你的，怕了？还是不相信我？"

"我害怕，会杀头的！"

"不，我是大大的爱你。你的，办法大大的有。"说完，碇常重凝视着米莎妮："我的，带往东京陆军本部的资料，有明显的水迹，封条下面的头发丝的斜率发生了偏移。那时，只有我们在一起。因此，你有办法。"说后，碇常重露出了诡异的笑容。

"亲爱的，你是在怀疑我吗？"

"哦不，就在我喝醉的那天晚上，315房间。"说后，碇常重再次用怀疑的眼神看着米莎妮。

而米莎妮却以犀利的目光盯着碇常重，说："这我们得说清楚，我只靠跳芭蕾舞赚钱。现在，碇常君，你走吧，我们之间什么事都没有。"

"哦不，米莎妮小姐，我相信你，愿意缄默其口。而且，我不是现在作出的决定，而是在大连前往门司港的客轮上，我就知道密封条被人动过了。而那天晚上，只有我们在一起。"

"碇常君，你知道的呀，是你主动勾引我。我感觉不错，也就跟你上床了。因此，你怀疑我没有道理。"

"好吧，我们不说了。现在，这份资料留在您这儿，我要马上回到731部队去。"

米莎妮听后暗暗窃喜，但脸上依旧是愠怒，没有言语。在碇常重少佐离去后，她马上回到了家里，叫醒了正在酣睡的江边柳，说："亲爱的，有好消息。"

"哦，你说？"

"碇常重留下一份资料，731部队本部的资料，说是换钱，但我不懂日文。但他提出了条件，使用这些资料时，不能提他的名字。"

"那么，你承认自己是苏联情报员了，还是不小心暴露了身份？"

"是的，他在怀疑我，因为他发现，那份机密资料封条有明显的水痕，而封条下面的头发丝的斜率发生了偏移，不是73度了。"

"哦，明白了，那根头发丝有斜率，是73度，但后来搞完后，头发丝的斜率变成了30度。"

"嗨，你太不小心了，但我始终都没有承认。"

"可他太狡猾了。"

"是的，他怀疑我了，因为他当时没有与任何人接触。"

"那么，他还会相信你吗？"

"当然不会，他狡猾得很，只不过是因为贪恋我的身体，没有向石井四郎和特高课报告。"

"那么，你认为，他还会信任你吗？"

米莎妮是耸了耸肩说："当然不会。这都是因为你不小心，在窃取机密资料时留下了痕迹。"

"那么，你要不要马上离开马迭尔宾馆？"

"不，碴常重没有向上级报告。"

"但你非常危险，随时有被捕的可能。"

"是的，没错，但他不像你，他非常沉迷于我的身体。因此，我一时半会都不会有危险的。"

"这是你的看法，我们需要警惕。"

"那你说怎么办？"

江边柳看着米莎妮，说："这样吧，你在家休息一会儿，暂时不要去马迭尔宾馆了。现在，我去办点事。"说后，他拿起那份秘密资料就往外走。

"你去哪儿？"

江边柳站住了，看着米莎妮说："你没必要问，知道吗？这是组织纪律。"

"是的，我知道。但我爱你，也是为你担心。而且，你身上有机密资料。如果当街被日本兵拦住的话，你会有麻烦的。"

"我知道，但放心就是。另外，在没有你关心我之前，我不也是活得好好的嘛！"

"因为你以前和我没有关系。但现在，我喜欢你，我爱你。因此，我才会关心你！"说后，米莎妮果断地走上前去，深情地亲吻着江边柳的脸颊。

而江边柳表情木然，一脸僵化，但脸颊在渐渐地泛红。毫无疑问，那是一种从没有过的生理体验，也是梦幻中的羞涩。

56 送他金钱
我们的秘密身份就等于暴露了

江边柳离开面包街109号，去了圣母安息教堂，找到了夏阳，并相约去往傅家甸码头见周道九。

夏阳说："来，你看看都写了什么？"

周道九看了看说："是731部队为增加科研和办公经费而向陆军本部的请示报告，这对我们有用，提到了四方楼，监狱、病毒研究室。"

"那么说，情报是可信的。"

江边柳说："这说明，碇常重是对米莎妮动心了。"

夏阳说："那么，你提醒米莎妮，对碇常重还要格外小心。同时，要给碇常重钱。因为情报是秘密，也是交易，要注意按照市场规则来运作。再有，如果他能够继续提供情报，我们答应他，为他保密，使用情报时，不会提到碇常重的名字，但也应对他保持警觉。而你的行踪，要防止被特高课跟踪。"

回到圣母安息教堂，夏阳与哥里洛夫牧师见了面。说："我需要钱，您帮我准备一下。"

"多少？"

"先用1万吧。"

"满洲币，还是日元？"

"不，是法币。"

"好的，这不是问题。"

秋天中的傅家甸码头很忙碌。一艘从松花江下游开来的客轮下来一批衣衫褴褛的人，他们蜂拥向市区奔去，希望讨个生计养家糊口；而一艘小型驳船卸过货后，又装上了新的货物，向松花江下游开去，河道繁忙拥挤。在20世纪30年代，松花江是哈尔滨的生活补给线，并养育着沿江两岸的人们。

夏阳看到人们离去，将鱼钩抛到了江中，并注目鱼漂的变化，也不失时机地将一条条的鲫鱼拉上来。但他的目的不是钓鱼，而是等候着情报员江边柳的到来。

半小时后，一辆奔驰车停下来。江边柳下车，在江堤上缓慢地散步。在确认没有人跟踪后，他走下了斜坡，挨个看着钓鱼人的渔获，其中，也有两名俄罗斯人也在钓鱼。最后，他停在夏阳的旁边，将鱼篓从水里拉出来，看鱼的个头大小。

他说："头儿，你有什么吩咐？"

夏阳说："我考虑过了，如果米莎妮送钱给碇常重，那她的身份就彻底暴露了。如果碇常重将情况秘密报告给了特高课，我们的秘密组织也就完蛋了。因此，我想和你商量，我们要不要停止给碇常重送钱的事。"

"头儿，如果不冒险的话，又怎么能掏出731部队的核心秘密？"

"不，这很危险，我们需要重新考虑。"

"头儿，我们必须冒险。在这个问题上，我们不能再犹豫了。即便有什么问题，大不了再死一回。"

"那么，米莎妮呢？她会怎么想？知道吗？这搞不好要付出生命代价的。"

"是的，她知道这一点。""还有，你和米莎妮对外称'夫妻'关系。如果她暴露了，你会被捕。而你与我有联系，我们的秘密组织就全都毁了。"

"头儿，你害怕了吗？"

"你说呢？"

"哦不，我知道你是不怕死的人。因为没有你，大家就不会逃出森严壁垒的东宁要塞。"

"那么，你说怎么办？"

"头儿，我的意见很简单，就是舍不出孩子套不住狼，要继续同碇常重周旋下去！"

"但秘密情报工作是不能靠赌的，我们对他还很不了解。另外，米莎妮真的不怕死吗？"

"头儿，米莎妮同意冒险。另外，您知道的，在她去齐齐哈尔谋杀冈田的时候，就说明她是很有胆量的人。而且，米莎妮是好姑娘，非常值得信赖。"

"可是，你以前没有这样跟我说过米莎妮。你是不是爱上她了？"

"哦不，我没有爱上她。头儿，你可别想多了。"

夏阳看了看上浮的鱼漂，又拉上来一条鲫鱼，说："那就按你的意见办吧，让米莎妮把法币送给他。但为了稳妥起见，我会派人秘密监视马迭尔旅馆，监视碇常重，包括面包街109号。而你，要注意行踪，无论如何都不能被特高课盯上。"

江边柳说："好的，头儿。"

"这样，你把鱼带走。同时，要公开点钱给我。"

"头儿，你真聪明，这让人看不出我们是非常熟悉的人。"

"给，带上这个袋子，里面有1万法币！"

回到家后，江边柳看见米莎妮在用烙铁熨服装。于是，他将1万法币递给了米莎妮。说："这是碇常重的费用。如果你判定他可信的话，我们会同他进一步合作的，这是上级指示。"

米莎妮说："可是，他说是帮我赚钱的呀，并希望能够长期在一起。"

"哦不，我们不要相信他。"

"为什么？因为他是我们的敌人，你要特别小心。另外，这小子是军医，更是屠夫。因此，我们永远都不要相信他，而你，也不要深陷在情爱中。"

"江边柳同志，你给我住嘴，你是什么意思？"

"不，米莎妮同志，你不要太认真！"

"我看你是在胡说。不过，我确认过了，碇常重对我们是非常重要的，而他提供的731部队的秘密情报属于绝密。"

"嗯，米莎妮同志，你立功的机会到了，我要代表远东谍报小组谢谢你！"

米莎妮笑了，说："难道你也可以代表组织？"

"记住，我是你的直接上级，而上级就是组织。因此，你必须服从于我，服从组织，这是政治纪律。"

"是的，你以为我不懂。但我有不同的看法，而你，不仅仅是我的领导，也是我'丈夫'。可是，到目前为止，你一点儿都没有尽到丈夫的责任。"

"米莎妮同志，你别没有正形地说话。记住，我们是假扮夫妻，这你懂的。"

"哦不，我一直希望嫁给你。而且，这你知道的，我是非常爱你的。但遗憾的是，你瞧不起我，因为我有妓女的经历。"

"好了，我们不谈这个。现在，我最担心的是碰常重会不会将你窃取情报的事情说给石井四郎，还有特高课。因此，收买给碰常重，他是不是可以信赖？"

"也是，我还无法判断碰常背后的情况。"

"那么，凭你的直觉，觉得他可信吗？"

"嗯，我觉得，他现在还没有向特高课报告，也是不想让人知道他在马迭尔旅馆有情人了。同时，我判断，他也是怕死的人。"

"如果那样的话，我们就大胆利用碰常重，获取731部队更多的军事秘密。可见，我们的冒险还是必要的。"

"此外，还有一点，我很欣赏碰常重，他重情重义。起码，他为了我而甘愿冒险。他不像你，一个不知好歹的家伙，无情无义，也算我看错人了。"

"米莎妮，你不该这样说话。因为我的心思都在情报上，而你，不该将情报工作同情感问题搅在一起。"

"你呀，是不懂我的心。"

"好吧，米莎妮同志，我们说正经的事吧。现在，我们同碰常重之间正在进行着危险的游戏。而所有的赌注，也全都押在你这儿了。现在，你是剧目中主角，也面临着极大的危险。为此，我还是担心你的。"

"哦，是真的吗？那么说，你还是爱着我的，也不仅仅是因为获取情报工作的需要。"

"嗨，这怎么说呢，毕竟我们是一条线的战友嘛，为了苏联，为了中国，我们要一起战斗，而且对外还是称夫妻关系的嘛。"

"那么，我们为什么不能做真正的夫妻呢？"

"看看，你又谈起这件事。不过，我说实话，我不希望我所爱的人，同时跟着别的男人。"

"哦，江边柳同志，这是工作需要呀，而且，你懂的呀，为了情报工作，我们可以用身体进行交换的呀！"

"可是，这个问题有点复杂了，我一时半会都说不大清楚，但就是觉得心里不舒服。对此，你要理解我的。因此，我们不可能谈情说爱的。"

"可是，江边柳同志，我之前做妓女，那是因为逃亡，是生存的需要；现在，我用身体来获取情报，是情报工作的需要。"

"比如说！"

"比如我同别人发生什么，那是情报工作需要，而我内心是爱着你的。如果说你的爱情就是介意这个，那么，你的爱情生活就不会圣洁了，就会变成动物性的索取了，也会变成魔鬼，会自然而然地成为下流的人。因此，我也会轻蔑地看你。如果你特别看重这点的话，那你同行尸走肉又有什么区别呢！"

"可是，我与你所属不同的国家与民族，对这些有着不同的看法。米莎妮同志，你知道的，我一时半会儿都接受不了你现在的观点。而你，却把两者分开来讨论，也有失爱情的圣洁。"

"那么，你说，难道二者真的不可以分开吗？"

江边柳说："据我所知，这是不可分割，是和谐统一的。没有性，婚姻就不会幸福。因此，爱和性紧密联系。而且，据我所知，没有性的爱情，也是不完整的。"

"可是，没有爱，只重视性，人就真的成了禽兽了。"

"因此，我需要提示你了，米莎妮同志，我们不能离开爱而单独谈性；也不能离开性而单独谈爱。只有爱与性的高度融合，完美统一，那才是叫真正的爱情，也是最完美的爱情。"

"哦，我好像是听明白了，你是希望获得爱，也是要获得性。换句话说，你喜欢的是那种处女之爱，而不是为了能够打败日本帝国而献身的我。对吗，你是这样想的吗？"

"嗯，是吧，也许是吧。但米莎妮同志，你要理解我，因为我的话太过直白了，不会绕着圈子说话。所以，我想对你说真心话，而无愧于我的内心。还有，我知道你是个好姑娘，是正直的姑娘，美貌惊艳，无可挑剔。但你清楚我们都是好同志，但不谈爱情。"

"哦，那我谢谢你了，给我这样高的评价！但江边柳同志，为了打败日本法西斯，我愿意把身体交给碇常重，也是为了获取更多的秘密情报。可是，你不该因此把我看作贱人，这我很难理解，也很难接受。江边柳同志，我向你表白，我爱你，非常地爱你。为了你，我特意来到中国的，来寻找真爱。"说此话时，米莎妮已经哽咽，浑身都在战栗，泪水涌流。

看着米莎妮可怜的样子，江边柳的内心很是怜悯，他将头慢慢地低下，不敢再看米莎妮的眼睛，他说道："好吧，米莎妮，你就不要哭了，不要再伤心了，我心里也是不好受的。而你的命运太苦了，也很值得我的同情。现在，我决定改变先前的有关性与爱情的看法，并郑重接受你了。"

"哦，亲爱的，我好感动。不过，你不必因此而同情我，因为我需要真正的爱情，就像我真心地爱你一样，愿意冒着生命危险来到中国。同时，我还想说，为了和平与正义，我以身体换取情报，但绝不会因为性的欲望而跟着别的男人。也就是说，一旦我们结婚了，我只属于你，也愿意为真爱奉献给你我的一切。亲爱的，你懂了吗？我只为你而活。"

于是，江边柳拥抱了米莎妮。说："你我都是苦命的人，都是为了活着，为了国家领土完整和民族独立，我们希望打败日本鬼子。"说着，江边柳已经泪水滚滚，两颗孤独而饱受创伤的心灵完美地融合在了一起。

过了一会，江边柳说："当你把钱交给碇常重时，他就会知道我们的真实身份了。但只能这样做了，没有别的办法。为了打败日本法西斯，我们需要冒险。因此，如果遇有什么不测的话，你要做好思想准备，我们的选择就只能是光荣了。"

"是的，这我知道，但我愿意为情报事业而牺牲生命。到时候，我会说什么都不知道。而你，要将我埋掉，头要朝着白俄罗斯方向，因为那是我的祖国，我的家乡。"

江边柳泪眼蒙蒙地看着米莎妮，说："是的，为了正义的事业，我们都愿意献出生命，但也要避免走到那一步。"

57 法币造假
由日本登户研究所秘密制造

马迭尔旅馆豪客云集，舞厅内人满为患，大部分人都是为了观看米莎妮的舞蹈而来。米莎妮年轻、美丽、优雅、性感。今夜，可惜，米莎妮小姐的舞伴病了，而只能自己独舞。她的压轴戏是"雏鸟飞向蓝天"。

在跳舞时，米莎妮淋漓尽致地表达了小鸟对蓝天与自由的深情渴望，舞姿轻盈舒展，曼妙优雅。现在，小鸟已经长大，就要飞走了，要飞向了蔚蓝的天空里，飞向了那唯美的自然世界中。

在米莎妮表演结束后，全场起立，掌声雷动。米莎妮看见，碇常重也站在那儿，在使劲地为自己鼓掌。

卸妆之后，米莎妮快步向315房间走去。因为她与碇常重已经秘密约定，今晚在这里度过美妙时光。他们见面后紧紧地抱在了一起。一切的一切，如干柴遇见烈火，欲望在炙热地燃烧。

"哦，我的高兴，大大的高兴。"

"碇常君，你是最爱我的人了，是大日本帝国最好的男人。"

"哦，米莎妮小姐，听了你的话，我大大的高兴，心情是大大的好。"

米莎妮说："亲爱的，你上次留给我的资料，也的确有人感兴趣。"

"谁，你的说，谁的喜欢731部队的材料？"

碇常重说这话时，表情专注、平静。而米莎妮判定了碇常重的心思，说："只有两个人感兴趣，一个人是万斯白，你知道他。另一个人是来自梵蒂冈的一位牧师盖伊。现在，这位牧师在游走世界，我们曾在一起吃饭，但我不知道他的背景。他对资料进行了摘录，说要带回欧洲。我没客气，向他要了钱，他先是给了我2000法币，但我硬是要了1万法币。

但我有些后悔了，因为万斯白可能会给更多。但考虑万斯白这个人太神秘，也就没有给他。"

说后，米莎妮将1万法币从包里拿出来："给，这是你的，收好。"

碇常重盯着米莎妮的眼睛说："不，不要法币。"

"哦，为什么呀！"

"法币，假钞大大地多，尤其是中国市场流通的法币。"说后，碇常重将法币扔在了沙发上。

"你的，上当的干活。"

"哦，这不会是假的呀？"

"不，你的，不知道，在同中国开战之后，日本陆军就秘密印制了大量的伪法币。"

"哦，是嘛！"

陆军总部印制的法币，使用一种特殊的纸，由"登户研究所"进行秘密制造，还镶嵌了丝纤维，而印出的法币，就跟真的一样。

"可是，他们为什么要造假钞呀？"

碇常重说："是大量调配军用物资的需要，你的明白，是扰乱中国整个经济形势的需要，使之处于经济崩溃边缘，日军就可以快速制胜的有。"

"可是，我从没有听说过你们的登户研究所呀，在你们日本哪儿啊？"

"川崎市多摩区，正式的名称是陆军第九科学技术研究所。1937年，登户研究所是在陆军科学研究所登户实验场的基础上设立的，主要任务是制造氢气球炸弹、生化武器的研发、毒物合成等秘密武器。"

"哦，那是不是同731部队一样啊？"

"不，我们的细菌的研究，登户研究所是隶属于陆军参谋本部的第2部第8科，主要进行化学武器研究，但其中部分化学武器提供给我们731部队，用于人体实验。所以，我知道情况。参与印制伪法币的人，我的统统的熟悉。因为业务关系，我曾经去过那里，号称'36栋'。登户研究所，除了研制秘密武器，还承担一些绝密任务。"

"比如说——"

"比如从事秘密战、间谍战，谋划和宣传等日本陆军最高机密活动等等，其中第3科更是'秘密中的秘密'。这个3米见方、被木板围成的科室，就是日本陆军为向中国展开经济战而特设的部门。除了第3科工作人员，只有研究所所长才可以进入。而第3科有三个班：印刷班、制纸班和中央班，各自独立、高度保密。而研究所内的印刷班，也称'南方班'，制纸班称'北方班'，第3科人员的工作就是伪造法币。"

"那么说，我拿到的是假的法币？"

"嗯，肯定的，你的被骗了。在对中作战时，日本陆军依靠武力胁迫发行'军票'，但在中国许多地方却不通用。为改变这种状况，日本陆军提出了'通过伪钞破坏法币工作'

计划，作为对华'经济谋略'的重要环节，进而破坏蒋介石的货币制度，搅乱中国国内的经济，毁坏蒋政权的经济能力。因此，在中国，日本陆军负责该计划的部门，被称为'松机关'，总部在上海，一些分部或活动据点，设在便于搜集情报的要害地区。同时，'松机关'还负责伪钞在中国的流通。"

"哦，'松机关'，我没有听说过。"

"'松机关'就是日本的特务组织，负责人由日本陆军参谋冈田芳政中佐担任。但实际上，他具体事务是受陆军委托的企业家阪田诚盛领导。而阪田为使伪钞在上海流通，不但与上海青帮头目女儿结婚，还将'松机关'总部设于蒋介石心腹杜月笙的家中。整个制造伪钞工作，被称为'杉工作'，由登户研究所全权负责。必要时，登户研究所还能以政府大臣的名义，全部或部分借用民间企业印制伪钞。负责实施此项绝密计划的是第3科科长山本主计少佐。第3科利用从德国购买高性能的印刷设备，经过多次试制和试行失败之后，制造出的伪钞真假难辨，源源不断地供应给了'松机关'。在此期间，在印刷厂工作的大岛康弘曾对我说，'由于仿制逼真度极高，几乎不存在真钞与伪钞之分'。当时，预计日生产量达10万张，面额相当于中国国内货币流通量的10%。为了将伪钞每月2次运到上海，在战争期间，他们还培养2131名间谍，都是毕业于日本陆军的中野学校。"

"那么，他们印了多少法币？"

"据大岛康弘说，伪法币的规模约在40亿元左右，相当于日本陆军在中国战场初期2至3年的军费总和，不仅对中国经济造成严重损害，还能够扶持和收买亲日分子。"

"好吧，不说了，我困了，要好好睡一觉！"

"要的！"碰常重把灯关掉，搂着米莎妮睡去。

第二天醒来，碰常重说："秘密情报换钱的事，你的要做，快快地做，不要上当的干活。"

"好吧，听你的。"

"你的丈夫知道吗？"

"哦不，我不能让他知道。"

"现在，731部队大大的扩编了，绝密的有。另外，731部队扩编，在海拉尔、牡丹江、林口、孙吴建立了4个支队，编制3000人。此外，关东军内部设防疫给水部，其他部队设立防疫给水分部，还有卫生研究所。生产规模要大大地提高，每月生产300公斤净鼠疫菌，500公斤净炭疽热菌，800公斤净伤寒菌、副伤寒菌和痢疾菌，1000公斤霍乱菌，要满足细菌战需要。同时，也向其他部队输送细菌生产设备。"

"哦，要打细菌战了吗？"

"是的，这些细菌有高传染性。鼠疫、伤寒、霍乱、炭疽、赤痢传染性大，便于生产，对自然条件抵抗力强，便于细菌战应用。因此，我们731部队，也称为'老鼠部队'。"

"哦，好可怕？"

"另外，有些部队你的知道。比如关东军第513部队，300人，秘密成立在新京，也是细菌部队；第100部队成立在奉天，主要对民用马的传染病进行研究，1500人；北平的北支甲第1855部队，利用天坛公园西门南侧，原国民党中央防疫处的设施筹建细菌战基地，即'华北派遣军防疫给水部'，对外'第151兵站医院'，又称'西村部队'，隶属日本陆军参谋本部第9技术研究所和日本华北派遣军司令部，由石井四郎担任技术指导，1500人；南京荣字第1644部队，1500人；广州波字第8604部队，1200人；南方军冈字第9420部队，驻扎新加坡，208人。给，这都是资料。近期，我们的要在安达靶场，实施活人野外细菌实验。"

"是做什么呢？"

"检验炭疽、鼠疫等烈性传染病菌的效力。"

"那你能带我去吗？"

"哦不，实验还要等上一段时间。"

"好吧，那你想着带上我，一定会很好玩儿的。"

碇常重离开马迭尔旅馆后，米莎妮将731细菌部队的情况，进行了整理并密报给江边柳。江边柳按照夏阳的秘密指令，将情报发给了远东谍报小组：

哈尔滨，第007号，绝密

除了关东军731部细菌部队外，在新京有513部队，奉天第100部队，北平第1855部队，南京第1644部队，广州第8604部队，新加坡第9420部队。分别为3000人、300人、1500人、1500人、1500人、1200人、208人。细菌部队生产鼠疫、炭疽、伤寒、赤痢、霍乱。细菌部队对外称防疫给水部队、卫生研究所。

报告人：猞猁　　1940年9月22日

同时，碇常重的秘密档案，也一并报告给远东谍报小组。

碇常重少佐，秘密档案，绝密

碇常重，长崎医科大学博士毕业，军医少佐，731细菌部队研究班班长。1939年5月，诺门罕战役中，带领22名队员组成"敢死队"，担任队长，在哈拉哈河上游实施细菌战，参与了浙江宁波、金华、衢县细菌战。

58 谁去北平
卡利洛娃需要一个秘密助手

1940年9月28日，索契乡间别墅，一栋东正教建筑风格的小楼墙壁上爬满了绿色的藤蔓，盛开着黄色的、红色的、粉色的小小的花朵。此刻，远东谍报组秘密领导人柯林和陈九石泡在温泉中。阳光穿过棕榈树叶的缝隙打在他们红褐色的脸上，留下了斑驳光影。他们皮肤黝黑，身体健康，尽情地享受着这黑海海滨的美好时光。

柯林说："陈九石同志，您知道索契的历史吗？"

"哦，不知道。"

"索契的历史很短，但这里与最高首长是有着密不可分的关系。在20年代末期，首长到马采斯塔疗养院休养。之后，便加强了索契的基础设施的建设。由此，紧临高加索山脉的索契也就成了世界上最为著名的疗养胜地，吸引着来自世界各地的游人。这里阳光普照，四季如春。因为高加索山脉的阻挡，来自北方的冷空气吹不过来，而黑海又散发出巨大的热量。因此，索契一年之中有半年可以游泳。"

"嗯，索契真的很美，我非常喜欢这个地方。但我能够来索契享受这里的日光浴、洗温泉，要感谢您的。"陈九石说。

"哦不，陈九石同志，要说感谢，我要特别感谢您。而您加入了远东谍报小组之后，我们的工作有了转机。而您，作为情报界的杰出人才，为我们的情报工作作出了重大贡献。但遗憾的是，您只能是幕后英雄。"

"头儿，您不能这样说。我就是一个普通的中国人。而且，我能够为谍报小组工作，也要感谢您的信任。您知道，我们中华民族珍爱和平，但备受强敌凌辱，日军根本不把我们当人。"

"是的，我不能不说，日本帝国主义的军队在踏上中国土地之后，肆无忌惮地蹂躏中国人民。而您，献身于秘密情报事业，为了中国领土完整和民族独立。特别是在搞清楚东宁要塞秘密的问题上，您的贡献巨大。也包括为诺门罕战役提供的秘密情报，使苏联红军由被动变为主动。还有，在搞清731部队的机密问题上，您也立下了汗马功劳。"

"哦不，头儿。在搞清731部队秘密问题上，米莎妮的贡献是巨大的。我们的菲季斯卡娅同志，她征服了碇常重，只是碇常重这个魔鬼提出的要求是任何时候都不要提起他的名字。"

柯林说："是的，我们尊重他的意见，即便我们的肉体在棺材里面腐烂掉了，也将永远为他保守秘密，使之永不为他人所知道，尽管他也是魔鬼。"

陈九石说："现在，米莎妮同志按照您的指令，已经撤离哈尔滨。我们对碇常重的解释是，米莎妮小姐的母亲有病，需要回国照料，但也说了，还会再回来看他的。同时，江边柳同志的身份隐匿下来，并且在哈尔滨配合我的行动。"

"嗯，这很好，我们要确保他们安全，也因为已经搞清了731的秘密。不过，这期间，也有同志被捕了、被杀了，他们是为我们的情报事业牺牲了宝贵的生命。包括三班村丰大江等十几名同志是被特高课残忍杀害的，还有李淑兰与牛栏和夫妇，他们的头颅被挂在绥芬河远东铁路桥的下面。"

陈九石说："为了情报工作，张英子和李秀琴同志都壮烈牺牲了。"说着，他的脸部不由自主地抽动了一下。

在阳光中，柯林看见陈九石的那只完好的眼睛泛出了悲伤之情。因为情报工作的需要，陈九石与抗联战士李秀琴假扮夫妻，也相互关爱；而现在，他失去了心爱的"妻子"、最好的工作搭档。

于是，柯林说："陈九石同志，对于英勇牺牲的同志，我们要永远牢记他们的英雄事迹。而您，也不要太悲伤。为了正义的事业，总会有人牺牲的。现在，我们要继承先烈们的遗志，继续同日军进行斗争，直至彻底打败日本法西斯。"

"是啊，我们要彻底打败日本法西斯。"

"不过，在肯定情报工作取得非常成就的同时，也要注意总结经验和吸取教训。"

"嗯，在过往的情报中，我们付出了沉重的代价。如果抗日联军秘密工作人员张国奎不叛变的话，丰大江等十几名同志就不会被捕杀害，李秀琴和张英子同志也就不会牺牲。同时，如果李秀琴和张英子不去三班村的话，就不会受到特高课怀疑，并差点导致新京谍报小组毁灭。但没有想到的是，特高课的安介横二少佐，竟然会在火车上认出李秀琴，真是巧合，悲剧啊！"

"是的，事情往往就这么巧合。因此，我们必须在情报工作中注意每一个细节，方能保证不出问题。现在，李秀琴同志牺牲了，在北平的卡利洛娃同志需要一个助手。您看，陈世文同志去怎么样？"

"哦不，陈世文从齐齐哈尔日本陆军监狱释放后，一直活动在大兴安岭一带和黑龙江中游沿岸，您知道的，他和占柱梅同志以养马鹿为名，在秘密搜集黑河要塞和孙吴要塞的情报，还是换别人吧。"

"那么，您看派谁去北平？"

"我想想看。"在泡过温泉之后，柯林和陈九石共进晚餐。席间，陈九石提出，"头儿，我们将'蓝猫'派往北平吧。"

"嗯，可以。金校根不仅懂得四国语言，而且在被羁押齐齐哈尔日本陆军监狱期间，经受住了生死考验。但问题是，你这儿的日文翻译工作该怎么办？"

陈九石说："可以请郁芳萍老师负责翻译，因为她是学日文的。"

"但她在新京，在新开路高小讲授日语，活动空间会受限。"

"是的，但她可以在礼拜六晚上来哈尔滨，礼拜天午后回到新京去。""好吧，那暂时就这样，您派'蓝猫'去北平吧。"

"好的，我回去就办。"

"还有一件事，就是刘天一和濑户美智子的情况怎么样了？他们曾受到特高课的怀疑，但现在应该解除了吧。你通知他们，要继续潜伏下去。在没有新的指令之前，不要采取任何行动，以免暴露身份。"

陈九石说："嗯，他们知道。在刘天一受到特高课怀疑时，已经停止了所有的情报活动。"

"下一步，你们的任务是继续加强东宁要塞和黑河要塞情报的收集，虽然我们已经知道一些情况，但需要继续补充资料，而工作重点是搞清楚各要塞的兵力部署情况。另外，在新京的工作，重点是日军动向。"

"好的，请组织上放心。"陈九石说后，端起酒杯，"头儿，为了苏维埃，为了中华民族的解放，我们干了这杯酒！"

"好的，为了打败日本军国主义，我们干杯！"

59 放养驯鹿
借机秘密获取黑河要塞的情报

陈九石和李云林走进"大满洲国"站后，乘小票车去了齐齐哈尔，又经嫩江进入了大兴安岭的原始森林，准备与活动在黑河一带的情报员陈世文和占柱梅进行秘密接头。

大兴安岭山脉绵延千里，地域广袤，河网密布。山林中生长着蒙古栎、落叶松、樟子松、白桦树、杨树和水柳，还有茂密而低矮的荆棘树丛。

初春的大兴安岭依旧十分寒冷，而山坡背面的积雪及人膝盖。陈九石和李云林一路走来，异常艰苦。

在密林深处，他们会不时惊起松鸭、野鸡和飞龙，还有叫不上名字的鸟儿，偶尔会与森林中的霸主黑熊对视。一支野猪群在受到惊扰后仓皇逃窜，它们跑进了密林深处。而两只雪兔听到脚步声，一路狂奔，在雪地上留下了歪歪斜斜的足迹。行进中，李云林会用自制的弹弓和石子，将树上的松鸭、飞龙射落下来，还会偷偷袭击躲在树下的野鸡。之后，他们在山坳中燃起篝火,将飞龙和野鸡烤着吃。走路渴了,就抓一把雪;累了,困了,就在积雪中挖洞,躲在里面休息。

半个月后,陈九石和李云林秘密到达呼玛县境内,并在森林中找到了陈世文和占柱梅,还有他们的鹿群。

此时,陈世文是一脸的连毛胡子,如山林中的野人一般;占柱梅则是一身带毛的羊皮袄,脸上冻得紫红,手上的虎口裂了很深的口子,但两眼炯炯有神。无疑,占柱梅是鄂伦春族机警的女人,也是大兴安岭的原住民。她不仅熟悉这里的一草一木,还熟悉所有河流的走向;不仅在河流中捕获大马哈鱼,还会猎杀山林中的黑熊,以及放养驯鹿。

随着一声声号子响起,放养在密林中的马鹿则飞奔而来。陈九石看了鹿群说:"哦,妹子,您的法术很灵,这些驯鹿都听您的。"

占柱梅说:"大哥,除了牛角号子,驯养马鹿的秘密是靠盐巴,因为马鹿离不开盐巴。在山林中,驯鹿除了吃树叶、野草,还要吃盐巴。所以,每当号子吹响,这些驯鹿就知道该回家吃盐巴了。"

说到这儿,占柱梅的眼睛里堆满了愤怒,说:"这些营养价值丰富的驯鹿肉都被喂了小鬼子。哼,这帮畜生!"

陈世文说:"没有办法的。如果不同小鬼子搞关系,那就得不到盐巴,就得不到秘密情报。古语说,将欲取之,必姑与之。"

在帐篷里,占柱梅将半只狍子架在了炭火上烤,不断地翻烤着。狍子肉的香味四溢飘荡。少量的脂肪油滴落到了炭火上,发出"噼噼啪啪"的声响。

陈世文将盐巴撒在烤好的狍子肉上,又将泡好的榛子蘑与野猪肉进行混炒。之后,他又炒了一盘鹿肉、一盘黑木耳,一顿丰盛的晚餐就做好了。

之后,占柱梅来到帐篷边上,将一个坛子搬出来,撤掉封闭坛口的野猪膀胱皮,从中舀出了蓝莓酒,分给陈九石、李云林和陈世文。她自己也盛了满满的一碗酒。蓝莓是大兴安岭特产的野果,含有大量维生素C以及各种有益于人体的氨基酸,营养价值极高。既可直接食用,也可将蓝莓果泡酒饮用;或将蓝莓果搅碎兑水,当饮料喝。

占柱梅说:"这些蓝莓酒,都是去年秋天泡制的。"

陈世文端起酒碗说:"来吧,老哥,我们好久没有见面了,我和占柱梅都太想你们了。而且,这一路上,您和李云林老弟一路辛苦,挨冻受罪。喝了这杯酒,我们好好地庆贺一下!"

李云林说:"好啊,哥,那就喝吧。"

陈世文说:"哥,我们从东宁要塞中逃出来,能够在大兴安岭的密林深处相见,也真是够幸运的了。来,庆祝我们都活着!"

陈九石说:"是啊,老弟,我们能够从日本鬼子手里逃生实属不易,应该好好地庆祝一下。特别是你，还有金校根同志，你们在齐齐哈尔日本陆军监狱都差点儿被折磨致死，也真是九头鸟命大啊！来，还有妹子，我们一饮而尽！"

占柱梅喝了酒后用羊皮袖子抹了抹嘴说："大哥，俺山里人就喜欢这样喝酒，豪爽。另外，陈世文这人就是命大。这不，呼玛县有个锄奸队，他差点儿被枪子儿给敲碎脑袋！"

陈九石说："哦，锄奸队不是咱们自己人嘛？"

占柱梅说："他们把他当汉奸了。在去关东军驻地回来的路上，锄奸队秘密跟上了他。走到森林中，突然'叭'一声枪响，他的帽子被枪子儿打掉在地上了。于是，他赶紧卧倒，待袭击人逃走后，他拿起帽子看了看，那上面发现有两个洞，一个是进口，一个是出口，就差两公分敲碎他的脑袋。"说完，占柱梅拿起狗皮帽子用手指穿过弹孔，示意给大家看："你们说，陈世文是不是有点儿狗屎运！"

陈世文说："我和占柱梅，为了搞清黑河要塞和法别拉要塞的情报，就想办法跟关东军搞好关系。每逢日本人的重要节日，都会给关东军送山珍野味、野果、鹿肉、野猪肉、狍子肉、野鸡、雪兔、大马哈鱼、榛子、木耳、蘑菇什么的。因此，我被锄奸队跟上了。他们以为我是汉奸、日本人的狗，伏击我，但枪法差了点儿。"

陈九石说："那么说，他们还不了解你的身份。"

占柱梅说："是呗，也没办法跟他们说呀！但后来，我父亲盖山还是想出了办法，通过协调，我们与呼玛和黑河抗日组织建立了秘密联系。此后，陈世文就再没有受到伏击。而且，他们还开始为我们做事了。"

陈九石说："据我所知，关东军内部有规定，只吃日本罐头，他们不吃中国人的食物，怕被毒死。那么，你们给关东军送食物时，小鬼子吃吗？"

陈世文说："开始时，他们不吃。但也鬼得很。让我把肉煮熟，当着他们的面吃。然后，他们再吃。此后，小鬼子信任我。在取得日本军官信任后，每逢重要节日，我都会送些山货，他们也就收了。"

"说说看，都是些什么节日？"

"比如 8 月 15 日，我会去黑河神武屯锦河神社送新鲜鹿肉、山货等等。"

"哦，为什么呀？"李云林说。

陈世文说："日本人是信奉天教大神的。8 月 15 日，是祭神的日子。另外，关东军不论征战到哪里，都会设立神社。拜神的时候，他们极尽疯狂：喝酒、唱歌、跳舞、狂欢，同魔鬼一般。因此，我也就有了与当地日本驻军亲密接触的机会以及接近黑河要塞和法别拉要塞的可能。"

陈九石说："他妈的，既然日本人拜神，那就应该讲神道，讲仁爱呀。而天神对他们屠杀中国人竟然视而不见。不，是冷酷至极。在中国东北，他们杀了多少中国人啊！"

陈世文说："他们杀抗日分子，将人头挂在电线杆上和树上，公开示众，借此来吓唬中国人。"

"但抗日武装斗争却一刻都没有停止过，也不会停止的。"陈九石说："来，兄弟，说说法别拉要塞的情况。"

陈世文说："有关法别拉要塞的情况，我从要塞中逃出来的劳工了解到了一些情况。法别拉要塞位于黑河上游20公里处，在达阴山、五道沟、罕达即今一带，主阵地是在黑河至呼玛公路旁边。另外，法别拉要塞周边有10余座军用机场。法别拉要塞作为关东军第二期工程，属于北正面左翼阵地群，按照顺序被称为第13国境阵地。在黑河至漠河19公里处的左侧，是关东军第13国境守备队司令部，再向前一公里就是兵舍。"

陈九石说："那么，我们连夜实地侦察一下怎么样？"占柱梅说："好的，哥，我给您带路！"

陈世文说："哥，她熟悉这一带的情况。一会儿，我去联系地下组织，一旦发生什么情况，好由他们暗中提供保护。"

于是，陈九石和占柱梅等人带上枪支、子弹和粮食，连夜向法别拉要塞进发了。当第三天天刚蒙蒙亮时，他们到达了法别拉要塞的周边地带，用望远镜观察周边情况。

占柱梅说："法别拉要塞分两处，这里是东黑山阵地，西面是西龙山阵地。而南山阵地和西山阵地，是法别拉要塞的主阵地。"

她指着西山阵地说："这是日军构筑的工事，沿着山体顶部向两侧进行展开。在接近山顶时，还有环形防御反坦克交通壕以及射击掩体。各工事都是用钢筋和混凝土构筑的掩体，在阵地与阵地之间是有地下通道，而两山阵地的中间是野战工事。在山岗的最高处是野战炮阵地。野战炮阵地有两个炮位，旁边是圆形掩体。在两个炮位之间有地下通道相连。"

李云林说："都是什么炮？"

占柱梅说："是重型火炮，有150毫米加农炮两门，150毫米榴弹炮4门，还有其他火炮。"

陈九石说："那么说，法别拉要塞分布范围比较大，是日军北正面进攻苏联的重要组成部分。不过，占柱梅，这里的阵地是不是永久性的工事呢？"

占柱梅说："不，这里的永备工事少。相对于黑河要塞来说防御能力弱、规模小。"

之后，他们秘密离开了这里。在占柱梅的带领下，他们又秘密去了西山后村。占柱梅说，这里多是地下工事，表面上看不出军事要塞的样子。

占柱梅将望远镜递给了陈九石说："那边有日军秘密观察所。在观察所下面是地下工事。北部设有3个秘密火力点，南坡设有仓库、兵营。哨位的任务观察黑龙江对岸的苏联机场。此外，在哨位的山坡上，有四通八达的壕沟。一些暗火力点被树木覆盖着，不走近是根本看不出什么的。不过，火力点的混凝土不怎么厚，就1米左右，抗炮火的打击能力有限。但这里的暗道很多，一共21个，这些情况都是逃出的民工提供的。"

这时，一支日军巡逻小队向他们的俯卧点走来了。他们一共是5个人，其中一人牵着秋田犬，正好堵住了陈九石等人的退路，侧面是原始森林。

于是，陈九石等人只能向原始森林中悄悄撤退。但秋田犬闻到了他们的气息，狂吠着，咆哮着，日本兵都难以控制秋田犬，巡逻小队立马变得警觉起来。不一会儿，日本巡逻兵发现雪地有足迹，而秋田犬已经飞奔着向他们扑来，日本兵则端着枪边跑边号叫着。

没办法，陈九石等人只能弯腰在沟壑中快速撤离。占柱梅说："这样不行，我们谁都跑不掉。"

陈九石说："那你说怎么办？"

占柱梅说："大哥，你们向原始森林撤退，我来断后。"

陈九石沉着地说："不，我来断后。"

占柱梅说："不，大哥，你快走。否则，我们一旦进入'三八大盖'的射程，那就谁都跑不掉了。"

李云林说："大哥，你是头儿，对情报组织关系重大。我来断后，占柱梅，你快跟大哥走。"

占柱梅说："不，狼狗已经过来了，我必须将狼狗解决掉才行。否则，我们就都逃不掉了。因为日本兵会随着秋田犬而来。"

李云林说："快，你们快走，我来解决狗的问题。"

占柱梅说："你们都听我的，快撤！另外，我熟悉地形，熟悉林子。不管怎么样，我都能找到营地。而且，我对付狼狗有经验。"

说着，占柱梅脱掉羊皮袄，紧紧抓在手上，挥手让陈九石和李云林快走。

陈九石说："妹子，你行吗？"

"快，我是猎人，知道怎么对付狼狗。"说完，占柱梅向反方向跑去，边跑还边将身上的杂物扔到地上。不一会儿，一条弯弯曲曲的小河横在了她面前，水流湍急，冰冷刺骨，占柱梅毫不犹豫地扑通一下跳了进去。然后，她将一件棉坎肩脱掉后扔到河岸，以引起日本兵的注意。

不一会儿，狼狗跑过来了，扑进河里，游到河岸，奋力向占柱梅扑去。就在狼狗接近占柱梅的瞬间，她将羊皮袄向狼狗虚晃一下，狼狗咬住了羊皮袄死死往后拖拽。这时，她用手枪对准狼狗的胸部开了一枪，只听"嗷"的一声惨叫，秋田犬就松开了嘴巴，只一会儿工夫，就一动不动了。之后，占柱梅一溜烟地快跑，消失在了密林的深处。

不一会儿，占柱梅听到激烈的枪声。她知道，那是地下武装的同志与日军巡逻队交上了火。一小时后，她绕过一座山头，听到了头顶有飞机的嗡嗡声。她抬头看，一架涂着膏药旗的飞机是在森林上空盘旋。

于是，她赶紧躲在大树根下。待飞机飞走，她捡了一些干柴燃起篝火，将湿漉漉的衣服烤干。

事后,她了解到,地下武装组织伏击了日军巡逻小队打死两个日本兵,缴获"三八大盖"2支、子弹30发。

60 逃出劳工
陈述黑河与孙吴要塞的秘密

三天后,陈世文去了神武屯锦河神社:日军守备队正在为两名死去的士兵举行英雄祭,仪式庄严、肃穆,他们集体列队向天空鸣枪。一座皑皑白雪的小山上又增添了两座新坟。

为了搞清楚黑河要塞的秘密军事情报,陈世文曾多次接近要塞核心区。但日军守备队警惕性很高,多条通往要塞核心区的通道全被封锁掉了。

陈世文给要塞守备部队送生活物资的驯鹿车,必须停在半山腰接受岗楼哨兵检查。之后,他要将驯鹿肉等生活物资卸下,再搬到汽车上,由日本兵开车再送往山顶。不过,通过观察,大体上搞清了黑河要塞的具体位置——地处黑河市郊高地营子村附近,距离黑河市区3公里。按照关东军编号,属于关东军第7国境阵地。

在陈九石和李云林进驻黑河市后,陈世文又通过地下组织找到了一名叫邱振东的逃出来的劳工,黑色面堂,脸上有块长长的疤痕,是被日本兵刺刀刺伤后的疤瘌。

邱振东说:"我的家在孙吴,被关东军押到纳金口子修筑工事。在纳金口子有许多日军工事。之前,我参与过北安至黑河、黑河至墨尔根(嫩江)的铁路建设。之后,又参与孙吴要塞和黑河要塞工事修筑。"

陈九石说:"那么说,关东军通过北黑铁路、黑嫩铁路,可以支援对苏作战。"

邱振东说:"是的。"

陈九石说:"那你介绍一下黑河要塞的情况。"

邱振东说:"他妈了个巴子的,这些小鬼子的军事工事遍布黑龙江南岸,逊克、孙吴、黑河、呼玛,都有要塞群。但黑河要塞群的规模大,大多是地下工事,那大口径火炮可是老大了,光炮弹就1米多高,一个人搬不动。我估摸着,如果日军开炮,可以打到苏联布拉戈维申斯克市区去,也能够封锁黑龙江的结雅河口。如果小鬼子同苏联开战,那苏联就别想从黑龙江这儿上岸。"

陈世文说:"老哥,你说说看,小鬼子都什么炮?"

邱振东说:"是150加农炮,轰击苏军的阿穆尔舰队一点儿没有问题。"说这话时,邱振东的脸涨得通红,而枪刺挑过的疤痕在闪闪发光。

陈世文说:"你估摸一下,有多少个炮位?邱振东说,我想想,一个,两个,三个,四个。对，至少四个炮阵地。另外，在安装火炮时，小鬼子就不让我们参与了。而且，在炮位的下面，都有地下工事连着。因为土质松软，所以采用明挖的方式，整个完山阵地都是这样建成的。"

"那么，厚度呢？"陈世文说。

"1米左右，下面有地下指挥部、观测所、通讯室、士兵休息室、锅炉房、蓄水池。还有几十个房间，都规格大小不一，最大面积200平方米，最小的10平方米。另外，地面有排水沟，多个进出口，暗堡间都通着，也通往各个阵地和炮兵阵地。在炮阵地后面，有进出口，他妈了个巴子的，这可能就是运送炮弹的通道了。"

陈世文说："地下工事的高度呢？"

邱振东说："一米八左右，因为小鬼子矮。通道顶部是混凝土浇筑，然后在上面堆土，又栽树。按照日军建筑标准，属于甲级工程。"

李云林说："头儿，这样的建筑标准，以及您的战斗经历，能够抵御什么样的炮火？"

陈九石说："可以扛得住75毫米炮弹和25公斤的航弹轰击。"

陈世文对邱振东说："根据你掌握的情况，联结各阵地工事的地下通道是有多长？"

邱振东想了想说："从几十米到几百米不等。通道内可以1人直立通行，但每50米就转弯了。转弯处，都有坚固的水泥墙，上下有两个枪眼，能起到防止攻击的作用。"

陈世文说："你看，主阵地的内部构造是不是会有别于其他阵地呢？"

邱振东说："有的，在主阵地的下面设有交通枢纽，都是水泥浇筑。地穴里面盘根错节，可通向四面八方，还考虑了通风、排水、通讯、照明、洗澡、吃饭、防毒气，里面复杂得很。"

陈世文听后沉思着，表情凝重："那么，每个通道是不是有路标呢？"

邱振东说："在施工时，各个通道都有不同颜色的符号。黑色是通往机枪阵地，蓝字是通往炮兵阵地。高地营子是炮兵阵地，都呈长方形，每门炮之间间隔35米，炮位后面是暗道。在稗子沟有榴弹炮阵地。在军山阵地、金山阵地，有交通壕与两个仓库相通。如果同苏军开战，一些军火会通过地道源源不断地补充到主阵地上来。"

陈世文说："那么，在主阵地的前面，还有军事设施吗？"

"有的，3道战壕，包括交通壕、反坦克壕、步兵作战工事。在步兵作战工事里，均设有隐蔽部。一旦遭遇炮火轰击，他们会躲在隐蔽部里，可以保全性命。"

陈九石说："你看，要塞中有多少兵力？"

"哦，这个搞不准。但我知道，这些日本兵除了训练外，大多时间是晒太阳，捉虱子，也有洗衣服的、擦皮鞋的、下围棋的。此外，他们看谁不顺眼就会端起刺刀把人挑了，其他人会哈哈大笑。当时，我还亲眼看有3个病了的劳工被活埋了。"

陈九石说："哦，这同东宁要塞是一样的，不把劳工当人。"

邱振东说："在纳金口子村旁边的山上，有日军工事。在黑河市附近，孙吴，有10多个军用机场。每个飞机地堡的前面，有100米多长的跑道。'白狼1号'飞机堡那儿还有U形跑道，驻有飞行中队。"

李云林说："那么，有多少飞机堡？"

邱振东说："在'白狼1号'前面是有16个飞机堡。"

陈九石说："黑河要塞驻守多少日军？"

邱振东说："一个师团吧。"

陈九石指示李云林说："你将这位大哥讲的情况绘成简略地图，再请大哥过目。"陈九石又对陈世文说："你跟邱大哥商量，我们今晚去孙吴。"

当天夜里，他们向孙吴进发。在孙吴县腰屯，邱振东和陈九石、李云林、陈世文秘密住在了邱振东的表哥家。第三天，邱振东找来了王文斌，他也前不久从孙吴要塞中逃出来。

王文斌说："康德三年，我被强迫到孙吴给日本694部队修大营。因此，我知道孙吴要塞的一些情况。孙吴要塞也叫胜山要塞，也称霍尔莫津，主阵地是在胜山，当地人们将霍尔莫津要塞称为胜山要塞。具体位置在满达民族乡，即小兴安岭北麓的丘陵中。东临逊克县，西连嫩江县，南接五大连池，北靠黑河市，东北隔黑龙江与苏联相望，距孙吴县城80里地。这里山峦起伏，青松茂密，地势复杂，植物丰富，是原始森林。因为人烟稀少，山势险峻，攻守兼备。小鬼子1934年开始构筑要塞，用了4年多一点儿的时间就建成了。"

"规模呢？"陈世文说。

"300平方公里左右吧。"

"防御纵深呢？"

王文斌说："有60公里。整个要塞群都是沿江和中苏边境的制高点进行，要塞群一个接着一个，但以胜山为轴，分北地区、东地区、南地区、法别拉和毛兰屯等6个野战阵地，守，可防御苏军进攻；进，可以直接攻击阿穆尔州。"

陈九石说："那好，我们摸过去看看。"当夜，王文斌带领大家去了孙吴。

第三天夜里，他们摸过了3道铁丝网，来到胜山要塞旁。王文斌偷偷指着黑乎乎的山头说："不能再靠近了。这儿的要塞，同黑河要塞布局差不多。地上工事和地下工事，均为永久性工事，有碉堡、掩蔽部、指挥所、炮兵阵地、机枪阵地。前面修有野战掩体、堑壕、交通壕、反坦克壕。地下有营房、仓库、指挥机构、弹药库。在胜山要塞有兵营5000余栋，都是统一模式，青灰色砖房。营房均为半地下建筑，钢筋水泥浇筑。胜山主阵地有营房11个，营房墙上设有直径60厘米、高400厘米的方形通道，人可以直达房顶，均设有瞭望窗口、掩蔽部、透气孔。"

陈九石说："这儿是第几守备队？"

陈世文说："第5国境守备队。关东军第4军司令部在孙吴附近，还有731细菌部队孙吴673支队，也在胜山要塞区域内。"

王文斌说："这里有阵地仓库4个，第18野战仓库是大型仓库，占地20万平方米，日用品、粮食、军装、被服、军鞋、食用油，是应有尽有。不过，他们的军鞋都是按照规格、型号，单只存放。"

陈九石说："要说管理、调运和配置，日军搞得非常科学。"

王文斌说："我知道，在2640军用机械仓库是藏有坦克、军用汽车，火炮等大批配件。还有的军用柴油仓储基地是在群山中，都修在地下，是一个山洞群连着一个山洞群，都有军人严密把守，而要塞群之间，都由环形公路连成一体。在1934年到1938年间，孙吴就已经形成了通往逊克、奇克、黑河、北安等多条公路，大小桥梁100多座。以孙吴火车站为中心，还增设了5条境内铁路线，均与胜山要塞、军械制造厂、弹药库、仓库、发电厂相连。"

陈世文说："1937年，胜山要塞完工，又在孙吴修建南、北两个火力发电厂。在孙吴境内，有3个野战机场，还有阵地医院、马场、兵器厂、被服厂、靶场以及军人会馆、慰安所、酒保、神社、忠灵塔，这些信息都是地下武装组织同志秘密侦察到的。现在看，关东军想把霍尔莫津、瑷珲、黑河、法别拉地区建成4个战略要地，形成进攻苏联阿穆尔州的军事阵地。还把东起乌云，西至三间房一大片区域划为'特别军事区'，由第5国境守备队严格管制。"

王文斌说："在胜山要塞区域内，有7栋房屋是属于731细菌部队673支队的营房。那儿有监狱、人体和动物解剖室、毒气罐。他们将出血热细菌注射到劳工身上，导致孙吴流行性出血热蔓延，也被称为'孙吴热'。"

陈世文说："在孙吴城东北4公里处，有一座二层小楼，总面积3000平方米，米黄色墙体，是集慰安所、酒吧、舞厅、浴池、健身房于一体的日军军官俱乐部。在2楼一侧，设有20多个房间。在每个房间窗前都挂有厚重的窗帘，室内设施豪华，铺有地毯，中间是大床。有20多名慰安妇被迫接待黑河、北安、哈尔滨、嫩江等地的日军军官。一个叫文明金的朝鲜族女孩子，不到16岁就被迫接客了。"

王文斌说："还有，这儿的劳工大多是被骗来的。1935年，由大连日本福昌公司招收3000多名劳工，到孙吴修筑公路和军营，每天劳动19小时。不到一年死了700多人。1937年，在平顶树修飞机场的2000名劳工，因日军无故杀害两名劳工举行了罢工，遭到了日军镇压，6名罢工组织者以及数十名劳工被秘密处死。数日后，又将因逃跑被抓回来的300名劳工集体屠杀。"

王文斌说："在康德四年9月，给日军694部队修筑大本营的600名劳工被拉到山里集体屠杀。给日本人放牛的老赵头儿跟我说，一天早晨，他到南山放牛，看见694部队在头道卡子的西面，集体枪杀了100多人。"

邱振东说:"当一项工程结束,日军通常是毒死劳工,具体形式是召开'庆祝会'。因为劳工平时吃不饱饭,见了两合面的馒头,带油星的菜汤,劳工们狼吞虎咽。殊不知,饭里已经下毒。时间不长,就都一排排地死去了。第二天日本人会讲,某工棚发生了传染病。之后,倒上汽油烧掉。还有一种杀害劳工的手段,就是说'送劳工回家'。当某项工程结束后,日本的把头讲,'你们辛苦大大的,皇军送你们回家种地,多多的出荷。'之后,便指令所有劳工戴上黑帽子,坐在蒙得严严实实的卡车满山转悠,最后送到'万人坑'用机枪扫射,将人一车一车地杀掉。"

61 暗夜过江 突然响起了"三八大盖"的枪声

1941年4月下旬,黑龙江冰封的江面已悄然融化水流丰沛湍急。从黑龙江上游飘来的冰排顺着江水中缓缓移动。在一些狭窄水道形成冰峰,这就是黑龙江流域的一道独特的季节性的自然景观。

此时,黑龙江水看似平静祥和,却不断积聚危险。江水将冰排从上游推向下游,给通行船只带来阻碍,也因为冰排阻塞河道引发严重水患。历史上,曾因黑龙江跑冰排阻碍水道出现过严重漫堤灾害,给两岸人民生命财产安全带来威胁。

但黑龙江水跑冰排的危害远不及日军的危害。日军在黑龙江流域的巡逻艇无比嚣张,肆意横行,并轻蔑对待苏联边防部队巡逻艇的存在。他们随意拦截中国船只,也蛮横无理地要求苏联民用船只必须停船检查。即便是遇到苏联边防部队巡逻艇,日军巡逻艇也会横冲直撞地顶上去。在双方对视过后,日本兵会带着愤怒的情绪离开。

陈九石发现,日军巡逻艇会挂着一面膏药旗,配备一门小钢炮、一挺重型机枪,有五六名军人。一些过往的船迫于日军枪炮威胁不得不停船和接受检查。此外,在江面巡逻时,日军巡逻艇上的人会随意向岸上喊话。如果不听吆喝或回答不及时,便会开枪开炮。如果岸上人逃跑了,他们会进行疯狂的追杀,直至杀死为止。

除了黑龙江北岸苏联人外,日军在黑龙江流域一统天下。满洲国虽然宣布成立,但只是傀儡政权,一切军事和外交事务都由日本人说了算。因此,日本人才是满洲土地的主人,主理一切事务,包括决定中国人的生死。

连日来,陈九石等人秘密躲在了黑龙江南岸的树林中,注视着日军巡逻艇开来与开走,也记录着他们往返巡逻的时间。

经过秘密观察,他们掌握了巡逻艇的出发地和终到地以及巡视责任的分担和江段的距离是 20 公里左右。

一天夜晚，陈世文对陈九石说："我已经调查清楚了，日军巡逻艇是每两小时往返一次，开去 1 小时，回程 1 小时。到了晚上 8 点钟，他们会改为 4 小时巡逻一次，但往返行程也是各 1 小时左右。"

陈九石说："我们只能在巡逻间隔时间过境到苏联去。不过，你预测过吗？黑龙江水流速多少？"

陈世文说："现在，江水宽度大约 500 米左右；流速约 9000 立方米/秒。我估摸，从孙吴这儿涉水渡江到达苏联对岸，至少得半小时或 40 分钟，还得巧妙躲过冰排的影响。"

陈九石说："那么，水温呢？陈世文说，5 度左右，江水很凉。如果涉水过江，腿会抽筋，有生命危险。"

陈九石说："好像没有其他办法了。"

陈世文说："头儿，我们根本找不到船。附近几十里江面，船只被日军全部没收。即使老百姓有船，也是不敢开出来的，因为有杀头危险。不过，我们可以自制木筏子，用木筏子渡江。"

陈九石说："这是个办法。不过，只能晚上渡江，但又有冰排阻碍。一旦遭遇冰排，木筏子会被绞到冰下去，非常危险。"

陈世文说："那将必死无疑。"

陈九石说："但我们使命在身，即便危险，也必须冒死渡江，把军事情报交到远东谍报组去。"

陈世文说："头儿，听您的。我就是死在江中也都无所谓。"

陈九石说："这样，你到黑龙江边去，偷偷砍几根木头，再弄些绳索，也想办法找几根长钉子，以便钉木筏子时用。同时，还要与孙吴地下组织取得联系，一旦渡江遇阻，日军巡逻艇又开了过来，他们可以在岸上阻击日军，为渡江争取时间。但武装组织人员要有长枪，保证 800 米的射程。这样，一旦遭遇日军巡逻艇的话，他们就得退回去，我们渡江时就有了保证。"

陈世文说："嗯，好办法。"

第二天，陈九石对陈世文说："我已经想过，你要留在这。要继续关注关东军的动向。"

"好吧，头儿，我听您的。"

"记着，在渡江后，我们会在江对岸点燃篝火。当你们见到篝火后，就可以撤了。"

一个漆黑如墨的夜晚，陈九石密切注视着日军巡逻艇是从江下游的方向开过去了。于是，他和李云林踏上了木筏子，向江中划去，并消失在了江面的夜色中。

可是，他们的渡江并不顺利。划着划着，木筏子就被冰排挡住了去路，而木筏子的前端还插在了冰块之下，费了好大的劲儿才摆脱掉冰排的压制。又因为暗夜中伸手不见五指，刚刚摆脱了一块巨大冰排的压制，再次陷入了冰排的包围中。

此时，木筏子被多个冰块挤压而动弹不得。他们只能以木杆为支撑，使劲顶住一块块冰排。就这样，他们持续搏斗了一个小时，才筋疲力尽地从冰排中逃脱出来。

这时，江面上出现了日军巡逻艇的灯光，探照灯的强光来来回回扫着江面。但日军巡逻艇开得很慢，也在躲避冰排的阻碍。

突然，黑龙江南岸响起了"叭""叭"的"三八大盖"的枪声，那个开巡逻艇的日本军人中弹倒了下去，而另一个在艇面站着的日本兵也中枪掉到了江里，一时没了舵手的巡逻艇在江中打着旋转。

不一会儿，日军巡逻艇上的机枪响了，"嗒嗒嗒"地叫着，子弹打到了岸边的树丛中。这时，陈世文看见，黑龙江北岸已经燃起了篝火。随即，他们策马消失在了密林中。

陈九石和李云林同苏联边防部队接头后。第二天，他们乘火车去了哈巴罗夫斯克。

是夜，在彼得酒吧，柯林和女情报官卡洛琳中尉为陈九石和李云林接风。卡洛琳要了烤牛排、土豆烧牛肉、洋葱炒肉、鸡蛋西红柿、苏泊汤，还要了比瓦（啤酒）、列巴（面包）。

柯林说："来，卡洛琳中尉，我们为远道归来的英雄们干杯！"

陈九石说："谢谢。"他将酒喝了，说："头儿，我和李云林，还有其他的同志虽然做了一些工作，但不算是英雄。"

柯林说："陈九石同志，你是真正的英雄，李云林也是，你们是我们秘密情报战线的英雄。"

卡洛琳说："不仅仅是你们，那些活动在满洲的情报人员也都是英雄。"

柯林说："因为您对苏联情报工作的贡献，上级组织已将您本人晋升为少校。"

"哦，谢谢。那么，其他的同志呢？"

柯林说："其他同志的军衔晋升问题，要根据您的意见来作出决定。之后，再向上级办理呈报手续。"

陈九石说："好吧，我非常感谢组织上的信任，将继续同日本法西斯进行斗争，也努力做好新形势下的情报工作。"

柯林说："好，非常好。陈九石同志，我要向您表示敬意，来，再干一杯！喝了酒后，"陈九石从内衣里掏出一沓纸递给柯林，说："头儿，这是用秘密药水写就的情报，是有关黑河要塞、孙吴要塞、别尔津要塞的情报。"

柯林接过后，转手递给了卡洛琳，说："一会儿，您负责翻译。"

卡洛琳说："是，我这就去做。"

柯林说："不，不急的，吃过饭再说！"

陈九石说："关东军在黑龙江沿岸地区，构筑了一系列军事要塞，其中包括别尔津要塞、孙吴要塞、黑河要塞。而黑河要塞的规模为最大，均为地下永久工事。此外，在要塞周边地区,还修筑了几十个野战机场,战斗机都藏匿在飞机堡里。"

"这么说,关东军已完成了对苏作战准备?"

"是的,在黑龙江中游,关东军对布拉戈维申斯克等地区,已经构成了强大的军事压力。而黑河要塞的重炮,可以直接封锁结雅河口,可以切断苏联远东大铁路。"

李云林说:"为了保障要塞的后方支援,关东军还修筑了联结要塞间的公路,以及北安至黑河、黑河至嫩江的铁路。就是说,一旦关东军和苏联在黑河与布拉戈维申斯克交战,他们会通过北安和嫩江两个方向快速向黑河、别尔津、孙吴要塞提供军事支援。"

柯林在静静地听着,思考着,眼睛里渐渐地透出了鹰隼般的光芒。显然,陈九石和李云林所带来的情报引起了他的高度警觉。卡洛琳说:"来,你们别光说话,吃菜。"说完,她给陈九石和李云林的杯中又斟满了酒。

柯林说:"现在,我想知道,菲季斯卡娅同志在去了哈尔滨之后怎么样?"

李云林说:"她表现得非常好。如果没有她的努力,就不会有关东军731细菌部队的情报。"

陈九石说:"是的,她为搞清731部队的情报立下了汗马功劳,冒着生命危险与碇常重少佐进行交往。"

柯林说:"哦,那么李云林同志,你们之间的关系进展得怎样?"

李云林听后脸一下子红了,但没有说话。

陈九石说:"他们已经相爱了。"

卡洛琳说:"那么,李云林同志,您要亲口说给我。"

李云林羞涩地说:"是的,我们相爱了。"

之后,柯林对陈九石说:"一会儿,我还想和您就有关问题交换意见。"然后,他们离开了彼得酒吧。柯林说:"有关下一步的情报工作,您怎么看?""我想,还是要把重点放在新京和东宁,进而辐射到哈尔滨和奉天。"

柯林说:"嗯,我赞同,我们的工作重点还是关东军的军事动向,包括东宁要塞的军力部署。因为东京的同志说,日本法西斯已经实施'南进计划',但依旧对苏联远东地区虎视眈眈。"

陈九石说:"嗯,明白。"

柯林说:"另外,您离开东宁已经有一段时间了。我想,那里的情况会有新的变化。因此,您需要安排一下力量,继续密切关注东宁要塞的情况,特别是日本的驻军情况。"

"是,柯林同志,您放心吧!"

此外,对于活动在北平的卡利洛娃,您要知道,我们的重点是国民党军队对日军的作战意图。"

陈九石说:"明白,在这之前,我已经按照您的指令,将俄罗斯'蓝猫'派往了北平,但还没有情报过来。"

"嗯，您要多多关注他们的情况。"

"柯林同志，如果没有别的事，我明天就前往东宁。"

"好吧，那您准备从哪儿过境？""从三岔口村过境。"

"好吧，但与东宁的组织能联系上吗？"

"能，在小乌蛇村，小萝卜头一直潜伏在那儿。"

"好，但您务必小心。这边，我让边防部队秘密配合你的行动。"

"好，那我走了。"

62 暗夜军列
关东军在秘密向南方调动兵力

第三天，陈九石和李云林来到了苏军106哨所，详细了解了关东军边防队的巡逻情况。在一个漆黑之夜，他们潜伏到了小乌蛇村附近，并敲开了小萝卜头的家。

小萝卜头说："我难得见到你们，很想跟你们一块儿走。"

陈九石说："不，你要继续潜伏下来。另外，我们很想知道东宁要塞最近的情况。"

"3个月前，我采购生活物资，借机去了一趟绥芬河，并与绥芬河站的扳道员孟繁晨见了面，他说了一些情况。1933年1月5日，日军占领了绥芬河之后，因为当时的铁路经营管理权是苏联政府手中，而日本人就不断向苏联人挑衅，制造一个个纠纷。因为迫于压力，苏联政府不顾中国政府的反对，于1935年3月23日，在东京签订了中东铁路的转让协定，日本以满洲国的名义并用了1亿7千万日元收买了中东铁路。此后，日本将绥芬河站划归给满铁株式会社哈尔滨铁道局管辖。同时，也将中东铁路改为北满铁路。另外，孟繁晨还说，1936年3月23日，日苏正式断交，关东军铁道第四联队派5000人进入绥芬河，联队司令部设在火车站货场。此后，铁路被实行军事管治，哨所加密，日伪宪特随处可见。凡在铁路、车站工作的干活儿的，均实行严格检查和登记制度，胸前必须佩戴满铁株式会社颁发的'绥铁工作证'，加盖绥芬河宪兵队印章。一旦发现可疑人员，均以'苏特共匪'论处。因此，你们去绥芬河的时候，一定要小心了，已经和以前不一样了。"

"此外，还有什么新情况吗？"

"日本人将滨绥线由宽轨改为准轨，防止苏联进攻。还有，关东军又修了军用线，从绥芬河北山日军营房到火车站，全长7500米，配属专用客车120辆。此外，还实施了从三岔口到延吉和朝鲜的铁路修筑计划。"

小萝卜头说:"绥芬河车站有标准轨线路12条,宽轨线路7条。从1939年开始又修建了绥阳至哈尔滨的复线,干线使用的是重轨,加固了桥梁,扩建了站场,改造信号以及给水、给煤设备,采用大型机车牵引和重载车辆,车站运输能力大为提高,为掠夺中国东北资源和军事运输创造了条件。"

陈九石说:"看来,小鬼子是想长期霸占中国东北。"

"嗯,孟繁晨也是这么说。现在,每天晚上,从绥芬河、东宁火车站都有运兵军列开出。"

"哦,军列开往哪里了?"

"不知道,但据孟繁晨说是开往哈尔滨方向。"

"列车装的是什么?"

"都是客车,从绥芬河和东宁往外运兵。"

李云林说:"哦,这很反常。"

陈九石说:"他们把兵力调往哪里?"

小萝卜头说:"孟繁晨也不知道。"

陈九石说:"可能是日本在中国南方战局吃紧?小萝卜头,再介绍一下东宁要塞的情况。"

"现在,东宁辖区内的边境线、铁路线以及一些山沟都是军事要冲。"

"比如说——"

"您看,中东铁路是横贯中苏两国东西边境,一些国家都十分看好绥芬河,并在这里设立领事馆,把绥芬河视为通往苏联远东地区的重镇。因此,关东军把东宁变成了反苏前沿阵地。在东宁与苏联接壤的179公里的边境线上,分设4个守备阵地。因此,东宁就成了军事战略要地。"

陈九石说:"我知道三岔口是守备阵地,绥芬河是第二个。那么,其他呢?"

"还有鹿鸣台、观月台。另外,日本人在各筑垒阵地间的一惯山、三角山、东山、乌青山、鹿窑沟、天长山、大日山、靖国山、光风台、千城山等十几个制高点,都全面进行了设防。"

李云林说:"显然,关东军的目的是掩护战略部队的进攻,进而在突破苏军东部防线后,迅速切断滨海边疆区与阿穆尔州的联系,再控制军港符拉迪沃斯托克,摧毁苏联空军在该地区的战略基地,同时解除苏联对日本本土的空袭能力,进而达到长期占领远东地区的目的。"

陈九石说:"是的,这是日本参谋本部的图谋,也是日本渴望把苏联远东地区划入'满洲国'的版图。一旦实现了梦想,日本人再来满洲就不需要跨越任何地区了。"

李云林说:"可见,小鬼子是狼子野心。"

小萝卜头说:"日本在东宁驻军有13万人,修筑了十多处地下工事,20多个野战机场,还有军用道路,以及永备铁路、仓库。"

李云林说:"关东军番号呢?"

小萝卜头说:"东宁是第3师团,城子沟是第12师团,第8师团驻守绥阳。我就知道这些。"

陈九石说:"现在,关东军负责修筑东宁要塞的人员有变化吗?"

小萝卜头说:"一期工程是林柳三郎大佐,后来是山田荣三中佐。1938年2月,河田末三郎大佐继任。具体负责东宁要塞修筑的是细谷刚三郎,负责绥芬河要塞的是门胁栋少佐。另外,参谋本部作战课铃木率道大佐经常来视察。因为我为他们提供服务,所以,就用心记住了这些。"

"现在,东宁要塞近期情况怎样?"陈九石说。

小萝卜头说:"这方面情况,您得找修竹。他帮一些劳工脱逃时会获得一些情报。"

"好吧,我们去绥芬河。"陈九石说。

"可是,去往绥芬河的路全被设卡盘查。而且,绥芬河全是日伪宪特,你们有随时被抓的可能。"

陈九石说:"好,我们先回到苏联去,再绕道过境绥芬河。"

是夜,他们潜回了苏联。在106号哨所,李云林连夜向远东谍报小组发了电报。

卡洛琳接报后,匆匆向柯林办公室走去。卡洛琳说:"头儿,'红隼'发来重要情报。"

哈巴罗夫斯克,第078号,绝密

目前,关东军继续构筑军事要塞,驻军13万人。但最近,每天晚上都有军列从绥芬河火车站开出,将兵力调往哈尔滨方向。

发报人:红隼　1941年5月21日

阅后,柯林从凳子上站起来踱着步,思考着。他向卡洛琳提出了问题:"以您的看法,关东军在东宁驻军13万人,又为什么要向外调兵呢?"

卡洛琳说:"这很诡异。因为张鼓峰战役、诺门罕战役之后,关东军受到了毁灭性打击后,正式放弃了'北进计划',所以,他们可能将兵力调往了中国关内战场。"

柯林说:"嗯,有这种可能,这对苏联来说是件好事。但他们的兵力是调往哪里呢?好吧,我们给红隼发报:

哈巴罗夫斯克,第156号,绝密

红隼,请你们继续判明'老鼠'的行进方向!

发报人：狐狸　　1941年5月22日

两天后，在交通员杜云龙的秘密带领下，陈九石和李云林越过了鸡西与苏联接壤的边境。一周后，他们到达了穆棱附近的森林中，在一处密营内与修竹同志见了面。

修竹说："一些劳工从要塞里面逃出来，但不知道去路，因而找到我，我为他们提供路径指引。由此，我也从他们的口中知道了东宁要塞情况。比如，在孖褡祸山、三角山、胜哄山、勋山、喀谷六等一些据点的情况。现在，日军在秘密构筑新的要塞。其中，孖褡祸山和胜哄山要塞的规模较大，每一处可容纳兵力1500人。庙沟阵地由孖褡祸山、三角山、马厂山、喀谷六山以及526阵地构成。主阵地在孖褡祸，与三角山、喀谷六、马厂山、526高地形成了'品'字形，可相互提供火力支援。"

陈九石说："那么，你详细说说孖褡祸阵地的情况。"

修竹说："孖褡祸山海拔386米，呈南北走向，东面与苏联接壤，主峰据苏联边境1300米。一些劳工说，孖褡祸阵地3平方公里。要塞中洞中套着洞穴，内部的建筑面积约5000平方米，储备食品可供1800人生活6个月。山体上有3道堑壕，我根据劳工们的说法算了一下，战壕有12公里长，还有交通壕5公里、7个抵抗枢纽、21个独立支撑点。给，这是绘制的布防图。火力最强的部位在中部，以及南北两处，正面是5个炮兵永备工事、57个机枪永备火力点、17个土木质的火力发射点，还有4个哨所、1个钢帽地堡、4个炮兵隐蔽掩体。为了防止苏方坦克的进攻，还设置了宽达10米、深5米的反坦克战壕。在三角山阵地、喀谷六等阵地，也都是这样构筑的。"

陈九石说："那么，胜哄山要塞的情况呢？"

修竹说："胜哄山海拔279米，位于三岔口村南9公里，东面就是瑚布图河了，是东宁与苏联的界河，占地约4平方公里，由出丸山、朝日山、勋山构成。实际上，胜哄山分东胜哄山、西胜哄山。东胜哄山有监视所、指挥所、包扎所、通信设施。西胜哄山有重炮阵地、弹药库、兵舍。阵地之间有地下工事连接。据民工讲，内部隧道长2000米，有3个步兵中队、2个炮兵中队、1个工兵中队在把守。此外，我这里还有日军慰安所情报。"

修竹说："在东宁要塞，绥芬河的天长山要塞，有大量的'性奴'在为关东军服务。他们建慰安所参照了冈村宁次的思路，即1937年淞沪会战时，冈村宁次为消除官兵性欲旺盛所带来的不安因素，开始设立随军的慰安所。现在，光日本人开的妓院就4个。随着日军增加到13万人，慰安所多达59个，每个慰安所有性奴不到40人，算来有2000人左右。在小城子设有高级妓院，仅秋樱和春慧两地就有十几名高级妓女。有的慰安所还挂着料理的牌子，服务对象是关东军驻防部队官员。"

李云林说："在三岔口也有慰安所。"

修竹说："三岔口那儿有2处慰安所，服务对象是5个驻军部队、飞机场军事人员。

其中大肚川是军事重地，有30多栋军火仓库，由石门子慰安所服务炮兵和特种部队的官兵；而其他的慰安所主要是服务于兵工厂、被服厂、汽车联队、坦克修理厂等一些军事人员。另外，在老黑山、绥阳两地，也有好多的慰安所，主要服务于医院、军马病院、飞机场和弹药仓库的军事人员。在绥阳镇，有3个慰安所，为日军第8师团机关、龟本部队、飞机场人员提供性服务。绥芬河这儿的慰安所是5处，为独立守备队、飞机场军事人员服务。在绥西有1处慰安所，主要是为小林部队、青木部队、涿田部队、岗岛部队和飞机场人员提供服务。而二道岗子的慰安所，设在了东宁第三道防线处，为当地部队服务。此外，在要塞中，也都有大量的慰安所。一些朝鲜和中国内地的妇女被迫沦为慰安妇，从精神到肉体，每天都要遭受日本军人的蹂躏与折磨。其中一个叫朴玉善的朝鲜人，18岁，是秋天来的，日本老板娘为她取名'秋子'。因为'秋子'能歌善舞，会唱日本民歌《春天到了》，是很受日本官兵欢迎。歌词的大意是：

春天到了，春天到了，春天到了哪里，春天到了山野，春天到了家乡。花儿开了，花儿开了，花儿盛开在哪里，花儿盛开在田野，花儿开在家乡。"

李云林说："嗯，歌词还是很美，却与日本法西斯的罪恶行为形成了鲜明的反差。"

修竹说："这是一首日本的古老民歌，充满了日本人对春天的向往、对家乡的赞美，一些日本官兵感觉亲切，无比美好，因为他们思念家乡。但他们哪里知道，朴玉善的心中却浸透着屈辱和悲酸，每每歌唱时会泪流满面，而这又引起一些日本官兵的暴怒。他们扯破她的衣服，将其在众人面前强奸。"

陈九石说："这也是日本人的兽性与罪证，最终都会得到清算的，他们都不得好死！"

63 巴巴罗萨
德军撕毁协议悍然入侵苏联

1941年6月22日凌晨3时，纳粹德国撕毁《苏德互不侵犯条约》，以事先拟定好的"巴巴罗萨"的计划，悍然出动了190个师，3700辆坦克，4900架飞机。在航空兵的支援下，兵分三路，以闪电战的方式突袭了苏联。一时间苏联西部铁流滚滚，炮火连天，硝烟弥漫，生灵涂炭。

由于苏德之间存在《苏德互不侵犯条约》等多个政治经济协定，即便最后一刻，德国都按计划向苏联提供物资，这严重影响了苏联领导人的判断，导致苏联红军对战争准备严重不足，大部分部队在人员、装备、物资等方面都极大缺额。因此，战争初期，苏联红军受损严重，甚至很多部队陷入严重混乱和溃散的状态。

短短10天内，德军突进了600多公里。第一天的战斗，苏联红军就损失了1200架飞机，其中800架飞机没有起飞就被德军炸毁了。因此，希特勒狂言"3个月灭亡苏联"。

也仅仅两个星期，西北战线苏联红军就败退了450多公里，完全放弃了波罗的海沿岸地区。苏联红军24个师被彻底击溃，20个师损失60%的人员和装备，德军大举进抵列宁格勒城下。

西部战线是德军突击的重点地区。德军从格罗德诺和布列斯特要塞方向达成了对苏联西部军区的合围，致使白俄罗斯首府明斯克沦陷，苏联红军败退350公里，30个师被歼灭，70个师损失50%以上人员。德军相继在明斯克、斯摩棱斯克、维亚济马等地3次实施有效突击，包围并歼灭了大量的苏联红军部队。

在西南战线，德军的主要目标是摧毁苏联在乌克兰的农业和工业基础，并获得黑海港口作为补给站。正面是苏联基辅军区和敖德萨军区。西南方面军是苏联实力最强的军区。战争初期，由于苏联红军不断实施反击，德军在这个方向进展最为缓慢。

但此时，德军军事实力远在苏军之上，因而德军依然可以长驱直入并抵达了第聂伯河。由于西方面军损失过大，西南方面军右翼暴露了，但又未及时转移。1941年9月15日，在基辅的战役中，德军将苏联西南方面军主力合围，血战10天，苏联红军少数突围，60余万人被彻底围歼，其中包括60000名军官。西南方面军司令员基尔波诺斯上将、参谋长图皮科夫中将等多位高级将领在突围中阵亡。希特勒将这次围歼战称之为"世界史上最大的围歼战"。

开战头4个月，即1941年6至9月，苏联红军损失了2817303人，其中纯减员2129677人。据不完全统计，各种装备损失严重，包括轻武器417.28万件，坦克和自行火炮15601辆，各种火炮70574门，作战飞机7237架。

由于战争最初一星期中，以西方面军司令员巴甫洛夫大将为代表的一批将领始终未能有效地指挥部队，也加剧了部队混乱，导致西方面军遭受严重损失。1941年7月，莫斯科军事法庭判处4名将军死刑并立即执行：包括西方面军、大将巴甫洛夫，西方面军参谋长、少将克里莫夫斯基赫，西方面军通讯主任、少将格里果里亚夫，第4集团军司令、少将科罗布科夫。

基辅战役后，朱可夫大将前往列宁格勒，对部队进行了重新整编。大量海军水兵、民兵、居民，纷纷加入列宁格勒的防御战并终于稳定了局势。德军即使动用人体盾牌在内的各种手段，也都难以前进一步，双方陷入了僵持状态。

柯林记得，那是1941年6月22日凌晨5时，正处于熟睡中的他是被情报员卡洛琳的砸门声惊醒了。卡洛琳的手里拿着一份加急电报，上面写着这样的文字：

1941年6月22日凌晨3时，德军以闪电战的方式大举进攻苏联，行动代号"巴巴罗萨"。

这是一份绝密级电文，是苏联红军总参谋部情报部通知柯林的电文：苏德之间战争爆发了。为此，柯林睡意全无。他知道，德军突袭苏联会给苏联人民带来无法想象的苦难。他回忆着，过往的情报工作是否尽到职责，有关苏联国家安全方面的情报是否有误。

不过，他很快得出了结论：远东谍报小组在有关国家安全方面的情报没有失误。之后，他转身打开了密码柜，从中找出一份绝密情报：

据尾崎秀实报告，纳粹德国有进攻苏联的秘密军事计划，代号为"巴巴罗萨"。
发报人：拉姆扎　　1941年2月19日

现在看，这份密电内容完全真实。而纳粹德国突然向苏联宣战，代号正是"巴巴罗萨计划"。不过，这份密电有问题的，并没有给出德国进攻苏联的具体时间。

柯林回忆着，这份情报的处理是由卡洛琳发给苏联红军总参谋部情报部的。同时，也发给了"秃鹫"，但均没有下文。

不过，柯林相信，"秃鹫"不会将这么重要的情报压在自己手上，也肯定会递交最高首长的；另外，苏联红军总参谋部情报部在接到情报后，也会递交给最高首长的。

可是，到底是哪儿出了问题呢？而这么重要的情报为什么会没有下文呢？同时，东京"拉姆扎"小组也再没有新的报告。

柯林看着那份密电，情报来源是由"拉姆扎"小组的重要成员尾崎秀实提供的，而尾崎秀实的真实身份是《朝日新闻》记者，日本首相近卫文麿的顾问兼秘书。

当时尾崎秀实会列席日本内阁的重要会议，也能够接触和掌握到日本帝国的绝密文件。另外，日本帝国与德国和意大利是同盟国的关系，而国与国之间也会有情报交换的，但德国入侵苏联的"巴巴罗萨计划"，没有得到苏联高层的重视。

第三天上午10点，柯林再次接到了苏联红军总参谋部情报部的密电：

据可靠情报，纳粹德国已从西北、西面、西南3个方向进攻苏联，目标直指列宁格勒、斯大林格勒和基辅，最终将合围莫斯科。因此，请您和您所领导的远东谍报组密切注意日本的军事动向，及时报告情况。

柯林想，苏联红军总参谋部情报部要求提供日军动向是担心日本帝国借纳粹德国进攻苏联的时机，转而进攻苏联远东地区。如此，苏联将面临两面作战的形势，国家和民族处于危亡中。

于是，柯林大校用电话通知了卡洛琳，说："请您马上到我办公室来。"不一会儿，卡洛琳到了。柯林说："来，给'拉姆扎'小组发报。"之后，他口授了电文：

哈巴罗夫斯克，第236号，绝密

鉴于纳粹德国大举进攻苏联的事实，请"拉姆扎"小组认真研究日本的军事战略意图和军事动向，有无进攻苏联远东地区的军事计划。

发报人：狐狸　　1941年6月25日

一样的电文，也同时发给了满洲的"红隼"。不久，柯林又接到了莫斯科指令：

莫斯科，第431号电，绝密

请"狐狸"速到1号区域！

发报人：秃鹫　　1941年8月25日

柯林知道，1号区域是指莫斯科地区。"秃鹫"的电文一向很短，简洁具体，指令清晰，没有废话。在接到指令后，柯林飞往莫斯科。当他走出机场时很想回家看看妻子瓦基里安娜·芙希洛娃，还有女儿娜佳。但他不能回家，在国家危难时刻，国家安危高于一切。

那么，他该到哪里去找"秃鹫"呢？因为他没有留下联系电话、联系地点和联系方式。不过，柯林知道，在苏德战争时期，最高统帅会迁入莫斯科地下城堡，其秘书也会随同前往。

离开了机场，一辆黑色的吉普车载着柯林驶向了莫斯科郊区，那儿有一栋不为人知的警卫森严的别墅。当他走下轿车时，两名身材高大的列兵持枪迎了上来并挡住去路。柯林说："您好，我有重要事情面见首长。"

列兵问："您的名字。"

柯林看了看那个列兵，没有说话，将军官证递给他说："我是应布亚科夫同志的召见。"

一名列兵看过军官证后，向另一名列兵摆了头。随即，那名列兵对柯林进行了搜身。确认绝对安全后说："您稍等！"

之后，那名列兵打了电话。30分钟后，一辆大功率的吉普车开来，而柯林被黑布蒙上了眼睛，被四名全副武装的列兵"押着"向附近的森林开去了。

柯林感觉汽车颠簸了很长一段的路程。撤掉黑布，他发现自己处在一个灯光明亮的房间里，被指令坐在木凳上。一小时后，布亚科夫出现在他的面前。柯林感觉到布亚科夫瘦了，一身疲惫，但眼睛却炯炯有神。

布亚科夫说："柯林同志，我们的国家正处于战争状态，纳粹德国的军队正在疯狂地蹂躏着国家土地，还有我们的斯拉夫人民。"柯林静静地看着布亚科夫但没有说话。

布亚科夫说："柯林同志，无论国家遇到什么困难，您都要坚定地相信，我们的国家是能够战胜法西斯德国的，因为我们有伟大的人民，有杰出的党和国家领导人。我们完全相信，苏联党、苏联人民和苏联红军，在最高统帅的英明领导下会无往而不胜，一定能够打败德国法西斯。"

柯林说："是的，我坚信，我们一定能够打败德国法西斯。"

布亚科夫说："据可靠情报，我们已经初步掌握了希特勒的'巴巴罗萨计划'，他们出动了190个师、3700辆坦克、4900架飞机。在航空兵的支援下是兵分三路，以闪电战的方式突袭了伟大的苏联。"

柯林说："是的，我聆听了最高首长的演讲，同希特勒法西斯进行坚决斗争是伟大的苏联人民最重要的任务，我们一定会战胜德国。"

"是的，苏联人民必胜！但有一个问题需要警惕，在纳粹德国大举进攻苏联的严峻形势下，我们党内，军队内，乃至高层的军官中，一些人对打败希特勒信心不足，甚至畏惧法西斯德国的暴虐行径，这是严重的政治错误。因此，要引起全党和全国人民的高度警惕。而我们情报机关的重要任务，就是时时刻刻为党和国家服务。另外，西方面军司令员巴甫洛夫大将，因未能有效指挥部队还击纳粹德国的军队，加剧了我们部队的混乱，导致西方面军损失严重，已经被判处死刑，并立即得到了执行。对此，柯林同志，您怎么看？"

柯林说："我完全拥护军事法庭对巴甫洛夫大将等人的判决。在国家危亡时刻，我们绝不能允许任何人对祖国和人民的犯罪。"

布亚科夫说："是的，您说得好。他们死有余辜。不过，您知道，我为什么要您来莫斯科吗？"

"显然，您有重要任务交给我。"

"对的，聪明的柯林同志。在纳粹德国进犯苏联后，我们的情报机关立即着手研究了有关国家安全的情报问题，包括您所领导的'拉姆扎'小组提供的情报。现在，我们发现，'拉姆扎'小组的情报是重要的，即纳粹德国有进攻苏联的秘密军事计划，代号为'巴巴罗萨'。对此，您还记得吗？这份情报是由谁提供的？"

"记得，是'拉姆扎'小组的重要成员尾崎秀实提供的。"

"嗯，很好，您的记忆力惊人。那么，您说说尾崎秀实的情况，他是谁，做什么工作，情报又来自哪里？"

"尾崎秀实是日本《朝日新闻》的著名记者，是日本首相近卫文麿的顾问兼秘书，对亚洲事务有深入的研究。而他的特点是能够对亚洲的政治、经济、军事问题进行深入分析，而且评估与结论一向准确。"

布亚科夫说道："那么，您现在任务是进一步搞清楚日本帝国有没有进攻苏联远东地区的军事计划。您知道的，这是最高首长高度关注的问题。现在，我们正全力抗击纳粹德国的野蛮进攻。其中西部战线、西北战线，西南战线、军事斗争非常残酷。如果日本帝国进犯我国的远东地区，那么，苏联将面临两面作战，这是极其危险的。"

"是，明白。不过，我近期掌握了一些情况，关东军正在从绥芬河、东宁等筑垒地区撤出部分兵力。"

"那么，柯林同志，您的情报准确吗？"

"是的，是我们潜伏在绥芬河火车站的情报员秘密报告的。他说，每天夜里，关东军都有运兵列车从绥芬河和东宁火车站秘密开出，列车运行方向是哈尔滨，但不清楚这些部队被调往了哪里。"

"嗯，很好，这很好，柯林同志，如果这个情报属实，则说明关东军没有进攻苏联的军事计划，但您要小心求证，要彻底搞清楚日本的兵力是去了哪里，他们的真实意图是什么。"

"好的！"

"现在，您可以回家看看，看看您的妻子，还有您的宝贝女儿，因为战争情况下，家里面难免有些事情。"

"哦不，在国家危亡之际，我不能回家。"

布亚科夫微微笑了一下说："柯林同志，我们共产党人不仅热爱和平，热爱国家和人民，也爱我们的家庭和亲人。去吧，回家看看。"

柯林说："谢谢。"

这时，站在门外的两名军人走上前来，再次用黑布蒙上柯林的眼睛。而柯林能够理解，这不是组织上的不信任。因为战争期间最高首长的办公地点是苏联的最高机密，而自己作为一名情报人员也是不能例外的。

离开地下城堡，柯林给卡洛琳打了电话说："我这就回去。不过，您给'红隼'发报，要求他们继续提供关东军的动态。"

"是，头儿，我立即就办。"

李云林在接到卡洛琳的电报后，将密电交给了陈九石，而那上面写着暗语：

哈巴罗夫斯克，第437号，绝密
提请"红隼"注意，请提供"老鼠"最新动态。
发报人：百灵鸟　1941年8月29日

陈九石知道密电中的暗语，之后，划根火柴并将电文烧掉。对李云林说："来，我们给郁芳萍老师发报！"

哈尔滨，第317号，绝密

最近发现，有"老鼠"溜出"巢穴"向南迁移，提请"硕鼠"和"家雀"注意说明原因！

发报人：红隼　　1941年8月30日

64　桥本三郎
　　　一直在秘密跟踪和调查刘天一

新京，伪满洲国首都。在关东军的统治下，这里看似安稳、祥和，但暗中的较量却一刻都没有停止过。

郁芳萍老师接到密电后，趁中午没有课，来到"喝二两"小酒馆。韩志臣说："您请坐。"

郁芳萍说："跑堂的，来两个馒头，再要一盘土豆丝。"

韩志臣去了，不一会儿，他将饭菜端了上来。趁人不注意，郁芳萍将满洲币与裹着的小纸条塞进了韩志臣的手中。她说："钱收好。"之后，她就离开了小酒馆。

韩志臣将钱和纸条揣进了兜里，又大声地吆喝着其他的客人。之后，他在小单间内看了纸条，又将萝卜花浇水，摆在窗台上，而萝卜缨子长得正旺，青翠欲滴。

日落时分，刘天一和濑户美智子散步时路过小酒馆时，他们注意到了窗台上摆着萝卜花并走了进来。在一个单间里面，他点了一盘老豆腐，还有炖土豆等四个小菜，要了一壶烧酒。不一会儿，韩志臣端着酒菜上来了，说："先生，您的酒菜已经齐了，慢用。"之后，他用下颌示意刘天一注意盘子的下面。

在韩志臣去后，刘天一将盘子下面的纸条拿了出来，上面写着："最近有'老鼠'溜出巢穴向南迁移，'红隼'提醒'硕鼠'和'家雀'注意说明原因，阅后焚毁。"

刘天一知道，"巢穴"是军事要塞，"老鼠"是关东军。"向南迁移"是指向南方调动了部队。之后，他将酒壶里的酒倒在碟子中，拿出了一只老巴夺香烟，划根火柴将烟点着，又将碟子中的酒点着，濑户美智子则将纸条放在了燃烧着的碟子中，纸条化为了灰烬。之后，他们默默地享受着美食。

当他们离开时，街道对面的小树林中有两个穿着破衣露嗖的叫花子在盯着他们。监视刘天一的人是桥本三郎，还有宪兵司令部特高课一名年轻警员。

自打刘天一和濑户美智子受到特高课的怀疑之后，桥本三郎就一直在特务机关长冈田的指挥下是秘密展开行动。包括冈田被派往海拉尔，以及后来的神秘失踪，他都没有中断对刘天一和濑户美智子的秘密监视。当然，还有其他线在配合他的行动。

桥本三郎是一个做事极其认真的人，每天都渴望能够有所突破，渴望为大日本帝国建功立业。在冈田神秘消失之后，桥本三郎曾经有些担惊受怕，但也更加疑窦丛生。因而，他对刘天一的怀疑就越发的强烈。在秘密盯梢了刘天一和濑户美智子的一段时间后，仍然没有任何线索。

可是，他非常执着，也非常相信特务机关长冈田的判断：刘天一和濑户美智子不是安分的人，一定有着不为人知的秘密。

在秘密跟踪刘天一和濑户美智子的过程中，他十分小心，行踪诡秘，口风很紧，没有对任何人谈起过这件事。因而，整个监视活动不为人知，就连一向谨慎的刘天一也都没有丝毫的警觉。

黄昏时分，桥本三郎有了重大的收获。他注意到，刘天一和濑户美智子走出了家门，走进了"喝二两"小酒馆。同时，他用照相机进行秘密拍照。待他们离开小酒馆之后，他不动声色地溜进了小酒馆。

桥本三郎矮个子，皮肤白皙，眉清目秀，长相英俊，和蔼可亲，文静中显得有些柔弱，如一介书生。但沉静中也透着精明与干练，体格纤弱却有一颗蛇蝎心。另外，他有语言天赋，会讲一口流利的中国话，甚至包括会说地道的东北"土嗑儿"。因此，他成功骗过了不少中国人，因为没有人相信他是日本人以及日本特务。

走进特高课的队伍之后，桥本三郎也一直都没有什么建树。除了以面色鲜活的长相外，再没有什么可"打人"的东西了。因此，在特高课内部，也没有人重视他。但他生性残忍，心黑手辣，有着铁石般心肠。另外，他绝对效忠天皇，忠诚于日本帝国，愿意为日本征服中国而慷慨赴死。

桥本三郎清楚，冈田的神秘失踪是由齐齐哈尔特高课上报，而冈田的那辆专车是在小树林里面烧毁的。他感到冈田失踪得不明不白。正因如此，桥本三郎坚定地认为，冈田的判断是对的，英俊的刘天一为什么要娶长相丑陋的濑户美智子，他一定有不可告人的秘密。因此，他一直在秘密跟踪着他们，也渴望揭开他们的神秘面纱。

他相信，刘天一和濑户美智子能够走进"喝二两"这样低档的小酒馆绝非寻常之事。因为一对工作在关东军司令部参谋本部的夫妇收入很高，拿着大把的日元，怎么会进小酒馆里面来呢，这不符合他们的高贵身份。

在桥本三郎看来，刘天一和濑户美智子都是有钱人，可以到新京市各大酒店吃喝消费。另外，他还想到了另外一个问题，就是帅气的刘天一应该有更年轻的貌美的女郎来陪伴。但刘天一身边没有美貌女人。因此，他就无法不怀疑刘天一的身份。他坚信，不般配的婚姻的背后，一定有着不为人知的迷人的故事。于是，他是果断地将小酒馆纳入了秘密监视目标。

走进小酒馆之前,桥本三郎也是动了心思,故意在地上抓起一把尘土并在手上搓着,又往脸上揉了揉。之后,又往耳朵上涂抹,还有头发上。他这样做是为了骗人,这也是特高课训练特务的内容之一,目的是要让自己看上去贫穷落魄,就像满洲街面上的穷苦人一样。因此,他希望能够骗过小酒馆的人,有助于掩盖他的特务身份。

走进小酒馆前,桥本三郎故意佝偻着身子,就像身体患有疾病一样。韩志臣见了他之后,倒是很热情,说:"先生,您是哪儿不舒服吗?"

桥本三郎是有气无力地咳嗽了一会儿说:"小子,您看能不能给我找个烧饼,我好饿!"

"哦,没问题,那您坐。"

"还有,您再给我来碗白开水吧,我的身子骨有点儿冷。"

韩志臣说:"好的,您是不是感冒了?需要搞点儿药吗?"

"哦不,不了,不要,看看,你这孩子多好!"

"那您坐一会儿,我把烧饼给您送来。"

"哦,谢谢!还有,您在白开水里给我加点盐巴。我都好久没有吃盐了,身子骨没有力气。"

"叔,这都不是事儿。"韩志臣说后,又在招呼着其他的客人。待他从厨房里出来时,托盘中是有了一碗热乎乎的汤面。这让桥本三郎的心里很是感动。"哦,小子,你的心眼儿可是真好,谢谢啦!"

韩志臣说:"叔,没说的,咱们都是穷苦人,您的困难就是我的困难,我愿意帮您。"

"哦,好,你这孩子好啊!"

当韩志臣说的"咱都是穷苦人"后,桥本三郎心里惊喜。他清楚,一个小酒馆是要赚钱的,又这般同情穷苦人,则说明老板对中国人好。那么,对中国人好的地方,对日本人就不会好。换句话说,小酒馆的主人很值得怀疑。这看似简单的结论,也是他观察分析满洲社会现象的结果。而且,他相信:小酒馆很神秘,不仅仅是简单吃饭的地方。因为刘天一和濑户美智子能够到小酒馆里面来,也绝非简单吃饱肚子的事。

桥本三郎以虚弱的姿态坐在凳子上,他注意到,小酒馆内的设施很简陋,几张木制的长桌凳。除了餐厅和厨房外,在吧台左面是两个小的单间。但此刻,单间的门是敞开着的,里面没有人。另外,整个餐厅中也没有几个人。

于是,他趁韩志臣出去和他人不注意的情况下,快速地走进小单间,将一枚窃听器粘贴在了桌子的下面,其监听功能十分强大,即便是吧台处有人说话,都会忠实地将声音传播出去。

在吃饱喝足之后,桥本三郎向韩志臣道谢并缓慢地离开了小酒馆,消失在新京银座街道的深处。

离开小酒馆后,刘天一去了办公室,濑户美智子则回了家。而后,他开始认真研究日军一个个战报,渴望得出"老鼠"溜出巢穴而向南迁移的具体原因。他知道,远东谍报小组要求报告日军动态,这应该与纳粹德国入侵苏联有关。

之后,他按照日军对华宣战的时间顺序,研究日军的一系列战况。他发现了问题,九一八事变后,日本帝国又发动了卢沟桥事变,日本全面对华侵略战争爆发。

按照这个顺序与战况,还有时间地点,刘天一注意到:1937年7月28日,日军攻占了天津;1937年7月29日,日军攻占了北平;1937年8月13日淞沪会战,日军攻占了上海;1937年12月13日,日军攻占了南京,并制造了南京大屠杀惨案;1938年6月至10月,中日军队在武汉展开大会战,遍及安徽、河南、江西、湖北等4省广大地区。在此期间,国民党军队以117个师对决日军35万人,日军伤亡20余万人。不过,战事还在扩大。1941年5月7日又爆发中条山战役,日军几乎取得完胜。在航空兵炮火的掩护下,日军以6个师团和两个独立混成旅团,由东、西、北3个方向,向中条山发动猛攻,击溃了国民党第31军,国民党军队伤亡42000余人,被俘35000人,甚至发生了日本兵用刺刀逼着800名国民党官兵投入黄河的大屠杀事件。

1941年6月5日,日本又出动了24架飞机,分三路轰炸重庆,制造了重庆大轰炸"六五"大隧道惨案,死伤惨重。

这些资料,对于刘天一来说都不属机密,而他的职责是负责对外进行战事宣传。但刘天一得出了重要结论:关东军能够从东宁等军事要塞调出兵力是因为对华战争的不断扩大,不得不用关东军来填补一些战区空白。

那么,这个结论可信吗?准确吗?是关东军从东宁等军事要塞调出兵力的原因吗?

带着这样的疑虑,刘天一回到了家里。此时,濑户美智子已经睡下。对于要不要叫醒濑户美智子有些犹豫。但濑户美智子说:"亲爱的,怎么这么晚才回来呀!"

"嗯,我在办公室看资料了。亲爱的,我研究的结果,我们帝国从满洲调兵去往南方,是因为对华战线拉得过长了,而需要部队填补一些战场的空白。对此,我需要您进行佐证,说明关东军有没有进攻苏联的军事计划。然后,我再报告给组织。"

濑户美智子说:"明天吧!"之后,濑户美智子帮助刘天一脱去衣服,将其拉到自己的身上。随即,房间内发出了温柔而愉悦的轻微的叫声。

第二天早上,濑户美智子来到参谋本部档案室,仔细翻阅秘密资料。这时,一位作战参谋敲门进来,将"关东军特别大演习"的计划书递给了濑户美智子。说:"这是特别军事演习计划书,需要您保存备案。"

"好的,演习不是开始了吗?"

"是的,演习已经开始!"

之后,濑户美智子将登记簿递给了那名年轻的军官,他将名字登记在簿册上。待作战参谋离开后,濑户美智子打开了那份文档资料。概述部分写着这样的文字:为配合德国对苏联的进攻，关东军于7月中旬至8月中旬开展军事特别演习，简称"关特演"。而这，引起了濑户美智子的注意，因为一些军事行动每每是以军事演习的名义开始。

在"军特演"的条款之中，还陈述了日军大本营于7月11日下达"大陆命第506号"，要求关东军通过"军特演"达到如下目的：按战时编制充实各部队兵员、装备、编组和加强特种兵部队及各类保障部队，各军、兵种，按对苏作战方案实施部队战略展开。

而这样的文字，让濑户美智子心惊肉跳，除了兵力部署，还发现军事演习掩盖下的秘密：拟对部队进行大规模的兵员扩充，到1941年底，要配备大量战斗力强的甲种师团（番号不大于20个），即第1、第8、第9、第10、第11、第12、第14、第23、第24、第25、第28、第29、第57师团。

之后，濑户美智子回忆着，诺门罕战争，1939年5月，日本陆军省在以苏联为进攻目标的"北进计划"中受挫了，转而实施了"南进计划"。由此，她认为，近期，关东军没有进攻苏联远东地区的军事动意。但"关特演"部队的目标是什么呢，会不会南下呢？

继而，濑户美智子认为，刘天一的结论是正确的，日本帝国不会轻易改变"南进计划"。因此，日军从一些边境筑垒地区调出兵力的目的，还是为了实施"南进计划"。现在，关东军借"关特演"的名义正在进行兵员扩充，最终目的是适应对华作战的需要，是实施"南进计划"的需要。

此刻，濑户美智子感到兴奋，并打电话给刘天一说："天一君，中午的咪西咪西？"

刘天一说："亲爱的，我想在班上吃点儿什么就算了。"

"哦不，亲爱的，一会儿我到'喝二两'小酒馆要两个菜，您回家吃饭！"

濑户美智子之所以提到"喝二两"小酒馆，也是他们之间商定好的秘密联络暗语，意味着有情报需要交换。

刘天一说："好的，亲爱的，那我就回家吃饭。"

"好吧，天一君，我这就回去了。"

"嗯，宝贝儿！"放下电话之后，刘天一离开了办公室。当他快走到家门口时，一个鬼鬼祟祟的身影从楼道里面出来，并快速地离开了。

那么，这人是谁？作为一名情报人员，他立马警觉起来。他回忆着，不知道这人是谁，不知道在哪里见过。但他却真切地看到了他很年轻，皮肤白皙，面目清秀，但绝对不是住在这儿的人。因为附近的人，他都面熟，这是做情报工作的基本功。

回到家，刘天一是特意看了看门锁，但没有什么异样。进到屋内，他看了房间，也没有异样。刘天一想，也许，因为情报工作的关系，使自己变得过分警觉。不过，这没什么不好。

待濑户美智子回来后，刘天一说："宝贝儿，将您研究的情况说说看？"

濑户美智子说："现在，德国正在同苏联开战，日本同中国处于战争状态。从大的趋势看，纳粹德国和日本帝国都处于战争的主动。而帝国从满洲地区调出兵力，是对华战争的需要。因此，我认为，日本没有、也不可能对苏进行作战。但最近，正在进行的'关特演'的情况需要引起关注。"

"好，知道了！"

濑户美智子说："关东军借'军特演'的时机，正在扩充兵员，帝国准备装备部队，提高军队现代化水平。"

"嗯，这是重要信息。"

濑户美智子说："预计到年底吧，关东军会配备甲种师团，以提升部队的战斗力。"

"那么，规模呢？不会超过20个。"

"哦，很好，这会有助于我们关东军的战斗力。"此时，他忽然想起来了刚才见到的那个人，是很令他生疑，因而，他说了会有助于我们关东军的战斗力的话，也是担心会被监听的。

濑户美智子说："还有，日本帝国已经彻底放弃了'北进计划'，会全力以赴开展对华的战争。"

"哦，亲爱的，我们都是为了帝国的事业。"说后，刘天一是向濑户美智子挤了挤眼睛，说："我好爱你啊！"

之后濑户美智子去上班了。刘天一则用密码药水写好绝密电文。

黄昏时分，刘天一走出家门，向"喝二两"小酒馆走去。此刻，桥本三郎很惊喜，因为终于监听到了刘天一和濑户美智子谈论军事机密的消息。而且，他推断，他们有可能是潜伏在参谋本部的间谍。

这时，负责监视刘天一的山崎中一报告说："头儿，刘天一又去了'喝二两'小酒馆。"

"好，知道了，你盯紧点。"

65 身份暴露
"拉姆扎"小组惨遭特高课毁灭

20世纪40年代的新京是伪满洲国的政治经济文化中心。日本之所以选择新京作为伪满洲国的首都，也是有着战略方面的考量，在这里便于对中国东北实施长期统治。如果满洲有重大的战事，可以快速从渤海、日本海乃至朝鲜半岛调动军事力量。因此，满洲的"心跳"，也是远东谍报组所密切关注的重点地区之一。

此刻，血色的残阳正在渐渐西沉，但晚霞之光映红了半壁天空，似乎印证伪满洲国在走向末路，在做最后的挣扎。

当身穿日军军服的刘天一走进"喝二两"小酒馆时，夕阳已经完全沉没在了天际线下，黑暗与没落开始上演，并瞬间笼罩了整个新京和满洲大地。

刘天一看了看小酒馆附近很安全，没有人盯上自己。但走进小酒馆前，他还是蹲下身来假装系着鞋带，并用眼睛余光观察周边情况。此时，一张写好的密码情报就在他的左裤兜里。如果此时此刻，特高课突然逮捕他的话，他的身份就彻底暴露了。不过，一旦遇有紧急情况，他也会很从容地将小纸条塞进嘴里咀嚼并吞掉。

这时，一个尾随他的人看到刘天一突然蹲下身系鞋带，就快速躲在一棵老榆树的后面，但刘天一没有发现身后有"尾巴"。走进小酒馆，酒馆内还有其他客人，店老板于涛假装不认识他，低眉垂腰地说："欢迎太君，您请坐，请上座，太君，咪西、咪西的有？"

店内的人看到身穿日本军官制服的刘天一走了进来，都赶紧低头吃着东西，有的没有吃完就放下碗筷匆匆离去了。

刘天一明白，这些普通的百姓对野蛮成性的日本军人心怀惧怕，因为他们嗜杀成性。于是，刘天一用生硬的话说道："老板，你的，生意的好？"

于涛说："托您的福，太君，托您的福，赚些小钱，就赚些小钱。"

"哦，那就好。我的，咪西，咪西。"

"哦好，太君，您坐。"

这时，韩志臣从外面回来了。刘天一说："跑堂的，你帮助我去办个事，去送个东西给郁芳萍老师。"

"好的，我这就送去！"

不过，单间里面的对话都被桥本三郎给监听到了。但他不知道，郁芳萍老师是谁，同刘天一是什么关系。

不一会儿，韩志臣去了郁芳萍的家说："这是您的礼物。"之后，韩志臣又一蹦一跳地回到了小酒馆。

但韩志臣与郁芳萍老师都不知道，有一双诡秘的眼睛正在盯着他们。随即，那个盯梢的人向桥本三郎报告说，小跑堂的是去了新开路小学校教师郁芳萍的家，送了一支钢笔。

桥本三郎听后，鼠眼警觉起来，说："要快快地搞清那个女人的情况。"

现在，桥本三郎的心里很欣慰，终于发现刘天一和郁芳萍老师之间有联系。如果他们是间谍的话，那个跑堂的就是秘密交通员。

可是，刘天一和郁芳萍究竟是什么关系呢？

桥本三郎想，不排除他们之间有不正当的男女关系。因为在偷情的问题上，刘天一可以有多个理由，而濑户美智子小姐实在太丑，他们之间很不般配，或者两者之间的年龄差实在太大。另外，在新京这个花花世界里面，如果男人没有情人，就像刘天一这样的身份，那是很不正常的。

现在，桥本三郎头脑清醒，他正在接近刘天一的秘密，但还只是怀疑刘天一和濑户美智子的真实行为。不久，山崎中一报告说："郁芳萍的家里面曾经传出过滴答声，是秘密偷听到的，时间很短。因此，我们猜测，郁芳萍的家里面会不会有无线电台，现在是不是就抓了她。"

桥本三郎说："哦不，要耐心些。"在桥本三郎看来，郁芳萍值得怀疑。如果她是间谍的话，就会秘密接受刘天一的指令。而刘天一是特务的话，那濑户美智子也就是特务了。可是，他们是在为谁服务呢？

桥本三郎想象着，演绎着，如果刘天一和濑户美智子是间谍，再加上小小的交通员，还有郁芳萍老师，那他们就是间谍团伙，也就不亚于齐齐哈尔的"波波夫"国际间谍案，而自己就有了为日本帝国立功的机会了。

想到这儿，桥本三郎心中喜悦。在第二天一早，他欢快地走进了关东军宪兵司令部情报处长中岛春城的办公室。而中岛春城了解情况后，又带着桥本三郎去见了关东军宪兵司令官原守中将。

桥本三郎说："原守司令，我们现在就可以抓了郁芳萍，因为她的家里面有无线电台滴滴答答的声音。"

原守中将说："哦不，不急的，你的，要见兔子撒鹰，放长线钓大鱼。但要快快地核实刘天一的身份。"

因此，桥本三郎认为，原守中将的指令是对的，非常重要，如果能够甄别刘天一的身份，也就知道他是不是特务了。

此时，陈九石和李云林在接到郁芳萍的密电后，认为情报非常重要，因为苏联正在与德国交战。于是，他们向卡洛琳发了密电：

哈尔滨，第323号，绝密

据"硕鼠"和"家雀"密报，日本陆军省没有北进动态。为配合德国对苏联的进攻，7月中旬至8月中旬，关东军开展了"关特演"，拟对部队兵员扩充。到1941年底，关东军要配备大量战斗力强的甲种师团（番号不大于20），即第1、第8、第9、第10、第11、第12、第14、第23、第24、第25、第28、第29、第57师团。另据可靠情报，参加军演的关东军正通过海运秘密南下并向台湾方向集结。

发报人：红隼　1941年9月3日

卡洛琳将密电报告给柯林，柯林说："您怎么看这份情报？"

卡洛琳说："非常可信，因为日军在同中国交战，一时半会抽不出身来，尽管法西斯德国大规模进攻苏联之后，这对日本帝国进攻苏联是难得的宝贵机会。"

"那么，您的具体意思是指什么？"

"我们同满洲的边境是安全的，包括蒙古同满洲的边境，也是安全的。"

柯林说："可是，东京'拉姆扎'小组为什么没有情报。"

"好吧，头儿，我继续呼叫'拉姆扎'小组。"

"你要求他们，速报日本帝国的军事意图。待东京方面有了具体情报，我们再将'硕鼠'和'家雀'提供的情报一并报告给莫斯科。"

"是！"卡洛琳去了。

一个月后，东京"拉姆扎"小组发来了密电：

东京，第237号，绝密

日本政府今年不会对苏联采取军事行动，因为1941年4月签署的《苏日中立条约》尚在有效期内，日本尚没有和德国联合夹击苏联的动议。目前，日军正在全力以赴征服中国；同时，日本正同美国密谈，最后期限1941年11月30日，而英美才是日本的真正敌人。不过，日本已于1940年9月和德国、意大利签署《三国同盟条约》，始终对苏联构成威胁。

发报人：拉姆扎　　1941年9月14日

柯林看了"拉姆扎"的情报后认为，苏联远东地区暂时安全。随即，柯林向莫斯科报告说：据可靠消息，日本帝国目前没有对苏采取军事行动的计划。

尾崎秀实，秘密档案，绝密

尾崎秀实，1901年出生于长崎，"拉姆扎"小组重要成员，1922年进入东京帝国大学法学部政治学科，研究马克思主义，共产主义者。1926年进入朝日新闻社工作，驻上海特派员。经中共党员介绍，尾崎秀实同史沫特莱熟悉并结识了共产国际间谍佐尔格。1933年9月，佐尔格奉命到东京搜集日本战争动向情报。次年4月，佐尔格同尾崎秀实相聚并合作。此后，尾崎秀实把在上海一起工作的日本同仁组织起来，潜伏到一些重要军政部门。战争开始，首相近卫文麿曾两度组阁。1937年6月，近卫文麿将有"支那通"称号的尾崎秀实调到身边担任秘书。尾崎秀实将情报交给佐尔格并转给苏联红军总参谋部四局，而柯林将有关中国内容会发给中共中央。经尾崎秀实介绍，武田义雄（化名中西功）被满铁总社调查部录用，被称为红色间谍之一。1941年10月14日，尾崎秀实身份暴露；四天后，佐尔格等30人被捕，羁押于巢鸭监狱。1944年11月7日，佐尔格、尾崎秀实被特高课秘密绞死。

但不久,"拉姆扎"小组重要成员尾崎秀实身份暴露,受到日本军方秘密调查。

1941年9月下旬,"拉姆扎"小组成员,日裔美国人宫城与德被女佣人出卖。她向特高课说:"我的主人有夜间摆弄收音机的习惯。"特高课马上意识到:收音机就是发报机。

由此,东京军事侦察机构顺藤摸瓜。负责案件调查的大阪大佐找到了"拉姆扎"小组的活动脉络。不久,日本首相近卫文麿的秘书尾崎秀实成为重点调查对象。1941年10月14日,日军侦察机构开始收网,大阪大佐将日本首相秘书尾崎秀实秘密捕获。17日,佐尔格与克劳森会面,考虑到东京形势严重恶化,商定请示莫斯科同意,立即撤销"拉姆扎"小组。

17日晚,佐尔格前往富日酒吧,接石井花子去海边别墅。而此前,石井花子已经接到特高课的秘密指示,要求其严密监视佐尔格动向并随时报告情况。石井花子让酒吧的一名侍者给佐尔格暗中递了纸条,通知尾崎秀实已经被捕。但佐尔格在开车前往海边别墅途中犯下致命错误:将阅后的纸条随意丢在路边,被尾随跟踪的特高课人员捡走,成了他被逮捕的证据;此外,佐尔格同意石井花子给家人打电话。实际上,石井花子将电话打给特高课。次日清晨,大阪率领武装特工破门而入,将熟睡中的佐尔格逮捕,同时发现三部照相机、一台打字机和一份打印好的电报文稿。后来,在搜查佐尔格情人石井花子的家中时,又发现一只小巧打火机,是石井花子从佐尔格办公室拿走的一部微型照相机。同时,"拉姆扎"小组重要成员,德国人马克思·克劳森、英裔德国人冈特·施泰因、南斯拉夫记者勃兰特·伏开利克等30多人相继被捕。从克劳森的寓所,搜出了一台无线电发报机及密码本、发给莫斯科的电报副本。

在尾崎秀实被捕的第二天,近卫文麿遭到贬斥,辞去日本首相职务。10月18日,东条英机取而代之。德国使馆的奥特和梅辛格试图掩盖与佐尔格之间的关系,以推卸责任。结果,奥特大使被革职,梅辛格保住职位,但没有逃脱1945年的战争审判,被判处绞刑。

1942年5月16日,日军侦察机构对佐尔格和尾崎秀实等人的检察审问结束,案情公布:日本破获"国际谍报团,国内外五人主犯",依次为理查德·佐尔格、布兰克·武凯利奇、宫城与德、尾崎秀实、马克思·克劳森。

1944年11月7日,日本帝国考虑已无法取得战争胜利,将佐尔格和尾崎秀实秘密处死。马克思·克劳森、布兰克·武凯利奇被判无期徒刑。克劳森的妻子、安娜·克劳森被判处三年有期徒刑;宫城与德因死亡驳回申诉。1946,克劳森夫妇被美军从日本监狱救出并取道苏联返回德国。

佐尔格谍报小组的暴露是苏联的重大损失。他根据尾崎秀实所提供的日本帝国没有对苏联军事动意,正准备实施以太平洋为作战目标的"南进计划",以及英美才是日本真正敌人的情报进行分析,并得出重要结论:在今冬之前,日军将对美作战,暂不攻苏。而这份情报在危急时刻帮助了苏联,苏联将部署在远东地区的苏军调往了西线战场,为莫斯科保卫战取得胜利起到了关键性的作用。

当时，苏联政府考虑已与日本签订《苏日中立条约》，而苏联正处于对德国的战争状态，日本与德国是同盟国关系，也就始终都没有承认佐尔格是苏联间谍的事实。但30年后，苏联政府授予佐尔格为"苏维埃社会主义共和国联盟英雄"称号，发行了有佐尔格头像图案的邮票，莫斯科的一条街道被命名为佐尔格大街。

66 横道河子
赵家福拔枪怒杀日本特务桥本三郎

在伪满洲国的新京，特高课围绕刘天一和濑户美智子以及郁芳萍的调查正在紧张地进行。桥本三郎已经通过情报处秘密拿到了刘天一进入参谋本部之前写给关东军司令官植田谦吉的自述信。自述信内容如下：

尊敬的植田谦吉司令官：我叫刘天一，《法兰克福日报》记者艾格尼丝·史沫特莱的助手，负责处理新闻日常事务。因为日本帝国与德国是同盟国关系，我的立场、观点，同日本帝国利益是一致的。现在，我希望为关东军服务，因为我老母亲在横道河子，以便照料她的生活。我出生于牡丹江横道河子镇，原名姚德志，后改名刘天一，曾就读于北洋法政学堂，学过日语。家兄姚德山伐木工人，已故。

申请人：刘天一　　1939年1月7日

在刘天一自述信的右上角，植田谦吉司令官作了批示：

同意安排刘天一到参谋本部宣传课工作。

植田谦吉　　1939年1月8日

桥本三郎看着刘天一的自述信，琢磨着植田谦吉的批示，心里想着诺门罕战役。他知道，诺门罕战役失败后，植田谦吉司令官被解除了职务，深感战争残酷。

不过，桥本三郎仔细看刘天一的自述信觉得生疑，其目光是落到了"姚德志"的名字上，觉得熟悉，似乎在哪儿见过，但又一时想不起来。

那么，是在哪儿见过"姚德志"的名字？

为此，他在办公室内踱步，静静地想了好一会儿，但最终也没有想出什么结果来。索性，他站到了窗前，注视着新京的街道，汽车在来来往往，一辆辆运兵开过去了，又有宪兵专用警车在街面上巡逻，也偶尔会看见一两个衣衫褴褛的满洲人在猫腰走路。这时，一辆印有东宁森林警备队的车辆开进了街对面的关东军司令部，而这让他茅塞顿开。他自言自语地说道：

"哦，记起来了，在东宁要塞逃亡劳工的名单中见到过姚德志的名字。"

于是，桥本三郎急匆匆地向宪兵司令部情报处跑去。在拿到东宁要塞逃亡的情况报告后，从43个逃亡战俘名单中看到了"姚德胜"的名字，而这令他失望，因为"姚德胜"与"姚德志"有着一字之差。

"妈妈的，"他骂道，"如果机关特务长冈田还活着的话，那就可以判定刘天一的真实身份了！"

不过，桥本三郎意志坚定，强烈渴望为日本帝国建功立业，并迫切想搞清楚刘天一、濑户美智子、郁芳萍之间的秘密往来。他相信，一定会有一天将刘天一绳之以法。现在，他处在极度的乐观与想象中。随后，桥本三郎拿起了电话，拨通了牡丹江横道河子警察署的值班电话。

此时，警署副署长赵家福刚刚走进办公室，将大衣和"盒子炮"挂在了衣架上，随手抓起电话："喂，我是警察署的赵家福，您是哪里？找哪位？"

桥本三郎说："我的，新京，关东军宪兵司令部的桥本三郎。你的，再说一遍，你叫什么名字？"

赵家福一听对方是日本人，而且报的是新京宪兵司令部。他就立马道："嗨，太君，我是横道河子警察署副署长赵家福，您的吩咐！"

这话，让桥本三郎听了心里舒服。桥本三郎说："你的，快快地，请你们署长大岛右三接听电话。"

赵家福说："嗨，太君，大岛右三署长不在。"

"他的，什么的干活？"

"太君，大岛署长在配合剿匪部队在密林中围剿红胡子呐。"

"那么，他的，什么时候的回来？"

"哦，太君，我的不知道。不过，按照往常惯例，大约一周左右，但也是说不准的！"

"好的，我的知道了。不过，一会儿，我去你们那里工作！"

"哟西，哟西，太君，我马上做些准备，欢迎您到横道河子警署。但太君，您看，我要不要提早知道该做些什么。"

桥本三郎说："你的，话多了。"随即，"啪"的一下将电话挂了。赵家福怔怔地看着话筒，里面是传出"嘟嘟"的蜂音。他摇了摇头，无可奈何。赵家福的心里有气，但这就是主子对待奴才的做法。

不过，他必须忍受。放下电话之后，他马上觉得不对劲了。因为新京宪兵司令部能够直接打电话给横道河子警署是没有发生过的，绝非一般情况。而这让他立马警觉起来。显然，桥本三郎要来横道河子，肯定是有重要的事情。另外，宪兵司令部的工作对象绝非是普通百姓。

第二天午后，桥本三郎一行两人乘火车到了横道河子。赵家福和两名警察恭恭敬敬地迎接他们。他将桥本三郎接到了警察署之后，点烟倒水，殷勤周到，好一阵忙活。

桥本三郎说："你的说，大岛署长，什么时候回来？"

赵家福说："太君，尚没有具体的消息。一般情况下，我们警署协助部队剿匪，每次都要十天半月。现在，大岛署长带人去了密林，已经五天了。"

"那么，你的，知道不知道横道河子镇的姚家，姚德志？"

"知道，是姚德山的弟弟。"赵家福听到这儿就知道桥本三郎来横道河子的目的了。因早前，情报组织曾经通过自己了解过姚德山，也是为了判明姚德山的弟弟姚德志的身份，但那次并没有说明具体原因。

"那么，姚德山呢？"

"他死了，太君。"

"什么？"

"不，太君，是姚德山死了。"

"你的说，他是怎么死的？"

"太君，一次警察署从山里抓回来22个人，怀疑他们是抗联，其中有姚德山。再后来，宪警大野泰治负责审问，人就都死了，有的被割了头，挂在道路旁边的树上示众；有的头颅被用木炭烤熟做药吃了，还有被烤熟的头颅送给哈尔滨警察厅了。"

"你的说，为什么要送给警察厅？"

"那是大野泰治送的，他说烤熟的人头营养丰富，是最好的补品。因此，他将人头当作补品，送给了上级部门。"

"大野泰治的哪里的干活？"

"太君，他被调往山西了。"

"哟西，我的，看看审问记录。"

"好的，太君。"

随即，赵家福是找来一名工作人员打开了档案柜，将审问姚德山的卷宗找了出来，并递给桥本三郎。桥本三郎看过说："姚德山，抗日分子，你的知道？"

"嗯，大野泰治也是这么说的。"

"那么，姚德山的弟弟，姚德志，你的知道？"

"好像是有这么个人，但说不大具体。"此时，赵家福知道，桥本三郎是为了姚德志来的，而姚德志正处于危险中。但眼下，赵家福还不知道姚德志在哪儿。

不过，他想，绥芬河地下情报组织会知道姚德志的情况，因为绥芬河的情报组织曾经通过自己了解过姚德山的身份，进而秘密核实姚德志的情况。

桥本三郎说："你的，赵家福，横道河子，姚德山的母亲，你的知道？"

"有，太君！"

"哪里？"

"哦，我得找找看，还不知道她是不是活着。不过，太君，今天太晚了，您该吃饭了，明天再说吧。"

桥本三郎说："好的，咪西咪西。"

吃饭时，赵家福设法搞来了山鸡、松鸭、野兔肉、鹿肉、野猪肉，喝的鹿鞭酒，而一只锡壶在火盆灰中渐渐烫热。

这一夜，桥本三郎在赵家福的一再劝酒下喝得酩酊大醉，晚上，也就不想再继续工作了。之后，赵家福将其安排到山花巷里面住下。而山花巷是横道河子一条最繁华的街道，尽管街面不长，但有不同国籍的妓女。之后，赵家福找来两名朝鲜女人，暗中塞给她们一些日元，再三叮嘱陪好太君。此外，赵家福又在门外安排了两个贴心的门岗。

一切安排妥当，赵家福连夜找到了亲侄子赵老疙瘩。而赵老疙瘩是横道河子火车站的扳道员，也是情报组织的秘密交通员。他说："大侄子，你得连夜去趟绥芬河，赶快找到情报组织，让他们设法通知到姚德志，就说新京宪兵司令部特高课桥本三郎来到了横道河子，他们正在秘密调查并核实他的身份。"随后，赵老疙瘩连夜乘火车去了绥芬河。

之后，赵家福对于通知姚德志母亲的问题很纠结，因为老太太尚不知道自己是地下情报组织成员。另外，即便通知了老太太，特高课正在秘密调查姚德志的问题，老太太也是无处可逃的，也未必会有什么帮助。索性，他决定暂不通知姚老太太。

第二天上午7点钟了，赵家福守候在山花巷门口，等候桥本三郎起床，以便安排吃早饭。一直到上午十一点，桥本三郎才起床并简单吃了点饭，去了横道河子警察署。

赵家福说："太君，您看，我把老太太弄过来不？"

桥本三郎："不，休八字，休八字。"

说后，赵家福前面领路，两位警察跟在了桥本三郎后面，因为横道河子不大，不一会儿，他们就摇摇晃晃到了姚老太太的家。进屋后，桥本三郎看见姚老太太家徒四壁，低矮的茅屋四处漏风，仅有一床破被在苇席之上，而几个小小的土豆摆在灶台上。

显然，这是老太太的食物，生活艰难。赵家福说："老太太，太君来你家问事儿，你要好好回答。"

姚老太太看了看赵家福，又看了看桥本三郎，似乎明白了什么。她说："什么事啊？"

桥本三郎说："老妈妈，你的，几个孩子的有？"

桥本三郎这样问话，令赵家福没有想到，他竟然会如此的儒雅。而姚老太太沉默了一会说："我没有儿子，儿子都没了。"

"老妈妈，您不是有两个儿子吗？"

"没了，都没了。大儿子死了，二儿子杳无音信。"

"老妈妈，你的二儿子是叫姚德胜？"而桥本三郎的问话，是意在对姚老太太打个措手不及，进而来确定姚德志的真实身份。

"不，我的二儿子是叫姚德志。"

这时，赵家福看到桥本三郎的眼睛里滑过一丝狡黠的目光。随即，又不明白桥本三郎为什么提到姚德胜。

之后，桥本三郎走出了房间来到了姚老太太的邻居家。而躺在床上的刘满囤病得奄奄一息，不断地咳嗽，喘气时，就像呼呼作响的风箱。而他的妻子李素勤，正在火上熬着药。桥本三郎说："你的名字？"

刘满囤咳嗽着说："太君，我叫刘满囤。"

"你的，熟悉隔壁的姚老太太的儿子吗？"

"熟悉，但不知道太君是问的哪一个？"

"你的说，姚老太太是有两个儿子，都叫什么名字。"

"太君，她的大儿子是叫姚德山，二儿子是叫姚德志，也是叫过姚德胜。我和他是同班同学，所以，我知道情况。后来，他去了北洋政法学堂，就再没有回过横道河子。"

"好的，来，你的，看看这张照片。"说后，桥本三郎拿出了姚德志的照片给刘满囤看。

刘满囤说："是他！"忽然，刘满囤好像动了心思，说道："哦不，好像不是。哦，已经年头多了，人变化大了，我是记不准了。"

说到这儿，桥本三郎突然将刘满囤薅了起来并带到姚老太太家中，而刘满囤的妻子李素勤紧捣着小脚跟在了后面。桥本三郎说："老太太，你的，巴嘎呀噜，跟皇军大大的说谎，良心大大地坏了。老太太，你的大儿子是姚德山，二儿子姚德胜，统统的抗日分子，你的，知道？"

"不，我儿子是伐木工人。后来，被你们日本人给活活打死了。"

听了这话，赵家福很为姚老太太担心，不该跟桥本三郎说儿子是被日本人打死的事。此时，桥本三郎眯着眼睛从眼皮的缝隙中露出了犀利的凶光。他说："你的二儿子是叫姚德胜？"

姚老太太说："不，他叫姚德志。"

这时，桥本三郎转过身来对刘满囤说："你的，姚德胜的同学，老实地说，她的二儿子是不是姚德胜？"而桥本三郎这样说话，是因为从东宁要塞脱逃的人中，有姚德胜的名字，而姚德志恰恰用过姚德胜的化名。

刘满囤看着姚老太太面无表情，终于明白了原因。说："太君，我说不准了，他应该是叫姚德志，应该以老太太的话为准。"

随即，桥本三郎是"啪啪"给了刘满囤两个耳光，打得他嘴角流血。骂道："你的，死了死了的有！"之后，桥本三郎用手枪顶着刘满囤的头说："她的，二儿子姚德胜？"

刘满囤满腹狐疑，吓得瑟瑟发抖，说："太君，您问姚老太太吧，我是记不大准了。"

桥本三郎看了看老太太，又用狐疑的眼光看着刘满囤，突然发出"咯咯"的笑声。随即，他扣动了扳机，只听"啪"的枪响，刘满囤立即倒地并痉挛了一下就死了。

李素勤看到自己的丈夫刘满囤被打死后，号啕大哭，并疯狂地向桥本三郎扑去。这时，桥本三郎的手枪又喷射出了蓝色的烟雾，李素勤的头颅被子弹洞穿，李素勤跟跟跄跄地倒在了刘满囤的尸体上。此刻，赵家福眼睁睁地看着桥本三郎枪杀无辜百姓，而自己束手无策。

之后，桥本三郎对着枪口吹了口气说："老太太，你的欺骗皇军。你的二儿子，还有一个名字，姚德胜，从东宁要塞逃跑的。之后，他混入了参谋本部，你的，老实地说！"

此刻，赵家福终于明白了，姚德志就是东宁要塞逃出来的姚德胜，并打入了关东军司令部参谋本部。无疑，姚德志正处于危险中。这时，姚老太太说话了："我的二儿子叫姚德志。刘满囤是病糊涂了，记错我儿子的名字！"

"老太太，刘满囤你的邻居，二儿子的同学。他叫姚德胜，也叫姚德志。现在，我的清楚，姚德胜就是你的二儿子，曾在天津北洋政法学堂读书。"

姚老太太说："太君，我做母亲的，怎么会记错儿子的名字。"

听到这儿，桥本三郎那白皙的脸已经涨得通红了。随即，他薅着姚老太太已经稀疏的头发说："我的，搞清楚了，你的大儿子姚德山，是抗日分子；二儿子姚德胜，北洋政法学堂读书。后来，他被俘获了，在东宁构筑要塞。不过，他逃往了苏联，又混进了关东军司令部，为苏联人服务。"

姚老太太听后，用最后的一丝力气说："不，太君，我的二儿子不叫姚德胜，是你搞错了。"

桥本三郎突然大声喊道："不，姚德胜！"说到这儿，他抬起手枪对着姚老太太的嘴扣动了扳机。随即，桥本三郎又挥了挥手枪说："我们的走，警察署的干活，马上抓了刘天一、濑户美智子，他们统统的苏联间谍。"

这时，赵家福是突然抽出了"盒子炮"，"啪啪"连发两枪，桥本三郎和春上幼三倒在了门槛上。

之后，赵家福提着冒烟的盒子炮来到院子外面，铁青着脸对随来的两个警察说："里面的人都已经死了。因为桥本三郎枪杀了刘满囤夫妇，杀了姚老太太，而我杀桥本三郎和春上幼三。现在，你们如果要想为日本人立功，可以将我绑上交给日本宪兵队，但你们也会死的。"

两个警察相互看了看对方,脸上有着惊恐的神色,其中一个叫的张晓东说:"这该怎么办啊,发生这么大的事!"

"你们看着办吧,反正我是杀了两个鬼子。如果你们不想给日本人继续当狗的话,那就一块儿上山打鬼子去。"

张晓东说:"既然这样,那就赶紧走吧。如果让日本人给杀了,还不如杀了鬼子呢!"随即,他们三人快速向横道河子北山的密林中走去。

67 秘密报告
姚德志的身份已经暴露

赵家福的侄子赵老疙瘩在绥芬河北街找到了在铁路上工作的扳道员孟繁晨的家。孟繁晨听了情况后说:"我来处理这件事吧,你先回去!"

之后,孟繁晨来到大烟零食店面见了修竹同志,而修竹看过纸条后很惊讶。他说:"我来想办法吧,你先回去。"

之后,修竹用无线电台将消息报告给了哈尔滨。李云林接到密电后穿着长衫,戴着礼帽,坐着四轮马车来到了圣母安息教堂。

李云林说:"头儿,绥芬河发来密电说,宪兵司令部的桥本三郎到横道河子秘密核实刘天一的身份,而横道河子警署副署长赵家福是我们的人,他枪杀了桥本三郎。显然,刘天一的身份已经暴露。给,这是电报!"

> 绥芬河,第342号,绝密
> 据横道河子警署副署长赵家福报告,姚德志的身份暴露,关东军宪兵司令部桥本三郎在横道河子秘密调查姚德志的真实身份。切切!
> 发报人:山猫　　1941年10月23日

陈九石看后表情骤然紧张起来,说:"刘天一的身份暴露,濑户美智子也将处于危险中,还有'喝二两'小酒馆的人,都会受到特高课秘密监视;而交通员韩志臣会受到跟踪的;还有郁芳萍老师,也处于危险中,包括抗日联军在新京的秘密办事处主任于涛。"

"头儿,那怎么办?"

"好在桥本三郎已经被秘密除掉,我们还有时间。在特高课尚没有收网之前,我们要迅速采取行动。"

"好吧！"

"那你马上给郁芳萍老师发报，立即通知他们全部撤离新京。之后，我们也马上赶往新京，与特高课进行时间赛跑。"

哈尔滨火车站人头攒动，南来北往的旅客熙熙攘攘。陈九石和李云林购买火车票之后去了新京。

6个半小时后，他们到达了新京火车站。而陈九石在火车站附近，花了两个日元，从乞丐手里买了脏衣服、一双脏兮兮的鞋子，穿好后一瘸一拐地向新京银座附近走去。

此刻，李云林正在远远地注视着小酒馆的情况，而一道墙后面的小树林里，有两个年轻人在那儿晃悠。他们边抽烟，边不时地向小酒馆瞄上一眼。李云林清楚，他们是特高课密探，在对小酒馆进行监视。

此时，化装成乞丐的陈九石拄着棍子来到小酒馆门口，并伸出手向往来客人讨钱。李云林注意到，有人将钱币放到了陈九石的手上，而小树林里的人在盯着小酒馆附近的情况。

不一会儿，韩志臣从小酒馆里出来了。李云林看见，陈九石在跟韩志臣进行交谈。不一会儿，韩志臣转身回到了酒馆内，手上是拿着两块玉米饼子，并且递给了陈九石。

李云林知道，陈九石会将一个小纸团秘密地递给韩志臣。之后，陈九石嘴上啃着玉米饼子离开了。而小树林里的人对这个乞丐没有怀疑。因为战争期间，流浪汉在新京的街头比比皆是。

这之前，韩志臣已认出了陈九石。但陈九石小声说："这里已经暴露了。立即通知于涛、刘天一和濑户美智子、郁芳萍老师，迅速撤离新京。"

韩志臣说："嗯，我们已经接到了郁芳萍老师的通知。"之后，韩志臣回到了小酒馆内，将纸条展开，上面写着这样的文字：

刘天一和濑户美智子身份暴露，立即撤离新京。请于涛在老地方找我，商量撤离新京事宜。注意甩掉尾巴，阅后焚毁。

韩志臣回到吧台前将纸条交给于涛。于涛阅后点了一支烟，稳了稳心神。小酒馆内不多的几位食客都在低头吃饭，没有人注意到他。但他担心，这些食客中就可能有特高课的人，或者有特高课雇佣的人。之后，他镇定地将一些垃圾和纸条一并投进了炉火。而这一切，他做得很自然。即便是有食客看到他将纸团投进了炉膛，也没有什么。

之后，他出去了一会儿。待回来时，食客们都走了。于是，他们开始打扫酒馆的"卫生"，并没有发现什么。之后，韩志臣把两盆萝卜花摆在窗台上。无疑，这是紧急情况暗号。而刘天一路过小酒馆就会看到，也会走进来的。

现在，情况非常危急。而韩志臣和于涛担心饭馆内会有监听装置，并寻找可能藏匿的地方，但没有发现什么。而就在他们搬弄小单间桌子时，韩志臣的手是触摸到了一个物件。他低头看看是黑色的物件，很薄，并被胶带粘在下面。他立马意识到了，这是拾音器。

于是，他示意于涛赶紧过来。于涛看后急得一头冷汗。他忽然想到，小酒馆内的所有谈话，可能都被特高课录音。但他和韩志臣说话都是很注意的，从没在小酒馆内谈论机密问题。

随即，于涛是心生一计，对韩志臣说："你个小兔崽子，是不是贪玩儿忘事儿？"

"啊，叔，没有啊！"

"你说，郁老师是不是订饭了？"说后，于涛向韩志臣使了眼色，示意拾音器。

韩志臣心领神会："嗯，叔，我是忘了，马上送饭去，您就别打我了！"

"嗨，你呀，人家教你学日语，对你好，可你就是不争气，不知道感恩。你说，你将来怎么混社会，怎么为大日本帝国服务。小子，你好浑啊！"

"叔，我错了，您就别打我了。"之后，韩志臣拿着箩筐，里面装两个玉米饼子，还有一盘菜肴，向新开路小学走去，还一蹦一跳的。

此刻，负责监视小酒馆的两个人说："妈的，这小子还挺高兴的，蹦吧，没几天蹦头了。"

韩志臣来到新开路小学，郁芳萍老师在教室里，同学们都出操去了。韩志臣说："郁芳萍老师，您要尽快转移电台，销毁所有文件，等候通知，马上撤离新京。"

郁芳萍说："好，我知道了，你先回去！"

韩志臣说："您可以将秘密电台带到学校来，交给于涛主任的外甥女，是四年级一班的吴倩。由她带给她的母亲孙双，即于涛主任的亲妹妹。但您交给她时说'拿好，这是送给你舅舅的礼物'。"

"好吧，我知道了，但我什么时间撤离？"

"等通知，还会有字条传给您的。但传字条的人可能是我，也可能是吴倩同学。不过，您要时刻保持警惕，不排除会有便衣鬼子在跟踪您。"

"好，知道了，但他们什么都别想得到。"

之后，郁芳萍老师透过窗口看着韩志臣离去。她惊讶地发现了问题，一个身穿便衣的年轻人远远地跟在了韩志臣的后面。而韩志臣以若无其事的样子没有回头，也没有惊慌，回小酒馆了。

无疑，韩志臣已经受到特高课的秘密跟踪。尽管韩志臣年龄小，但已是老资格的情报交通员了，有着丰富的对敌斗争的经验。现在，情况万分危急。郁芳萍抬头看看墙上的挂钟，据学校晚上放学的时间还有一小时，但她本人已经没有课程了。

于是，她提着韩志臣拿过来的篮子向家中走去，并用眼睛的余光留心周边情况的变化。

是的，她确认过了，也有人在秘密跟踪自己。回到家后，郁芳萍将文件、电文副本，从炕洞里拿出来并统统塞进了炉灶里烧掉。同时，将两个玉米饼子放在了锅里。如果有人问她，你家白天的烟囱为什么冒烟，她会有合理的解释，这是她受训时学到的。

之后，她将收音机式的无线电台用米色的布包好放在篮子里，向学校走去。而用米色的布包装无线电台，也是考虑到米色的布与篮子的颜色是一致的。即便特高课的人在远处注意到了篮子，也不会知道篮子里面装了东西。这是细节，她想到了这一点，也是受训的结果。

但此刻，如果特高课的人立即逮捕郁芳萍老师，那就人赃俱获。而特高课的人万万没有想到，在如此危急的时刻，我们的抗日情报人员竟然会这般大胆地转移秘密电台，但这也是迫不得已的事。

回到学校后，离放学时间还有15分钟。郁芳萍敲开了四年一班的教室，通知吴倩说："一会儿你到我办公室来，你妈妈要我给你讲讲日文语法。"而给学生单独讲授日语语法，这对郁芳萍老师来说是经常的事。因而，也不会有人怀疑她刚才的话。

回到教室，郁芳萍将篮子随随便便地放在了窗台上。毫无疑问，她是想让外面监视她的人也能够看到这只篮子。是的，她是故意这样做的，是想使监视她的人不再怀疑什么。此刻，放学的铃声响了，吴倩来了。她说："老师，您找我有事吗？"

"来，过来。但我现在还有点事，不能给你讲课了。这样，你将这个米色的包包带上，要交给你妈妈孙双，说是送舅舅的礼物，她就知道了。"

"好的，老师！"

郁芳萍站在窗口前，看见吴倩将米色的包包交给了来接孩子的孙双。孙双看了一眼郁芳萍老师的窗口，牵着女儿吴倩的手离开了学校。

此刻，郁芳萍悬着的心终于放了下来，因为无线电台是从事间谍工作的铁证。现在，她感觉到轻松，只待上级撤离新京的指示。

是的，在她的心里是最恨日本兵的，因为她眼睁睁地看见小鬼子的汽车将母亲撞死在街头，小鬼子还发出了一阵阵的狂笑声。

此时，离开小酒馆后的陈九石，已经回到了曾在新京住宿的地方。而这间房子是抗联办事处主任于涛的备用处所，一旦遇有紧急情况后，可以临时安排人住，以便躲避特高课的追捕。

不一会儿，李云林也到了。陈九石说："兄弟，你在小酒馆的外面都看到了什么？"李云林说："小树林里面有两个人，他们在盯着小酒馆。其中一个人在韩志臣去新开路小学时，还跟踪了他。"

陈九石说："我们的人，要立即撤往哈尔滨。之后，再想办法撤往苏联。"

李云林说："在哈尔滨道里区面包街109号，可以安排我们的人落脚。"

傍晚时分，刘天一和濑户美智子路过小酒馆时，注意到了窗台上是摆着两盆萝卜花，而这是紧急接头的暗号。

他想了一下，还不能马上走进小酒馆。之后，他们来到新京银座，濑户美智子试穿旗袍。刘天一则用眼睛的余光注意到有人在秘密跟踪自己。于是他悄悄告诉濑户美智子："亲爱的，有人在秘密跟踪我们。一会儿，你去小酒馆买几个菜吧，我在外面等着。"

"哦，好吧！"从银座商厦出来，在小酒馆门前，濑户美智子将新买的旗袍交给了刘天一，说："亲爱的，我去买几个菜。"

说完，濑户美智子走进了小酒馆，看看里面没有人，说："跑堂的，来两个菜：酸菜粉条，鸡蛋炒韭菜。"

韩志臣说："哦，女士，您稍等！"说完，韩志臣示意她别说话，拿过了一张纸条在上面写字：

小酒馆受到监视监听，你和刘天一的身份暴露了。宪兵司令部的桥本三郎在横道河子秘密核实刘天一的身份。现在，时间不多，情况危急。上级指示立即撤离新京。

濑户美智子看后脸色铁青。不一会儿，两盘菜端了上来，韩志臣说："女士，您的菜。"

"谢谢！"在途中，濑户美智子对刘天一说："跑堂的说了，小酒馆已被特高课监视监听。"

"哦，是嘛！"刘天一听后警觉起来。

濑户美智子说："我们的身份暴露了。桥本三郎去了横道河子，在秘密核实你的身份，但他被杀了。"

听到这儿，刘天一用眼睛的余光看了后面，有尾巴跟踪他们。于是，他突然拉着濑户美智子向小酒馆走去，而跟踪在后面的"尾巴"措手不及，只能继续向前走去。

这时，刘天一对濑户美智子说："特高课也会对我们家监视监听的。"

濑户美智子说："嗯，特高课是很难缠的，一旦被他们盯上，会很麻烦。"

刘天一说："不过，我们有办法对付他们。"

现在，他们已经来到了小酒馆，并与韩志臣发生了争吵。说："你们的菜给得太少。知道吧，我们可都是老用户了！"

而这样的争吵，刘天一的目的明确，是不因为自己身份的暴露而影响到韩志臣和于涛。韩志臣很聪明，说："先生，对不起，刚才是疏忽了，菜码是少了些。不行的话，再送给您一个芹菜粉吧？"

刘天一说："好吧，这还差不多！现在，我知道你们也都不容易，这兵荒马乱的年月。"

"但问题是，你们是不能亏待老客户的。否则，你们的买卖还怎么做，不砸锅吗？"

"哦对，您说得在理，我注意就是。"之后，刘天一挥笔写下：我们明天晚上之前自行撤离新京，再设法与组织联系。

他给韩志臣看过后，将纸条烧掉，又写道：你和于涛，还有郁芳萍怎么办？

韩志臣写道：自有安排。

离开小酒馆，他们夫妇俩回到了家里，开始翻箱倒柜，查找监听器。最后，刘天一爬到床底下，看到床角有一个黑色的小物件被胶带粘在床下。然后，他示意濑户美智子，而濑户美智子看了很惊讶。

这时，刘天一故意转移话题说："这菜要不要热一热？"

"好啊！另外，家里面有慕尼黑啤酒，您也喝一点吧！"

"嗯，宝贝儿！不过，你说，开小酒馆的是不是都不讲良心了。我们是老客户，给菜还这么少。"

濑户美智子说："那以后不去这家小酒馆了。"

"可是，新京饭店不少，但就这家小酒馆的菜合你的口味。来，亲爱的，我们喝一杯吧。"

"好！那饭后，您想做点什么？"

"你说呢，当然是美事呀！"天黑之后，他将一些秘密情报统统烧掉了。之后，他们在纸面上交流。刘天一写道：明天，请石岛上野来送我们出城。

"他可靠吗？而您以前没有跟我说过他！"

"可靠，我已经做通了他的工作，他同意为反法西斯的事业效力。而后，我们去哈尔滨，再设法与组织联系。"

濑户美智子写道："好吧，那你明天还上班吗？"

"上班，照常上班，不能让特高课看出任何破绽！"

"时间紧迫，白天，还是晚上，我们撤离新京？"

"上午，因为黑天时，特高课的人会盯得更紧。我们要出其不意才会脱逃成功。"

"也是。另外，一旦遇有意外，您就说什么都不知道，而这可以保命。"

"哦，我好感动。如此危急时刻，您还在为我考虑，爱你！"

"这是我应该做的，我们是因为情报而相爱，但不会因为情报工作结束而终结爱情的。"

"睡吧，我们要好好抱一会儿！"

这一夜，刘天一辗转反侧。他无法知道自己的身份究竟是怎么暴露的，也不知道会不会挺到明天早上。但想来想去，问题一定出在了特务机关长冈田的身上。而对桥本三郎去横道河子秘密调查自己身份的事情，自己却一点儿都不知情。但他回忆到，不排除是自己给原关东军司令官植田谦吉写信的关系，因为那上面说了，姚德志，家住牡丹江横道河子。之后，他在迷迷糊糊中睡着了。

68 巧妙设计
成功躲过了特高课的跟踪与捕杀

是夜，于涛甩掉了跟踪的人并秘密来到了陈九石的住处。老朋友相见无不亲热。面对紧急情况，他们认为，只有设法干掉那两个监视小酒馆的日本特务，他们才会有获得自由的机会；同时，对各自逃离新京的方案与细节进行了推演。

于涛说："您和李云林要早一点撤离新京，因为一旦我们的人撤离不顺利的话，宪兵司令部就会立即封锁整个新京城，会挨家挨户搜查我们的人。因此，如果你们撤离不及时的话，那会有大麻烦的。"

陈九石说："是的，我们应该算好撤离的车次，尽可能在关东军宪兵司令部封闭全城之前，我们实现同步撤离新京。"

第二天早上9点钟，小酒馆内突然发生激烈的争吵。于涛斥责韩志臣："你一个小兔崽子是不是嘴馋了，是不是偷了什么东西吃？"

韩志臣说："叔，没有啊，我没偷吃什么呀！"

"什么？那煮熟的猪蹄为什么少了一个！"

"哦，老板，对不起，是我饿了。"

"浑蛋，我花钱雇你，怎么可以偷吃东西？"

这时，于涛拿起一根腊木杆要揍韩志臣。韩志臣则高喊着："你怎么可以打我呀！"说后，他开门就跑，于涛在后面紧追不舍。

不一会儿，韩志臣跑向了小树林，而负责监视小酒馆的两个日本特务感到诧异。韩志臣说："快，你们快救我呀！"

这时，两个日本人出面干预，对于涛说："你的，巴嘎呀噜，死了死了的有！"

于涛继续向韩志臣扑去，却突然用蜡木杆袭击了两个日本特务头部。他们刚刚上岗，在不经意间就被打碎了脑袋。

这一招，是陈九石和于涛共同设计的。因为与马路之间有墙挡着，而杀死两个日本鬼子后，一时半会儿不会有人发现。

随即，一辆马车载着于涛和韩志臣向新京火车站跑去。那里会有情报人员拿着火车票接应他们。40分钟后，他们登上了开往吉林的小票车，将通过延吉过境到苏联。

郁芳萍早晨上班时，吴倩同学偷偷捎给了她一张纸条：马上撤离新京，化名为柳毛，你在哈尔滨火车站登载寻找母亲的启事，落款柳毛；之后会有情报组织的人是与你联系了。

接到密令后，郁芳萍没有马上离开学校。她决定给同学们上完最后一课。

10点钟后，郁芳萍慢慢地走出了校门，且不断回头张望，有点依依不舍的感觉。她沿着钻石街走去。突然，她拐向了新街胡同。按照约定，这是一条死胡同，情报组织会有人在胡同里接应她。然后，他们会一起登上一架梯子翻过高墙，而墙外面会有一辆四轮马车等着她。如果摆脱不掉跟踪的日本特务，情报人员会在胡同内用无声手枪将日本特务击毙，并将其尸体投进胡同内的一口枯井中。

现在，郁芳萍有些紧张，她刚拐进胡同后就突然加快了脚步。不，她跑了起来，这是一个严重错误。因为紧随在后面的日本特务以为她要逃跑，立即高声骂道："巴嘎呀噜，你的站住！"

可是，郁芳萍并没有停住脚步，继续向前奔去。这时，紧跟随在后面的日本特务拔出手枪，砰砰两枪，子弹击中了郁芳萍后背，她扑倒在地。而埋伏在胡同内的情报人员眼睁睁地看着郁芳萍中枪了。

在日本特务走近郁芳萍的尸体时，他们靠了过去，突然用无声手枪击碎了日本特务的脑袋。待回手救助时，郁芳萍已经停止了呼吸。情报人员只好翻过墙去，乘四轮马车离开了这里。

新街胡同的枪声，惊扰了街面上的日本兵巡逻兵，他们迅速向新街胡同口集结。一些老老少少的百姓被日本兵用枪逼着集中起来，其中有十多个男人被汽车押走，最终被严刑拷打致死。

上午11点，宪兵司令部司令官原守中将得到了报告，桥本三郎在去横道河子警署核实刘天一身份时被秘密枪杀。原守司令官拍桌震怒："巴嘎呀噜，迅速抓捕刘天一和濑户美智子。

可是，当日本特务扑到刘天一的办公室时，他们为时已晚，包括濑户美智子也不见踪影了。而后，原守中将发布了命令：新京全城戒严，就是挖地三尺也要找到刘天一和濑户美智子。"

此时，刘天一和濑户美智子，已于10点钟乘军用吉普车向奉天驿火车站方向驶去了。但到了新京附近的范家屯火车站，他们将吉普车停在了杨树林里，而人登上了去哈尔滨的小票车。他们这样做是引导敌人误判，以为刘天一和濑户美智子逃往了奉天方向。

在途经新京火车站时，他们看见车站内戒备森严，但宪兵队的人没有上火车检查。而他们不会想到，所要缉捕的刘天一和濑户美智子就坐在奉天开往哈尔滨的小票车的包厢内。不同的是，他们都启用了新的化名，而刘天一多了一撮杨丹胡子，濑户美智子则化装成了一个小老太太。6小时后，他们顺利到达了哈尔滨火车站。

从新京回来，陈九石在圣母安息教堂一直焦急等待着情报人员撤离新京的消息。黄昏时分，他听见有人敲门，刘天一走了进来。陈九石喜极而泣，悬着的心放了下来。

陈九石说："兄弟，你们终于逃出了虎口。"

"头儿，多亏你的救助。否则，特高课会杀了我们。不过，于涛和韩志臣是怎么样了？"

"他们早就有了应急方案。在突袭那两个监视小酒馆的日本特务之后，由情报组织安排马车将他们送到了新京火车站。然后乘小票车去往吉林，再转道延吉过境到苏联去。"

"那么，郁芳萍老师呢？"

"也做出了安排，但目前还没有郁芳萍老师的消息。"此时，他们尚不知道郁芳萍老师已经牺牲的消息。

深夜了，陈九石将濑户美智子等人接到了道里区面包街9号，并向远东谍报组报告了情况：

哈尔滨，第347号，绝密
"硕鼠"和"家雀"的踪迹暴露，已经躲过猎杀。
发报人：红隼　1941年10月26日

哈巴罗夫斯克。卡洛琳中尉拿着电报来到了柯林的办公室，而柯林的脸色铁青。她知道，是因为东京"拉姆扎"小组被日本特高课破获的消息，而佐尔格与尾崎秀实等30多人被捕。因此，柯林同志受到了苏联红军总参谋部的严重警告。

柯林说："您坐吧，卡洛琳中尉，有事吗？"

卡洛琳说："'红隼'的密电，也是不好的消息，'硕鼠'和'家雀'的秘密身份暴露了，但躲过了特高课的缉捕。"

柯林说："哦，我们的灾祸接二连三，我们的情报工作陷入了被动。当时，留希科夫的叛变几乎毁掉了我们在满洲的所有情报组织，一些情报人员惨遭杀戮；而现在，'拉姆扎'小组被东京特高课打掉了，新京的情报组织也暴露了，这真是太不幸了。"

"那么，您对'红隼'有什么具体指示吗？"

柯林看着电报说："我们给'红隼'发报，请他到哈巴罗夫斯克述职，我想知道问题究竟出在了哪里？"

冒着寒风，还有飘飘扬扬的雪花，陈九石、刘天一、濑户美智子、石岛上野，经过北安秘密来到了黑河市，即苏联所称的沙哈梁地区。在陈世文的帮助下，他们秘密躲过了日军巡逻小队，从冰上跨过了黑龙江，又乘火车到达了哈巴罗夫斯克。

在白桦林酒吧，柯林和卡洛琳为他们接风。柯林说："热烈欢迎你们回家，大家辛苦了，我们喝杯酒吧！"

陈九石说:"濑户美智子和石岛上野都是日本人。在目睹关东军侵略中国的种种罪行之后,他们决定投身到正义事业。这期间,他们为情报事业作出了突出贡献。"

石岛上野说:"哦不,我不是日本人,准确地说,我是琉球人,即中国人。在我的体内依然流淌着中国人的血液。不过,在日本占领琉球之后,将琉球改为了神户。而琉球就像朝鲜在中国元朝时期一样是宗属国。还有,日本帝国的军队占领琉球时,我的祖父因为反对日本帝国的野蛮占领,而被日本兵砍头了,这也埋下了仇恨的种子。现在,我献身于正义事业,是坚决反对日本帝国主义侵略中国,就这样!"

柯林说:"哦,好,欢迎你,石岛上野,欢迎你加入苏联红军远东谍报组,我们要共同为正义的事业而斗争。"

濑户美智子说:"柯林同志,我感谢您的盛情接待。还有卡洛琳中尉,也谢谢您!我能够加入远东谍报小组,不仅仅是献身于正义的事业,也是人性方面的考虑。因为我非常爱刘天一,也愿意为他而献身,献出我的生命。"

陈九石注意到,濑户美智子说这话时神情坚定,就是在逃离新京的时候也没有因为身份暴露、被特高课追杀而惊恐。她在来苏联的一路上的颠沛流离也都没有抱怨。

卡洛琳说:"濑户美智子小姐,您说得真好。我羡慕您,因为您有了自己真爱的男人!"说后,她拥抱了濑户美智子。

刘天一说:"当初,我追求濑户美智子时,是因为情报事业的需要。现在,我是真心爱她的,濑户美智子是难得的好妻子。"

柯林说:"祝贺你们。因为正义的事业,你们结缘,这是很难得的。但现在,我想知道郁芳萍老师的情况怎么样?"

陈九石说:"头儿,我已做出了安排,通过抗日联军办事处主任于涛派人来帮助郁芳萍老师逃离新京。在哈尔滨,我们安排了郁芳萍老师的联络方式,也有人在等着她。"

"哦好,我希望她安全脱离新京。"柯林说,"还有,刘天一,说说看,你们的身份是怎么暴露的?"

"我的身份暴露是交通员韩志臣告诉濑户美智子的,但尚不知详情。"

陈九石说:"因为绥芬河情报人员提供的情报,我知道刘天一和濑户美智子的身份暴露了。确切地说,是宪兵司令部派桥本三郎到横道河子秘密调查刘天一的身份,我们才知道刘天一的身份暴露了。显然,因为特务机关长冈田怀疑刘天一的身份后,特高课一直都没有放弃调查。"

柯林说:"哦,形势严峻。我们活动在东京的'拉姆扎'小组也是被日本特高课打掉了,有30多个同志被捕。来,都把酒洒在地上,让我们为他们祈福吧,还有郁芳萍老师,也愿她平安!"此时,大家的心情都非常沉重。

是夜,柯林和陈九石,同刘天一、濑户美智子、石岛上野又进行了长时间的密谈,而焦点是关东军的部署。

69 日军布防
悉数被远东谍报组秘密掌握

柯林说:"根据我们掌握的情报,德国在对苏开战之前,并没有按照德意日三国条约而事前通知日本,但日本还是获知了德国方面的情况。"

"其间,驻德国大使大岛浩中将,在4月6日、6月16日,曾向国内报告了德国有进攻苏联的战争计划。6月16日说,下周,德国将对苏联发动战争。在此期间,日本正在召开联席恳谈会。他们认为,来自苏联的压迫已经解除了,是时候实施'南进计划'了;但另一种意见说,如果两面夹击苏联的话,就彻底解除了来自苏联方面的压迫。不过,参谋总长杉山元和参谋次长田宫中将否决了'北进计划'。他们认为,日本首要的问题是解决掉中国问题,并全面进军东南亚。同时,在有利时机到来时,也可以对苏作战。而这个意见得到了裕仁天皇的核准,并成为日本的最高机密。但东京'拉姆扎'小组获得消息后,向国内报告了情况。现在,关东军的'军特演'已经结束了。那么,关东军南下的目的到底是什么?"

刘天一说:"关东军举行'军特演',实际上是对苏作战准备。而关东军在满洲有14个师团、2个航空兵团,驻朝鲜两个师团,是对苏作战主要力量。因此,7月7日,陆军大臣东条英机和参谋总长杉山元向裕仁天皇秘密上书。为对苏作战,需动员58万青年参军,并得到了裕仁天皇的批准。不久,东条英机命令向大连和釜山调兵。但不久,日本又实施了'南进计划',将关东军能够作战的部队秘密调往了台湾,而满洲的驻防由新兵替补了原14个师团的空缺。因此,我向远东谍报组报告了情况,关东军暂时不会进攻苏联。"

柯林说:"是的,现在,苏联红军根据日军不会进犯苏联的情报,将远东地区的部队调往了西线作战,会影响到西部的战局。因此,我们的情报工作还是卓有成效的。"

濑户美智子说:"据可靠消息,7月11日,日本军部向关东军下达了第506号命令,要求按战时补充兵员、装备和特种兵,并完成了相关的训练和演习。因此,'军特演'的目的,实际上是按照对苏作战进行战略展开的。补充兵员按照两个阶段进行,7月份,主要补充14个师团的空缺,包括武器装备;8月份,将驻守日本的第51师团和第57师团调入了关东军管辖。因此,关东军现在是整编16个师团。"

柯林说:"那么,您再谈谈关东军将官的情况。"

濑户美智子说:"现在,关东军司令官是梅津美治郎大将,而吉本贞中将担任参谋长,下设了第3军、第4军、第5军、第6军以及关东防卫军、关东军直属部队。关东军防卫军的司令官是山下奉文。新组建的第20军，司令官是关龟治中将，驻扎在鸡西。航空兵团由2个飞行集团组成，即第2和第5飞行集团，司令官是安腾三郎中将，主战飞机1000架，大多是97式战斗机以及98式轻型轰炸机、97式重型轰炸机，还有部分运输机。"

柯林说："那么，他们飞行员有多少人？"

刘天一说："按照战时的编制，每两架飞机至少3名飞行员。因此，飞行员在3000人左右。"

柯林点点头说："下面，我们重点研究一下关东军对苏作战的问题，首先，关东军能够对苏作战的总兵力有多少人？"

濑户美智子说："约80万人左右。"

石岛上野说："现在，关东军有16个师团，还有大量的特种兵部队和火炮部队。"

"那么，特种兵部队是指什么？"

石岛上野说："是指机械化部队、火炮部队，其中，机械化师团3万人；野战重型炮兵联队14个，主要布防在对苏前线的主攻方向，即牡丹江以东第3军正面，密山以东第5军正面。而担任绥芬河方向的第3军由河边正三负责指挥，任务是歼灭苏军。因为我去过那里，关东军的一些参谋会在汽车上谈论对苏作战问题。包括进军外蒙，使之和内蒙形成一体；同时，还会协同强大的海军，也有攻占海参崴的计划。"

"那么，关东军攻击海山崴的陆战计划或方案是什么？"

石岛上野说："是从间岛地区、绥芬河、东宁、虎头等地同时发起进攻。进而占领伊曼市、巴拉巴什、曼佐夫卡地区，最后攻占海参崴。同时，日本海军会协同陆军进行配合作战。"

"那么，日本空军呢？他们的意图呢？"

刘天一说："如果对苏作战，安腾三郎会将第12、第13战斗飞行团，归属到牡丹江第2飞行集团指挥，进而增强日军对苏作战主攻方向的空战能力；同时为预防苏联的空中轰炸，会将战略轰炸部队秘密后撤。现在，空中侦察飞行部队驻扎在牡丹江温春机场，编制为第28战队。关东军的情报机构认为，苏军在远东地区的总兵力是60万人。"

石岛上野说："在'军特演'期间，我还到过绥芬河和东宁，还去了间岛地区。现在，第3军由河边正三指挥。为减少伤亡，关东军会快速通过丛林并绕过苏军筑垒地区；河边正三在作战安排上，还特意规避了格罗迭科沃。其间，河边正三采纳了关东军的情报官甲谷悦熊中佐的意见。"

"哦，您详细说说甲谷悦雄中佐的情况。"

"甲谷悦雄中佐是情报官，"他说，"在主攻苏联远东地区的线路安排上，他的意见是从东宁南面开始。而后，对苏作战部队要穿过奥斯特拉亚林区，直取哈巴罗夫斯克。同时，工兵备用穿过林区的工具，要用木炭做饭，防止炊烟被苏军发现。此外，第3军要考虑作战协同问题。在进攻哈巴罗夫斯克时，由牡丹江第13战队提供空中保护。现在，这支战队部署在牡丹江兰岗，战队长是新藤常佑卫门中佐，极富空战经验，对日本忠诚。"

"哦，小伙子，你很有头脑，是什么学历？"柯林说。

"高中，神户高中毕业。之后，日本政府动员参军，我来到了满洲。而日本军人入伍时，要按照民间惯例，由亲人举行'壮行会'。但后来，这些活动被日本政府严令禁止了，甚至经过满洲的大连、奉天等一些大城市时，列车都不得停留，以免被苏联的侦略员发现。"

濑户美智子说："为了适应进攻苏联的需要，关东军在各个司令部普遍设立了第5课，以便占领苏联后，在各地区扶持亲日政权，处理政治、经济、交通、治安等事务。实际上，第5课在哈尔滨组还建了一支白俄部队，有1万人左右，是对苏作战重要力量。"

"哦，他们都是些什么人？"

"都是流亡者，是俄罗斯的贵族。他们渴望在日本的帮助下，能重返俄罗斯的帝国时代。"

在集体讨论日本的军事情报后，柯林约陈九石留下来，商量下一步的情报工作。柯林说："您看，刘天一和濑户美智子，还有石岛上野，该究竟怎么安排他们的工作？"

"听您的，头儿。"

"现在，我想把他们留在哈巴罗夫斯克。因为新京的局势严重恶化，我不能再让他们去冒险了。而您，要在满洲继续领导那里的工作。"

"好的，头儿，我服从组织上的决定。不过，我还想去趟北平，看看金校根和卡利洛娃的情况。"

"好吧，我来为您做出安排。不过，你要快去快回，因为您的主要任务是在满洲。在去北平后，如果必要，您可以指令他们与国民党情报机构秘密交换情报，这对苏联和中国的抗日战争都有好处。"

"是的，头儿，我明白，以此来牵制日本，并为苏联抗击纳粹德国赢得时间。"

"是的，就是这个意思。在安排好后，您随时出发。"

3天后，在柯林的秘密安排之下，陈九石和李云林从符拉迪沃斯托克乘坐"彼得大帝号"货船前往了上海。经对马海峡、黄海和东海，陈九石看到了日本的运兵船、货船，往来穿梭，十分繁忙。而此时，他们的秘密身份是货船上的海员，化名为于达亮和葛显利。

货船到达上海港，陈九石和李云林吞下了一些巴豆而下泄严重。日军海上守备队登船检查时，船长戈尔津说："我的两个海员患上了传染性痢疾，需要下船治疗。"牛冈小队长看了陈九石和李云林身体虚弱，准其下船治疗。

货船在上海港要停船半个月的时间，他们借机去了北平。当货船再次起航时，他们就可以再乘船回到苏联了。

另外，他们伪造的护照是通过上菜人用小货车带到市区送去的。送货员叫左相路，戈尔津船长的朋友。

70 战略分析
金校根摸清了日军四大集团

1941年初冬中的北平，破败而灰暗。一些低矮的房屋在冬日里冒着滚滚浓烟，空气中弥散着刺鼻的硫黄的辣味，整座城市处于严重雾霾中。

一些人拉车、马拉车，在北平站前的街道上匆匆跑过，会留下了一串串的马铃声和嘈杂声。些许微风吹过，一股股难闻的马粪味飘进陈九石和李云林的鼻孔。不得已，他们捂住鼻孔和嘴巴急匆匆地向东城区走去。他们看见一些戴着毡帽、穿着长衫的市民脚步匆匆，不敢驻足，不敢交头接耳，因为日军实行白色恐怖，随时会有被杀头的危险。

在东四条胡同第33号，陈九石走进了福佑茶庄。福佑茶庄由金校根负责打理，由远东谍报组秘密提供资金支持，也是联络站点。

金校根见到陈九石进来后立马眼睛发亮。金校根说："哇，头儿，你来北平，我太高兴了。"

"兄弟，我来看看你，李云林在外面望风呢！来，说说北平方面情况。"

"头儿，自打日军占领北平之后，这里是很乱的，同上海、奉天、哈尔滨也都差不多，有大批的日本特务，还有美国、德国、法国、英国的特务，而街头暗杀事件频频发生。"

"哦，都暗杀什么人。"

"除了日本人杀掉国民党和共产党的人外，一些情报组织，也在暗杀日本人，还有汉奸。这不，刺杀王克敏是北平的大事件了。"

"王克敏，干什么的？"

"王克敏是广东举人，后来到日本担任留日学生总监，不久改任了驻日公使馆参赞。1917年7月升任中国银行总裁。此后，他投靠直系军阀冯国璋和曹锟，担任冀察政务委员会经济委员会主席。1937年7月29日，日军占领了北平，组织成立伪政权，日本人请王克敏出任华北临时政府主席。这家伙听说后喜出望外，专程飞到福冈与日方商谈。回来后，他拉曹汝霖下水被断然拒绝了。1938年1月，王克敏出任了华北临时政府行政院长。不久，戴笠手下人要暗杀他。通过秘密跟踪，发现他每周六下午5时，王克敏会到北平八大胡同与苏州来北平的名妓约会。而戴笠在得到报告后，向天津情报站长陈恭澍下达了除掉王克敏的命令。1938年3月28日下午，王克敏车队刚开进八大胡同东口，突然遭遇了多支手枪射击。但王克敏命大，只擦破点皮。不过，随身侍卫被打死了。"

陈九石说："好，对汉奸就得有一个杀一个。否则，中华民族就没有希望。"

金校根说："另外，上海还发生了斧劈唐绍仪的事件，影响也很大。唐绍仪是广东香山人，清末政治活动家、外交家。1874年，14岁的唐绍仪成为留美幼童，进入哥伦比亚大学学习。1881年归国，驻朝鲜汉城领事、驻朝鲜总领事，清末南北议和北方代表，民国第一任内阁总理。与孙中山政见分歧后政治上渐渐消沉，后任中山县县长。在上海沦陷后，与各方暧昧不明，不愿意去重庆。同时，市面上盛传日本欲利用唐绍仪组织成立华中伪政府。因而，在唐绍仪住处日本人频频到访，这消息被军统特工报告给了戴笠。戴笠打电话给杜月笙，让他出面邀请唐绍仪到香港，但遭到唐绍仪拒绝。戴笠断定，唐绍仪想投靠日本，决定将其送上西天。之后，他指定特务周伟龙和赵理君负责暗杀唐绍仪。此时唐绍仪住在法租界福开森路一幢花园洋房内，24小时都有巡捕负责警卫，对进入人员实行严格搜查。"

"不久，周伟龙找到了除掉唐绍仪的机会：因为唐绍仪特别喜欢古董。军统特务利用这一点，派人扮成古董商人。之前，他们上下打点唐宅内人员。一天，赵理君谎称有好古董待价而沽，得到门卫放行。唐绍仪听说有古董上门很是客气，戴上老花镜看着古董。这时，特工趁仆人上楼之际，抽出斧头劈杀了唐绍仪。此后，蒋介石为掩人耳目，下令以国民政府名义给唐绍仪的家庭发来唁电及丧葬费5000元，并颁布了《国府要员唐绍仪褒奖令》。"

陈九石说："这些内部消息，你究竟是怎么搞到的。"

金校根说："这是董祥明提供的情况。我看，这家伙应该是军统特务，是卡利洛娃在北平发展的内线。"

陈九石说："你说，蒋介石这么恨汉奸，但日军大举进攻中国领土时，他为什么不向日本宣战呢？"

金校根说："客观上说，国民党军队装备落后，对日作战不堪一击。中国虽有四亿六千万人，因为长期军阀混战而致人心不齐。另外，国民党主要打共产党！"

"嗯，也是。"陈九石点点头，"还有什么新的情报吗？"

"据我在北平掌握的情况，日本是工业强国。在18世纪至19世纪前半叶，日本阶级矛盾日益激化。1868年，德川幕府政权被推翻了，建立以明治天皇为代表的新兴资产阶级政府，即'明治维新'，促进了资本主义发展。"

"那么，你的意思是说，日本工业基础要比中国强。所以，蒋介石是不敢对日进行宣战吗？"

"对，国民党畏惧日本。现在，日本年钢产量是819万吨，中国才5万吨。此后，日本实施了海外侵略政策，建立了强大军队。到九一八事变时，日本海军舰船排水量就高达115万吨，而中国只有11万吨；空军拥有各种作战飞机是1600架，中国才600架。日本军队拥有大量的火炮、坦克，而中国没有机械化部队。"

"嗯，这个问题很严重。"

"另外，卡利洛娃通过高桥清四郎了解到，日本主战兵力由四大战略集团组成。即本土集团，陆军240万人，海军130万人，总兵力370万人；南方军，陆军100万人，海军40万人，总兵力140万人；关东军，85万人，大部分部署在中国东北；中国派遣军，约105万人。而南方军战力最强，属精锐之师，主要分布在南太平洋地区。"

"哦，我还是第一次听说日军有这样的战略布局。"

金校根说："这期间，日本加快了对中国东北资源的掠夺，很快渡过了经济危机，工业增速高达9%。同时，从国外进口了大量的石油、铁矿石、橡胶、棉花、稀有金属。到七七事变时，日本年产飞机1580架。但战争期间，年生产飞机可高达上万架。此时，中国的飞机生产为零。另外，日本强制实行征兵制，凡是年满17岁至40岁的男子都必须服兵役。因此，日本后续兵力是充足的，其预备役和后备役兵力约500万人。如果全部动员的话，日军总兵力可达1000万人。"

陈九石说："哦，这很可怕。看来，中华民族的解放恐怕还要拖很长一段时间。"

金校根说："现在，国民党有步兵师182个，独立旅40个，骑兵师9个，4个炮兵旅，还有少量的特种部队。这些部队名义上是属于国民政府，但领导及指挥权是不统一的，因为派系繁杂，矛盾众多。中央直属师有70个，其中40个是以黄埔军校军官组建，有些是由德国训练团负责训练，也装备了一些新式武器。但运输工具缺乏，作战能力与日军差距很大。因此，蒋介石怎敢对日宣战！此外，在国民党内部弥漫着严重的失败主义情绪，几乎不战自垮。"

陈九石说："另外，蒋介石攘外必先安内的政策很不得人心。张学良也执行蒋介石的不抵抗命令。"

金校根说："头儿，蒋介石同甲午战争时期的李鸿章均属一丘之貉。但与国民党不同的是，九一八事变后，毛泽东发表了抗战宣言。因而，北平的一些进步学者、青年学生纷纷投奔延安。可见，在中国，还是共产党得人心。头儿，我也想去延安参加抗日，希望得到批准。"

"哦不，你是不能去的，因为北平的情报活动离不开你。来，说说卡利洛娃的情况。"

"她在盯着董祥明呢，因为董祥明水很深。日军在江浙实施细菌战时，虽然严密封锁消息，但他好像都知道。其间，卡利洛娃曾想去上海和杭州旅游，他坚决不同意，说那儿有鼠疫。"

"那么，我什么时候能够见卡利洛娃？"

"午后吧，她会来喝茶的。"

"好，那你去请李云林进来，让他吃点什么。"

71 情报交换
秘密获取国民党特务机构的情报

在北平嗖嗖的冷风中，卡利洛娃上身穿着貂皮大衣，但下身则是超短裙并露着雪白的长腿，很是优雅性感；在一副金边眼镜的后面，是一双凹陷的迷人的大眼睛。从其敏锐与犀利的目光中就可以判断，这个女人不仅美丽、懂得风情，而且精明干练，有着坚不可摧的意志力。

在福佑茶庄的3号单间内，卡利洛娃向陈九石报告了来北平的情况。她说："初始的时候，我和李秀琴在天桥一带活动，那儿有舞厅、烟馆，是北平重要的交际场。一天跳舞时，李秀琴偷偷告诉我说，这儿有日本人，并暗指给我看。于是我认识了高桥清四郎。当夜，我们在福佑宾馆住了一个晚上。第二天，他给了我50日元的钞票。再后来，我知道高桥是昌平县政府日军联络员。这样的联络员，在日军所占领的县、市中都有，主要负责协调政府与军事运输方面的业务。因此，高桥会掌握日军调动的秘密。高桥矮胖，但喜欢酒色，常常在礼拜六的晚上开着军车到北平喝酒，也找女人。

其间，他跟我说了这样的情况，就是日本军官都喜好泡温泉，小汤山温泉又特别有名。为便于泡温泉，驻北平日军司令官还下令修建了木屋。于是，我也去了小汤山，温泉水是从石灰岩的裂缝中流出来的，水温是在五六十度左右，水中含有锶、硼、钡、氡等多种微量元素。

在那儿，我见到了很多日本军官和有钱的中国人。但日本人泡温泉和中国人泡温泉是分开的。在这儿，我认识了董祥明，他说是古董商人，单实际上他是国民党特务陈固亭的线人，但在军统内部没有人知道他的名字。在俘获了他的心后，他说军统一直在追踪日军情报，包括向台湾调兵等等。

事后，我向高桥核实。他说，日军有大的军事谋略，南方军团正在秘密集结台湾。同时，高桥说，日苏两国在和平协定签订后，美国是日本的敌人。头儿，这应该是最新的情报了。也就是说，日本近期不会与苏联开战。"

"嗯，好消息。"

"再后来，我知道了董祥明的底细，他出生在陕西渭南，与国民党特务陈固亭是老乡，而且他们之间走动很密切。陈固亭原来是陕西省驻南京办事处社会处处长，后来南京失守，他就从南京去了武汉。1938年10月下旬，武汉三镇陷落，陈固亭又去了重庆。现在，他们常常秘密交换情报。董祥明在北平有一个广播匣子改造后的无线电台，很简便，也很适用。

此后，董祥明说，在北平，军统秘密暗杀了行政院长王克敏；在上海，斧劈了唐绍仪。还说，有一个叫池步洲的人很神秘，一直在秘密跟踪日军无线电报，在密码破译方面有重要进展，而此人跟陈固亭的关系密切。"

"哦，这个消息非常重要。"

"董祥明与池步洲之间没有什么联系，但陈固亭与池步洲却一直保持着很好的关系。"

"哦，我希望能够见见董祥明，可以坦诚交谈吗？"

"可以，我来安排。"

午夜，在北平三里河的卡利洛娃住处，陈九石与董祥明见面。卡利洛娃向董祥明说："这是于达亮先生，我的中国朋友，在'彼得大帝号'上做船员。现在他想跟您聊聊时局的问题。"此时，卡利洛娃刻意隐瞒了陈九石的真实身份。

于达亮说："我原是河北人，因为参加共产党的抗日武装后，在一次对日作战中，被一枚炮弹炸昏，醒来时就成了日军俘虏。人虽然是活了下来，但一只眼睛失明。再后来，我被日军押到吉林省东宁县内修筑军事要塞，而对面就是苏联。在此期间，有人病死，有人冻死，有人被狼狗咬死，甚至被日本兵用战刀砍死、刺刀刺死。在日本兵眼里，我们就不是人！"

董祥明说："嗯，我看到了，在北平的大街上，日本兵随便开枪杀人、强奸妇女，他们是毫无人性的！"

于达亮说："修筑军事要塞时，大部分劳工被日军从内地骗来；但修筑核心工事时，日军用的是战俘。战俘中有八路军，有国民军，部分苏联人。工程完工后，会统统被杀死。"

"哦，那太狠了。"

于达亮说："是的，但我们很幸运，因为十万多劳工，粮食供应存在问题，日军让我们去小乌蛇村推高粱米。一天晚上，工程验收，日本军官都去喝酒了，我们拿起镐头，杀死一些日本兵就跑到苏联了。"

"哦，你们逃出了虎口，这太不容易了。"

于达亮说："现在，我在为苏联情报机关服务。不过，我们的目标应该是一致的，都是为了打鬼子。如果我们之间相互交换情报，那对打鬼子有好处。"

但董祥明面无表情。于达亮说："我最近看到，从符拉迪沃斯托克到上海的西太平洋上，有好多日本运兵船，还有货船，往来繁忙。这说明，战争还在进一步扩大，这对国民党的军队是很不利的。"

听到这儿，董祥明眼睛发亮，说："有信息表明，日本在向台湾集结兵力。"

于达亮说："现在，我向您介绍一些情况吧。前不久，特高课在东京破获了一起'国际间谍案'，您听说了吧！"

"哦，没有。"

"在东京，特高课抓捕30多人，包括'拉姆扎'小组的负责人佐尔格、日本首相秘书尾崎秀实，都统统抓了。据可靠消息，日本不会同苏联人开战，正在实施'南进计划'，即太平洋战争。"

"嗯，我完全同意您的分析。不过，我可以将您说的情报发给重庆吗？当然可以，我说过的，我们相互交换情报，对打败日军有好处。"

"好吧，我愿意同您交换情报。另外，我听说了，军统情报组织正在跟踪日军无线电报。是的，但需要说明的是，我是局外人。"

"对此，我很感兴趣，希望您能够加强这方面情报的交流。而您，可以将这方面情况说给卡利洛娃。而我，可以通过卡利洛娃转达给您需要的情报，卡利洛娃可以从中获利，而您也可以获利。"

于达亮这样说是想让董祥明知道，这是不白做的；而一旦情况有变，卡利洛娃只是传话的中间人，也便于撇清苏联间谍的嫌疑。

"好吧，我同意。"

当夜，李云林给卡洛琳发了密电：

北平，第007号，绝密

据松鸭从昌平日军联络官高桥清四郎和国民党情报机构获悉，日本向台湾集结兵力，准备实施"南进计划"，即发动太平洋战争。这将严重侵犯英美等国家利益，但会有利于苏联对德国的战争。另，据"蓝猫"报告，国民党军队装备落后，蒋介石不敢对日本宣战，其内部弥漫着失败主义情绪。共产党在抗日问题上深得人心，一些学者和进步青年纷纷投奔延安。

发报人：红隼　　1941年11月17日

在离开北平前，李云林从鞋跟处取出新的密码，交给了卡利洛娃，并且重新确定了交换情报的时间，回到上海后乘"彼得大帝号"货船返回了符拉迪沃斯托克。

72 狐狸要求
通过"桥"来获得老鼠的踪迹与气味

回到哈巴罗夫斯克，陈九石见到了于涛和交通员韩志臣。他们通过抗日联军的秘密情报组织知道了郁芳萍老师被特高课跟踪杀害的过程。听后，陈九石泪眼模糊，脸部因内心的急剧痛苦而扭曲变形。

柯林注意到，陈九石在秘密战线上失去了两位深爱他的女人：李秀琴，他的得力助手，也是他"妻子"；郁芳萍，无线电发报员，因为母亲被日本军车撞死，陈九石参与抢救，郁芳萍决意嫁给他，但被陈九石拒绝了。

于是，柯林提议说："陈九石同志，我们为郁芳萍老师举行一个安息仪式吧，以此来纪念她为秘密情报工作所作的贡献。"

陈九石说："好吧。"说后，他泪水喷涌而出，不断滴落在地面上。

柯林说："陈九石同志，您不要悲伤，我们要挺起胸膛，要与日本法西斯进行坚决的斗争，直至彻底消灭它们。"

陈九石点了点头。之后，他们冒着纷纷扬扬的雪花向山林中走去。在一棵高大的冷杉树旁边，柯林拍了拍树干说："就这棵冷杉树吧。"李云林从包里拿出一瓶沃特嘎交给了柯林。柯林默默地看着这棵高大的冷杉树，又看了看远处黛色的山体，心中悲伤。之后，他在胸前画了十字，算是开始了安息仪式，而陈九石冰冷的脸上满是愤怒与哀伤。

大山悲壮，森林鸣咽，雪越下越大。之后，柯林拍了拍身上的雪，拥着陈九石向山下走去。李云林知道，他们虽然出生国度不同，但已是情义至深的战友。他们都深爱自己的祖国，都献身于世界和平的壮丽事业。

回到办公室，柯林听取了陈九石北平一行的汇报。陈九石说："金校根在北平对国民党军现状进行了深入研究。目前，国民党200万军队装备落后，与日军作战败多胜少，而且一些高级干部中弥漫着失败主义情绪。蒋介石畏惧日军实力，迟迟不敢对日宣战，已经严重违背了人民意志。"

柯林静静地看着陈九石，说："国民政府太软弱，令中国人民失望，有损于中华民族的尊严。"

陈九石说："九一八事变后，毛泽东向全国人民发表了抗日宣言。1938年5月又发表了《论持久战》，全面系统地阐述了抗日斗争将是持久战，中国人民必将取得战争最后的胜利。因此，北平的一些学者、青年学生纷纷投奔延安。就连金校根也受到了感染，希望到延安参加对日军事斗争。"

"嗯，金校根是好样的！"

陈九石说："在中国的土地上，中国共产党是深得人心的，是中华民族的脊梁，国家解放的希望，也是苏联需要合作的对象。"

柯林说："嗯，我们远东谍报组不仅仅要获得关东军情报，也要负责任地向苏共中央报告中共情况。"

而卡利洛娃说："国民党军统特务在秘密跟踪破译日军密码，一个日本留学归来的年轻人已经取得进展，并且与董祥明的朋友关系密切。如果能够搞到日军无线电密码，这对我们来说非常重要。"

"那个破译密码的人是叫什么名字。"

"池步洲，与董祥明的朋友陈固亭关系紧密，但又很难直接谈及此事，怕引起陈固亭的怀疑。按照您的指示，我已经与董详明初步达成了交换情报的意向。我谈到了佐尔格、尾崎秀实，但董祥明不知道东京发生的'国际间谍案'，而他很感兴趣。之后，他说，池步洲通过分析日军往来的电报，已经初步掌握了日军无线电联络密码，太平洋战争一触即发。"

柯林说："哦，这是个好消息。如果太平洋战争爆发会对苏联抗击纳粹德国有利，会减轻日本对苏联的军事压力。但我们不知道太平洋战争会在什么时候爆发，以及什么地点发生。"

"嗯，这是个问题。"

柯林说："现在，苏德战场形势很严峻。截至11月27日，德军突击部队距离莫斯科只有24公里。但我相信，苏联最终将战胜德国，我们的红军战士会以血肉之躯顶住法西斯德国的疯狂进攻，而战略反攻形势正在积累中。"

陈九石说："这是我们期待的，而最终的胜利将属于伟大的苏联人民。同时，我期待打败小鬼子，中华民族早日获得解放。"

这时，柯林拿起电话对卡洛琳说："您来一下，我们向莫斯科发报。"随后，柯林口授了电文：

莫斯科，第409号，绝密

据"松鸭"和"蓝猫"报告，国民党200万军队因装备落后而不敢对日宣战，高层军官中弥漫着严重的失败主义情绪；九一八事变，中国延安的毛泽东发表了对日作战宣言和《论持久战》，在中国引起强烈反响。从战略上讲，中国共产党应是战略合作的目标。此外，日本在军事上分四个战略集团：本土军团，关东军，中国派遣军和南方军。南方军团是精锐部队，正秘密集结于朝鲜和台湾，太平洋战争随时爆发。

发报人：狐狸　　1941年11月29日

卡洛琳去发电文了。柯林说："如果没有别的事，您和李云林回到满洲去。"

"嗯，我立即动身！"第二天午夜，陈九石和李云林越过了鸡西与苏联的边界，潜回了哈尔滨。

陈九石说："我们给卡利洛娃发报。"当夜，卡利洛娃接到密电：

> 哈尔滨，第 375 号，绝密
> 狐狸要求你们通过"桥"获得老鼠的踪迹气味。
> 发报人：家猫　　1941 年 12 月 3 日

卡利洛娃明白，"狐狸"是柯林的代称，"松鸭"是指自己。但"桥"是指什么呢？还有"老鼠""踪迹""气味"究竟指什么？

卡利洛娃自言自语地叨咕着："李云林啊李云林，你还真是一个不大好捉摸的人。"不过，她很快就悟出了密电的内容。"老鼠"应该是指日本人，而"踪迹"应该是兵力调动。

那么，"气味"呢，气味是指什么？经过好一阵的推敲，她认为"气味"应是日军的密码，而"桥"是指高桥清四郎？

对，高桥四郎的名字中有"桥"字。不，不对，"桥"不是指高桥四郎，而应该是国民党特务董祥明，因为"桥"有"过渡"和"借助"的意思，需要借助"桥"来到达彼岸并获得情报。

对，就是这个意思，要借助董祥明的关系来获知日军的秘密，包括无线电密码。她回忆着，对于获得日军密电码的问题，陈九石在北平时已经下达过指令，但现在不同的是，又变成了"狐狸"的指令，即柯林同志的指示。

在释疑过后，卡利洛娃感觉浑身轻松了许多。于是，她点燃了一支大前门香烟慢慢地吸着。继而，她又开始琢磨起李云林来。哦，她明白了菲季斯卡娅为什么会疯狂地爱上"家猫"了。

嗯，李云林的确是很有意思的人，是幽默而智慧的男人。不过，通过董祥明来获取日军密码是有困难的，因为陈九石知道，虽然董祥明没有直接联系池步洲的渠道，但陈固亭应该知道秘密。不过陈固亭不会主动向董祥明透露这么高的机密，尽管他与陈固亭是老乡，因为没有谁愿意冒被杀头的危险。

可是，通过促使董祥明加强与重庆方面的联系以及进行秘密情报交换后，就有可能捕捉到一些蛛丝马迹。想到这儿，卡利洛娃叫了一辆马车，向董祥明的住处驶去。

此刻，董祥明因为结识了卡利洛娃后，又通过她的朋友而获得了"佐尔格国际间谍案"的消息，以及日本帝国准备实施"南进计划"的秘密。于是，他通过分析与推理编发了一份绝密报告，发往重庆：

> "日本向台湾秘密集结部队，准备实施'南进计划'，太平洋战争有一触即发的可能。"

这份情报发给重庆后，得到了国民党高层的重视，因而董祥明的心情很好。在卡利洛娃到来时，他正在吹着《小夜曲》的口哨，而且是一副得意扬扬的样子。

卡利洛娃说："我来您这儿是想再讨论点事。"

"哦，好啊。"

"现在，重庆方面有什么新情况么，给点儿消息。"

"亲爱的，难道您只是为了情报而活吗？"

"少啰唆，快，您给重庆发报。"

"哦，这是您上级的指示吗？是不是只对日军无线电密码感兴趣？"

"别说废话，快，跟重庆马上联系，我想知道重庆方面的好消息。"

"好吧，亲爱的，但有些困难，我无论如何都不能直接向陈固亭索要日军密码的呀！"

"但您可以想办法嘛！"

"好吧，亲爱的。"董祥明说后拧开了电台开关，向陈固亭发报，希望与陈顾亭交换消息。但陈固亭的复电是：近日，倭寇海军无线电处于静默状态，请注意对情势观察之。

卡利洛娃认为，日军保持无线电缄默有着不可告人的目的。当夜，卡利洛娃给李云林发报：

据重庆消息，近日，日海军无线电保持静默，注意情势变化。

就在卡利洛娃发出密电的第二天，1941年11月26日，日本一支联合舰队在海军中将南云中一的指挥下，秘密向珍珠港进发。

1941年12月7日凌晨，183架飞机，从6艘航空母舰上起飞扑向了珍珠港，轰炸了瓦胡岛上的所有美军机场和珍珠港内停泊的舰船。美军12艘战列舰被击沉和损坏，180架飞机被击毁，3400余名官兵伤亡。亚利桑那号战列舰爆炸沉没，有1000多名官兵死亡。但油库和港口完好。日本损失飞机29架、55名飞行员、5艘袖珍潜艇。

7时53分，日军参与第一波次攻击的飞机发回"虎、虎、虎"的信号表示奇袭成功。此后，168架飞机进行第二波次攻击。但原计划的第三波攻击被南云中将放弃了。

1941年12月8日，美国罗斯福总统在参众两院发表演讲，称12月7日是"一个无耻的日子"，宣布美利坚合众国与日本处于战争状态。同时，英国对日宣战。1941年12月9日，中国国民政府发布了《中华民国政府对日宣战布告》并昭告中外，中日所有一切条约、协定、合同，一律废止，"收复台湾、澎湖、东北四省"。

1941年12月11日，纳粹德国在日本偷袭珍珠港后，立刻对美宣战。而寺内寿一指挥的南方军团40余万人，分兵数路进攻香港、马来西亚、菲律宾、印度尼西亚、缅甸。

12月7日，日军在马来半岛北部哥达巴鲁和泰国南部的北大年和宋卡登陆。12月25日，日军占领香港，暴行整整持续了3天，烧杀抢掠，奸淫妇女，战火笼罩香港。

此外，日本第一机动部队向印度洋进军，相继击沉英国"竞技神号"航空母舰、"威尔士亲王"号战列舰、反击号巡洋舰，并空袭斯里兰卡，重创英国远东舰队，使英国势力范围缩小到了印度洋西部地区。

1942年2月15日，新加坡英军司令帕西瓦尔签订了投降书，新加坡弃守。1942年3月9日，印尼群岛荷军投降。1942年5月6日，美菲联军7万余人在巴丹投降，菲律宾沦陷。1942年5月8日，缅北重镇密支那失守，中国远征军、英印军全面撤退，缅北落入日军之手。中国与盟军陆上交通被切断，只能靠驼峰航线获得补给。

在南云中一成功偷袭珍珠港后，日本在哈尔滨的驻军，举行了大规模的庆祝活动。陈九石看见，有成千上万的日本侨民参与了游行。他们举着裕仁天皇的头像、写有联合舰队司令官山本五十六和南云中一的牌子，在中央大街上缓缓行进。

转年到了1942年春天，活动在北平的卡利洛娃，向李云林发来了重要情报：

日军偷袭珍珠港前，池步洲已经破译日军密码是由英文字母、阿拉伯数字和日文混合体组成，字符与字符间紧密连接，0~9数字与英文10个双字组对应。将使用频率最高的MY定为1，使用频率最低的GI定为9。推敲认为，日军密电中的数字可能代表部队番号或兵员数。之后到部队核实，结合密电码中的隐语进行研判，"西风紧"表示与美国关系紧张，"北方晴"表示与苏联关系缓和，"东南有雨"表示中国战场吃紧。最终译出了日军本部密电。

1941年12月3日，池步洲截获日本驻美大使野村密电：

立即焚毁一切机密文件，通知有关存款人，将存款转移到中立国家银行。此外，根据"东风雨"讯号，认为日美即将开战：开战时间会在星期天左右，地点夏威夷珍珠港。消息通报给美国，但没有引起美国注意。4天后，日军成功偷袭珍珠港，太平洋战争爆发。

发报人：松鸭　　1942年3月23日

不久，"松鸭"发来了第二封密电：

日本已经占领东自威克岛、马绍尔群岛，西至马来半岛、安达曼群岛、尼科巴各岛，南至俾斯麦群岛地区，几乎完全控制了西太平洋。

在东京，日本军队每取得一次胜利，被战争狂热煽动起来的东京市民就排着长队，挥舞纸制太阳旗，涌到皇宫门前，举行祝捷大会。

1943年4月18日，山本五十六同一些参谋人员分乘两架专机，6架战斗机护航，巡视太平洋战争前线。情报被池步洲截获：一份日本海军密电，通知山本五十六到达地点的下属；一份用LA码拍发，通知日本本土。但后一份密电被破译，美军派出16架战机进行途中拦截。作战第二天，日本搜索队在原始森林中找到了飞机残骸，山本手握"月山"军刀横倒在飞机残骸旁边。

不久，远东谍报组建立了池步洲秘密档案：

池步洲，秘密档案，绝密

池步洲，1908年出生于福建省闽清县。1927年，东京大学机电专业学习。1934年，早稻田大学工学部学习。其间，与白滨英子结婚。1937年7月，从神户回到上海，为国民党特务机关服务，破译日本密码，截获大量日军情报，并为击毙山本五十六立下奇功。抗战胜利后，池步洲因为反对内战，不愿为蒋介石效劳，1946年回到家乡种田，侍奉老母。1948年6月来到上海。上海解放前夕，以"留用人员"身份，在中国人民银行上海分行储蓄部任办事员。1951年4月以"抗拒反动党团分子登记"获罪，被判处有期徒刑12年。1963年5月刑满释放。1983年4月12日，上海市高级人民法院予以平反。晚年，随妻子到神户居住，2003年2月辞世。

73 军事参谋
熊本岩二被远东谍报组秘密捕获

日本在太平洋战争节节胜利的同时，但也一直觊觎着苏联远东利益。1942年3月初的一天夜晚，陈九石和李云林为了进一步掌握东宁要塞的近期情报，再次潜伏到了东宁县的小乌蛇村，与小萝卜头秘密接头。

小萝卜头说："日军筑垒工程已大部分完成，但这里的驻军都是新兵蛋子。不过，仍有日本军官来东宁要塞视察。有会说汉语的日本军人化装成中国平民，秘密过境到苏联进行侦查。"

"那么说，日军的驻防部队调换了，因为太平洋战争爆发。"

"是的，这儿好像没有打仗的事。不过，有一个鬼头鬼脑的关东军本部的参谋常在这儿晃悠。他个子矮矮的，身体很结实，沉默少语，常常独自一个人望着苏联方向。"

陈九石说："哦，他来这儿多长时间了？"

小萝卜头说:"2个月左右。晚饭后,他喜欢散步,常常走在中苏边界铁丝网这边。近来,他的身边突然增加了两个卫兵,由东宁屯兵司令官亲自指派的,说是保证他的安全。"

陈九石说:"他叫什么名字?"

"熊本岩二,早先也在东宁要塞待过,我记得,他是第三师团长岩越恒一的参谋。在1936年6月下旬,关东军司令官南次郎来这里视察时,他介绍的情况,而后被南次郎看中调到关东军参谋本部了。"

陈九石说:"好,知道了,那我们先回去。"

3天后,晚7时,熊本岩二走在中苏边界的松林中,两名警卫背着枪慢悠悠地跟在他后面。埋伏在森林中的李云林用无声手枪击毙了两个警卫,当熊本岩二回头时,李云林的人用带有迷幻药的毛巾捂住了他的口鼻并瞬间麻翻。熊本岩二被连夜送到了哈巴罗夫斯克。其他两名警卫的尸体被绑上石头沉到瑚布图河底。

经过连续三天审问,熊本岩二终于交代了,他说:"我主要负责侦察并绘制从东宁到伊曼、哈巴罗夫斯克的进攻路线,标注苏军的要塞位置、标高、河流、水文、桥梁、道路等情报地图。"

柯林问:"日苏已经签订'和平协定',那你为什么还要这样做?"

熊本岩二说:"我是根据1941年6月23日日本内阁早餐会的意见行事。"

"说,日本内阁早餐会是什么意思?"

熊本岩二说:"日本内阁早餐会的意见是矛盾的,海军部认为,德国进攻苏联,来自北方的压力解除了,要趁机南下获得资源,发动太平洋战争;而陆军部认为,苏德战争使苏联远东地区军事力量削弱,应趁机进攻苏联。但日军参谋总长杉山元否定了以松冈外相为代表的出兵苏联的主张。认为用兵问题关系国家存亡,应独立自主决策,不应追随德国,决定全力进军东南亚。但同时,也要求我们秘密做好对苏作战准备。当苏联红军远东部队调往西线时,再伺机进攻苏联远东地区。因此,在1942年2月,日本陆军省秘密制定了《大东亚共荣圈领土处理方案》,将毗连满洲苏联远东地区也划入日本,其中包括西伯利亚大铁路。而我的任务是,为日苏战争做准备。"

柯林说:"那么,你们进攻苏联的时间?"

熊本岩二说:"根据我掌握的情报,日本帝国会考虑德国与苏联战争的因素而捕捉战机,就是说,德军将在1942年6月发动伏尔加河战役。如果斯大林格勒陷落,日本会对苏联实施军事进攻。"

柯林说:"说,这是关东军的最新计划吗?"

"哦不,"熊本岩二说,"是日军陆军本部的计划,具体说,是军机大臣东条英机的意见。"

柯林说:"熊本岩二,你们的阴谋不可能得逞。"

这时，熊本岩二突然爆出了俄语单词："涅，大日本帝国雄心勃勃，只是等待伏尔加河战役结果。"

柯林说："但你们已经没有机会了，苏联红军正在对德军大规模反攻，会彻底击溃德军的。"

熊本岩二听后，两眼是渐渐变得迷茫起来，人就像泄了气的皮球一样，彻底瘪了。

不久，即1942年5月，苏联红军向德军发起了第一次哈尔科夫战役，试图收复哈尔科夫。但由于军事准备不足，苏军被德军分割包围后歼灭。同时，曼斯坦因指挥德军部队疯狂地席卷了克里米亚半岛，攻克了塞瓦斯托波尔要塞。在刻赤海峡，将苏联红军彻底击溃。最终，苏联红军的冬季攻势以失败告终。

在成功击退苏联红军的冬季攻势后，德军认为，占领莫斯科已经变得十分困难。因此，德军决定转变进攻重点，改向高加索地区进攻。初期，在哈尔科夫歼灭苏联红军20余万人，又迅速南下席卷了整个高加索地区。但由于苏联红军从前一年的大溃败中充分吸取了教训，使德军没能够在高加索地区大规模地歼灭苏联红军，苏军因此保全了大部分力量。

随后，德军为获取巴库油田，意图占领伏尔加河畔的斯大林格勒。随之德苏双方在斯大林格勒展开了持久的大会战，此即斯大林格勒战役。在进攻前，德军对斯大林格勒展开大规模轰炸，城区被炸成一片废墟。同时，这也导致德军坦克很难在废墟中作战。战役在城区内展开，争夺每一条街道、每一处房屋、每一处废墟都要反复多次，付出无数生命，战斗极为残酷血腥。战役期间，德苏双方投入兵力高达300万人。

由于苏军顽强抵抗，德军每前进一步都要付出惨重代价。此时，苏联上百万预备部队正在德军两翼秘密集结。

1942年末，苏联红军在德军两侧发动了钳形攻势包围德军33万人。1943年2月2日将其全部歼灭，苏联红军取得了决定性胜利。此后，苏联红军又歼灭了德军第6集团军全部和第4装甲集团军大部；歼灭罗马尼亚第3、第4集团军，意大利第8集团军等增援部队。

1942年3月下旬的一天深夜，陈世文率领武装侦察小队秘密潜伏到日军大肚川军事基地的慰安所附近。在昏暗的灯光下一个女人开门出来，迈着碎步，在房后小树林的一棵树下解手，刚刚提起裤子就被陈世文从后面锁住了脖子，顿时吓得筛糠。

经审问，她是慰安所日本艺妓，来自九州樱岛山区，叫樱岛桃子。她说大肚川有40多座军火库、103步兵联队、108炮兵部队、369特种兵部队、2600、2601、3752、2638、2632、446、2643部队，还有兵工厂、汽车联队、坦克修理厂。绥阳是对苏作战第四道防线。有第8师团机关、龟本部队、两个机场，还有岗岛部队、6233部队。但3个月前，他们突然被调往中途岛了。

陈世文说："哦，你怎么会知道？"

樱岛桃子说："我是听联队长青木长官说的。在部队被调走前，这些官兵被带到慰安所。他们听说要同美国人打仗了,都非常兴奋。但我们知道打仗会死人的,他们可能就回不来了,我们就尽可能地配合他们,而他们疯狂地蹂躏我们的身体,搞得好多慰安女都下不了床。因为想到他们即将灭亡,即便疼痛难忍也都坚持着。

第二天,慰安所内的女人全都下身肿痛。其中一个姑娘接客太多,在午夜时分死了。青木联队长把所有官兵叫到空地上,还扇了一个人的嘴巴。官兵们都子弹上膛,朝天鸣枪,为她举行了英雄祭。

再之后,她的尸体被扔到壕沟里去了,一群野狗争食打架,狂吠声持续了半个多小时!"

后来的战争证实了樱岛桃子所讲的情况。在山本五十六奇袭珍珠港后,罗斯福总统决定切斯特·尼米兹接替金梅尔出任太平洋舰队司令。

罗斯福总统对尼米兹说:"你到珍珠港去收拾残局吧,然后就留在那里,直到战争胜利。"

尼米兹到任后,很快组建了4艘航空母舰及护卫舰舰队,袭击了中太平洋岛屿上的日军,又大胆实施了"轰炸东京"的计划。1942年4月18日,从大黄蜂号航空母舰起飞16架B-25B中型式轰炸机,飞临东京上空投下炸弹、燃烧弹,顺风直飞中国,一些飞行员被中国百姓救起。这次空袭震动了日本朝野,严重刺激了山本五十六,使他更加坚定了发动中途岛战役的决心。

4月28日,山本在旗舰大和号召开海军将领会议,确定进攻中途岛作战计划。5月5日,日本海军司令部发布了《大本营海军部第18号命令》,命名"米"号作战方案。1942年5月7日,珊瑚海战爆发,这是人类历史上首次航空母舰大规模交锋。日本舰队在实施其占领澳大利亚第一个步骤,就是进攻莫尔兹比港,途中,遭遇了弗兰克·佛莱切少将率领约克城号和列克星敦号舰队的拦截,美军击沉日本航空母舰祥凤号,击伤翔鹤号,但失去了列克星敦号航空母舰。珊瑚海战再次激怒了山本,决心与美国海军在中途岛开战。

不过,在英国和荷兰配合下,美国海军情报部成功解读了日本海军主要通信系统JN-25部分密码。到5月上旬,已取得重大突破,能够获得日本海军作战计划,知道"AF"是日本海军的下一个进攻目标。但AF是什么地方,美国海军一名年轻军官想到妙计,要求中途岛海军基地司令官以无线电台向珍珠港求救,说中途岛食用水供应危机。不久,美国海军截获日本JN-25情报,提到了AF方位缺水,进而证实了AF就是中途岛。

于是,切斯特·尼米兹立即召回在太平洋南方的企业号、大黄蜂号、约克城号等航空母舰,任命雷德蒙·斯普鲁恩斯少将替代患病的哈尔西中将指挥第16特混舰队。尼米兹以3艘约克城级航空母舰为主力,加上50艘支持舰队,埋伏在中途岛东北方向,准备攻击前往中途岛的日本舰队。

但在6月4日和6月5日的中途岛战役中,日本海军战败,山本一连三天拒绝会见部下,并彻底改变了太平洋地区日美航空母舰的力量对比。从此,日本丧失了太平洋战场的主动权。

在美国取得太平洋中途岛战役胜利后，欧洲战场形势也发生了逆转，苏联经过艰苦鏖战，取得了对纳粹德国战争的主动权。

1943年7月5日，希特勒为夺回东部战线主动权，在库尔斯克发动"堡垒作战"。但在苏联有准备的防御阵地面前德军进攻艰难。12日，双方在库尔斯克南部奥博阳方向的普罗霍洛夫卡发生坦克大会战，以帝国师为首的德军装甲部队和以近卫第5坦克军为首的苏军装甲部队发生遭遇战，激烈战斗持续了整整一天。虽然苏军损失大于德军，但德军无法推进一步。随着苏军在奥廖尔附近进攻，以及盟军在西西里岛登陆，德军被迫停止了对苏军的进攻，退回到了出发阵地。

8月3日，华西列夫斯基组织沃罗涅日方面军和草原方面军展开大规模反攻，11日收复乌克兰第二大城市哈尔科夫，这是苏军收复的首座大城市，库尔斯克战役以苏军胜利结束。自此，德军转入战略防御，德军南方集团军群被迫大规模后撤，并越过了第聂伯河。

74 间接获悉
日本帝国因为海战失败要血洗美国

1944年8月3日深夜，哈尔滨马迭尔宾馆舞厅依旧热闹非凡。当长相漂亮、身材迷人的米莎妮再次回到舞台时，引起了台下观众的一阵阵掌声。

在迷离的彩色灯光和优美的旋律中，米莎妮舒展身体，轻扬手臂，翩翩起舞，于优雅中表演了《夏天的芭蕾》。这时在台下人群中，一位矮个子、身着便装的日本军官在目不转睛地注视着米莎妮，他就是碇常重。

半年前，碇常重同米莎妮吻别之后，米莎妮就消失了，而且是带着他提供的731部队的秘密情报走的。但他相信，米莎妮总有一天会回到马迭尔舞厅，因为她在这里有着专属舞台，没有人能够与她比肩。更为重要的是，米莎妮需要情报，她有能力用情报换钱，这也是自己的主张。

正因如此，碇常重后悔过一阵子，觉得不该将731部队这样的绝密情报交给米莎妮。但现在，当他再次见到米莎妮后，以前的懊悔就瞬间烟消云散了。哦，米莎妮好美，年轻性感，身材曼妙，一举一动都款款迷人。

现在，米莎妮在舞台上尽情地表演着芭蕾舞，完全沉浸在剧情中。她腾挪轻盈，舞姿优雅，线条优美，身体的柔韧性极好。通过力量与柔美的完美结合，使其舞台形象十分鲜亮，迷住了所有的人。大家都在屏住呼吸，静静地欣赏着米莎妮的轻盈舞步。

当米莎妮快速旋转身体的瞬间，观众们响起热烈掌声。其间，还夹杂着一些尖厉而刺耳的口哨声，但碇常重沉默着。然后，他独自一个人走出了舞厅并绕到台后，在默默地静候着米莎妮走过来。

不一会儿，米莎妮出现在几个年轻人的面前，他们团团围着她，请求她签名留念。当她抬起头来时见到了碇常重，随即"啊"的一声，故作狂喜地扑上前去，紧紧地拥抱着碇常重矮小而粗壮的身体。

米莎妮知道，此刻，任何语言都是苍白的，只有通过身体的接触并紧紧地拥抱并释放出热度，才能让碇常重感觉到她是真心所爱。也只有这样做，也方能诠释自己秘密离开马迭尔宾馆的过程。

又过了一小会儿，米莎妮贴着碇常重的耳朵说："亲爱的，我非常想您！"

碇常重仰视米莎妮的脸说："亲爱的，我心里大大的苦。为了您，我多次来到马迭尔旅馆，但每次都没有见到。因此，石井部队长批评我沉迷酒色。"

米莎妮说："石井部队长也是喜爱酒色的呀！"

"是的，他是部队长，大大的说了算，我的，没办法。"

这时，米莎妮用放电的眼睛看着碇常重，并且眉飞色舞地说："亲爱的，我请客，我们一块去美国酒吧！"

"好的，但为什么不上楼呢，两个人的世界，不是更好嘛！"

米莎妮吻了碇常重："好啊，我们去315房间。"

要了酒菜后，碇常重说："我的，问题的有。东京，物价飞涨，我的日子不好过。您的，帮忙的干活。我，情报的有；你的，发财大大的。"

米莎妮看着碇常重，猜测他的心理，所表达的意图，而心里疑虑碇常重是不是在给自己设套。于是，米莎妮说："亲爱的，情报换钱不好做。"

"不，你的，要想想办法，帮我的干活。"

"哦不，情报对我来说是没用的，只有你们男人才需要。"

"那您的身份？"

"我就是跳舞的呀！如果您需要钱的话，我这包里就有，你的拿去。"

"哦，好，我的借用。"

"不，我是从不借钱给别人的。"

"那么，你的，不信任我？"

"不，亲爱的，我信任您，但不会借钱给您，我是送钱给您。"

"哦，哟西，你的，良心大大的好。"

"亲爱的，您的困难，就是我的困难！再说了，我跳舞赚钱容易，您的那些细菌没用，不值钱的。"

"不，可以大大的换钱。"

"亲爱的，您当我是什么人啊？"

"您的，侦略员的干活，我的知道。"

"哦不，我的不懂。"

"你的，情报的干活。如果情报的换钱，我的，就不用还钱了。"

"亲爱的，您不用还钱给我。"说后，米莎妮点燃了一支香烟并优雅地吐着烟圈，性感，火辣，一派放浪不羁的样子，令碇常重内心躁动不已。

碇常重说："最近，关东军大大的改组。司令官的换人，梅津美治郎走了，山田乙三大将的接任。"

"那您会得到晋升吗？"

"哦不，不会。还有，关东军抽调部队到太平洋的作战，为了补充东宁要塞等兵力，都本土新兵的干活。还有，吉林市通化备用军事指挥部的有，可以情报的换钱。"

"好吧，我们说到这吧！"

"哟西，我们得睡一会儿，明天有事的干活！"

第二天早上醒来时，碇常重说："还有一件事，日本军部太平洋的干活，是大大的失利了。因此，我们要报仇，要和美国打恶仗，要血洗美国，在菲律宾会有大大的海战，神风特攻队的上。"

"神风特攻队，哦，我不懂。"

"哦，神风特工队大大的厉害，有去无回，飞机满满的炸药，美军的舰队的干活！"说后，碇常重吻了米莎妮，就急匆匆地离开了马迭尔宾馆。

中午，米莎妮回到面包街109号，李云林在家，他说："你怎么一宿都没有回来呀！"

"哦，我陪碇常重了。怎么，你嫉妒了吗？"米莎妮说完莞尔一笑，故意气着李云林。

"但你不要忘了，我是你的丈夫。"

"啊，是啊，这我知道，但情报工作需要啊！"

"可是！"

"可是什么，尊敬的李云林同志，请你记住，情报高于一切！"

李云林看着米莎妮说："您要不要考虑我的感受，米莎妮，您现在是我李云林的老婆。"

"亲爱的，听你这么说，我的心里是多高兴啊！看来，你是真的爱上我了，哈哈！"

"废话！米莎妮，如果我不爱你的话，我们在一起干吗？"

"哦，我高兴。不过，等不做情报工作了，我的身体将专属于你。"说着，米莎妮凑近李云林的脸蛋想亲一下，但被拒绝了。

李云林说："米莎妮同志，你以后要注意了，你已经有了丈夫，必须给对方以尊重。"

米莎妮看着李云林的眼睛说："哦，你的心里好像不舒服？是真的爱上我了，对吗？"

"废话，你说呢？"

"好吧，我记住了。不过，需要说明的是，我同碇常重在一起只是肉体上的接触，而精神层面是纯洁的，因为我们在一起。而精神层面的爱情，也是要远高于肉体层面的接触。是说，我的心里只有你，只爱你。不过，为了情报工作，我们暂时还必须这样做下去。"

李云林专注地看着米莎妮说："这不用说，我怎么会不知道这个。但你明白，我的心里很不得劲儿，你懂的。"

米莎妮说："哦，好啊，我听你的。"说着，米莎妮欢喜地将李云林搂在怀里亲吻着。

李云林说："好了，我们不说这件事了。来，你说，碇常重都说了些什么？"

碇常重说："梅津美治郎走了，山田乙三接任了司令官。"

"这不是什么情报，因为报纸上登过。"

碇常重还说："日本帝国在太平洋战场失利，要在菲律宾大海战，要血洗美军。"

李云林说："那么，这里面有什么问题吗？"

米莎妮说："近期塞班岛之战，日军打得很艰苦。当日军弹尽粮绝之后，海上援军迟迟不到，日军指挥官南田中一最终明白了，战争失败。就在他选择自杀的那一刻，也没有准备给他人留下生的希望。因此，南田下令，'所有伤兵，要对美军实施自杀式袭击；岛上的平民，必须以死明志、效忠天皇'。"

李云林说："嗯，这就是日本帝国的罪恶行径。"

"听碇常重说，一些妇女、儿童、老人、伤兵被集合于悬崖，一排排地跳进了大海。妇女抱着年幼的孩子，由父亲或兄长推下悬崖，而男人要自发跳崖。伤兵在自杀前，要相互刺杀，以彰显必死的决心。数千人在跳崖前高呼'天皇万岁'！美国士兵拍下了不堪回首的自杀惨剧，万丈悬崖下的海面，漂着女人和儿童的尸体，所有军人都拒绝投降，这是惨烈的一幕。现在，日本决心复仇，是要血洗美国海军的。说是日本海军会使用神风特攻队，但731细菌部队不会上。"

李云林说："神风特攻队，不懂？"

米莎妮说："就是敢死队，飞机装满炸药，直接撞击美国海军舰队。"

李云林说："哦，用自杀的方式攻击美国舰艇！"

米莎妮说："是的。"

李云林说："好吧，我去一下。"

米莎妮说："亲爱的，您去哪儿？"

李云林说："米莎妮同志，不该知道的不要知道。"

来到圣母安息教堂，李云林对陈九石说："日本准备在太平洋采取新的军事行动，会在菲律宾与美国海军大海战，要血洗美国海军。再有，山田乙三出任了关东军总司令；在吉林通化山区，关东军有备用指挥部。"

就在情报送达哈巴罗夫斯克不久,美日海军莱特湾的海空大战正式爆发了。1944年10月20日至26日,美军决意夺取莱特湾,再由南至北,直接攻击日本本土。

不过,日军知道,一旦东南亚战场丢失,日本将坐以待毙。因而,日本实施了"捷号作战方案",即保卫菲律宾、台湾、琉球群岛和日本本土。

莱特湾海空大战整整持续了一周的时间,美国动用17艘航空母舰、18艘护卫航空母舰、12艘战列舰、24艘巡洋舰、141艘驱逐舰,多艘鱼雷艇、潜艇,1500架飞机。日本出动4搜航空母舰、9艘战列舰、19艘巡洋舰、34艘巡洋舰,200架飞机,第一次使用自杀式神风特攻队。

战役分为四个部分:锡布延海战、苏里高海战、恩加尼奥角海战和萨马岛海战。在锡布延海战,栗田健男最强大的中央舰队企图突破圣贝纳蒂诺海峡并攻击莱特湾内的美国登陆舰队,经过巴拉望岛水域时被美军潜艇发现,美军立即进行攻击,爱宕号沉没,高雄号重伤。中央舰队进入锡布延海峡,哈尔西命令第三舰队进行攻击,妙高号重伤、武藏号沉没,大和号、长门号受伤,金刚号、榛名号轻伤,宾风号、清霜号受伤返航。栗田健男下令舰队开出美国航空母舰攻击范围。

苏里高海峡海战,西村南路舰队和中路舰队严守无线电静默状态,但无法与栗田健男和志摩舰队协调步骤。在帕纳翁岛,西村舰队闯进了美国第七舰队的圈套,杰西·奥尔登多夫中将立即组织攻击。扶桑号受伤,山云号中弹并爆炸沉没,朝云号、满潮号受伤,山城号沉没,最上号、时雨号中弹。苏里高海战,美军以一艘鱼雷艇为代价,取得击沉2艘战列舰、1艘重巡洋舰、3艘驱逐舰,伤1艘重型巡洋舰的骄人战绩。

在恩加尼奥角海战,哈尔西将军看到了消灭日本在太平洋航空母舰的机会。因此,下令三队航空母舰和威利斯·李上将战列舰追击小泽舰队。哈尔西亲自率领第34特混舰队疾速前进,清晨发起攻击,直到黄昏,小泽舰队瑞鹤号、瑞凤号、千岁号、千代田号等航空母舰全部被击沉。

在萨马岛海战,栗田健男舰队击沉了美军2艘护卫航空母舰、3艘驱逐舰、1艘护卫舰。日军损失3艘巡洋舰,3艘主力舰受重创。之后,栗田健男率领舰队逃回日本本土。

美日菲律宾莱特湾海空大战,威廉·哈尔西将军率领舰队一举击溃日本联合舰队。在此期间,美军损失3艘航空母舰、3艘驱逐舰、1艘护卫舰,飞机162架,伤亡3000人。日军13艘大型战舰被击沉,伤亡10000人。美日莱特湾海空大决战,严重打击了日本海军实力,使其逐渐走向灭亡。

75 战势逆转
你们情报组织要侧重日军战力分析

1944年2月中旬的一天,莫斯科地下城堡,这是一个静谧之夜,苏联最高统帅办公室灯火通明,这里正秘密召见远东谍报组负责人柯林。

首长说:"现在,欧洲战场形势已经发生了重大逆转,德国军队正在失去战斗力。我们苏联红军的勇士们越战越勇,将很快就打败纳粹德国。但日本却在中苏边境、南萨哈林、千岛群岛等地陈兵百万,在与我们的红军对峙着。即便他们在太平洋战争中失利了,也依旧对苏联保持着巨大的军事压力。因此,日本始终是我们的敌人。他们长期觊觎我们的土地,时刻谋求我们远东地区的自然资源。早在1875年,日本侵占了千岛群岛。19世纪末,日本侵占萨哈林岛。1904年日俄战争,东乡平八郎率领联合舰队偷袭俄国太平洋舰队。之后,又在对马海峡伏击了俄国波罗的海舰队。在日俄战争中,俄国战败,签订屈辱的《朴次茅斯和约》,也极大地刺激了日本的狼子野心。1918年,日本干预俄国十月革命并出兵西伯利亚,占领符拉迪沃斯托克。1922年,日军被苏联红军驱逐出境。1927年,日本秘密制定'北进计划'。1931年,日本出兵占领中国东北。1938年,日本挑起了张鼓峰事件,但被我们的苏联红军击溃。1939年,诺门罕战役,日军再次战败。这一系列的事件表明,日本帝国主义始终是我们的敌人,对世界和平构成严重威胁。现在,我请您来莫斯科是希望您对日本的战争做好情报准备。对此,您明白我的意思吗?"

柯林说:"是的,首长,明白。回去后,我要整理我们的情报,为世界和平,为击溃关东军做秘密准备!"

首长说:"嗯,很好,柯林同志,您很敏锐。不过,我们不是战争狂人,但必须从战略上考虑问题。我们斯拉夫民族必须面向更长远的未来,要为世界的永久和平进行坚决斗争!"

柯林说:"是,首长,我认真落实您的指示,梳理好情报工作,抓紧做好对日本战争的准备。"

首长说:"同时,我还不得不强调,苏联人民是爱好和平的,是反对任何形式战争的。但问题是,法西斯德国与日本,一直对苏联虎视眈眈。因此,我们要坚决消灭他们。只有消灭他们,才能保证苏联永久安全和世界永久和平。"

此时,柯林注意到首长很憔悴,但依旧思路清晰,意志坚定。首长说:"柯林同志,您同意我的看法吗？"

"是的，为了世界永久和平，我们不得不消灭他们。不过，我有重要情况需要报告，就是有关中国的问题。"

"您说，柯林同志！"

"我们获知，在对待日本侵略战争的问题上，中国国民党一直持有不同于苏联的立场。在七七事变后，到太平洋战争的爆发前，国民党不敢对日宣战。在日本偷袭珍珠港后，美国对日宣战，中国国民政府才不得不发布了对日宣战的公告。此外，国民党的'攘外必先安内'政策不得人心。"

"嗯，我同意您的看法。在国家和民族危亡时刻，国民党实施'攘外必先安内'政策，不仅令中国人民失望，也令国际社会主张正义的人们失望。因此，在1936年12月，中国发生了'西安事变'，强迫蒋介石与共产党合作。这说明，在国民党的内部也都不满'攘外必先安内'的政策。"

柯林说："据我们的情报，中国老百姓不再信任国民政府，反而对延安共产党有信心。特别是九一八事变后，毛泽东号召全国人民团结起来共同抗日。之后，又发表了《论持久战》。毛泽东指出，对日本帝国的战争将是一场持久战，中国人民必将取得战争的最后胜利。因此，北平的一些进步人士、青年学生纷纷投奔延安，投奔共产党，参加抗日救亡的武装斗争。"

首长说："这说明，中国共产党所采取的对日本帝国主义进行武装斗争是得人心的。中国共产党是最坚定的抗日组织，也是苏联政府战略合作伙伴。柯林同志，您同意我的意见吗？"

柯林说："首长，中国共产党得到了中国人民的信任，我们一直高度关注。现在，我们正在同纳粹德国进行艰苦的武装斗争，也将同日本帝国主义进行武装斗争。因此，我们不能没有国际合作。只有在国际上全面孤立我们的敌人，我们才能够最终战胜法西斯。"

"嗯，柯林同志，您的意见很好，我很赞同。看来，您不仅仅是情报界的人才，也是国际政治观察员。因此，我对您的工作满意，也是信任的，包括您对日本的看法，对中国共产党的看法，对中国国民党的看法，我都是赞同的。好吧，如果您没有别的事，我们就谈到这儿。"

"好的，谢谢首长的教诲！"

离开首长办公室。布亚科夫说："还有一个问题，就是首长刚才谈到的对日武装斗争问题，仅仅限于您本人知道，因为这是最高机密，不能对任何人讲，不能留下任何文字。实际上，我无须对您讲这些，因为您知道保守机密的重要性。"

"是，我将严格保守秘密。"

"好吧，外面有车等您，司机会将您直送回家。"

"哦，谢谢！"

汽车悄无声息地驶离了莫斯科迷宫般的地下长城，柯林来到了阿尔巴特大街、瓦可堂果夫戏剧院后身，但他已经睡着了。司机叫醒了他。

他打开车门走下汽车。司机说："给，这是两个面包、一盒果酱、两盒鱼子酱，是最高首长送您的。"

"哦，是嘛！"

"您可能还不知道，在战争时期，食品供应极其紧张，首长同志每天也仅仅是吃一点点黑面包，都没有鱼子酱。"

"哦，那太谢谢了！"

柯林很感动，因为最高首长在国家最困难的时候，还亲自送黑面包和鱼子酱给自己，这不仅仅是食物的问题，更多的是信任。可是，他不知道眼前司机的名字，但不能问，这是纪律。

之后，他突然想到了一个重要的问题。就是在苏德战争中最为紧张的时刻，一些人将家搬离了莫斯科，有的去了西伯利亚，或者是去了别的什么地方。他的妻子也曾提出过搬离莫斯科，但他说他们哪儿都不去。想到这儿，他感觉自己的决定是正确的。因为国家危难时刻，自己作为一名军人，一名情报人员，是以国家安全为重的，而且也做到了。

这时，他又想起了首长的话：柯林同志，您对党和国家是忠诚的，我信任您。

想想最高统帅的这些话，应该不是随口说的。显然，首长知道自己的一切，包括在战争最危急的时刻，自己将妻子和女儿都留在了莫斯科。也正因如此，首长认为自己不是贪生怕死的人。

想到这儿，柯林很为自己感到高兴。同时，他向四周看了看，这是他的职业习惯。之后，他掏出了钥匙，将门轻轻打开，但没有开灯。

柯林透过窗口向外看，司机开车离去了。他想，司机训练有素。自己在没有进家门前，他不会离开。这是工作要求，也是纪律，司机做得很好。这时，瓦基里安娜·芙希洛娃醒了，说："亲爱的，是你吗？"

"是我，柯林。"

"亲爱的，吃饭了吗？"

"没有，我有点饿。"

"稍等一会儿，我去给您搞儿点吃的。"一会儿工夫，芙希洛娃就搞来了烤熟的面包片，还有一杯热咖啡，卜留克咸菜。之后，她将鱼子酱罐头打开了，但被柯林制止。柯林说："亲爱的，留着给你和孩子吃吧！"

"别了，亲爱的，莫斯科的供给情况已有了一些好转，食品基本上能够保证供应了，只是蔬菜和肉，还不能够满足需要。"

"会好的，亲爱的，现在看，我们没有搬离莫斯科是正确的，我们应该是熬过来了。"

吃过饭后，柯林看了看女儿娜佳，她睡得很甜。柯林弯下身去想亲一下女儿，但被芙希洛娃制止。说："你别弄醒了孩子。她天天都在念叨你。"柯林转过身拥抱了芙希洛娃。

芙希洛娃说："亲爱的，你什么时候走？"

"明天早上吧，等娜佳醒来后再走。我想让她看到我，并知道她的爸爸是在为国家尽责。"

"嗯，她会高兴的。嗨，你都不知道，我们母子俩在家的日子过得好苦，这聚少离多的日子，也应该结束了。"

"亲爱的，这个家让你操碎了心。但日子就快好了，待打败纳粹法西斯，苏联和平了，我们的家就团聚了。到时候，我哪儿都不去了，在家里陪着你，还有我们的女儿娜佳！"

"亲爱的，和平的生活真好，我期望这一天早早到来。到时候，我们一家三口，在阳光下，在海边，在森林中，好好地玩玩儿，那该有多幸福啊！"

"放心吧，我们美好的生活就要到来了。"第二天早晨，柯林拥抱了女儿。然后匆匆回到哈巴罗夫斯克去了，立即召集了领导层会议。

柯林说："我们要加紧对情报工作进行系统分析，从战略的高度做好应对日本帝国的一切准备。"

根据柯林的指示，姚德志、陈世文、于涛、韩志臣、石岛上野，要参加武装侦察小组的活动。因为怀孕了，濑户美智子行动不便，继续做好日文翻译工作。金校根调回了哈巴罗夫斯克，因为他熟悉东宁要塞和海拉尔要塞情况，以便将来配合苏联红军的军事行动。卡利洛娃继续留在北平开展情报活动。陈九石、李云龙和菲季斯卡娅继续留在哈尔滨。同时，远东谍报小组的工作重点是搜集关东军的军力部署、部队调动和战力情况。

回到哈尔滨，陈九石接到了在北平活动的卡利洛娃发来的密电，董祥明通过重庆方面获得新的情报：

从1943年起，美军在太平洋战场已转入积极进攻态势，日本陷入战争被动，不得不从中国派遣军和关东军调出部分部队，这减轻了日军对中国的压力。

为了核实消息的准确性，陈九石派李云龙潜回牡丹江和绥芬河一带开展情报活动。一天夜里，他来到绥芬河东街大烟零食店的秘密联络点，会见了修竹。修竹说，关东军驻守牡丹江、鸡西、绥芬河、绥阳、东宁的部队，都有往外调动迹象，每夜都有运兵列车开往哈尔滨方向。另外，据绥芬河火车站扳道员、情报员孟繁晨介绍，这些部队大多调往大连，而后从那里登船开往关岛、冲绳等地。同时，也有大批娃娃兵补充到了天长山、东宁、虎头等要塞。

由此，陈九石印证了卡利洛娃的情报：日军在太平洋战场失利后，不得不将关东军的部分兵力调往了太平洋地区，这对中国和苏联都是好事。

这期间，欧洲战场的苏军也相继发动了10次大规模的反击，使德军完全退出了苏联国土。继而，苏联红军横扫了整个东南欧，攻占了罗马尼亚、保加利亚、匈牙利、南斯拉夫、捷克斯洛伐克，还有波兰。

在太平洋战争最为激烈的时候，欧洲战场形势继续有利于盟军发展。为了协调战争进程，安排战后国际事务，1945年2月4日至11日，美英苏三国首脑在雅尔塔召开会议，也称克里米亚会议。美国总统富兰克林·德拉诺·罗斯福，英国首相温斯顿·伦纳德·斯宾塞·丘吉尔，苏联最高人民委员会主席约瑟夫·维萨里昂诺维奇·斯大林，就纳粹德国临近灭亡、反法西斯战争接近最后胜利、战后国际事务安排问题作出决定。

战后处置德国问题，由美英法苏分区占领德国和柏林，德国必须交付战争赔款，以及消灭德国军国主义和纳粹主义的一般原则；

波兰问题，东部边界大体以寇松线为准，同意以卢布林波兰临时政府为基础进行改组；

远东问题，在欧洲战场结束2~3个月内，苏联将对日作战，条件是维持外蒙古现状，库页岛南部及临近岛屿交还苏联，大连商港国际化，苏联租用旅顺港为海军基地，苏中共同经营中东铁路和南满铁路，千岛群岛须交予苏联；

联合国问题，同意苏联的乌克兰和白俄罗斯加盟共和国为联合国创始会员国，决定由美英法苏中五国为安理会常任理事国，规定实质性问题常任理事国一致同意的原则。

此外，会议讨论了希腊、南斯拉夫、意大利等欧洲国家的有关问题。会议签署《雅尔塔协定》，通过《被解放的欧洲的宣言》和《克里米亚宣言》。

此次会议巩固和维护了三国战时联盟，对协调盟国对德日作战，加速反法西斯战争的胜利和促进战后和平稳定起到了积极作用。雅尔塔体系，对战后世界稳定影响巨大。但会前好多国家并不知道，会议有"雅尔塔密约"之称，严重损害了中国等国家主权、利益和领土完整。

雅尔塔会议，加速了世界反法西斯战争的进程。此后，日军节节败退。1945年3月，美军攻占马尼拉。3月底，美军攻占硫磺岛。4月，在冲绳登陆。在此期间，日军损失2300架飞机和90000余人，战火临近日本本土。

1945年4月16日，苏联红军越过了奥得河，开始进攻德国首都柏林。4月21日，苏联红军攻入柏林市区；25日，完成对柏林的包围，27日，苏联士兵突入柏林市中心；30日，苏联红军3名士兵将苏维埃红旗插在柏林国会大厦楼顶。同一天，纳粹德国元首希特勒饮弹自杀。

1945年5月8日，德国宣布无条件投降。苏联付出了2700万人的代价，赢得了苏德战争的最后胜利，这标志着二次世界大战欧洲战场战争结束，整个苏联响起一片"乌拉"声。

76 情报综合
为苏军对日毁灭性打击提供秘密资料

就在苏联红军绞杀纳粹德国军队的同时，苏联最高统帅部在远东地区采取了一系列的实际步骤。1945年4月，考虑陆上边境过长，为提高远东战区部队的指挥效能以及未来应对日本的作战，将滨海集团军从最高统帅部划分出来，接管合并了从古别罗夫车站到朝鲜北部沿线部署的部队。同时，赋予远东集团军对4月末到达的卡累利阿方面军的地面行动指挥权。1945年8月2日，由远东2个独立方面军（远东第1滨海作战集群方面军，远东第2方面军）组成作战联合指挥部。1945年6月，苏联成立远东苏维埃军队总指挥部，苏联元帅华西列夫斯基被任命为总司令，上将西金被任命军委委员，上将伊万诺夫任参谋长。

在筹划针对关东军和南萨哈林、千岛群岛战争之前，华西列夫斯基元帅和参谋长伊万诺夫，以及一些作战指挥官和军事参谋，听取了对日军的战力分析和远东情报方面的汇报。

伊万诺夫说："今天，我们请负责远东事务的柯林同志、陈九石同志，共同向华西列夫斯基元帅汇报工作，以便对日本在满洲的军力部署和战力情况，有详细的了解。下面，请柯林同志汇报。"

柯林走上前去将一张关东军军力分布图用摁钉按在墙上。图上标明了山脉、河流、铁路、公路、桥梁、城市。同时，有俄文和中文标识。柯林说："尊敬的华西列夫斯基元帅、伊万诺夫总参谋长，现在，我想请我们的中国同志陈九石讲解关东军军力布防情况，因为他比我要更熟悉情况。"

伊万诺夫说："好吧，请陈九石同志汇报。"

陈九石走上台前，说："请各位首长看图，这儿是新京，关东军司令部所在地。关东军司令官山田乙三就任不到一年。另外，请看这儿，这是吉林市通化山区，关东军司令部在这儿有备用军事指挥部。现在，关东军所辖兵力有3个方面军，1个独立军，2个航空兵军部队，即第二航空兵军和第五航空兵军，还有1个内河舰队，即松花江舰队。

第一方面军司令部机关在牡丹江市，兵力25万人，系主战部队。牡丹江与绥芬河口岸站有火车相通。但北满铁路被关东军控制后，铁路口岸站就被关闭了。现在，关东军第一方面军管辖区域包括牡丹江、绥棱、绥芬河、东宁、鸡西、密山、虎林、珲春、延吉、吉林、通化、敦化、图们等地，管辖边界可直达朝鲜附近。

第三方面军司令部位于奉天，除部分师团部署在东北西部，大部分部署在新京、奉天、大连等地，系主战部队，包括对旅顺港，以及渤海湾的控制，总兵力是24万人。

独立第4军司令部设在了齐齐哈尔，约11万人，主要部署在海拉尔、满洲里、黑河、孙吴、北安、墨尔根、齐齐哈尔、哈尔滨地区。

内河舰队，即松花江舰队，司令部在哈尔滨，所属3个海军步兵团，不到30艘舰艇，延松花江流域部署，战力不强，但可以配合其他部队进行作战。

上述日军部队所占区域均是日本第二航空兵军作战支援区域。如果上述部队所在区域发生了战争，第二航空兵军会提供空中支援。

此外，'满洲国'军队和内蒙古骑兵约20万人，部署在承德、洮南、呼和浩特、集宁等地，其中'满洲国军'4个师、12个旅；内蒙古骑兵7个师，战力不强，不堪一击。我就汇报到这儿，供首长们参考。"

柯林说："下面，我汇报关东军在朝鲜的军力部署，主要是日本第17方面军，司令部在汉城，20万人，部队主要部署在朝鲜各地，也是日本第五航空兵军主战区域。"

之后，柯林说："请陈九石同志汇报关东军军事要塞分布的情况。"

陈九石说："关东军一共有17个筑垒军事要塞群，主要分布在中苏、中蒙边界5000公里地带内。从东向北，向西，有五家山要塞、鹿鸣台要塞、观月台要塞、庙岭要塞、法别拉要塞、凤翔要塞、富锦要塞、东宁要塞、绥芬河要塞、半截河要塞、虎头要塞、黑河要塞、霍尔莫津要塞、瑷珲要塞、乌奴尔要塞、海拉尔要塞、阿尔山要塞。要塞总长度超过1000公里，有8000个长久火力点；其中，东宁要塞最大，正面防御120公里，纵深60到80公里。其次是海拉尔要塞，属防御型要塞，距满洲里边界100多公里。

其间，我参加过东宁要塞的修筑。据我掌握的情况，所有军事要塞均由钢筋混凝土构成，厚度在1米到2米不等。有永备火力点和木制火力点，有步兵掩体、机动战壕、反坦克壕、3到5个不等的铁丝网障碍，要塞群内布有雷区、火炮阵地、机枪阵地、暗堡，连接各阵地的交通壕沟。虎头要塞备有超大口径的重型火炮，可直接威胁依曼远东铁路大桥，切断远东大铁路。海拉尔要塞火炮，可轰击海拉尔火车站。

另外，在每个要塞群内，有永久地下仓库、电站、给水所、通信枢纽、士兵室、长官室、指挥所、会议室、医务所、弹药库和粮秣仓库，能够开进汽车、坦克、装甲车、火炮。要塞群的特点是以险山、密林、河流、沼泽为重要依托，易守难攻。

另外，在东宁要塞时，有17万劳工和战俘死在那里，其中包括部分苏联人、朝鲜人。

关东军构筑军事要塞的目的是两个：防止苏联红军进攻，也是进军苏联远东地区的屯兵地。"

介绍完关东军军力部署和要塞群的情况后，总参谋长伊万诺夫说："下面，请华西列夫斯基元帅作重要讲话。"华西列夫斯基精神抖擞，声音洪亮。他说："我们感谢远东谍报组所做的工作。大家知道吗？这些情报都是我们的同志用鲜血和生命换来的，有不少同志在秘密战线上失去了生命，我们要向他们致敬。"

"现在，我们的敌人分为4个方面，即日本军队、满洲国军队、内蒙部队以及绥远作战集群。他们分布在'满洲国'、朝鲜、南萨哈林和千岛群岛等地区，有49个师，其中7个骑兵师，27个旅，包括2个骑兵旅，2个坦克旅，空军拥有飞机2000架，日本部队兵力104万人，加上地方武装部队，总兵力超过120万人。

现在，日本将'满洲国'变成了强大战略军事行动基地，沿苏联和蒙古边境线构筑了重要掩护战线。按照1945年春天日本统帅部的战略计划，驻扎中国东北和朝鲜的日本部队必须完成防御任务：阻击苏联红军在边境线的进攻。然后，在大兴安岭和小兴安岭、东满洲山区调集预备队进行反攻。

据我们了解到的情况是，日军在边境地区部署掩护部队，占关东军不到三分之一，主力部队是分布在满洲的中心平原地区和朝鲜地区。

现在，我们的任务是，加快清除关东军在远东地区第二次世界大战的基地，消除日本对苏维埃远东土地的侵犯威胁。同时，我们要与联盟国将日本侵略者赶出被侵占的东亚和东南亚各国，从而加快建立全世界的和平。

现在，日军在满洲以及驻南萨哈林、千岛群岛的部队，还在同苏维埃武装力量对峙着，我们必须坚决消灭之。

我们的战略意图是明确的，从蒙古方向和从滨海区2个方向进行组织进攻。同时，在'满洲国'中心会合的几个辅助攻击，预定将关东军分割包围并全部歼灭之。不过，这次任务的成败，决定着日后解放南萨哈林岛和千岛群岛的军事行动。"

华西列夫斯基元帅讲话后，会场响起了热烈掌声！

会议结束后，柯林与陈九石进行了商议。柯林说："为配合苏联红军在各战区的军事行动，要将我们的情报员分配到各部队去，以便对关东军筑垒地区进行有效进攻。"

陈九石说："这是好主意。"

1945年5月8日24时纳粹德国战败。在柏林市东南卡尔斯霍尔斯的德国军事工程学校大楼大厅，德国签署了投降书，并从1945年5月9日1时起生效，同意德国一切陆、海、空军及目前仍在德国控制下的一切部队，向苏联红军最高统帅部投降，同时向盟国远征军最高统帅部投降。

此刻，苏联人民迎来了渴望已久的和平。不过，在苏联远东地区日本上百万军队仍旧同苏军对峙着。在太平洋战场日军完全陷入了被动，但也依旧与美国鏖战中。中国大地战火熊熊，苦难的中国人民，也依旧处于水深火热之中。

1945年初，美军占领了吕宋岛及硫磺岛。随即，美军开始轰炸九州、四国、台湾。为此，日本决定集中使用日军海空力量，意图摧毁美太平洋舰队主力于冲绳岛附近海域，并以陆军部队坚守冲绳岛为加强本土防御争取时间。

5月4日，日军对美军海空反击彻底失利，死亡66000人，17000人受伤。美军伤亡48000人，其中12000人战死。美军占领冲绳后轰炸日本本土，几十个大城市被炸毁，日本老弱妇孺在战火硝烟中哀号。

7月26日，在苏、美、英波茨坦会议期间，发表《波茨坦公告》并警告日本，盟国对日作战，直到它停止抵抗为止；日本政府应立即宣布所有武装力量无条件投降；重申《开罗宣言》的条件必须实施。日本投降后，其主权只限于本州、北海道、四国及由盟国指定的岛屿；军队完全解除武装；战犯交付国际法庭审判；日本政府必须尊重人权，保障宗教、言论和思想自由；不得保有可供重新武装的工业，但容许保持经济所需和能够偿付货物赔款的工业，准其获得原料和资源，参加国际贸易；在上述目的达到以及成立和平责任政府之后，盟国占领军立即撤退。

1945年7月27日，日本首相铃木贯太郎，召开紧急首脑会议，公然拒绝中美英三国的《波茨坦公告》。29日，铃木首相发表声明，称"中美英三国宣言无异于炒开罗会议的冷饭，日本政府不会重视这个宣言。"

1945年8月6日，美国在广岛投下了原子弹，所造成的破坏力相当于13000吨TNT炸药同时引爆的威力。爆炸中心的人们在4000摄氏度高温下瞬间蒸发。9日，美军又在长崎投下了原子弹。两起核爆炸，导致20多万人死亡，也加速了世界和平的到来。

1945年8月8日，苏联宣布加入了《波茨坦宣言》。9日，苏联正式对日宣战。8月8日17时，苏联外长莫洛托夫在克里姆林宫向日本驻苏联大使佐藤宣布：苏联将于1945年8月9日与贵国进入战争状态。按照国际时差，莫斯科时间刚好比东京时间要晚7小时，即莫斯科8日17时，恰好东京9日零时。

77　8月15日
日本天皇宣布无条件投降

1945年8月9日，苏维埃3个方面军进入了进攻状态，远东军从滨海区，到索扎沃茨克、比金、列宁斯科耶，向日军筑垒地域和阵地进行突击。外贝加尔方面军部队，通过蒙古草原和大兴安岭完成了急行军任务，轰炸机对铁路设施、要塞、行政中心哈尔滨和新京进行了夜袭。

这之前，柯林接到了命令，要求远东谍报小组全力配合苏军对日作战行动。陈九石熟悉东宁要塞情况，被指定配合苏军对东宁要塞作战；金校根熟悉海拉尔要塞情况，被指定参与对海拉尔要塞作战；陈世文熟悉黑河要塞情况，被指定参与对黑河要塞、孙吴要塞作战；李云林参了对虎头要塞的作战；绥芬河情报组织负责人修竹，熟悉天长山要塞情况，被指派参与苏军对绥芬河要塞作战。

在战役打响时，关东军司令官山田乙三大将正乘列车去往大连途中。当列车刚过奉天，他收到了关东军参谋长秦彦三郎的加急电报，山田阅后惊恐万分，慌忙改乘飞机回到了新京。同时，山田又收到日本参谋本部加急电报命令："击破进犯之敌，确保朝鲜半岛。"

于是，山田和秦彦三郎作出决定，将司令部迅速移驻到吉林通化预备作战指挥所；同时，命令驻防齐齐哈尔的第四军调往哈尔滨。关东军第3方面军司令官后宫淳大将，考虑作战装备严重不足，下令第44军紧急调往新京和奉天一线作战。

在远东谍报小组的配合下，8月9日零时，苏军远东方面军近30个营的先头部队，几乎同一时间越过国境线，对日本的设防区发起了突袭。在雷雨交加的夜里，远东军队迅速包围并消灭了长久工事中的驻防军。拂晓时分，已控制敌人前沿阵地。8时30分，方面军主力部队进入攻击状态，完成了炮火准备。

其中，苏联远东方面军突击作战联队红旗第1集团军军长别劳波劳特夫上将和由上将克雷考夫率领的第5集团军，向牡丹江方向进攻并突破边境设防地带，在第一昼夜推进20公里。

第5集团军由第65、72、17步兵军团进攻，在宽15公里区域取得突破，9日拂晓，部队推进30公里。

在战斗第一天，由少将卡扎尔茨夫指挥第72步兵团取得很大战绩。8月9日7时前，少将卡扎森率领215步兵师和少将过尔多维科夫率领63步兵团占领和包围了沦伦斯基枢纽（观月台防御）和全部长久筑建火力点，傍晚时分，他们突破了波格拉尼奇（绥芬河）要塞，并对敌人进行有效分割，切断了他们之间的联系。

随后，苏军派出轰炸机，用航空炸弹和重炮对天长山要塞进行轰炸，消灭了天长山要塞阵地上的敌人，日军转入地下要塞负隅顽抗。苏军派出了俄裔中国人、17岁的嘎丽娅进入天长山要塞进行劝降，由军官菲多尔琴科率领小分队保护嘎丽娅的安全。但日军不让苏军小队靠近，只允许嘎丽娅一个人前往要塞。之后，日军战斗司令官石岛长吉大尉，在其返回时下令射杀了嘎丽娅。

为此，苏军官兵震怒，在炮击过后，占领了天长山要塞。在情报员修竹的引导下，将天长山要塞所有工事的出入口炸毁。当时，守卫天长山要塞共有450名日军，除大部分战死外，剩余日军和140多名日本侨民，也都深埋在了要塞的洞穴中。

在第5集团军突击集群两翼，还有第35和第25集团军的进攻部队，也同一时间越过边境。第35集团军在扎赫瓦塔耶夫指挥下，15分钟炮火准备，于8月9日2点，强渡兴凯湖北部的松阿察河，第363步兵师通过了泥泞的沼泽区，扩大了前往密山方向的进攻战果。在日落之前，苏军推进 12 公里。

第 25 集团军在正面攻击左翼 285 公里长的区段展开战斗。在集团军编制中，有第 39 步兵军团、第 393 步兵师、第 259 坦克旅和其他部队，集团军兵团越过了国境线，击溃了敌人的边境部队。一昼夜间，在单独区域内推进 12 公里。

8 月 9 日拂晓，陈九石同志配合第 25 集团军兵团部队，对东宁要塞发起猛攻。一处高地永久火力点，被第 98 独立机炮营的战士突破，战士们用连发的冲锋枪和手榴弹消灭了敌人的守卫，但仍旧不能控制住长久火力点，日本兵用狂风暴雨般的火力进行抵抗，小分队的冲锋被压了下来。

陈九石看见，列兵波波夫向永久火力点枪眼扔了手榴弹，但敌人的机枪没有炸哑，波波夫冲上去了，用身体堵住敌人枪眼，苏军分队站起来冲锋并控制了高地。因为波波夫的功绩，苏联最高苏维埃主席命令追认波波夫为苏联英雄。

残酷的战斗在通往伪满洲国中心的重要道路——牡丹江要冲之地进行着。日本司令部为保住边界，在穆棱河和牡丹江集结了大量部队。日本第 5 集团军有 5 个加强炮火步兵师，牡丹江要冲有大量钢筋水泥永久工事，布满机枪和火炮工事。

隶属红旗第 1 集团军的第 59 步兵军团，在中将格谢诺弗托夫率领下，同中校科占别茨斯基的第 75 坦克旅，摧垮了敌人在密山地区的抵抗。8 月 13 日占领了道路大枢纽（林口城），切断了牡丹江东北面的交通。

与此同时，先遣队，斯科沃尔佐夫的第 26 步兵军团和中校阿尼西科的第 257 坦克旅，强渡牡丹江，从北面冲入城区。

第 59 步兵军团的 39 步兵师，中尉别拉阔夫排第一批冲入穆棱河边的西北桥头堡，敌人在桥头放置炸药，士兵哈桑诺夫和布拉托夫不怕牺牲，冒着敌人的炮火扑向导火索并拔掉引信，保住了大桥，坦克步兵通往林口的道路打开了。

这个师的 254 步兵团中尉斯图卡劳夫、红军战士阿夫杰耶夫和瓦利阿赫梅托夫受伤不下火线，士兵杜布劳文、阿里木哈梅托夫守住了大片阵地，打退了敌人优势兵力的反攻，消灭了 30 多名敌士兵，在力量悬殊的战斗中壮烈牺牲。

第 5 集团军突破了强大的防御工事地带后占领穆棱城，并开始从东面扩大对牡丹江的进攻。在攻打穆棱城的战斗中，中士尼古拉伊·茨加科夫表现英勇。在力量悬殊的战斗中，苏联战士用冲锋枪消灭了近 20 名日本士兵。当中士子弹打完了，他向敌人冲去，用芬兰刀刺死 3 名日本武士，被授予列宁勋章。他的冲锋枪和芬兰刀，至今在符拉迪沃斯托克博物馆保存着，展有《尼古拉伊·茨加科夫同日本侵略者的战斗》的油画。

8 月 10 日，第 25 集团军快速进攻占领东宁城，从而可包抄日本要塞区，从后方快速攻击伪满洲国东部的重要中心，对集团军的混合部队取得胜利发挥了很大作用。在少校阿发那谢耶夫指挥下的步兵、机枪营混编部队越过国境，于 8 月 9 日 12 点之前，占领了重要边境区据点，完成了下达的战斗任务，混合部队在集团军主力部队及时支援下取得成功。

在攻打东宁城的战斗中，少将玛玛耶夫指挥的第384步兵师和中校科尔涅夫第259坦克旅表现出色；斯米尔诺夫上尉坦克排果断巧妙行动，占领并控制住通往绥芬河渡口，保证了进攻部队强渡通过，马上对东宁城发起攻击。一些日军部队开始向牡丹江方向逃窜。在暗夜中，日军为了不暴露目标，他们在温春杀死一些随队日军家属，还掐死了妇女怀中啼哭的一个个婴儿。

远东第1方面军苏维埃元帅梅列茨科夫考虑攻打牡丹江的战斗持久性和攻打东宁战斗中取得的成功经验，调整了准备从南面包抄牡丹江防御枢纽的第25集团军主力战线地带。8月11日，给集团军划拨第17和第88步兵军团，第72、209和219坦克旅；同时，派瓦西里耶夫中将第10机械化军团参加战斗。

集团军得到任务是：快速扩大从南、西方向的进攻，迅速占领汪清、延吉、图们地区，后续由第10机械化军团突破进攻敦化、吉林方向，切断日本向南和西南方向的退路，同第5集团军和红旗第1集团军共同包围并消灭敌人。

傍晚，第25集团军占领老黑山，8月12日，第10机械化军团先头部队进入战斗，伊沙科夫上校的393步兵师沿海岸线进攻，于8月12日23点进入攻打雄基港口的战斗，消灭了近一个营的日本步兵，同太平洋舰队陆战队会师。

在雄基港口的空战中，海军少尉飞行员杨科为战斗争光。8月10日对港口空袭时，他发现了敌人的运输船，冒着敌方的猛烈炮火，勇敢地猛冲过去，运输船被炸沉，但飞机被打伤，火苗很快包住飞机，飞行员本可以跳伞求生，但飞机还有炸弹，可以给敌人造成更大损失，杨科驾驶燃烧着的飞机飞向港口军事工事，传来了巨大的爆炸声，敌人重要目标被消灭。

8月14日，攻打牡丹江的战斗展开。第26步兵团的部队在城市中进行战斗，情况十分严重，日本兵不止一次反击，几百名日军敢死队追打着苏军官兵，毁掉坦克。在敌人优势兵力的强攻下，军团先头部队不得不离开牡丹江，向东北方向撤退了8到12公里。

敌人对战斗中的失利极为不满，向苏军战俘发泄。第393师的404团共青团组长卡林宁在攻打小兴安岭居住点的战斗中被俘，日本的恶棍们刺瞎了他的双眼，切掉一只脚，扯破鼻子，上半身被砍成两半，皮从头扒下，下半身被烧焦。当找到英雄破碎的尸体时，战士们发誓要为他的死复仇。

外贝加尔方面军主要突击集群，在司令员、苏联元帅玛利诺夫斯基，军委委员捷夫琴科夫中将，参谋长扎哈罗夫大将的指挥下，编制有第6坦克近卫军第39、17和53集团军，以迅雷不及掩耳之势，击溃了日军掩护部队，抢在敌人前面占领了山口，到达大兴安岭，于8月15日，进入东北平原。外贝加尔方面军强大的战斗集群，迅猛地深入敌人防线，打乱了敌人深层次防御的准备计划。

在海拉尔要塞群的战斗中，情报员金校根发挥了重要作用。海拉尔要塞群位于海拉尔北山，以敖包山、河南台地军事工事为主体，分为地上和地下两个部分，地下有指挥中心，深度20米以下；地面有5个主阵地，10个辅助阵地，2个野战阵地等大型永备工事，30多个明堡和暗堡，其规模仅次于东宁要塞群。海拉尔要塞正面宽30公里，纵深20公里。日军第80混成旅团司令部设在敖包山。8月9日，按照金校根的意见，苏军包围并分割了海拉尔要塞群，摧毁了外围阵地。12日，日军失去地面阵地并转入地下抵抗，苏军同7000名日军进行决战。直到16日，苏军摧毁了日军地下魔窟，俘虏日军3827人，打死3000余人。苏军有1130名军人长眠在呼伦河畔，普什卡列夫等7名苏军士兵用身体堵住敌人的枪眼，换取了要塞战斗的胜利，成为马特洛索夫式的苏联英雄。

8月9日1点，远东第2方面军开始在松花江和饶河方向进攻，沿松花江到哈尔滨，由马莫诺夫中将率领的第15集团军负责进攻，前进饶河、宝清方向由巴师科夫少将指挥第5步兵军团承担。

战斗在非常复杂的条件下进行。由于大雨滂沱，阿穆尔河和乌苏里江水漫过了河岸，计划集结部队的地点已被水淹没，道路被彻底冲毁，河岸边缘的沼泽地使行军变得更加困难，并且限制了渡河区段的选择。在情报员陈世文和占柱梅的带领下，为苏军部队寻找集结区域和渡河地点，但远离了敌人防御体系。

在松花江方向，第15集团军的先遣和侦察部队、边防军，于8月9日强渡阿穆尔河，占领小岛，在对岸开辟进攻战场，在抚远城击溃日军驻防军。8月10日深夜，主力部队渡河。从早晨转入进攻，占领同江城。8月10日黄昏，从松花江河口到霍尔河口120公里地带的阿穆尔河岸和乌苏里江岸消灭敌人。

第15集团军部队占领了萝北、同江、抚远及松花江要塞抵抗枢纽，敌人开始向"满洲国"纵深撤退。第15集团军登陆部队开始向松花江上游推进，攻击敌人；同时，由中校波达波夫率领171坦克旅做先头部队，扩大攻击范围。

8月11日，第15集团军先头部队和登陆部队在舰队火炮支援下，开始进攻富锦要塞。战斗异常激烈，很多长久火力点设在石头建筑群内，日本敢死队机枪手躲在20米高的铁顶圆盖内。城内由海军步兵营、保卫营、满洲国部队防御。傍晚占领城中心部分，向前推进时，被日军抵抗枢纽的猛烈炮火和机枪阻挡。到8月12日半夜，第361步兵师先头部队多次组织冲锋敌人防御，但都没有成功。在调集主力部队参战时，整师已卷入肉搏的硬仗中，他们击溃了敌人。8月13日，苏军占领了富锦要塞。

第5步兵军团（第35和第390步兵师，第172坦克旅）在红旗第3区舰队火力支援下，成功在比金区域以及乌苏里江强渡，并开始对饶河要塞进行进攻战斗。瓦西里列维奇少将的第35步兵师和杰布利亚科夫大校的第340步兵师，于8月10日天黑前占领了饶河城。

军团先头部队第 172 坦克旅，于 8 月 14 日占领宝清城，开始向勃利方向进军。

在沙哈梁（黑河）方向，由坦克部队杰列恒中将率领红旗第 2 集团军，在 8 月 11 日前进行侦察搜寻，从阿穆尔河的岛上把敌人赶走，对沙哈梁的港口进行炮击。从得到方面军司令进攻命令时起，第 3、12 和 396 步兵师，第 73、74 和 258 坦克旅，搭乘驳船和布列斯科舰队船只强渡阿穆尔河，由于登陆工具不足，部队渡河持续了 5 天。

8 月 11 日清晨，先头部队在沙哈梁、瑷珲和霍尔莫津与敌人的掩护部队发生遭遇战，扩大了对墨尔根（嫩江）、齐齐哈尔和北安方向的进攻。集团军于 8 月 12 日傍晚，抵达了日军重要防御线的主要抵抗枢纽甘吉和孙吴。

8 月 12 日至 14 日期间，集团军突击集群在孙吴要塞抵抗枢纽重创敌军，并在墨尔根、北安方向追击敌人，情报员陈世文在路径指引上发挥了重要作用。

红旗第 2 集团军主攻集群的道路被霍尔莫津抵抗枢纽阻挡。在 1 小时炮火准备后，第 3 步兵师部队于 8 月 12 日 12 时开始突击，由第 70 步兵团，第 74 坦克加强旅，2 个反坦克炮连和工兵连，承担了对小西河方向的主攻。13 时，突破日军防御；8 月 16 日突入孙吴。在 3 天的连续战斗中，消灭 300 名敌人，俘虏 850 名军官和士兵。

在这次战斗中，日本武士进行了空前的野蛮行动。在夜幕掩护下，他们潜入第 70 步兵团卫生连所在地，对伤兵和医务人员进行血腥屠杀。对医生娅索玛金、护士谢列兹涅娃和盖沃尔斯卡实施侵犯，将她们的脚和手扭伤再用刀切断，后刺刀刺死。

霍尔莫津抵抗枢纽部中央阵地被中校谢沃斯基亚诺夫第 8 步兵团突破。在这一地带有 48 座钢筋水泥多层火力工事，每座有 2 至 11 个枪眼，可进行机枪武器射击。苏军曾连续 5 天突击日军防御工事，防御工事曾 6 次得手。广大指战员每个小时都在加强攻击，不给日军任何喘息时间，情报员陈世文也拿起枪参加作战。8 月 17 日黄昏，苏军全部占领要塞。

第 2 方面军军委，为了将苏联军人的丰功伟绩永久纪念，在孙吴城中心广场，对长眠的 179 名阵亡将士建造了四方形纪念碑，碑文是中俄两种文字：1945 年 8 月 9 日至 18 日，为社会主义祖国独立自由和解放中国人民阵亡英雄永垂不朽！

8 月 15 日，苏军击溃了边境地区的敌人，在各个进攻方向快速向伪满洲国的中心推进，关东军主力部队面临着全部被包围的事实。

8 月 14 日，日军最高军委会和日本天皇参与的政府联合会议，作出投降决定，向苏联、美国、英国、中国政府通告，日本天皇接受 1945 年 7 月 26 日的波茨坦公告条款。

日本政府宣布投降后，伪满洲国皇帝溥仪于 8 月 15 日颁布《退位诏书》并逃亡吉林，准备前往日本。

8 月 19 日，溥仪与日本大特务吉冈安直、关东军将军们于奉天东塔机场被苏联红军逮捕，扣留在通辽至 20 日，后被苏联红军囚禁于莫洛可夫卡 30 号的特别监狱，之后押往伯力 45 号特别监狱。皇后郭布罗·婉容在逃亡途中被中共游击队俘虏，后释放，流落到了延吉，因为鸦片瘾发作，死于延吉看守所内。

在裕仁天皇宣布无条件投降后，关东军在苏军全部进攻的主要方向仍进行着激烈战斗。为此，红军总参谋部发表声明：第一，8月14日，日本天皇所作的日本投降通知，只是笼统的无条件投降宣言，没有下发武装力量停止作战行动命令，日军继续抵抗着，日本武装力量还没有真正投降。第二，只有当日本天皇下令给自己的武装力量停止作战行动，并放下武器，将实际行动去履行命令时起，才算日本武装力量投降。第三，由于上述原因，远东苏联武装力量将继续对日本武装力量进行作战。

声明下达后，远东军又开始对日军驻防地区猛烈进攻。隶属第1方面军的第35集团军，从8月15日早晨起，继续攻打勃利，经过两昼夜激战，这个重要据点通往哈尔滨方向的道路枢纽被拿下，可靠保障了方面军主力集群的右翼，切断了牡丹江敌集团军和远东第2方面军进行战斗行动的日本第4独立集团军之间的联系。

第25集团军成功追击敌人，第10机械化军，第17和39步兵军团一路上消灭敌人掩护部队；8月16日12时前，占领大型交通枢纽汪清城，通往吉林、牡丹江东南面和朝鲜北部地区的道路全部打开。与此同时，南面集群第25集团军部队同太平洋舰队海军陆战队相互配合，8月16日占领海军基地谢兴城，并且突入后方交通线，切断了日军第3集团军海防线。

8月15日凌晨，红旗第1集团军从牡丹江北面靠近，与从东面的第5集团军会合，敌人主力部队在牡丹江区域被半包围了，日军指挥部不惜一切代价保住这个防御线，并不停地向要冲地增派部队，将牡丹江上的所有桥梁炸掉。

远东第1方面军司令决定，隶属第5集团军第65步兵军团攻打牡丹江战役，直接攻城的还有斯科沃尔佐夫少将的第26步兵军团联队。他们从两个方向进行突击，斯维尔斯少将第22步兵师在城北10到12公里处强渡牡丹江，占领城东北部；切列巴诺夫少将第300步兵师和第257坦克旅，准备占领城东和东南部。

8月16日中午，苏军从城西北和东面突入，利用突破口入城的还有第97步兵师、第144师、第218和208坦克加强旅。于16日黄昏，第26和65步兵军团拿下了牡丹江城。日本第5集团军主力被击溃，伤亡4万多人，损失三分之二兵力。

因为卓越的领导指挥部队和个人的英勇表现，第65军团长涅列科列斯托夫少将，第300步兵师长切列巴诺夫少将，被授予苏联英雄称号。

在攻下牡丹江城后，远东第1方面军部队开始追击敌人。红旗第1集团军朝哈尔滨开进，第5集团军和第25集团军向吉林方向开进，第25集团军与太平洋舰队协同，并向雄基方向开进。8月19日天黑前，前线部队穿过了"满洲国"山区，第35集团军占领了交通枢纽林口，红旗第1集团军占领苇河，第5集团军占领鄂木，第10机械化军团占领敦化，第25集团军占领延吉。

日本指挥部打算拖住远东第1方面军主力于边境筑垒地域的计划落空了，苏联军队进攻神速，完全切断了所有关东军的交通要道，首先打掉的是穆棱河和牡丹江区域司令部组织的防御工事和撤兵退路。

远东第2方面军部队从北面追击敌人，接近"满洲国"中心。红旗第2集团军在孙吴，于8月17日天黑前，歼灭了日本独立第4集团军主力。8月20日，库兹涅佐夫的第74坦克旅进入北安镇。

第15军团部队占领了三姓屯，向佳木斯推进。日本人炸掉了松花江铁路大桥，在江中放入原木和几艘沉船，试图阻碍地面部队的推进和红旗阿穆尔区舰队的横渡。然而，这并没有让进攻部队停下脚步。第一批冲入佳木斯城下的是第15集团军先头部队罗曼诺夫上尉的坦克排，指挥坦克触雷停下，在6个小时内，乘务组打退敌人多次进攻，消灭30个士兵。乘务组得到苏联政府奖励，罗曼诺夫上尉被授予苏联英雄。

8月17日，苏联红军在红旗阿穆尔区舰队炮火支援下，从松花江方向进攻佳木斯城，日本人开始放火烧城，有几座房屋被炸毁。第15集团军部队没有给日军毁掉全城的机会，佳木斯所有居民挥舞旗帜和彩带欢迎苏军，积极参与清缴躲藏的日军官兵的行动。

占领佳木斯后，第15集团军沿着松花江两岸向哈尔滨推进。8月19日前行军300公里，进入科洛屯、龙镇。

8月17日，关东军司令部向苏联司令部请求停止战斗行动，然而在请求中未提放下武器。远东苏军总司令、苏联元帅华西列夫斯基，在这一天答复了山田乙三大将：建议关东军司令部，从8月20日起，所有战线停止一切针对苏军的战斗行动，放下武器，投降当俘虏——只要日军交出武器，苏军将停止战斗行动。在此期间，由苏军少将舍拉霍夫向关东军总参谋长秦彦三郎下达了最后通牒。

8月17日，远东第1方面军情报处无线电台收到了关东军司令部无线电报，关东军已下达投降和停止军事行动命令。8月19日清晨，除瑷珲、虎头、东宁等筑垒地域外，大批日军士兵和军官投降。

为了加快日军投降进程，防止日军破坏工厂、运走和销毁物资，苏军在集团军中组建了精明强干的先遣队，由步兵汽车分队、坦克连、自行火炮营、歼击坦克连、机械牵引火炮营组成，在中国东北、朝鲜、辽东半岛一些较大城市实行空投。

8月18日，先遣队进入哈尔滨，19日进入奉天、长春、吉林，23日进入大连、旅顺。在进入哈尔滨的那一天，远东第2方面军的第15集团军先头部队，乘红旗阿穆尔舰队进城，很快红旗第1集团军的部队也到达了哈尔滨。

78 东宁要塞
高野定夫举旗劝降日本官兵

不过，苏军针对关东军最激烈的战斗仍在东宁要塞和虎头要塞进行着，战斗一直持续到 8 月 26 日。

8 月 9 日零时，苏军第 39 军冒着大雨从法耶夫卡地区越过了中苏边境并向东宁挺进。随之，在陈九石和小萝卜头的带领下，苏军对孖褡裪要塞进行分割包围，切断了要塞中日军的一切联系。苏军第 106 守备部队，向东宁要塞进行猛烈炮击。此时，日军第 128 师团长水原重义接到了关东军第 1 方面军对苏作战命令，指挥独立混成第 132 旅团 2 个大队、炮兵 2 个中队、工兵 2 个小队，全力阻击越过边境的苏军。9 日午后 2 时，因为苏军炮击，日军第 132 旅团与第 128 师团之间失去联系。旅团长鬼武少将决定，将驻守在胜洪山要塞和驻守孖褡裪要塞的骨干留了下来，指挥沿线各阵地以少量部队抵抗苏军进攻。之后，鬼武少将在郭亮阵地举行宣誓仪式：日本军人要以血肉之躯为帝国而战。

随后，鬼武少将与留守部队长驹井庄五郎少佐耳语后告别。在鬼武少将离开后，驹井少佐下达了强制命令，57 名随队家属集体在喀谷六阵地的防空洞内服毒自杀。驹井明白，苏军已经大兵压境，日军没有胜算。

9 日，大雨滂沱，瑚布图河河水暴涨，苏军第 40、第 105 师过河困难行动迟缓。10 日上午 8 时 30 分，部队在三岔口西山下集结，留下 2 个坦克中队，协同第 39 军第 384 师围攻东宁筑垒地区，主力部队向敌后方追击日军混成第 132 旅团。10 日午后 5 时，远东第 1 方面军司令麦列茨科夫下达命令，由第 25 集团军实施对日军筑垒地区进行攻击。

8 月 11 日拂晓，苏军第 384 师和一个工兵营为先导，对孖褡裪要塞发起猛烈进攻。敌第 6 重炮兵中队被苏军密集炮火所压制，随即苏军发起冲锋，但遭遇日军 300 多人敢死队的拼死抵抗，他们身上系满炸药和手榴弹，蜂拥冲进苏军队伍与之同归于尽，导致前沿阵地苏军官兵几乎全部牺牲，也有敢死队成员埋伏坦克必经之地，突然扑上去并炸毁苏军坦克，双方损失严重。

之后，苏军发起第 2 次攻势，驹井派出 150 人敢死队。苏军判断，日军永久阵地已大部被摧毁，无法阻挡苏军进攻，但日军很快构筑应急工事，修复交通壕和堑壕。不得已，苏军实施围攻方案，双方处于僵持状态。

在苏军围剿地下工事时，日军从三角山要塞阵地，向孖褡裪阵地上的苏军猛烈炮击，加之日军残部从要塞冲出来进行反击，阵地上展开肉搏战，遍地都是尸体，场面十分惨烈，苏军不得不退出了阵地。

12日至15日，苏空军第9集团军出动108架战斗机，用航空炸弹轰炸三角山要塞和孖褡裃要塞，松本中尉等68人被炸死，阵地被摧毁，但地下工事中的敌人并没有损失。此时，日本天皇已向日本武装力量下达了投降诏书，但胜洪山要塞的日军仍在顽抗中。

16日中午，苏军向孖褡裃要塞派出使者劝降，日军将使者打得遍体鳞伤，血肉模糊，舌头割下，额头刻五角星，双手10个手指被剁掉九个，这激起了苏军官兵的仇恨。之后，苏军又使用俘虏向要塞敌人喊话，但被狙击手射杀。

于是，苏军官兵不再劝降要塞中的敌人，把柴油、汽油从孖褡裃要塞通风口灌入地下巢穴，洞内燃起熊熊大火，但顽抗的日军将洞口炸塌。浓烟迫使50多名日军逃出洞口，被苏军官兵用冲锋枪射杀。战斗结束时，要塞内发现1000多人被呛死。直至19日黄昏，东宁要塞群的孖褡裃要塞战事结束。

不过，更为惨烈的战斗在胜洪山要塞主阵地展开。8月9日，苏军用炮火轰击胜洪山要塞。参与轰炸的部队是苏军第106部队和第223炮兵旅，之后又调来第34和100炮兵营。同时，2个航空兵师参与作战，大量航空炸弹，7000多吨炸弹如雨幕般从天而降，巨大的爆炸声震耳欲聋，山体变形，但驻守胜洪山要塞的顽敌仍然拼死守卫，拒绝投降。

不过，陈九石和小萝卜头向苏军介绍了情况。小萝卜头说，胜洪山要塞是东宁要塞群中最坚固的工事，日军耗资巨大，用4年时间建成。胜洪山要塞北面为出丸山阵地，南侧为荣山阵地，东面是朝日山阵地和熏山阵地。

因此，陈九石建议，先炸毁胜洪山要塞周边阵地，使日军阵地之间失去协同作用。苏军采纳了陈九石的建议。8月10晨，陈九石率领苏军30人武装侦察小组趁大雾登上了胜洪山山顶，被日军哨兵发现，遭到机枪射杀，多数人壮烈牺牲。随即，苏联炮兵又继续用重炮轰击胜洪山要塞。直到11日黄昏，苏军才停止炮击。

8月12日，晨雾刚刚散去，苏军在三岔口正面集结坦克、自行火炮、军用卡车，准备向东宁县城挺进。日军命令工兵炸毁所有道路、桥梁，导致苏军前进困难。8月13日，苏军继续炮击胜洪山要塞。随后，派出500名官兵攻击胜洪山的前沿阵地，被日军射杀，几乎全部牺牲。傍晚，苏军又沿着原路向敌军阵地总攻，半夜时分，日军前沿阵地落入苏军手中。

8月14日，早晨6点，苏军派出一个大队的兵力向荣山阵地攻击。日军阵地官兵严守命令按兵不动。当苏军靠近时，日军炮兵接到命令开火，一些苏军官兵倒在了血泊中。同时，日军前沿阵地的官兵接到了射击命令，仅3分钟大半苏军官兵顷刻间壮烈牺牲。日军官兵为取得重大胜利欢欣鼓舞，士气更加旺盛。

8月15日，日本通过无线电广播宣布无条件投降，但胜洪山要塞中的日军与外界联系中断了。傍晚，日军哨兵发现一个满洲人手持白旗，边走边摇晃着向日军阵地走来，将一张纸压在石头下，又慌慌张张向回跑。这时，"叭勾"一声枪响，联络人被日军射杀。之后，日军士兵拿走了那张纸条，上面写着俄、日、汉、英四种文字：

你们应该听到广播，日本天皇已宣布无条件投降，关东军已放下武器。你们若要响应停战条件，请派一将一兵，到第三渡河地点联系我们。

随即，斋藤俊治大尉召集各中队长开会，研究商议此事，认为8月14日晚上通信队士兵确实收到"明天15日中午有重要广播，大日本帝国臣民无论在国内外都要收听"的指令。也说不定，"重要广播"就是天皇向日军下达投降命令。但战场双方交战最激烈的时刻，谁还顾得上收听广播。同时，也认为，收到的书面劝降通知，不排除是苏军计谋。再有，无线电台没有故障，如果关东军已经投降，应该下达命令给各部队。因此，斋藤俊治大尉认为，在与鬼吾少将无法联系的情况下，要继续战斗。

随即，日军侦察兵发现：苏军在向胜洪山要塞集结兵力，苏军重炮部队沿棱线前进。还有，苏军战车群在三岔口平地上陆续集结。于是，斋藤俊治部队长命令炮击苏军。第一颗炸弹在苏军战车群中爆炸，炸毁数量战车。斋藤俊治一面骂着："大鼻子，畜生！"一面指挥炮口调向101苏军重炮阵地并高喊："开炮！"仅仅4发炮弹，苏军3门重炮就被彻底摧毁。苏军立即重炮还击，炮弹从扶桑台方向飞来，向胜洪山要塞倾泻，日军炮兵阵地立即被打掉，日军炮兵死伤严重。

8月16日，日落时分，日军向苏军占领的阵地派出多个敢死队袭击苏军官兵，夺回一些失掉的阵地。8月17日，苏军停止炮击，战场如死亡般寂静。8月18日，苏军继续停止炮击，等待日军投降，但日军没有派兵到绥芬河第三渡口。午后，苏军再次猛烈炮击。此时，日军派出18名见习士官敢死队，突袭苏军炮兵阵地，目标是夺取并炸掉苏军前沿炮兵阵地，但被歼灭。

8月19日至24日，战斗一直在激烈进行中。不过，苏军在间岛（原日本陆军兵营）收容所找到高野定夫中佐，责令他去胜洪山要塞，传达日军司令官山田乙三"关于放下武器、无条件投降的命令"。因为高野定夫曾经在第12师城子沟部队待过。但他提出异议，说胜洪山阵地的官兵与城子沟的部队不属一个师团。但在收容所里，再没有日军第一边境守备队的官兵了，翻译还是将命令交给了他，高野定夫决定接受任务。

8月25日，苏军用两架军用飞机将高野定夫送到三岔口北面机场，到达胜洪山要塞附近的诺保已是12时整。高野定夫被带到街中心一家西餐厅吃过饭后，又被带往胜洪山要塞附近苏军指挥所，但一直到黄昏时分，苏军才停止炮击。因此，苏军考虑晚上派高野定夫去要塞很危险，决定明天再说，将其安排在苏联军官宿舍休息。

8月26日9时，高野定夫被送到胜洪山要塞前线，传达山田乙三命令。约定，如果日军同意投降：（一）26日中午在中央阵地竖起白旗；（二）日军排队离开阵地，顺序为伤兵、苏军俘虏、非战斗人员、将校军官、士官、士兵、家属；（三）武器集中一处；（四）阵地设施设备不得移动和破坏！

之前，苏军为其准备了日军参谋肩章，将白旗扛在右肩上，他一个人向建有胜洪山神社的山上登去。前进途中，日军隐蔽的哨兵问他是谁，他说："我是高野参谋，负责传达关东军司令官山田乙三的命令。"哨兵收起枪，向下一个哨兵传令。他们怀疑是中国人，或朝鲜人。突然，一个哨兵队长喊他："等一下！"

这时，高野定夫才意识到参谋肩章不对劲了，因为战场上是没有军官佩戴肩章的。显然，参谋肩章起到了相反作用。不过，他身上没有武器，举着白旗，会说日语，熟悉关东军内部情况。随即，他被带到第三中队长那里。

但问题是，第三中队没有人认识高野。于是，第三中队长打电话向阵地官兵们询问，远处回电话说，有一个少尉知道高野中佐。

于是，高野定夫传达了日军司令部命令和苏军的要求。第三中队长请示斋藤俊治同意放下武器，命令官兵集合：上刺刀，向天皇遥拜，缴械投降！

之后，他们走出了胜洪山要塞，而阵地上战死的日军官兵尸体，被集中到一处实施火葬。斋藤俊治率领残部共901人投降。18时，投降的日军官兵开始步行，到金苍转乘火车，足足走了5天时间。

79 最后时刻
虎头要塞成为二次大战最后战场

在苏军攻击胜洪山要塞时，虎头要塞群的战斗也在激烈进行中。虎头要塞与苏联依曼市隔岸相望，战略位置恰似正对着符拉迪沃斯托克和乌苏里斯克的一把锋利的匕首，又像直插苏联沿海州心脏的长矛尖，是进攻苏联远东地区的重要桥头堡。

虎头要塞地下隧道长数十公里，正面防御宽6公里，纵深6公里，铁路直通要塞完达车站。修筑要塞的中国劳工都被秘密暗杀。要塞区域内有10多处炮兵阵地和机枪阵地。在虎啸山南侧和东猛虎山，有100毫米口径的多门榴弹炮和"丸一"号巨型大炮，榴弹直径40厘米，长达1.2米，还有深藏于山体中的重达百吨的口径24厘米的列车炮。巨型大炮可直接攻击远东铁路大桥。一旦大桥炸毁，就可以孤立符拉迪沃斯托克。而且，大炮对依曼市和苏军萨里斯基军事区形成威压。为加强虎头要塞防御，日军在虎头镇附近修建了

2个野战机场。

8月9日零时30分,苏军第1方面军第35集团军对虎头要塞发动攻击。霎时间,乌苏里江上的照明弹映红了整个夜空。从波龙卡、萨里斯基、依曼、克拉夫斯基地区,苏军重炮、30厘米口径榴弹炮、20厘米口径榴弹炮,一齐向日军阵地猛烈轰击,完达车站、日军兵舍、驻防司令部、虎头镇都燃起熊熊大火,浓烟遮天蔽日。随即,苏军第57边防总队强渡乌苏里江和松阿察河,占领日军哨所,控制边境线。接着,第264师和106筑垒守备队,在炮火掩护下,越过了河滩地和沼泽地区,向纵深推进5至12公里,切断了日军虎头要塞至东安(密山)之间的联系,并很快攻入虎啸山麓。但日军守备队1500余人以及日本侨民、开拓团员、妇女儿童、满铁社员1200人负隅顽抗。

8月9日正午过后,日军反击,大口径火炮发射11枚40厘米的炮弹,炮弹落在依曼铁路桥三对拱门北端,高高腾起的水柱落下后,露出了折断的桥桁软塌塌地吊在江面之上,符拉迪沃斯托克的交通被切断了。

8月10日,苏军49架轰炸机和50架歼击机进行2个小时的轰炸,苏军重炮隔岸向日军阵地炮击。随即,以坦克开路,从3个方面发起第一次总攻,日军疯狂抵抗,并展开肉搏战。因为兵员分散,苏军退了下来,第一次总攻以苏军失利告终。8月11日,情报员李云林提出穿插分割战术,逐步压缩日军活动空间,实施各个击破,包围并占领了偏脸子山和虎西山。8月12日,天上飞机轰鸣,阵地上炮火连天,虎头要塞硝烟弥漫,尸横遍野。之后,苏军发起第二次总攻击。凭借占领的偏脸子山和虎西山等观测点的优势,苏军以准确炮火对虎头要塞的日军炮兵阵地进行猛烈轰击,使之遭遇毁灭性打击。随之,以坦克开路,攻入并占领日军851和506兵营,夺取了临江台。

8月13日,苏军继续以炮火优势,轰击并占领中猛虎山,可以近距离地炮击日军巨炮阵地,石岛上野向日军喊话:"日本天皇已经宣布无条件投降,你们抓紧放下武器,缴枪不杀。"

占领中猛虎山的苏军,对地下要塞中的绝不投降的敌人采取了非常规的措施。从通风井、瞭望哨、烟囱,向负隅顽抗的日军投手榴弹,或倒入柴油、汽油再引燃,一些日军在要塞中窒息死亡。不过,军医楢原优是很幸运的。战争一打响,他(日本战俘,自诉)待在军医所旁边的小房间里,妻子躲在一个对外开放的粮秣库里。还有一些军人家属、日本侨民等400多人,在要塞中躲避战火。开战第一天拂晓,陆军医院将60名伤者送进要塞医护所。

随着战争的逐渐深入,有些患者拿起枪去阻击苏军了。不久,又有大量伤员被送到医务所。其中一天,有100多死伤者被送进来。不久,凡能够走动的都回了自己部队的栖息所。留在医务所的40多人都动不了,有的生命危殆。数十小时内,有的死了,有的被工兵埋在泥土中,有的从要塞入口被扔出去。到13日晚上,医务所内死伤者达200多人。

于是，中队长命令：开放中猛虎山的弹药库作为收容所。所谓收容所，实际上就是停尸房。此后，山下的尸体无法收拾，中队长命令弃之不顾。由于医务所和库内的尸体不能向外处理，只好堆在弹药库里，数量多达300多具，就像米袋子一样排列三层，一直堆到天棚，地下要塞成了可怕的墓穴。

8月14日，苏军完全占领了日军炮兵阵地。随后，日军炮兵第1中队向动猛虎山靠拢。8月15日，日本天皇发布无条件投降命令，但因为日军在开战几小时就改变了无线电联络密码，因而没有收到裕仁天皇的命令。

不过，日军通过收音机，还是收到了天皇的"玉音广播"，宣布无条件向盟国投降。但司令部的将校们都不相信这就是天皇的"玉音"，战斗司令官大木骂道："混蛋，马上关掉收音机，哪里有什么陛下的'玉音'广播，这分明是苏军削弱日军战斗性的谋略性广播。"他的话具有不容反驳的权威性，也支配着整个战斗司令部的行动。

此时，虎头要塞周围已集结苏军大兵团部队，数十辆坦克、数十门重炮、数百辆卡车。午夜，在大木大尉的指挥下，猛虎山阵地的敌人决定破釜沉舟并奇袭苏军重炮阵地，击退苏军的进攻。

8月17日，苏军第109筑垒部队攻占了虎北山，日军步兵第4中队撤出阵地，向猛虎山转移。大木大尉下令炸毁无线电，实行全员"玉碎"，在残存的栖息所和隧道内各处安装50公斤炸药，捆成四四方方的炸药包，医务所也被放置了炸药包。

最后的时刻到了。楢原优接到宪兵队的命令，院长和医护人员立即撤离此地。"不，还要等一下，这里面还有百名健康人员！"军医惊恐地向宪兵伍长喊着。可是，黑暗中站着一个怪影，他是虎头宪兵队幸存的伍长。"说，几分钟？"军医说："我和星原少尉商量一下，再告诉你结果。""星原少尉？不，他不是队长，很遗憾，我不能接受他的指令。我只能执行自己接受的命令，要塞秘密必须永久保存。"说后，宪兵伍长一下子消失在对面的黑暗中。楢原优军医迅速向北入口跑去，在紧贴着隧道两侧的士兵中间猛跑着、喊着："星原少尉！星原少尉！""啊，军医，你说！""星原少尉，刚才宪兵要点燃炸药，无论如何都要等一等。""什么，自爆？真浑，让他停下来！"少尉领着几个人向隧道深处走去。楢原优放下心来，来到隧道入口岔道处。星原少尉喊着："宪兵伍长，喂，伍长！"这时，隧道内响起枪声，又从地底下发出巨大爆炸声，楢原优被猛地撞到墙上。

过了一会儿，他在陷阱上站起来，从兜里摸出火柴擦着，向隧道里面看。在刺鼻的硝烟气味中，有着一种令人不快的又酸又甜的铁锈般的臭味。这时，一个士兵慌慌张张地跑过来说："哎呀，患者全都粉身碎骨。"之后，楢原优隐蔽在土桥的下面，待太阳沉落后，他乘着漆黑的夜幕逃亡了后方。

8月18日下午4时整，苏军指挥部向日军守备队发出了最后通牒，并派出5个使者，其中一个人穿着协和服，为虎头附近"旭"开拓团乡军人会长。他说："天皇已下诏书，日本无条件向盟军投降,战争结束了!"

但日军第15守备队队长西胁武大佐接到下属报告,拒绝苏军通牒。副官白井说:"我们大日本帝国是神国。与其投降敌人,不如选择去死。即使寡不敌众,苏军攻陷我们的阵地,他们得到的将是一片废墟。"随即,白井将苏军派出的日本使者砍死在阵地前,其他4名朝鲜人跑掉了。

日军砍死使者令苏军官兵大怒,于是再次发起猛攻。8月19日早晨,苏军由两翼攻击日军阵地,整整激战一天,攻占了日军守备队本部,歼灭了中猛虎山、东猛虎山阵地上的日军步兵1中队、步兵队本部、步兵炮中队和炮兵本部的官兵,最终占领东猛虎山山顶。

随即,苏军用车载榴弹炮轰炸日军猛虎山重炮阵地,只瞬间工夫,守备队40厘米的巨型重炮炮身被炸裂,并引爆了剩余的炮弹和炸药以及埋在附近的地雷。

阵地上到处都是沙石、烈焰,犹如火山喷发一般,虎头要塞主阵地被彻底毁灭。但有部分日军官兵拒绝投降,虽没了战斗司令的指挥,但仍各自为战,在地下工事内负隅顽抗。苏军从地下要塞通往地面的观测孔、换气孔、烟囱灌入汽油,然后投入手榴弹,隧道内猛烈爆炸,产生大量一氧化碳,日军和避难人员在隧道内窒息死亡。

不过,山内(关东军战俘,自诉)虽不是正规军人,但他活了下来。19日,山内为了寻求开拓团的安全,彷徨于要塞内。他有一个6岁的儿子,死在了要塞里面;妻子受困于猛虎山粮秣库里,已经出不来了。现在,要塞内有300多名避难者,一部分在西猛虎山,一部分在中猛虎山。为寻求活路,山内不断地奔波。过了中午,地下要塞内闪着许多光点,猛烈的瓦斯爆炸如海啸般袭来。黑暗中,许多人乱作一团,最后全都挤散了。他懵懵懂懂地以为自己抓住了妻子的手腕,但最终发现,那是一块带血的破布片。山内一个人走着,并不断把耳朵贴在隧道墙壁上,以捕捉外部的信息,推测战况变化。他知道,隧道内有几处通道已被堵塞,无法穿越。东反击口中部栖息所里,有一盏昏暗的油灯发出微弱的光,里侧蹲着几个妇女。

"喂,这很危险!"他喊了一声。但那几个女人毫无生气,仿佛失去了判断力,没有什么反应,甚至连身子都不动一下。轰隆隆的爆炸声和震动声,不断地从地底下涌出,不绝于耳。不一会儿,隧道里飘浮着奇怪的白色的气体。不久,那几个妇女的房间便淹没在了白色烟雾中。接近傍晚,连日的疲劳和不眠,山内已经身心疲惫不堪,陷入了昏昏然和意识不清的状态。

战争已经结束了。山内的耳边又响起了军使的声音。和平的意识,在他的眼前浮现出一片光明灿烂的阳光,久久都不能消散。

赶快逃离要塞!这种念头,与其说是出于理性,倒不如说是肉体上的痛苦挣扎。他慢慢地爬起来,挣扎着,在隧道内继续漫无目的地走着。他贴着隧道壁听听,东猛虎山阵地几乎没有任何声音。走过几个仓库和栖息所,在地下巨大空间内,地板上,一些伤病员一个压着一个并呻吟着，有些人已经死了。在一个地下室的最里边，还堆放着数百具尸体，一直到天棚顶，像整整齐齐的米袋子。有垂悬的双脚，有耷拉的脑袋，有穿着靴子的脚，有缠着绷带的头，有的破碎的尸体还沾着鲜血的军服。山内就像幽灵一样游荡着，茫然无措。

他好不容易走到了地下要塞主通道走廊一端竖井栏杆处，抬头向上看，天棚上开了一个大口子，从水泥裂缝处垂下几十根铁骨和钢筋，像是张开的网。最高处的空隙间，射进淡淡的光线，竖井底部堆着高高的土堆，落下来的机枪和速射炮的一半埋在了沙土中。近处有几具尸体散乱地堆放着，有的还挂在栏杆上。被流满地的汽油浸泡的地板，散发着热烘烘的臭气。

山内接着往里走，整个身心已陷入麻木状态，不知道这里是何处，又是怎样走来的。隧道内两侧的工兵们挤在一处，山内走到了那里，有两三个士兵在跟他打招呼：

"喂！你到哪儿去？过来，外面很危险。"

可他继续茫然地走着。忽然，他的手触摸到了墙壁，摸在铁梯子上，他仿佛像个溺水者抓住了救命稻草，往上攀去。一声巨响，从他的头顶掠过，犹如天边的滚雷。他抓住梯子，并使劲把掩蔽盖板往上顶。盖板徐徐地动了一下，暮色的光线马上射了进来。"啊，是地面！"他发出了心灵深处的喊声。

"你疯了，快盖上！"下面突然传来怒骂声，接着便遭到围攻。他从反击孔滚落下来，砰的一声，铁盖板被关上了。

不过，他最终钻出了要穴。远远望去，左侧山涧对面的炮塔像一具破碎的骷髅；下边的军用道路上，有黑色的苏军坦克在地面上蠕动。他拼命登上山坡，摸索着找到了露出地面的反击口那巨大圆筒的底部，看到了对面闪着光亮的乌苏里江，他被那静谧的大河的神韵感动了："我活着，我活着！"

他站起来又跌倒，跟跟跄跄地往前走着。这时，东猛虎山的东山坡砂土突然崩塌了，他的身体滚落下去，正巧落在了毁坏的地堡底下的洼地里并失去了知觉。寒冷中，他睁开了眼睛，有无数蚊虫在叮咬他，雨在沙沙地下着。于是，他吃惊地跳了起来。在这漫无边际的夜幕中，乌苏里江对岸的依曼市灯火通明。"啊，我有救了！"

昏睡和冷气的刺激，使他渐渐地恢复了精神，并再次登上反击口。他看见，反击口的圆形铁盖倾斜着，一半埋在土里。啊，那些工兵呢？

原来，他在失去知觉时，行进在东猛虎山道路上的苏军用自行火炮命中了反击口。与此同时，竖井内重炮弹药库也发生了剧烈的大爆炸，引起汽油的剧烈燃烧。山内在黑暗中漫无边际地走着，跟跟跄跄。黎明时分，他走在乌苏里江边被苏军巡逻队俘获，送到了依曼市收容所。

8月21日，虎头要塞西猛虎山日军步兵3中队被全部歼灭。一直到8月25日，日军残部仍在继续抵抗着。8月26日，虎啸山日军步兵1中队被歼。8月27日，中猛虎山日军守备队炮兵 2 中队被歼。

至此，虎头要塞的末日到了。日军第 15 国境守备队 1387 名官兵，除 53 人逃离外，其余官兵全部战死。在虎头要塞的战斗中，苏军有 1000 余人献出了宝贵的生命。

在整个苏联对日本的远东战争中，苏军伤亡 32000 人。日军损失 677000 人，其中 83000 人被击毙，594000 人投降。

80　突破障碍
千方百计阻滞国民党接收东北

1945 年 8 月 31 日上午 9 时，新京，原日军司令部旧址三楼会议室，华西列夫斯基元帅主持军事会议。军事委员西金上将，参谋长伊万诺夫上将，各方面军将领、抗日联军将领周保中，以及军事参谋等参加会议。远东谍报组负责人柯林、陈九石列席会议。

华西列夫斯基说："苏联红军通过 20 多天的战斗，对日军毁灭性打击，我们相继解放了中国东北、朝鲜和南萨哈林和千岛群岛。现在，苏联红军已经控制中国东北地区。8 月 15 日，日本天皇宣布无条件投降。"

按照雅尔塔协定，8 月 14 日，苏联政府与中国国民政府达成了《中苏友好同盟条约》。条约规定，在关东军投降 3 个星期内，苏军开始撤退，3 个月内完成撤退。根据苏维埃最高委员会的指示，中国东北控制权将移交给中方，苏联驻华大使会通知中国政府接收中国东北地区。

西金上将说："根据我们掌握的情报，中国国民政府一直畏惧日本，并且不敢对日宣战。只是日军成功偷袭珍珠港之后、美国向日本宣战，中国国民政府才向日本宣战。因此，中国国民政府虽然是合法政府，但很难代表中国人民的根本利益。在对日抗战中，中国共产党所属武装力量，一直在对关东军进行斗争，这是一只重要的武装力量。但问题是，在公认的国际事务中，中国共产党还不是合法政府。不过，我期望，苏联应该将中国东北移交给中共武装力量。"

总参谋长伊万诺夫上将说："今天，中共东北抗日将领、苏军第 88 旅旅长周保中同志列席了会议。现在，有请周保中将军谈谈他的意见。"

周保中说："中国共产党是中国人民的政党。九一八事变后，国民党军队将中国东北拱手让给日本，而中国共产党的武装力量，却一直在白山黑水间同关东军进行武装斗争，广大抗联将士啃树皮、吃草根，许多官兵为之付出巨大生命代价。其间，国民党的部队不但不对日本帝国主义的军队进行宣战，还对中国共产党的武装力量进行五次围剿，国民党

'攘外必先安内'的政策不得人心,中国人民不认可。此外,国民党还同日本达成'何梅协定',将中国华北交给日本人。可见,国民党严重违背中国人民的意志,中国共产党才是中国人民的根本利益的代表,是最有权利接收中国东北地区的武装力量。"

华西列夫斯基说:"周保中同志,您说得非常好。我同意您的意见,将中国东北交给中国共产党武装力量,有利于中苏两国人民的利益。但中国共产党不是中国合法政府。因此,苏联还难以公开支持中国共产党的武装力量接收中国东北。不过,有关中国东北地区转交问题,有请我们总参谋长伊万诺夫上将负责处理。"

会议结束后,伊万诺夫拉住周保中的手说:"您留一下,请柯林同志、陈九石同志通知相关人员开会,共同研究苏军移交中国东北问题。"

不一会儿,李云林、陈世文到了。伊万诺夫说:"现在,中国共产党在华北有敌后根据地,在东北有抗日联军,这为中共接收中国东北地区占尽优势。另外,8月11日,中共已下达向东北进军的命令,八路军、新四军正在向中国东北集结。因此,第88旅和远东谍报组要快速展开行动,全力以赴为中共武装力量接收中国东北创造条件。"

周保中说:"在苏联红军对关东军作战期间,按照中国共产党的指示,八路军、新四军等武装力量,对关东军进行了全国性的大反攻。同时,我们第88旅组成多个军事小组,一些抗联干部被分配到50个市县,积极开展东北人民解放工作。因此,我们已经做好接应八路军、新四军入关的准备。"

伊万诺夫说:"嗯,这很好,苏军积极配合你们迎接八路军、新四军入关。同时,为了迟延中国国民政府部队入关,请远东谍报组负责人柯林同志参与对中国国民政府的事务,拖延他们进入中国东北的进程。"

柯林说:"是!"

8月31日,重庆,国民政府中央执行委员会和国防最高委员会召开联席会议,蒋介石主持会议。会议决定了国民政府收复东北纲要:在长春设立国民政府军委会委员长东北行营,下设政治、经济委员会;同时设外交部东北特派员公署。9月1日,国民政府公布接收东北官员名单:熊式辉为东北行营主任、张嘉璈为东北行营经济委员会主任委员、蒋经国为外交部驻东北特派员、杜聿明为东北保安司令。东北行政区划由原来的东北3个省,重新划分辽宁、安东等九省二市,并任命各省行政长官和军事长官。

但熊式辉到达长春时,上上下下、男男女女皆为苏联人,你望着我,我望着你,不知道怎么回事,国民党要员接收东北的热情骤然降至冰点。

之前,苏联驻华大使彼得罗夫通知中国政府,苏军开始从东北撤离,到11月底全部撤完,请中国接收人员到长春与苏军统帅进行谈判。因此,国民政府也照会苏联:"查中国方面之第13军部队,现已定于本月10日前后,自九龙乘美国船只由海道前往大连登陆。"

对此，苏联不愿意美国军舰进入东北地区，并且严厉回复国民政府："这些军队前往何处？为什么，有什么目的？"

10月12日，熊式辉抵达长春，开始与苏联方面就接收问题谈判。熊式辉提出，国民党军队驻守在中国西南地区，按照军方计划，要在12月初才能开始向东北运兵，请求美国海军出动军舰予以帮助，在大连港登陆。但遭到了苏联方面拒绝。柯林说："依据《中苏友好同盟条约》，苏方认为，大连港是商务港，不是运输军队的地方。"

为此，国民政府勃然大怒，指责苏联不遵守条约，并召见苏联驻华大使彼得罗夫，商谈国军登陆大连港问题。彼得罗夫明确回复："斯大林以大连为一商埠，如贵军在大连登陆，无异于破坏同盟条约。"

蒋介石说："大连乃我国领土，如我军不能在大连登陆，乃真破坏条约也。但余今日不以条约与法律对尔争执。我今特将条约与法律问题避开不谈，而仅与斯大林以个人关系，及同盟互助精神，要求斯仍予我军在大连港登陆。"

但彼得罗夫说："这是斯大林同志的决定，任何人都不能改变。"至此，国民政府只好放弃大连港登陆计划。在无法于大连港登陆的情况下，国民政府转而与苏军谈判，要求从葫芦岛、营口登陆。

柯林说："苏方可以保证国军在两地登陆。"但后来又称："葫芦岛仅有苏军一个排，不能保证登陆安全，但营口没问题。最后又说，苏军已从葫芦岛、营口撤出，两地已由八路军占领，都不能保证登陆安全。"

此时，箭在弦上，国民政府决意出兵东北。当美军舰靠近葫芦岛时，遭到陈世文率领的武装部队火力射击，只好返航。但国民党军队进行还击，一发榴弹炮飞来，陈世文倒在血泊中。国民党军队在同苏军交涉后，又改在营口港强行登陆，同样被八路军击退。

面对大连港、葫芦岛、营口港都不能登陆的现实，熊式辉逐渐了解了苏联的意图，在给国民党领导的电报中说："苏联为应付国际视听，表面依照协议，容许我方空手接收行政事务。当苏军撤退，国军不能到达时，苏方有可能将政权交给八路军，建议对苏方违约行为进行强烈抗议。"

对此，国民政府不愿意与苏联闹僵，所以，在海运失败的情况下，打算往长春空运部队。结果遇到在葫芦岛、营口相同的原因，空运计划夭折。

张嘉璈分析认为，"苏联不愿意我方以武力接收，其意甚为明显。"最后，国军只得选择打进山海关，由陆路入关。

熊式辉要求国民政府领导与苏方交涉，允许派遣东北官员去沈阳、哈尔滨等地"宣慰"民众。按照柯林的意见，苏方联络官只是陪同莫德惠去了吉林后就声称："中方官员可以自由地去各地访问，无须苏方派人陪同。"

这看上去给国民政府接收人员以自由和便利，但当时的东北治安很差，没有苏方人员陪同，谁敢到长春以外地区。就在苏方送国民党官员去吉林3天后，两个武装警卫被金校根用枪秘密射杀。

"宣慰"不成，熊式辉想在长春挂"国民政府军事委员会委员长东北行营"的牌子。为此，苏方约谈熊式辉说，依据之前双方协议，在苏军占领期间，除中国方面的文职人员接收地方行政事务外，不允许任何军事机关进驻，并要求熊式辉立即撤去军事委员会行营的牌子。

熊式辉解释，"行营"非单纯军事机关，是兼营地方行政及经济事务的中国政府在东北的最高代表机关。柯林说，除非有莫斯科的指示，苏军不能承认这个机构。熊式辉无奈，只好摘掉牌子。

熊式辉将中苏交涉的艰难情况汇报给国民政府。国民政府说，共产党军队在苏军的掩护下，正迅速进入东北，并利用苏军所缴获的关东军的武器，对抗国军。因此，国民政府命令，加速东北各地的行政接收。

长春市市长赵君迈、辽宁省主席徐箴、辽北省主席刘翰东等来到长春，准备前往各地接收政权，成立省、市政府。柯林强调交通不便，继而又说，地方秩序不宁，苏方不能保障安全。行政接收无法展开。随即，柯林勒令行营机关报《光复报》停刊，禁止行营所有人出城。此时，进驻东北的八路军、新四军，于11月初，同抗联部队宣布成立"东北人民自治军"。

国民政府在军事上无法登陆，行政上无法接收。熊式辉说，我们认清了苏方对东北的狂暴劫掠和他们的狡诈手段，乃决定将东北行营及接收人员自长春撤退，移至山海关。11月17日，行营开始大张旗鼓撤退。当时，被任命为吉林省民政厅厅长的尚传道说，这次总撤退是国民政府在外交上对苏联的攻势，目的是向世界宣告，苏军阻挠中国政府在东北行使主权。

东北行营的撤退，引起美英注意，苏方照会中国政府，表示愿意和解。经过谈判，国民政府允许苏军延期撤退一个月作为条件，而苏军要对中国政府接收东北的工作人员，允予道义及物资与警卫协助。

随后，东北行营第二次布置行政接收。赵君迈接收长春，沈阳市市长董文琦、哈尔滨市市长杨绰庵，在苏联联络员陪同下陆续完成接收。但柯林和陈九石秘密采取跟进措施，使国民政府在东北的省市官员政令不出政府大门。在中共领导下，在当地民众组织包围下，国民政府官员完全陷入孤立，随着苏军撤退，他们又都纷纷逃回长春或锦州。

而大连、旅顺，被苏军列为军事禁区，一直都不允许国民党人员前往。但熊式辉提出，派外交特派员去视察，被柯林拒绝。因此，国民政府任命的官员大多有名无实。

这期间，苏联拆走日本留下的大量工业设施，铁路线上的铁轨被作为战利品运回国内。为此，国民政府东北行营经济委员会主任委员张嘉璈会晤苏军司令部经济顾问。苏方解释说，要用东北物资来赔偿苏联参战的损失。

为此，苏军总参谋长伊万诺夫会晤蒋经国说，只要是日本人的东西，就应该属于战利品，都归苏联。

1946年1月7日，国民政府经济部东北行营工矿处副处长张莘夫和助理牛俊章等5人，在中长铁路苏籍副助理理事长马里意的陪同下去往抚顺煤矿接收。到达抚顺时，张莘夫被安排到抚顺煤矿事务所居住，苏军4人站岗监视。次日，随行人员的枪支被缴去。1月16日晚，苏军会同当地警察说，抚顺煤矿不能接收，劝其返回沈阳。当晚，张莘夫被迫搭乘原专车离开抚顺。当列车行至距抚顺25公里的李石寨时，张莘夫等人被强行拖下火车枪杀。

张莘夫被杀后，国民党操纵的反动报纸，公开宣传"共军阻挠国军接收东北主权"，又掀起一股反苏、反共浪潮。这也促使苏联加快了撤军步伐，但依旧不与国民政府合作。

1946年3月7日，苏军突然撤退，给国民政府措手不及。国民政府要求苏军协助接收、会见苏军统帅，但无结果。因此，国民政府外交部长王世杰照会苏联大使：苏军撤退不通知我方，使中国接防人员感到困难。一些非法武装部队趁机骚扰，破坏地方交通。苏方对于国民政府的抱怨不予理睬，只简单回复：苏军必须在4月底前全部撤出。

此时，长春以北，包括哈尔滨在内，没有国军驻扎。长春以南地区，苏军在公主岭设置"鼠疫检查站"，封锁了国军北上的道路。已进入哈尔滨等地的国民政府接收人员，因为没有国军的护卫，在苏军撤走后，也相继撤走。至此，国民政府仅控制了从沈阳，经锦州，到山海关铁路沿线地带。

当时，曾任沈阳防守司令官、辽宁省主席的王铁汉说："表面上看，苏联从未公开反对我们接收东北，但事实上，处处阻挠国军接收工作，籍词拖延，迟迟不肯撤兵。其阴谋与目的就是掩护林彪的部队进军东北，培植中共，使之壮大，达到俄人控制东北目的。"

因为一次次阻滞，国民政府到1946年3月才开始办理接收事宜。此时，八路军、新四军，已经占领长春及以北的较大城市，但国民党特务大量潜入东北并争夺对中国东北的控制权。

1946年3月9日早上，抗日英雄、将军李兆麟对夫人金伯文说："今天跟国民党市长有约见，你把我的衣服熨一下。"

9点钟，李兆麟离开了家。下午4时，李兆麟在办公室接到国民党市长杨绰庵的女秘书孙格龄电话说："有要员要谈重要的事情，请您去水道街9号。"

此时，李兆麟是哈尔滨市中苏友好协会会长。当汽车开到离中苏友好协会不远的地方时，突然抛锚了。李兆麟让警卫员李桂林帮助司机修车，自己则步行去了水道街9号。

一进门，李兆麟被国民党哈尔滨市市长杨绰庵的女秘书孙格龄把藏有手枪的大衣脱掉并锁在柜子里。然后，孙格龄将李兆麟领进会议室，并端来一杯下了氰化钾的茶水。李兆麟喝下后，被一群潜伏在房间内的刽子手杀害。

李兆麟被杀害后，国民党还无耻地开动宣传机器，编造流言，妄图诋毁李兆麟的光辉形象。李兆麟将军被害，哈尔滨广大群众义愤填膺，群情激愤，举行了10万人大游行。随着全国解放，杀害李兆麟的凶手被相继法办，重重迷雾终见天日。

81 四平之战
向民主联军提供敌方增兵东北情报

苏军撤离沈阳时，没有通知国民党军。驻扎在沈阳郊区国民党军第52军25师师长彭璧生，发现苏军在移交监狱和工厂。于是，他派出了大量的便衣混杂在看热闹的百姓中，直到苏军全部撤离沈阳，他指挥部队迅速占领了沈阳城。

此时，国共两方代表正就东北问题进行谈判。对此，中共中央给东北局指示："苏军退出沈阳后，我军不要进攻沈阳城。如果我军进到沈阳，必会在军事上被动，在政治上亦将处于极不利的状态。不仅沈阳不必去占，即便沈阳到哈尔滨沿线，在苏军撤退时，我们都不要去占领。"

就在这封电报从延安发出的当天，苏军从沈阳至长春间的四平撤离，黄克诚指挥部队立即攻占那里，并将四平城内的国民党地方官员赶上了一辆大卡车轰出城去。

此时，中共东北局在抚顺召开会议，试图在东北地区沿铁路线与国民党军争夺大城市的控制权。国民党方面则坚持认为，东北不存在共产党驻军的问题，只有国民政府接收主权问题。国共两党谈判代表出现了严重分歧。

在东北民主联军占领四平后，国民党军自沈阳兵分四路攻占四平。于是，中共中央要求部队坚决作战。

4月8日傍晚，四平外围战斗开始。交战双方是东北民主联军山东解放军第1、第2、第7纵队，新四军第3师8旅、10旅、东满挺进纵队，共12个团。国民党军是新一军38师，是主力部队。该部在抗日战争期间远征缅甸，为解救被日军包围的英军，孙立人率部英勇杀敌，最终为远征军冲杀出了一条血路，其顽强战斗作风为国人称赞。战后，孙立人出任了新一军军长。此时，孙立人正在英国伦敦接收英国女王授勋，该军暂由副司令员梁华盛指挥。

两军激战一夜，新编38师最终稳住阵脚，但士气受到严重打击。梁华盛向刚到东北代替杜聿明指挥的郑洞国表示：按照作战命令，限定时间攻下四平已不可能。4月15日，在东北民主联军合围下，敌87师被分割压缩在十几个村庄里。经过一夜战斗，87师大部被歼，副师长和参谋长被俘，师长黄炎带卫兵逃离。

就在国共两军在四平激战之时，4月14日，苏军撤离的最后一列火车驶离了长春。1小时后，远东谍报组配合东北民主联军第7师杨国夫部、三五九旅贺庆积部，东满22旅罗华生部和吉北军分区曹里怀部，共13个团，在周保中的指挥下向长春发动了猛烈攻击。战斗持续到18日，长春城防司令陈家珍和市长赵君迈等8000人被俘。

4月16日，从北平到东北的杜聿明表示，要不惜一切代价夺回四平。林彪急令，东北民主联军所有主力部队昼夜奔袭，四平总兵力近8万人。林彪命令，每个前线指战员要有战斗到最后的决心，有与阵地共存亡的决心。

18日，在郑洞国的指挥下，新一军兵分三路直指四平。在飞机和坦克掩护下开始轮番攻击。东北民主联军的防线多次出现危急并进入肉搏战，两军犬牙交错地混在一起，阵地上硝烟弥漫，弹坑累累，尸横遍野。

战至4月26日，新一军在四平东被击退，而东北民主联军在城北的反击未奏效，战场出现了暂时的对峙状态。郑洞国要求杜聿明增援。

但本溪失守，国民党军迅速北上，向四平包抄而来。此时，活动在北平的情报员卡利洛娃从董祥明处获得重要情报：蒋介石向东北增兵3个军，廖耀湘的新6军在右，陈明仁的第71军在左，已经回国的孙立人指挥新一军居中，正快速向四平挺进。陈九石接到情报后，向周保中作了报告。

面对强敌压境，黄克诚给林彪发电说，应"适可而止，不能与敌硬拼"，但最终没有等来林彪的命令。

5月12日，黄克诚直接致电中央，不但建议放弃四平，甚至建议放弃长春，但也没有等来命令。

这时，国共两党正在谈判桌上就东北问题讨价还价，四平无疑是一个重要的筹码。廖耀湘的新6军，已经突破东北民主联军第3纵队防线，乘胜逼近四平地区。同时，东北民主联军其他阵地也被突破了，国民党军对四平防线的最高地点塔子山形成了三面包围之势。

塔子山距四平10余公里，只有19团驻防。5月18日，国民党新6军向塔子山进行猛烈炮击，步兵在飞机掩护下发动强攻。塔子山的东北民主联军官兵几乎伤亡殆尽。18日下午，塔子山失守，林彪下达了全线撤退的命令，四平之战结束了。东北民主联军损失了8000多名官兵，但创造了共产党部队以弱战强的战例，硬是死死顶住了国民党军精锐部队历时1个月的进攻。

四平失守后，毛泽东来电要求坚守长春。罗荣桓、林彪、彭真等东北局讨论后作出弃守长春的决定。林彪组织部队撤退，罗荣桓和彭真组织东北局撤往松花江以北地区。

5月23日，毛泽东再次来电，要求坚守长春。他说"我们正在南京谈判让出长春，交换别的有利条件，但必须守住长春方有利谈判，否则不利"。可是，由于撤退命令已经实施，毛泽东的命令已无法执行。

5月23日，国民党军占领长春。蒋介石万分惊喜，致东北军事3人组和北平军调处执行部的电报说：甚望共产党军队能幡然悔悟，切念萁豆相煎之痛，同怀骨肉相残之耻，为国家多留一分元气，为人民保存一线之生机。在松花江南岸突然停止了追击。

随后，蒋介石飞到长春。他考虑继续追击林彪部队，苏联有可能介入，以及美国大使协调。于是，蒋介石告诉郑洞国和廖耀湘："政府经与中共方面谈判，决定在东北战场实施短暂停战，倘无情况变化，停战命令会在近日内下达，你们务必做好充分准备。"而这，彻底打乱了杜聿明的作战部署，为东北联军赢得了喘息机会。

同时，山东传来了令蒋介石万分吃惊的消息，共产党将领陈毅集中山东野战军全部主力，向山东战场上的国民党军发动大规模的进攻，占领胶县、泰安、德州、枣庄、高密等城镇，扩大了山东解放区的地盘，威胁津浦和胶济线铁路畅通。蒋介石将调往东北的两个军紧急调往了山东。

1946年6月6日，国共双方再次就东北暂时休战问题达成协议。东北民主联军与国民党军隔江对峙，包括哈尔滨在内的松花江以北地区，成为中国共产党在东北的后方基地。

82 骤雨落下
瑚布图河水一直向东奔腾到海

1946年5月30日，哈巴罗夫斯克，远东谍报小组负责人柯林接到了"秃鹫"的指令：

哈巴罗夫斯克，第1168号，绝密

我们已经认真履行了雅尔塔协议，苏联远东方面军已成功击退了日本在中国东北、朝鲜、南萨哈林和千岛群岛的武装力量，日本天皇已经宣布无条件投降。鉴于国际形势变化，远东谍报组历史使命结束，苏联政府不再介入中国共产党和中国国民党之间的内战。

发报人：秃鹫　1946年5月30日

1946年7月上旬的一天，符拉迪沃斯托克，阿穆尔湾军事要塞，阳光明媚，海水清澈，山色秀美，空气清新。远东谍报组的柯林、陈九石、李云林、卡洛琳、卡利洛娃、菲季斯卡娅、金校根、姚德志（化名刘天一）、濑户美智子、于涛、韩志臣、石岛上野等情报人员聚集在阿穆尔湾军事要塞。

中午12时，军事要塞响起了震耳欲聋的鸣炮声，这是彼得大帝遗留的"政治遗产"。远东谍报小组负责人柯林走进餐厅后，拥抱了每一个人。

柯林说："同志们，我们为了世界和平，为了苏联和中国领土完整、民族独立，远东谍报组做了大量的工作。这期间，苏联红军打败了纳粹德国，付出了2700万人的惨重代价。继而，按照雅尔塔协议，苏联红军对日本在中国东北、朝鲜、南萨哈林、千岛群岛的军队进行了毁灭性的打击，直至1945年8月15日，日本天皇宣布无条件投降。

我们远东谍报组的同志不仅向远东方面军提供了大量的军事情报，还积极参与了对日军的战斗。其间，陈世文同志在对国民党军的战斗中光荣牺牲，倒在了黎明之前，这是我们远东谍报组的重大损失。

此外，为了世界和平的壮丽事业，李淑兰与牛栏和夫妇，李秀琴，郁芳萍老师，东京'拉姆扎'小组的一些同志献出了宝贵生命。佐尔格、尾崎秀实，于1943年9月29日，被日本东京法庭判处死刑；1944年11月7日，在东京巢鸭监狱被秘密绞死。我提议，请大家脱帽，我们为这些牺牲的同志静默致哀。"

之后，柯林说："根据莫斯科的指示，远东谍报组的历史使命结束了。这次集体午餐后，你们将重新作出选择。不过，我的意见是无论中国同志、日本同志，都要留在苏联。尤其是日本同志，你们已经不宜回到你们的祖国了，因为日本军国主义的遗毒还在，法西斯主义的思潮不会凋亡。"

石岛上野说："可是，我想回到琉球群岛去。"

柯林说："不，你要留在苏联。现在，苏联各个大城市正全面恢复建设，需要各方面人才。因此，你们可以随便选择职业，组织上为你们提供方便。"

菲季斯卡娅说："头儿，那我去莫斯科吧。"

柯林说："好啊，菲季斯卡娅同志，欢迎您作出选择。"

李云林说："那么，菲季斯卡娅，明斯克呢？"

柯林说："也可以的，不是问题，苏联政府会满足你们所有的生活需求，提供房屋，交通工具，生活必需品。"

濑户美智子说："那具体怎么办啊？"

柯林说："一会儿，你们将自己的选择登记在卡洛琳那里。但需要强调的是，假如有的同志不选择留在苏联，也会得到尊重。"

陈九石说："头儿，我要回到中国去。"

柯林说："不，我的意见是你要留在莫斯科，我们在一起，一辈子！"

陈九石看了看柯林，明白友谊的分量。柯林说："同志们，你们不管选择到哪里工作和生活，远东谍报组有严格规定，你们都要守口如瓶，是不向任何国家、组织、人员，泄漏你们曾在远东谍报组的工作秘密。"

金校根说:"头儿,保守秘密是没有问题的,但有没有时限,该不是终身饱受秘密吧?"

柯林沉默了一会儿说:"你们要将秘密带进坟墓,直至生命体的腐烂,大家都能做到吗?"

大家说:"能!"

"来吧,大家干杯!"

酒会从中午开始,一直延续到了午夜。席间,柯林再次对陈九石说:"我考虑过了,您去莫斯科吧,或者我们到索契渡过美好时光,一生一世,我们永不分开!"

陈九石说:"头儿,我很高兴与您在一起工作和生活!"

"是的,我就是这样想的。"柯林说。

陈九石说:"但您知道,我家是有老母亲需要照顾的。因此,我不能留在苏联。所以,您要理解我。"说这话时,陈九石的眼中涌出了泪水。

柯林说:"我理解您,但我们还是不分开,永不分开。"说后,柯林拥抱了陈九石,卡洛琳感动得流泪。

柯林说:"你们有什么需要,尽管都说出来。我向你们保证,苏联政府会满足你们的所有要求,没有任何前提条件。"

陈九石说:"头儿,我有个要求,您送我一部微型收音机吧!"

"哦,没问题,这微不足道。"

陈九石说:"我有了收音机,就能够听到世界上的声音了,包括苏联的情况。"之后,他举起了酒杯:"同志们,为了苏维埃,为了中国,为了世界和平,为柯林同志,为我们大家健康幸福干杯!"

大家都喝干了杯中酒。之后,姚德志和濑户美智子向陈九石走来说:"哥,我和濑户美智子有了自己的孩子,考虑她不宜再回到日本。所以,我们决定留在符拉迪沃斯托克。"

陈九石说:"好啊,祝贺你们。不过,石岛上野是怎么考虑的?"

濑户美智子喊道:"石岛上野,你过来。"

石岛上野说:"姐,您说!"

濑户美智子说:"头儿问你,你的选择?"

石岛上野说:"我回到琉球去,回到父母的身边去!"

陈九石说:"不,您需要重新考虑,因为日本军国主义的土壤还在,你会不安全的!"

"谢谢,但我还是要回到琉球去,因为父母在。"

这时,李云林和菲季斯卡娅向陈九石走来了。李云林说:"哥,我不准备回国了,因为菲季斯卡娅在这儿。另外,我想请您当众宣布个事儿,我和菲季斯卡娅正式结婚了,就现在,您来做个见证人吧。"

"哦,好啊!"陈九石高声喊道,"同志们,我宣布一个好消息:李云林与菲季斯卡娅正式结婚了，就现在，我们大家祝福他们生活美好，早生贵子，来，大家干杯！"此时，大家欢呼雀跃，李云林和菲季斯卡娅已紧紧拥地抱在一起。

稍后，金校根对陈九石说："头儿，我回到珲春去，因为根在那里。"这时，卡利洛娃凑过来说："头儿，我也想去珲春呢，也会在那里生根的。"

"卡利洛娃，您是不是想嫁给金校根同志？"

卡利洛娃向金校根抛了媚眼说："为什么不呢！"

陈九石看看金校根说："你会同意的。"

金校根微笑着点了点头："这真没法儿整，她真是看上我了。您瞧，我浑身上下都是伤疤，都是日本人给打的，但卡利洛娃不嫌弃伤疤。"

这一夜，远东谍报组的每个成员都喝醉了，包括柯林、陈九石、卡洛琳，都醉得一塌糊涂。一周后，陈九石、金校根、卡利洛娃、于涛和韩志臣，从珲春越过中苏边境，在金校根的家乡，一起参加了金校根和卡利洛娃的婚礼。

之后，于涛回了吉林市，韩志臣回了虎林。陈九石则过道东宁去见了小萝卜头。一个月后，陈九石辗转回到河北新河，母子悲喜交集。

妈妈说："儿子，我没想到哇，你还活着！可是，你的右眼是怎么了？"

"妈妈，日军炮弹炸的。再后来，我被日军俘虏并押到了东宁做苦工。这不，苏联红军击溃了关东军，解放了。再后来，东北那疙瘩发生了内战，一时半会儿都回不来了。现在，我终于回到您老人家的身边了。"

"儿子，活着就好，活着就好。这兵荒马乱的年月，死了多少人！嗨，小鬼子啊，造孽啊！"

一年后，一个年轻人来到了河北新河，陈九石说："呀，这不是李云林嘛！你咋来了呀？"

李云林说："哥，受柯林同志的委托，我到苏联驻华大使馆取了收音机，是专程送给您的。"

"哦，谢谢，还真没想到，就这点小事儿，柯林同志还记着。不过，其他同志都好吧！"

"都好，大家都想您！"又半个月，李云林回了苏联，陈九石听着广播。他最关心的事，就是远东国际军事法庭审判日本战犯的问题。

1946年5月3日，远东国际军事法庭对日本28名战犯进行审判，但陈九石一直都没有等到具体的消息。

1948年12月23日早晨，陈九石从广播中听到了好消息，日本甲级战犯东条英机、板垣征四郎、木村兵太郎、土肥原贤二、广田弘毅、松井石根、武藤章七人被绞死在巢鸭监狱。

这让他激动，他喊道："苍天啊，有眼啊！"眼睛里竟然流出了血。